エーゲ海
ハニア
マレメの飛行場
ラキ村
ヴォサク修道院
レシムノン
レフカ・オリ山地
サマリア峡谷
アシ・ゴニア
パツォス
アマリ谷
ゲラカリ
アロネス村
スファキア
クソオネソティス山脈
プレヴェリの修道院
地中海

NATURAL BORN HEROES

ナチュラル・ボーン・ヒーローズ

CHRISTOPHER McDOUGALL

人類が失った"野生"のスキルをめぐる冒険

HOW A DARING BAND OF MISFITS MASTERED THE LOST SECRETS OF STRENGTH AND ENDURANCE

クリストファー・マクドゥーガル　訳＝近藤隆文

NHK出版

わが両親、ジョンとジーン・マクドゥーガルに。
「これまで私がやってきたなかに、
価値を認められるものがあるとしたら」、
かつてハワード・ヒューズが言ったように、
「それを実現できたのは父の天分のおかげだ」

This translation published by arrangement with
Alfred A. Knopf, an imprint of The Knopf Doubleday Group,
a division of Penguin Random House, LLC
through The English Agency (Japan) Ltd.

伝統には痛烈な一撃がある。

——ジャーナリスト、ヘイウッド・ブルーン

一九二二年、老練なボクサーが

未熟な挑戦者を打ちのめすのを観て

CHAPTER 1

〈虐殺者〉になったつもりで考えてみるんだ。

きみはフリードリヒ‐ヴィルヘルム・ミュラー将軍、ギリシャはクレタ島のドイツ軍司令官二名のうちのひとりだ。きみの鼻先でいまにも恐ろしいことが起こり、ドイツの攻勢に深刻な打撃がもたらされるのではないかとヒトラー総統は案じているが、きみはすべてを掌握している。島は小さく、配下の兵力は絶大だ。鍛え抜かれた一〇万人の部隊を擁し、山岳地をめぐる捜索機に、海岸を見張る哨戒艇もある。秘密国家警察《ゲシュタポ》を従え、きみは〈虐殺者〉の異名をとるほど恐れられている。楯突いてくる者などいない。

ところが一九四四年四月二十四日の朝、起きてみると片割れの姿が消えている。もうひとりの司令官、ハインリヒ・クライペ将軍が失踪したのだ。犯罪の痕跡はない。発砲はなく、血痕もなく、もみ合った形跡もなしだ。さらに奇妙なことに、将軍が消えたのは中心都市イラクリオン近辺、島でいちばん警備が厳重な界隈だった。何があったにせよ、それは将軍の目の前で起きたことになる。クライペにしても、お飾りの将軍ではない。正真正銘の猛者、第一次大戦《グレート・ウォー》の生き残りで、鉄十字勲章を受章し、戦いを通じて階級を這いあがり、最近ロシア戦線から転任してきたばかりだった。専属の警護隊と武装した運転手がいて、公邸のまわりには戦闘犬、かみそり状の有刺鉄線、機関銃トーチカが配置されていた。

なら彼はどこにいるのか？

〈虐殺者〉が知っているのはつぎのことだけだ。午後九時過ぎ、クライペ将軍は司令部を離れ、車で街の中心部へ向かった。土曜日だったため、人通りはいつもより多かった。遠方の駐屯地の部隊が映画を観にバスで乗りつけたとあって、通りはそぞろ歩く兵士たちでふさがっていた。上映は終わったばかり。〈虐殺者〉がそれを知っているのは、将軍の旗をバンパーに立てた黒のセダンが通りをじりじり進んでいくのを数百人の兵士が目にしていたからだ。クライペ将軍の運転手は道をあけるよう警笛を鳴らさざるをえず、途中でウィンドウを下ろして声をあげることまでした。「**将軍の車だ！**《ゲネラルス・ヴァーゲン》」と。クライペはまさにその助手席に座り、うなずいたり敬礼を返したりしていた。どの方角に向かうどの道も、半マイルごとに検問所で見張られていた。将軍の車はゲシュタポの本部を通過し、最後の検問所となるハニア門の狭い開口部へと吸いこまれていった。「おやすみ《グーテ・ナハト》」と将軍の運転手が声をかけた。セダンは横木をくぐって街を出た。

翌朝早く、将軍の車は街のはずれの小さな浜辺で発見された。将軍と運転手の姿はなく、フロントバンパーの鷲の紋章が描かれた旗もなくなっていた。車のまわりには妙なごみが散らばっていた。アガサ・クリスティの小説、キャドバリーのミルクチョコレートの包み紙、英国煙草〈プレイヤーズ〉の吸い殻の山、英国特殊部隊の緑色のベレー。ダッシュボードの上に一通の手紙があった。宛て名は「クレタ島ドイツ軍当局」で、クライペが英国の襲撃部隊に捕らえられ、島から連れ去られたという内容だった。手紙は仰々しく赤い蠟と印章つきの指輪で封をされ、気取った追伸が添えられていた。

まことに残念ながら、
この美しい自動車は
置いていかざるをえない。

どうも腑に落ちない。将軍が捕まったのは街を出たあとにちがいないが、車が見つかったのはほんの二〇分も走れば着く場所だ。そのわずかな時間に、謎の男たちは奇襲を実行し、武器を奪ってふたりの捕虜を服従させ、煙草をひと箱吸い、スナックを食べ、帽子をなくし、蠟を溶かして、あとはなんだ——ペーパーバックを読みながしたとでも？　それでは拉致というよりまるで家族旅行じゃないか？　それに、あの海岸一帯は強力なアーク灯で照らされ、飛行機で巡視されている。熟練の特殊部隊が、なぜわざわざ島でいちばん発見されやすい場所を脱出地点に選んだりするだろう？　その浜辺からだと、脱出用の船は北に向かって数百キロにわたるドイツの占領海域に入らざるをえず、日が昇ればたちまち恰好の標的となる。

誰であれ犯人は、いかにも英国風に、いかにも冷静で落ち着いて見えるように腐心していた。だが〈虐殺者〉は真に受けるつもりはなかった。自身二度目の世界大戦のさなか、知るかぎりでは過去に誘拐された将軍はいない。この手のことは前例もなければ決まった戦術もなく、相手は事を進めながら対処していくしかないはずだ。つまり、いずれへまをして、こちらの掌中に落ちる。連中はすでに大きな過ちを犯していた。敵をひどく見くびっているのだ。〈虐殺者〉はすでにこの陽動作戦を見透かし、ふたつの点に気づいていた。
彼らはまだこの島にいる、そして必死に逃げている。

CHAPTER 2

勇於敢則殺（勇んで殺す者は殺され）、
勇於不敢則活（勇んで殺さない者は生き延びる）。

——老子

二〇一二年のある春の朝、私は将軍の車が見つかった場所に立ち、〈虐殺者〉と同じことを考えていた。いったい彼らはどこに行ったのか？

後ろにはエーゲ海がある。前には、胸の高さのもつれたキイチゴの茂みが断崖へとつづくばかり。遠く、巨大な国境の柵さながらに島を半分に切っているのは、ごつごつした尾根に雪をかぶったイディ山、クレタ島の最高峰だ。考えられる逃走先は南岸だけだが、そこに行くには二五〇〇メートル近い山頂を越えるしかない。その行程を歩くだけでも難題なのに、逆らう捕虜を連れ、大規模な捜索隊に追跡されながらそれができるだろうか？　不可能だ。

「ああっ！」茂みのなかで叫び声がして、手がタクシーを停めるように挙げられる。「こっちに来てくれ」

クリス・ホワイトがその場に立ち尽くしている。腕は私が見つけやすいように高くしたままで、目は発見したものから離さない。私はバックパックをもちあげて両肩にかけ、キイチゴのとげに服を引っかかれながら、どうにか彼のほうへ歩きだす。現存する人物で、クライペ将軍に何があったかをクリス・ホワイト以上に知る者はいない。それもおかしな話だ。クライペ将軍に何があったかをクリス・ホワイトが知っている謂れはひとつもないのだから。クリスは学者でも軍事史家でもない。ギリシャ語もドイツ語も話せないし、終生の平和主義者で、戦記の愛好家というわけでもない。昼間のクリスは、イングランドの閑静な街オックスフォードで高齢者や精神障害者の介護支援を管理するソーシャルワーカーだ。だが夜と週末は、田舎風コテージの裏にある木造小屋で地形図と絶版本の山に埋もれる。執念深いアマチュアという英国の偉大な伝統を受け継ぎ、クリスは過去一〇年にわたり、〈虐殺者〉が一九四四年四月二十四日の朝に突きつけられた謎の解明に取り組んできた。つまり、ドイツの軍勢が群がる島でドイツの将軍を消すにはどうするか？

それは手品みたいな着想だった。クリス・ホワイトが気に入ったのもその点だ。計画はそれほど完璧に、ふてぶてしいまでに非ナチ的だった。暴力と残忍さの代わりに、そのプランでは創意と技巧でヒトラーの足をすくおうとしたのだ。銃弾は使わず、血は流さず、民間人は巻きこまない。将軍を殺せば戦争の犠牲者がまたひとり増えるだけだが、殺さずにおけば局面はがらりと変わり、ヨーロッパを恐怖に陥れている男たちに一抹の不安を抱かせることになる。このまったくの謎を前にナチスは気も狂わんばかりで、兵士全員の心にしつこい疑念が植えつけられるだろう――このクレタの亡霊たちが、要塞化した島でもっとも手厚く防護された男を捕らえられるのだとしたら、安全でいられる者なんてどこにいる？

だが、将軍の拘束ははじまりにすぎなかった。〈虐殺者〉はもてるすべてを捜索に動員するつもりでいたし、彼は多くのものをもっていた。森をしらみつぶしに調べる軍隊、臭跡を捜す戦闘犬、山間部を低空飛行し、のちに地上の斥候兵が徒歩で追跡できるようヤギの通り道を撮影する偵察機。ゲシュタポは賄賂や報奨金を差し出し、現地の内通者のネットワークを発動させる。〈虐殺者〉の配下には、クレタの民間人四人につきひとり以上の兵士がいた。この比率は重警備の刑務所よりも高い。そしてまさにそれこそが、当時のクレタの姿だった。海に囲まれた牢獄というわけだ。そもそもクレタは普通の島であったためしがない、少なくともヒトラーの目にはそう映っていた。総統はクレタをロシア戦線に向かうドイツの兵士と物資の重要な中継地点と考え、銀行の金庫室さながらに万全の防護を敷くつもりだった。ほんのわずかでもクレタ人の抵抗運動の気配を感じたら、とヒトラーは命令した。相当な残酷さ《アイネ・ゲヴィセ・ブルタリテート》で叩きつぶせ、と。

そして「残酷さ《ブルタリテート》」にこめた意味をはっきりさせるために、ヒトラーはこの島を理想的な戦士の手に委ねた。それがミュラー将軍、一七年の従軍歴があり、並はずれた勇敢さゆえに騎士鉄十字章を受章、その無慈悲さから〈クレタの虐殺者〉の異名をとった人物だ。〈虐殺者〉の腹心の部下は、ゲシュタポの軍曹フリッツ・シューベルト、中東生まれのドイツ人で、通称〈トルコ人〉。肌がクルミ色でギリシャ語と英語を流暢に話すため、〈トルコ人〉は羊飼いに変装し、カフェや村の広場をうろついて情報を嗅ぎつけることができた。得意のやり口は、英国軍の制服に身を包み、死刑宣告を受けたクレタ人を地下牢から引っ張り出して、こうもちかけることだ。地元の村に地下抵抗運動《レジスタンス》の支援にやってきた英国人コマンドとして紹介してくれたら自由にしてやる。「彼らはじつに巧みで、悪意のない人間をだますことに長けていた」とクレタ島のある生存者は振り返っている。

だが、今回は〈虐殺者〉がカモにされるのかもしれない。ひょっとすると、誘拐犯はわざと遺留品を目立つように将軍の車のまわりに置いていったのであり、そのねらいは〈虐殺者〉をもてあそび、将軍はまだ島にいるのではと思案させることにあったのかもしれない。〈虐殺者〉は全兵士を山地一帯に散開させることになる……ところがそこで振り向くと、連合軍が海岸を急襲しているという寸法だ。だとしたら、ブラボー――〈虐殺者〉は敵の狡猾さに拍手を送らざるをえなかった。

大陸から離れた小さな島クレタは、じつはヒトラーの絶えざる不安の種のひとつだった。「ギリシャとクレタが侵攻されるおそれは一九四三年一月に生じた」と説明するのはアントニー・ビーヴァー、父親が戦時中に諜報活動に従事していた英国の軍事史家だ。「ドイツが心底恐れていたのは、クレタ人の反乱に背後を突かれることだった」。ヒトラーの軍勢はすでに危ういまでに薄く展開し、一二か国以上を占領する一方、ロシアと北アフリカでは激しい戦闘で膠着状態に陥っていた。そのうえクレタで背中を刺されたら、大惨事になりかねない。いずれにせよ、〈虐殺者〉はこの混乱を迅速に収束させなくてはならなかった。将軍の失踪が長引けば、それだけ〈虐殺者〉は弱く無防備に映る――敵と味方のどちらからも。

そこでその失踪発覚初日の昼までに、〈虐殺者〉はネズミを罠にかける計画を考えだした。まもなく軍機が飛び立ち、のちにクレタの主都となる沿岸の街イラクリオン一帯にビラがまかれた。

将軍が三日以内に返されなかった場合、
イラクリオン地区の村はすべて焼き払われる。
このうえなく苛酷な手段による報復が
一般市民に加えられることになる。

時は刻々と進んでいた。〈虐殺者〉は勇敢な兵士には事欠かなかった。必要なのは怯えた民間人だ。島じゅうの人間を敵にまわしたとき、あの賊どもがどこまでやれるか見せてもらおう。

クリス・ホワイトがキイチゴをかき分けて指さした。地面にうっすらと足で引っかいた跡があり、茂みにできた低いトンネルに通じている。たいした痕跡ではないが、この朝に見たなかではいちばんだ。

「ここを通ったんだな」とクリスは言った。「行こう」

クリスが先陣を切った。キイチゴはトレイルの上で網細工のようにからまり、足元の石はぐらついて音をたてた。足跡はあらぬところで何度も向きを変え、引き返したり草に覆われた雨裂《ガリー》の奥に消えたりした。でもクリスを止めることはできない。道がついに途絶えたかと思えるたび、クリスは藪に消え、やがてまた手を挙げる。

「ほら!」

ちがう、私の直感はそう言いつづけていた。間違いもいいところだ。いったい誰が巨石に正面からぶつかるトレイルを切り開いたりする？　それに、ガリーに沿ってではなく、降りてはまた登るような道を？　私はしかたなく、いまはヤギの論理に従って舵をとっているのだと自分に言い聞かせた。クレタでは、ヤギたちがトレイルを開いてヤギ飼いが後を追い、動物のもつ地形の感覚に順応するのだ。ヤギの論理を疑うことをやめると、私は石のなめらかさに気づき、別のことを思い出した——水は一方向にしか流れない。この雨裂の溝にどれだけ妙な方向へ振りまわされようと、高度は増しているはずなのだ。気づかないうちに、われわれは虫食い穴を掘るようにして崖を登っていた。

「驚きじゃないか？」とクリスが言った。「われわれが来るまで、ドイツ軍の占領以降ここを歩いた者はひとりもいなかったかもしれない。これは古墳のなかに入るようなものなんだ」

まもなく、クリスと私は速いペースでずんずん歩きだした。いや、クリスが足早に歩くのを、私が追いかけていったのだ。クリスが道を開いて先へ進み、こちらはひたすらついていく。私はクリスより十歳若く、体力だってずっとあると思っていたから、こんな現実を突きつけられるのは屈辱的だった。まったく運動をしない、安楽椅子と新聞の日曜版がいちばん似合いそうな六十歳の社会福祉管理業者に、持久力と上り坂の敏捷さで負けるとは。

「きっと生まれもってなんだよ」とクリスは肩をすくめた。

そうなのか？　まさにそれを確かめに、私はクレタまで来たのだった。


古代の人々はクレタを「細長島」と呼んでいた。飛行機で着陸しようというとき、眼下にまったく陸地が見えないことから、その理由がわかるだろう。いまにも海に突っこむと思った瞬間、パイロットが機体をバンクさせると、まるでたったいま深淵から浮かびあがってきたかのように、縁に沿って泡立つ島が視界に飛びこんでくる。空港の背後の入り江に現れるのは陰鬱な石の要塞、十六世紀のヴェネツィア領時代の遺物で、おかげで自分が時の入り口を突き抜け、過去から呼び戻された世界に入ろうとしている感覚がさらにかき立てられる。

クレタのもうひとつのニックネーム――「英雄たちの島」――を私が知ったのは、ほんの偶然からだった。近代マラソン発祥のきっかけになった古代ギリシャの伝令、フェイディッピデスのことを調べていて、ヨルゴス・プシフンダキスという名の現代版フェイディッピデス、通称〈道化師〉へのちょっとした言及に出くわしたのだ。この〈道化師〉には畏敬の念を抱かざるをえない。ヒトラーの軍勢がクレタに侵攻してくると、彼は一夜にして牧羊業者から山を走るレジスタンスの伝令に変貌を遂げたのだ。どういうわけか、ヨルゴスはオリンピック選手もひるみそうなチャレンジを達成することができた。三〇キロの荷物を背負って雪に覆われた崖をよじ登り、ゆでた干し草だけのわずかな食料しかとらずに夜を徹して八〇キロ以上を走り、ゲシュタポの暗殺部隊に追いつめられながら彼らを出し抜いたのだ。ヨルゴスは兵士として訓練されたわけでもない。ドイツの落下傘が彼の家の上空で開いたその日まで、安穏に暮らす羊飼いだった。

それまで、フェイディッピデスのような古代の英雄たちの奥義は、半分神話か、太古の昔に失われたかのどちらかだと思っていたが、二五〇〇年後に同じ芸当をやってのける普通の男がいたのだ。しかも彼だけではない。当のヨルゴスが、村じゅうの女性と子供をドイツ軍の虐殺からたったひとりで救った羊飼い仲間の話を語っている。武器を所持していないか調べにやってきたドイツ軍は、男たちの姿がなく、女たちは誰もしゃべろうとしないのを不審に思う。指揮官が女たちを処刑しようと並ばせて、「撃て！」と命じようとしたまさにそのとき、彼の頭蓋が吹き飛んだ。コスティ・パテラキスという羊飼いが森を抜けて救出に駆けつけ、ぎりぎりのところで間に合って四〇〇メートル先から狙撃したのだ。残されたドイツ兵たちは逃げ場を求めて散らばり――コスティにつづいて到着したレジスタンス戦士たちの照準器の中心にまんまと飛びこんだ。

「いまでも私にとってあれは、戦争中の水際立った場面のひとつだ」と、そうした口の堅い勇敢な女性たちに命を救われた英国のレジスタンス工作員が語っている。この話はひどく心を揺さぶるせいか、実際にこの話が成立するために何が必要だったのかは見落とされがちだ。コスティは自衛本能を投げ捨てて危険へと身を投じなくてはならなかった。何キロもの山野をつまずくことなくトップスピードで走破しなければならなかった。怒り、パニック、疲労をただちに抑え、しかも脈打つ心を鎮めて銃身を安定させなければならなかった。それは勇気ある行動だったというだけではない——生まれながらのヒロイズムと肉体の自制の勝利だった。

レジスタンス時代のクレタを調べれば調べるほど、こういった話がどんどん見つかった。アメリカ人の高校生がドイツ陣内で反逆者たちとともに戦ったというのは本当なのだろうか？　捕虜収容所から脱出して報復の達人に転じ、「獅子」と呼ばれた空腹の囚人とは誰だったのか？　そして極めつけがこれだ——ドイツの司令官を島からひそかに連れ去ろうとしたはみ出し者の集団は、どんな顚末をたどったのか？　ナチスでさえ、クレタ上陸時にはまったく異質な戦いに突入したことに気づいていた。戦争犯罪で死を宣告された日、ヒトラーの最高司令部総長はみずからの運命をニュルンベルク裁判の判事たちのせいにはしなかったし、敗戦を兵士のせいにせず、失望を総統のせいにすることもなかった。彼が責めたのは〈英雄たちの島〉だったのだ。

「ギリシャ人の信じがたいほど強力な抵抗に遭い、ドイツのロシア侵攻には二か月以上の致命的な遅れが生じた」とヴィルヘルム・カイテル将軍は絞首刑に処される直前に嘆いた。「この大幅な遅延がなかったら、戦争の結末はちがっていた……きょうここにはほかの人間が座っていただろう」

そしてギリシャのどこよりも独創的で、迅速で、我慢強いレジスタンスが展開されたのがクレタ島だった。とすると、彼らはいったい、どんな手を使ったのだろう？

その問いが謎ではなかった時代があった。人類の歴史上、長きにわたり、英雄の技術《アート》とは何か偶然身につく類いのものではなかったのだ。それは最適な栄養、肉体のセルフコントロール、心を整えること《メンタルコンディショニング》に徹した多分野にまたがる努力の賜物だった。英雄としてのスキルは研究され、訓練され、磨きあげられ、親から子、教師から生徒へと受け継がれた。英雄の技術とは勇敢であることではない。要求にかなう能力があることであり、勇敢さはそこでは関係なかった。大義のために倒れることがあってはならず、けっして倒れないための手立てを見つけることが目標だった。アキレウス（アキレス）やオデュッセウスをはじめ、古典的な英雄は死ぬという考えを嫌い、人生の一瞬一瞬を切り開いていった。英雄が不滅となるチャンスはひとつ、闘士《チャンピオン》として記憶されることで、チャンピオンというのは愚かな死に方をしない。すべては、強さ、耐久力《エンデュランス》、敏捷性《アジリティ》といった、自分がそんなものをもちあわせているとは多くの人が気づいていない、とてつもなく豊かな資質を解き放つ能力にかかっていた。

英雄たちは、糖の即効性に頼るという、現在おなじみのやり方ではなく、体内の脂肪を燃料にする方法を身につけた。あなたの身体のざっと五分の一は、蓄積された脂肪だ。それは上質な熱エネルギーで、点火されるのを待っていて、食べ物をまったく口にしなくても山を登り下りするのに余りあるほどのパワーがある——ただし、そのやり方を知っていれば。燃料としての脂肪《ファット・アズ・フュエル》という秘訣を、耐久レースに挑むほとんどのアスリートは忘れているが、これを復活させると目覚ましい効果が得られる。史上もっとも偉大なトライアスロン選手、マーク・アレンが大躍進を遂げたのは、炭水化物の代わりに体脂肪を燃焼させる方法を発見してからだ。それは競技に対する彼のアプローチを一新させ、アレンはアイアンマン世界選手権を六度制覇、出場したほぼすべてのレースで三位以内に入り、一九九七年には「世界一壮健な男《ワールズ・フィッテスト・マン》」と認められた。

英雄たちは筋肉で身体を大きくすることもなかった。代わりに頼りにしていたのが、身体のゴムバンドともいえる強力な結合組織、筋膜の無駄のない効率的な力だ。ブルース・リーは、女性が創始した唯一の武術、詠春拳《えいしゅん》に魅せられるまでは並みの武術家だった。詠春拳は筋力の代わりに筋膜の伸縮力を使う。ブルース・リーは筋膜のパワーを利用することに熟達し、寸打《ワンインチパンチ》を完成させて、拳をかすかに動かすだけで自分の二倍の体格の男を部屋の向こうへ突き飛ばしてみせた。筋膜の力は誰にでも平等に具わった、尽きることのまずない資源だ。これこそマサイ族の戦士がジャンプの儀式で頭の高さまで跳ねることができる理由だし、史上もっとも破壊力があるといえる護身術、ギリシャのパンクラティオンとブラジリアン柔術の真髄にもなっている。

英雄は不測の事態に対処できなければならなかった。彼らは〝自然な動き《ナチュラルムーブメント》〟を練習することで、脳の扁桃体を鍛えた。ナチュラルムーブメントこそ、かつて人類が知っていた唯一の動き方だ。人間は、さまざまな地形をなめらかに移動できなければ生き延びることすらままならなかった。行く手に障害物があれば、身体を曲げてよけ、果敢に跳んで正確に着地しなければならなかった。一九〇〇年代前半、フランスの海軍将校ジョルジュ・エベルはひたむきにナチュラルムーブメントの研究に取り組んでいた。子供たちが遊ぶ様子——走ったり高いところに登ったり取っ組み合いをしたり——を見て、自発的で即興的な動きの重要性を理解するようになったのだ。エベルからナチュラルムーブメントを学んだ弟子たちは、強さ、速さ、敏捷性、耐久力のテストで、世界クラスの十種競技選手にひけをとらない得点を記録した。

だからこそギリシャ人は英雄の出現を待たなかった。代わりに自分たちでつくりあげたのだ。彼らが完成させた英雄食は、空腹を抑え、力を高め、体脂肪を高性能燃料に変換する。ギリシャ人は恐怖やアドレナリンの放出を制御するテクニックを開発し、筋肉よりもはるかにパワフルで効果的な、身体の弾性組織に秘められた驚異的な強さを活かすことを学んだ。二〇〇〇年以上もまえに、われわれ誰もの内にいる英雄を解き放つことに本気で取り組んだのだ。そしてそのまま彼らは姿を消した。

あるいはそうではないのかもしれない。テキサス州サンアントニオの中等学校教師、リック・ライアダンはクラスの問題児について考えていて、突拍子もないアイデアを思いついた。ひょっとして手に負えないこの子供たちは多動症なんかじゃないのではないか。居場所をまちがえたヒーローなのではないか。つまり、いまはリタリンと素行不良記録で抑えこまれる行動も、別の時代には偉大さのしるし、まぎれもないチャンピオンの芽吹きだったかもしれないのだ。ライアダンはこのアイデアを検討し、あれこれ仮説を立ててみた。力にあふれ、自己主張の強い子供たちには水を差すのではなく、別の方向を示してやったらどうだろう？　彼らの居場所をつくり、遊び場のように感じられる屋外訓練キャンプで自由に、生まれながらの本能のままに走り、取っ組み合いをして、高いところに登り、泳ぎ、探検することができるようにするのはどうか？　そのキャンプの名前は〈ハーフ訓練所〉にしよう、とライアダンは決めた、それこそ現実の人間だからだ――つまり、半分動物で半分は神のような存在、双方の中間にいて、バランスのとり方がうまくつかめずにいる。ライアダンは執筆に取りかかり、崩壊した家庭で育ったパーシー・ジャクソン〔ライアダンの小説「パーシー・ジャクソンとオリンポスの神々」シリーズの主人公〕という名の問題児を創造した。森のなかの訓練所にやってきたパーシーは、内なるオリュンポスの神を見出され、鍛えられ、指導されることで変わっていく。

ライアダンが夢見た英雄の学校は、実際に存在している――地球上のあちこちに点在しているのだ。英雄のスキルはいまやばらばらになっているが、少し探せばどれも見つかる。ブルックリンの公園の茂みに分け入った元バレリーナは、古代ギリシャ人が頼りにしていたのと同じスーパーフードを買い物袋いっぱいに詰めこんで戻ってくる。ブラジルでは、かつての海辺の行商人がナチュラルムーブメントの失われた技術を復活させているところだ。さらに、アリゾナ州の人里離れた黄塵地帯オラクルでは、寡黙な天才が偉大なアスリート数人――そしてなぜか音楽畑のジョニー・キャッシュとレッド・ホット・チリ・ペッパーズ――に体脂肪を燃料として使う古来の秘密を教えてから砂漠へと消えた。

だが、最高の学習ラボは敵陣の山中の洞窟にあった――第二次世界大戦中、ギリシャの羊飼いたちと英国の若いアマチュアたちの一団が一〇万人のドイツ軍と戦う計画を立てた場所だ。彼らは生まれついての強靱な身体をもつわけではなく、専門の訓練を受けたわけでも、勇敢さで知られていたわけでもない。お尋ね者で、見つかりしだい即刻処刑だと宣告されていた。ところが彼らは断食すれすれの食事だけで突き進むことができた。追跡され、つけねらわれるうちに、より強くなっていった。生まれついての英雄《ナチュラル・ボーン・ヒーローズ》たちとなり、史上最大の英雄オデュッセウスにならって、自分たちなりのトロイの木馬を企てようと決意したのだ。

それは決死のミッションだった――誰にとっても、つまり、この古代の技術を修得していない者にとっては。

CHAPTER 4

ヒトラーが権力の座に就いたとき、チャーチルが用いたのは判断力ではなく、深い洞察だった……それこそがわれわれに必要なものだったのです。

――C・P・スノー

科学者にして戦時スパイ組織のリーダー、一九六一年発表のハーヴァード大学講義録『科学と政治』より

四年前、英国は滅びる運命にあった。それが一九四〇年の首相就任時にウィンストン・チャーチルが直面した現実だ。

「ヒトラー氏には英国諸島侵略の計画があるといわれている」とチャーチルは発表した。それどころか、まさにそのとき、装甲師団長エルヴィン・ロンメルが伝説的な〈幽霊師団〉とともに英国海峡を制圧しつつあった。幽霊師団という呼び名は、敵の領土を進撃する信じられないほどのスピードに由来する――ときには一日に約三〇〇キロ進軍したこともあった。このぶんだと、ロンメルは英国上陸から二四時間以内にロンドンに襲来しかねない。

どう見ても英国には降伏する以外に望みはなかった。英国の軍用機一機につきヒトラーには三機あり、英国の兵士ひとりにつきヒトラーにはふたりいた。Uボート群と沿岸に敷設された磁気機雷が海峡を死の罠に変え、英国海軍の駆逐艦四〇隻は一一隻を残して破壊された。英国兵は血にまみれ、装備は不足する。数万人が捕虜となるか殺され、生存者は逃走をあせって銃や装置を

捨てていた。これに対してドイツ軍は統制が取れ、獰猛で、意気揚々とし、ヒトラーから落ち着くように、進軍を急いで無理しないようにと釘を刺されるほどだった。

「諸君、ご覧のとおり、この都市を守ろうとするのはなんと罪深い愚行だったことか」とヒトラーは、煙をあげるワルシャワの残骸を視察した際に語った。ワルシャワは爆撃によって瓦礫と朽ちていく死体からなる悪夢の光景と化し、市長はダッハウ強制収容所に連行されていた。「他国の政治家のなかには、ヨーロッパ全土を第二のワルシャワに変えたがっている者がいるようだが、諸君のように、戦争の本当の意味を目の当たりにする機会が彼らにもあることを願うばかりだ」

だがチャーチルはヒトラーの真意をわかっていた。ナチが突撃を開始してからの混乱の数か月間、第三帝国の硝煙と虚飾の奥を、そのすべての背後にある男の心をチャーチルほど早く見抜いた者はいないといっていい。チャーチルは国会に警告した。相手も同じ政治家だと思っているとしたら、あるいは帝国建設をめざす者、いや、ありふれた誇大妄想狂だと思っているとしても、とんでもないまちがいだ。ヒトラーにとって戦争とは、さらに大きな目的をかなえるための手段ではない。戦争こそが最大の目的なのだ。

「ナチの力は、迫害に由来する強靭さや倒錯した喜びからなっている」とチャーチルは言った。恐れと痛みも「このきわめて邪悪な男たち」にすれば、エロティックな戦慄だった。ヒトラー本人が語ったところでは、彼の青年期でもっとも輝ける一日は、歴史上もっとも暗黒な日々のひとつだったらしい。第一次世界大戦が勃発したと聞き、彼は「恍惚と歓喜に打たれた」のだ。「ひざまずき、天への感謝で心はあふれんばかりだった」。兵士としてのヒトラー伍長は、前線の戦闘の猟奇的な世界が大好きだった。榴散弾《りゅうさんだん》で腿に裂傷を負っても塹壕からの撤退を拒み、復帰した初日の夜には興奮して眠れず、懐中電灯を手にうろついてはネズミを銃剣で突き刺し、そのうち誰かに靴で殴られ、やめるように命じられる始末だった。

「敵が示す悪意の独創性、攻撃の創意を見るかぎり」とチャーチルは警告した、「われわれはまちがいなく、あらゆる奇抜な戦略とあらゆる野蛮で破廉恥な作戦に備えたほうがいい」

そこでチャーチルはみずから奇抜な作戦を考え出した。これが新手の戦いである以上、チャーチルとしては新手の戦士が欲しかった。創意と自分自身を頼みとして、チャーチルの言葉によれば、「戦争の不文律」に挑み、思いつくかぎりの破壊工作を実行する独立した幽霊たちが。英国陸軍は武器の数も兵士の数も劣勢だったが、ドイツの全連隊をひとりの男の追跡に忙殺させれば、互角にもちこめるかもしれない。あるいはひとりの女の追跡に。もしくは、ある新兵のケースのように、女性を装った男でもいい。ドイツ兵が目を閉じて眠ろうとするたび、死をもたらす影法師に苦しめられ、そしてつきまとわれることをチャーチルは望んでいた。

そのような作戦に歴戦の兵士を使うわけにはいかない。戦闘に適した者は戦場にいるべきだ。そこでチャーチルのこの新たな作戦では、詩人、大学教授、考古学者が起用された――旅の経験があり、外国の事情に通じている人材だ。中年の教授ふたりがチャーチルの計画の噂を聞きつけて奮起し、良心的兵役拒否者の立場を撤回して戦うことを決意した。英国の学者たちにすれば、これは空想の世界が現実になったに等しい。古典文学は彼らのコミックブックだった。プルタルコスの『対比列伝』――哲人エマソンも公認の「英雄たちのバイブル」――を読んで育ち、青年期にはオデュッセウスやリチャード獅子心王、北欧神話の竜殺し《ドラゴンスレイヤー》シグルズの冒険に夢中になった。古代ギリシャでは、ひとりかふたりの類いまれなる個人の活躍で戦況ががらりと変わったことを、彼らはわかっていた。

待ってくれ。英国最高司令部は仰天した。チャーチルは本気でこの変人たちを地球上でもっとも冷酷な殺し屋どもと戦わせるつもりなのか？　ナチスは欧州九か国の軍隊を打ちのめしたというのに、チャーチルの反撃というのは……これなのか？　彼らはゲリラ部隊なんかじゃない、とチャーチル配下の将軍は主張した。災難だ。かりに偽造パスポートと滑稽な訛りから正体がばれなかったとしても、村人たちが密告するだろう。つまり、いざ敵陣に送りこまれたら、このはみ出し者たちは裏切る可能性がもっとも高い人々に、食料と隠れ家を頼らざるをえないということだ。ナチスの突撃隊員の銃を顔に突きつけられた農民が、命欲しさに英国人の命を売り渡さないわけがないじゃないか？　チャーチルの冒険家たちは、追われれば逃げ道はなく、捕まれば望みはない。国際戦闘法規に従うなら、制服を着ていなければ情けは無用だ。ほかの捕虜とはちがい、収容所に連行されて赤十字の訪問を受けることもない。暴行と拷問の餌食になったあげく、知っている秘密を洗いざらい吐いたら、その場で処刑されるのだ。

　だがチャーチルはあきらめなかった。知っている者はほとんどいなかったが、チャーチル自身、幼いころはそんな災難のひとりだったのだ。「剣闘士の素質はほとんどなかった」と伝記『最後の獅子（*The Last Lion*）』の著者ウィリアム・マンチェスターは記している。「病気がちで運動の苦手な弱虫で、青白い、か細い手は女の子さながら、話し方は舌足らずでどもりがち、いじめっ子たちのなすがままだった。殴られ、からかわれ、クリケットのボールを投げつけられる。屈辱を受けて震えながら、彼は近くの森に隠れた」。ウィンストン少年はたくましさにはほど遠く、シルク以外の下着には我慢できなくて、冬でも裸にシルクのシーツをかぶって寝るしかなかった。「私は弱い身体にたたられていて」とのちにこぼしている。「一日の疲れに耐えることもままならない」。それでも時とともにチャーチルはどうにか、ひ弱ないじめられっ子から勇み肌の従軍記者に、そして陸軍将校に変貌し、やがてグレートブリテンの、葉巻を嚙む、ブルドッグのように不屈な自由の擁護者となる。この自分にできたのだから、とチャーチルは確信していた、仲間のはみ出し者たちにもできるはずだ。

はみ出し者たちもチャーチルの言葉を信じた。すでに本物の生身のスーパーヒーローを知っていたからだ。その人物に会いたければ、窓の外に目をやって、トマス・エドワード・ロレンス——短剣の戦いの勝者、悪人たちの征服者、砂漠の賊の首領——が轟音とともにドーセット州の片田舎を大型バイクのブラフ・シューペリアで走ってくるのを待てばよかった。アラビアのロレンスは彼らの偶像だっただけではない。進化のロードマップ、彼らから彼へといたる変容の道しるべだった。第一次世界大戦の開戦当時は、T・E・ロレンスも彼らと同じ本好きで、戦いには不向きだった。オックスフォード大学の学者で、ティーンにもならない少女のような身体つきをし、喧嘩はおろか激しいスポーツも嫌い、当初の任務は地図の作成と軍事切手のデザインで、戦場ではあまりに場違いなために、ある上官から「生意気な青いケツ」に「強烈な蹴りを食らわせてやらねばならない」と切り捨てられた。

何かが起こったのはそのあとだ。ロレンスは砂漠に足を踏み入れ、出てきたときには別人になっていた。本人の言葉によれば、「シルクシャツを着た小さな男」はもういない。代わりに現れたのはターバンを巻いた戦士で、腰に新月刀《シミタール》を下げ、胸に弾痕、背中に吊るした使い古しの歩兵用ライフルには仕留めた数が刻まれている。彼がまだ生きているとは、ましてアラブ人の奇襲部隊を率いているとは誰も予想していなかった。ロレンスは首尾よく遊牧民を集めてラクダにまたがった襲撃隊を編成し、彼らを率いてオスマン帝国の軍勢に急襲をかけていたのだ。オックスフォードの大学院生がいまや逃げるラクダに飛び乗り、点火したダイナマイトを追っ手に投げ、砂嵐の奥に消えてみせる。そしてつぎに現れるのは数千キロ遠方で、列車がまたひとつ破壊されたかと思うと、そのねじれた残骸から彼が駆け出してくるのだった。ロレンスの生意気な尻に蹴りを食らわせたかったあの大佐も「果敢さと気骨」に舌を巻いたが、彼が敵から送られた賛辞はさらに盛大だった。トルコ人がその首にかけた賞金は生死を問わず一万五〇〇〇ポンド、現在の五〇万ドルを超える額だ。

未開の地でロレンスはある秘密を学んだ。彼は時をさかのぼり、そしてたどり着いた場所では英雄たちはもはや人間と別の種族ではなかった。育ちのちがいにすぎなかったのだ。彼らは普通の人間でありながら、並はずれたスキルを身につけていた。その根源的な知識の体系を活用すれば、驚異的なスタミナ、強さ、度胸、巧妙さで行動できることを突き止めた人々だったのだ。古代ギリシャ人もこれを知っていた。彼らの文化そのものが、どんな人間にも神の片鱗があることを前提に築かれているのだ。英雄となるには、どのように考え、走り、戦い、話すのが——さらには食べて、眠り、這って進むのが——英雄らしいやり方かを学ばなくてはならない。

これはすばらしい朗報だ——もしあなたが、ジョン・ペンドルベリーのような隻眼の考古学者やザン・フィールディングのようなすかんぴんの若き芸術家、あるいはパトリック・リー・ファーマーのようなさすらいの道楽者兼詩人だとしたら。この三人の運命は、クレタ島でからみあうことになる。チャーチルは彼らのようなはみ出し者に死刑宣告をしていたのかもしれないが（実際、多くの者に宣告していた）、それに加えて新しい生き方も提示していた。アラビアのロレンスが英雄の技芸を修得できたのなら、彼らにもできるはずだと。

彼らにとってはチャンスだった。

CHAPTER 5

適材適所は破壊力のある兵器である。

――米軍特殊部隊のモットー

私にとってのアラビアのロレンス――ヒロイズムは美徳ではなくスキルだと初めて気づかせてくれた人物――は、ペンシルヴェニア州の片田舎で小さな小学校を運営する大きな丸眼鏡の中年女性だった。二〇〇一年二月二日、ノリーナ・ベンツェルが校長室にいたとき、山刀《マチェーテ》をもった男が校内に併設された幼稚園の園児たちに襲いかかった。そのあとに起きたことを知ってから一〇年、私はいまになってようやくある疑問の答えがわかりはじめている。

なぜ彼女はあきらめなかったのか?

戦闘経験のない四十二歳の小学校校長が、逆上した陸軍退役軍人を相手に、木の枝も真っ二つにできる刃物で切りつけられながら、どうやって戦いを――執拗に、素手で、一六〇センチという小柄な身体で――つづけられるというのか? 立ち向かう不屈の精神があったことも驚きだが、本当の謎は、勝ち目はないとすぐにわかったはずなのに、どうやって食い下がったのか、だ。というのも、それがヒロイズムにつきまとう忌まわしい真実だからだ。試練がスタートするのにこちらの準備を待ってはくれないし、疲れたからといって終わるわけでもない。タイムアウトもウォームアップもトイレ休憩もなしだ。たまたま頭痛がする日のこともあれば、ふさわしいパンツを穿いていないこともあるだろうし、あるいは気づくと――ノリーナのように――スカートにローヒールの靴という恰好で学校の廊下にいて、足元の床が自分の血でみるみるうちにすべりやすくなっているかもしれない。

マイケル・スタンキウィッツはボルティモアのハイスクールの社会科教師で、三番目の妻に去られてから怒りと被害妄想でいまにも破裂しそうになっていた。脅迫行為が原因で解雇され、入院させられ、あげくに投獄された。釈放後、彼はマチェーテを手にし、ペンシルヴェニア州ヨーク郡の静かな田園部にあるノースホープウェル‐ウィンターズタウン小学校に車を走らせた。そこは以前、義理の子供が通っていた学校だった。昼休み直前、ノリーナ・ベンツェルがふと窓の外に目をやると、ふたりの子供を連れた母親の背後に入り口から忍びこむ人影が見えた。何者か確かめにいくと、見知らぬ男が付属の幼稚園をじっとのぞいていた。

「失礼ですが」とノリーナは言った。「どなたかお捜しでしょうか?」

スタンキウィッツが向き直り、ズボンの左脚からマチェーテを引き抜いた。それをノリーナの喉元に切りつけると間一髪はずれ、首から下げたプラスチック製のIDカードが切り裂かれた。悲しくもやけにはっきりした考えが彼女の頭をよぎった。まわりに助けてくれる人はいない。ここにいるのは自分ひとり。つぎの数秒間にどうするかで、誰が生きてこの学校を出るかが決まる。

ノリーナは悲鳴をあげて逃げてもよかった。身体を丸めて慈悲を乞うことも、スタンキウィッツの手首に体当たりすることもできただろう。だが彼女は腕を顔の前でX字形に交差させ、後ずさりした。スタンキウィッツはなおも切りつけ切り裂こうとしてきたが、ノリーナは攻撃をかわし、相手からけっして目を離さず、差をつめて倒そうとするのを許さなかった。ノリーナはスタンキウィッツを誘い出して教室から遠ざけ、廊下を校長室に向かった。そしてどうにか部屋に入るとドアのボルトをかけ、深傷《ふかで》を負った血まみれの手で室内待機警報を作動させた。

一瞬遅かった。ちょうど園児が何人か教室から出たところで警報が鳴ったのだ。スタンキウィッツはその園児たちに襲いかかった。教師の腕に深傷を負わせた彼は、女児ひとりのポニーテールを切り落とし、男児ひとりの腕を折った。園児たちは校長室のほうに逃げ、そこでノリーナはまたスタンキウィッツと対峙した。マチェーテが両手に深く切りつけられ、指が二本切断された。ノリーナはもはやこれまでと見え、スタンキウィッツは新しい犠牲者を求めて振り返る――ノリーナが跳んだのはそのときだ。抱きついて両腕を巻きつけ、ありったけの力でしがみつくと、男はじたばたもがき――

カタッ。

マチェーテを落とした。養護教諭がつかみ、廊下へ隠しに駆けだした。スタンキウィッツがよろよろとデスクに倒れこんでも、ノリーナはまだ背中にかじりついていた。まもなくサイレンと雷鳴のような足音が近づいてきた。ノリーナは血液を半分近く失ったが、病院に担ぎこまれて一命を取りとめた。スタンキウィッツは投降した。

この襲撃後の数日間には〝運〟と〝勇気〟が語られることが多かったが、さまざまな要因のうち、いちばん重要でなかったのがこのふたつだ。勇気はあなたを苦境に追いやる。かならずしもそこから脱出させてくれない。そして、相手がすべって転びでもしないかぎり、マチェーテを手に襲いかかってくる男と戦って勝つことに運はなんの関係もない。ノリーナ・ベンツェルが生き延びたのは、一連の決断を即座に、ありえないほどの重圧がかかるなかで下し、その成功率が生死の分かれ目となったからだ。

腕を交差させて後ろに下がったとき、彼女が本能的にとったのはまさしくパンクラティオンで推奨される姿勢だった。この古代ギリシャのルールのない格闘技は、第二次世界大戦中に〝天の双子《ヘヴンリー・トゥインズ》〟ことビル・サイクスとウィリアム・フェアベアンに採用され、現在もその接近戦のテクニックが特殊部隊に使われている。ノリーナはあわてて足がもつれることも行き止まりに逃げこむこともなく、わざと後退する作戦を採った。アドレナリンが限界値に達するままにしていたら、エネルギーが燃え尽きて打つ手はなくなっただろう。ところがガス欠になったのはスタンキウィッツのほうで、ノリーナは待っていた好機をものにすることができたのだ。

身体の強さや体格、残忍さの勝負になっていたら、ノリーナは手も足も出なかった。そこで力をぶつけあう代わりに、彼女はもっといい解決策を見つけた。筋膜、つまり皮膚の内側で身体を包んでいる繊維質の結合組織を頼ったのだ。人間の上半身には、胸を横切り一方の手からもう一方の手まで走る帯状の筋膜がある。スタンキウィッツを両腕で包むことで、ノリーナはその筋膜の輪を閉じた。いわば人間投げ縄となって、スタンキウィッツの腕を太いゴムケーブルで縛り、彼の力を無効にしたわけだ。

だが、そうするために、ノリーナはまず自分の扁桃体を制御しなくてはならなかった。扁桃体は恐怖の条件づけに関わる脳の部位だ。そこは長期記憶にアクセスし、過去にやったことのなかに現在やろうとしていることと似たものがないかスキャンする。もし一致するものがヒットしたら、先に進んでいい。筋肉はほぐれ、心拍数は安定し、疑念は消える。だが過去に、たとえば高い木から下りた形跡が見つからなかった場合、扁桃体は神経系にその行為を中止するよう圧力をかける。扁桃体こそ、人が消防士の用意したはしごに乗らずに焼け死に、ライフガードの首から手を放そうとせずに溺死する原因だ。五歳のころは自転車に乗るのがむずかしいのに、五年ぶりに乗るのはたやすい理由でもある。一度おぼえたら、扁桃体はその行動を認識してゴーサインを出す。あなたの扁桃体は判断しない。反応するだけだ。だから扁桃体を詭計《トリック》にかけることはできない。訓練《トレーニング》するしかないのだ。

　ほとんどの人は、いくら強くても、また勇敢であっても、マチェーテで襲撃されるという異常事態に見舞われたら扁桃体が圧倒され、その場で動けなくなる。ノリーナが天才的だったのは、自分のスキルに合った戦略を見つけたことにあった。戦うことはできなくても、抱きしめることなら得意だ。腕で人を包みこむのは慣れた動作だから、感覚器も反対しなかった。ノリーナがそのハグをやってのけたのは、直感的にひらめいたからだ。つまり、スタンキウィッツの怒りを抑えつけるのは無理でも、鎮めることならできるんじゃないか、と。

「わたしはあなたの身体に腕をまわしました」マイケル・スタンキウィッツに判決が下された日、彼女は証言台から被告にそう告げる。「あなたをなだめたくて」

　スタンキウィッツはじっと彼女を見つめた。そして声に出さずに「ありがとう」と口にすると、禁固二六四年の刑に服するために連れていかれた。

　では、マチェーテをもった狂人の襲撃にどう備えたらいいのか？

　その質問は私の口をついて出るとばかみたいに感じられるし、状況を考えれば、無作法といってもいい。私はいまノリーナの学校にいる。あの襲撃からようやく一年といったところだ。だがノリーナも内心、ずっと同じことを自問してきた。

「外で話しましょう」と彼女は提案する。上品で上機嫌、子供たちに魅了されている彼女は、教師となって一七年がたったいまも、休み時間にはしゃぎまわる彼らを仕事の合間に眺めるのが好きだ。腕は稲妻のような傷跡に覆われている。四回の再建手術をへて手の機能はだいぶ回復したものの、まだ自分の手という感じはしない。いつも冷たくしびれ、こんな暖かい秋の午後にもカイロを握りしめたままだ。それでも夫や子供たちとまた手をつないだり、ペン州立大《ステート》ブルーバンドの同窓会でアルトサックスを吹いたり、運動場でわれわれの姿を見るなり駆け寄ってくる児童の髪をくしゃくしゃにすることはできる。

おかしな話に聞こえるでしょうが、あの日は準備ができていたのですとノリーナは言う。そうだったにちがいない。彼女は落ち着いていて、理性的で、強かった。パニックを起こすことも、死を受け入れるつもりもなく、選択肢を検討し、つぎにどう動くかプランを立てていた。彼女の反応は行き当たりばったりだったのではない。自然で、意図的だった。意図的どころか、「天から導かれた」感じだったという。ただ実際は、内面から導かれていた。彼女は何をすべきかを知っていて、身体はそれをどのようにすべきか知っていたのだ。

「この子たちを大切にするという理由でわたしを英雄とお呼びになるのならそれもけっこうです。でも、毎日仕事でしていることです」とノリーナは言う。これは興味深い手がかりだ。彼女が落ち着いていたのは、状況が熱を帯びたときに冷静でいられる訓練を積んだ終生の教師だからだろうか？　視線を合わせたままだったのは、かんしゃくを起こす子供や興奮した親に毎日そうやって接しているからだろうか？　手がサックス吹きとして何十年も練習した位置に上がったこと、そして彼女が両腕で攻撃をそらしたり防御したりする両手利きだったことは偶然だろうか？

ほんの数分彼女と校庭にいるだけで、この子たちのために死ぬまで戦おうとした理由はわかる。

依然として不可解なのは――とりわけノリーナにとっては――なぜ勝てたのかだ。

「私にとってたいへん興味深いのは、今日、英雄といえども自身のヒロイズムを理解しているケースがいかにめずらしいか、ということです」と語るのはアール・バビー博士、オレンジ郡のチャップマン大学で英雄的行為に焦点をあてた研究をしている行動科学の名誉教授だ。「きっと、『ええ、私は英雄です《アイム・ア・ヒーロー》』と言う人なんてひとりも見つからないはずです。数年前、飛行機のハイジャック犯が乗客に銃を向けたことがあります。すると客室乗務員が銃と乗客のあいだに立って、『まずわたしを殺しなさい』と言いました。のちにその客室乗務員はこう言ったのです。『いいえ、私は英雄ではありません』」

「それで私は思ったのです。**なんてことだ！** それでも資格がないというのなら、いったい何が条件になるでしょう?」とバビーはつづける。「謙遜のせいとは思えません。むしろ、当惑しているのでしょう」

バビーには、ぜひやってみたい夢の実験がある。「人のためにみずからの命を懸ける前日の英雄たちにインタビューできたらと願っています」と彼は言う。「きっと見つからないでしょう、命が危ぶまれる状況で自分がどうするか、自信をもって答えられる人なんて」。それどころか、バビーの発見によれば、英雄の技芸は無視されて久しく、大半の人はそれについて語ることにさえ抵抗を示す。彼は講義で「ボーイスカウトの誓いと掟」を音読し、**誠実である**、**忠節を尽くす**、**人の力になる**、**友情にあつい**、といったくだりで学生たちがもぞもぞするのを見るのが好きだ。

「美徳は近ごろでは立派なこととはされず、いわゆる倫理的指導者《モラルリーダー》たちに偽善が見られるのも確かで、彼らがいくら模範的な行動を説いても疑問を投げかけられるほどです」とバビーは言う。

「でも、もう少し深いレベルでは、私たちは英雄的行動をいまだに本能的に偶像化しています。そして自分には縁がないものと言ってはばからないのに、まさにその英雄的衝動のままに行動するのです」

チャールズ・ダーウィンでさえ英雄たちに当惑していた。科学に対するダーウィンの偉大な貢献は、あらゆる生命を純粋数学に単純化したことだった。つまり、地上における唯一の目的は倍々となる繁殖であると。あなたがすることはどれも、あなたがもつ本能はどれも、子をつくって自分の複製をできるだけ多く残したいという進化上の衝動だというわけだ。その観点から見ると、ヒロイズムは意味をなさない。生物学的な見返りの保証がないのに、なぜほかの人間のために死ぬリスクを冒すのか？　わが子のために死ぬ。それなら賢明だろう。ライバルの子供のために死ぬのは？　遺伝上の自殺だ。

精力にあふれる健康な英雄を何人育てようと、性欲旺盛な自分本位のろくでなしがまわりにひとりいるだけで、あなたの血統は絶滅する。自分本位のろくでなしの子供たちは成長して繁殖し、英雄たる父《ヒーロー・ダッド》をもつ子供たちは、いずれ父親を模範として自分を犠牲にし、死に絶える。ダーウィンはこう結論づけた。「多くの未開人がそうだったように、仲間を裏切るくらいなら自身の命を犠牲にしようという覚悟のあった者は、往々にしてその高潔な性質を受け継ぐ子孫を残さない」

では、自然淘汰《ナチュラル・セレクション》によって生まれながらの英雄的資質《ナチュラル・ヒロイズム》が排除されるとしたら、それがいまも存在するのはなぜなのか？

アンドリュー・カーネギーもダーウィンと同じく困惑していた。この十九世紀の鉄鋼王は人間性を読み取る能力で財産を築いたが、ヒロイズムという特異な個性は彼にも読み解けなかった。十三歳でスコットランドから合衆国にやってきたとき、カーネギーは極貧で、ほとんど教育も受けていない移民だったが、運よく鉄道関連の仕事にありつくと、当時の冷酷きわまりない強欲漢たち——人を食い物にするとの悪名をはせたJ・P・モーガンなど——を出し抜く技量のおかげで、とんとん拍子に鉄鋼業界のトップに上りつめた。金が欲しかった彼は、勤勉に働き、巧みに投機をした。魔術めいたところはどこにもない。だが、無償でもっと奮闘し、もっとリスクを冒す人物のことは、どう説明したらいいのか？

カーネギーは英雄たちにいたく興味をそそられ、彼らを探しはじめる。一九〇四年、報奨と研究を目的にカーネギー英雄基金《ヒーロー・ファンド》を開設した。ここでは純粋な利他主義者だけがその資格を満たすとされ、消防士や警察官、わが子を救う親は対象にならない。毎年、この基金では英雄的行為の事例を国じゅうから収集し、性や地域、年齢、事例別に分類して、英雄やその遺族に賞金を授与する。カーネギーはまもなく、セルマ・マクニーのことを耳にした。アパートの屋上から燃えている隣のビルに跳び移り、炎に閉じこめられた子供ふたりを助けた十代の少女だ。ウェイヴァ・キャンプレドンというニューメキシコ州の七十歳の女性が、傷を負いながらも二頭の猛犬と園芸用の鍬《くわ》で戦いつづけ、隣人を救ったという報告もあった。また、二十五歳のオレゴン州の主婦、メアリ・ブラックは「四枚のスカートがじゃまだった」が、氾濫した川に二度飛びこみ、溺れていた姉妹ふたりを救出した。

ここには何かパターンみたいなものがあるのだろうか？　カーネギーは考えあぐねていた。自分の目にしているものは再現可能なパフォーマンスモデルなのか、それとも幸運な偶然が重なり、適材が適所に、ときに鍬を伴って現れたにすぎないのか。というのも、もしヒロイズムをひとつの公式——ひとつのアート——に要約できたなら、なんと素晴らしいことだろう！　自分は平和を実現する世界の偉人のひとりとして歴史に名を残し、キリストと並び称されるはずだ。誰もが守護者になれば、もはや守ってもらえない人などいなくなる。どの教室にもノリーナ・ベンツェルのようなヒーローが、どの家庭にもセルマ・マクニーが、どの川岸にもメアリ・ブラックがいるようになる。カーネギーは強面の闘士という評判だったが、実際は平和主義者で、暴力とは病気であり、人が――ひょっとするとカーネギー本人にも――治せるものだと信じていた。

だが結局、彼はあきらめた。カーネギーはその後も英雄に報奨金を提供しつづけるが、彼らを理解することはなかった。「この基金でヒロイズムを刺激したり引き起こしたりできるとは思わない」と認めている。「英雄的行動は衝動によるものだと重々承知している」

衝動によるもの。それがカーネギーの間違いだった。

カーネギーもダーウィンも科学を究めようとしていたが、この問題への取り組み方はまるで詩人だった。**犠牲**……**裏切り**……**高潔**……**衝動**……どれも意思を定義する言葉であって、行動の描写ではない。カーネギーとダーウィンは、行動に、つまりどのように？という冷厳な事実に焦点を当てるべきなのに、思考と感情――なぜ？――に思いをめぐらせていた。探偵は捜査の初めに動機について頭を悩ませたりしない。それはどこまで皮をむいても中身にたどり着けない無限のタマネギだ。まずは何をしたかを突き止めるべきで、そうすれば、あるいは理由も見えてくる。

古代ギリシャ人のやり方がまさにそうだった。彼らは英雄を神学の中心に据えた。神々の確執や魔術的な変身といった物語はあるものの、その神学はいまも世界の宗教のなかでもっとも実際に即したものとして際立っている。聖人や奇跡に感謝を示す代わりに、ギリシャ人は問題を解決できる者や確かな実用技術《ハウツー》を賛美した。彼らはヒロイズムと衝動の差を理解し、両者を見分ける簡単な二段階のテストを考え出している。

1　もう一度やるつもりはあるか？
2　もう一度できるか？

ヘラクレスは、ひとつではなく「十二の功業」を立て、それに加えて数多くの小さな勤めも果たしている。オデュッセウスのやることリスト《トウドウ》は容赦なかった。トロイア戦争の必勝法を編み出しただけでなく、その後の苦難に満ちた帰途には、嵐や兵士、魔女、単眼の巨人キュクロープス、冥界の支配者たち、そして性の女神の魅力に知恵で勝り、戦って勝ち、走って勝利しなくてはならなかった。ギリシャではまれな女性のヒーロー、アタランテが少年たちに示したのは、堕落した半人半馬のケンタウロスふたりを退治し、伝説の格闘家を破り、勇士イアソンが「金の羊毛」を手に入れるのを助け、巨大な「カリュドンの猪」を追いつめられることだった。「漁師の手仕事から剣の使い方まであらゆるものに熟達していた」ペルセウスは、メドゥーサに石に変えられることなく、その首を切り落とす計画をブレインストーミングし、つづいて鎖につながれた裸の王女を海の怪獣から救出しなくてはならなかった。

ラッキーなことに、こうした途方もないドラマの数々を明確な行動規範に落としこめる人物が現れた。あらゆる英雄的行為を判定する偉大なギリシャ人審判、プルタルコスだ。プルタルコスは原子核科学者がウランに魅せられるようにヒロイズムに魅せられた――彼にとってヒロイズムとは素晴らしい天然のスーパー燃料で、強力で豊富にあり、利用されるのを待っているのだ。プルタルコスは生涯にわたって英雄たちを分析し、その網は広く張りめぐらされた。たとえお伽話に見えてもその根底には現実世界の出来事があったはずだと信じ、実話にほら話、ローマの歴史やギリシャの神話を研究した。大作『対比列伝』を書く準備が整ったときには、すべてを知り尽くした彼の目をごまかすことは誰にもできなかった。とびきり愛されている英雄でさえ、プルタルコスの考える基準から一歩でもはずれていれば、厳しい批判を浴びせられた。

　プルタルコスはアレクサンドロス大王やユリウス・カエサルの人生を再現してみせた。ペリクレスの短所（優れた戦術家ながらアテナイをペロポネソス戦争に突入させる失態を演じた）や、「希望におぼれた者」ピュロスの致命的な欠点（想像力が兵力を凌駕するたび大きな損失を出した）を暴いた。狼の乳で育てられたローマの建設者ロムルスについては、平民に育てられたことをいつも忘れず、略奪した八〇〇人の女性たち〔古代ローマの伝説のひとつ、サビニの女たちの略奪のこと〕に寛大だった点を褒め称えた。だが、牛頭人身の怪物ミノタウロスをクレタ島の迷宮《ラビュリントス》で退治したテーセウスのことは、激しく非難している。怪物を殺し暴君の計画を阻止したからといって、性犯罪のフリーパスはもらえない。「女性たちの陵辱という罪を犯した以上、テーセウスに言い訳の余地はない」とプルタルコスは咎めた。「こうした行為は悪意と肉欲のなせる業と疑わざるをえない」

　プルタルコスの仕事ぶりはじつに見事で、『対比列伝』は近代史における英雄たちのハンドブックとなった。「かねてより私の良心のようなものとなっている」とフランス国王アンリ四世は評していた。「私の行動と政務について数多くのよき提案や格言を耳元でささやいてくれるのだ」。エイブラハム・リンカンは熱心な読者だったし、セオドア・ローズヴェルト大統領、ジョージ・パットン将軍、ジョン・クインジー・アダムズ大統領もそうだ。第一次大戦後の英国の再建にあたっては、この英雄のバイブルが手引書だった。「プルタルコスの『列伝』がエリザベス朝における英雄の理想を築き上げた」と作家のC・S・ルイスも認めている。

　プルタルコスが彼らに教えたのは、こういうことだ――英雄は気にかける。真のヒロイズムとは、古代の人々が理解したとおり、強さでも大胆さでもなく、勇気ですらない。思いやりだ。

英雄の理想を創り出したギリシャ人は、そこに「死ぬ気でやり遂げる」とか「悪党を全滅させる」といった意味の言葉は選ばなかった。彼らがこれで行こうと決めたのは、ἥρως（ヘーロース）――「守護者」だ。英雄は完璧ではない。親の一方は神、もう一方は人で、ふたつの運命のあいだでたえず揺れ動く。その彼らを偉大さへと傾けるのが相棒《サイドキック》、思いやりという力の蛇口をひねる手助けをする人間の友人だ。共感とは、ギリシャ人の考えでは、柔和さではなく強さの源だった。他者に自分を見出し、その苦境に寄り添うほど、あなたは忍耐や知恵、狡猾さ、決断力を活かせるようになるのだ。

ほとんど不滅だったアキレウスにも、誠実な友パトロクロスがいた。オデュッセウスには、最大の戦いに挑んだ際、ふたりの忠実な牧夫という味方がいた。およそ人間ではないスーパーマンでさえ、いつもジミー・オルセンがそばにいた。ヘラクレスには双子の弟と、慕ってくる甥がいたし、最悪の状況に追いこまれたときはかならず親友のテーセウスが現れた。そしてもちろん、聡明な「少年探偵ブラウン」には腕っぷしの強い少女サリー・キンボールがついていた。サイドキックは、ヒーローが自分の魂を見つめる手立てであり、いちばん強い面ではなくいちばん弱い面から強さを引き出す方法だ。ヒーローは、いくら神の血を引いていても、心は人間のままであることを忘れてはならない。窮地を脱するために赤ん坊をのみこむ巨人《ティーターン》ではなく、不死身の神でもない。不滅となるチャンスはひとつ、それは彼に感謝し感動した人々の記憶や物語のうちにある。

英雄は人間の部分を何より気にかけなくてはならず、そうすることで神の部分が引き出されるのだ。

ひとつの衝動、もしくは「気高い性格」からそんな英雄のスキルが自然に生まれることを待ち望むのもいいだろう。あるいはスパルタ人の範にならい、まっすぐ原点に向かうかだ。つまりクレタに。スパルタの建国の父、リュクルゴスはさまざまな理念を吸収しようとクレタ島に旅し、大いに感銘を受けてひとりのクレタ人を偽装させて連れ帰った。詩人を装わせつつ、スパルタのもっとも有力な立法者としてひそかに頼りにしたのだ。スパルタの社会の掟は「大部分がクレタの模倣である」とアリストテレスは『政治学』で指摘しているし、その特徴となる精神がやがてギリシャの神学と西洋の民主主義の基礎となった。つまり、一般市民はつねに特別な行動が起こせるよう準備しておかなくてはならない、という考え方だ。

ギリシャ神話はじつは、同じある行動についての寓話を繰り返し語ったもので、勝ち目は薄くても、英雄の技芸を用いて危険に立ち向かう者のショーケースだ。野生の雄牛を手なずけなければならない？　牛が水を飲むのを待ち、角をつかんで組み伏せろ。毒にまみれた牛小屋を掃除するよう命じられたら？　洪水で洗い流せ。人身牛頭の怪物、頭が三つある地獄の番犬、刃物を通さない皮をもつ獅子と戦う？　背後にまわって息をつまらせろ。こうしたテクニックは、単なる神話上の空想ではない。一部はじつに的確で、現在でもギリシャの武術パンクラティオンで使われている。あなたの首を切り落とそうとする男と対峙することがあったら、オデュッセウスから教訓を得るといい。「オデュッセウスはいくつか技を知っていた」とホメロスは『イーリアス』に記している。「彼はアイアースの膝の裏を強く蹴り、あお向けに転ばせて、その胸の上に倒れこんだのだ」

なぜならギリシャ人の見方からすれば、あなたには選択肢があるからだ。自分の子供たちが危険にさらされたときに、ノリーナ・ベンツェルのような人物が救出にやってくるのを期待することもできるし、自分が救出を引き受けることだってできる。向こう見ずになれ、ということではない。脊椎のリハビリ病棟は向こう見ずな者でいっぱいだ。恐れを知らないことも実際には役に立たない。車が故障したとき、修理工に「これは直した経験がないが、死ぬ気でやってみよう」と言われたくはない。聞きたい言葉は「心配いらない。お手のものさ」だ。ヒロイズムとは謎に包まれた内なる美徳などではない、とギリシャ人は信じていた。どんな男女も習得できるスキルの集まりで、だから窮地に立たされたら誰もが〝守護者〟になれるのだ、と。

長いあいだ、彼らはそれに秀でていた。何世紀にもわたり、英雄の技術は盛んに身につけられた。だがギリシャの帝国が衰退すると、その影響力も衰え、先細りになって消えていき……

最後に英雄の技術が無傷のまま残ったのが、クレタの未開の山地だった。第二次世界大戦中に英国陸軍のはみ出し者の一団が訪れ、過去の英知の特訓を受けた地だ。

CHAPTER 6

これまでわれわれは、ギリシャ人は英雄のように戦うと言ってきた。
これからは、英雄はギリシャ人のように戦うと言うことになる。

——ウィンストン・チャーチル、一九四一年

人知れず、ヒトラーは自身の目標を見据え続けていた。ソ連征服のマスタープラン、バルバロッサ作戦にすべてを懸けようとしていたのだ。ここで計算を誤れば、ドイツは破滅する。だが適切に事を運び、ロシアの熊をひざまずかせたら、もはや楯突く強国は地上にない。

ドイツがロシアの油田、さらには農場、戦車、赤軍の兵士たちをすべて掌握したら、第三帝国は史上最大で最速の、そして最強に装備された戦闘部隊を有することになる。よく考えるがいい、アメリカよ。フランクリン・D・ローズヴェルトは怒りをこらえて英国の救援に乗り出さざるをえないだろう。ヒトラーはかならずしも米国を侵略するつもりはなかった。ヨーロッパ大陸全域を手に入れた現状に満足している。だが必要とあれば、彼らの生活をひどくみじめなものにしてやってもいい、それも一気にだ。南米の友好国も待機している。ブラジルとアルゼンチンはすでに親ファシズムで、メキシコを引きこむにはカリフォルニア、ニューメキシコ、アリゾナの各州の返還とアメリカによる経済的蹂躙の緩和を約束するだけでいい。大日本帝国海軍とドイツのU

ボート艦隊はアメリカの船隊を苦しめるだろうし、ドイツが計画中の長距離アメリカ爆撃機は、試作段階ながら開発は順調で、ワシントンＤＣを空襲したのち燃料補給しなくともミュンヘンに帰還できる。

だがヒトラーは迅速に動かなくてはならなかった。ロシアは、ナポレオンが苦い経験から学んだとおり、毎年夏に短期間だけ口を開いたのち、いきなり首を挟みこむネズミ捕りだ。一八一二年、ナポレオンは約五〇万の兵士とヨーロッパの大半の軍を指揮下におさめ、ロシアへと行軍した。そして一万人の痩せこけた生存者とともに帰国し、まもなく自国を失っている。ロシアはあまりに広く、あまりに寒く、あまりに兵士が多く、わずかな計算ミスも許されない。運がよくても、期間は四か月だ。早春の雪解けとともに侵入し、秋の泥濘期〈ラスプティツァ〉までに制圧しなくてはならない。ラスプティツァの雨が降りだしたら、ロシアの道は車輪を吸いこむ泥沼と化す。銃弾がナポレオンを破ったのではない。ネズミ捕りが閉まり、よろめく兵士たちが凍傷、疲労、飢餓で死にはじめたときに彼の運命は決していた。

ヒトラーはリスクを承知していたが、勝機はあると考えていた。ドイツがヨーロッパで最高の軍隊を擁しているのに対し、スターリンは目覚ましい仕事ぶりで赤軍をおそらく最悪の軍隊に変えてくれている。スターリンは、国を守る力のある優れた将軍は国を奪う力もあることに気をもみ、最高のロシア人将校たちを処刑して、後釜に卑屈な取り巻きを据えつづけた。彼らが指揮する兵士たちはたいてい、ライフルをさわった経験のない貧しい農民だった。戦闘兵器は乏しく、時代遅れで、運よく使える大砲がある部隊にしても、射撃演習用の砲弾は不足していた。

こうして十一月十三日夜半、ヒトラーはひとり決断を下した。いまこそ無敵となる時だ。英国が四か月にわたる強烈な爆撃を受けてなお屈しないのは腹立たしいが、かまうまい。あとでとどめを刺しに戻ればいいだろう。「ドイツの軍隊は、対英国戦争が終わらずとも、迅速な作戦行動でソ連を転覆させる準備をしなければならない」と、ヒトラーは将軍たちに告げた。選んだ作戦名バルバロッサ――「赤髭」――の由来となったのは、蛮勇をふるった十二世紀のドイツ人皇帝で、言い伝えでは、いまもバイエルンの洞窟で眠り、カラスたちに付き添われて、ドイツを代々の栄華に返り咲かせるよう呼び覚まされるのを待っているとされている。

バルバロッサを炸裂させるのは一九四一年五月十五日、ヒトラーはそう決断した。クリスマスまでに、鉤十字がロンドンとモスクワの上空を舞うことになる。アメリカには反撃のチャンスさえ与えない。戦争は終わる。まちがいない。

第一段階　クレタ島を征服する

「地中海東部の制圧はクレタ島攻略にかかっていた」とヒトラーの参謀総長、フランツ・ハルダー将軍は言った。ギリシャ最大の島クレタは、ドイツの東進にうってつけの兵站集積地だった。ところが、そこでヒトラーは面倒な立場に追いやられる。ムッソリーニが総統の意向に反し、単独でギリシャを奪おうとしていたからだ。「ギリシャ人を倒すのに手こずるようなら、イタリア人であることを返上しよう」とムッソリーニはうそぶいていた。ギリシャは十二月までにわれわれのものとなる、とムッソリーニはヒトラーに請け合った。クリスマスプレゼントと考えていただきたい。

ところが、それは大量殺戮に転じたのだ。

ギリシャの民間人たちが山中に走って前線部隊に加わり、彼らは首尾よくイタリア人たちを狭い山道に封じこめた。海を越えて、第五クレタ師団の山男たちが送りこまれた。クレタ人は現地の食料で生き延び、夜は断崖を軽快に進んで、ナイフでも銃でも簡単に敵を殺害してみせる。圧倒的な力で制圧するどころか、イタリア人たちは険しい岩山でクレタの幽霊たちに狙い撃ちにされるのを必死になって踏みとどまっていた。ぼろを身にまとい、ライフルを羊飼いの杖のように肩にかけ、雪と死を招く寒さのなかで軽口をたたく陽気なクレタ人は、まもなくギリシャの攻撃の急先鋒となる。ある戦闘では、クレタの連隊が数の上では一対一〇の劣勢ながら、イタリアの一個師団を敗走させた。

　そんな展開を遠くから見てヒトラーは唖然とした。ギリシャに山岳から、雨季のさなかに攻撃をしかけただと？　冬も近いというのに？　かりにぬかるみがイタリア人を止められなかったとしても、雪が降るのを待つだけでいい。第三帝国が力で世界を恐れさせているというのに、とヒトラーはいきり立った。ムッソリーニのしくじりは「われわれは無敵だという確信に一撃を加えたのだ」。クリスマスが過ぎ、アテネに進軍するどころか、イタリア軍はアルバニアへ退却していた。こうなったらドイツが、面目を保って屈辱を晴らすためにも介入し、後始末をつけなくてはならない。

　ヒトラーはじっくり時間をかけた。ムッソリーニの轍を踏んで天候をなめるつもりはない。過去半世紀で最悪のその冬のあいだ、彼はギリシャ人とイタリア人を雪の山中に閉じこめておいた。英国の軍隊がギリシャの救援に向かうのを止めようともしなかった。天候が暖かくなるまで待ち、四月六日を迎えたところで、ソ連に将来の姿を見せつけたのだった。

「何百もの急降下爆撃機がやってきたのにあの豚野郎たちに反撃できないとなると、本当に神経が参りそうだ」と、あるオーストラリア人の伍長がドイツの侵攻後にギリシャから妻に宛てて書いている。「どんなに強い男も赤ん坊のように無力だと感じさせられる」。ドイツの装甲車が山道を突き破って進み、独空軍《ルフトヴァッフェ》機が動くものを片っ端から機銃掃射して絨毯爆撃をしかけた。ギリシャ人は勇敢に塹壕を掘った。その勇敢さに、ついに弾薬が尽きたある駐屯隊に向かって、ドイツ兵たちが自然と立ちあがって敬礼したほどだ。だが、長い冬の戦いで彼らは消耗していた。そのうち降伏を余儀なくされ、約五万人の英連邦軍は急遽、船に乗ってクレタに逃れる。ダンケルクを撤退したときと同様、重火器は放棄した。

わずか二四日間で、ヒトラーはギリシャを掃討し、同時にユーゴスラビアを攻略した。そしていよいよフィナーレを迎える。クレタだ。

ここからはいくらかの策略が求められるだろう。ムッソリーニがへまをしたおかげでギリシャで道草を食い、バルバロッサ作戦は予定より遅れていたが、ここでクレタを正面から強襲するのはトラブルのもとだ。大規模な地上部隊で侵攻すれば、ロシアに向かっているべき軍勢をも引き止めることになる。かといって兵力が不足すれば、あの山男たちはムッソリーニを苦しませたように頭痛の種となりかねない。ヒトラーは将軍たちに招集をかけ、このジレンマを説明した。

それはジレンマではありません、と主張したのはクルト・シュトゥデント将軍、精鋭からなる第十一航空軍団の司令官だった。一生に一度の好機です。

たしかに、シュトゥデントの一生にとってはそうだった。貧しい生い立ちのシュトゥデントは、死んで当然の仕事を引き受けることで階級をのしあがっていた。初めは第一次世界大戦中の塹壕兵で、その後飛行訓練を受け、ロシア戦線の格闘戦《ドッグファイト》パイロットという決死の任務に志願した。神出鬼没で知られたフランス機を撃墜し、その機首にドイツ製機関銃を装着して戦闘に復帰させたことで伝説の人物にもなっていた。第一次大戦後、彼は生き延びた数少ないドイツ人飛行士のひとりとして、ヴェルサイユ条約に反してドイツ空軍の再建を秘密裏に進める地下結社に誘われた。空挺部隊がもたらす衝撃と畏怖こそドイツ最大の武器だと確信したシュトゥデントは、鞭打ってきたわが身でそれを証明することも厭わなかった。第二次世界大戦開始時には五十歳近い高官で、スカイダイビングを習ったことがないにもかかわらず、オランダ侵攻では榴散弾が炸裂するなか水上飛行機で乗りこみ、みずから指揮を執った。友軍の流れ弾が額に命中する事故に遭ったが、それでへこたれる男ではない。ヒトラーがクレタに頭を悩ませていたとき、シュトゥデントはすでに回復し、見事な解決策を進言するだけの勢いがあった。

クレタはヒトラーにとって史上最大の空挺作戦を開始するチャンスだった。第三帝国には世界に畏怖の念を抱かせる最新かつ、もっとも恐ろしいイノベーションがある。空挺軍団だ。大規模な攻撃目標を包囲すべく全員が空から降下し、地上部隊や艦隊の援護なしに雲間から乗りこんだ軍隊はいまだかつてない。ドイツのユンカース製大型機は、突撃連隊の一〇名からなる部隊を乗せた滑空機《グライダー》を曳行できる力がある。切り離されたグライダーは音をたてず、まばゆい朝日から飛び出すように操縦すれば目に見えない。それは究極の奇襲だ。戦闘部隊が突如、頭上から――どこであれ、いつであれ――まったくなんの前触れもなく現れるのだ。

ヒトラーは最後までシュトゥデントの話を聞き……そして、だめだと言った。そこまで多くの人間を敵の銃の上にぶらさげるのか？　危険すぎる。

しかし、ここで話しているのは人間のことではありません、とシュトゥデントは食い下がった。いま話しているのは降下猟兵《ファルシルムイェーガー》、〈空からの狩人〉と呼ばれる精鋭空挺部隊のことなのですと。残忍で、タフで、創意に富み、優れた運動能力がなければ猟兵に志願することもできず、その条件を満たしたとしても、志望者の三人にふたりは脱落する。獲物に飛びかかる鷲の記章を勝ち取るには、実弾が飛び交うなかで障害物コースを走り、夜の森へと飛び降り、時速約五五キロで空中を降下しながら軽機関銃を正確に撃たなくてはならない。ジャンプスーツの四七個のポケットに収めた装備だけで何日も生き延び、敵の武器を素手で奪って、その武器で反撃できなければならない。昼であれ夜であれ、猟兵は落下したら、呆然とする敵が反応するまえに立ちあがって戦ってみせるのだ。わずか八〇人の降下猟兵部隊が一五〇〇人のベルギー兵を降伏に追いやったこともある。しかも猟兵には頼りになるナチスの秘密兵器がひとつあった。降下前にペルビチンの錠剤を支給されるのだ。これは初期の中枢神経系興奮剤《クリスタル・メス》だ。

ヒトラーは気が変わりはじめた。不安はぬぐえないものの、シュトゥデントの計画のワーグナー的過剰さはいたく気に入った。金属音をたてる戦車やありきたりな歩兵ではなく、ドイツのもっとも獰猛な特殊部隊がつぎつぎに、黙示録の悪霊のごとく空から降ってくるのだ。それは単なる戦争ではない。聖書で語られる最後の審判だ。ヒトラーはその演劇性に興味をかき立てられ、ドイツ最大のスターであるマックス・シュメーリングを主役にしようと主張した。アメリカのジョー・ルイスをノックアウトしたボクシング世界ヘビー級王者を飛行機から敵の陣内に降下させるとは驚くべき指令だが、それはうまい具合にふたつの目的にかなうものだった。

私的な話としては、総統と有名なボクサーとの個人的な遺恨が解消される。シュメーリングはナチ党への入党を拒否し、噂によれば、ユダヤ人トレーナーの息子ふたりをホテルの部屋にかくまい、安全な米国に密入国させて命を救っていた。そして公的には、ナチスの恐怖のギャラリーにまたひとつ身も凍るようなイメージが加えられる。筋骨たくましいドイツの巨漢が大きな軍靴でクレタの地を踏み鳴らす写真は、まちがえようのないメッセージを送ることになる。われらが巨人たちがやってきたら、もう止められない。髑髏、血のように赤い旗、そしてヒトラーによると、ふたつの組み合った鉤が「アーリア人の勝利のために戦う」使命を表すという、生々しい陵辱の象徴である鉤十字。そういったものに恍惚とする第三帝国にすれば、ふたつの拳で戦うドイツのチャンピオンが古代世界を闊歩する姿はたまらなく魅力的だろう。現代世界の発祥地、文明のあらゆる偉業の起源であるクレタを、ヒトラーはものの数時間で手中に収めてみせるのだ。

それに、今回ナチスは変革をもたらす英雄として迎えられるはずでは？　ドイツ軍はクレタを侵略するわけではないと、シュトゥデント将軍は指摘した。解放するのだ。クレタ島民はギリシャ国王の支配にうんざりしている。ドイツ人の到来が君主制の終わりを意味すると気づくが早いか、ヒトラーは偶像となるだろう。それどころか、シュトゥデントがつかんだ確かな情報によると、極秘地下組織のクレタの反逆者たちは、新しいドイツの友人たちを待ち望み、すでに合い言葉まで考えたという。「勝ち犬！」とドイツ人たちは呼びかけることになっていた。すると「大鹿！」とクレタ人が答え、たがいに称えあうのだ。

ヒトラーの心は解けた。彼はシュトゥデントの計画を、ローマ神話の盗賊の神で電光石火の速さをもつメルクリウスにちなんでメルクール作戦と名づけ、開始日を五月二十日に定めた。本土の攻略には二四日を要したが、ヒトラーがクレタに与える猶予は二四時間となる。

一日だ。そしてロシアに向かうのだ。

一九四一年五月二十日は美しく明け、ニュージーランド第十旅団のハワード・キッペンバーガー大佐は粥《ポリッジ》をよそった皿を手に、エーゲ海の日の出を楽しもうと外に出た。妙だな、とプラタナスの木の下に腰をおろした彼は思った。太陽はどうした？　一分前まで、空には雲ひとつなかったのに、いまやあたりは急に陰っている。待てよ……ふと顔を上げ、度肝を抜かれた。

頭上では、ドイツのグライダーが音もなく舞い、その大編隊で空が暗くなっていた。キッペンバーガーはライフルをつかもうとしたが、それは部屋に置いたままだった。こんなものは見たことがない。きっとあのグライダーには何百人もの奇襲部隊が乗りこんでいるはずだ。背後に輸送機の大群が控え、精鋭からなる降下猟兵が飛び降り口からつぎつぎに吐き出されていた。

「**戦闘準備！**」とキッペンバーガーは叫び、その瞬間に裸で水浴びしている隊員があまりいないことを祈った。ライフルを手にしたときには、ドイツ人はすでに地上で有利な位置をとろうと散開していた。銃弾がオリーブの林を木っ端微塵にし、狙撃兵は早くも配置について、キッペンバーガーの本部である小さな家に照準を合わせていた。上空をめまぐるしく行き交う人と機械に呆然としたある兵士は、H・G・ウェルズの『宇宙戦争』に描かれた火星人の地球占領を目の当たりにする思いでいた。

キッペンバーガーの部下の多くは整備士や運転手で、前線の兵士ではなかった。彼らが手当たりしだいに必死に発砲しながら後退するなか、キッペンバーガーは急いで丘の上に登り、どれほどの事態なのか見極めようとした。

かなりまずい。

こと軍隊に関していえば、クレタは漂流者の島だった。この島にいた兵士はみなギリシャ本土の戦闘からの避難民だったといっていい――オーストラリア人、ニュージーランド人、英国人、ギリシャ人の寄せ集めだ。命令されるまま、彼らは重火器を残して船でクレタに運ばれ、身を潜めてつぎのふたつのどちらかを待ちつづけた。大規模な援軍か、速やかな撤退か。どちらでもなければ、あとは殺戮しかない。ある大隊は靴さえもっていなかった。クレタへの途上で船が魚雷で攻撃され、ライフルと靴を捨てて島まで泳いだためだ。

「使える兵力がこれだけでは、予期される攻撃にとうてい太刀打ちできない」。ニュージーランド人のバーナード・フライバーグ少将は、指揮を執るためにクレタに着任するや、そう判断した。戦略上、地中海有数の重要な島を、「大砲を失った砲手、道具を失った工兵、車を失った輜重《しちょう》隊の運転手」で守ることを本気で期待されているのだろうか？　ヒトラーの意図はよくわからないが、ギリシャ本土で解き放たれた火器のほんの一部でも使用されたら、英国軍はおしまいだ。

フライバーグ少将のような猛者からそんな暗い見通しが出てきたとしたら、重く受け止めなくてはならない。チャーチルはフライバーグに惚れこみ、〈火蜥蜴《サラマンダー》〉の愛称で呼んでいた。サラマンダーは火から生まれるという神話にちなんだものだ。フライバーグは若いころにニュージーランドを離れ、メキシコでパンチョ・ビリャの反乱軍に加わった。戦闘に飢えるあまり世界を旅し、全容も把握していなければ兵士の話す言葉もわからない戦争に身を投じたのだ。第一次世界大戦が勃発すると、若きフライバーグはロサンゼルスで立てつづけに競泳大会に出場し、獲得した賞金を旅費にして英国へ渡った。軍隊に入った彼はまもなく決死の任務のために全裸になったことで名を上げる——ガリポリ上陸作戦でトルコの軍勢の注意を引くねらいから、身体にグリースを塗って軍隊輸送船から飛びこみ、骨の髄まで冷えるサロス湾を三キロ余り泳いだのち、敵陣内の海岸で陽動用の照明弾に点火したのだ。フライバーグは二十八歳で英国最年少の将軍となり、何度となく負傷したため、チャーチルはパーティの席で彼にシャツを脱がせ、客に二七の戦傷をかぞえさせるのを十八番のひとつにしていた。

だが、さすがの〈サラマンダー〉にも、クレタは手に余った——いや、むしろ手薄だというべきか。土地勘のある地元の部隊が少しはいてしかるべきだったが、フライバーグはそのわずかな強みすら奪われていた。クレタ島の師団はまだ本土で足止めを食らっていたのだ。

麻薬で高揚した降下猟兵は着地するや素早く動き、身をよじってパラシュートの装帯《ハーネス》をはずすと、そばに落下した武器の木箱をこじ開けた。数分後、降下猟兵の装備は英国軍よりも整っていた。オートバイや手術用具のほか、木箱には戦車に穴を開けられるほど強力な特製の野戦砲も収められていた。ドイツ人は迅速に攻撃の陣形を組んで前進をはじめ、移動しながら英国軍本部への電話線を切断した。

いや、ちょっと待て。丘の上にいたキッペンバーガー大佐は、ドイツの一分隊がおかしな方向に動いているのに気づいた。前進するのではなく、じりじり後退している。と、いきなり走りだし、倒れて叫ぶ——第八ギリシャ連隊に追われているのだ。

キッペンバーガーはわが目を疑った。当初、第八ギリシャ連隊の配置を知ったときは身がすくんだものだった。危険なまでに無防備で、「あんな部隊をあんな場所に残すのは殺人行為だ」と思った。それがいまはどうだ？　銃の数も人の数も負けているのに、専守防衛から即興でゲリラ的奇襲に転じ、意外性という敵のお株を奪っている。ギリシャ人には年代物のライフルとひと握りの薬莢しかなかったが、それだけあれば充分らしい。銃撃してドイツ人たちを押し返すが早いか、死にかけた降下猟兵のところへ急ぎ、武器を奪って突撃をつづけていた。

第八連隊はまもなく数の上での劣勢もはね返した。鎌や斧で武装した村人の集団が加勢に駆けつけたのだ。ある農夫は散弾銃の先端にナイフをくくりつけて銃剣をこしらえていた。別のクレタの老人は、自宅の裏庭で落下傘にからまった兵士ふたりを杖で撲殺した。スティリアノス・フランゼスカキスという神父は教会の鐘を鳴らして教区民を招集し、猟銃をつかんで会衆を戦闘に導いた。ある十代の少年がトルコ製の長い刀剣を地面に引きずりながら神父についていった。

「母に送り出されました」と少年はフランゼスカキス神父に言った。ひとりの修道士がライフルを手にし、斧を腰に挿して戦いに向かった。のちに、斧を振るったその聖職者はドイツの軽機関銃を抱えてふたたび現れる。持ち主だったドイツ兵を殺害したあとだったのだろう。

英国の青年将校マイケル・フォレスターは戸惑いながらも、いつのまにか当人の言う「けったいな反撃」の先頭に立っていた。所属部隊からはぐれたフォレスターは、ドイツの小隊から砲火を浴びる指揮官不在のギリシャ人兵士の一団に出くわした。海を背にして、ギリシャ人は身動きがとれずにいた。フォレスターは指揮を執ることを決意する、知っているギリシャ語は「突撃《アエリア》!」くらいだったにしてもだ。ひょっとして、笛で号令をかければいいのでは? そうだ、それでいこう。フォレスターは急いで新たな部隊に合図——笛の音が一回なら待機、二回なら前進——を教えると、銃剣を装着し、ドイツの包囲網を突破する決死の攻撃に備えた。

「いまこそ行動すべきときだと判断して、部隊に笛で号令をかけたんだ」とフォレスターはのちに語る。「するとたいして進まないうちに、相当な数のクレタの住民が、男も女も加わって、部隊が大きく増強されていることに気づいた。彼らは古い散弾銃や園芸用具、棒切れ、箒の柄で武装し、なかには包丁をその先端につけている者もいた」。フォレスターがけたたましく笛を鳴らし、群衆は突撃した。ドイツ兵たちは武器を捨てて、両手を上げた。

そのころアテネの司令部では、クルト・シュトゥデント将軍が無線で分刻みの最新情報を入手していた。将軍はホルスターのスナップをはずした。「私はピストルをずっとそばに置いたまま待っていました」とのちに語っている。「最悪の場合はおのれに使う覚悟でいたのです」

CHAPTER 7

フランスは五日で陥落した、
クレタがまだ抵抗しているのはなぜだ？

——アドルフ・ヒトラー
クルト・シュトゥデント将軍への通信文

いまさらながら、シュトゥデント将軍にもわかってきた。クレタに英雄がいるのは偶然ではない。

一〇〇〇年以上にわたり、この島は史実としても神話としても、暴君と反逆者、神と怪物の戦いの場でありつづけている。クレタはゼウスの出生地で、ミノタウロスの故郷、ダイダロスとイカロスが飛び立った地で、代々、トルコやヴェネツィアの軍将に屈服することを拒んだ抜け目のない奥地の住人たちの故国だった。そうした伝説と闘争から現れたのが英雄の理想と、それを実現する方法——古来の、いまも有効な、きわめて教えやすい心と身体の民間科学だ。

「彼らは優れた射手であり、みな弓と矢、剣と短剣を携え、髪は長く靴の丈は股間に達し、雄々しいシャツを身につけている」と一五〇〇年代にある英国人貿易商は記している。彼は戦闘に劣らず饗宴にも恐れをなしていた。「彼らは際限なく葡萄酒を飲むのである」

ジャック・スミス＝ヒューズはクレタ島の英雄の技術を直接、ドイツの侵攻のさなかに学び、おかげで危ういところを生き長らえることとなった。ジャックはピンク色の頬をして、少々腹が出ていた。だがそれも当然で、この戦争の大半で彼が果たした最大の貢献は、野戦ベーカリーを切り盛りし、前線にパンを配給することだった。敵の待ち伏せに遭って配給トラックを失いたくなかったジャックは、ルートを水路に切り替えることにした。そして、船に積んだ食料を海岸の先の部隊に向けて発送していたときに、自分が連合国の指揮官の横に立っていることに気づいたのだ。

フライバーグ少将は、オーストラリア軍の分遣隊が無線機のない状況で砲火を浴びているとの知らせを受け、退却命令を託した伝令を船で送り出したところだった。ところが、取って返してほかの緊急事態に対処するかと思いきや、フライバーグは波止場を行ったり来たりしはじめる。まるでこの島のあちこちで激化する戦闘はみな消えてなくなり、包囲されたオーストラリアの小さな部隊だけが重要だとでもいいたげに。パン職人はどうしたらいいかわからず、気づくと指揮官と並んで埠頭を歩いていた。少将は重圧で参りかけているのだろうか？　第一次世界大戦で一、二を争う凄惨な殺戮の場となった、ガリポリの戦いとソンムの戦いでも冷静を保ったことで知られるのに、圧倒的な勝利を目前にしたいまは、気もそぞろで打ちひしがれて見える。

われわれはヒトラーの最高の戦士たちを打ち負かそうとしている、とジャックは思った。ちがうのか？

勝ち目の薄かったフライバーグの部隊は、いったん空襲の衝撃がおさまると大きく挽回していった。ニュージーランド兵の多くは田舎出身の少年で、これが自分の肌に合った戦闘だとわかるにつれ、自信をふくらませた。空から降下する猟兵は、故郷のカイコウラで藪から飛び出してくるイノシシとたいして変わらない。キッペンバーガー大佐率いる輜重隊はすぐに空挺兵の秒速四メートルという降下スピードを計算に入れ、足に照準を定めて必殺の一撃を胸に命中させた。

その鋭い射撃術に、降下猟兵の一個大隊はスーパー兵士の根城に落下したのだと思いこんだ。「とくに目についたのは、われわれの死傷者の大部分が頭を撃たれていたことです」と降下猟兵のある曹長はのちに報告する。「敵のコントロールされた射撃と規律から、相手は選び抜かれた狙撃兵の特殊部隊だと信じるにいたりました」。丘の西側一帯をふたりきりで守り抜いたニュージーランド兵もいた——それも六日間にわたって。

クレタ島の春は暑く乾燥するが、ドイツ軍の制服はウール製だった。そこでまもなく、クレタの羊飼いたちは戦いの場から姿を消し、石垣の陰に潜んで冷たい泉に照準を合わせるようになる。「水を補給できるたったひとつの井戸はつねに銃撃の対象になっていた」と空挺兵のゼバスティアン・クルークは振り返っている。ニュージーランド兵もこのアイデアを参考に、独自の奇襲をしかけようと空挺部隊の補給物資の箱のそばで待ち伏せした。オリーブの木立から、同じ雄叫びが何度も響きわたるようになった。

「**野郎を捕まえたぞ!**」

これは戦争ではない。儀式化した自殺だ。夜十二時をとうに過ぎても、シュトゥデント将軍はまだ司令室のテーブルにつき、戦闘速報を読んでは吸い殻のあふれた灰皿に煙草をもみ消していた。ルガーは手元に用意したままだった。

彼のせいで、第三帝国の最精鋭の戦士たちが羊飼いや猪狩り人に屠《ほふ》られていた。シュトゥデントの侵攻部隊一万人の半分以上は死傷するか、捕らえられたのだ。残った者の多くは行方不明か、生き延びようと身を隠していた。ブリュッヒャー三兄弟は、祖先がプロイセン軍を率いてナポレオンと戦った名高い戦士の家系だが、全員いなくなった。マックス・シュメーリングの写真作戦は危うく当人を殺すところだった。機銃掃射のなかパラシュートで降下した彼は、着地時に背中を負傷して失神し、日が暮れるまで隠れてから、ようやく這うようにして部隊に戻ってきたのだ。この大失態を切り抜ける方法があったとしても、シュトゥデントにはわからなかった。

と、あるものが彼の目を引いた。悪い知らせのただなかで、もっとまずい事態になっていてもおかしくなかったあるひとつの事実——クレタ島北西岸の小さな飛行場、マレメをなぜ英国軍は爆破していないのか？　もしシュトゥデントがクレタを守るとしたら、真っ先にそうしている。マレメをダイナマイトでいっぱいにし、パラシュートがひとつ開いた瞬間に爆発させ、飛行場を月面のクレーターに変えるのだ。

クレタ島はおおよそ長方形で、かなり大きな飛行場が北岸にふたつある。飛行場を制すれば、島を制することになるはずだ。英国軍は海軍を頼りに海路で出入りすればいいが、ドイツ軍はそこまで海に強くなかった。飛行機の着陸場がなければ、降下猟兵はどうすることもできない。

中央にあるイラクリオンの飛行場は防御が厚かったが、西部のマレメは話が別だった。シュトゥデントが最大のパンチを食らわせたのもその飛行場で、彼はマレメに突撃連隊員が乗ったグライダー五〇機と降下猟兵の三個中隊を送りこんでいた。だがそれは陰惨な作戦となる。グライダーも空挺部隊も雨あられと注ぐ対空砲火のただなかに落ちていき、肉とパラシュートの絹はずたずたに切り裂かれた。生存者が着地したころには、木立に仲間の身体が散乱していた。「あたり一帯に死傷した降下猟兵が見えて、なかにはまだ木にひっかかったパラシュートからぶら下がっている者もいた」と猟兵のひとり、ヘルムート・ヴェンツェルが日記に書きとめている。「すでに大量の血が流され、負傷兵や死にかけた兵の泣き叫ぶ声が聞こえた」

　降下猟兵が本領を発揮したのはそのときだ。悪夢のようなうめき声をあげる男たちのあいだを群れなして進み、拳銃と手榴弾だけで攻撃しながら、投下された箱から首尾よく重火器を引っ張り出した。二か所に重傷を負い、ピストル一挺だけを手にしたヴェンツェルもよろよろと立ちあがり、仲間に加わった。一隊は飛行場を見下ろす高所に向かい、もう一隊は対空部隊を襲撃した。午後遅くには、ドイツ人たちは大砲に打ち勝ち、丘を占領していた。だが、その代償はとてつもなく大きかった。将校たちは命を落とし、弾薬は残り少なく、まだ生きているのは五七人のみ。多くは負傷して弱り、立つのもやっとだった。彼らは死を覚悟した。いまにも猛然と丘を登ってこようとしている連合軍の逆襲に遭ったら、望みはない。

　ただし……連合軍がやってくることはなかった。

　クレタ島の連合軍指揮官たちは敗色濃厚と見るあまり、すでに勝っていたことに気づかなかったのだ。マレメが使えなければ、ドイツ軍は本土に戻る生命線を失う。ほんの数日で――それどころか数時間で――侵攻部隊は食料と銃弾が尽きるだろう。ところが、電話線がダウンし、無線も使えないとあって、後方の連合軍将校たちは前線の兵士たちと連絡がとれず、仮定が事実に取って代わる結果となった。マレメを守っていた大佐は、要求した増援部隊が一向に現れないことから、本部は退却を望んでいるものと仮定した。大佐が退却しているのを知った本部は、マレメはもう見込みがないと仮定し、増援部隊の針路を変えた。

　二度目のチャンスを与えたら、クルト・シュトゥデント将軍は倒せない。

　二日目の夜明け前、ドイツの輸送機がつぎつぎに空へ飛び立ち、轟音をあげてマレメに向かった。シュトゥデントは「一枚のカードにすべてを賭ける」肚を決めていた。第五山岳師団と生き残った降下猟兵の予備隊を、最後の、のるかそるかの飛行場襲撃に投入したのだ。

滑走路の射程圏内に残っていたわずかなニュージーランド兵たちが、最初のユンカース機が進入する音を耳にした。彼らが滑走路の東端からつづけざまに発砲すると、ハチの巣になった機は横すべりし、四〇人の山岳師団兵をからくも降ろしてから、ふたたび地中海の彼方に消えた。ニュージーランド人は逃げ場へと全力で走るドイツ兵にねらいを移し、彼らが滑走路をたいして進まないうちに何人も銃撃した。それでも数人は塹壕にたどり着いて反撃し、金属音とともに着陸するつぎのユンカース機を援護した。さらにドイツ兵が転がり出て、壕に逃げこむと第三の機が滑走路へ進入し、つづいて第四機が……

ニュージーランド軍は呆然とした。一〇分前は疲弊した敵に対して優位な位置を占め、掃討するか悠々と引き揚げるかの命令を待っていた。それが急に、残り少ない弾薬を見境なく使いながら、一分ごとに二倍、三倍に増える敵に発砲するしかなくなっている。まだ時間を味方につけてはいたが、それも長くはつづかない。即刻攻撃し、きのう終わらすべきだった仕事を片づけなくてはならなかった。ドイツの部隊がさらに降り立って飛行場を要塞化されるまえに、丘を攻略しなければならない。勝機はそこにある。

銃剣が装着された。手榴弾が配られた。後方からの命令が届いたのはそのときだ。撤退せよ。

そのころ本部にいたフライバーグ少将は、依然として本当の侵攻は海から来ると信じていた。あの飛行機と空挺部隊は？　連合軍を丘陵に引きつけ、海岸を無防備にさせる目くらましにすぎない。いかにもそのとおりです、とジェイムズ・ハーゲスト准将が同意した。フライバーグと同じく、恰幅のいい老兵の准将は第一次大戦の生き残りで、まだその戦いがつづいていると考えていた。ハーゲストはクレタ島への船旅中に『戦争と平和』を読み、昔のロシア人たちからヒントを得た。「戦争では、戦略上の才能がどれだけあろうと、堅実と忍耐のほうが重要なのです」とハーゲストは説いた。そしてフライバーグに力説した。クレタへのカギは、警戒と海岸線であるのだと。

それで説明がつく。フライバーグは数日後、絶好の機会がとうに消えたあとにもかかわらず、戸惑う若いパン職人ジャックと並んで波止場を歩き、けっして現れることのない敵の大型艦隊を見張っていたのだ。

「彼らは勇敢だったが、もはや大胆ではなかった」と、この侵攻について決定版といえる本を書いた英国の軍事史家、アントニー・ビーヴァーは嘆いている。「戦争に革命をもたらす展開となったクレタ島の戦いは、迅速な反応、明晰な思考、非情な判断が何よりものをいう戦いのはずだった」。フライバーグの軍靴がいまだソンムのぬかるみにはまっていたのに対し、シュトゥデントは――撃墜したフランス機をドイツ軍の部品を使って組み立てなおし、そのまま交戦に復帰してみせるほど、しゃにむに創意を発揮する性分で――祖国が負けたかつての戦争をやりなおす気はさらさらなかった。

それでも、一度は過去に生きる側に勝機があり、そこで塹壕戦にもちこめばドイツ軍を屈服させることができただろう。そこでフライバーグは尻込みしたのだ。「一個小隊、いや一挺のブレン軽機関銃さえ飛行場にあったなら」とビーヴァーは締めくくる。「戦闘全体の流れを変えられただろう」

ドイツの部隊が波のようにマレメから散開するころ、ジャック・スミス＝ヒューズは味方の一歩先、敵の二歩先を行こうと急いでいた。英国海軍としては、ダンケルクふたたびとばかりに多くの船を危険にさらすわけにいかない。だからすぐに南岸にたどり着かなければ、島を離れられないだろう。「命令は、自分で自分を守れだ！」と軍曹が叫んだ。連合軍の兵士数千人が必死に白山《レフカ・オリ》山地を越えようと、崩れかけた山道にしがみついた。道を縁取るのは「片側がほぼ垂直にそそり立つ絶壁、反対側が何百フィートも下へつづく断崖だった」と、英国人の歩兵エドワード・フレデリック・テリングは回想している。「明かりはいっさいなかった」

ジャックが痛めた足を引きずり空腹に耐えながら南部の町スファキアの港に到着すると、驚いたことに、いますぐ列に並ぶにはおよばないと告げられた。撤退は明日も予定されているとある将校が保証し、自身は小型ボートに乗りこんだ。翌朝、ジャックはドイツ製ライフルの銃身をのぞきこむことになる。クレタに置き去りにされた数千人の連合国兵士とともに銃口を突きつけられ、越えてきた山々をよろよろと引き返すよう強いられたのだ。監獄の門が背後で閉じられたとき、残された選択肢はふたつだとジャックは観念した——逃亡して撃たれるか、金網に囲まれたまま弱っていくか。すでにまわりの男たちは傷や病気で死にかけている。

だとしたら、ゆっくりと死ぬより一瞬の銃弾のほうがいい。ある晩、ジャックはクレタ人の捕虜について金網を抜け、ふたりで丘陵地帯に逃げこんだ。すると歩哨が追跡してくるまえに村人に保護され、人目につかない場所に連れていかれた。ジャックはかくまわれて食事を与えられ、クレタ島民の常食である野草と、固くてワインに浸けないと噛めない全粒粉のパン、そしてファソラキア・メ・カツィキ——豆とヤギ肉の煮込み——のおかげで健康を回復していった。

まだ山中に潜伏する体力はなかったため、ジャックの新しい友人たちはプランBを考え出した。ずんぐりした金髪の英国人をクレタ人に変えるのだ。村人たちは彼を新たにヤンニと名づけ、独特な方言を教えこむ。たとえば、「大人」を意味する単語だ。クレタでは、成人は〈ドロメウス〉、つまり「走者《ランナー》」と呼ばれる。一人前のクレタ人と認められるには、人を助けに駆けつけられる強さと機略が求められた。若いクレタ人は〈アポドロモス〉――「未熟な走者」――にすぎず、大人への通過儀礼として〈ドロメア〉――「ランニング」――の祭りがおこなわれた。

ジャックの体力は少しずつ回復していった。ただし、それは彼の基準からすればであり、老いぼれの〈ドロメウス〉についていけたかというと、それはまた別の話だ。ジャックを世話していたのは五十代の頭の禿げた青い目のクレタ人で、軽々と死をもはね返す彼は、英国人たちから〝ベーオウルフ〟〔英文学最古の伝承の一つである冒険叙事詩『ベーオウルフ』の主人公で英雄〕というコード名をつけられることになる。以前、ふたつの肺の真ん中を撃たれたことがあったが、「なんの悪影響も見られなかった」のだ。ベーオウルフはジャックを連れて新たな隠れ家を転々とし、ドイツの捜索隊よりつねに一歩先んじながら、老練なクレタ人について山中に入るという、自尊心が打ち砕かれる経験をジャックにさせた。クレタの人々はもがき苦しむどころか、上へと落下するように、不思議な、力みのないしなやかさで何時間も岩から岩へと跳ねていった。それも男だけではない。クレタの女たちも尋常でない重さの荷物を運び、長い距離を移動し、雪や暗闇をものともせず、道中の山野から得た食料で元気にやっていくことができた。

身体の強さ《ストレングス》だけでは説明がつかなかった――クレタ人は何か別のもの、エネルギーを統御する武術を心得ているかのようだった。身体であれ心であれ、なんらかの圧力がかかると、彼らはますます柔軟になるらしい。たとえば、ジャックの隠れ家のそばにいた十代の少年だ。彼は火のついた布をガソリンタンクに突っこんでドイツ機を爆破したが、家族を殺すと脅されてドイツ軍に出頭した。その少年、ヨルゴス・ヴェルナダキスは激しく殴られ飢えに苦しみ、裸で村の広場まで引きずられ、処刑されることになった。意識が遠のきズタズタの身体で、彼は最後の願いを申し出た。どうか一杯のワインで唇を湿らせて、別れの歌をうたわせてもらえないか？　ワインが用意され、ヨルゴスの手の鎖が解かれた。彼はワインを飲み干すなり走りだし、裸のまま小道から小道へと村を駆け抜けた。ヨルゴスは逃走するだけでなく戦いつづけ、つぎに家族がその姿を見たときは、空軍の制服に身を包んでいた。

　隠れ家生活も五か月たったころ、ジャックはぼさぼさの髪にいたずらっぽい目をした若い羊飼い、ヨルゴス・プシフンダキスに紹介された。ヨルゴスはジャックを島からエジプトに避難させる方法を知っていると請け負った。危険ではあるけれど、信用してくれるなら、試してみてもいいという。おおかた、人目につかないように山奥を歩き、人知れぬ入り江で愛国心あふれる漁師とでも落ち合うのだろうと、ジャックはあたりをつけた。ところが、気づくと彼は奇妙なパレードの目玉になっていた。ふたりは一五人の武装した羊飼いに護衛され、村をひとつ通過するたび、意気盛んな反逆者たちがパレードに加わっていった。

「どこに行っても、村人たちは武器を手にした僕らの姿に喜びではちきれそうになった」とヨルゴスはのちに振り返る。「みんな、何か大事なことが進行中だと考えて、銃を取ってついてくる覚悟を決めていた。僕らは彼らを落ち着かせ、いざというときには知らせが届くはずだと伝えた」

　もう少しで反乱を扇動するところだったジャックと仲間たちだが、ドイツの偵察隊を巧みにかわし、プレヴェリの修道院にたどり着いた。中世から修道士たちが手入れをしてきた、崖の上の石造りの聖所だ。数週間前、聖体礼儀の最中に、海賊のような金のピアスをした英国の潜水艦指揮官がいきなり扉を開けて入ってきた。取り残された兵士はいないか海岸に沿って見回りしていたところ、ＳＯＳ信号が修道院に近い断崖で光るのを見つけ、みずから上陸して確かめにきたのだという。この話はすぐにクレタの噂のネットワークに乗って広まった。逃走中の英国人で、プレヴェリへ――早く――到着できる者には、脱出のチャンスがあると。

数日後の夜、ジャックは潜水艦へとゴムボートで運ばれていった。浜辺から見守りながら、ヨルゴス・プシフンダキスら、世界で最初の英雄たちの末裔は、ジャック――そして誰であれ果敢にも仲間になろうという英国人たち――が戻ってくるのを期待していた。

CHAPTER 8

われわれはまったくのアマチュア、一〇〇パーセントのアマチュアだったし、それ以外ではありようがなかった。

――バジル・デイヴッドソン
チャーチルの初代「不正工作員」のひとり

待ってくれ。ヨルゴスがまだ生きてるだって？

クリス・ホワイトは唖然として電話を切った。二〇〇四年の夏、クリスは息子がギリシャでジャーナリストをしているという友人から電話をもらったところだった。息子はクレタ島に行って第二次世界大戦の生存者を探していてね、と彼女は言った。そしてそこで、山奥の村で出くわしたのが、かつてのレジスタンスのランナーその人で、なんといまも高山地帯を放浪しているのだという。

まさか。そんなことがありうるだろうか？　不正工作隊《ダーティ・トリック》の生存率はぞっとするものだ。集めた人員は最初の一年だけで半分が捕まるか殺されるかしていたし、しかもそのなかにヨルゴス・プシフンダキスほど危険な任務を負っていた者はいない。ほかのレジスタンス闘士は身を潜めている時間が長かったが、伝令《ランナー》たちはレッドゾーンで暮らし、敵の偵察隊をジグザグにかいくぐりつつ、見つかったら死刑宣告まちがいなしの文書を運んでいた。ランナーはゲシュタポにとって、とくに価値の高い標的だった。めったに武器を携行せず、ほぼすべてのゲリラの潜伏場所へ直接先導してくれるとわかっていたからだ。ヨルゴスの地元の谷からは、ほかにもふたりの羊飼いがランナーとなったが、すぐに捕らえられ、拷問を受けたあげく銃殺された。「レジスタンス運動における戦時のランナーの仕事は何よりも過酷で、つねに危険きわまりなかった」と、不正工作員としてクレタ島で働くあいだ、彼らを頼りにしていたパトリック・リー・ファーマーは述べている。

ヨルゴスは一度ならず二度の大量虐殺をどうにか切り抜けていた。まずは四年にわたるドイツ軍の執拗な捜索、つぎはドイツ軍の占領が終わってまもなくギリシャをのみこんだ激しい内戦だ。以来、一〇年ごとに新たな刺客――飢饉、干魃、疫病――がクレタ島を襲ったが、ヨルゴスはどれも乗り切ったし、クレタ島についてまわる仇討ちの危険すら切り抜けた。

クリス・ホワイトにすれば、ヨルゴス生存の知らせはまたとないタイミングで届いたものだった。ヨルゴスの人生について知れば知るほど、自分の人生まで明るく感じられるのがわかっていたからだ。

クリスが住んでいたのはオックスフォードで、この街は歴史ある大学と住み心地のよさそうなコテージが建ち並び、まったくのどかな景観だったが、異常な数のホームレスを引きつけてもいた。そして仕事上、その不安定で鬱々とした人たちに接しているうち、毎日向き合う絶望がクリスに伝染しはじめた。「月曜や休み明けには、仕事で知り合った誰かが亡くなったと聞かされるのがつねだったよ」とクリスは言う。「秘書に『おはよう』と声をかけると、彼女は『ああ、クリス！』と言って、いわゆる〝事件〟について話しだすんだ――誰かが自殺したとか、スタッフを殺そうとしたとか」

五十六歳になるころには、クリスはすでにオックスフォードで八年間、メンタルヘルスサービスの管理に携わっていた。町はずれの魅力的な農場の家に妻と八歳になる双子とともに暮らし、一緒にセーリングの遠征にいく仲間たちがいたし、以前のパートナーとのあいだに生まれた二十二歳の息子ともすばらしい友情を築いていた。本や海図、音楽用に自分で建てた小さなログキャビンが裏手にあって、おおらかで楽しいことが大好きだった。そんなクリスが、いってみれば暗い日々から抜け出せなくなっていた。何か変化が必要だった。それが何かを考えるために、しばらく仕事を休むことにしたのだ。

家ですごすあいだ、クリスは何年かまえに知った風変わりな物語に没頭した。年配の友人から頼まれて伸びすぎた木を刈りこんだとき、お礼にその女性からパトリック・リー・ファーマー、通称パディの奇妙な冒険に関する本を渡されていた。パディはクリス好みの冒険家だった――勇敢で、文学に通じ、無鉄砲で、屈託がない。クリスはいろいろと掘り下げるうち、ドイツの将軍を誘拐するという、パディの奇天烈な計略について知ることになった。

「私は昔から何かしらプロジェクトを抱えた男で、いつもドリルで何かのトンネルを掘っていたんだ」とクリスは言う。パディの武勇談もまさにドリルを手にするきっかけになった。その並はずれた冒険も興味をそそったが、本当にクリスを虜にしたのは、現実離れした優しさだった。「軍事史上、こんなに情け深く、こんなに血の流れなかった計略にはお目にかかれない」とクリスは舌を巻いた。殺戮と残虐さのただなかで、「この作戦に関わった全員が努めて勇敢で、優しく、外交手腕を発揮しようとしていた」。クリスは親近感をおぼえずにいられなかった。笑ってしまうほど無謀なパディの計画から思い出されるのは、クリス自身の仕事、まちがいなく崩壊へと向かっている人々を助けるというチャレンジだった。失敗する運命にあるとき、疑いと絶望にまみれた人生を避けるにはどうしたらいい？　生きることだ、疑わずに。

生きることと疑わないことは、昔からクリスの道標となる星だった。ダラム大学の一年生だった七〇年代、クリスは学内新聞に精神医学に関する記事を書いた。これで特集記事スタッフの地位をつかんだクリスは、この信用をもってすれば、突拍子もない依頼だってできると考えた――英国の一流紙『サンデイ・タイムズ』で編集を務めるハロルド・エヴァンズに連絡をとり、こう尋ねたのだ。ひょっとして未使用の記事が余っていないでしょうか？　ダラム大学の新聞『パラティネート（*Palatinate*）』に掲載してかまわないものは？

「すると折り返しの郵便で長大な記事が届いたんだ、すぐに印刷できる状態でね」とクリスは私に言った。「『タイムズ』はサリドマイド（つわりの処方薬で、のちに出生時欠損に関連があるとされたもの）を調査していたが、製薬会社からまたぞろ差し止め命令を突きつけられたんだ。エヴァンズは大作記事を『タイムズ』に発表できなくなり、それでわれわれの小さな大学新聞に託したというわけさ」。これは会心の一撃で、クリスのゴールデンチケットだった。その記事によって、『パラティネート』の編集スタッフに指名されるのは確実になったし、たぶん卒業後にはうまみのあるジャーナリズムの仕事も見つかる。当然ながら、クリスにとってそれは引き時を意味した。タイプライターに向かって一生をすごすなんて想像もつかない。いつも移動のさなかに身をおき、流浪のメンタルヘルスヒーラーとばかりにあちこち飛びまわるのが自分だと考えていた。そこで彼は文筆業に背を向け、代わりに心理学の修士号を取得した。そして博士号も間近というとき、またしても船から飛び降りる。今度は、博士論文の調査でやってきたマイアミビーチの街で異様なまでにいろいろな精神障害を目の当たりにして、研究をやめ支援をはじめる決意をしたのだ。

以降、クリスの人生ではそれがパターンとなった。楽な道がデスク仕事に通じているとわかったら、クリスは後ろに下がって別の道を見つける。現場にいるのが好きで、毎日家庭から家庭へと外回りをし、年配のいくぶん不安定な患者を相手に働いた。休暇の折には、当時のガールフレンドを連れてビーチリゾートに出かけても、海のことは忘れて一緒に内陸に行こうと説得し、一週間の散策に変えてしまう。船旅仲間は土壇場でひとり乗員が必要になったらいつでも、行き先がどこでも、クリスを当てにできた。北欧への凍えそうな航海であろうとだ。彼に会いに初めてオックスフォードへ行ったとき、列車を降りた私は、まずは昼食、つぎに地図を見せてもらい、最後はビールだろうと予想していた。ところが気づいてみれば、気の向くままに駆け足でめぐる四時間のウォーキングツアーで彼のあとを急いで追いかけ、鐘楼や地下のパブ、ぬかるみの広がる彼の隣人の裏庭などを訪れていた。この街に来たのは初めてだと彼に話すと、そういうことになる。

いつでも、どんな理由でも、動くことに向かう天性のおかげで、クリスはちょっとしたナチュラルムーブメントの大家になった。彼がワークアウトをしているところを見かけるのはまず無理だが（反復練習？　ルーティン？　ありえない）、彼がワークアウトをしていないときはない。ふとつねに沸き返る脳が彼をじっとさせてくれず、クリスはただ脳のあとを追って流れていく。ふとした思いつきが先に立ち、身体はどうにかしてついていくのだ。パディと同じく、クリスもその知性と好奇心ゆえに、動くことが天性の資質になっている。ぐいぐい進むときもゆっくり休むときも、それが彼のやり方だ。だがついに管理者として内勤になると、予期せぬ、そしてかならずしも本人は望んでいない変化が訪れたのだった。

ありがたいことに、クレタは待っていた。

友人からの電話でヨルゴスがいまも生きているとの最新情報を得ると、クリスの考え方はがらりと変わった。その瞬間までは歴史を相手にしていた。それがいきなり、生きている進行中の物語になったのだ。あの山中に戻った生存者はほかに何人いるだろう？　彼らはパディが明かさなかったどんなことを知っているだろう？

というのも、ことナチス将軍の誘拐計画となると、パディはやけに寡黙だったからだ。あの大戦でも指折りの大胆な強奪計画をほぼ完璧に実行したのに、話してかまわない時代になっても、かつ、ひと晩じゅう話しつづけることのできた目立ちたがり屋が、この計画について語るのは渋っていた。それは彼が殺した男のためかもしれない。救えなかった別の男のためかもしれない。何かが彼の口を封じていた——ほかの者たちがすでにそのことについて語ったあとになっても、パディは墓場までもっていったのだ。

それでもクレタ島に目撃者や証拠が残っているかぎり、クリスはパディの頭のなかを知ろうとする以上のことができた。彼の靴跡をたどることもできるのだ。パディの動きを追跡すれば、一部始終を目撃した人々が見つかる可能性はまだ残っているかもしれない。まずクリスが接触したのはティム・トッド、オックスフォードの元刑事で、クレタ島でのスパイ活動に魅せられた愛好者の世界でマイクロフト・ホームズ役となった人物だった。シャーロック以上に頭が切れて、ものぐさなこの兄と同じく、ティムの頭脳はそのフットワーク以上に遠くへ彼を連れ出した。ニュージーランドでは脱走に成功した高齢の捕虜たちを、オーストラリアでは亡くなった兵士の娘たちを知っていたのだ。機密扱いを解除されたばかりの軍の書類のコピーや、門外不出のはずの文書の写真ももっていた。彼が親交を築いたなかには、ギリシャ本のマニアで、どんな絶版本も見つけるステリオス・ジャクソンや、現存者のなかでは誰よりもクレタ島のレジスタンスに詳しい歴史家夫妻のアーテミス・クーパーとアントニー・ビーヴァーがいた。ティム・トッドは心優しく機知に富んだ捜査員だが、あいにく健康に難がある。実地調査に出ることはティムにはできない。

クリスにはできる。彼は裏庭のキャビンを指令室に変え、そこで――白黒写真や山と積まれた第二次世界大戦の回想録や国防軍《ヴェーアマハト》の地図の拡大コピーに囲まれて――われわれは二〇一一年の冬に会ったのだった。英国人エージェントたちはクレタ島でいったい何をしでかしたのか。これについて公に認められた歴史はなくても、クリス・ホワイトがいる。クリスは恐るべき素人探偵に変貌し、パディの計略の消えない謎を解くにあたり、つぎにすべきことをはっきりわかっていた。

犯行の現場に行くことだ。

数か月後、クリスと弟のピートはクレタ島南岸の小石だらけの狭い浜辺で私を待っていた。

「ようこそ山賊の国へ」とクリスが言い、私は汗にまみれたバックパックを下ろすと、たったいま徒歩で越えてきた、入り組んだ丘陵地帯を振り返った。クリスとピートが一週間前に到着していたのは、じつをいえば私を信用していいのかわからなかったからだ。レジスタンスの秘密の隠れ家がうっかり観光名所になったらたまらない。だから私の品定めがつくまでは話す内容に気をつけようというわけだ。内々に探したい現場がいくつかあるというので、一週間先乗りしてもらい、そのあとで私はクレタに飛んで追いあげを図った。

イラクリオンから終点までバスに揺られて山々を越え、村の飲食店《タヴェルナ》の上の部屋に一泊した。明け方、徒歩で出発し、太陽を背に海岸線を真西に向かった。羊飼いの通る道は海岸にそそり立つ崖を上り、ときおり石だらけの雨裂《ガリー》へとそれては、また海のほうに向きを変える。午後も遅くなるころには脚が売り切れ、暗くなるまえにここを抜け出せるのだろうかと考えていたが、ふと気づくと一歩先には何もない空間が広がっていた。はるか下、長い断崖の底に小さな入り江がある。真上に来るまで見えなかったものだ。小刻みなつづら折りを下ると一軒のゲストハウスがあった。クリスと弟のピートは昨夜、徒歩移動のあとでそこに泊まっていた。

「いまきみが見ているものをパディは一度も目にしなかったんだ」と言って、クリスは急いで下りてきた私を迎えた。「ここには暗くなってから、羊飼いたちに案内されて来るしかなかったからね」。ここは英国軍の潜水艦が監視の目をかいくぐって浮上し、上陸した英国人エージェントが姿をくらますのにもってこいの場所だった。

敵から身を隠したい場合、無法者や反逆者たちは昔からこの地域に潜伏し、何世紀にもわたって、〈細長島〉をわがものにしようとする海の暴漢たちに木立から急襲して反抗してきた。もつれた枝のとげと切り立った崖のおかげで、南岸の孤立した入り江はミノタウロスを隠せるほどの迷宮になっている。例によって一面の海霧が忍び寄るとなれば、なおさらだ。ヨルゴスでさえ、この一帯を急激に包む霧に見舞われ、通い慣れた丘を下っていると思いきや、じつは悲劇まであと数フィートだったことがある。「ひと晩じゅう、あの呪わしい絶壁から離れようとしてへとへとになった」とヨルゴスはこぼしている。

結局、クリスはヨルゴスに会うチャンスをつかめなかった。クリスが初めて島に渡る直前、このクレタ人ランナーは二〇〇六年に八十五歳で亡くなっていた。それでもクリスとピートは敬意を表して、ヨルゴスの終生の家を訪ねている。反抗的なことでつとに知られる小さな村、われわれがいる場所から数キロ北のアシ・ゴニアだ。この名前は「難攻不落」を意味するアラビア語で、トルコ人が二世紀にわたるクレタ島占領のあいだに授けた一種の勲章だった。通常、アシ・ゴニアに入るには狭い谷を通るしかなく、ヨルゴスの祖先たちが頑強にその谷を守ったことから、大オスマン帝国はこの小さなスズメバチの巣をつつくのは割に合わないと判断し、アシ・ゴニアの人々のことはおおむねほうっておいたのだった。

「トルコ人が造った古い橋がいくつか残っているんだ」とクリスは私に言った。「ヨルゴスを救った橋のことは知っているかい?」

「もちろん」。それはヨルゴスにとって、もっとも神経のすり減った冒険のひとつだった。裏切り者がヨルゴスの名前を密告し、それを受けたゲシュタポがある日の夜明け前に彼を捜しにやってきた。普段、ヨルゴスは洞窟で眠り、屋内を避けていたが、足首をひねっていたため、腹をくくってその夜だけは両親の家で休んでいた。ヨルゴスは家を出るまもなくゲシュタポに捕まった。ところが、一族にはヨルゴス・プシフンダキスという人物が何人もいたため、村の全員が教会まで歩かされ、そこで待っていた情報提供者――レインコートにくるまり、顔を隠した男――が神出鬼没のこのクレタ人ランナーを指差すことになった。

「僕は先頭にいた」とヨルゴスは振り返っている。「それで両親と兄弟姉妹に小声でこう伝えたんだ、『一列に並んで、後ろのほうはのろのろ歩いてくれ』」。一団は列をつくり、ヨルゴスはさりげなく四〇メートルほど先に進むことができた。道がカーブに差しかかるが早いか、彼は小川に飛びこんで走りだした。藪が逃亡を援護して、水が臭跡を消してくれることを当てにしていた。ほかのプシフンダキス一族は尋問を受けたすえに釈放されたが、ヨルゴスは必死に走りつづけ、追っ手をかわしながら痛む足首で山を登り下りし、ドイツ軍の哨兵線を突破する方法を探った。食事も睡眠もとらないまま三日が過ぎ、ついに彼は窮地に足を踏み入れそうになる。石の橋を渡ろうとすると、向こう岸から捜索隊の近づく音が聞こえた。逃げ場を求めて駆けだす代わりに、橋の下に身をすべらせ、音をたてずに川を渡りだすと、ドイツ軍の靴音が頭上を通り過ぎていった。向こう岸に着いた彼は、橋の下から這い出て森に逃げこんだ。

「見つけたよ」とクリスは言った。

見つけたって――ヨルゴスの橋を？　嫉妬と称賛で二重に心がうずいた。ヨルゴスは橋の場所も名前も詳らかにしていなかった。彼にしたら、それはピンチの折に重宝した隠れ場所のひとつにすぎない。そこでピートとクリスはヨルゴスの発言でふれられたいくつかの場所を地図に記し、村から村へと、カフェの一軒一軒を訪ね歩き、目印の位置を突き止める力になってくれそうな人たちに訊いてまわった。少しずつ、ヨルゴスのねじれた逃走経路の点と点がつながっていき、気づけばついにふたりはある小川の土手に立ち、向こう岸まで延びる古代の石を見つめていた。

「ふたりで盛大にお祝いしたよ」とクリスは言った。「飛びこんでね」

それは探偵仕事の勝利だったし、ふたりはギリシャ語を話せないのだから、なおさら感嘆に値する。ピートはイングランド南部にあるファージー・ガーデンズの庭師頭だ。そこでは学習障害の成人たちが妖精の家やミニチュアロバの世話や、職人による養蜂の手伝いをしている。ピートは現在五十四歳、白髪まじりの魅力的な風貌が年季の入ったフォークシンガー風だが、これはウクレレをつまびいたりケルト系のパーティでギターを弾いたりしているから、ちょうどいい。ふたり合わせると、ホワイト兄弟は人文系のほぼすべての才能に秀でていたが、外国語は例外だったため、コミュニケーションの望みはほとんど自己紹介状に託すことになった。クリスが文案を練り、オックスフォードにいるギリシャ人の友人に翻訳を頼んだものだ。

私たちはレジスタンスの研究をしている歴史家です、とその手紙ははじまっている。この地域で自由の闘士たちが使用した洞窟を見つけたいと考えており……

「歴史家だって?」真相はといえば、われわれはまったくの、一〇〇パーセントのアマチュアだった――ヨルゴスとパディの足跡をたどるには、それ以外ではありようがなかっただろう。

翌朝、私はクリスに足を見られているのに気づいた。彼は心配顔をしている。私にもなぜかはわかった。

われわれがいたのはすべてがはじまった場所、パディと仲間の破壊工作員が最初に水辺を歩いた上陸拠点だった。彼らは目で見るより先に島のにおいがわかったはずで、イブキジャコウソウの香りが白波の彼方まで届く。パディはゴムボートが浜に乗りあげるまえに飛び降り、着地したときにはトラブルに見舞われていた。〈細長島〉の地勢はヨーロッパでもっとも苛酷な部類に入るが、それは険しい上り坂だけのせいではない。舞いあがる砂と土の下には、かみそりのような岩の細片が潜み、ピラニアの歯さながら革をずたずたに切り裂くのだ。波打ち際を何歩か進んだだけで、パディのブーツはぼろぼろになり、クレタ島での最初の一週間はもっと丈夫な靴が見つかるまで洞窟に隠れてすごすはめになった。彼はその靴も数週間で履きつぶし、以降、毎月一足のペースでブーツをだめにしつづけた。

「その履き物で大丈夫かな?」と尋ねるクリスの口調は、はっきり、そのはずはないと告げていた。

「これには考えが――」と私は言いかけたが、黙っていたほうがいいと思い直した。クリスとピートが頑丈な登山靴を履いていたのに対し、私のは超軽量で、薄いソールは砂漠用に設計されたものだった。パディのブーツが何度も岩で使い物にならなくなったのを知ってから、私はなぜクレタ人は物持ちがよかったのだろうと考えていた。ひょっとして、違いはフットウェアではなく、足だったのではないか。革に依存する代わりに、クレタ人はスキルを頼りにしたのだ。

兵士たちは行進するように訓練されるが、ヨルゴスはもっと昔からある動きの型を思いのままに利用することができた。現在それはパルクール、あるいはフリーランニングとして知られている。フリーランナーは地表を歩かない。地面に弾み、安定した、ヒップホップばりの軽業的な流れに乗って飛び跳ねていき、地球を着地点というより跳躍台として扱う。パディのクレタ島での僚友、ザン・フィールディングもまさにそんな反重力の走り方に遭遇した。年上のがっしりしたクレタ人についていくのさえやっとだったのだ。そのクレタ人は「巨石から巨石へと優美に移り、一歩進むごとに身体はゴムのビーチボールのように跳ねていった」。肉づきのいいその老人スタヴロスは、ばねみたいな弾力があって、重さなどないかのようで、ザンが思うに、少々サディスト的だった。「上りのほうがずっと得意でね」とスタヴロスは釈明すると、傾斜が急になるのに合わせてギアを変え、ますます速くなったのだ。ザンは三〇分もちこたえた。「ばかげた競走をはじめて、藪を駆け抜けたり、ガレた地面に足を取られたりして三〇分」とザンはぼやいている。

「僕は煙草休憩をせがんだ」

スタヴロスが使っていたのは、一〇〇年以上まえにボストンの医師サミュエル・グリドリー・ハウが義勇兵の軍医としてギリシャ革命（ギリシャ独立戦争）に参加した際に目撃したのと同じテクニックだった。彼はアメリカの兵士がリズミカルに隊形を変えながら練り歩くのを見慣れていたが、ギリシャ人たちはそこらじゅうを跳ねまわっていた。ハウは述べている。「ギリシャの兵士は一日じゅう岩間を行進する、というよりも飛び跳ね、食事はビスケット一枚とオリーブ数個、あるいは生のタマネギ一個しか求めず、夜は甘んじて平らな岩を枕に地面に身を横たえる」

待ってくれ。オリーブとタマネギ一個で一日じゅう飛び跳ねる――そんなことが数学的にありえるだろうか？　これでは入ってくるカロリーと出ていくエネルギーがイコールにならない。ヨルゴス・プシフンダキスはほとんど飲まず食わずで日に一二時間も洞窟を行き来することがあったが、ずっと頭は明敏で、筋肉は強く、持久力は揺るぎなかった。ある無謀な冒険では、食事は、かき集めた飼い葉を七回煮直して毒素を取り除いた干し草のスープだけだった。だが、そんなゼロカロリーの調合物しか口にしなくても、翌日出発して、アドベンチャーレーサーもひるみそうな山頂をきわめたのだ。

それを説明できるものはひとつしかない、と私は思っていた――フリーランニングだ。ギリシャ人が無料の燃料を手にしているばかりか特別に脚を保護できるのは、古来のしなやかな走法に頼っているからで、それはふざけ半分に見えて恐ろしく効果的なのだ。私が初めてフリーランニングを見たのは地元のペンシルヴェニアだった。ドラッグストアの支払いの列に並んでいたら、いきなりふたつの身体が窓の外を滑らかに進むのが目に飛びこんできたのだ。その男たちは二メートルの高さに浮かんでいたはずで、石弓から弾かれたように、順番につぎつぎと飛んでいた。しばらくするとガラスドアの向こうにまた現れたが、今度は障害者用スロープの手すりに飛び移っていた。レジにたどり着くまでのあいだ、彼らがその緑色の横棒を使って、飛び越えたり、手で跳躍《ヴォルト》したり、綱渡りをしたりと、とんでもない量の動きを繰り出すのを私は見つめていた。彼らを捕まえようと急いで外に出たが、当分立ち去るつもりはなかったらしい。

「パルクールの練習をはじめると、夜はあっというまに過ぎていくんだ」とひとりが私に言った。

それは信じていい。窓越しに見たかぎり、フリーランニングは自由《フリー》にはほど遠いものだった。じつに楽しそうには見えるけれど、目立ちすぎだ。ジャンプやヴォルトはどれも複雑すぎて、とても流れるような動きはできそうにない。何度板をキックフリップしても、けっして車輪から着地できないスケートボーダーみたいなものだ。でもそれは初心者が陥りがちな思い違いだと、出会ったばかりのドラッグストア仲間は教えてくれた。パルクールを目で判断しちゃいけない、身体で判断しなきゃだめだ。いったんパルクールの基本的なムーブをおぼえたら、まわりの世界が変わる。もう物は見えない。見えるのは動きだ。たとえば、通りの向こうのあの路地、と彼らの片割れが言った。あそこに何がある？

そうだな。大型ごみ容器《ダンプスター》に、割れた瓶が何本か、車が二台、上にフェンスがついたコンクリートの壁。

あなたにとってはね。僕らにとっては、キャットパス・プレシジョン〔両手をついた閉脚跳びによる正確なジャンプ〕、コング〔キャットパスと同じ〕二回、助走からのアームジャンプ〔飛びつき〕、ステップヴォルト〔片手と反対側の足を障害物に置き、もう一方の足をそのあいだに通して飛び越える技〕さ。

パルクールをちょっと身につけるだけでいい、と彼らは請け合った。そうすればきっと世界が同じように見えるはずだと。地中海の島の危険なヤギの道を目の前にして、倒木や崩れた巨石は行く手をはばむ物体から跳躍台に変わるだろう。私は水が川床を扱うようにトレイルを扱おう。オリーブとタマネギ一個を糧に一日じゅう跳ねまわってみせる。

少なくとも、それがプランだった。いい計画に思えたため、私はパルクールの世界に飛びこみ、導かれるままあのペンシルヴェニアの駐車場からロンドンの公営住宅にたどり着いた。そこでは、身体のなまったシングルママがこのスポーツ屈指のインストラクターになりつつあった。だが、いま私はクレタ島にいて、この話はしばらく胸にとどめておくのが賢明なようだ。足を踏み入れたら最後、そこから私は出てこられないのではないかと、クリスとピートを心配させたくない――実際は、切り立った峡谷に積もり固まった雪を横目に、自分でもあやしいものだと思っていた。理論よ、これが現実の山だ。

われわれは荷物を背負って出発し、クリスを先頭に黒砂の浜を見下ろすつるつるした石の上を歩きだした。「ここは厳しいところだな」とピートが感想を口にした。「草木を見てみなよ、どれもとげがついているだろう？　ヤギがなんでもかんでも食べてしまうからだ。いちばん厄介なものだけが生き残る」

CHAPTER 9

フィリッポス二世：マケドニア王国の軍指導者
「もしもわが軍を引き連れて貴国に入ったならば、私は農場を破壊し、人民を虐殺し、都市を徹底的に打ち壊す」

スパルタ人からフィリッポス二世へ
「もしも」

クレタ島を脱出したパン職人のジャック・スミス＝ヒューズがエジプトで船を降りたとき、彼の靴に起こったことを気にとめる者はひとりもいなかった。出迎えたのはロンドンから来た謎の男たちで、彼らはふたつのことについてしきりに知りたがっていた。舌ぶりと資質についてだ。たとえば、クレタ人は秘密を守れるのか？　マスケット銃を抱えた野蛮人にすぎないのか、それとも本格的な戦闘部隊として団結できるのか？　言い換えると、ジャックなら彼らに命を預けられるのか？

というのも、そのころロンドンはベイカー街に建つ、ドアに表札も室番号もない小さなテラスハウスで、新手の戦闘部隊が組織されつつあったからだ。正式には特殊作戦執行部（ＳＯＥ）という名称だったが、むしろコードネームで知られていた組織、〈会社《ザ・ファーム》〉である。噂では、〈ザ・ファーム〉は殺人、誘拐、金庫破り、謀略、色仕掛けによる機密入手といった悪辣な作戦を実行する権限を与えられていた。ある説によると、にせのフランス人売春婦たちをすでに配置し、ドイツ軍の慰安所に肉を腐食する薬品に浸したコンドームを仕込ませていたらしい。

そもそも、英国の将校たちはだまし討ちに不案内だったわけではない。多数の犠牲者を出してきた苦い経験から、秘密作戦がいかに効果的かを身をもって学んでいた。それまで何世紀にもわたり、国王の兵隊たちはスコットランド反乱軍の待ち伏せ攻撃を受け、アメリカの革命派の乱射に見舞われ、ボーア人の騎兵に急襲され、パシュトゥーン人の集団から去勢や斬首の仕打ちに遭い、ビルマで密林の賊に妨害され、ＩＲＡ（アイルランド共和軍）の都市型偽装行為に惑わされていたのだ。英国は世界最大の帝国軍を擁していたが、さすがの巨人も、土地勘があってルールを無視する忍びやかな素人から一〇〇〇回もちくちく傷つけられると弱い。四〇年前に、ウィンストン・チャーチルという名の青年騎兵将校がかろうじて生き延びた際の教訓もあった。植民地の英国軍は「どこにでも進軍し、なんでもできる」と、若きチャーチルはパシュトゥーン人の射撃の名手から命からがら逃げたときに実感した。「ただし、敵を捕らえることだけは別である」

そしていま——ついに——チャーチルは地下に潜行する敵のお株を奪い、不正工作隊を投入する準備が整ったのだ。

チャーチルはついていた。不正工作隊の構想にひどく乗り気な英国人将校がふたり見つかり、先に彼らがアイデアを出してくれたのだ。コリン・ガビンズとジョー・ホランドは二〇数年来の友人どうしだった。出会ったのは青年将校時代、アイルランドでマイケル・コリンズ配下のＩＲＡの狙撃兵が屋上から放つ銃弾をかわしていたころのことだ。もし誰かを自分の教師とするなら、自分を撃ってくるかもしれない相手ほどふさわしい人物はいない。ガビンズとホランドは特殊な戦闘に対する〝ミック〟・コリンズの流儀に心酔するようになった。

ＩＲＡがなかなか捕まらなかったのは、ひとつにはＧ・Ｋ・チェスタトンの古典的スパイ小説『木曜日だった男』にミック・コリンズが見つけた巧みなトリックのおかげだった。その小説では、爆弾犯の無政府主義者がいかにも爆弾犯の無政府主義者らしく行動することで疑惑を避ける。「隠れているように見えなければ、捜し出されることもない」とチェスタトンは書いていた。そこでミックは戦士たちに、注意を引かないようにするのではなく、もっと引くようにと教えた。目立てば目立つほど、捜索や尋問の対象にはなりにくいのだと。ミック自身、〝社会の敵《パブリック・エネミー》ナンバー1〟でありながら、ぱりっとしたグレイのスーツを着てダブリンじゅうを自転車で走っていたが、「その時代がかった自転車のチェーンは、中世の幽霊の鎖のようにがたがた音を響かせた」とゲリラ戦の専門家であるマックス・ブートは記している。

ガビンズとホランドにとって、このＩＲＡの指導者は敵であるのと同じく、師《メンター》でもあった。「〝反則手段〟という言葉は忘れよう」とガビンズは決めていた。「〝反則手段〟と呼ばれるものは、素早い殺しに役立つからだ」。変則的な戦術の可能性に興奮したふたりは、チャーチルから戦争初期に不正工作隊創設という任務をもちかけられた時点ですでに何年も、アパッチ族の戦士やロシアの革命家たちについて研究していた。

彼らは、安上がりでとてつもなく効果的なある兵器をあらゆるゲリラ隊が頼みとしていることに気がついた。それは疑いだ。ある程度の疑念を敵に生じさせれば、無力にすることができる。将校は突撃すべきときに立ちすくみ、兵士は撃つべきときに尻込みする。「敵に損傷を与え死をもたらし、なおかつ無事に逃亡することで、敵をいらだたせ士気を低下させる効果を生む」とガビンズは理解していた。「めざすべきは、激しく攻撃し、敵が反撃できないうちに姿を消すことだ」

なるほど、故郷の森をすり抜け、音もなく追跡する訓練を生まれたときから受けていたコマンチ族ならそれでいいだろう。だが、どうしたら――チャーチ配下の将軍たちが破綻を嗅ぎつけたのはこの点だ――どうしたら、ツイードの似合うロンドンの紳士にバルカン地域の村で同じ芸当ができるのか？

　ガビンズはどこから手をつけるべきか正確にわかっていた。チャーチルの新たな夢の部隊を率いるように指名されるとすぐ、はみ出し者たちを探しに出たのだ。戦闘経験者やタフガイはいらない。実際に自分で自分の身を守れそうな者は、ゲシュタポのスパイハンターにとって赤身の肉だ。ある志願者は「ドイツ人を見つけしだい、頭を吹き飛ばしてやる」と請け合い、その場で失格となった。「その手の英雄気取りは求めていない」と不正工作のある指導教官は説明した。「われわれが求めるのは、生きて行動することだ」

　いや、ガビンズが求めたタイプは……むしろ、言葉にできるようなものではなかった。「定義がないという理由から、私はそれをX階級と呼ぶ」とジェフリー・ハウスホールドは説明している。彼はインクのセールスマンとして世界をめぐったのちに、ガビンズの初期のエージェントとなり、自身の冒険をもとに『追われる男』を著した。この古典的スリラーでは、ある英国人スポーツマンが己の機転と、窮地の際の痛烈な物言いだけを頼りにナチの追っ手を逃れる。X階級は富や肩書き、権力には関係なかった。「われわれはつねに才能のみによってランク付けされる寡頭制の組織だ」とハウスホールドは『追われる男』に書いている。それは目に見えない何かで、耳でのみ探知可能だった。「誰がX階級に属しているのか？」と彼はつづける。「話をするまでわからないが、話せばすぐにわかる。思うに、そこで問題となるのはアクセントというよりも、穏やかな声だ」

穏やかな声？　そう、死を懸けた任務を求められたとき、なぜやらなければいけないのかと理由を尋ねずにいられない者の声音だ。ジェフリー・ハウスホールドとその世代は、前回の大戦の塹壕を免れる程度に若かったが、国と国が数百万の身体と銃剣をぶつけあったとき、そこについてまわる恐怖と殺戮を目撃する程度には歳を重ねていた。この新手の戦争――そしてこの新手の戦士――にとって、死地に向かって軽騎兵旅団が突撃することはありえない。X階級は軍務につくことには賛成でも、自殺行為は支持しなかった。彼らの身体を求めるなら、その取り引きには頭脳も含まれるのだ。

こうした懐疑的な、穏やかな声のインテリを冷徹な工作員に変えるのは一筋縄ではいかないと、ガビンズは承知していた。軍からの支援がたいして期待できないとなれば、なおさらだ。「英国陸軍はまっとうな戦いしかしてこなかったのだ」と、〝無音殺傷法《サイレント・キリング》〟を伝授してもらおうとしたガビンズをある将軍は嫌悪感もあらわに鼻であしらった。〈ザ・ファーム〉がエドワード・シャクルトン空軍大尉（伝説的な南極探検家アーネストの息子）に触手を伸ばすと、シャクルトンは部隊の指揮官にこれはどういうことなのかと尋ねた。「放っておけ」と指揮官は忠告した。「ああいう連中とはかかわり合いにならないほうがいい」

そこでガビンズは軍隊を素通りし、代わりに〝東洋の娼婦〟に助けを求めた――すなわち上海、世界一汚い路地裏の格闘家たちがしのぎを削る世界一危険な都市だ。一九三〇年代の上海はジャングルの掟に支配され、ジャングルの生き物たちは賭博や性奴隷、麻薬取り引き、ギャングの抗争に明け暮れていた。アジアの商業港である上海は、中毒者や海賊、波止場の詐欺師であふれ、一九三六年には推定一〇万人の犯罪者がのさばるようになる。上海という名称までが、トラブルを意味するようになった。「シャンハイされる」といったら、ひどい頭痛とともに目覚めるばかりか追い討ちが待ち受けていて、無給労働者として数キロ沖合の商船に乗せられていたことも少なくない。ある犯罪組織の親玉は面倒な愛人をペットの虎の餌にしてやったと自慢し、別のボスは、抗争相手の腕と脚の腱を切断して、命はあっても動けないその身体を繁華街の真ん中に放り出した。

　この狂騒へと乗りこんでいったのがビル・サイクスとウィリアム・フェアベアン、通称〈天の双子〉《ヘヴンリー・トゥインズ》だった。フェアベアンは英国海兵隊出身で、追いつめられた上海の警察から世界各国への人材募集に応じて一九〇七年にこの地にやってきた。ところが、あいさつ代わりに袋叩きに遭い、人力車の後部に乗って病院まで運ばれるはめになる——波止場を徒歩でパトロールしていたところ、ごろつきの一団から殴る蹴るの暴行を受け、あやうく死にかけたのだ。長い療養期間に、フェアベアンは苦々しい思いで考えていた、これまで受けた訓練はどれも——ボクサーはおろか前線の兵士としての訓練も——パニックに駆られて凄まじい混乱に陥る現実の街の喧嘩ではまったく役に立たない。そこで立ちあがれるまでに回復すると、フェアベアンは本物の路地裏格闘術に没頭しはじめる。まずは日本国天皇の護衛隊を指導した柔術の達人、〝プロフェッサー・オカダ〟に弟子入りし、しだいに腕の立つナイフ使いにして射撃の名手となった。その革新的な技術は半世紀後のいまも多数の特殊部隊に採用されている。

　フェアベアンの方針転換はじつに目覚ましく、彼は上海機動隊の隊長に任命された。海岸地区ですごした三〇年のあいだにフェアベアンは六〇〇件以上の闘いを切り抜け、一度、中国人の賊の銃弾が顔をかすめて眉毛が焦げたこともある。そんな彼のお気に入りの相棒がビル・サイクス、ほっそりとして親しみやすく、静かにパイプをくゆらせ、ふたりの孫といるときがいちばん幸せではないかと思える紳士だった。サイクスがまさに上海の変わり種だったのは、エリック・A・

シュワーブという本名があったことに加え、プロの乱暴者ぞろいの都市にあってアマチュアの趣味人だったという理由が大きい。サイクス本人は、警官のまわりをうろうろするのが好きなただのセールスマンで、にせの名前を使っているのも本名があまりにドイツ人っぽいというだけのことだと言い張っていた。あるいはそうなのだろう。だが、偽名で生活し、さらに新聞紙で人を刺殺する才能がある場合、スパイ活動の噂は否定しがたい（ただ斜めに折りたたんでいけば、そのうち紙がきつく締まって切っ先ができる、とサイクスは事もなげに語っている。それをあごの真下に突き刺せばいい。簡単なことさ）。

　第二次世界大戦がはじまるころには、サイクスとフェアベアンは六十歳に近く、髪は白くなり、標的をとらえてきた鋭い目にはいまや眼鏡が欠かせなくなっていた。それでも、ガビンズは不正工作隊の一期生に昔ながらのやり方を実地に見せたいと考え、サイクスとフェアベアンをスコットランドはハイランド地方の奥地、秘密の地所に設置した訓練所に招待した。「〈御殿《ビッグハウス》〉の広間に連れていかれると、突然、階段の上にふたりの愛すべき初老の紳士が現れた」と新兵のひとり、R・F・〝ヘンリー〟・ホールは振り返っている。新兵たちがびっくりして見守るなか、師匠となるはずのふたりはよろめき倒れ、「ごろごろと階段を転げ落ち」……と思いきやいきなり立ちあがって戦闘の構えをとると、どちらも左手に短剣《ダガー》を、右手に四五口径を握っていた。「愛すべき初老の紳士たち」は、部屋を埋める秘密諜報員志願者全員の機先を制したのだ。**ピッーピッーピッ**――引き金を二、三回絞れば、部屋は死体だらけになっていただろう。

「そこにいた誰にとっても強烈な体験だった」とホールは認めている。

　靴のかかとで男の向こうずねをこすりおろすと同時に睾丸をつかむ方法を実演するときは別だったが、普段の聖人のような物腰から〈天の双子〉と呼ばれたふたりは、さっそく仕事に取りかかる。平手で相手を気絶させる三六通りの方法や、事務用品を武器に変える巧みな技を示してみせた。「たとえばクリップボードだ」とヘンリー・ホールは述べている。「それで相手の首筋や頭、鼻、鼻の下を打ってもいい、局部を打ってもいい、みぞおちを打ってもいい……」〈双子〉は独自の武器も披露した。ひとつはつららのように細いフェアベアン－サイクス・コマンド・ナイフで、これは皮下注射針に劣らずすんなり心臓に抜き刺しできる。もうひとつは剣に似た〝スマチェット〟、胸郭に叩きこんで股間まで切り裂くことのできる青銅器時代への先祖返りだ。「われわれはギャングになるよう求められた」と新人不正工作員のロバート・シェパードは語っている。「ただし、立ち居振る舞いは、できれば紳士であるようにと」

CHAPTER 10

大事なのは芸人魂《ショーマンシップ》より職人技《クラフツマンシップ》です。

――トーマス・アンベリー医学博士

引退した太りすぎの七十一歳の足専門医、なぜ自分は二七五〇回連続でフリースローを決めることができ、NBAの選手はひとりもできないかについて。

〈双子〉が甘んじて受け入れた忌まわしい真実がある。こと生身の兵器となると、われわれは自然界一の役立たずということだ。人間には牙も鉤爪も角も毒液もない。われわれは強くないし、速くないし、夜は目がよく見えず、あごで何かを粉砕することもできない。ただ、ありがたいことに、われわれはじつに揺らぎやすい――われわれに殺傷力があるのもそのおかげだ。

〈揺らぎ力〉――ノリーナ・ベンツェル校長がマチェーテをもった偏執狂に打ち勝つ助けとなったのと同じ力――について知るいちばんの方法は、見ず知らずの人たちの前で下着姿になることだ。少なくとも、私はアリゾナ州テンピでそう悟った。人体の結合組織の先駆的研究者で画期的な書『アナトミー・トレイン』の著者、トーマス・マイヤーズに学ぼうと国じゅうから集まったフィットネス専門家のために、実験台となったときのことだ。

「さあリラックスして」。服を脱いで分析を受けようとする私にマイヤーズが言う。「そして自然に立ってください」。自分のズボンが部屋の反対側に置き去りの者に対して、これほど無用なアドバイスもないだろう。私は肩を引いて背筋を伸ばし、軍隊式の気をつけが普段の姿であるかのように装う。メジャーリーグのアリゾナ・ダイヤモンドバックスのトレーナーら、三〇人ほどの生徒が私の前で半円形に並び、クリップボードにノートをとりはじめる。

「アンドリア」と数分後にマイヤーズが言う。「頼んでいいかな?」

アスリート風の若い女性がクリップボードをわきに置く。スポーツブラにパンティという恰好になり、私と並んでグループの前に出る。

「頭部、前方移動」とマイヤーズの生徒のひとりが大声で言う。そしてクリップボードを確認する。「および後方傾斜」

アンドリアが首を亀のように突き出し、あごを上げる。

「肩帯、前方傾斜」とつけ足すのはジェイムズ・レディ、ダイヤモンドバックスのトレーナーだ。

アンドリアが腹をパンチされたように背中を丸める。

グループは指示を送りつづけ、やがて誰かが叫ぶ、「止まれ!」

「完璧!」マイヤーズの生徒のひとりが言う。その女性が私のほうを向く。「あれがあなたよ」

私はアンドリアを見る。「あれが僕?」

「あなたそのものだ」とレディも同意する。

なんだと。アンドリアの肩の片方は引っこみ、臀部は斜めになって、背中の毛が灰色《シルバーバック》の雄ゴリラみたいに頭が突き出ている。あれが僕だって? 海兵隊式に直立するよう身体に命じていた私は、アンドリアの身体に反映された自分の姿を見てたじろぐが、ここでひとつはっきりしたことがある。どうやら心と筋肉よりも強力な何かが、身体に指示を出しているということだ。その謎に包まれた力は、トム・マイヤーズの説明によれば、弾性組織による絶えず引っ張る力だ。

こと生身の強靱さに関していえば、筋肉は弱小パートナーにすぎない。真の原動力となるのは〈深筋膜〉、われわれの器官と筋肉を包む伸縮性のある組織だ。近年まで、筋膜は鶏の胸肉を包むねばねばした膜と同じく、たいしたものではないと考えられていた。だが一九九九年、マイヤーズは死体解剖で助手を務めていたとき、本人いわく「皮膚の下のゴムのようなぬるぬるしたもの」に興味をそそられる。ともに作業していた解剖学者たちはそれを切り開いていた、その下にある筋肉をじかによく見たかったからだ。ところが、筋膜はいたるところにあり、貫通するのはかならずしも簡単ではなかった。場所によっては、車のタイヤ並みに固いところもあったのだ。

　これは単なるソーセージの皮ではないのかもしれない、とマイヤーズは思った。この謎を解く方法はひとつ。「メスを横向きにするだけでよかった」。そのぬるぬるしたものを切って開くのではなく、彼はそれに沿ってスライスし、皮膚と骨から丁寧にはがしていった。作業を終えるころには、でこぼこしたウェットスーツに似た全身大の包みが目の前にあった。マイヤーズが興味をそそられたのは、その生体スーツが単なるすべすべした薄い組織には見えなかったことだ。むしろ繊維と太い索が交差した構造で、強靱《ストレングス》さの限りない循環システムになっていた。拡大してみると、筋膜は細かい格子状で、防風ネットばりの抗張力がありそうだった。

　さらにもうひとつ、意外なことが明らかになった。あなたの身体のなかはＤＮＡに似た形をしているということだ。筋膜は筋肉と筋肉をつないで足から額まで連続した二本の渦を形成し、その渦が二重らせんのように互いのまわりを回っている。ということは？　あなたの身体にはアーチェリーの複合弓《コンパウンドボウ》のような仕掛けがあるということだ。超伸縮性の組織が左足を右の臀部に、右の臀部を左肩につないでいるわけで、これはどんな筋肉よりずっと強靱だ。

「ねじれたはしごを考えてみてほしい」とマイヤーズは説く。筋膜の渦巻線は腹部で交差し、臀部と向こうずねを足まで下って、土踏まずの下であぶみのように輪を描く。だから今度レブロン・ジェイムズが猛然とジャンプしてダンクシュートを決めるのを見るときは、マイヤーズの目で観察するといい。誰もがレブロンの伸ばした手のなかのボールに気をとられるのに対し、マイヤーズが注目するのは、レブロンのもう一方の腕が身体の後ろへ広がること、前方の足のつま先が上を向くこと、空いたほうの手の指が伸びて広がることだ。ひとつひとつは些細なことにすぎない。だがまとまれば、ある爆発的な行動を引き起こす融合した要素となる。マッチと導火線と火薬がそうであるように、つながることが重要なのだ。

ちょっと待った。指についてのくだりだ。指がバランスを改善するのはわかる――気もする。だが、垂直の跳躍でも?

そうだとも、とスティーヴ・マクスウェルが言う。そしてポケットに入れた小さな装置でそれを証明してみせる。スティーヴはブラジリアン柔術の元世界王者、現在はストレングス&コンディショニングのコーチで、専門は失われた革新的技術を復活させることだ。「昔の人たちは筋膜という言葉ができるまえから、それがどんな働きをするか知っていた」と彼は説明する。「昔の強者たち、一九五〇年代以前の男たちに戻ればまちがいはない。古いジムを見ればいい、体操用の棍棒《インディアンクラブ》やメディシンボールがある。何が大事かって、バランスや動作のレンジ、流動性、弾性反発力を使うこと以外に何かあるかい?」

スティーヴ自身、年代物の格闘技のポスターから抜け出てきたのだとしてもおかしくなかった。五十歳を過ぎているのに、素手《ベアナックル》によるボクサーの体格で、動作は凄みにあふれ、ぜい肉は一切ない。変わり者の億万長者が気晴らしに無人島で人間狩りをするとしたら、賭け金はスティーヴの逃げ切りに積むべきだろう。毎朝、氷点下の冬であっても、一日の初めは古来のヒンドゥーレスリングの伝統に則り、裸で外に出て五ガロン〔約一九リットル〕の燃料容器《ジェリカン》に入れた冷水を頭からかぶる。ウェストチェスター大学の花形レスラーだったころには、そのスポーツの起源を崇敬するあまり、古代オリュンピア祭を再現し、全裸での競技大会を開催したこともあった。ともあれ、彼はどうにか卒業にこぎつけ、やがて見つけたのが〈マクササイズ〉、総合格闘技のファイターにとってこの国有数のコンディショニングセンターとなったフィラデルフィアのジムだった。アルティメット・ファイティング（ＵＦＣ）を牛耳るブラジルの名門グレイシー一族までが、このマクササイズに有望な選手を派遣して、身体を絞らせた。

　ひとつスティーヴが絶えず探求しているものに弾性反発エネルギーがある。格闘家はわずかなミスも許されないからだ。リングにおける史上最強の勇者《ヒーマン》になるのもいいが、敵より先にガス欠したらどうしようもない。だからこそ伝説的なヘビー級ボクサー、ソニー・リストンなどの大男でさえ、縄跳びにもサンドバッグを打つのと同じくらい時間をかけた。「ジャンプ、弾み、跳び《スキップ》――どれも筋肉ではなく、筋膜に由来する自由エネルギーだ」とスティーヴは説明する。その弾みをうまく活かせば、飛び跳ね棒《ホッピング》に乗ったように筋力をほとんど使わずに跳ねまわることが可能だ。リストンは体重一〇〇キロで、プロ相手の試合の四分の三でＫＯ勝ちするほど強力だったが、女の子顔負けのリズミカルな足の動きを、たいていジェイムズ・ブラウンの「ナイト・トレイン」に合わせて練習していた。

「強さ《ストレングス》はひとつのスキルだ」とスティーヴは言う。「むかし、ケルト族のどの村にも〝成年の石〟があった。その石を動かせないうちは大人の仲間入りはできなかったんだ。でも大事だったのは荒々しい力じゃない。強さとは、身体のなかのあらゆる道具の使い方を知っていることだった。さて、これにはきっとたまげるぞ……」

スティーヴはポケットを探り、輪ゴムを一本取り出す。「これを片方の手の指全体に巻いてくれ、ちょうど爪のあたりに。そしてできるだけ大きく指を広げる。本気でやるんだ。よし。指を閉じて、また開く」。あまりにも簡単なことに少々気まずさを感じたところで、スティーヴが大きな啓示をもたらす。

「矢を投げるなんて、ばかげているだろ?」と彼は言う。「それより筋肉を使って糸を引き、その糸に仕事をさせたほうがいい」。そして私に、輪ゴムをはずして床にうつぶせになり、腕立て伏せの体勢をとるようにと言う。ただし、胸を床まで下げてから頑張って上に戻すのではなく、逆のことをしろと。輪ゴムでやったように指を大きく広げ、手のひらを床に強く当てたまま、身体を引き下げろというわけだ。やってみると、自分でも驚くほど、肘が苦もなくまっすぐ伸びる。「ほらな?」スティーヴが言う。「あんたは身体を下げながらばねを縮め、それから上に弾けさせたんだ」。もう一度やってみると、まるで自分がトースターから飛び出す感じがする。どういう仕組みかは――スティーヴが知っているかどうかも――よくわからないが、それは人生でもっとも楽な二〇回の腕立て伏せだった。

「筋肉について知っていると思っていたことが、全部まちがいだとしたら?」とトム・マイヤーズは最後に問いかける。「人体には本当に六〇〇の筋肉があるのか、それともひとつしかないのか?」ブルース・リーはいつも、最高のパンチは足の親指から繰り出されると言っていたが、あながち冗談ではなかったのかもしれない。彼は一〇〇キロを超える男から指一本ぶん離れた位置に拳を構え、それをほんのわずか振っただけで男を吹き飛ばしてみせた。左のつま先が右の臀部にきっかけを与え、右臀部が左肩を後ろに引き、左肩が右の拳を打ち出す。すべての力は海のさざ波のようにしだいに高まり、ついに——**バン！**——その起点から離れたところで炸裂するのだ。武道家たちはブルース・リーのパンチを「長距離勁《ジン》」と呼ぶ。遠くからの強さということだ。

「多くの人にとって、健康《フィットネス》とはいまだにウェイトを持ち上げて筋肉をつけることにほかならない」とマイヤーズは言う。「でも、それで何にフィットするのだろう？　私に言わせれば、こちらのほうが」とラップトップのキーを押してスライドを表示させ、「ボディビルダーよりよっぽど身体がフィットした人間だ」。画面に現れた写真では、あお向けに寝転がった赤ん坊が、両手両足に抱えた哺乳瓶の中身を飲んでいる。ブルース・リーと同じく、この乳児は筋肉には解けない問題を筋膜で解決していた。「環境からの要求に対して容易に、想像力をもって適応できるなら、それはフィットしているということだ」とマイヤーズは言う。

あなたの心はそのイメージ——ボディビルダーよりフィットした赤ん坊——に反発するだろうが、二〇〇七年の時点で、それは筋膜に関するいちばん耳障りな発言ですらなかった。画像化技《イメージング》術がマイヤーズのメスに追いつき、ドイツのウルム大学筋膜研究プロジェクトの長を務めるロベルト・シュライプ博士が、注目すべき発見をしたのだ。筋膜は指示を受け取るだけではない——指示を出してもいるのだと。

シュライプ博士はポニーテールのヒップスター然とした教授で、ブラジリアン柔術の元世界王者スティーヴ・マクスウエルとは正反対だが、ひとつだけ共通点がある。彼もポケットに切り札を忍ばせているのだ。新しい筋膜研究の発表に訪れた彼とロンドンの医療機関のトレーニングルームで会うと、シュライプ博士は上着の一方のわきからふくらんだキーホルダーを、もう一方からばねを取り出す。そしてキーホルダーをばねの下に引っかけ、伸縮させはじめる。上へ下へ、その動きは苦もなく、限りもない——だがシュライプが少しだけ手を動かすと、キーホルダーの向きが乱れ、四方八方に揺れたあげく、勢いをなくして静止する。

「姿勢とリズムです」とシュライプが説明する。「あなたの身体も同じような動き方をしています。配置が整っているときは、弾性組織がエネルギーを蓄え、それを返します。でも、バランスが崩れると停止するのです。健康に、身体の強さに、これは重大な影響をおよぼします」

シュライプは超音波センサーを生きた筋膜に通す方法を突き止めた最初の人物で、それによって驚くべきものを見つけていた。神経終末だ。筋膜はただの揺らぐ輪ゴムの束ではない、と彼は気づいた。観察と報告を担当する前哨部隊の入り組んだネットワークで、各部隊が身体じゅうから感覚情報《インプット》を集め、リレーのように脳に送っているのだ。筋膜は感覚入力の豊かさにおいて舌や目に劣らない――それどころか、ことによると、上回ってすらいる。情報をいたるところから得ているからだ。

「筋膜は反応し、記憶します」とシュライプは言う。あなたの一挙手一投足が身体の実験だ。その実験がうまくいったら――たとえば舌を突き出したままジャンプショットを決めたなら――その実験はひとつの習慣になる。そういった習慣は姿勢として固定され、時とともに、姿勢は構造となる。「結合組織は身体のセントバーナード犬です――鷹揚で忠実で」とシュライプは説明する。「いったん位置についたら、ずっとその場を離れません」

遠くにいる友人を、顔が見えなくても識別がつくのは、それが理由だ。ハーヴァード大学で博士号を取得した生物学者、フランシスコ・バレーラは好んで筋膜を「形態の器官」と呼んでいた。筋膜が姿勢の指紋をつくるからだ。試しに両肩を水平にしたり歩き方を変えたりしたら、とたんに身体のバランスが崩れたと感じるばかりか情緒も不安定になるだろう。筋膜はあなたが世界のどこにいるかを知っている――位置センサーを搭載することで平衡感覚を助け、恐怖条件づけに関与する脳の部位、扁桃体に直接、位置情報を伝えるのだ。筋膜に刻まれた動きはどれも気持ちをなだめ、満足をもたらし、効率的に感じられる。それを忘れようとすれば――野球の打撃コーチやバレエの教師はきまってそうしろと言うが――苦労は免れない。新しい動作は、いくら必須だろうと理にかなっていようと、違和感があるものだ。

「それはとんでもない進化上の欠陥なのでは?」と私は尋ねる。人間はきわめて順応性が高いのに、なぜ筋膜はそうじゃないのか?

もしそうなら、われわれは死に絶えていたからです、とシュライプは説明する。おおむね人間という存在は、一貫性があるから生きていられる。弓や槍を手にするまで、われわれはばねのような脚の弾性組織、それと優れた冷却機能をもつ汗腺と、毛皮のない身体だけを頼りに、ほかの動物を死ぬまで走らせた。アフリカのサバンナで、レイヨウがオーバーヒートして倒れるまで何時間もぶっ通しで追いかけることができた。そのような生存競争では、あれこれこねくりまわす余裕はない。自分の効率的なペースを見つけ、それを維持しなければ、死ぬことになる。

もちろん、それはわれわれが〈揺らぎ力〉をさらに必殺の武器に変えるまでの話だ。

「目をつぶって」とジョー・ダーラは斧《トマホーク》をぴしりと私の手に置く。「つぶったままで。考えないように。ただ投げればいい」

ジョーは元サーカス芸人で、熟練のナイフ職人だ。フィラデルフィア郊外にある自宅の地下室に古い製材機の刃をためこみ、それで競技用の投げナイフをつくっている。前庭に置かれた古いテーブルに、切り株のスライスが六枚ほどボルトでとめてあるが、隣家のブランコセットに近くてどうも落ち着かない。ジョーが投擲《とうてき》術をはじめたのは幼稚園のころ、米陸軍空挺レンジャーの父親から戦闘ナイフを握らされ、細々した規則を叩きこまれたときのことだ。十二、三歳でプロはだしの腕前になり、旅回りのサーカス団に雇われてショーガールのまわりにナイフを投げるようになった。現在五十歳、ナイフとトマホークの両方で七度世界王者に輝いていて、吹き矢、牛追い鞭、古代の槍投げ器であるアトラトルの腕も恐ろしく正確だ。

都合がいいことに、ジョーが住んでいるフィラデルフィアのはずれは全米一クールな郊外らしく、そのペンシルヴェニア州バーウィンに暮らす隣人たちは、ジョーがよく前庭で練習し、午後にもなるとたびたび高硬度の尖ったものが車のわきをすり抜けても気にしないようだ。それどころか、彼が人間を標的にして技を磨いていてもおたおたしない。薄く切った丸太をボルトでとめた古いドアの隣に、手製の防護楯が置かれている。ジョーが別の古いドアに穴をくり貫き、防弾ガラスで覆ったものだ。ジョーは友人をそのドアの後ろに立たせ、顔をガラスにくっつけさせて練習する。ターゲットに睨み返される場合、まったく別レベルの神経制御が必要となるからだ。

ジョーが斧《ホーク》をよこし、後ろに下がって見守る。私はじっくりと彼の助言を反芻する。左足を前に。スタンスは広く。楽なオーバーハンドの動作で。フォロースルーで右ポケットに入れた車のキーを叩けば、体勢がまっすぐに保たれている。そして……

カツン！

トマホークは的の端をかすめ、地面へと落ちる。ジョーがもう一本よこす。左足を前に……

カツン！

「どこがまずいんだろう?」と私は尋ねる。

「ここで禅の要素がからんでくるんだ」とジョーは言う。「あなたは投げ方をコントロールしようとして、できずにいる」。目を閉じて投げるようにと彼が告げたのはこのときだ。

了解。私は目をつぶり、振りかぶって、斧を放つ。

ズサッ！

私のトマホークは丸太上のカードから数インチのところにめりこむ。

「おお、いまのは――」

私が言い終わらないうちに、ジョーが身体をひねる。そして腕を回転させると――**ズザッ！　ズザッ！　ズザッ！**――三本のホークが三つの的に突き刺さる。一本はカードを真っ二つに切り裂いている。

ジョーがにやりとする。「おのれのなかに入って、リズムを湧き起こさせるんだ。そうしたら、いろいろとてつもないことができるようになる」

「人間は驚嘆すべき投擲手です。あらゆる動物のなかでも人間は異色の存在で、投射物を速いスピードで、かつ信じがたい精度で投げる能力をもっています」。そう語るのはジョージ・ワシントン大学のニール・ローチ博士、地球上のほかの霊長類とは異なり、なぜわれわれだけが必殺の投擲で獲物を殺せるのか、という謎に取り組んだ二〇一三年の研究の筆頭著者だ。

その理由はわれわれの筋肉ではない。チンパンジーは非凡なアスリートで、そのぶん人間よりずっと強いが、遺伝的にもっともわれわれに近い種族にもかかわらず、ピッチャーとしてはお話にならない。投げ方を仕込んだとしても、チンパンジーが放つ渾身の速球はせいぜい時速約三〇キロくらいだろう。リトルリーガーから見ても、お笑い草だ。十二歳の少年たちはその三倍の速さで、ずっと正確に投げてみせる。ソフトボールのスター選手、ジェニー・フィンチはきまって時速一一〇キロを超えるし、しかも彼女は下手投げだ。

では、われわれにあってチンパンジーにないものとは何か？　肩に広がる「ゴムのようなぬるぬるしたもの」――筋膜と靱帯、そして伸縮性のある腱だ。腕を振りあげることは、ぱちんこ《スリングショット》のゴム紐を引くようなものだと、ローチ博士は説明する。「このエネルギーが解き放たれると、上腕の急激な回転の動力となります。それは人体が生み出すもっとも速い動作です――プロのピッチャーなら角度にして毎秒九〇〇〇度の回転〔二五回転〕にも達するのです！」速い投擲は単なる筋肉の活動ではなく、弾力の三段階にわたる解放の賜物だ。

投げる手の反対側の足で**踏みこむ**。
腰を、つづいて肩を**回転させる**。
そして腕、手首、手の関節を弾いて**しならせる**。

われわれは昔からそんな榴弾砲を具えていたわけではない、とローチ博士はつづける。およそ二〇〇万年前、われわれの祖先はいくつか重要な構造的変化を発展させ、木登りや腐肉漁りをする者から生ける投擲器に変貌を遂げた。腰はやや広がり、肩はやや下がり、手首はしなやかさを増し、上腕は若干まわしやすくなった。いったん〈揺らぎ力〉のこつをつかみ、棒に先端をつけることを学ぶと、われわれは地球上でもっとも殺傷能力が高いばかりか、もっとも賢い生き物となった。投げ方がうまくなればなるほど、どんどん知的になっていった。

「この力強い投擲を生み出す能力が、狩猟の強化には不可欠でした」とローチ博士は説く。「狩猟の成功によって、われわれの祖先は限定的ながら肉食動物となり、カロリーの豊富な肉や脂肪を食べることで食事の質は劇的に改善されました。この食事の変化が祖先の生態に地殻変動をもたらし、身体が大きくなり、脳が大きくなり、子孫を増やせるようになったのです」
脳が大きくなったことで、ある革新的な技術が生み出され、それがあらゆる人間の達成の基礎となる――食料があるところだけでなく、食料がないところにもねらいを定めるようになったのだ。クーズー〔大型のレイヨウ〕やウサギが大あわてでジグザグに走り去ったら、狩猟者は三種類の物体――自分、獲物、武器――が空間を移動するタイミングと距離を頭で処理し、槍が標的にぶつかる正確な地点を計算しなくてはならない。あるいは、クレタ島なら、連合軍が放つ弾丸がドイツの空挺隊員に命中する場所を。

「そのような連続した思考には、より高度な知性が求められる」と言うのはウィリアム・H・カルヴィン博士、ワシントン大学の神経生物学教授で、人間の脳の進化に関する専門家だ。具体的にいえば、彼は想像力について語っている。未来に思いを馳せ、可能性を視覚化し、抽象的に考える能力だ。だからこそ、カルヴィン博士は信じている、言語、文学、医学、さらには愛までもが、二〇歩先で野ウサギを仕留める古代の能力とつながっているのだと。「投擲とはつまり混乱のなかに秩序を見つけることです」と彼は言う。「連続した思考ができるようになれば、より多くの観念を結びつけられるようになります。語彙を増やし、無関係な概念を組み合わせ、未来の計画を練り、社会的な関係を把握できるようになるはずです」

でも待ってくれ。連続した思考や観念の組み合わせこそ、生存競争においては余計なこねくりまわしじゃないのか？　そのとおり。だからこそ、トマホークを投げたとき、目を閉じたほうがましだったのだ。原始からの機能に関しては、教育《エデュケーション》と実行《エクシキューション》は相容れない。脳は動作を処理するのに対し、身体はそれを遂行する。だから、いったん動きを筋膜に刻んだら、邪魔をしてはいけない。筋膜は反応する――そして記憶するのだ。

CHAPTER 11

あなたのすることは、
あなたに返ってくる、
まるで道を知っているように。

——ロジャーズ&ハート作「いつかどこかで」

トマホークと槍は〈ザ・ファーム〉好みの武器ではなかったが、都合がいいことに〈揺らぎ力〉は指一本でも同じように作用する。〈天の双子〉がチャーチルの不正工作隊一期生の訓練を開始した際、ウィリアム・フェアベアンがそのやり方を示してみせた。

フェアベアンはピストルを引き抜き、固く握りしめた。まるで……そう、ばかみたいに。彼はねらいをつけることさえしなかった。腕を伸ばしてピストルを両手で固定し、しっかり照準器を見なくてはならないことくらい、誰だって知っている。ところが、フェアベアンはただその場に立ち、膝は曲がっていて、いまにもくだけそうだった。ピストルのつかみ方は拳で握りつぶさんばかりで、高さはかろうじて腰に届く程度。とうてい射撃の名手にもベテラン警官にも見えなかった。むしろ、突然ポケットにピストルを見つけ、それがどこからやってきたのか見当もつかずに戸惑う老人といったふうだ。

さあ、これが銃撃戦に勝つ方法だ。フェアベアンはそう言い、自分を殺そうとする男を前にしても怖くないという者がいたらそいつはどうかしている、と説明した。怖がってかまわない。人間は恐怖を武器に変えるのが恐ろしく得意だからだ。きみたちはただ、天性の能力を活かして本能でねらいを定めさえすればいい。フェアベアンは「本能的なねらい」こそ、開拓時代の西部のガンマンを必殺の殺し屋にしたものだと信じていたし、弟子のひとりが実際に西部に行ってそれを確かめてもいた。レックス・アップルゲートは米陸軍の少尉で、めずらしい経歴の持ち主だった。オレゴン州ヨンカラの少年時代に、射撃芸人のおじのために標的の煉瓦を放り投げていたのだ。「そういう人たちはたいてい演技のときに照準器を使わなかった」とアップルゲートは記している――だが軍に入隊すると、おじのような昔の人間のほうが教官たちより射撃がうまいことに気づいた。ワイルド・ビル・ヒコックをはじめとして、開拓時代の人々はずっと重い銃を使い、正式な訓練を受けていなかったのに、早撃ちの技術は驚異的だった。

「ワイルド・ビルは正真正銘の西部のガンマンで、実際に戦闘で多くの人間を殺した」ことをアップルゲートは知った。「私は依然として根本的な事実を求めていた――いったい彼らはどうやっていたのか?」陸軍から近接格闘術を学ぶよう命じられた際、アップルゲート少尉がまず向かった先に、ワイルド・ビルの最後の根城、サウスダコタ州デッドウッドがあった。その郡裁判所で、アップルゲートはワイルド・ビルの文書の束を見つける。「ひとつはある崇拝者からの手紙で、こんなふうに問いかけていた。『あなたはどうやって人々を殺害したのですか? あなたの方法やテクニックはどんなものだったのですか?』」とアップルゲートは述べている。「まさに私が探していたものだった」。ありがたいことに、ワイルド・ビルは返信を投函していなかった。おかげで彼の肉筆の書面をアップルゲートは読むことができた。「手を目の高さに上げ、指差すようにし、そして撃った」

指差すようにし……「これにはひどく興味をそそられた」とアップルゲートは振り返っている。「ただし、それが明確になったのは拳銃格闘術の訓練を、ウィリアム・E・フェアベアンとエリック・A・サイクスというふたりの紳士のもとではじめてからだった」。のちにわかったことだが、〈双子〉は同じテクニックをある幸運な出来事のあとに編み出していた。ある夜、一五名からなる上海の警官隊が犯罪組織の本部に踏みこんだ。翌朝、その建物を検分したフェアベアンは、頭の高さに偽装爆弾《ブービートラップ》のワイヤがしかけられていたことに気づく。警官たちはワイヤが見えなくてもその下をくぐっていたのだ。一瞬のひらめきでフェアベアンには理由がわかった。緊張すると、人はかならず本能的に身をかがめるからだ。きっと同じ理由から、彼らはピストルを死に物狂いで握りしめていたにちがいない、とフェアベアンは気づいた。

「緊張の極みに達した者は、発作的にピストルを握らずにいられない。撃たねばならぬ場合、本能はできるだけ速く実行しようとするため、おそらく腕は曲がったままで、ことによると腰の高さから撃つことになる。この状況が生じるのは暗い場所かもしれないし、まったく明かりがないかもしれない」とフェアベアンは予測していた。「銃弾がひゅっと身体をかすめ、一瞬麻痺状態に陥るかもしれないが、それは至近距離から敵が発砲すると、爆発の衝撃を受けるためだ」

ここでフェアベアンが述べていることは何年ものちに、交感神経系の反応であると特定される。より一般的な呼び名は闘争・逃走反応だ。あなたの膝は曲がり、心臓は激しく打ち、手は握りしめられて前に突き出され、視界にはひとつの脅威しか入らず、身体は正面からその脅威に向き合う。これは脳の下位領域――動物的自我――があなたをばねのように巻き上げ、殴りかかるか、全力で逃げるかさせようとしているためだ。フェアベアンが着任する以前、上海の警察の指針では、動物的自我は無視して、心を落ち着けてから射撃すべきだとされていた。だが、落ち着こうとしているまに相手は撃ってくる。「一発目を撃つのに三分の一秒以上かかったら、新聞にコメントする立場ではなくなる」とフェアベアンは忠告した。上海の巡査が一年間に九人殺されたのも不思議ではない。「時間はない」とフェアベアンは承知していた。「特定の姿勢をとったりピストルの照準を合わせたりする暇はなく、もしそんなまねをしようものなら、速さにまさる相手の思うつぼだ」

　生まれながらの本能と戦うことはできない。ただし、生まれながらの本能を自分のために戦わせることはできる。そこで〈双子〉は、恐怖を武器にする新たなアプローチを考え出し、それを英国に持ち帰った。「武器を素早く正確に、どんな位置からでも照準器に頼らずに使える者こそ、棺桶に入らずにすむ可能性がもっとも高い者である」と〈双子〉は告げた。「それは可能であり、極端にむずかしいというわけでもない」。その秘訣はピストルを筋膜の延長にすることだ。そしてそのためには、指差すだけでいい。

　脅威を感知すると、身体は是が非でもバランスをとろうとする。このため、恐れを感じると人は本能的に綱渡りの姿勢になる――膝が曲がり、手が上がる。だが、ここにはもうひとつ作用がある。真北を見つけるコンパスの針のように、腕が脅威のありかを探し出すのだ。生体力学《バイオメカニクス》を考えればわかるだろう。襲撃者に殴り倒されるのを避けるには、体重は即座に支点をふたつ――地面についた両足――から三つに変える準備をしなければならない。両足、プラス、あなたが腕を伸ばしてつかもうとする襲撃者だ。手は命令を待てない。そこで必要となるのが独自の防御指示システム、筋膜ベースの反応だ。

　フェアベアンはそれを「利き眼の衝動」と呼んでいた。遠くの壁の一点を標的に選び、彼はよく新兵たちにこんな指示を出した。手をピストルと思って親指と人差し指を立てなさい。そして引く――手を引き抜いて素早く標的に向ける。考えるな、ねらうな。ただ動かせ。「さて、このときどうなっているか注意深く観察したまえ」とフェアベアンは告げる。「人差し指は、意図したとおり、正面に相対する的をさしているはずだ」。その衝動を殺傷力に転換するには、とフェアベアンは締めくくった。銃を同じように向けるだけでいい。

「われわれは腕を伸ばして銃を構えろとも両手を使えとも言われず、銃を抜いたらへそに押しつけ、まっすぐ前方に向けろと教えられた」と〈双子〉の生徒のひとり、ロバート・シェパードは説明している。「どこを向こうと、銃も動いて自分が見ている標的のほうを向くことになった」。

ＳＯＥ（特殊作戦執行部）の新兵でも銃を扱った経験のある者は、この指差し射撃《ポイントシューティング》方式にいら立った。そんなものは卑劣で屈辱的だ。伸ばした腕と固定した両手で慎重にねらいをつける、勇敢な保安官らしくない。目を盗んでこっそり撃とうとする、怯えたごろつきみたいだと。

だが、フェアベアンの相棒、ビル・サイクスは懐疑的な者の扱いを心得ていた。「あの人が標的にくるりと背を向け、その真ん中を股のあいだから撃ち抜くのを見たことがある」とシェパードは振り返っている。「彼はそんな芸当をやってみせた」

CHAPTER 12

さて、張卓慶《アー・ヒン》、おまえに女のように戦う方法を教えよう。
ブルース・リーの師で詠春拳の一代宗師《グランドマスター》——葉問《イップ・マン》

レックス・アップルゲート少尉と〈双子〉の出会いは波乱含みのものだった。レックスは大男で、オレゴン州の林業の町で育んだ一九〇センチの身体は一〇〇キロの筋肉の塊へと鍛えられていた。そして拳も銃も巧みに扱ったため、まだ若い陸軍少尉でありながら〝ワイルド・ビル〟・ドノヴァン大佐から抜擢され、中央情報局（ＣＩＡ）の前身にあたる諜報・破壊工作部隊で隠密《ステルス》戦闘を教えることになった。

年配の英国人ふたりが世界一の路地裏格闘術の使い手らしいと聞きつけたワイルド・ビルは、〈双子〉の活動を確かめさせるためにアップルゲートを送りこんだのだ。「すぐにおたがいを品定めした」と振り返るアップルゲートは、そのときなんの感銘も受けなかった。フェアベアンは多少柔道の心得があって、ピストルさばきは目を引くかもしれないが、実戦ならこの小男を窒息死させてやれる。そんな考えをフェアベアンも感じ取ったのだろう、実技の指導中にアップルゲートは前へ出るようにと言われた。「私に攻撃をしかけてみたまえ」とフェアベアンが促した。「殺すつもりでこい」

アップルゲートのほうが三十歳若く、体重も五〇キロほど多かったが、それ以上に彼はこうしたいわゆる武術家の倒し方を知っていた。まず物音でひるませ、相手があの曲芸みたいな動きに入る隙を与えずに飛びかかればいい。「攻撃する側が最初にすべきなのは、相手のバランスを心身ともに崩すことだ」とアップルゲートは語っている。「私は雄叫びをあげて向かっていった」。前列の兵士たちがあわててよけるはめになった。アップルゲートが弾き返されてきたからだ。「それまで酒場で喧嘩をしても負けたことがなかった」。呆然としたアップルゲートはのちに回想している。「だからこれには興味を引かれた」

〈双子〉が教えることは、それまでアップルゲートが目にしてきたものとはことごとくちがっていた。「昔のような個人どうしの戦い方に立ち返るのだ」とフェアベアンは説明し、きみの体力は役に立たない、とアップルゲート少尉に言った。ボクシングも、レスリングも、空手道場で習うほとんどのこともそうだ。どれもつくられた規則に従って技をひけらかすゲームにすぎない。足で板を割ることができる？ たいしたものだ。〈双子〉にその蹴りを試したら、帰りには足にギプスがはまっているだろう。グレコローマンレスリングのチャンピオン？ それはすごい。アップルゲートをひとひねりしたときと同じく、フェアベアンはあっさりレスラーの力を奪ってみせただろう。

「立ちつづけることだ」とアップルゲートは学んだ。「この種の格闘の基本ルールはけっして倒れないことだ」

いや、待ってくれ——のちに総合格闘技の選手たちは、あらゆる戦いの九〇パーセントは倒《グラウンド》れた状態で決着がつくと主張し、いつもマットの上の寝技に持ちこんで試合に勝つようになるのでは？　いかにも、とフェアベアンなら答えただろう――もしきみがクッションの敷きつめられた八角形のリングにいて、サーフショーツを穿いたブラジル人だったなら、好きに取っ組み合いをすればいい。だが本物の戦いでは――ルールも、レフェリーも、降参《タップアウト》も、相手が丸腰である保証もないなら――地面は死に場所となる。もし襲撃者に倒されたら、睾丸をつかむ、親指を眼球に押しこむ、耳を嚙みちぎる、何をしてでも振り切って立ちあがり、〝ブロンコ・キック〟をお見舞いするといい。これはフェアベアンの得意技のひとつで、倒れた相手の胸に飛び乗り、肋骨がこなごなになるまで両足で踏みつづけるものだ。本物の暴力にスポーツマンシップは関係ない、とフェアベアンは強調した。肝心なのは生き抜くことだ。相手と握手を交わすことも幸運を祈ることもない。相手が倒れたままでいるのを願って立ち去れ。

　ボクシングやレスリングは自然な格闘形式ではない、と〈双子〉は説明した。むしろ見世物に適した形式で、男たちによって男たちのために、男性のふたつの特性、身体の大きさと上半身の強さを誇示する目的で考案されたものだ。それ以外、なんの役にも立たない。野生の人間はパンチを繰り出すのはなるべく避けようとする。たとえ相手が人間だとしてもだ。なぜわざわざ弱い指の骨や関節を砕いたり、突き出した腕をひねられ、折られたりするリスクを負うんだ？

　だがそれも決定的な理由ではない。ボクシングやレスリングが単なる娯楽だというもっと明白な証拠がある――女性や老人は不得意ということだ。経験則として、基本的なスキルの出来に見られるばらつきは、それが種にとって自然なスキルか否かを判断するいい目安になる。年齢や性別で能力差が大きいとしたら、そこに表れているのは先天的なものではなく、後天的なものだ。野鳥の雁《ガン》はオスとメスでサイズがちがうが、スピードは変わらない。そうでなければ渡りの際に混乱をきたすだろう。鱒《マス》も同じだ。かりにオスが猛スピードでメスを追い越すとしたら、餌を食べるのはいつもオスが先、捕食されるのはいつもあとになり、いずれ産卵のパートナーが壊滅的に不足する。性別や年齢による差が消えることはもちろんないが、大幅に減らすことは可能だ。

そう、とりわけ人間は。ほかの動物に比べ、人間の男女は驚くほどよく似ている。大きさと形はだいたい同じで、生物としての武器も同じだ。ほかの種のオスとちがって、男だけが角や牙、立派な枝角を備えているわけではないし、女を小さく見せることもない。男のほうが大きいとしても、雄ゴリラのように五〇パーセントも大きいわけではなく、ほんの一五パーセントほどだ。生活の大部分で似たような仕事を分担するため、われわれは似ていなくてはならない。人類は数百万年のあいだ狩猟採集民として生き長らえ、食べられる植物や掘り起こせる根、捕まえられる獲物を探して大地をともにめぐっていた。ともに働き、夫婦となってともに暮らした。人類は一夫一婦制を選び、それを円満に実践している。

だからこそ、われわれの求愛方法はダンスであって、死闘《デスマッチ》ではない。類人猿やヘラジカは繁殖の権利を求めて戦い、力ずくで複数の妻を得るが、人間のやり方はむしろファッションショーのモデル風だ。ファイトするのではなく、ひけらかす。男たちは愛情深い人間、頑健な稼ぎ手らしく着飾り、女性に選ばれるのを待つ。これは一夫一婦制に不可欠な要素だ。類人猿は最終的にボスがハーレムを形成するから殴り合っていられる。だが一対一のつがいのシステムは、求愛行動によって半数のオスが生命維持装置につながるようでは成り立たない。

われわれは抑制の——そして耐久力と弾力の——生物で、男と女、老いと若きでもっとも共通するのもその点だ。長距離走や遠泳といった持久力が試される場では、年齢や性別によるパフォーマンスの差は体格のちがいよりも小さい。わずか一〇パーセント程度だ。五三時間にわたり、クラゲの攻撃と激流のなか、サメ避けの檻もなしにキューバからフロリダまで初めて泳いだのは、二十五歳の青年ではなく熟年女性、六十四歳のダイアナ・ナイアドだった。三四キロほどのイギリス海峡をこれまで最速で泳ぎ切った女性は、最速の男性よりほんの三〇分遅れだったし、三十歳の破産専門弁護士アミーリア・ブーンは、二〇一二年のワールズ・タフェスト・マダー障害物レースで惜しくも優勝を逃したものの、九〇マイル〔一四五キロ〕を走って三〇〇以上の障害物を越え、総合二位でフィニッシュ、三位の男性に一五キロ以上の差をつけていた。ウルトラマラソンでも中年の女性が先頭集団にいるのはめずらしいことではない。二〇〇二年、パム・リードは四十一歳にして、カリフォルニア州デスヴァレーの一三五マイル〔二一七キロ〕にわたるバッドウォーター・ウルトラマラソンで、すべての男性を抑えて優勝した。翌年も挑戦して連覇している。過酷なハードロック１００で九〇マイル地点までトップを走り、二位でゴールしたダイアナ・フィンケルは、四〇歳の手前だった。

投げるという行為についても、もう少し練習すれば同じことがいえるはずだ。解剖学的には、女性が男性のようにボールを強く投げられない理由はない。体力や体格は重要ではないのだ。ある研究者グループが、少年たちと狩りをしながら育ったオーストラリア先住民の少女をテストすると、投擲のトップスピードの差はわずか二〇パーセント程度だと判明した。サウスフィラデルフィアに住む十三歳の女子中学生、モネ・デイヴィスは、少年だけのチームを立てつづけに完封して所属チームをリトルリーグのワールドシリーズに導いたが、身長は一六三センチ、体重は五〇キロしかないのに、当たり前のように時速一一〇キロの速球を投げる。カギとなるのは腰の回転だ。石を投げることは単純だが連続した動作なので、腰を開いて腕を振り抜く一連の流れを練習しなければ、こつを忘れるばかりか、そもそもおぼえることもできない。女性が男性並みにうまく投げられない理由は、投げる量が少ないからだと思われる。だが生身の武器は具わっているし、それはわれわれのもつ最高の武器だ。

そこに〈双子〉の特別な才能があった。男であれ女であれ、投げることを戦うことに変える方法を見つけたのだ。

きみにとって最悪の状況とはどのようなものだね？　フェアベアンがアップルゲート少尉に尋ねた。

背後から飛びかかられること、とアップルゲートは答えた。先手を取られる。背中に銃を突きつけられ、両手を上げている状態。

よろしい。見せてくれ。

フェアベアンが捕まった役を買って出て、背を向けて両手を頭の後ろで組んだ。アップルゲートは用心しながら近づいた。腰の銃を抜き、フェアベアンの背骨に強く押しつけると――

フェアベアンが手を貸してアップルゲートを床から立ちあがらせ、銃を彼に返した。もう一度見たいか？

二回目、フェアベアンは後ろを向いて両手を宙に上げた。今度はさっきよりゆっくり回転し、左手で銃を払いのけて右手でアップルゲートのあごをつかむと、とどめに股間に膝蹴りして床に突き倒した。フェアベアンの動きは実演用のスピードなのに、アップルゲートには止めることができなかった。「不思議に思うかもしれないが、銃をもった者はとっさの判断に遅れ、引き金を引いて命中させようとしたときには相手の身体が弾道からそれている」。そうアップルゲートは学んだのだった。

今度は私をしっかり見ていたまえ、とフェアベアンが命じた。アップルゲートは空のピストルをフェアベアンの腹に突きつけて引き金に指をかけ、動く兆しを読み取ろうと目を見つめた。フェアベアンは身体をひねって腕を振り、アップルゲートが引き金を引けないうちに拳銃を払いのけた。そしてアップルゲートの手首を返して大男を膝立ちにさせ、銃を引き離した。フェアベアンはその場から一歩も動かなかった。膝を落とし、腰を回転させ、肘を曲げただけだ。

「身体のひねりがあらゆる反撃の基礎だ」とアップルゲートは理解したが、それはほんの取っかかりにすぎなかった。〈双子〉にとって、身体のひねりはすべての基礎だったのだ。ジャングルでは、身体のひねりが大きくものを言うので、ヒヒはそれを降伏の白旗代わりにするぐらいだ――戦いを避けるために胴体や腹の筋肉をたるませ、最大の武器が解除されていることを示すのだ。

フェアベアンが見せたとおり、人間にも同じ霊長類の力があらかじめ具わっている。フェアベアンはアップルゲートに路地裏格闘術の動きをひととおり経験させた――絞めつけ《ストラングルホールド》を振りほどく、劣勢《ノックダウン》から立て直す、体格にまさる男を地面にねじ伏せる、そしてもちろん〈マッチボックス・アタック〉だ。フェアベアンの戦術すべてには三つの共通点があった。素早いこと、簡単なこと、おぞましいことだ。「命懸けの格闘では、どんな人間もたちまち動物に戻る」と、アップルゲートにもわかってきた。「ほんの数秒で、とくに敵の攻撃や衝撃を受けた場合には、血への欲望が高まり、そこから格闘は本能的なものになる」

〈マッチボックス〉を例に取ろう。これを習得しておけば、危険な夜道を歩くことも、車の後部座席から突きつけられた銃口を逃れることもできる。ポケットに破壊力のある武器がなくても、携帯電話――フェアベアンの時代なら小さな厚紙のマッチ箱――があればいい。不穏な状況に陥ったら、通りの右側の壁に張りつき、さりげなく右手を上着のポケットにすべりこませることだ。

そして電話を包みこむように、親指と人差し指のあいだからはみ出さないように握る。くそっ！　緊張するのも無理はない。これから厄介なことが起こるのだ。誰かが手に物を——あれは何だ？　銃？　ナイフ？——握って素早く近づいてくる。

ここで電話があなたの命を救うわけだが、それも身体のひねりがあってこそだ。

「左の前腕を使って銃を身体からかわせ」とフェアベアンは指示を出す。ここで電話を取り出し、きつく握りしめて拳骨を固い塊にする。「身体を腰からひねって相手の顔面の左側を思いきり殴れ、できるだけあごの近くを」。上腕はわずかに動かすだけでいい。肩を開いたまま前腕を勢いよく繰り出す、腰の回転でそうさせるのだ。「この方法で相手を気絶させられる確率は、少なくとも二回に一回だ」とフェアベアンは付け加える。「これがマッチ箱ひとつで果たせることはさほど知られていない。つまり、その挙動が相手に不審に思われることもそうそうないわけだ」

アップルゲート少尉はフェアベアンの発見の威力を即座に理解した。本能的にねらいをつけること同様、身体をひねることは誰にでも可能で、すぐに習得できる。ある日の午後に基礎を学んだら、毎日一〇分程度の練習で完全にマスター可能だ。何年もドージョーで訓練したり、引き出しに色とりどりの帯をためこむまでもない。何より必要なのは、本気の戦いとはどういうものかをおぼえておくことだとアップルゲートは悟った。より人道的であろうとするうちに、われわれは護身術が生存の技術であって、見るスポーツではないことを忘れてしまった。戦いは娯楽に変えられてずいぶん穏やかになり、何ができるかよりも何をしてはいけないかに重きが置かれている。

同じ体格の相手と、パッド入りのグラブをはめ、レフェリーと医師の立ち会いのもと一回に三分間しか戦えず、合間に一分間の休憩をとって、ロープで仕切られたリングの自分のコーナーにある自分の椅子に座らなくてはならない。柔道ではかならずタタミの上に立ち、長い髪は後ろで束ねなければならず、相手と指を組み合わす姿勢をつづけたり、相手の握りから逃れるために蹴ったりしてはいけない。無法に思えるアルティメット・ファイティング（UFC）でさえ、嚙みつき、つば吐き、罵倒、引っかく、つねる、喉への攻撃、頭突き、身体の部位をねじる、目つぶし、髪の毛を引っぱる、フィッシュフック〔鼻・耳・口等の穴に指を引っかける〕、局部をつかむ、腎臓への踵落とし、倒れている相手の頭へのキック、けがのふりといった行為を禁じている。しかも公式に認可されたショーツを着用し、「清潔であり、きちんとした身なり」でなければならない。

清潔できちんとした？　われわれはこの一〇〇年でひどく文明化され、それ以前の二〇〇万年の姿を否定している。なかでもまずいのは、最強の武器をお蔵入りにして、筋膜を戦いから排除したことだ。

ただし、かつてフェアベアンが発見したように、日が暮れた中国のとある波止場を別にして。

フェアベアンが詠春拳のことを知ったのは、一九〇七年に新米警察官として初めて上海に到着してすぐ叩きのめされた痛手から、立ち直ろうとしていたころだった。その名称は「春に歌を口ずさむ」という意味で、詠春拳の力の抜け具合や気だるそうな見た目をうまく表している。その構えは、ほとんど構えているようには見えない。頭を守るように拳を上げることも、手を虎爪の型に固めることもない。ゆるやかに開かれた両手は、そのまませっせっせ《パタケーキ》ができそうだ。だが無造作な見かけの下には、弾性エネルギーの科学に対する鋭い洞察がある。

あなたが詠春拳について耳にしたことがあるとしたら、この拳法に命を救われたというハリウッドスター、ロバート・ダウニー・ジュニアのおかげだろう。ダウニーは一九八〇年代のもっとも有望な若手俳優のリストに名を連ねていたが、一九九六年には薬物中毒の厄介者になっていた。コカイン、ヘロイン、クラック、マグナム銃の秘匿携行、リハビリを義務づける裁判書命令違反の逮捕歴があった。薬物所持罪で召喚された数時間後に再逮捕されたこともある。近所の家にどう見てもヘロインで朦朧とした状態で現れ、その家の子供部屋で下着姿のまま気を失ったためだ。

「まるで弾をこめた銃を口に突っこんで引き金に指をかけているみたいで、しかも銃身の味が気に入っている」と、禁固一年の判決が下り、腰のあたりで手錠をかけられ連れていかれる直前にダウニーは語っていた。釈放後、詠春拳を知ったダウニーは、一度に何時間もつづけてトレーニングするようになる。週五日ということもめずらしくなかった。詠春拳の何かが彼のバランスを保ち、生きているのだと感じさせた。それは鍛錬ではなく、ようやく身体が本来すべきことをしているという感覚だった。

「詠春拳は何に集中すべきかを教えてくれる。ここにいようと、世間に出て問題に取り組んでいようと」。ある記者がトレーニングに同行した際、この俳優はそう説明した。「いまではこれが第二の天性になっているんだ。問題があるという状態にさえならない」

「トラックとは戦わないほうがいい」とダウニーのインストラクターが言葉を添えた。「よけるほうがいいのです」

　言い伝えによると、詠春拳は女性が創始した唯一の武術であるらしい。少林寺が清王朝の兵士の攻撃を受けたとき、五枚《ウー・ムイ》という尼僧がその寺で修行していたといわれている。寺は破壊され、僧たちは虐殺されたが、五老たち——そのひとりが五枚——はどうにか脱出した。森に身を隠した五枚は、小川のほとりで鶴が山猫の待ち伏せに遭っているのを目にする。二本のおぼつかない脚では、鶴が山猫の牙や鋭い爪、四本脚の機敏な動きから逃れるすべはないと思えた。だが、身体を回転させては翼をひねるうち、山猫は自分の獰猛さがたたって自滅した。これが自身の状況に似ているのはまちがえようがなく、五枚は鶴から得た教訓を戦いのスタイルへとつくり変え、それによってどんな男にも負けない恐るべき存在となる。それはあらゆる格闘技でもっともむずかしいパズルを解くことを意味していた。つまり、〝捕捉《トラッピング》ゾーン〟で生き残ることを。

敵につかまれそうなほど接近しているとしたら、それは相手の捕捉ゾーンに入っているということだ。ボクサーはジャブの距離やフットワークの速さを頼りに捕捉ゾーンを逃れ、空手やテコンドーでは長く素早い蹴りを教える――そのねらいは遠くから打撃を加え、できるだけ相手の手から離れたところにいることだ。捕捉ゾーン内は巨体や腕力が報われ、速さや技が無力になる。大男の味方で、小さな者の悪夢だ――ところが不思議なことに、詠春拳の女性的な流儀がいちばん活きるゾーンがそこなのだ。

詠春拳は、敵の罠のただなかに踏みこんでくつろぐように説く。上下左右に動くのはもちろん、的を小さくしようと横向きになるのもいけない。攻撃者に顔を向け、足を正対させ、相手が好きに攻撃してくるのを待つ。ただし、まずは「中線を決める」ことだ。詠春拳の真髄は、人間の力がもっとも強くなるのは足から発して身体の中心を上昇したときだという信念にある。つぎに挙げる四つのステップを踏めば、その中心線のエネルギーを手に入れることが可能だ。

一、足を肩幅の広さに開く。
二、腿を下げてわずかにかがむ。
三、開いた手を股間のあたりで交差させる。
四、そのまま両手を胸まで上げ、もっとも本能的な防御姿勢――Xの形――をとる。

これで〈黐手《チーサオ》〉（スティッキー・ハンズ）の準備は整い、敵の捕捉ゾーンを自分のそれに変えることができる。

〈黐手〉はひとつ上のレベルの〈揺らぎ力〉だ。襲撃者の力を自分の力と合わせ、倍になったエネルギーを相手に打ち返す。カギとなるのは身体の接触だ――相手がパンチを繰り出してきた瞬間、その手に自分の手を軽く「くっつけ《スティック》」させ、パンチを防ぐのではなく、いなせばいい。相手が右手で目に殴りかかってきたら、左手首でそれをそらしつつ、相手の力を利用して車軸を回る車輪のように旋回する。すると今度は相手の押してくる勢いをこちらの右腕の威力に変える番だ。敵はみずから顔面を右の拳に打たれにくる。

「手は脚という要塞の上に築かれた自在扉《スイングドア》である」と、詠春拳の一代宗師《グランドマスター》、葉問《イップ・マン》はよく弟子に語っていた。「葉問はあまり動かなかった」と弟子のひとりが言っている。「殴りかかられても、よけられるくらいにしか動かないが、攻めるときにはまっすぐ相手の中心をねらい、一撃を加えるかバランスを崩すかしてみせた」。葉問は足の動きもわずかだった。足は高く上げるほどバランスを失いやすい。だからローキックしか使わなかった。格闘技の大会で見られる観客好みの派手な頭部へのキックはいっさいやらず、虫を踏みつぶすような短い蹴りで膝や股間、向こうずね、くるぶしをねらうばかりだった。詠春拳は見るスポーツではない。最大の弱点に最速の打撃を加え、戦いが速やかに決着するよう考えられた、破壊力の科学だ。

ウィリアム・フェアベアンはとうてい詠春拳を学ぶはずのない男だった。中国はいい時代であってもよそ者には懐疑的だ。ましてや一九〇〇年代前半はいい時代にはほど遠かった。中国武術の極意は中国人だけのもので、外国人に教えたらその技を使って攻撃されかねない。だが上海に来てわずか数か月の青い目をした英国人にもかかわらず、フェアベアンは切り札をもっていた。当時、皇后の保安情報部隊の任務に、義和団事件のさなかに奪われた王朝の遺物を取り戻すことがあった。義和団事件は一八九九年、外国の影響力に対して中国人闘士たちが起こした大規模な反乱だ。そしてフェアベアンはその行方のわからない略奪品を見つけるための恰好の情報源だった。犯罪組織の根城への手入れ、英国軍とのつながり、警護に手を貸したヨーロッパ人との関係などから、皇后の部隊には捜せる見込みのない失われた宝物への手がかりを得ることができたのだ。その見返りに、フェアベアンは皇太后の護衛隊にも手ほどきをした詠春拳の達人、ツァイ・チンドンのもとで訓練することを許された。

ツァイ・チンドンの指導のもとで、フェアベアンは意外なことを学んだ。暴力の百科事典はかなり薄いということだ。のど笛を突いたり股間を膝で蹴ったりする際、思いつく方法はどれも一万年前にほかの者が編み出していた。護身という点からいえば、これは朗報だった。〈鵺手〉を習得できたら、ありとあらゆる攻撃を筋膜の記憶《メモリ》にダウンロードし、肉体を「自動応答システム」に変換することも可能だ。本能的に照準を定めることと同じで、〈鵺手〉は戦いから高次の脳を排除し、動物としての自己を発動させる。襲撃者に手首をつかまれたら肘が突き出て、腰にタックルをしかけられそうになったら、足が相手の膝を蹴って思いどおりにさせない。考えるどころか、目で見るまでもない——反応するだけだ。

暗い地下で勝ち目の薄い状況に直面しがちな上海の警察にすれば、筋膜の力を活かした戦いはまさしく救命具だった。この戦闘術を英国へ持ち帰ったフェアベアンとサイクスは、まもなく妨害工作の任務でドイツ陣内に投下される女性や詩人、大学教授にとっても同じく効果的であることを知る。「サイクスがわたしに無音殺傷法《サイレント・キリング》を教えてくれた先生でした」と振り返るのはナンシー・ウェイク、ＳＯＥ（特殊作戦執行部）の優秀なエージェントとなったオーストラリア人のパーティガールだ。ナンシーが得意としたのは、フランスにあるゲシュタポの施設に忍びこんでドアから手榴弾を投げ入れたり、撃墜された連合軍の戦闘機乗りを救出したりすることで、そのためにセックスアピールと氷のような冷静さで検問所の番兵の気をそらしたのだった。

「よく腰をくねらせながら近づいて、甘えた声を出しましたよ、『わたしを調べたい？』って」とナンシーは回想している。「それはもう、浮ついた、ろくでもない小娘みたいに」。ゲシュタポはこの謎の女に〈白ネズミ〉という呼び名をつけ、緊急指名手配リストのトップに据えたが、ナンシーは捕まらなかった。一七回にわたり、彼女は英国軍兵士を率いてピレネー山脈を越え、逃がすことに成功している。「ドイツ人が迫ってきたら、急所の〝三点セット〟を蹴って、首のわきにチョップを食らわせたものです」。一度、彼女のレジスタンス部隊が囲まれたときには、銃を撃ちながら逃走して自転車を盗み、夜を徹して安全な場所まで二〇〇キロ以上を走りきった。軍需工場を急襲したとき、ドイツ軍の歩哨に逃走を阻まれると〈白ネズミ〉の手はサイクスの教えどおりに動いた。「**バキッ**」。ナンシーは振り返っている。「すると確かに相手を殺してましたよ」

奇跡的にナンシー・ウェイクは戦火をくぐり抜け、九十八歳まで燃えるように生きた。終戦直後のフランスでの夕食会でウェイターが「腐ったイギリス人」よりドイツ人のほうがましだとつぶやくのを耳にしたナンシーは、そのウェイターを調理場までつけていくと、サイクスの流儀で殴って気絶させた。あわてて駆けつけた支配人にナンシーの連れが、このまま立ち去らなければ、つぎはあなたがやられると忠告した。「戦争のまえは暴力的なところなんてひとつもなかったのに」とナンシーは肩をすくめた。「敵がわたしをタフにしたのです」

捕捉ゾーンの内側で勢いづく〈白ネズミ〉とは、三〇〇〇年前に女も男と同じように戦えるのだと証明した戦う尼僧、五枚にとって、なんと完璧な結末だろう。ただし、詠春拳の起源は、じつはもう少し込み入っている。そして、もっとずっとギリシャに近い。

クレタ島にある迷宮《ラビュリントス》の奥深く、テーセウスは過去にここを訪れた男女の腐乱死体をよけながら少しずつ足を動かし、暗い石の迷路を手探りで進んでいた。彼はまだ十代の少年で、助けてくれる者も武器もなかった。角を曲がったところで、彼はついにミノタウロスと遭遇した。半人半牛、人間の血に飢えた怪物だ。新たな武術が生まれようとしていた。

「ミノタウロスより格段に強さの劣るテーセウス、ナイフも持たずにミノタウロスと戦い、パンクラティオンを用いて勝利をおさめた」という伝説がピンダロスの『ネメア祝勝歌』第五歌に詠われている。〝パンクラティオン〟とはおおよそ「すべての力と知識」といった意味だが、この言葉はその定義よりも深く響く。それは神々や英雄たち、あらゆる才能を開花させて勝利する者に結びつけられているのだ。パンクラティオンは単にボクシングとレスリングを合わせたものではなく、そのふたつを超えた戦闘スタイルであり、独自の知恵を備えている。パンクラティオンの一部の技、たとえば、踵で蹴る〈ガストリジン〉は凌駕されたためしがない。「これまで見たなかでももっとも強烈な攻撃の部類だ」と、ある近代格闘技の専門家はデモンストレーションを観て驚嘆した。「攻撃側の膝と足がピストンのように上に畳みこまれ、相手の腹や性器、腿が踏みつけられる。相手に打ちこまれる力は約二〇〇〇ポンド〔約九〇〇キロ〕。野球のバットを折ってあまりある威力だ」

パンクラティオンのもっとも恐ろしいところは、それがまったく恐ろしく感じられないことだ。最初の構えがあまりに無造作で力みがないため、相手はまばたきするまにガストリジンを食らう可能性があるのに、目の前にいる人間が攻撃の体勢でいるとは思ってもみない。幼い子供とキャッチボールをはじめる体勢になれば、パンクラティオンの勝負に臨む体勢もできている。顔を正面に向け、膝を軽く曲げて、開いた両手を上げるだけだ。技術《アート》というより偶然《アクシデント》といった感じだが、それこそがパンクラティオンの出自を明らかにしている——そこまで自然に感じられるのは、実際に自然だからなのだ。パンクラティオンは生《なま》の衝動を研ぎ澄まし、役に立たないものをすべて締め出し、三つのことに集中する。楽であること、不意をつくこと、阻止する力《ストッピングパワー》だ。あなたは考えることなく動きだす。前触れもなく攻める。そして一撃を、命懸けで戦うほかの動物のように、容赦なく加えるのだ。

パンクラティオンはむき出しの暴力に恐ろしく忠実なため、何年も古代オリンピックの競技から除外されていた。「相手を地面に倒すことや、絞め技、殴打、嚙みつき、蹴りなどで屈服させることは、未開人や子供に生来具わった本能である」とオックスフォード大学出身の古代スポーツ専門家、E・ノーマン・ガーディナー文学博士は解説している。「しかしこの乱暴さや混乱ぶりは運動競技にふさわしくない。あまりに危険で規律を欠いている」。紀元前六四八年、第三三回オリンピックでパンクラティオンはようやく採用され、ふたつのルールが課された。嚙みつきの禁止、目つぶしの禁止だ。それ以外は何をやってもかまわず、あらゆる人間の残虐性と創造性を自由に使うことができた。スパルタ人は相変わらず不満を漏らし、参加を拒んだ——相手の目をつぶすことも鼻に嚙みつくこともできないとしたら、なんの意味がある？

だがほかの人々にとっては、パンクラティオンは「古代オリンピックでもっとも刺激的でもっとも価値のある競技」となったと、ギリシャの年代記作家フィロストラトスは記している。くしゃみをするのと大差ない時間で終わってしまう試合もあったにもかかわらずだ。ポイントもピンフォールもなく、対戦相手に耐えられない苦痛を与えた時点で勝負がつく。相手の指をつかんで後ろへ折る技をきわめ、三度オリンピックのタイトルを獲得したチャンピオンもいる。試合はどちらかが死ぬか降参することで初めて終了となったが、ときには——ある壮絶な戦いのように——両方ということもあった。偉大なチャンピオン、アラキオンは背後から首を絞められながらも、どうにか相手の足をつかんだ。足首を折るのは古典的なパンクラティオンの動きで、じつに効果的なため、数千年後に〈双子〉は股間への蹴りより高く足を上げるのを避けることになる。だがアラキオンは技をかけるのが遅すぎた。相手は試合を放棄して助けを求めたが、それまでにアラキオンは窒息していた。勝利は死者のものとなった。

パンクラティオンの創造神話は一風変わっているが、それは単にふたつの説があるせいではない。たしかに語り手たちは起源となる出来事について合意に達しなかった。テーセウスとミノタウロスの戦いなのか、それともヘラクレス対ネメアの獅子なのか？　だがカギとなる特殊な点については全員の意見が一致した。ボクシングとレスリングがアポロンとヘルメスから受け継がれた神々の贈り物なのに対し、パンクラティオンは人間の弱さから生まれたということだ。テーセウスはクレタへ行ったとき、自分の実力を示したい盛りの少年だったし、ヘラクレスも現在思われているような巨体の勇者《ヒーマン》だったわけではない。ヘラクレスは戦いにおける最強の男などではなかった。それどころか詩人ピンダロスは逆のことを強調し、ヘラクレスの偉業を小男シンドロームのせいにしている——ヘラクレスは「不屈の精神をもった小兵」だったのだと。この英雄たちは力にあふれてはいたが、筋肉だけで窮地を脱することはできなかっただろう。彼らの本当の強さは耳にあった。テーセウスもヘラクレスも生涯にわたる学習者、機会均等を支持する学徒で、つねに助言を求めて女性からも喜んでアドバイスを受けた。それこそ英雄の証しであり、パンクラティオンのしるしだった。つまり、すべての力と知識だ。

その知識ははるか昔から存在している。パンクラティオンの創世神話について歴史が一枚噛んでいるのも確かだ。考古学者たちがクレタの封印された洞窟——テーセウスとミノタウロスの対決の場——をこじ開けた際、発見された紀元前一七〇〇年の陶器や壁画にはパンクラティオンの最古の描写も含まれていた。ミノス王は実際にクレタを統治し、彼の船はたびたび最新の発見を携えてエジプトから戻ってきた。牛跳び〔雄牛の上で宙返りをする競技〕、拳闘、組み打ちといった風変わりなヒッタイトの宗教的風習などだ。クレタでこうした儀式が武術へと昇華され、やがてギリシャ本土に輸出された。当然、すべての力と知識に関わるものを、アレクサンドロス大王のような戦闘学者が放っておくはずはない。当時も叙事詩『イーリアス』を枕の下に入れて眠っていたアレクサンドロスは、配下のマケドニア最強の兵士がアテナイのパンクラティオン戦士ディオクシポスに敗れるのを目にすると、たちまち信奉者となった。アレクサンドロスの軍隊はパンクラティオンを習得し、ペルシアやインドへの東征の際にパンクラティオンがアジアへ伝播して、近代格闘技全般の着想源になったとされている。

とすると——五枚はいなかった？　五老も、猫を負かした鶴も？

まさか。

詠春拳の起源にまつわる神話がミノタウロスより事実に即しているという証拠はない。だが作り話だからといって、それが真実でないともかぎらない。詠春拳はパンクラティオンの肝となる要素を採り入れ、その本質を強化した。自然な動き《ナチュラルムーブメント》やしなやかさを活かせば誰でも恐るべき戦士になれると本気で証明したいなら、怪物を退治した英雄ふたりを証拠に挙げてはいけない。邪悪な王朝から逃げ出した戦う尼僧を挙げることだ。五枚は、単にギリシャの流儀を中国人向けにつくり直すために創作されたのではない。むしろ、そうすることでパンクラティオンを戦場から取りあげ、油を塗った裸の男たちの競技会から引き離し、本来の趣旨へと立ち返らせたのだ。こと真の強さや護身に関しては、筋力は正しい道筋ではないと。

こうした手直しにもかかわらず、万人の助けとなりえるこの武術はほとんど誰にも教えられてこなかった。中国では王朝の争いや一族の秘密主義のために地下に埋もれ、ほかの国々ではローマ人たちによって衰退させられた。歴代の皇帝《カエサル》のもと、パンクラティオンは剣闘士による見世物へと堕落させられ、残虐性を増してついにはキリスト教徒の皇帝たちに禁止された。以来、血に狂った闘技場《コロッセウム》とあまりに密接な関係にある競技を本気で復興させようという者は現れなかった。「現代ではパンクラティオンはあまりにも過酷で、なんの役にも立たないということかもしれない」と、一八九八年のオリンピックにパンクラティオンの復活を果たせなかった英国のあるスポーツマンは認めている。

こうしてオリンピックのもっとも偉大な競技はしだいに影を潜めて消えていった……。

ただし、この競技が生まれた島は別だった。クレタの山中で、パンクラティオンはその可能性と誕生した理由を忘れない代々の反逆者たちに受け継がれていたのだ。ドイツ軍による侵攻後、一枚の奇妙な写真が英国情報部に送られてきた。写っていたのは、三人のドイツ軍兵士がクレタ人の自由の闘士三人組に奇襲を受けたところで、クレタ人のひとりがドイツ人の背中を両脚で挟んでいる。これは伝統的なパンクラティオンだ。そして〈双子〉が母国の不正工作員養成所にいる弟子たちに伝えたかったメッセージにほかならない。つまり、

求められる強さ《ストレングス》、スピード、しなやかさ《サプルネス》はどれも、すでに具わっている。あとはそれを解放するだけだ。

CHAPTER 13

クレタという名は私、すなわちその島を征服した男にとって、苦い記憶である。

――クルト・シュトゥデント
ドイツ国防軍空軍上級大将

クレタ島はテストにはもってこいだった。山々にはハチの巣のように無数の洞窟があるし、ロシアへ向かうドイツ軍の補給機が通過するから標的には事欠かない。だが〈ザ・ファーム〉としては、やみくもに進むわけにもいかなかった。まずはヨルゴス・プシフンダキスやほかのクレタ島民が、英国のアマチュア集団の面倒を本当に見るつもりがあるかどうかを、誰かが確かめなければならない。さもなければ、英国人たちは一週間ともたないだろう。

そういうわけで、ジャック・スミス゠ヒューズはクレタ島を脱出した数日後に、引き返すようにとの命を受けた。七か月にわたってどうにか島から出ようと苦心していたパン職人を、また同じ島に戻すとは酷な話だが、ほかに選択肢はあるだろうか？　クレタ島の戦いは一〇日間つづいていたが、クレタ島のための戦いはまだはじまったばかりだ。ヒトラーとしては、なんとしてもクレタ島民を組み伏せる必要があった。ところが連中は……なかなか……捕まらない。ロシア侵攻はすでに予定より何か月も遅れているというのに、動員できる兵士を東部戦線に迅速に送るどころか、まるまる五個師団がこの忌々しい島《ゴットフェアダムテン》でいまだに羊飼いたちと追いかけっこをしている。すばらしい。これぞまさしく、チャーチルの望んできたことだった——非正規兵の一団がどこかで巨人の隙をつき、つまずかせることだ。英国人が〈ザ・ファーム〉を発足させ自前のレジスタンス活動を展開するよりも先に、抵抗組織は突然、ひとりでに生まれていた。「クレタ島のレジスタンスはほかのヨーロッパ諸国の地下運動とは異なり、ドイツによる占領後一年ほどたってから芽生えるのではなく、侵攻のまさしく一時間後にははじまっていた」と、のちにクレタ島の戦いの決定版といえる歴史書を著すアントニー・ビーヴァーは述べている。まるで何年もリハーサルを繰り返していたかのように、クレタ島民はあっという間に武装した民兵、山を駆ける伝令、そして民謡を使った緊急警報システムを組織してみせた。そのシステムでは、ドイツ軍の斥候が見つかるたび、うららかな旋律が村人から村人へと谷を越えて歌い継がれ、山に潜む味方の兵士たちに届けられる。

だが現実的に考えて、いまやヒトラー以上に激しい怒りに駆られたクルト・シュトゥデント将軍の猛威に、クレタ島民はどこまで耐えられるだろう？　総統は兵士たちに、増長した島民どもを恐怖に陥れろと命じたが、シュトゥデントは恐怖以上のものを望んでいた。血を求めたのだ。クレタ島の戦いでドイツが失った部隊は、フランス、ユーゴスラビア、ポーランドでの戦闘を合わせたよりも多い。当のシュトゥデントもみずから命を絶つ覚悟をしていたが、それというのもすべてはこの野蛮人たちのせいだった。クレタ人は「けだもので暗殺者」であり、あらゆる危険動物と同じように扱うべきだとシュトゥデントは宣言した。どこであれ、少しでも反乱の兆しが感知されたら、「当該地域の男性人口を根絶」し、「村ごと焼き払う」よう指令を発した。弁明の機会さえ与えなかった。「こうした処置はすべて」とシュトゥデントは命じた。「迅速に、形式的手続きを排しておこなわなければならない」

あらゆる制約から解放され、クレタ島のドイツ軍は残虐の限りを尽くして報復した。カステリ・キサム（キサモス）の町では、二〇〇人の男が無作為に選ばれて虐殺された。小さな村フルネスでさらに一四〇人。各地の村が戦車で包囲され、火が放たれて、女性や子供たちは命からがら山へ逃げこんだ。すべての女性が逃れたわけではない。多くは服を破かれ、肩にあざがあれば、ライフルの反動でできた可能性があるとして兄弟や夫とともに死の奈落に沈むことになった。人狩りは情け容赦なかった。ドイツ軍の歩兵が農場や町をくまなく捜索し、偵察機が山を低空飛行しては疑わしい者全員を機銃掃射し、目に見えるあらゆる洞窟やヤギの道の航空写真を撮った。

そして十月のある夜、ジャックは偽装したトロール船に乗り、ある約束を携えてクレタ島に戻ってきた。ゆったりした黒い上着と身体にぴったり合ったズボンを身につけ、羊飼いに変装していた――つもりだった。「一マイル先からでも、誰だってあれはイギリス人だとわかる。とくにあの服装じゃあ！」と顔をしかめたヨルゴス・プシフンダキスが、今度も手を貸し、ジャックを連れてドイツの偵察隊のわきをすり抜けた。ふたりは崖を登り、ラグヴァルドス大修道院長に会いにいった。体重一四〇キロで舌鋒鋭く、ロビン・フッドの陽気な仲間、タック修道士を思わせるプレヴェリ修道院の院長だ。そこから地元のレジスタンス闘士たち、ベーオウルフ、アンクル・ペトラカス、そして〝サタン〟・グリゴラキスといった面々の隠れ家を訪れた。サタンというニックネームの由来は、悪魔でなければ生きていられないだけの銃弾を浴びていたことだった。

クレタ島の戦士たちがあと少しだけ踏ん張れるなら、とジャックは彼らに言った。もう孤立することはない。英国で新たに編成された破壊工作の達人たちが、まもなく活動を開始するからだ、と。

クレタ島の偵察任務から戻ったばかりのころ、ジャックのところにアレグザンダー・フィールディングという名のひどく貧しい画家が連れられてきた。「チャン」と呼んでくれ、とその男はアレグザンダーの「ザン」をそう発音して言った。ザンの父親は第五〇シーク連隊の少佐だった人物で、職業軍人の息子であるザンは戦争がはじまったら何をすべきかをちゃんと心得ていた。それは、逃げることと隠れることだ。

「僕がまずやったのは」とザンはのちに認めている。「逃走することだった」。しかも彼はそれをじつにうまくやってのけた。戦前はロンドンの高級カフェで食事客をスケッチして生計を立てようとし、その後東に向かい、ドイツ古典主義を学んで絵画に取り組んだ。ヒトラーがポーランドに侵攻すると大学の友人の多くが志願入隊したが、ザンはキプロスにとどまり、バーの支配人として悪くない仕事をしていた。「戦闘が怖かったわけじゃない」とザンは振り返っている。「でも軍隊に入るなんて考えただけでぞっとした」。一日三回将校クラブに通い、自分のゲストでもない来賓たちと当たり障りのない会話をしろというのか?「自分で選んだんじゃなく、偶然仲間になった見知らぬ人たちと無理やりぎこちない人間関係を築くなんて、耐えられない」と彼はこぼしていた。臆病者と呼べばいい。ただ「将校殿《サー》」とは呼んでくれるな。

ドイツ軍の潜水艦が常用の航路を閉鎖しようとしていたため、ザンはギリシャ沖の小さな島にボートで向かった。そこは古い友人のフランシス・ターヴィル-ピーターが所有する島だった。著名な考古学者で性の冒険家、最近は野性的な髪をした隠遁者となっていたフランシスは、オックスフォード大学を出たばかりのころに「ガリラヤ人」を発掘し、歴史を塗り替えた。これはヨーロッパ以外で初めて見つかったネアンデルタール人の頭蓋骨のひとつだが、フランシスはまもなく、発掘作業よりもパーティに多くの時間を費やすようになった(ある考古学者仲間は故郷への手紙に嫌悪感をにじませ、「フランシスのテントから投げ出されたウィスキーの空き瓶と、こっそりもぐりこんだアラブの少年たち」について書いていた)。梅毒にかかり、治療のためにドイツに送られると、パレスチナの砂漠のことは放っておくことに決め、専門を「性の民族学」に鞍替えした。〝デア・フロニー〟と呼ばれてベルリンのボーイ・バーで伝説的な存在となり、彼に着想を得てミュージカル『キャバレー』(クリストファー・イシャーウッドの『ベルリン物語(*Berlin Stories*)』を介して)や、W・H・オーデンの戯曲『ザ・フロニー(*The Fronny*)』が生まれている。その後、フランシスは突然姿を消した。噂では、ギリシャのある島に引っこみ、暗くなるまで眠って夜は徘徊し、食事はブランデーとパン、そして週に一杯のボヴリル〔スープストックの商標。牛肉エキス〕で栄養価を高めてしのいでいるということだった。

一九三九年、ザンが島に到着するころには、かつての英国考古学界の輝ける星は海難事故の生存者のような姿をしていた。「アメリカの先住民族風の長くまっすぐな髪が悲しげな血色の悪い顔を覆い、何本も刻まれたしわのせいで年齢を当てるのは不可能だった」とザンは回想している。「その下の痩せこけた身体はいつも明るい色の服をまとい、一八〇センチの体軀の足元は異様なほど小さなサンダル履きだった」。それでもフランシスの頭脳は昔と変わらず冴えわたり、月明かりの下を長々とともに歩きながら、どうやって世界に先駆けてガリラヤの頭蓋骨を発見したのか、その秘密を教えてくれた。

学者の道を歩きはじめたころ、フランシスは考古学の知識と地質学の習得という点で、先輩学者たちと肩を並べるには何十年もかかることに気づいた。そこで、近道を求めて彼がはじめたのが、各地の村でぶらぶらすごすことだった。茶飲み話をし、スキャンダルや地元の方言、怪談にどっぷり浸かる。言い伝えには植物のような長い巻きひげがついていて、そのひげを逆にたどっていけば固い地面に行き着くと、フランシスは信じていた。たとえば、少年たちが森のある一角に幽霊が出ると信じているなら、彼らは本当にそこで不気味な影を見たのかもしれない……もう少し調べてみれば、じつは崖の側面の裂け目でヤギ飼いが一夜を明かしたのだが、その裂け目の入り口が見えづらく、たき火の煙がうまい具合に吐き出されていたせいだとわかるかもしれない。いまの時代に暖かく居心地のいい場所は、石器時代にも同じように快適だった可能性がある。つまり、広大な砂漠に何千という洞窟があっても、老婆たちの語り継ぐ言い伝えに耳を傾けて午後をすごせば、誤った手がかりが除外され、一世一代の発見がまっすぐ指し示される、というわけだ。ゴシップを嗅ぎつける鼻のおかげで、フランシスはおしゃべりな遊牧民《ベドウィン》の商人たちから洞窟の情報をもらい、そこで頭蓋骨が見つかることとなった。

「フランシスのような人物とのつきあいや会話が、僕のなかでふくらんでいた罪の意識を振り払ってくれて、ダンケルクからの撤退の知らせやブリテン島の戦いの話を聞いても、つかの間、良心がうずく程度ですんだ」と振り返るザンは、ゲイではなかったが、フランシスのことは、それまで出会ったなかでも「きわめて刺激的で、得るところも多い仲間」だと思っていた。

ザンは毎日、風景を描いたり、フランシスの六人の使用人を相手にギリシャ語の練習をしたりしてすごし、夜行性の主人が夕暮れに目を覚ますのを待った。夜はよくラジオのまわりに集まり、ＢＢＣの戦況報道を聞いた。

恥ずかしいと思うべきじゃないか？　ザンは悩んだ。たぶん、いまが僕らの義務を果たすときなんだ。

フランシスは鼻を鳴らした。「いったい、きみがなんの役に立つというんだね？」

ヒトラーが彼らの手から選択の自由を奪った。ドイツが侵攻してくるまえにザンとフランシスは島を発ち、しかたなく別々の道を進んだ。フランシスが選んだのはエジプトだった。官能の冒険を好んでいたし、戦時中のカイロは性的な誘惑が渦巻いていたからだ。フランシスはすぐに裏通りの歓楽王の座に返り咲いたが、数か月としないうちに倒れることとなる。四十歳にして――友人のひとりが回想しているように「愛に、セックスに、旅に、友情に、食事にさえ飽きあきし」――過去の秘密を学ぶ天分でザンに影響を与えた男は亡くなった。

ザンはキプロスに戻り、そこで戦争から隠れるさらにいい方法を見つけた。軍に入隊したのだ。ザンは第一キプロス大隊の下級将校に任命されたが、この大隊は地中海の戦いにおける最大のジョークだった。「キプロス人には軍隊の伝統がなかったし、すぐにわかったのは、二十世紀にもなって快く兵役を受け入れることで紀元前に生まれた習慣をやめるつもりは彼らにはなかったことだ」とザンは述べている。同僚の将校の多くは、規律上の問題でほかの部隊を追放された者か、なんとしても戦闘を避けたい平和主義者や怠け者だった。「だから当然のことながら、僕らの部隊には連隊の誇りというものがまったくなかった」

将校も下士官も兵も、敵はもちろん味方どうしですら関わりたくなかったので、おたがい干渉しないということで合意していた。兵士は首都ニコシアの売春宿ですごし、将校はカジノに入り浸る。新兵たちは数週間としないうちに、配属初日よりも戦闘の準備を怠るようになった。「兵士が性病にかかる率は、将校たちの酒浸りに次ぐ高さにまで上昇した」とザンは認めている。

ザンの公式の任務は、見せかけの小隊を訪ねてまわることだった。キプロス人は自分たちにとって最善の防御法は偽装だと考え、偽の兵舎をたくさん建てて島じゅうに兵士があふれているように見せていた。「そうした幻の部隊はどれも、僕がひとりで演じていたものだった」とザンは振り返っている。彼は一日じゅう、轟音を響かせるバイクにまたがり、見えない旅団にメッセージを届けてまわった。願わくば、ヒトラーがキプロスは防御が固すぎて攻略できないと思ってくれたらいい。それにしても戦争がこれほどうれしい誤算になるとは！　キプロスでの軍務は、ザンがのちに認めているように、「人生でいちばんといっていいほど、のんびりできた時期」だった。

だがそれもクレタ島からの避難民がやってくるようになるまでのことだ。「クレタ島は一日で陥落すると思われていた」とザンは記しているが、その予想がはずれたとき——羊飼いや農家の妻、村の聖職者たちが農具やウサギ狩り用の銃、あるいは老人の杖を手に島を守っているという知らせが届いたとき、農民や手負いの英国兵たちがどうにかしてドイツ最強の戦士たちを撃退し、日没までというヒトラーの命じた期限どころか、つぎの日の出までもちこたえたとき——ザンの心に奇妙な感情が湧き起こった。羨望だ。

「もし戦わなくてはならないのなら、いちばん下劣でない目的といちばん自分が納得できる方法は、それこそクレタ人の目的と方法だと思った」とザンは回想している。クレタ人は命令を受けたわけでも軍服を着ているわけでもなかった。考えるのも戦うのも自分たちで、持ち前の技術と創意、自前の武器を駆使して家と家族を守っていた。訓練を受けたり指示を与えられたりするまでもない。伝統に従い、生涯を通じてこのときのために備えてきたのだ。「組織された軍隊の一員という自分の地位がだんだんうらめしく思えてきた」とザンは振り返る。

ザンはキプロスの波止場地区に通いつめ、クレタ島からの避難民が着くとすぐに声をかけ、レジスタンスについてのニュースを直接手に入れるようになった。彼が興味をもっているという噂が広まったのだろう、ある朝、見知らぬ人物が彼を探しにやってきた。その人物はカイロ市内のある建物への道順をザンに伝え、本気でクレタのことを考えているのなら、ただちにエジプトに行くといいと言った。そこに行けば——おそらく——もっと多くのことがわかるだろう、と。ほどなくして、ザンはカイロに降り立ち、タクシーを呼び止めていた。

「ははあ」と、ザンが行き先を伝えるなり運転手は言った。「ということは『秘密の家』ですね」。

〈ザ・ファーム〉は世界のどこからも見えない存在だったが、カイロのタクシー運転手にとってはそうではなかった。どんな組織かはともかく、そこには謎めいた客が大勢向かうため、運転手たちはその住所を薄気味悪いが儲かる場所として記憶していたのだ。建物を見つけたザンは、奥の部屋に通された。そこで会ったのが、〈ザ・ファーム〉のために新兵を見つけてクレタ島へ送る任務にすでに就いていた、パン職人ことジャック・スミス‐ヒューズだった。

「きみ個人としては、人を殺すことに反対か？」とジャックは切り出した。

ザンはしかたなく本当のことを話した。英雄のような振る舞いをしそうになったのは一度だけ、つまり喧嘩をしそうになったのは一度だけだと。酔っ払ったオーストラリア人の集団がユダヤ人家族を脅しているのをやめさせようとしたときのことだ。オーストラリア人のひとりがザンの胸ぐらをつかんで持ちあげ、どなった。「おまえはどっちの味方だ、ギャラハッド〔アーサー王伝説の高潔な円卓の騎士〕」。

ザンの騎士道精神もそこまでだった。

　正直にいって、ジャックとしてはそれでかまわなかった。彼自身、軍によって英雄になったわけではなく、パン職人になったのだ。戦力として勘定に入れられるようになったのは、島に置き去りにされてから、逃走してクレタ人の世話になってからにすぎない。と、そこからジャックはあることを思いつく……

　スコットランドでは、フェアベアンとサイクスが英雄の技芸《アート》を再構築して弟子たちに伝えようと試みていた。だがクレタ島に行けば、ザンは仲介者を通さずに、同じ古代のスキルをその源からじかに学ぶことができる。ベーオウルフやあの抜け目のない若い羊飼いヨルゴス・プシフンダキスに指導を仰げば、学校で習うより多くのことを実践で身につけられるかもしれない。パンクラティオンをその本家から教えてもらえるのだ。そしていかにして羊飼いたちがほぼ断食状態でひと晩じゅう山を登るかを知り、四〇〇メートル先からライフルの照準器を使わずに人の頭を撃ち抜く羊飼いや山賊から本能的な射撃法を習うことになる。

このやり方がうまくいくとジャックがわかっていたのは、ある男の実例がすでにあったからだった。ジョン・ペンドルベリーは英国人の考古学者で、戦争がはじまるずっとまえにクレタ島にやってきた。彼は隻眼で、軍隊の経験がなく、ザンの二倍近い年齢だったため、当然、ヒトラーが地中海に目を向けたとき、すぐに島を出ていってしかるべきだった。ところがペンドルベリーは島にとどまった。「自発的に残り、押し寄せるドイツの潮をかぶろうとするイギリス人には、あとから島に戻る以上の決意が求められた」とケンブリッジ大学の考古学者でペンドルベリーの友人、ニコラス・ハモンドは振り返っている。「しかしジョンにすれば、選択肢など存在しなかった」。まもなく、その隻眼の考古学者は伝説的な人物へと変貌し、その名を聞いただけでヒトラーは激怒するようになる。

それというのもクレタ島では不思議なことが現実になるからだと、ジャックは見抜いていた——勇猛で、大胆で、華麗なこと、おそらく誰にも、ましてパン職人や片目の考古学者にはとうてい無理だと思われることができるのだと。海に浮かぶその小さな島はヒトラーに痛手を負わせ、第三帝国の軍事戦略を永久に変えることになった。もう二度と〈空からの狩人たち〉が侵攻の先陣を切ることはない。「クレタ島は昔からずっと奇妙で輝かしい出来事の舞台だった」とのちにパディ・リー・ファーマーも感嘆まじりに同意している。クレタ島の「不滅の老人たち」と「きわめてハンサムな」息子たちは、「どんな無謀な計画にも目を輝かせ、大きな笑みを浮かべたのだ」と。

「とりわけ」と彼はつづけていた。「計画が危険なものであるときに」

二週間後、ザンは潜水艦のハッチを開け、唸る強風のなかに頭を突き出した。言葉を発してみても何も聞こえない。「甲高い風の音があらゆる音をかき消している」のに彼は気づいた。波が潜水艦の脇腹に叩きつけ、折りたたみ式のカヌーが砕けて沈んでいく――ザンが乗ることになっていたカヌーだった。

ＳＯＥの養成所で二四時間体制の訓練を四か月受ける代わりに、ザンは打ち棄てられた列車を爆破して三日間をすごした。「クレタ島に鉄道がないと知ったところで、破壊工作に対する当面の熱意が冷めることはなかった」とザンは語っている。「そうやって砂原で毎日爆破することが、クリスマスの数日後にカイロに呼び戻されるまでに僕が受けた訓練のすべてだった」

爆破三昧の休暇から戻るとすぐ、ザンはダッフルバッグに荷造りをして埠頭まで行くように言われた。当初、彼らは偽装した海軍のトロール船でクレタ島に向かったが、荒れた海のせいで二度エジプトに引き返さざるをえなかった。結局、潜水艦艦長のアンソニー・〝クラップ〟・マイヤーズの申し出を受け、波の下を乗せていってもらうことになった。こうして一行はクレタ島が見えるところまでやってきたが、最初の男をカヌーに乗せて送り出したとたん、暴風が吹き、男は渦に巻かれて暗闇へとのみこまれていった。

そのあとは……何も見えなかった。男がまだ生きて浮かんでいる気配はないかと、一行は三〇分ほど波立つ海を見渡していた。

クラップ艦長としてはこれ以上ぐずぐずするわけにはいかない。あいにくだが、とついに彼は言った。きみたちの仲間は死んだか、流されていったか、周囲をドイ――

小さな光が瞬いた。ガイのおやじだ！　男とそのカヌーは岸にたどり着いたのだ。ガイ・ディレイニーはふさふさした眉毛と濃いひげをたくわえた五十代のオーストラリア人曹長で、降下猟兵による侵攻を切り抜け、ジャック・スミス‐ヒューズと同じく、山中に何か月も潜んだのちプレヴェリ修道院を経由して脱出に成功していた。ガイ・ディレイニーのようなおんぼろの軍放出品でもあの波を乗り切ったのだから、とザンは考えた。自分にもできるはずだ。水兵たちは速やかに別のカヌーを準備したが、波に押しつぶされた。そして、つぎの一艘も。ザンと彼のパートナーが岸にたどり着くチャンスはあと一度だけだと、クラップ艦長がふたりに告げた。ゴムボートは、内側に座ると浸水して沈むが、ロデオのように馬乗りになることならできるだろう。腿でしっかり挟み、必死にパドルで漕ぐことだ。

　ザンいわく「波間を飛び跳ねる灰色の巨大魚」のように艦体のわきで激しく上下するボートを押さえようと、三人の水兵がやっきになっていた。「覚悟がついたのは、勇気があったからではなく、恐ろしかったからだと思う」とザンはつづけている。息苦しい潜水艦にまた押しこまれるなど、考えるだけでぞっとしたのだ。彼はボートに飛び移り、最近会ったばかりで早くも嫌いになっていた仲間があとにつづいた。ガイ・タロル大尉はディレイニーよりもさらに年寄りで、第一次世界大戦に従軍し、以来、日よけ帽《ピスヘルメット》をかぶって英国領の熱帯地方を転々としていた。このタロルのせいでザンは頭がどうにかなりそうだった。ギリシャ人の乗組員に植民地風の仏語《フランセ》で話しかけ、口癖のように「なにぶん、未開の地に長くいたもので……」とか「海軍の機密作戦よりも、平時のサファリに役立つアドバイスだったね」などと言うのだ。案の定、タロルはこの極秘任務でもパジャマとエナメルの洗面器を荷物に詰めてきていた。しかも軍服一式とピスヘルメットを着用していたから、ザンはタロルが目を離した隙にそれを海に投げ捨ててやった。

船員たちがロープを離すと、ボートは潮流に吸い寄せられ、円を描くように回転しはじめた。その瞬間、ボートは「渦に囚われた浮遊する円盤のように」くるくるまわり、ザンとタロルはある種の完成の域に達する――ふたりの新米秘密諜報員は、チャーチルの計画について将軍たちがあげつらった愚かしさをすべて完璧に体現していたのだ。これでヒトラーを止めるつもりなのか――〝よしきた大尉《ライトー》〟は生意気な怠け者と一緒に地中海でしぶきをあげ、鼻持ちならないちんけな〝芸術家〟は自分を援護してくれる唯一の人物をからかうことが敵陣に潜む極秘部隊員としての最優先事項だと考えているのに？　現実を見ろ。タロル大尉は爆発物の扱いに長け、引き出し一杯ぶんのほこりをかぶった勲章をもっているかもしれないが、ギリシャではフランス語を話さないことさえ忘れてばかりの男が、どうやって敵陣に潜入するというのだ？

ザンとタロルはパドルを水に打ち下ろし、ようやく回転を止めることができた。クラップの潜水艦は背後の海中に姿を消し、残されたふたりはたわんだボートに乗って空と同じくらい暗い海を漂った。ありがたいことにひげ面のガイ・ディレイニー曹長が浜辺で懐中電灯を点滅させつづけていた。二人は波間から彼を見つけ、岸に向かって漕ぎはじめた。三〇分にわたって波をかき分け、ゆっくりとディレイニーの明かりへと近づいていく――と、突如、その光が消えた。

いま聞こえたのは銃声か？　叫び声か？　どちらともいえない。ザンとタロルはそこに浮かんだまま待った……が、明かりは二度とつかなかった。ほかにどうすることもできず、ふたりは浜辺へと進みはじめた。

CHAPTER 14

Θά πάρωμεν Τ' άρματα νά Φύγωμεν στά Μαδάρα.
訳「これから武器を取って　レフカ・オリ山地に逃げる」

——ジョン・ペンドルベリー
ドイツ軍の侵攻前に妻に宛てた最後の手紙

ブーツで小石まじりの砂を踏みしめると、波がはじけてザンは引っくり返った。ふらふらと立ちあがり、タロル大尉とともに打ち寄せる波のあいだをどうにか歩いて浜辺まで上がった。ガイ・ディレイニー曹長がいる気配はなかった。

「何かまずいことが起きたにちがいない」とタロルが言った。

「でも彼はＯＫの信号を送ってきた」

「そんなものに意味はない。ドイツ軍は彼を捕まえるまえにわざと信号を送らせたのかもしれん。われわれも捕まえようとして」

タロルの言うとおりだとザンにもわかっていた。当初の計画では、数キロ離れた場所に上陸し、別の英国人工作員と人目につかない入り江で落ち合うことになっていたが、荒れた海のせいでその海岸のずっと先まで押し流された。おそらく、上陸したのはドイツ軍の監視台のそばで、だとするとディレイニーはもうおしまいだ。ドイツ軍があの明かりを発見した瞬間に発砲しなかったのは幸運だっただけで、というのも、あの大失敗に終わったフリッパー作戦の件があったからだ。数週間前、英国の奇襲部隊がザンとタロルと同種のゴムボートを使って同じ潜水艦から出発し、地中海の別の海辺に上陸していた。このときはリビアの海岸だった。彼らが追っていたのは〝砂漠の狐〟ことエルヴィン・ロンメルで、当時ロンメル率いる無敵のドイツ・アフリカ軍団の装甲部隊がカイロに進軍するおそれがあったのだ。英国の特別奇襲部隊はロンメルの寝室のドアを破って手榴弾と激しい銃撃を浴びせた……が、ロンメルは「指先の感覚《フィンガーシュピツェンゲフュール》」、つまり第六感があることで有名で、すでに拠点を移したあとだった。それでも連合国軍の奇襲部隊が、もぬけの殻とはいえ最高位の将軍のベッドを射程内におさめたという事実は、ゴムボートに乗った夜間の闖入者への警戒心をいつまでも残す結果となった。

あの嵐、あれがザンとタロルを救ったにちがいない。ふたりはきっと暴風に流されて歩哨のいた場所を通り過ぎ、歩哨は暗い荒波にもまれる灰色のゴムボートを見落としたのだろう。ふたりは隠れなくてはならなかった――それもすぐに。だが、どこに人がいるのかわからないのに、どこへ逃げればいい？　遠くにかすかな光の筋が見えた。這って様子を探りにいこう、とタロルが言い出した。危険はあったが、賢明な判断だった。少なくともどこに行ってはいけないかがわかるし、うまくいけばディレイニーの居場所も確かめられる。

ザンはピストルを抜き、安全装置をはずした。「光の筋に向かって砂浜を這いはじめ、近づいていくと、それはよろい戸の閉まった窓の隙間だとわかった」。ザンがさらにじりじり接近すると、とぎれとぎれに話し声が聞こえた。ザンは耳をそばだて、やがて立ちあがった。「援護射撃の用意を」とザンは小声でタロルに告げた。「突入する」。タロルに引き止められないうちにザンは突撃した。「ドアを蹴破り、銃を振り向けると同時に懐中電灯をつけた」。するとそこにいたのは、

「小枝のたき火のそばに座り、丈の長いパンツから湯気を立てる」ガイ・ディレイニー曹長だった。彼は服を乾かしながら、小屋の持ち主である漁師と談笑していた。

「ずいぶん遅かったじゃねえか」とディレイニーが毒づいた。

ザンはディレイニーの声だとわかっていたし、漁師が話すギリシャ語も理解できた。ただタロルをからかいたくて、襲撃を装ったにすぎない。ディレイニーもほっとしていた。浜辺にいるうちに骨まで凍え、暖を取らなければ低体温症にかかっていただろう。漁師までがうれしそうだった。村を挙げて戦闘準備をしたいと考えていた彼は、真夜中の客人はこの三人きりで、連合軍の全面的進攻の先遣隊ではないとザンから説明されると、少しだけがっかりした。タロルだけが不機嫌だった——この夜だけでなく、これまでのザンの嫌がらせが腹に据えかねていた。

だが、漁師が彼を元気づけるささやかな贈り物をもっていた。捕虜だ!

「このツツロスにドイツ兵がいるんだ!」数日前に現れたその脱走兵は、ずっとあたりをうろうろし、投降する相手を探していた。彼はこのうえない運に行き当たったといっていい。小さな入り江はひどく荒れているうえに出入りしにくく、ドイツ軍はわざわざやってこないため、この数週間に現れたよそ者はザンと彼のチームだけだった。クラップ艦長が翌日の夜に再度浮上してクレタ島民にライフルを、英国人工作員に補給物資を届けることになっているから、タロルはボートでこの哀れなドイツ人を潜水艦まで連れていき、捕虜の数を手柄に加えることができる。

ザンの服が乾き、身体が温まるころには夜が明けはじめていた。それまでクレタ島の姿は潜水艦の潜望鏡からのぞいたことしかなかったので、日が昇るとザンは島をよく見てみようと外に出た。クレタのような細長いソーセージ状の島——長さ二六〇キロ、幅は最大六〇キロ、最小二〇キロ――では、海の景色に圧倒されると思うだろうが、そのターコイズ色の輝きさえかすませるのが、目をみはるほどに連なった山々だ。浜辺からはどの山もなだらかで、いかにも夏向きの、魅力的な高山に見える。丘陵地帯に分け入り、峡谷のあいだを縫うように進み、木々に隠れた垂直の岩壁にぶつかって初めて、なぜ海岸から海岸へ抜ける道がないのか、なぜ三キロの行程を四時間も歩いたあげくスタート地点に戻っているのか、その理由をあなたは知るのだ。

クラップの潜水艦が敵に見つかることなく浜辺から一マイル以内に接近できたのも不思議ではない。高い崖という巨大な石のフェンスにザンはしっかり隠されていたわけだ。クレタ島の山のほとんどは島の中央に連なり、北のドイツ軍と南の反乱軍を隔てるいびつな帯を形成していた。ザンの真東には、早朝の陽射しを浴びて輝く、世界初のゲリラ戦士の母胎となった山がそびえていた。その戦士とはゼウス、ギリシャのもっとも偉大な神だ。

ゼウスは生まれながらの王ではなかった。王位への道をクレタ流の戦いで切り開いたのだ。ゼウスの父クロノスは、地上を支配した巨神《ティーターン》で、わが子に権力の座を奪われることのないよう、子供が生まれるたびにのみこんでいた。クロノスの妻はゼウスを身ごもると、クレタ島の最東端にあるディクティ山地のプシクロ洞窟に身を隠した。出産後、家に帰った彼女はクロノスをだまして産着にくるんだ石をのませ、一方、赤ん坊は――「丈夫な手足と利口な頭をもち、安全なクレタ島で」――賢くて孤独を好むヤギの精《ニンフ》、ディクテュンナに育てられた。山岳戦士の部族クレテスが赤ん坊を守り、楯を打ち鳴らす戦いの踊りを舞って、クロノスに赤ん坊の泣き声が聞こえないようにした。大きくなったゼウスは、父親の腹を裂いて兄や姉妹を助け出し、彼らを率いて暴君を失脚させた。

ゼウスが生まれた洞窟があるのは、ザンのいた場所からさらに西のクレタ島最高峰イディ山

（古代ギリシャ語ではイーデー山）だとする説もあり、これにはかなり真実味があった。イディ山は雪をかぶって光り輝き、イヌワシや、希少で威風堂々たるクレタ島の野生山羊《アイベックス》、クリクリの生息地でもある。当然のように、研究者たちはクレタ島でもっとも緑豊かな谷、アマリを見下ろす、宮殿にふさわしい洞窟をイーデー山に発見した。王座があったとされるこの天然の玉座の間には、古代の供物が埋まっていた。腕輪、エジプトの陶器、青銅のナイフなどだ。ピュタゴラスはイーデー山の洞窟に巡礼に行ったといわれていたくらいだし、エウリピデスも戯曲『クレタ島の人々』で「イーデーのゼウス」という言い方をしている。確かにイーデーの洞窟は荘厳で王に似つかわしい。だが幼いゼウスは死の宣告を受けた逃亡者だった。一九〇一年、英国人考古学者D・G・ホガースがプシクロ洞窟を再調査しようと決めたのも、それが理由のひとつだ。

　ディクティの山岳地帯は暗く険しく、まさしく野生の子供が世の中から隠れ、忠実なる山の男たちと神秘的な牝山羊に育てられそうな場所だ。ホガースは岩で閉ざされたプシクロの奥深くまで進んでいった。ダイナマイトで道を開き、「底知れぬ裂け目」に入ると、ゼウスの聖なる象徴と考えられているクレタの双頭斧など、祈禱用の贈り物の山を発見した。イーデーの洞窟で見つかった装身具よりもずっと多かったが、それより重要なのは、ずっと古かったことだ。「イディの洞窟には、数年前の調査でたくさんの供物があると証明されたが、ここの神秘に匹敵する聖所はない」とホガースは書いている。外から訪れる者は威厳あるイディ山が神のいた場所だと思っていたが、生粋のクレタ人はディクティ山こそ追われた者が隠れる場所だとわかっていた。

　暗殺者たちはザンのところにも迫っていた。ドイツ軍は潜水艦を発見し、すでに接近しているかもしれず、だとするとツツロスに長居するほど、ザンは自身と村じゅうの人を危険にさらすことになる。そもそも上陸の際に暴風にあおられて、目標地点への進路からそれてしまっていたのだ。島にいるもうひとりの英国人エージェント、モンティ・ウッドハウスを早く見つけなくてはならない。都合のいいことに、彼の背後にそびえる山から、まもなく解決策が現れた。

岩だらけの坂を駆け下りてきたのは、山岳地に住むふたりのクレタ人で、どちらも黒いシャツに、股上が膝からあって走りやすい昔ながらの羊飼いのズボンを身につけていた。急いでツツロスまでやってきたこの山岳民はある知らせを携えていた――ザンをモンティのところに案内できるが、ただちに出発しなければならない。ここまでザンはほぼ丸二日間、移動しどおしで、食事はパンの皮を口にしたぐらいだった。だが休養がとれていようと疲れていようと、腹いっぱいだろうと空腹だろうと、ゲリラの決行時間に交渉の余地はない。ザンは山岳民のひとりについて出発し、ここで初めて〝クレタ走り〟を目撃することになる。

「小さな丘にさしかかり、登りはじめるとすぐに彼は本領を発揮した」とザンは記している。「石から石へと跳び移る、そのスピードと正確さは、こちらが息もつかずに真似ようとしたところで、とうていかなうものではなかった」。モンティの使者は寛大でいて容赦はなく、岩を登る速度をザンが視界から消えない程度に抑えてはくれたが、午後から夕方まできっちり移動をつづけた。やがて夕暮れを迎え、やっとのことで山を抜けたザンは奇妙な夢かと目を疑う世界へたどり着いた。

「村のコーヒーショップの開いた扉越しに見えたのは、よれよれのカーキの軍服につばの広いソフト帽という恰好の興奮した大男の群れだった」とザンは語っている。「『ウォルツィング・マチルダ』の大合唱が夕闇に響きわたっていた」。十数人の酔っ払ったオーストラリア人兵士たちが、クレタ産の密造酒をがぶ飲みして騒いでいた。何か月もの逃亡生活のあと、オーストラリア人たちはクラップの潜水艦がやってくると聞きつけ、潜伏先を出て浜辺まで下りてきた。ところが、クラップが彼らを乗せることなく島を去ったと知り、身を隠すという決意を忘れて、やけ酒をあおっていたのだ。少なくともこの夜ばかりは。

ザンはうつむき、こっそり通り過ぎた。「彼らを見て思い出したのは、このまえオーストラリア人の酔っ払いたちを相手にしたときのことだ」。オーストラリア人のごろつきからユダヤ人家族を守ろうとして、あっさり降参したことを思い返したのだ。ザンは小さな家に案内され、ボスに引き合わされた。二十四歳のオックスフォード大学の古典学者だった――春休み中の大学生に見えるだけでなく、少しまえまで実際にそうだったということだ。モントゴメリー・〝モンティ〟・ウッドハウスは長身で動きがぎこちなく、金髪でピンクの頰をしているせいか、部屋を埋めたひげ面の荒くれ者たちのなかでアルビノ同然に見えた。

それでもモンティには自分のスタイルがあった。ザンはモンティが変装用に選んだ「見事な羊飼いのマント」を称賛せざるをえなかった。「秘密の生活をおくるのは、私にとってたやすいことだった」とモンティは語っている。「私の見た目は不利にはたらいたが、私のギリシャ語は敵をあざむくには充分だった。もちろん、ギリシャ人は私のアクセントにも変装にもだまされなかったけれど、むしろそれが強みになった。こちらの正体がわかったとたん、自発的に話を合わせて私を守ろうとしてくれたからだ」

敵陣で七週間をすごし、研ぎ澄まされていたモンティは、さっそく本題に入った。ヒトラーはクレタ島が自分のアキレス腱ではないかと思っている、とモンティは説明した。ザンの仕事はそれを確信に変えることだ。クレタのような規模の島を掌握するには、四、五〇〇〇人の部隊で足りるはずだが、レジスタンスが見事な働きぶりでヒトラーを神経質にさせたことで、いまだに八万人以上のドイツ兵がこの島に駐屯している。ヒトラーとしてはなんとしても北アフリカとロシア戦線にその兵力を送りたいのに、地下組織の軍隊に地中海の拠点を奪われることを恐れて兵力を動かすリスクを冒せない。

そこできみには、とモンティはザンに告げた。破壊工作の達人として中核を担ってもらう。この島の一族や村々は、それぞれの長の指導下で小さなゲリラ隊となっている。そして銃をもっていないクレタ人にも、目と耳という武器があり、島を発つドイツ軍の飛行機は一機たりと見逃さず、輸送船に乗りこむドイツ兵はひとり残らず数えられる。ザンの役目はクモの巣の中央のクモになることだ。島じゅうを走りまわり、クレタの山賊用にパラシュートで武器を投下させたり、ドイツ軍機の座標を英国軍の戦闘機パイロットに無線で伝えたりしてもらいたい。

ザンが一日生き延びるごとに、とモンティはザンに言った。陸軍元帥ロンメルの装甲師団はさらに一日燃料を待たなくてはならず、そのぶんロシアの兵士たちはレニングラードでもちこたえることができ、ドイツの全連隊が姿の見えない数十人の男を追ってクレタの山々をさまようことになる。しかし当面、ザンはそれをひとりで果たさなければならない。モンティは本土に戻る予定のため、ザンは新しい人員が補充されるまで基本的に自力でやっていくことになる。

最初の挑戦が最後になる可能性もある、とモンティは警告した。ザンと外の世界をつなぐのは無線通信士だけとなるが、その通信士がいるのはイディ山の隠れ家だ。彼らのあいだには島でもとくに危険な一帯といえるメサラ谷があり、ドイツ軍の空軍基地に直結している。ザンがカイロとの無線連絡を確立するには、一五〇キロ以上も山を歩き、巡回中のドイツの偵察隊をかいくぐらなければならない。

それができたら、つづいてさらに油断のならない土地が現れる。それはレフカ・オリ山地、山賊や反逆者たち、そしてこの戦争の最大の謎のひとつといわれた隻眼の考古学者、ジョン・D・

S・ペンドルベリーのお気に入りのねぐらだ。クレタ島で彼以上にドイツ軍から忌み嫌われ、追われている者はいない。アイパッチをつけ、腰の帯に銀の短剣《ダガー》を挿した長身の青白い男が率いる連合軍の逃亡者集団、「ペンドルベリーの暗殺団《サッシュ》」の噂は島の外にも広まっていた。

「クレタ島で捕縛を逃れ、現在ドイツ軍相手に激しいゲリラ戦を展開中の英国、ニュージーランド、オーストラリアの兵士からなる小部隊は、島民のあいだで有名な英国人将校に指揮されている」とロイター通信社は伝えている。ベルリンからの放送では、ドイツの軍人が腹立たしげに話していた。「多くの人間がゲリラとなったのは、疑いなくペンドルベリーの活動のせいである」

暗殺団の戦いぶりは無法者そのものだといわれていた――殺す意図をもって暗闇から狙撃し、捕虜を取るつもりはない。ペンドルベリーの戦功が本当なら、チャーチルとあの上海帰りの老兵ふたり、フェアベアンとサイクスにとっては喜ばしいことだ。少なくともひとりの向こう見ずな英国人が、ヒトラーに総力戦の怖さを思い知らせる方法を見つけたのだから。伝えられるところでは、総統はペンドルベリーが死んだことを確認したいあまり、ペンドルベリーの頭蓋骨から義眼を引き抜いて戦利品として送るように要求したという。ギリシャ人の捕虜たちは死体の山をかき分け、眼窩《がんか》に指を突っこんでくまなく捜すよう強要された。だが十二月にザンがクレタ島に着いた時点で、ペンドルベリーの消息は不明のままだった。

モンティは状況説明を終えた。ザンはひどく疲れていて、イディ山に向かうまえにまともな食事と充分な休養を必要としていた。とはいえ、ここにはあのオーストラリア人たちがいる……。「べつにアケンドリアに是が非でも残りたいわけでもない」と彼は判断した。「だからすぐに出発することにした」

CHAPTER 15

神話を愛好する者もまた或る意味では知恵の愛求者である。

――アリストテレス

(『形而上学』(出隆訳、岩波文庫)より)

最低の思いつきだった。

「こうなるとわかっていたら」とザンは嘆いていた。まさしくそうなると忠告されていた事実はこの際どうでもいい。「すぐに出発したりしなかった。二日つづけて休憩も食事もろくにとっていなかったのに」。とはいえ、モンティも天気についてはもう少し教えてくれてもよかったはずだ。ザンとディレイニー曹長がアケンドリアからそれほど離れないうちに雨が落ちはじめ、やがて土砂降りとなって夜通し降りつづいた。暗闇で何時間も濡れた石に足をすべらせ、ねばつく泥からブーツを引き抜いたりしたあと、ついにザンは観念した。捕まるならそれでもいい。

「捕まったら最後、銃殺刑は免れないという恐怖でさえも、歩きつづける気力を引き出すには足りなかった」とザンは語っている。「いつしか、ドイツの偵察隊がいきなり現れて、ますます耐えがたくなる筋肉の疲労と不眠状態にけりをつけてくれるのを願うようになっていた」

それはコスタにとっても同じだった。ザンの案内役であるコスタは、クレタ人のもてなしの作法、〈クセニア〉に従って行動しようと全力を尽くしていた。〈クセニア〉がギリシャ人のアイデンティティの芯に訴えかけるのは、ギリシャ人がみな、どこかの時点でよそ者だったからだ。古代ギリシャ語では、「よそ者」と「客」は同じ単語でもある。船乗りと羊飼いと旅する学者の国、地震と戦乱と海外交易の国では、折にふれて施しに頼ることが必要で、避けられない。「何事もさりげなく、手早く、心からの親切をもっておこなわれる」と、ある英国人旅行家はギリシャを何度訪れてもまだ感心していた。「そのため、どんなに粗末なあばら家にも風格と気品が具わるのである」

実際のところ、〈クセニア〉は美徳というわけですらない。雷神ゼウスがみずから定めた法なのだ。キリスト教は「もっとも重要な掟」として〝恩送り〟の知恵を取り入れ、施しで日々をしのいだ家なき救世主をあがめるが、同じようにオリュンポスの神々の神話も、要は不死の者たちが〈クセニア〉の品質を管理する話で、そのために彼らは人間に扮してさまよい、かりそめの姿で現れた彼らを人々がどう扱うかを見極める。西洋文学を支えるギリシャの二本柱、『イーリアス』と『オデュッセイア』もその本質は〈クセニア〉の物語だ――このふたつの大作スリラーでは、（a）主人《あるじ》の妻に手を出してその厚意を踏みにじり、（b）二〇年間、地獄へ行ったり来たりの長旅のあいだもクセニアに頼りつづけたらどうなるかが描かれる。クレタ人は自身のもつ〈クセニア〉に応じて評価される。ルールは三つ、明快そのものだ。

食事をすすめること。
風呂をすすめること。
何も尋ねないこと。

少なくとも旅人が元気を取り戻すまで、質問はなしだ。そうすれば、あとで耐えがたい人物だとわかっても、旅人はともかくひと口食べて、ひと休みすることができる。〈クセニア〉を思いやりと考えてもいいが、その場合は、思いやりの基本が優しさや慈悲の心、あるいは好意のやりとりだという認識は捨ててほしい。思いやりとは闘争本能、ジャングルの法則にのっとった警戒システムで、誰かが、あるいは何かがあなたを殺そうと迫っているときに知らせてくれるものだ。われわれはそれを後光で飾り立て、天使のようだと言ったりするが、思いやりは本来、周囲の状況を察し、どう反応するのがもっとも賢いかを知りたいという生々しい動物的欲求から生じる。それは社会的なクモの巣、きわめて感度の高い編み目の防護ネットで、あなたとあなたの一族をつなぎ、もし一族の誰かがあなたにはね返ってきそうなトラブルに陥ったら、すぐさま通知してくれるのだ。思いやりをもつには、精神科医やＦＢＩの心理分析官にも似た、優れた聞き手でなければならない。その理由も基本的に彼らと同じで、ねらいは他人の頭のなかに入りこむことにあり、その点、〈クセニア〉のルール３は犯罪推理や精神分析にずっと先んじていた。警察の取調官なら口をそろえて言うだろうが、相手を質問攻めにするよりも、むしろリラックスさせて言葉がひとりでに出てくるのを待つほうがはるかに効果的だ。それで言葉が出てきたら——他人の感情にアクセスできたら——自分の感情はわきにやり、新たな目で世界を見ることができる。そういった洞察力は、戦場の兵士が「状況認識」と呼ぶものに欠かせない。たえず周囲に心を配り、その状況から脱け出す最善の方法と最悪の方法について、つねに最新の情報を得ること。それこそが〈クセニア〉の偽らざる本質で、ダーウィンやアンドリュー・カーネギーが英雄《ヒーロー》とは何かを最後までつかめなかった理由でもある。ふたりは他人のためにわが身を危険にさらすなど狂気の沙汰だと考えた。だが、本当に状況認識ができる――〈クセニア〉を実行できる――者にとって、他人を兄弟のように遇する以外に、正気の反応はありえない。

戦後何年もたったころ、アメリカ人は〈クセニア〉が実践される様子をテレビに飛びついて見守った。一九八二年一月十三日、エア・フロリダ90便が氷の張ったポトマック川に墜落したときのことだ。ゆっくりと水に沈んでいく鋼鉄のひしゃげた残骸の内部にまだ生きている者がいるとは、恐怖におののく視聴者にはとても思えなかった。ところが、ひとり、またひとりと、六人の生存者があえぎながら水面に顔を出し、飛行機の尾翼にしがみついた。氷まじりの雨と強風はあまりに激しく、救助ヘリがようやく到着したのは事故から二〇分後。ヘリは生存者のひとりの手元に救命浮輪を落とし、その男性を水から引きあげた。と、そこで妙なことが起きた。

つぎに浮輪を手にした男性が、それを別の人に譲ったのだ。ヘリは浮輪を渡された女性を無事に岸まで運び、また戻ってきた。

男性はふたたび浮輪を譲った。

そしてもう一度。

これが生き延びる最後のチャンスとわかっていても、彼は浮輪を受け取らなかった。きっと覚悟していたのだろう、数秒後にヘリが戻ってきたとき、もう彼の姿はなかった。水に浸かっていた男性は氷の下に消えていた。のちに判明したところによると、その男性とはアーランド・〝ぽっちゃり《チャブ》〟・ウィリアムズ・ジュニア、四十六歳の連邦銀行検査官で、水を嫌い、命を落とすその日まで安全第一の人生をおくっていたという。

「アーランドは目立つのが好きではありませんでした」とイリノイ州の高校時代の恋人、ペギー・フィースティングは言う。ふたりは事故の少しまえからまたつきあいはじめたところだった。「水はもうずっと怖がっていました」。銀行家からも借り手からも信頼されていたと、彼の上司はのちに語る。慎重で口は堅いし、絶対にリスクを冒さなかったからだと。だが、アーランドには別の一面があった。それは四半世紀近くまえ、米国でもっとも過酷な軍事大学に数えられるサウスカロライナ軍事大学、通称要塞《シタデル》の学生時代に形成されたものだ。「あそこに行けば一人前になれる」とアーランドのシタデル時代のルームメイト、ベンジャミン・フランクリン・ウェブスターは私に話してくれた。「坊やをいっぱしの男につくり変えるのが上級生の役目でね。がんがんしごくんだ、身も心も。まだ授業もはじまらないうちに三〇人の新入生が脱落したよ」

事故について耳にしたとき、リスク嫌いの検査官が突如90便の英雄として浮上したことに驚かなかったのは、おそらくウェブスターだけだっただろう。シタデルには鉄則がひとつある。「つねに仲間を優先すること」とウェブスターは言う。「けっして破ることのできない掟だ。自分は最後、仲間が先だ」。生存者のなかには、アーランドが飛行機の残骸に挟まれて抜け出せないようだったと言う者もいた。だが、救命浮輪に必死にしがみついたり助けを求めてじたばたしたりするのではなく、アーランドは状況を見極め、自分がとるべき最良の行動はひとつしかないとわかっていた。アーランドにとって、水に浮かぶまわりの生存者たちは生死を懸けた戦いのライバルではなかった。家族だった。

もちろんそうだろう、と請け合うのはリー・ドゥガトキン博士、利他的行動を専門とするルイヴィル大学の生物学教授だ。なんといっても、〈クセニア〉は軍隊の奥の手なのである。人類の進化の歴史上長きにわたり、われわれの祖先はごく小さな家族単位で移動し、目に入る人間といえば、みずからの狩猟採集氏族の仲間だけだった。「そういう状況で誰かの命を救うとしたら、十中八九、肉親を救うことになります」と博士は言う。ところが、いまや親類縁者はあちこちに散らばっているため、軍人たちはその失われた連帯感を復活させる技法を編み出したわけだ。

「軍隊はつねに血縁を表す言葉を使い、兵士がたがいに家族だと思うよう条件づけるのです」とドゥガトキン博士は指摘する。「〝他人どうし〟ではなく、〝兄弟の集団〟なのだと」。たとえば、人種も経歴もまちまちな他人どうしが乗った満員のバスが、新兵訓練のためフォート・ベニング〔ジョージア州西部にある陸軍施設〕に入ったら何が起こるか考えてほしい。到着するとすぐに頭は剃りあげられ、私服の代わりに制服を与えられて、歩き方も話し方も寝台の整え方も、まわりの全員と寸分たがわずおこなうよう仕込まれる。おたがいに似れば似るほど、おたがいを気遣えるようになるというのが陸軍の考え方だからだ。

アラビアのロレンスは、若き考古学者として初めて赴いた海外の地で同じ変貌を遂げた。エジプトに到着した気むずかし屋の英国人ロレンスは、ひとつの大きな決断を下し、それがその後の人生を変えることになる。英国人の居住区で夜をすごすのではなく、発掘現場でアラブ人労働者たちと野営することにしたのだ。彼らとともに酸っぱいヤギ乳と温かい直焼きパンの食事をとり、カーキの軍服をチュニックとクルド風の帯と交換し、ともにたき火を囲んで歌ったり話をしたりした。たいてい聞き役にまわり、「彼らの部族や家族のあいだの妬みや対立やタブーの話、愛と憎しみの話、強さと弱さにまつわる話など、複雑な人生模様」にじっと耳を傾けた、とある伝記作家は記している。アラブ反乱が勃発したとき、ロレンスの〈クセニア〉は、いるべき場所をちゃんと心得ていた。ロレンスは彼らのなかに自分を、そして自分のなかに彼らを見出したのだ。

そんなわけで、ザンとディレイニーが遅れはじめたとき、コスタは〈クセニア〉の作法を忠実に守りつづけた――できるかぎりのあいだは。歩くペースを落とし、ふたりの荷物を運び、ザンがアケンドリアに着いたその日に出発するなどと突拍子もないことを言い出したときも、じっと黙っていた。でも、彼らの代わりに銃弾を受けるのは？ それはなしだ。〈クセニア〉は思いやり深くあれと言っているが、愚か者であれとは言っていない。その英国人青年と初老のオーストラリア人曹長が座りこんだまま立ちあがろうとしなかったとき、コスタは厳しい口調でいさめた。「コスタという手本と彼の警告がなかったら、ディレイニーと僕は喜んでのたれ死んでいただろう」とザンは認めている。コスタは容赦なくふたりを引きずり起こし、また歩かせた。そしてふたりを急き立て、明け方にはどうにかイディ山の南麓までたどり着いた。ここまで来れば小村に身を隠し、夜にふたたび出発するまで少し休息できる。

ただ……どうもしっくりこない。その峡谷の何かがコスタを落ち着かない気分にさせた。なんとなく……おかしい。コスタは村人を見つけ、自分の疑念が正しかったことを知る。ドイツ軍が地元ゲリラを捜して付近の村々を荒らしまわっていたのだ。日が昇るまえにザンとディレイニーを人目につかない場所へやらなければ。コスタはふたりを連れて断崖に向かい、薮に覆われた岩間にちょうどいい隠れ場所を見つけた。ふたりが身を潜めているあいだ、コスタは食料探しに出かけ、まもなくワインの入ったヤギの皮袋と冷えた豆の鍋を手に、レジスタンスの友人数人を連れて来た道を引き返した。戻ったときにはザンはすでに気絶していた。ほかの男たちが食事をし、小声で言葉を交わすあいだ、ザンは冷たい濡れた岩の上で暗くなるまで眠りつづけた。疲労のあまり食べることもできずに。

どうやら隻眼の考古学者ジョン・ペンドルベリーになるのは、思ったよりずっと大変だとザンにもわかってきた。ペンドルベリーに強みがあったのはいうまでもない。彼は生涯を通じてジョン・ペンドルベリーに成り代わる術を実践してきたのだ。

ペンドルベリーが二歳のときのある晩、外出する両親が息子の面倒を友人に頼んだことがあった。両親が帰宅すると、ペンドルベリーの片方の眼球に穴があいていた。自分でペンで突いたのか、とげのある枝に引っかかったのか——現場を見た者はなく、外科の教授でセント・ジョージズ病院の病棟外科医だった彼の父親にも原因はわからずじまいだった。ただ、当のペンドルベリーはまるで気に病む様子はなく、よくガラスの義眼に片眼鏡を合わせてしゃれこんだり、遠出するときは義眼をはずしてデスクに置いておき、しばらく留守にするという伝言代わりに使ったりしていた。

仮装の趣味は彼がケンブリッジ大学に入ってもつづき、大学では優秀なハイジャンプ選手になったものの、競技の合間には白マント姿でうろついていた。考古学でもぬきんでた成績を残したが、当時の友人の記憶によると、ペンドルベリーは「道化を気取る」のを好んでいたという。甲冑の騎士をノートに飽きることなく落書きしたり、「セント・ポールの愉快な仲間たち（Ye Joyouse Companie of Seynt Pol）」という、ロビン・フッドの仲間《メリーメン》たちをまねた架空の酔っ払い同盟的な飲酒クラブを立ちあげたりしたらしい。ペンドルベリーとアラビアのロレンスは同じ本を愛読していたが、それがまたひどい代物なぶん、この偶然はなおさら不思議に思える。その作品『リチャード・イェイとネイの生と死（*The Life and Death of Richard Yea-and-Nay*）』は、リチャード獅子心王の物語だ。ただし、チャンバラにお色気、過激な殺しのシーンがメキシコの連続メロドラマよりも多い。ロレンスはオックスフォードを卒業するまでに九回読み、ペンドルベリーはその本について友人たちにいつも熱く語っていた。級友のひとりがオーストラリアに帰国するまえに彼を訪ねたとき、ペンドルベリーは「手元のモーリス・ヒューレット作『リチャード・イエイとネイ』をわしづかみにし、これを読むときは自分のことを思い出してくれと言って私にプレゼントしてくれた。それは見かけの何倍も思いのこもった餞別だった。その汚らしい小さな本はジョンにとって、ヒロイズムとロマンスの象徴だったのだから」

ちがう！　級友たちはその点がわかっていなかった。ペンドルベリーにとって、そうした〝武勇と美女〟の物語は象徴ではない。むしろ、大事な教訓を授けてくれるリアルな過去からの声だった。騎士道も英雄となる術も、たったいま乗りそこねた列車の薄れていくライトであり、ペンドルベリーはそれに追いつく道を憑かれたように探していた。そして『イエイとネイ』にひらめきを得て、ケンブリッジを卒業してまもなく、進むべき道筋を見つけたのだ。

ペンドルベリーは二十四歳の誕生日を在アテネ英国考古学研究所の訪問学生として迎え、そこで青と金の表紙の一風変わった書物を手に入れた。『ミノスの宮殿（*The Palace of Minos*）』だ。その本のなかにペンドルベリーは胸躍る提案を見つける。少年時代から愛してやまないあの神話の数々――ミノス王とミノタウロス、テーセウスとアリアドネ、『イーリアス』に『オデュッセイア』――が実在の人々、実在の場所、実在の出来事に基づいていると、信じるつもりはあるか？神話はただのつくり話でなく、からみあった歴史の撚《よ》り糸であり、それをほどけば英雄たちがこの地上を歩きまわっていた時代までさかのぼれると認めるか？　もし認めるのなら、素晴らしい新発見が待ち受けている。

そして、それはクレタ島ではじまるのだ。

ペンドルベリーは身体に電気が走るのを感じた。『ミノスの宮殿』を読みはじめて何日もたたないうちにアテネを発ち、その本の著者、変わり者の冒険家で古物収集家のアーサー・エヴァンズを探しに出た。エヴァンズはミノス王に関する確かな証拠を見つけたと主張していた。ミノス王――ゼウスの息子であり、毎年一四人の麗しきアテナイの十代の男女を食らう半人半牛の怪物ミノタウロスの義父――の伝説は、実話がもとになっているというのだ。エヴァンズが言うには、ミノスの失われた王国とミノタウロスの伝説の迷宮の場所を突き止めたばかりか、ピラミッド建立の二〇〇〇年もまえに地中海を支配していた伝説的なミノア文化の遺跡も発見したらしい。

　これはほら話なのか？　だとすると、エヴァンズはあらんかぎりのほらをついたといえる。この話を信じるには、エヴァンズが誕生の地を、それもすべての誕生の地を見つけたのだと信じなければならないからだ。彼の語る失われた世界はきわめて古く、エジプト人が犬や鳥の絵から文字をつくり出すころにはもう滅びかけていたのだ。科学、文学、政治、高等数学、哲学、スポーツ、演劇――エヴァンズによれば、どれもがクレタから、海に浮かぶ燃え殻のようなあの岩がちな小島から生まれたのだという。それはつまり、この近視の好事家《アマチュア》、〃プロジャー〃と名づけたハイキング用の杖で馬車を小突きながらロンドンを闊歩し、フェンネル（ウイキョウ）の香りがしたといっては発掘隊全員を働かせる激しやすいやぶにらみのこの小男が、およそユリウス・カエサルの誕生からスティーヴ・ジョブズの死にいたるまでに匹敵する長さの人類史の新たな一章に行き当たったということでもある。

　小型船からクレタ島に降り立つと、ペンドルベリーの興奮はさらに高まった。波止場を歩くだけで、エヴァンズの本が真に迫ってくるような気がした。フレスコ画に描かれたミノアの女たちは不思議な気品と魅力があり、「流行の先端をいく艶やかな衣を着こなし、髪を優雅に結いあげ、いかにも楽しそうにおしゃべりに興じている」とエヴァンズが書いていたとおりで、一方の男たちは空中曲芸師ばりの引き締まった身体つきだった。「彼らは古代ギリシャ人ともエジプト人ともバビロニア人とも、大昔から残る絵画や彫刻に描かれたどの古代人とも似ていない」と考古学研究者のレナード・コットレルは記している。あれほど得意げに、力強く、みずからを描く文化というのは、なんというか、とてもまっとうな感じがする、とエヴァンズは考えていた。

　その彼らがここにいる、生きて、元気に通りを歩いている。「正装したクレタの農民ほど素晴らしい眺めを私は知らない。その衣とともに軽やかに繰り出される足を見ると、きまってミノア時代の細身のアスリートたちを想像してしまうのだ」とペンドルベリーは書き残している。イラクリオンの港から、ペンドルベリーは五キロ南のクノッソスに向かった。エヴァンズが見事に復元した六エーカー〔約二万四〇〇〇平方メートル〕にわたる古代ミノアの都市がそこにある。大神殿の内部に、エヴァンズは驚くほど洗練されたデザインを見つけていた。配管システム、チェスのゲーム、四階建ての建築、鍵のついたドア、商標登録所、度量衡の体系、天文暦。だが地中深くには、さらに秘められた技術《アート》の痕跡があった。子供の骨がいわくありげに積みあげられた不吉な地下墓地だ。

　ペンドルベリーはついていた。〈ヴィラ・アリアドネ〉のポーチでエヴァンズを見つけたのだ。ヴィラ・アリアドネは塀に囲われた石造りの住居で、エヴァンズの自宅であると同時に、さまよえる考古学者のための一種のユースホステル兼研修病院の役目を果たしていた。世界じゅうからやってきた学生がひっきりなしに出入りし、エヴァンズの素晴らしい料理やワインを楽しんだあと、山へ向かったり、クノッソスの複雑に入り組んだ一〇〇〇の地下室や玉座の間をそろそろと歩きまわったりする。科学者にはめずらしく、エヴァンズは裕福だった。一族の製紙工場と亡くなった妻の遺産のおかげで、学者をもてなし、建築家や芸術家、建築業者、発掘作業員の一団に賃金を払うだけの富があり、それで自身の直感を追い求めたのだ。

　なかでもいちばん途方もない発想はこうだった。ひょっとして、ホメロスやウェルギリウスの語るトロイアの木馬や人食いキュクロープスの話は、おとぎ噺ではなく、歴史が生んだフィクションではないのか——つまり、フィクションなのは確かだとしても、史実に基づいているはずだ。エヴァンズは嘲笑の嵐にさらされかねないと承知していたが、一方で確信に満ちた先人を見本としていたのもまちがいない。考古学をはじめたばかりのころ、エヴァンズはハインリヒ・シュリーマンに魅せられていた。彼もまた金持ちの反逆児で、英雄が実在していた証拠以上のものを追い求めた。英雄たちの住んでいた場所を訪ねたいと思ったのだ。『イーリアス』や『オデュッセイア』は、魔法や怪物こそ出てくるものの、ただの超人的な戦士や魔法にかかった船乗りのつくり話と考えるには現実的すぎる、という考えにシュリーマンは執着していた。批評家たちはせせら笑ったが、それはシュリーマンとはちがって、破産して家を失い、外国で難破したあとで財産を築いたことがなかったからだ。言い換えれば、ごく普通の人間でも偉業を成し遂げられるという、生きた見本になるかどうかのちがいだ。

一八三〇年代、ドイツに暮らしていた十代のシュリーマンは、弱い肺を治したくて南米へ向かう船の水夫として働くことにした。船はオランダの沖合で沈没し、シュリーマンは命からがら岸に泳ぎついた。病弱で極貧の彼は暖房のない倉庫に寝泊まりし、昼間はオランダ人商人の伝言係として働いた。夜は死にもの狂いで勉強して、二十二歳になるころには簿記と七か国語を習得していた。三十三歳までに自分の会社を起こし、なんと一五か国語を話せるようになった。とにかく蓄財に熱心で、兄の遺体を引き取るためサンフランシスコに短期滞在したときは、金の採掘のことを知ってすぐにフロンティア向けの貯蓄貸付組合を設立し、またひと山、ポケットに現金を詰めこんで帰ってきた。

だが、シュリーマンが心から愛していたのは古代の文化で、なかでもギリシャの古典はなぜかずっと彼の心に引っかかっていた。ホメロスは本当に創作の天才なのだろうか、それとも彼の物語がこれほど読み継がれているのは、現実の芳香を放っているからなのだろうか？　たとえば、王のなかの王、アガメムノンはどうだ。アキレウスと衝突したり、実の娘を生け贄として殺したり、トロイアのヘレネーを奪還すべく戦士の一軍を率いて戦ったり、その戦いに勝って国に戻れば妻に殺害されたりと、やけに芝居がかっていて、とても実在の人物とは思えない。だが、もしこれが全部空想だとしたら、なぜホメロスは物語にあれほど詳しく方角の情報を詰めこんだのか――まるで宝箱に通じる海賊の地図みたいじゃないか？

そこでシュリーマンは、その物語を地図として考えてみた。すると宝が見つかったのだ。たとえば、風にさらされたイチジクの木のすぐ横を通り、冷たい水の湧く泉とその隣の湯気の上がる温泉にほど近い石垣、といったホメロスの描写を何十年もかけて解読した結果、シュリーマンはついに幻のトロイアの都を探り当て、さらにはトロイア王プリアモスの宮殿跡と秘宝まで発見する。シュリーマンは得意になって〝トロイアのヘレネーの冠〟を自分の妻の頭にのせた。彼が発掘したその冠は、金の装飾が何本も垂れる見事な頭飾りで、たとえヘレネーのものではないとしても、まさしく伝説の美女にふさわしいものだった。

しかもシュリーマンはそこで終わらなかった。トロイアの成功につづき、ホメロスが描いたアガメムノンとオデュッセウスの住居に気味が悪いほど一致する神殿を突き止めたのだ。「まったく新しい科学がここからはじまる」と、意見を改めたある科学者は認めている。これまでずっと、文書によるロードマップがすぐ目の前に、文学史上もっとも読まれたこのふたつの本のなかにあったのだ。もう考古学者は探し出した石を手に何があったか考える必要はない。まず何があったかを読み、それから石を探しにいけばいい。

若きアーサー・エヴァンズと出会ったとき、シュリーマンは六十四歳、生涯にわたる勝ち目の薄い戦いに疲れ、後進にとっておきのヒントを伝えようという気になっていた――クレタ島の謎を解いた者はまだいないのだと。ホメロスは「クノッソスという立派な都市があり、九年のあいだミノス王がそこを治め、全能のゼウスと友好を築いた」と語っていた。トゥキュディデスもその言葉を後押しし、ミノスは世界を揺るがす王で、その船団は本土を制圧し、海を支配していたと書いている。そこでエヴァンズはシュリーマンの先例にならうことにした。神話を導き手とし、自身の探偵の目を頼みとして地形の手がかりを探すのだ（たとえば、エヴァンズは野草のフェンネルが長い根を張り、地面が深く掘り返された場所によく生えることを知っていた）。そしてまもなく、海沿いの都市イラクリオンからそう遠くない一対の土の小山にねらいを定めた。

ほどなくエヴァンズは、想像していた以上に古い、そして途方もない王国を掘り下げていた。ミノア人はじつに驚くべき人々であり、エヴァンズはこう思うようになった。あのミノス王のおぞましい伝説は、ただの負け惜しみやゴシップ以上のものだったのではないか。「ミノタウロスとその生け贄にまつわる寓話的な記述自体、新参者の理解を超えた文明による力強い創造物への、子供じみた驚きを表している」とエヴァンズは書いている。「人食い鬼の巣とは、じつは祭祀王の平和な住みかだった。しかもその設備はいくつかの点で古代ギリシャの産物よりも近代的である」。もちろん、突進する雄牛の角の上でティーンエイジャーをとんぼ返りさせるという、奇妙な地下室の儀式をおこなえば、ミノス王の世間の印象がよくなるはずもなかった。「ことによると、囚われた子供は男女とも、宮殿の壁に描かれていた危険なサーカス競技に参加するために訓練されていたのかもしれない」とエヴァンズも認めざるをえなかった。

ペンドルベリーがヴィラ・アリアドネに着くころには、今度はエヴァンズに研究から退く時機が訪れていた。七十七歳になったエヴァンズは、人知れず深刻な立場に追いこまれていた。ロンドンのハイドパークで十七歳の少年に対する公然猥褻罪で捕まり、出廷した当日にクノッソスとヴィラ・アリアドネの所有権を英国考古学研究所へ譲渡して、からくも醜聞から逃れていたのだ。ジョン・ペンドルベリーにとって、これ以上のタイミングはなかっただろう。一九二八年にヴィラ・アリアドネにやってきた無名の学生は、一年後には研究所全体を管理する仕事を任されていた。

　自分がどこからはじめたいのか、ペンドルベリーにははっきり見えていた。ミノタウロスだ。彼の考えでは、それはエヴァンズの見解よりずっと邪悪なはずだった。

CHAPTER 16

一〇五八ポンド〈約四八〇キログラム〉：ギリシャのティラ島で発見された巨石の重量。石には〈クリトブロスの息子エウマスタスが私を大地から持ちあげた〉と紀元前六世紀に刻まれている。

一〇一五ポンド〈約四六〇キログラム〉：その後の二六〇〇年間で、人類が素手で持ちあげることができた最大重量。

エヴァンズの〝みんなミノア人に嫉妬していただけ〟という説に、ペンドルベリーはふたつの点で納得がいかなかった。

ひとつめ、信念を曲げるのはなしだ。神話のルーツが現実にあると主張するなら、それが残酷になったぐらいで腰が引けてはいけない。

ふたつめ、ミノス王は邪悪だったはずだ。そうでなければ、テーセウスは偉大になれなかった。クレタはテーセウスが英雄として活躍した地、彼の伝説がつくられ、その確固たる資質が明らかになった土地だった。何かがあったはずなのだ。なんらかの壮大なチャレンジが――護身術の天才として、かつ傷つき希望を失った人々の擁護者《チャンピオン》として、男が名をあげるのにふさわしい挑戦が。

「テーセウスは完璧な騎士であることを証明した」と神話研究の大家イーディス・ハミルトンは言い切っている。ただし、もちろん、女たちがからむと話は別だ。言い分はどうあれ、自分を迷宮から救い出してくれた王女を大海の岩場に置き去りにしてはいけないし、アマゾーンの女王と未来の〝トロイアのヘレネー〟両方の愛を力ずくで得ようとしてもいけない。テーセウスの心は彼の弱点だった――そして強みでもあった。まぬけな盟友ペイリトオスが窮地に陥るたびに救い出し、名誉を失った盲目のオイディプスに世間が背を向けたときも、迎え入れて彼の娘たちの世話をした。ヘラクレスが狂気の魔法から覚め、自分が家族を殺したと知ったときは、テーセウスだけが彼に寄り添い、自殺をしないよう説得し、家に連れ帰って悪夢に苦しむ彼を癒やした。戦いでは倒した敵からけっして略奪しなかった。平時には人民に権限を与え、アテナイを真の民主社会にした。

では、ミノタウロスの話にもうつけ加えることはないのだろうか？　なんらかの悪業が現実にクレタの地で実行されたという可能性は？　「完璧な騎士」に救われたアテナイの若者たちを巻きこんだ、非道な行為は本当になかったのか？

クノッソスの新管理人になったペンドルベリーは、ミノス王の地下室で実際に何が起きたかを独自に調査しはじめた。伝説によると、ミノスの息子アンドロゲオースは超一流のアスリートで、アテナイの競技会で全種目を制覇したあとに殺害されたという。息子の死への報復として、ミノスはアテナイのもっとも美しい十代の男女を毎年一四人、ミノタウロスへの生け贄に差し出すことを強要した。ミノタウロスは、ミノスの妻が海の魔牛と不倫して生まれた怪物だった。アテナイの若者たちは迷宮に押しこまれ、暗闇をさまようううちにミノタウロスに嗅ぎつけられて、むさぼり食われる。そこへアテナイの王子、テーセウスが志願して乗りこんでいった。

テーセウスは一計を案じ、若者ふたりを女装させて兵力を増やしていたが、最大のチャンスが訪れたのは、ミノスの娘アリアドネの目にとまったときだった。テーセウスをひと目見て胸が高鳴り、彼女は糸玉をこっそり彼に渡してこんなことを耳打ちした。糸の片方の端を入り口に結んでおきなさい。ミノタウロスを倒したら、糸をたどって迷宮から脱け出せるように。だが、あの怪物の角と、骨をも砕く怪力にどう立ち向かえばいいのか、テーセウスには見当もつかなかった——実際に対峙するまでは。角のある生き物は本能的に頭を突き出す、そう気づいたテーセウスがミノタウロスの後ろにまわって背中に乗り、首を羽交い絞めにすると、ミノタウロスは怒り狂って身体を激しく揺らし、やがて息を詰まらせた。

「彼はその命を、その獣の獰猛な命を押しつぶし、いま獣は死んで横たわっている」と神話研究者ハミルトンはその決戦について書いている。「頭だけがゆっくり揺れているが、角はもはや何の意味ももたない」。テーセウスは糸を頼りに出口にたどり着き、船で海に出た。故郷へ帰る航海は災難そのものだった。旅の途中でどういうわけかアリアドネとはぐれ、合図の旗をあげまちがえたせいで、浜で待っていた父親がテーセウスは死んだと思いこんで命を絶っている。だが、アテナイの若者たちを連れ帰ったテーセウスは、未来の怪物から身を護る新たな術《すべ》を携えていた。ミノタウロスが死んだとき、パンクラティオンが生まれたのだ。

老アーサー・エヴァンズの言う「サーカス競技」が、本当にあれだけ壮大で長く語り継がれた伝説の由来なのだろうか？　ペンドルベリーにはそうは思えなかった。見世物は移り変わるが、残忍さは永遠につづく。恐ろしいものだけが集団記憶に長くとどまるのだ。手がかりはまさしく言葉のなかにあるはずだと、ペンドルベリーは信じていた。

「名前というのは、それに結びつく行為が忘れられるか歪曲されたときに定着する傾向がある」とペンドルベリーは代表作『クレタの考古学（*The Archeology of Crete*）』で考察している。テーセウスは〝物事をまっすぐにする者〟という意味で、ミノタウロスは〝ミノスの雄牛〟だ。迷宮《ラビュリントス》はラブリュス、つまり古代クレタの〝双頭斧〟に由来している。ここに、迷宮——〝双頭斧の間《ま》〟

――で見つかった子供の骨を加えれば、こんなシナリオが浮かびあがるだろう。つまり、雄牛のように猛々しくギリシャじゅうを駆けまわっていた祭祀王が、自分の力は呪術的な儀式から来ると信じこみ、捕らえた子供たちを弱小国に見立て、雄牛の角のような形をしたラブリュスで殺す。「王が雄牛の仮面をかぶっていたとは考えられないだろうか?」とペンドルベリーは思案する。ありえない話ではない。死刑執行人が頭巾をかぶるのは、正体を隠すためだけでなく、分離させるためでもある。自分自身と、自分のしなければならないことを切り離すのだ。ミノス王はミノタウロスの仮面をかぶったときだけ怪物になり、殺戮が終わればもとの善意の統治者に戻る。ただそれも、正義に燃えるヒーローが反乱軍の先頭に立ってクノッソスに攻めこむまでの話だ。護衛も兵士も彼らを止められない。だが、ひょっとして超自然の儀式なら止められるのではないか。「最後のシーンは、発掘史上もっとも劇的な部屋で繰り広げられる――〝玉座の間〟だ」とペンドルベリーは書いている。「この部屋はまるで、急いでやってきた王が手遅れながらも人民を救おうと何やら最後の儀式をおこなおうとしたかに見える。これがテーセウスとミノタウロスだ!」

　自論を発表したとき、ペンドルベリーは彼なりのラブリュスの洗礼を受ける。「彼の想像力が考古学への情熱を駆り立てていた」と伝記作家のイモジェン・グランドンは解説するが、古参の考古学者たちは、その情熱と想像力のせいでペンドルベリーが科学を超えて空想科学《サイエンスフィクション》へと踏みこむのを危惧していた。彼の論文は「悪評」を買い、ペンドルベリーは保身のために「結論を和らげる」よう迫られる。現実的にいって、ペンドルベリーが自説――残忍な牛面の魔術師たちと向こうみずな子供の救出者たち――の証拠に挙げられるような人物はひとりもいなかった。

　いなかった――それとも、いないということか?「私の仮説は夢物語ではない」とペンドルベリーは息巻いた。現代の男女が神話のとおりに生きていないからといって、過去や未来も同じだとはかぎらない。ペンドルベリーが発掘していたのは、現存する人のほとんど誰もが見たことのない世界で、だからこそ彼はしびれるような可能性に目を見開かされたのだ。われわれは生来、社会的な共通点を見つけるようにできている。だからいま自分がしていることはいたって普通で、昔から人々がしてきた行動とたいして変わらないと信じて疑わない。人類の達成は右肩上がりで、過去から学べば過去の誰よりも強く、賢くなれると当然のように思っている。

　だがそれが本当なら、エウマスタスについて説明してほしい。

　紀元前六世紀、エウマスタスは巨大な石を持ちあげたが、その後の二六〇〇年間、それに匹敵する重量を挙げた者はいない。筋肉増強剤《ステロイド》もすべり止めつきの手袋もジム器具もなしで、どうやってエウマスタスは一〇五八ポンド〔約四八〇キログラム〕の巨石の下に空気を通せたのか？　それとも、その質問自体が答えなのだろうか――みずからの身体的な天分だけを頼りに、なめらかな現代の鋼鉄ではなく、でこぼこした巨石と格闘したからこそ、エウマスタスはてこの原理やバランス、瞬発力について、われわれが知る以上のことを習得したのだろうか？

　もしそうだとしたら、フェイディッピデスの例も納得がいく。

　紀元前四九〇年、フェイディッピデスはマラソン一〇回以上の距離を三日間ノンストップで、山々を越えて走ったとされている。彼も特殊な人間ではなく、一介の兵士だった。フェイディッピデスは〈ヘメロドロモス〉、つまり〝一日じゅう走る者〟で、馬よりも速く野山を駆け、暑さにも強い伝令だった。マラトンの戦いでアテナイがペルシアに攻撃されたとき、フェイディッピデスは往復四五〇キロを走ってスパルタへ援軍を頼みにいった。ゴールしたところで、銀色のスペースブランケットにくるまれることもスライスしたオレンジをもらえることもなかったが、剣を引き抜いて戦いに飛びこんでいく余力を残していた。それだけでも驚きだが、フェイディッピデスはいちばんの走り手でさえなかった。「わずか九歳の少年が正午から夕方までに走った距離は六五〇スタディオン」——つまり一二〇キロ——と古代ローマの歴史家、プリニウス・セクンドゥス（大プリニウス）は記しているし、ラニシスとフィロニデスというふたりの伝令は、二三二キロを二四時間で走破した。これはフェイディッピデスの往路より六キロ長く、時間は一二時間短い。

それなのにジョン・ペンドルベリーは「結論を和らげる」よう求められただって？　勘弁してくれ。ペンドルベリーの想像力は、彼が地下世界から掘り起こしていた現実にようやく追いついたのだ。ホメロスの例を考えればいい。結局、ホメロスは場所を正確に書き記していた。だとしたら、人物だって同じはずでは？　彼が描いた英雄たちはわれわれが思っているより真実に近いのではないか？　そもそも、ホメロスは完璧な人気者を好まなかった。むしろ調子を崩した者、盛りを過ぎた者、つねに勝利よりも敗北に一歩近い男に魅力を感じていた。

たとえば、オデュッセウス。ホメロスの物語では、オデュッセウスの最良の日々はすでに過ぎているし、おまけに若い戦士たちがそのことを忘れさせてくれない。「なあ、あんた、おれはいろんなスポーツマンを見てきたが、あんたはまったくスポーツマンらしく見えないな」。ある午後、パイアーキアで開かれた競技会の最中に、オデュッセウスはエウリュアロスという体格のいい若者に挑発される。「どっちかというと、商い船の船長みたいだ。雇った船乗りたちと海に出て、積み荷に目を光らせ、がめつく儲けようとする。いや、あんたはスポーツマンじゃない」

オデュッセウスは立ちあがる。授業のはじまりだ。「たしかにいまは動きが鈍くなっている。戦争や海にさんざん痛めつけられ、苦しんできたからだ」と彼は認めるが、譲歩するのはそこまでだ。オデュッセウスはマントをひるがえして円盤に手を伸ばし、コントロールしやすいいちばん軽いものではなく、もっとも勢いのつくいちばん重いものをつかむ。そして構えた姿勢から身体をひねって投げると、円盤は低い完璧な角度の軌道を描いて飛んでいき、パイアーケス人たちの首をはねそうになる。円盤はフィールドのはるか先に落ち、距離を計測するまでもない。

「さあ、私に挑戦したい者がいれば、いますぐ出てこい」とオデュッセウスは荒々しく叫ぶ。「ボクシング、レスリング、ランニングだっていい。誰か、全員でもいいぞ」

若いころの肉体こそもうないが、オデュッセウスは残っているものを使う名人だ。『オデュッセイア』の前史にあたる『イーリアス』で、オデュッセウスは年下の男ふたりと走り比べをする。ここでも勝ち目は薄いが、彼は見事な戦術をとり、先頭走者の後ろにぴったりついて空気抵抗を避ける。「アイアースの足跡を土ぼこりが落ちるまえに踏み、数インチ後ろから熱い息をアイアースの頭に吹きかけた」。ゴール直前、オデュッセウスはいきなり飛び出し、驚いたアイアースが転倒する。アイアースはすぐに立ちあがり、馬糞を顔から振り払いながら、アテナ神に転ばされたのだと文句を言う。だが、すべてを見ていた最後の走者はありのままを話す。

「オデュッセウスは旧い世代の人間だ」とアンティロコスは語る。「古兵《ふるつわもの》だ、と人は言う。彼を負かすのは誰であれむずかしい、アキレウスをのぞいては」

ジョン・ペンドルベリーは同じような古兵にクレタじゅうで出会っていた。

クノッソスの管理人を引き継いでからというもの、島を歩きまわるほどに、そうした年齢を感じさせない元気なオデュッセウス的山男によく出くわしたのだ。エウマスタス並みに強い者がいたとはいえないが、一方で丘陵の高所で見かけるチーズ小屋はたいがい、まごつくほど巨大な石を積みあげてつくられていた。偉大な伝令フェイディッピデスはクレタ人だったといわれている。ほかの終日ランナーの多くもそうで、アレクサンドロス大王専従の伝令、フィロニデスもそのひとりだ。それにフェイディッピデスはけっして若者ではなかった。〃上級へメロドロモス〃の地位にあり、とするとマラトンの戦いでの英雄的努力はキャリアの晩年になされたことになる。

だとしたら、ペンドルベリーに同じことができない理由はあるだろうか？　この自然の能力実験室《パフォーマンス・ラボ》といえる地で暮らしているいま、実在した男女が神話のもとになっているという自説を確かめるもうひとつの方法を手にしているも同然だ。つまり、自分を実験台にすればいい。ロレンスと同じく、ペンドルベリーもロールプレイングは大好きで、ごく自然に役に没入することができた。しかもペンドルベリーは他人の身になるときの得意技もロレンスと同じだった。つまり、まず彼らの服を身につけることだ。

「クレタ人の民族服を入手――じつに華麗で、見応えがあります」とペンドルベリーはまもなく父に宛てた手紙に書いている。ケンブリッジ出の学者にとって、それはまさに大胆な変身ぶりで、以前、ハイジャンプ競技会に着ていった白マントをもしのいでいた。クレタの羊飼いが着る服は、農夫というより海賊風だ。刺繍入りの黒い胴衣に、股上が膝からある黒のズボン、膝丈のブーツ、黒のヘッドスカーフ、幅広の腰帯、赤い絹の裏地を張った黒いマント。一式を身につけたペンドルベリーはほとんどハロウィーンのような恰好だった。

毎朝、食事のまえに一五分、羊飼いの軽快な足取りをまねて跳ねるように進む練習をした。「こうすると筋肉は速くなる。歩けば筋肉は増えるが、反応が鈍くなりがちだ」と彼は述べている。また、発掘作業で陶片の上に何時間もかがみこんだあとで身体をほぐそうと、マスクとフルーレを取り寄せてフェンシングをはじめたため、勇気ある妻をスパーリング相手に腕をめいっぱい伸ばして突きを繰り出しバランス感覚を磨くことができた。さらにハイジャンプも再開し、じきに以前より高く跳べるようになっているのに気づく。大学時代はめったにクリアできなかった六フィート〔約一八三センチ〕が、いまでは簡単に思えた。「身体は絶好調でこの世の春」とペンドルベリーは父への手紙に書いた。「ギリシャ記録にも挑戦できるでしょう。六フィートか少し低いぐらいなので」

午後には仕事を中断し、丘陵地を毎日一五キロから二〇キロほど歩きまわった。その距離と好奇心は目覚ましく、やがて驚異的なまでになる。春から秋のひとシーズンだけで、ペンドルベリーは島じゅうを一六〇〇キロ以上もハイキングしていた。ある午後には険しいイディ山に登り、日暮れまえにクノッソスに戻ってくることができ、「ぬかるんだ田舎道を四〇キロ、六時間二五分」と書きつけた。歩いた距離はいつも正確に記録していた。はじめのうちは、この熱心な隻眼の外国人をどうしたものかと思っていたクレタの山岳民も、夜に彼がふらりと村に現れるのに慣れっこになった——腹ぺこで疲れきり、道に迷いかけていても、ワイングラスを持ちあげ、新しい歌をおぼえることはいつでもできる男だった。

「彼はそこらじゅうに友人をつくっていた」とジャーナリストのディリス・パウエルは振り返っている。彼女は夫が在アテネ英国考古学研究所の所長を引き継いだ際にペンドルベリー夫妻に出会い、ときどき夫妻の遠征につきあうようになった。「そのころには、彼は島の端から端まで歩いて移動していた。あの疲れ知らずの若いイギリス人に、島の人たちが好感を抱いて尊敬するようになったのもごく当然のことだ。白い肌は真っ黒に灼け、髪は藁色になり、どこにでも現れ、どこにでも寝て、彼らと酒を酌み交わして語り合い、彼ら自身の言葉を話したのだから」

ペンドルベリーもクレタ人に対して同じ感情を抱いていたし、それを証明する心構えもできていた。ヒトラーが英国軍をヨーロッパから放逐してロンドンに迫るころ、クレタ島滞在が一〇年におよんでいたペンドルベリーは、自分の立場をはっきりさせることにする。すでに四十歳になろうとしていたが、古兵たちから教わった一〇年のおかげで、身体は十代のように締まってフィットしていた。「頂上までの新記録」と、イディ山にスピード登山したあとで満足げに記している。「登頂後のウェスト計測、ややきつめに測って二二・五インチ〔約五七センチ〕」

　だが、ズボンのサイズにかかわらず、陸軍省に中年で隻眼の学者への求人はなかった。地中海の専門知識は海軍の情報部で重宝されるとの自信もあったが、それもあっさり袖にされた。アテネの駐在武官、そして陸軍情報部に問い合わせ、最後は苦渋の選択で担架運びの仕事に志願した。だが、いよいよ任務がはじまろうというころ、ケンブリッジ-オックスフォードのOBネットワークに噂が広まった。あるタイプの、その……変人が、新たな「特務」作戦に求められている。戦闘経験は不問、と。

「見た目はタフでおおむね望ましい」と、渋めの評価ながら、ついに受けた面接を通過し、ペンドルベリーはすぐさまクレタにとって返す。表向きの筋書きは、副領事、中堅クラスの、怠惰な外交官だった。だが本当は何をしているのか、その手がかりが欲しいとき、友人たちはペンドルベリーのベッドのわきのテーブルをチェックするようになった。「不正工作の遠征に出るときは」と、ジャーナリストのパウエルはペンドルベリーの親友のひとりから聞かされた。「あのガラスの義眼をはずして黒い眼帯をはめていた。義眼はベッドのわきのテーブルに残しておく――そこにあの眼があれば、どこかへ遠出でもしているとわかるわけだ」

　ペンドルベリーは定期的にヴィラ・アリアドネを抜け出し、山地に入っては隠れ家になりそうな場所を探し、反逆者の部隊を組織した。古代の戦争を学んだペンドルベリーはクレタが戦略上きわめて重要な島だとわかっていたし、島の防備を観察してふたつのことを見抜いていた。攻撃は空から来ること、そして本当の戦場は丘陵地の高所になることだ。ドイツ軍は対戦した地上部隊をことごとく撃破していたが、クレタの山賊ほど捕らえがたい不屈の相手にはまだ遭遇していない。もし一万挺のライフルを山岳民の手に渡せたら、ドイツ軍はまちがいなく苦戦することになる。

そんなわけでペンドルベリーは外交官のふりをして歩きまわっていたが、手にした一見ごく普通の杖には、落下傘兵を突き刺すのにうってつけと思える剣が仕込まれていた。何があろうとクレタを離れない、とペンドルベリーは肚を決めていた。「彼は気持ちのうえではクレタ人であり、勝利を挙げるまでとどまるつもりだった」と振り返るのはニコラス・ハモンド、ペンドルベリーの考古学の教え子で、やはりクレタ島にやってきて彼の特殊作戦部隊に加わったケンブリッジの特別研究員だ。ペンドルベリーとハモンドは入念な機密保持を期して、とはいえたいていはひけらかしのために会話を暗号化し、それぞれ専門とする方言で言葉を交わしていた。一方がクレタ語、もう一方がイピロス語だ。

ハモンドとペンドルベリーは、金のピアスをした命知らずの船長、マイク・カンバーレッジとチームを組んだ。戦闘対応の漁船ドルフィン号を操り、豪快なエンジン音をあげてクレタ島にやってきたカンバーレッジとともに、夜陰をぬってイタリア領のカソス島に渡る計画を立てた。イタリア人兵士を誘拐してクレタに連れ帰り、迫りくるドイツ軍の侵攻について情報を吐かせるのだ。カソスへの海峡を渡る最後の偵察航行に、カンバーレッジは念のためハモンドを同行させることにした。ふたりは沖合の小島に船をつけ、日が落ちるまで身を隠した……が、いざというときに船のエンジンがかからなくなった。カンバーレッジが懸命に修理していると、突然、頭上でドイツ軍戦闘機の轟音が響きはじめた。海の向こうのクレタで爆弾の閃光があがり、キノコの笠のようなパラシュートが開く。

侵攻のさなか、仲間がカソス沖で立ち往生しているころ、ペンドルベリーは外交官の仮面を脱ぎ捨て、クレタ人ゲリラのリーダーである〝サタン〟とともに市街戦に参加していた。あきらめた連合軍が島を見捨てるつもりだとわかると、ペンドルベリーとサタンは英国軍本部の洞窟に駆けこんで退却の援護を申し出た。「そのあっぱれな人物にたいへん感銘を受けた」と、侵攻の直前にクレタ島に着任していたパディ・リー・ファーマーは振り返っている。「クレタの戦士を連れ、弾薬帯を花綱のようにまとい、ジョン・ペンドルベリーは見事に海賊風で颯爽とした印象だった」

パディが何より感動したのは、連合軍の兵士が残らず撤退の浜へと急いでいるときに、彼いわく「隻眼の巨人」は追随するのを拒んだことだった。「彼の輝く隻眼、身に下げたゲリラのライフルと弾薬帯、そしてあの名高い仕込み杖は、陰鬱な軍人の群れにロマンと戯れの刺激的な光をもたらした」。パディはやがてクレタ島を脱出したが、ペンドルベリーの冒険についてはカイロに戻ったあとも長く耳にしていた。「ナチスの親衛隊もペンドルベリーのことを聞きつけていた」とパディは語っている。「ナチスは彼を〝デア・クレーティシェ・ロレンス〟——クレタのロレンス——と呼び、ペンドルベリー配下の山男たちのあいだでは、ヒトラーはペンドルベリーの義眼をベルリンの自室の机に置くまで気が休まるまいとの噂が広まっていた」

侵攻二日目、ドルフィン号が息を吹きかえし、カンバーレッジ船長はイラクリオンに近い隠れた入り江にひそかに戻ってきた。ハモンドとカンバーレッジのいとこのクリーがモーゼル銃を手に岸を這いあがった。死んだ兵士と死にかけた兵士がイラクリオンの通りに積み重なり、家屋のあいだを弾丸が飛び交う銃撃戦が繰り広げられていた。もうペンドルベリーは見つからないだろうと悟り、ハモンドとクリーは船に引き返して安全な北アフリカへと出発した。

ドルフィン号がアフリカに行き着くことはなかった。クリーは戦闘機から撃ち殺され、マイク・カンバーレッジも負傷し、ほかの船の船長に助けられてどうにか命拾いした。三週間後、エジプトで回復しつつあったカンバーレッジは、ラジオをベルリンからの放送に合わせた。「山賊ペンドルベリーはかならず捕まる」と聞こえてきた。「見つかった暁には短い告解の時間が与えられるだろう」

よし！ それはつまり、カンバーレッジが先にペンドルベリーを見つけるチャンスが残っているということだった。立ちあがれるようになると、彼はさっそく船を調達し、ドイツ軍の哨戒艇のあいだを縫うようにして友を捜しにいった。問題は、ペンドルベリーは神出鬼没だということだった。考古学の調査で何千キロも島を歩くうちに、彼は山々を、本人好みの言いまわしによれば「石ころひとつにいたるまで」知り尽くしていた。ドイツ軍の侵攻のまえには準備に奔走し、自分と老獪な羊飼いにしかわからない場所に、武器の隠し場所や隠れ家を設営した。そして山をさらに山らしくすることまでしている。クレタ人の志願者を少数募ってイディ山に登り、軍事史家アントニー・ビーヴァーの報告によると、「ヘラクレスばりに奮闘し、彼らは巨石を地面の平らな場所まで下ろして飛行機が着陸できないようにした」

では、彼はいまどこにいるのか？

「ティンバキに近い南岸の村、アギア・ガリニでイギリス人を見かけたという噂が絶えなかった」ことをジャーナリストのディリス・パウエルはのちに知る。「しかも、その男は片目のない役人という話だった」。クレタを脱出した三か月後、カイロの英国軍情報部長はチャーチルに直々に報告した。「ペンドルベリーに落下傘で無線機を投下しようとも試みました。目下、彼はクレタ島丘陵地のゲリラ活動の大部分を仕切っているのです」

だが、実際にペンドルベリーとその暗殺団の見つけ方を知っている者がいたとしても、誰も口を割らなかった。カンバーレッジがどこを捜そうと、ペンドルベリーはいつも手が届きそうなほどそばにいると思えるのに、どこにも見当たらなかった。英雄神話の擁護者は、自身が英雄神話になりつつあったのだ。

CHAPTER 17

ダヴィデは羊飼いだったことをお忘れなく。ダヴィデは投石器と杖を手にゴリアテの前にやってきた。それが羊飼いの商売道具だったからだ。ペリシテ人との決闘は剣を交えるのが正式だとは知らなかった。「獅子や熊に群れから羊をさらわれると、私は追いかけて獣を倒し、その口から羊を救い出します」とダヴィデはサウルに説明した。ダヴィデは羊飼いのルールを戦場にもちこんでいた。

――マルコム・グラッドウェル

「ダヴィデはどうやってゴリアテを倒したか」

最後にはっきり目撃されたとき、ペンドルベリーが向かっていたのはイディ山――山賊の土地だった。入るのはむずかしく、迷うのは簡単だ。コスタとともに雨のなかを夜通し歩いたあと、濡れた茂みの陰で一日じゅう眠りこけたザン・フィールディングは、まさにその場所で目を覚まし、ふたつの朗報を耳にした。

まず、ドイツの捜索隊が移動したため、ザンとディレイニー曹長もしばらく隠れ場所から出て、痛む身体を伸ばしてもいいということ。そして、無線通信士の山中の潜伏先までさらに一三〇キロも岩場を進む代わりに、知らせによると通信士のほうがこちらに向かっていること。ザンは小躍りした。潜水艦から上陸して三日間、休むまもなく移動してきたが、ようやく今夜はゆっくりできるらしい。だが、一方で心配にもなりはじめた。何か月も安全に隠れていた通信士が、なぜいきなり洞窟を出て移動しているのか？

そうこうするうちラルフ・ヘドリー・ストックブリッジが野営地に現れた。これほどひどいクレタ人の扮装をザンは見たことがなかった。外套を身にまとい――嘘だろ、外套だって？――それに輪をかけて英国人らしい角縁の眼鏡をかけていた。思春期を過ぎたクレタの男たちのように口ひげを生やすこともなく、羊飼いのブーツではなく普通の靴をいまだに履いている。「どう考えても農民には見えない」とザンは思った。だが、しだいに飲みこめてきたのは、それがラルフの天才的な策略だということだった。ラルフのその恰好は、ギリシャ人に見えないようにと偽装したギリシャ人そのものなのだ。まさにチェスタトンの『木曜日だった男』を彷彿とさせる離れ業で、しかも見事に機能していた。一度、ドイツ軍の検問所で隣にいた本物のクレタ人が捕まって尋問されているわきを通り抜けたことがあった。「こっちがふるえているのが見えないとは、向こうの目は節穴だったにちがいない」とラルフは振り返っている。さらに別の遭遇時には、ドイツ兵にぶつかってうっかり「おっと、失礼！」と――英語で――口走ったのだが、それでも見返されることはなかった。

だが、偽装しないという偽装をするほど大胆なラルフは気性も荒かった。ザンと同じく、軍人としては二流で、ゲートル――くるぶしから上に巻きつけて膝で留める毛織りの被服――を巻かないでひと悶着起こしたり、上官が威張りすぎるという理由で将校養成団（ＯＴＣ）をやめたりして陸軍省に悪名を馳せていた。ところが、そんな極端な意固地さにもかかわらず、いや、だからこそなのか、ラルフは〈マイク〉――ＭＩ６、つまり秘密情報部――にスカウトされた。〈マイク〉はジェイムズ・ボンドの組織だが、００７とちがって本物のＭＩ６エージェントはズボンのジッパーは閉じたままだし、銃もきちんとホルスターに収めていた。彼らの任務は影に生きること、カフェで盗み聞きしたり民間人のスパイ網を構築したりすることだった。そのためザンの所属する〈ザ・ファーム〉の不正工作隊と衝突したことも少なくない。〈マイク〉のエージェントがいちばん嫌がっていたのは、張りこみ中の売春宿で石鹼爆弾が炸裂することだったからだ。

だがクレタでは、少数の英国人どうしが生き延びるためにおたがいを頼り、対立するスパイが仕事を分担して兄弟のようにつきあっていた。生物学上はともかく、煎じつめれば兄弟だったといっていい。ザンとモンティのように、ラルフもまたジェフリー・ハウスホールドの言うX階級、〝追われる男たち〟のひとりだった。国のために戦い、自分の頭で考え、任務の過程で誰のことも傷つけまいとする。頭がよくて本の虫だったラルフは、地中海の洞窟で無線通信をいじくることになって少なからず戸惑っていた。ケンブリッジで古典を学んだため、クレタ人と話ができても二〇〇〇年前の語彙に足を引っぱられる。まともなしゃべり相手がいなかったら、と彼はザンに忠告した。覆面人生は拷問だ。

正直にいって、だからラルフは持ち場にとどまらず山をうろついていたのだった。暗がりで何日も身を潜めているのはなんとかなったし、鍾乳石からしたたる水を飲み、食べるものといえば固い種芋だけで、それをオレンジの皮を煮出した茶で流しこむのも耐えられた。ただ、会話は別だ――それがついに彼の心をくじいたのだった。ラルフと一緒に潜伏していたのはアンドレアス・パパダキス大佐で、この年かさの元陸軍将校はかつてパン職人のジャック・スミス‐ヒューズの逃亡を助け、若い羊飼い転じてスーパー伝令となった手練れのヨルゴス・プシフンダキスにジャックを託したことがあった。以来、誇大妄想に取り憑かれたパパダキス大佐は、ラルフという捕虜同然の聞き手を得て、何日もしゃべりつづけた。ドイツ軍を撃退する方法を見つけたら、自分と自分の指揮する「クレタ闘争最高委員会」がいかに追っ払ってやるかを。とうとうラルフはこらえきれなくなり、無線機をラバの背にのせて丘陵に逃げこんだ。

だが数日後、ひとつ計算外だったことに気づく。パパダキスのいる吹きさらしの丘の上でなければ、通信に充分な電波が入らないのだ。ザンが到着して安全な家を探していると聞きつけたとき、ラルフはザンを方便にして戻ればプライドを守れるだろうと考えた。

「おやおや、お帰りか」。戸口に近づくザンとラルフを見て、パパダキスは薄ら笑いを浮かべた。この老大佐が自分の命も危ういのにわずかな食料をレジスタンスに分け与えたことは、ザンも知っていた。だが、その「尊大と哀調のあいだを揺れ動く」声にはどうにもがまんがならず、「あの鋭い黒目が小百姓のずる賢さに輝くところや、よく言ってもアメリカ人の言う〝気むずかし屋《サワーパス》〟がせいぜいのその性格」が目についてしょうがない。パパダキスの小屋で、三人のあいだの緊張は爆発寸前まで高まっていた——そしてガイ・タロル大尉の到着が火に油を注いだ。

島の行く先々でたちまち、もれなく人に嫌われるタロルの才能は驚くばかりで、その点では自然と人の心をつかむガイ・ディレイニー曹長の才覚といい勝負だった。パパダキスの小屋までの長い登山の最中、タロルの荷物を運んでいたクレタ人ガイドは、なぜかそれがしだいに重くなるのをいぶかしく思っていた——地質学愛好家のタロルが石のサンプルをどんどん入れていたと気づくまでは。別のクレタ人ガイドはタロルに愛想をつかし、村まであと一キロ足らずというところで〈クセニア〉の掟を破り、タロルを見捨てて走り去った。ひとりで村に歩いていったタロルは、つきに恵まれた。村人たちに叩きのめされてドイツ軍に引き渡される代わりに、ただ無視されたのだ。連合軍の逃亡者に扮したドイツ兵にだまされて島民の多くが処刑されたため、その報復として島民たちはスパイを嗅ぎつけると狡猾なやり方で応じるようになっていた。気づかないふりをしてその「英国人」を襲い、こっぴどく蹴りつけてから涼しい顔で最寄りのドイツ軍の前哨地に引きずっていくのだ。用心深いクレタ人にしてみれば、英国軍大尉の制服を着てフランス語をしゃべる尊大なよそ者ほど、ドイツ人に見える者はない。危うく打擲《ちょうちゃく》と弾丸を逃れたことを当のタロルは知りもしなかった。

パパダキスの小屋に着いたタロルは、さっそく一同を不愉快な気分にさせた。あいかわらずフランス語をしゃべりつづけ、一時間ごとに淹れたてのオレンジ皮茶が飲みたいと大騒ぎで湯を沸かす。パパダキス大佐とは、港のドイツ船にいつどうやって爆弾をしかけにいくかをめぐって激しい口論になったが、どちらも相手が何を言わんとしているのかさっぱりわからなかった。

「このイカレた男はわれわれを破滅させる気だ！」とパパダキスは訴えた。ラルフとザンはふたりのあいだで身動きがとれなくなっていた。雪が迫って風が吹き荒れ、これから山へ偵察に出るのは危険すぎる。ふたりは屋内にこもってジンラミー〔カードゲーム〕を延々とつづけた。

反逆の闘士というのは、こういうものなのか？　ザンは思わずにはいられなかった。気のふれた年寄りふたりが一日じゅう言い争っているあいだ、小枝のたき火を囲むことなのか？

運よくそこへ悪い知らせが舞いこんでザンを救った。低地の村々からの情報によると、ドイツ軍の捜索班がこちらに向かっているという。老大佐と英国人たちは分かれて逃げなくてはならない――それも直ちに。無線通信士のラルフが貧乏くじを引き、パパダキス大佐と原野に入って洞窟に新しい基地をつくることになった。タロルとディレイニーにとっては、もう切りあげる潮時だった。クレタで生き延びるにはクレタ人に学ぶしかないが、ドイツ軍の侵攻を許した英国の指揮官たちに無理だったように、このふたりの陸軍正規軍人にもそれはできることではない。タロルはいまだに「原住民」のことをぼやいていた。だが数日後の晩には、そのひとりに連れられて丘陵地を抜け、脱出船の待つ秘密の入り江にたどり着くことになる。

こうしてひとりになったザンは、何か月も狭い小屋に缶づめとなり、行動したくてうずうずしていた。本当の火種は海岸沿いのドイツ軍基地にあり、ザンが思うに、それを間近に見るときがやってきたのだ。パパダキスの友人の案内で山を下り、ドイツ兵が密集する北側の港レシムノンにほど近い安全な家に移動した。昼間に冒険に出る勇気はなかったが、夜になると変装して村をおそるおそる歩いてみた。

パパダキスの小屋ですごした数週間に、ザンは新たな素性の習得に励んでいた。〝アレコ〟と呼ばれたら返事をするよう訓練し、黒いヘッドスカーフが目の上にさりげなくかかる結び方を練習した。口ひげもようやくマントや黒のブーツと同じく板についてきたし、おまけに小妖精のような顔立ちからいろいろと興味深い可能性が見えてきた。髪に粉をはたいて額にしわをつくると、若い羊飼いがその祖父に変身する。徹底的にひげを剃って、ヘッドスカーフとスカートをさっと身につけると、どうだ——十代の少女とも張り合える。

だがあごから下にかけては、まだやるべきことがあった。「平らでない地面を走るとき、無駄にどたばたした動きになっている」とザンも認めていた。「これでは一マイル先からだって正体がばれるだろう」。そこで、クレタ人はどうやってあの脚のばねを身につけるのか、それがわかるまでの一時しのぎをザンは考案した。認知障害のふりをするのだ。山道で誰かに出会うと、ザンのガイドはため息をついてこう説明する。ああ、こいつはちょっとのろまなんだ、でもかわいそうに耳が聞こえなくて頭もおかしいんだから、しかたないだろう？　ザンはうまく周囲を納得させたが、当人は胸が痛む思いだった。「自分を褒めたいわけじゃないが、聾唖の知的障害者のふりをするのは簡単なことではなかった」とザンは打ち明けずにはいられなかった。「人生でもっともつらい演技だったし、それを二週間もつづけるはめになったのだ」

生粋のクレタ人の目さえもあざむき、脳を損傷した同胞だと信じこませたザンは、二週間後、みずから危険に飛びこもうと思えるほどの充分なきっかけを得る。クレタ島の当時の主都、ハニアの屈強な老市長はゲリラのスパイ活動に協力する用意があるとの噂を耳にして、興味をかき立てられたのだ。地位があって日々ドイツ軍将校と接触している市長なら、新兵の有能なスカウトにも、価値あるスパイにもなれるだろう。あれだけの情報と人脈があれば、いよいよ本格的な不正工作に取りかかれる。そこでザンは、市長がやってくるのを待つのではなく、ハニアに潜入することにした。街はドイツ軍の哨兵に囲まれていたが、ザンのガイドは単独で行動する者のほうが集団よりもやや入念に調べられることに気づいた。混み合ったバスの奥に乗って口を閉じていれば、偽造書類をさっと見せるだけで通してもらえるかもしれない。

数日後、執務室にいたニコラス・スクラス市長はドイツ人将校三人の訪問を受けていた。午前なかばにはドイツ人たちは用事をすませ、ドアから出ようとしたところで、ちょっとした渋滞にかち合った。羊飼いがふたり、約束もなく執務室に入りこもうとしていたのだ。寛大にも市長は彼らとの面会に同意したが、羊飼いのひとりは見るからに少々鈍かった。ドイツ人たちには気づかれなかったものの、市長はすぐに偽装を見抜き、「あきれた顔をしていた」とザンは語っている。「朝っぱらから市庁舎の自分の部屋で英国人エージェントを目の当たりにするとは、思いもしなかったようだ」

三人になるとすぐに市長はひととおりザンの話を聞き、ハニアで彼の目となり耳となることを承知した。その日の午後にザンは街を抜け出し、もとの狭苦しい小さな隠れ家に無事帰り着く。信じられない、とザンは思った。ドイツ軍の作戦の中枢部に乗りこみ――ドイツ人将校三人の胸もとをかすめた！——彼らの鼻先でトップスパイの勧誘に成功したのだ。チャーチルの言ったとおり、これならヒトラーの最大の武器——恐怖——の矛先をヒトラー自身に向けることだってできるかもしれない。

あとは多少の手助けがあれば。いや、手助けとはちょっとちがう。ザンに必要だったのは……

CHAPTER 18

心配いらない、パディはそのへんの陸軍将校やゲリラのリーダーとはちがう。どんな型にもはまらない。パディはパディ自身……いわば〝流浪の学者〟だ。

——ダフニ・フィールディング
パトリック・リー・ファーマーの友人

リー・ファーマーは進んで規律に従う者ではなく、扱いに注意を要すると思われる。

——英国陸軍省の覚え書き

「ヤスー、クンバロ！」。そして……バシッ！

パディ・リー・ファーマーはどんなギリシャ人よりもギリシャ人らしく登場した。「彼の〝ヤスー〟——『やあ』または『健康を祝して！』——は、クレタの誰よりも盛大で、背中を叩く手は誰よりも強く、抱きしめられると肋骨が危ういほどだった」と、ある戦争回顧録の著者は振り返っている。パディは見知らぬ他人を「ゴッドファーザー」——〝クンバロ〟——と呼ぶのも好んだ。そうすれば瞬時に相手を楽屋落ちの共犯者にできると考えたからだ。「友としての共謀という雰囲気になる」というのがパディの弁で、友としての共謀は彼の人生を貫く物語にして彼を導く光でもあった。

六月、パディは偽装した漁船からひそかに上陸した。ザンがクレタのレジスタンスとともに活動をはじめて六か月がたったころだ。そしてさっそく案内されたのが〝桃源郷〟——山深い渓谷の廃村ゲラカリだった。ゲラカリはレジスタンスが逃走中の英国人をかくまう場所として重宝されていた。そこを見つけようと思ったら、たとえ地図があってもずぶ濡れになって迷いまくる確率が高かったからだ。四方の山から流れこむ川がからみあい、土の一本道をしょっちゅう水没させ、徒歩で行く者は激流と雨裂《ガリー》のめくるめく迷路を渦でも描くように歩くはめになる。村が見えるくらいに近づけたとしても、その先どうやって行けばいいのかわからない。だがいったんたどり着けば、それまでの地獄のような道のりが楽園への入り口に思えるはずだ。牧草地には野の花や食べられる野草が厚く茂り、果樹園にはブドウやサクランボ、そしてヴィシノ（スミノミザクラの実）がたわわになっている。ヴィシノは香りがよく、リキュールにするとさらにおいしい。ゲラカリに迷いこんだ逃亡兵は、ワインの泡立つピッチャーとサクランボの甘煮《グリコ》のかかった濃厚なヨーグルトの大鉢を渡され、呆然と見入ったことだろう。

新しいSOEエージェントが到着したと聞き、ザンはすぐにゲラカリまで三五キロの山歩きに出発した。ゲラカリに着いた彼を迎えたのは、晴れやかな笑顔と瓶いっぱいのラキ酒、そして、この男をどこかで見たことがある、というぬぐいがたい印象だった。あいさつをすませたふたりはラキ酒のコルクを抜き……

……翌朝、太陽が昇ってもパディはまだ話しつづけていた。

「パディが口を開いたら、あなたの口は閉じなさい」と、社交界の花形にして有名な美女レディ・ダイアナ・クーパーは、孫娘で歴史作家のアーテミス・クーパーにのちに忠告している。パディの話は花火さながら、あちこちに飛び移った。赤いドレスを着た官能的なセルビアの人妻との十代のころのロマンスについて話していたかと思うと、トランシルヴァニアでの夏の海水浴の話から、おてんばな農家の娘ふたりとの干し草にまみれた火遊びの思い出や、絹の靴下をコンドームに擬して家々を売り歩いた失敗談に飛び火する。パディはどうやらドイツ人の頬にある名誉の決闘傷にやたらと精通していたし、「型破りな若い羊飼いたち」が「早熟な情熱を冷ますために牝ヤギたちに物思わしげな視線を向けたりする」こともよく知っていた。

笑い転げるうち、ザンはパディに見おぼえがある理由にはたと思い当たった。以前、ロンドンのカフェで鉢合わせしたのだ。当時ザンは流しのスケッチ画家として仕事に精を出し、パディは学生にとって最高の処罰の真っ最中で、要するに学校から追い出されていた――それも複数の学校からだ。十七歳までにパディはふたりの精神科医にかかり、三度放校処分になっている。パディを唯一追い出さなかったのがウォルシャム・ホール、ヌードダンスや自由連想による語りに特化した、問題児のための実験的施設だった。運営していたのは手織りのドレスや着古したツイードを着た自由人《ボヘミアン》たちで、その教育方針は十歳のパディにうってつけだった。パディは森を走りまわり、教師や生徒たちと納屋でヌードダンスを踊ったり、動詞の活用をおぼえるかわりに床に寝転がって糸を紡いだりするようになる。だが、そこの校長がみずから年長の女子生徒たちを風呂に入れて身体をタオルで拭いているとの噂を母親が聞きつけ、パディは連れ出されてまたしても普通の寄宿学校へ送られた。

パディが利発だったことは疑いようがなく、文学に飢えていて、言語の才能もあった。十三、四歳のころには、ラブレーやフランソワ・ヴィヨンをフランス語でむさぼり読み、ホラティウスの頌歌《しょうか》「タリアルクスに」をラテン語から翻訳している。その歌が彼の心にまっすぐ響いたのも当然だろう。「軽蔑してはならぬ、若者よ、甘い恋を、ダンスの愉しみを……」。だが、恋とダンスは母親に入れられた学校のカリキュラムにはないのが普通で、パディはしかたなく自力でこっそり身につけることにした。

「パトリックのエネルギーと個性はイングランド最古のパブリックスクールにとうてい収まるものではなかったが、本当の問題は彼が女好きで、それで何かをしでかすということにあった」と回想するのはアラン・ワッツ、のちに『禅の道』を著し、仏教思想の国際的な権威になる級友だ。「パトリックは並はずれた勇気のある冒険家で、いたずらや途方もない行動のせいで――つまり独創的な想像力のせいで――しょっちゅう鞭打ちを食らっていた」。これといった冒険に出られないときは、鞭打ちさえも一種の代用麻薬《メタドン》になった。「打たれるのは気にしなかった」とパディはうそぶいている。「あの手のことには意地を張ってみせた」

最後の校則違反は、街にこっそり出かけて青果商の娘と奥の部屋にいるのを見つかったことだった。今回は退学になっても文句を言わなかった。「厄介者扱いされるくらいなら、少しばかりの色恋沙汰で放り出されたほうがずっとましだ」。愛想をつかした両親は息子をサンドハーストの陸軍士官学校に入れようとしたが、入学試験でしくじった。そこでパディは自分なりの計画を思いついた。

一九三三年十二月九日、ロンドンの友人たちが開いてくれた送別会の翌朝、ひどい二日酔いで目を覚ますと、パディは陸軍の放出品からかき集めた服を身につけた。鋲くぎを底に打った編上靴、革のベスト、軍人用ロングコート、乗馬ズボンに年代物のゲートル。ホラティウスの抒情詩集と『オックスフォード英国詩選（*The Oxford Book of English Verse*）』を寝袋と一緒にリュックサックに押しこんだが、寝袋はすぐに紛失した。こうして凍えるような豪雨のなか、オランダ行きのフェリーに乗るべく出発した。

〝パディ〟という愛称は置いていき、放浪詩人の身なりをした若者は〝マイケル〟の名で通るようになる。そしてオランダに上陸したら、ヨーロッパを徒歩で横断し、「東方の入り口」コンスタンティノープルまで歩き通すという計画だ。向かう先三二〇〇キロほど、高まるナチの嵐の奥へ奥へと、ラインとドナウの川沿いにドイツ、オーストリア、チェコスロバキア、ハンガリーを放浪する。

「十二月はお客様が少ないのです」と船室係が言い、船が岸を離れ、雨は雪へと変わった。パディはたったひとりの乗客だった。冬は旅に出るのにいい時期ではないが、月々のささやかな小遣いは道中の郵便局に送られることになっているから、歩きつづけないと食うにも困る。どこで寝るか、言葉も話せずにどうやっていくのか、だいたい帰るときはどうするのか、パディには何の当てもなかった。ただロレンスと同じように、パディも強く思っていた。問題ばかり起こしていた古い殻を脱ぎ捨て、新たな名前と新たな外見、新たな土地でやり直したい。異邦人《ストレンジャー》に囲まれていたら、そう変わり者《ストレンジ》には見えないのではないか。

ロッテルダムの付近でフェリーを降りたパディは、雪のなかを一日じゅう歩きつづけ、やがて入った波止場のバーでカードゲームを見ているうちに眠りに落ちた。身ぐるみはがれて通りに放り出されることもなく、目を覚ましたのは「巨大なメレンゲのような羽布団の下」だった。靴を履いて下の階に行くと、バーの店主は頑として部屋代を受け取ろうとしなかった。「その素晴らしい例を皮切りに、人の親切ともてなしを旅先で何度となく経験することになったんだ」とパディはのちにザンに語る。だがそれだけでは、その後四年にわたり、城や男爵の屋敷を転々としてみせたパディの変わった才能は、かけらも説明したことにならない。

「放浪者か巡礼者、さまよえる学者みたいに生きるつもりだった」とパディはザンに語っている。ところが気づくと、「城から城を渡り歩き、カットグラスの酒杯《ゴブレット》からトカイ・ワインを飲み、オーストリアの大公たちと一ヤードもあるパイプを吸っていたよ」
チェコスロバキアの都市ブラチスラヴァでは、ひょんなことから知り合った銀行家が三週間、温かい食事と炉端でのブランデーつきで面倒を見てくれ、一家の豪勢な蔵書を好きなだけ読むことができた。ドイツ南部のシュトゥットガルトでは、みぞれがカフェの窓を叩くのを眺めながらその晩のねぐらを思案していると、毛皮のブーツを履いた素敵な女の子がふたり、ホームパーティの軽食を買いに元気よく入ってきた。ふたりの両親は休暇で家を空けていて、おかげでパディは「アニーの父親が格別楽しみにしていた、とびきり稀少な絶品ヴィンテージワインの最後の一本」を堪能し、パパの深紅のシルクパジャマを着て眠る長い週末をすごした。ギリシャでは、宿主が急遽、王に対する軍の反乱の鎮圧に駆り出され、パディも借りた馬で騎兵隊の攻撃の真っ只中を走り抜けた。

パディの話を聞いていると、ザンは呆然とするしかなかった。「僕だって彼のようにヨーロッパを放浪してギリシャまで行った。彼のようにあの長くつらい旅のあいだ、ほとんど金がなかった――でも旅の共通点はそこで終わり、こっちはたいてい屋外や溝や干し草の山や公園のベンチで寝るしかなかったのに、パディはその魅力と機転でどこへ行っても客として迎えられたし、彼の旅程はお城《シャトー》や宮殿《パラッツィ》、古城《シュレッサー》が点々とつづき、ひとつのところに泊めてもらったあとは、つぎの予期せぬ宿主のもとへ向かっていた」

パディは見栄えのする青年だった――ラファエル前派の画家なら、その茶色い巻き毛と情熱的な瞳を、リュックサックから取り出した日記帳や古びたホラティウスを前にじっと考えている姿を描きたがったはずだ。だが、口先のうまさと美しい顔立ちが彼の魅力の秘密というわけではなかった。

「東欧のある老伯爵にパディが与えた影響にも思いをはせざるをえない。伯爵はすっかり減った地所でかろうじて食いつなぎ、過ぎ去ったよき時代の絵画や家具が山と残る館をどうにか守っている状態だった」と、パディの長年の友人で作家のアーテミス・クーパーはのちに説明している。「ある日、リュックサックを背負ったみすぼらしい英国人の若者が、友人の紹介だといって玄関の上がり段に現れる。行儀がよく陽気なその青年は、一家の歴史について飽きることなく耳を傾ける。書斎の本やアルバムに夢中になり、王侯である統治者や王朝間の結婚、戦争や反乱や移民の波など、世界におけるその地域をかたちづくったものについて幾多の質問を浴びせる。一族の肖像画についても聞きたがり、伯爵の子供時代に農民が口ずさんでいた歌を思い出してくれとせがむ。こうして、崩壊した帝国の無為な残滓のように感じていた伯爵は一変する。その若い英国人が気づかせてくれたのだ。自分が生きている歴史の一部であることを、シャルルマーニュとそれ以前にもさかのぼる、途切れなき鎖の一環であることを」

そもそも、パディ問題はたいしてむずかしいものでもなかった。せっかちで、見栄っぱりで、夢見がちなパディは、いったん立ちあがって少し歩きまわることを許されると、言語や文学をものすごいペースで吸収しはじめた。どんな教室で学ぶよりもずっと速く、より自在に。英国の教育システムからつづけざまに弾き出される原因となった直情的な好奇心とむき出しの動物的エネルギーが、彼を〝欧州の寵愛を受ける客〟にしたのだ。そこから先の人生、パディのモットーは〝ソルウィトゥル・アンブランド〟となる。「迷ったときは歩け」というわけだ〔古代ギリシャの哲人ディオゲネスの故事に由来するラテン語の格言〕。

楽しさのあまり、コンスタンティノープルに着いてからも漂泊をつづけていたパディだったが、アテネのとある屋上テラスに来たところで、その足がぴたりと止まった。ルーマニア王女のバラーシャ・カンタクゼネをひと目見たときだ。

バラーシャは息をのむような、黒い瞳の美女で、東欧の名高い王族の血筋にたがわぬ外見をしていた。一九三五年五月にパディと出会ったとき、彼女は三十六歳で、スペイン人外交官の夫に浮気をされ、ギリシャにひとり残されていた。パディはたしかに魅力的だったが、新たなロマンスの相手としてこれほどまずい選択肢は考えにくい。落ち着きがなく、仕事も家もなく、ようやく十代を終えて二十歳になったばかりだった。ところがバラーシャは、パディを「若々しく情熱的で、生気にあふれ、とても純粋」と感じ、ルーマニアの奥深い田園地帯にあるカンタクゼネ家代々の領地バレニに彼を連れて帰った。

雪が窓台まで積もり、世間から隔絶されたその地で、ふたりは芸術家気取りの貴族生活をはじめた。午前中、バラーシャは主にパディの肖像画を描いてすごし、パディは友人が書いたフランス語の小説を英語に翻訳する。旅のはじめに〝マイケル〟という偽名を使うよううけしかけたのと同じ直観に従い、今度はそれを捨て去った。放浪の人生は終わったのだ。夢のような女性と暮らしを得て、満ち足りたパディは、もうどこへ行くそぶりも見せなかった。

四年後、新たな冒険に呼ばれるまでは。

CHAPTER 19

当方の状況、不愉快なり
——クレタ到着後、パディが本部へ送った最初の音信

「不愉快」でも言い足りないくらいだった。

パディは驚いていた。浅瀬を岸に向かっていると、ゲリラたちがつぎつぎとわきを通って逃げていく。サタンとその家族も英国船に乗りたがっていて、浜辺では気むずかしいパパダキス老大佐が腹を立てていた。彼とその一行は乗せる余裕がないと言われたからだ。ザンが市長室で勇気ある行動に出たときから大きく状況が変わったことを、パディもまもなく知るようになる。いい変化はひとつもなく、大半はソ連軍と冷酷無比な殺し屋、通称〈トルコ人〉に原因があるのだと。

ゲラカリのはずれの洞窟で飲んだり語ったりしたあの長い夜に、ザンはパディにひととおり状況を説明した。ヒトラーの危惧したとおり、ドイツ軍はバルバロッサ作戦の開始が遅れ、モスクワに猛攻をかける代わりに雪に直撃され、いまはつま先も凍る泥まみれの忌まわしい死の行軍にはまりこんでいる。数か月どころか何年もつづきそうな作戦を見据え、ヒトラーは一部の部隊を休ませるために、クレタの駐屯隊と交代させはじめていた。凍傷にかかり、戦傷を負った前線の

生き残りたちは恨みを胸にやってくる。羊飼いの悪ふざけなど容赦するはずがない。クレタはいまや地中海最大の輸送拠点であり、ドイツ軍は一挙に全島を陥落させるつもりだった。

さらに輪をかけて非情だった。

「撃ち足りないより撃ちすぎるほうがいい」というのが彼らの軍務規程で、山賊に対する方針はさらに輪をかけて非情だった。幽霊を捕まえられないなら、その家族を捕まえろ。だからサタンとパパダキス大佐は戦況が落ち着くまで島を離れざるをえなかった。自分の子供や親、隣人が捕らえられる危険があったためだ。「〝お尋ね者〟の親類を人質として捕らえるのがドイツ軍の常套手段だった」とザンは説明している。「それで大佐の家族は用心してカリキトリの自宅を離れ、山中の大佐のもとに身を寄せて、大佐ともども追われる逃亡者のように屋外で暮らすようになっていた」

クレタの北岸では、ゲシュタポの謎の軍曹フリッツ・シューベルトが独自の恐怖支配を展開していた。トルコ生まれのドイツ育ちで、英語とギリシャ語を流暢に話し、ナチの心酔者だった〈トルコ人〉は、カフェや村の広場に出没する亡霊だった。街には焼き払われた村の避難民が大量に押し寄せたことで、誰が生き残りで誰がスパイか見分けがつきにくく、〈トルコ人〉のクルミ色の肌と地中海の豊富な知識は自然な隠れ蓑になっていた。「フリッツ・シューベルトの名は、やがてクレタ全土でそうなるように、レシムノンの人々にも忌み嫌われた」とある戦記編者は書いている。「〈トルコ人〉とはすなわち、残虐さを意味するようになったのだ」

だが、それほど恐ろしい〈トルコ人〉も、〈クレタの虐殺者〉ことフリードリヒ゠ヴィルヘルム・ミュラー将軍にはおよばなかった。

〈虐殺者〉とパディはどちらも一九四二年の夏に数週間ちがいでクレタに着任した。だが共通点はそこまでだ。パディの任務は〈虐殺者〉と知恵比べをして彼のクレタ支配を弱体化させることだったが、はっきりいって、このふたりほど不釣合いな組み合わせもない。ミュラーは恐れ知らずで、戦争犯罪などどこ吹く風だった。民間人の冬の蓄えを燃やして飢えさせ、家に火を放ち、ゲリラ戦士をかくまっていると見れば、どんな村も死の収容所に変え、みな殺しにした――幼い子供、老人、障害者もだ。生き残りが死者を埋葬しに戻ってきたら、その場で射殺した。

かたやパディは入隊早々、笑えるほど役立たずな軍人として知られるようになっていた。不正工作隊は第一志望だったわけではない。ザンと同じく、ほかのどこにも適応できずに流れ着いただけだ。最初はおしゃれな帽子とチュニックが気に入って近衛歩兵第四連隊《アイリッシュ・ガーズ》に志願した――本人いわく「どうせなら、かっこいい制服を着て死にたいと思った」――ものの、作家のアーテミス・クーパーによれば、軍隊生活は彼の心身にひどいショックを与えたらしい。たった一か月訓練を受けただけで、パディはつぎの三か月を病院ですごすことになった。公式査定では「平均以下」と評価された。

またもや失敗と死、不名誉が渾然となって彼の将来に影を落としはじめたため、パディは手遅れになるまえに新たな道を探ることにした。正規の軍隊は自分には合わないが、非正規なら話は別かもしれない。外国語に堪能だったおかげで、ほかのはみ出し者たちと同じ道をたどって〈ザ・ファーム〉に転属することができた。こうしてついに、自分の天賦の才にぴったりの立場に身を置くことになった――想像力と頭の回転が盲目的な服従よりも意味をもつ場所に。やるべきことといえば、少しばかり集中して、偽造や破壊、白兵戦の戦い方といった刺激的なことをおぼえるだけだ。

ただ、それさえもパディの興味を引き止めることはできなかった。フランスが陥落した日、同期の訓練兵たちがうろたえ、最大の同盟国なしにわが国はもちこたえられるのかと思案していたとき、パディはかつてカルパティア山脈〔中央ヨーロッパから東ヨーロッパにかかる山脈〕で見た養殖池についての詩をつくっていた。陥落のニュースを耳にしたのはようやく夜になってからだった。

　ザンはたちまちパディが気に入った。たしかに目立ちたがりでおしゃべり野郎だが、それはドラマに目がないからだ。手近に何もなければ、パディは自分でひねり出す。彼は恋や冒険に生きている、つまり、なんにでも前向きということだ。

「粗末な扮装の下でも、その魅力は光っていた」とザンは語っている。「つぎはぎのズボンに着古したコート、踵の減ったブーツという恰好はみんなと同じだったのに、彼が着ると仮装服みたいにしゃれて見えた。ブロンドの髪も眉も口ひげも黒く染めているのが、かえって彼の祝祭的な風采を際立たせていたし、その話しぶりがまた、むさくるしいクレタの掘っ立て小屋などでなく、まるでパリかロンドンの華麗な舞踏会で出会ったかのような調子で、陽気でウィットに富んでいた」

　あの酩酊状態での夜通しの任務報告のあいだ、ザンはパディに〈虐殺者〉の攻略方法を説いた。まず、島の西部をザン、東部をパディで二分して担当する。〈虐殺者〉がパディを追跡しはじめたら、ザンとその部下が隠れ家から飛び出し、別の方向へ引きつける。〈虐殺者〉の軍勢を山中でジグザグに行ったり来たりさせておけば、沿岸のドイツ軍の防備は手薄になり、スパイの目やクレタ人の奇襲攻撃の出番が訪れるというわけだ。アフリカ方面へ乗り継ぎするドイツの部隊や、東方に向かうために給油する船団は、もれなくザンの工作員に探知され、連合軍の戦闘機の恰好の標的となるだろう。

ザンとパディは煙草入れの缶をかかげて乾杯した。「ラキを飲み終えるころには」とザンは語っている。「そして小枝を敷いた狭い寝棚で眠りにつくころには、強い酒のせいか、パディがいたせいか、それともこれからおもしろくなりそうだという期待によるものか、よくわからないが、それまでのクレタ生活でいちばん満たされた夜となっていた」

数日後の晩、小さな洞窟にもぐりこんで眠ろうとしていたパディは、藪のほうで小枝の折れるかすかな音を耳にした。ピストルをつかんで入り口にねらいをつけると、撃つより先に、何かが射線の下にあわててかがみこんだ。薄暗がりに、汗の流れ落ちる顔と、パディいわく「いたずら心の熾火《おきび》」に光る黒い目がほの見えた。パディは銃を下ろした。

ヨルゴス・プシフンダキスが、梱包用のワイヤでしばった古いブーツを履いて、八〇キロ以上も山を駆けてきたのだ。着ている服も靴に劣らずぼろぼろだったが、そこにはほかのレジスタンス闘士たちからパディに宛てられた秘密の伝言がいくつか詰めこまれていた。ヨルゴスがあちこちに手をつっこんで小さな紙片を取り出しはじめたものだから、パディは思わず大笑いした。ヨルゴスはしきりに唇に指をあて、白々しい演技でびくびくと肩の後ろを振り返る。コードネームの〝ベルトドゥロス〟、つまりイタリア喜劇の〈道化師〉そのままで、というのも彼は自分の恐怖心を笑い飛ばせる度胸の持ち主なのだ。ヨルゴスはそれまで何度となく間一髪の危機を切り抜けてきたし、ブーツに秘密の地図を詰めこんでいたときにドイツ軍の歩哨に止められ、尋問されたこともあった。そのため〈道化師〉に加えて〈取り替え虫〉とも呼ばれていた。絶体絶命の場面で自分を神隠しにする不思議な力を発揮していたのだ――これまでのところは。

水のしたたる低い天井の下は窮屈だったが、パディとヨルゴス、地元の遊撃兵《パルチザン》ふたりはすっかり打ち解け、ラキ酒を飲んだりアーモンドを食べたりしながら復路につく日没を待った。パディはヨルゴスのスタミナと独創的な発想に舌を巻いた。つねにドイツ人の追跡の先を読み、先に立ちまわり、敵より先まで持ちこたえながら、ワシの棲む高所を何時間も走るその能力に。これについてはヨルゴスも軽く受け流しはしなかった――自分が知っていることの価値をわかっていたのだ。

「飛んでいるみたいな感じだった」と彼はよく言っていた。「レフカ・オリ山地のてっぺんからイディ山までずっと走りつづけるんだ。軽く、楽に――コーヒーでも飲むみたいに」

ヨルゴスはパディを楽しませつづけ、たったひとつ完璧に言える英語の文を披露したりした。「私は毎日、ブドウを盗みます」と。あたりが暗くなると、ヨルゴスはパディが書いた返事をくるくる巻いて小さくねじり、服のなかに隠した。昼間のクレタは〈虐殺者〉のものだが、夜になればまたヨルゴスと羊飼いたちが自由に走る。「月が昇ると彼は立ちあがり、ラキの最後のひと口を喉に流しこんで言った。『エンジンにガソリンをもう一滴』」とパディは回想している。それからヨルゴスは指を一本立て、「諜報活動!」とささやいて走り去った。

「数分後」とパディはつづけている。「彼の小さな人影は一マイル先、月に照らされたレフカ・オリ山麓のつぎの谷間を渡り、さらなる五〇マイル〔八〇キロ〕の旅路を進んでいた」

CHAPTER 20

「ヨルゴスのことがどんどん好きになってきたんじゃないか?」とクリス・ホワイトは言った。われわれはスファキアを見下ろす崖の上、ヤギの通り道である狭いトレイルに沿ってじりじりと進んでいるところだった。強い陽射しとしたたる汗で私は目を開けているのもやっとだったが、クリスは涼しい顔をしていた。「あの思いやりとユーモア。まさにギリシャの英雄だ。正直者でいていたずら好き《トリックスター》き。勇敢でいて、おっちょこちょい」

足場の悪い道を苦労して登ることは、どうやらクリスを物思いにふけさせるようだった。私はといえば、この同じ断崖に沿って歩きながら、あと一歩でも前に進めば落ちるしかないのではと何度も足がすくんだ。だが、ずっと先を行くクリスはそんなことは意に介さず足早に進み、マイアミビーチでホームレスを相手に働いた昔話や、最近の関心事である幸運の根本原因を探る臨床研究(広い親族の絆に加えて、視覚の受容性がカギを握るらしい)についてしゃべる声が、カーブの向こうに遠のいていく。

少女を背負ったヨルゴスがどうやってこういうトレイルを進むことができたのか、私は不思議でしかたなかった。体重はせいぜい六〇キロくらいだったはずの彼が、〈トルコ人〉率いるゲシユタポの一団に追われながら友人の娘をおんぶして山中を逃げ、命を助けたのだ。ある日の早朝のこと、ヨルゴスが見張りに立っていると、銃声が立てつづけに聞こえた。〈トルコ人〉はクレタ人捕虜を拷問にかけ、ゲリラの隠れ家がどこにあるのか口を割らせ、そこに向かったのだが、道で出くわした村人を射殺するという過ちを犯したのだ。その結果、ヨルゴスが村に駆け戻り、急を告げるチャンスが生まれた。

「たちまち男全員が高台に集まり、ドイツとイタリアの部隊に発砲をはじめた」とヨルゴスは回想している。近くの村に危険を知らせろ、とゲリラのひとりに呼びかけられたヨルゴスが村に駆けつけると、友人の妻が幼い娘をふたり連れて避難しようとしていた。そこでもうひとりの男と手分けしてそれぞれ少女を背負い、急いで村をあとにした。

あわやというところでヨルゴスたちは森に逃げこんだ。「ドイツ軍は北部の村を封鎖し、あらゆる方向から南下していた」。安全だろうと踏んだ集落に向かったものの、遠くで悲鳴が、そして燃えさかる炎のうなりが聞こえて進路を変更した。ドイツ軍がすでに到着し、村人たちを家屋もろとも焼き殺していたのだ。ヨルゴスはすばやく警戒網をかいくぐり、人里離れたおばの家に逃走部隊を連れていった。そこでようやく少女はヨルゴスの背中から下り、安全にかくまわれたのだ。

身体の強靭さやスキルの面にかぎれば、この救出劇がどんなものだったのかは考えるまでもなく感覚でわかった。私がブーツの足元を踏んばって進んでいるのは同じ断崖沿い――おそらく同じトレイル――だし、背負っているバックパックは小さな女の子くらいの重さだ。前夜に見張りに立っていたわけでもなく、ドイツの突撃隊員から友人を守るために朝いちばんに全速力で山越えをしたわけでもないのに、私の脚の筋肉は悲鳴をあげ、バランスは崩れがちで、どれほどゆっくり足を踏み出しても安全とは思えない。これこそクリス・ホワイトの没頭法の天才的なところだった。それは歴史を語るうえで欠かせない、いつ、どこで、誰がという真相――裏切り者アレクシウ、ゲリラの首領バンドゥヴァス、怯えていたカツィアス家の少女たち、カリ・シキアとニシの村――に迫っていた。だからこそ、さらに厄介な謎に焦点を絞ることができるのだ。

どうやって？　彼らは実際のところ、どうやってやってのけたのか？

ダヴィッド・ベルにはわかっていた。ダヴィッドが育ったのはパリ郊外の治安の悪い地区で、そこは彼のようなベトナム人の血が混じった子供にとってことさらつらい環境だった。さんざんいじめに遭い、うんざりしたダヴィッドはなんとかしようと思い立った。混血の子供たちを集めてチームを組み、〝戦士の訓練法〟なるものを編み出したのだ。インスピレーションを受けた相手は謎に包まれた人物だった。その人物にまつわる驚くべき逸話は聞いていたし、何度か会ったこともある。父、レーモンだ。

レーモン・ベルはフランス人軍医とベトナム人女性の子としてベトナムで生まれた。第一次インドシナ戦争中、ベル一家は国外へ脱出しなければならなかった。どういうわけか、レーモンは家族と離ればなれになり、七歳でフランス植民地軍の少年兵になった。訓練は過酷で実戦的だった。「〝歩け、さもなければ死ね〟というわけだ」とダヴィッド・ベルは言っている。「適者生存さ」。ジャングルでベトミン（ベトナム独立同盟）のゲリラと死闘を繰り広げ、少年兵たちはこう言い聞かせられた。自分の身は自分で守れ。「父は死にもの狂いで訓練に励みだした」とダヴイッドは父から聞いた話を振り返っている。「夜、ほかの少年たちが寝静まったころ、父はベッドを抜け出して森に走りにいき、木に登り、ジャンプや腕立て伏せ、平衡感覚の運動に精を出した。休むまを惜しんで二〇回、三〇回、五〇回と動きを繰り返した」

それが功を奏した。レーモンは戦争を生き抜き、フランス軍がベトナムから撤退すると、難民船に乗ってリヨンにたどり着いた。そして、ジャングルで磨いた自然な動き《ナチュラルムーブメント》のスキルを活かして消防隊《サプール・ポンピエ》の一員になった。陸軍傘下の精鋭救助部隊、パリ消防旅団に入団したのだ。果敢で機敏なレーモンは手に負えないと思える現場にかならず出動する主力隊員になった。橋の外側をそっと歩き、自殺しようとしていた女性を無事に救出したこともある。ダヴィッドはそうした英雄的行動には驚かなかったが、父の身体の仕組みについては不思議に思った。網目状の鋼鉄に片方の腕だけをかけて、いったいどうやってバランスを取るんだろう？　相手の女性はこっちを道連れにしてでも川に身を投げようとしているのに？

「若いころ、パルクール（parcours）をやっていた」とレーモンは説明した。

「パルクールって？」とダヴィッドは尋ねた。

「パルクール、それは人生のようなものだ。障害物のあるコースで、それを克服する訓練をする。最善の技法を探し当てる。最善を維持し、繰り返す。そうしているうちに腕が上がる」

ダヴィッドは、あとは自分で答えを見つけなければならなかった。彼のスーパースターである父親はめったにそばにいなかったからだ。ダヴィッドははみ出し者の少年たちを集め、レーモンから習ったサバイバルのチャレンジを近所の路上で再現しはじめた。少年たちは〈ヤマカシ〉――フランス領コンゴのリンガラ語で〝強い者、強い精神〟の意――と名乗り、彼らが考案した戦士の訓練法はやがて、屋外型の秘密ファイトクラブ、その名もパルクール（Parkour）へと発展する。

ルールも訓練マニュアルもなく、まして競技会などあるわけもない、裏通りで生まれた技《アート》はいつのまにか、フランスのスラム街からペンシルヴェニアの田園地域のドラッグストアにまで伝わった。そのドラッグストアの駐車場で私が出会ったふたりの男は、ヤマカシのメンバーよろしく、おのれの肉体を使って動物としてもっとも効率のいい動き方を見つけていた。猿が木立を移動するように、都市の景観を形づくる硬いへりの上を、まわりを、下を飛んでいくのだ。「すごく太ってたからはじめたんだ」とニール・シェーファーはドラッグストア〈ライトエイド〉の外で私に話してくれた。高校を出たあとパーティ三昧の生活になり、二十歳になるころには体重は八〇キロから一一〇キロに増えていた。ある日の午後、ニールは公園のピクニックテーブルで見知らぬ一団が〝コング・ヴォルト〟――テーブルに走りこんで両手をつき、ゴリラのように両足を腕のあいだに通して反対側に飛ぶ――をしているのを見物していると、やってみないかと誘われた。すると驚いたことに、なまった身体であっても、ひとたび恐怖心を克服すると、最初はとても無理に思えた技をマスターできた。

いや、たぶんマスターはできない。「終わりのない道をたどるようなもので、どんどん上達するけど、もうこれでいいってことは絶対ない」とニールは説明した。「だからわくわくするんだ。ジャンプで着地したら、すぐまたやってみたくなる。もっときれいに、もっと強く跳んで、流れるようにつぎの動きに移る方法を探しつづけるのさ」。ニールが入会した地元で活動するパルクールのグループは、真夜中過ぎに練習する。街を独占できるからだ。警察の車両が見回りにきたら、地面に伏せて、せっせと腕立て伏せをはじめる。「何時だろうと、運動をしていれば、ほうっておいてくれるからね」。一年とたたないうちにニールは身体がフィットして引き締まり、スパイダーマンのように三階建てのビルの屋上によじ登ったり、旗のポールにぶらさがったりできるようになった。「おかえり」と彼は自分に言った。

でも、ちゃんと習いたいのなら、ほかの駐車場をあたったほうがいい、とニールは忠告した。私は彼の勧めに従い、数週間後にはロンドンの公営住宅の六メートルの土留め壁をよじ登り、身体の大きさは私の半分なのに体力は二倍ある女性にてっぺんまで引っ張りあげてもらっていた。いつもならよじ登るのにそこまで苦労しないのに、シャーリー・ダーリントンの激しい市街障害物コースに二時間取り組んだあとだったから、腕も脚も力が入らなかったのだ。毎週木曜日、シャーリーは全員女性からなる一〇〇人前後の会員にeメールを発信し、その日の夜のチャレンジに向けて秘密の場所を知らせる。会場を直前まで伏せておくから、何をするのか会員にはわからない。そして男子禁制にしているのは、パルクールにとって最大の脅威が——ヤマカシも認めるだろう——テストステロン（男性ホルモン）だからだ。

「若い男の参加者はだいたい、派手な技ばかりやりたがって基本を身につけようとしない」と語るのはダン・エドワーズ、シャーリーがはじめるきっかけとなった名インストラクターだ。「男たちは壁で後方宙返り《バックフリップ》をしたり、屋根から屋根へ跳び移りたがる。若い野郎のグループには目立ちたがりや聞きたがり屋、浮ついた連中がいるけれど、女性たちのグループにそういう参加者はいない。みんな黙々と取り組んでいる」

二〇〇五年、ダンはヤマカシには扱う用意のなかった問題の解決に介入した。パルクールとはどういうものか世間ではきちんと知られていなかったし、ヤマカシのメンバーたちも説明する気はなかった。ダヴィッド・ベルはアーティストであって、教師ではない。新しい動きを考案するのは好きだが、古い動きを分析するのはごめんだ。「この世界に入るには、練習している仲間を見つけてついていく、がむしゃらに頑張るだけの覚悟と熱意がないといけなかった」とダンは説明する。「手取り足取り教えたりするものじゃなかったんだ」。ダンも同じ悩みを抱えたが、彼はついていた。ヤマカシの信奉者で、ロンドンでも物騒なことで知られるウェストミンスター地区に住むフランソワ・〝フォレスト〟・マオと出会ったからだ。ダンはフォレストについてまわることを認められ、その瞬間に犯罪と闘う二人組が結成された。

「銃による犯罪が多い地域だ。ナイフを使った犯罪も多発している」とフォレストは説明している。「たいがい日が暮れてから発生するから人目につきにくいんだ」。ウェストミンスター市のレクリエーション部門の部長がある日、ダンとフォレストが街中を跳びまわっている姿を見かけ、その動きがまさに、日ごろ子供たちがやってはいけないと言われているものと同じことに気がついた。部長は考えをめぐらせた。夜の街をうろつくなと言えば言うほど、子供たちは反抗するものだ。どのみち暴れまわるのだとしたら、大人の監督のもと暴れさせたらどうだろう？　部長はフォレストとダンに、金曜日の夜、試しに教室を開いて教えてもらえないかと頼んでみた。街でぶらぶらする子供をいくらか減らせはしないかと考えたのだ。

「行政機関がそんな発想をするなんて考えもしなかった」とダンは驚いた。「フランスで、パルクールは悪く言われていたからね」

ウェストミンスター市議会は提案を聞きつけ、唖然とした。「警官をまく技を子供に教えようとしていると思われたのさ」とフォレストは当時を振り返っている。英国のほとんどの学校でパルクールは危険で反体制的なものだと考えられていて、校庭でも禁止されていた。米国では、パルクールの練習をしていた大学院生が薬物摂取による症状が出たものと誤解され、警備員にテーザー銃で撃たれて拘束されるという事件が大きなニュースになった（私も個人的に、公共図書館の講演会に招かれたが、パルクールについて話すと伝えたところ、招待を取り消されたことがある）。向こう見ずで大胆不敵なことは非行少年を引きつけるに決まっている――たしかにそうだった。初回のレッスンに一〇〇人を超える子供が集まり、大騒ぎになったのだ。

フォレストとダンは仕事に取りかかった。まずは子供たちにパルクールの倫理観――「まわりの環境を大事にすること。ほかの人たちを尊重すること」――を叩きこみ、悪ガキたちを通りに連れ出して訓練をはじめた。「子供たちは街角にふたたび居場所を見つけたんだ」とダンは言う。「自分たちの場所だという意識があれば、破壊行為に走ったり、ごみを散らかしたり、面倒を起こすことはそうそうない」。ほどなく、何かが変わった。

「二週間前はレッスンでフォレストとダンに悪態をついていた若者たちが、いまでは素直にうなずいてこう言うのです、『はい、ダン。はい、フォレスト』」と語るのはウェストミンスター市スポーツ振興課のコリー・ウォートン＝マルコムだ。「数週間のあいだにそれだけの変化が目に見えるのはすごいことです」。警察はもっと仰天していた。「ロンドン警視庁からまた報告があってね、この年齢層の犯罪が六九パーセント減少した、これは驚愕の数値だって」とダンは言う。六九パーセントとは！　「実際に効果があるという大きな証拠が得られたわけだ」

ダンは自分自身にも変化を感じた。「それまでは自分が上達することしか考えていなかった。いまはこう思うようになったよ。よし、どれだけの人に教えて、どこまで行けるのか、やってみよう」

ダンの新たなフロンティアとなったのは、臆病ないとこの付き添いとしてやってきたシングルママだった。シャーリー・ダーリントンは十六歳のときに父親を亡くし、家計を支えるために高校を中退した。そして十九歳で子供を産んだ。先行きの暗い人生にはまりこんでしまったとシャーリーも気づき、どうにかそこから脱け出そうとした。昼間はスニーカーを売り、夜学に通って高校卒業資格を取得すると、つづいて大学に通いはじめ、保健協議会にかけあって十代の母親たちの相談役という仕事に就いた。「さっさと大人にならないといけなかった」とシャーリーは言う。「フルタイムで働きながら赤ん坊の面倒も見ていたから。遊ぶ暇なんかなかった」。パルクールの練習会にひとりでは行けないという内気ないとこの誘いを断る理由はほかにもふたつあった。「パルクールなんて聞いたことない」と「やだな、学校の体育の授業以来、五年も運動してない」だ。

結局、シャーリーは折れ——それを後悔した。いとこと一緒にウェストミンスターの練習会に行ってみると、まわりは身長の倍もある煉瓦の壁を登っている若い男ばかりだったからだ。ところが予想に反し、野次を飛ばされることも、甘やかされることもなかった。シャーリーといとこがドリルに手こずっていると、すでに終えていたふたりの若者が黙って戻ってきて、手を貸してくれた。「パルクールには文字に書かれた掟はないが、だいたいどこも同じ原則が貫かれているんだ」とダンは言う。「どれだけ強靭な者でも、いつかはジャンプをしようとして身体が動かなくなる。そういう経験のおかげで謙虚であることの大切さを教えられ、初心にかえるわけだ」。だからこそ、誰もひとりでチャレンジを終えることはない。「それも最初から、ヤマカシからしてそうだった」とダンは明言する。「パルクールはコミュニティがすべてなんだ」

ダンはダンで考えもしなかった突破口が開きはじめていた。毎晩、シャーリーが練習に現れたのだ。体力もなく要領も悪く、仕事と練習、さらには毎朝の授乳でいつも疲れをためているというのに。シャーリーは初めて懸垂《プルアップ》ができるようになるのに二年間、奮闘しつづけた。「まえは鉄棒にただぶら下がっているだけだった」とダンは言う。「いくら身体を引きあげようとしても、一センチも動かなくてね」。だがシャーリーは通いつづけて鉄棒に手を伸ばし、さらに一年が過ぎたころには初めて〝マッスルアップ〟に成功した――プルアップから腰を鉄棒の高さまで持ち上げて、身体を棒の上に押しあげる、パルクールでは必須の難しい技だ。五年目になるころ、シャーリーは現代のアタランテ〔古代ギリシャの女性ヒーロー〕とばかりに男たちを凌ぐばかりか、最後尾に戻って手こずっている仲間を助ける側にもなった。本当のハードルは身体の強さじゃない、と彼女は気づいた。確信をもてるどうかなのだ。「どこまで身体が動くのかわからなくて、自分の全体重をひとつの動きにかけようって自信がつくまでずいぶんかかった」とシャーリーは言う。「一度自信がつくと、すべてが変わったわ」

これはすごい、われわれは若者を味方に引き入れ、彼らを食い物にしようとする連中を減らしている。ダンはシャーリーの変化を見守りながらそう思った。でも、誰もがこの力を身につけたらどうなるだろう？　パルクールを実践する女性は二〇〇五年には世界で五人しかいなかった。ダンにとってはありえないことだった。「われわれ全員、男も女も、いま住んでいる世界に順応すべきときが来たんだ」とダンは考えている。何しろ、二〇五〇年には地球上の七人に六人が都市部に居住するとされているのだ。「ライフスタイルに合ったトレーニングにつくり変えなきゃいけない」とダンは言う。「もう木に囲まれているわけじゃない。だから壁を登れるようにならないと」

ダンはある考えを頭にめぐらせはじめていた。自然のなかにいるときと同じように、都会でも強い存在でいられると女性が気づいたらどうなるだろう？　どんな男にも負けない力強さで登ったり走ったり、跳んだり、環境に適応できると気づいたら？　男である自分がそれを証明してみせることはできない。だが、それができる人物をダンは知っていた。
　私がロンドンに到着した木曜の朝、携帯電話が鳴ってシャーリーからメッセージが届いた。

地下鉄キルバーン駅、午後7時。

その待ち合わせ場所に一〇分早く着いたが、すでに二〇人ほどの女性がウォーミングアップをしていていて、そのなかに英国の映画女優クリスティーナ・チョンとプロのダンサーである妹リジーの姿もあった。われわれは半マイルほどジョギングし、高層公営団地のコンクリート敷きの中庭に到着した。シャーリーの指示でジグザグの長い傾斜路のてっぺんに並び、四つん這いになった。そして両手両足をつくモンキーウォークで四〇メートル先のいちばん下まで降りると、ウサギ跳びで階段を上がり、それを後ろ向きで繰り返した。つぎはカニ歩き、つぎはスクワットホップで、一巡ごとに新たな身体のひねりが加えられ、合間には腕立て伏せをした。
　一三巡目になるころには、両手にセメントですり傷がつき、頭をずっと膝のあたりまで下げていたせいでめまいがしたけれど、列になって飛び跳ね、熊歩き《ベアクロール》や腕立て伏せをする女性たちにペースが落ちる気配はまったくなかった。私はきょろきょろとシャーリーを捜したが、列のどこかにまぎれて姿は見えなかった。「目につかないコーチこそパルクールでは最高のコーチだ」とダンは教えてくれた。「最初に背中を押したあとはわきに控えている」。私がふたたびシャーリーの姿を確認したのは、三人の男が壁の上に座り、煙草を吸いながら、女性たちの身体について聞こえよがしに感想を言い合いはじめたときだった。シャーリーはそっと列から離れ、小走りでぶらんこに向かった。そして横棒に跳びついたかと思うと、いつのまにか棒の上にしゃがむ姿勢を取っていた。いまやそれはシャーリーの得意技で、人目を引かずにおかない。

つい最近、シャーリーはフェリシティ・〝フィズ〟・フッドとアン－テレーズ・〝アンティ〟・マレーとチームを組み、「三人の動き（Movement of 3）」というすばらしい動画をユーチューブ用に作成した。二分そこそこのあいだ、三人は猫跳《キャットリープ》びして二メートルの壁を越え、プレシジョン・ジャンプで幅五センチのガードレールに着地し、屋上の手すりをつかんで壁面を横断する。そしてアンティとフィズがぶらんこの座面の上を飛ぶあいだ、パルクールをはじめたときにはプルアップもできなかったシングルママは、ふたりの頭上の横棒にバランスよくしゃがんでシャボン玉を吹いている。

今回、シャーリーは優雅な力強い身のこなしでゆっくり横棒から降りる。すると、三人のまぬけな男たちは煙草をくわえて手を空け、拍手するのだ。

つぎ行くよ！　シャーリーのグループは団地の中庭をあとにする。私はあわててバッグを背負い、置いていかれないように走らざるをえない。ここから二時間、ノースウエストロンドンはわれわれの遊び場だ。シャーリーに導かれるまま金属製のベンチが並ぶ場所まで来ると、全力疾走から飛びこみ、前回り受け身《ショルダーロール》をして跳ね起きる練習をする。シャーリーがちょうどいい壁を見つけ、つづいて取りかかるのは助走からのアームジャンプ、つまり、煉瓦の壁面に向かって走り、飛びついていちばん上をつかみ、重力に逆らって身体を引きあげる技だ。すっかり日が暮れてから、われわれは手すりをしっかりつかみ、しゃがんだ体勢でセメントの壁面を横に進む。私が足をすべらせ、壁から落ちそうになると、すかさず横についてくれるのがリジー・チョンだ。「膝をもっと上げて」と彼女は言う。「あなたは腕に頼ってるけど、これは脚を使うの」

少しずつ進み、最後までたどり着くと、四つん這いになり、ベアクロールでもとの位置に戻る。そして、その夜四〇回目かそこらの腕立て伏せをし、またつぎの周回に備える。助けてくれた礼をリジーに言おうとするが、彼女は手を振って受けつけようとしない。「初心者のころ、わたしも手を貸してほしかった。危険すぎると思ったから」と彼女は言った。「足首をくじいたら、仕事に響くしね」。ところが最初の練習会に出て、リジーはすっかりはまった。「パルクールにダンスが見えたの。流れるような動き、リズム、強さ、危険。いつも恐怖にのみこまれそうになる。身体はできると感じても、心がそうはさせまいとするから」

シャーリーが解散を告げるころ、私はパルクールは二度とごめんだと思いつつ、また戻ってきたくてたまらなくなっている。ノースウエストロンドン一帯を走り、登っただけじゃない。爪の奥には街のセメントの砂が食いこんでいる。これこそ、ヨルゴス・プシフンダキスが真のクレタ島民は〈ドロメウス〉、つまりランナーだと言ったときに意味していたことにちがいない、と私は思った。どんな障害物もあしらい、守護霊のように地元を駆けまわることができる者だ。

CHAPTER 21

「この先に〝逃亡者の国〟がある」とクリスが後ろに声をかけた。彼を先頭に絶壁を離れて険しい岩場を歩き、われわれはサマリア峡谷——悪地中の悪地——をめざしていた。「撤退後に取り残された連合軍の兵士が大勢隠れた場所だ」

　サマリア峡谷は石に刻まれた落雷、塔のようにそびえるふたつの岩の細い裂け目で、海辺からジグザグに約一八キロ登ると緑豊かな高台に達する。この峡谷が隠れるのに絶好の場所なのは、岩壁にハチの巣のような無数の洞窟があるからだ。この洞窟に入った者を追い立てようとすれば、命を失いかねない。上から下りるのは無理だし、下から来る者はこちらの殺傷圏内に入ることになる。戦時中、この峡谷は逃亡者にとって自由が約束された場所だった。追跡者の姿は何キロも先から見えるし、救助船が来たとの噂を聞きつければ浜辺へ駆け下りていける。そして〈風の男たち〉——みずからが属する殺し屋集団にのみ忠誠を誓うクレタのならず者たち——にとっても、ここは無法地帯だった。

ヨルゴスが〈風の男たち〉に遭遇したのは、レジスタンス宛ての伝言を持って仲間のゲリラと峡谷を横切っているときだった。ヨルゴスは冷静に振る舞い、気さくに話しかけながらも用心深く巨大な石の陰になかば身を隠し、ポケットにしのばせたピストルをいつでも抜けるようにしていたが、相棒はいきなり逃げ出した。〈風の男たち〉が相棒をライフルで撃ち、その混乱に乗じてヨルゴスは岩間に隠れ、こっそり立ち去った。奇跡的なことに、相棒は翌日見つかった。腕を貫通した銃傷のためか、数キロ離れたところで気絶していたのだ。ヨルゴスは相棒をゲリラの隠れ家に連れていき、任務を続行した。

ホワイト兄弟と私は峡谷の麓で眠ったが、睡眠時間はそれほど長く取れなかった。午前三時には起き出し、登山口へと出発した。天気のいい日にこの峡谷を登るのは気が滅入る。はるか前方を仰ぎ、頭上の雲のなかを歩くことになるばかりか、それを越えても頂上までまだ相当距離があると気づかされたら、なおのことだ。もう一度見ると、雲は白っぽい月にかかって輝いていた。この雲が広がったら、厄介なことになる――下に戻るのも強引に登りつづけるのも危険なウォーターシュートで身動きが取れなくなるのだ。

「ドイツ兵にしてみれば怖かっただろうな」とピートがしみじみつぶやいた。「自分たちを憎んでいる、生まれながらの人殺しだらけの島に飛行機から飛び降りるなんてね。そこを生き延びたら、今度はこっちに送りこまれ」と頭を振って、暗い山道のまわりの青々とした多雨林を示し、「自分たちより追跡が得意な相手を追跡させられるんだ」

すばらしい。ドイツ兵に感情移入するピートの心の広さにはいまさら驚かない。何しろ彼は、植物を育て、学習障害のある大人に手でものをつくることを指導する仕事を選んだ人物だ。だが、目の前にある自然がいかに恐ろしいものだったかをやにわに指摘され、私はぞっとした。谷の底にいると、自分がちっぽけな存在で、しかも閉じこめられていると感じずにはいられない。かつて洞窟や節くれだった木々に隠れていた見えない視線を意識しはじめたら、なおさらだ。峡谷はいまも脅威の気配や不吉な場の雰囲気を宿している。少なくとも、日が昇るまではそうだ。午前のなかごろには、下山するハイカーがちらほら目につきはじめ、その後はひっきりなしにつづいてにぎやかになった。サマリア峡谷はいまや人気の観光ルートだが、人の流れは一方向に限定される。団体客は頂上でバスを降り、麓でフェリーに拾われ、海辺のホテルに戻っていく。

登っていくのはわれわれだけだった。森を抜けると凍えそうな山風に吹かれ、小雨に打たれたが、昼過ぎには頂上にたどり着いた。草で覆われたオマロス高原の反対側にある村、ラキに向かうまえに休憩をとった。バックパックから取り出したイワシとパンにかじりつくと、目の前で男がひとり、道端の何かをはさみで切って青いレジ袋に入れていた。ピートがよく見ようと近づいていき、それがクレタ島レジスタンスの特殊兵器のひとつだと気づいた。

「キンレンカだよ」とピートは報告した。オレンジ色の花をつける雑草で、葉と花の風味がいい。たいていの場所と同じで、クレタでも石の割れ目に雑草が生えるが、たいていの場所とはちがい、クレタの人々はそうした草をむさぼるように食べる。タンポポ、スベリヒユ、チコリ、スイバなど、あらゆる種類の草を摘んで蒸し煮にし、胡椒をかけてホルタという料理にするのだ。レモンをしぼり、少量のオリーブオイルで脂肪と風味を加えたホルタは、鉄分、カルシウム、オメガ3脂肪酸、各種ビタミンを含み、栄養満点。逃亡中の身には救いの神だった。スーパーフードの材料はほぼどこでも、ほぼいつでも手に入るから、つねに新鮮でおいしい。

ただし、パディと同じ味覚でないとしたらだ。歴史作家のアーテミス・クーパーによれば、「彼はホルタが大嫌いだった」という――それでも、ありがたく口にせざるをえなかったが。

妙なことに、古来のクレタ流食事術の生きたハンドブックを、私はブルックリンのプロスペクト公園を散策するバレリーナに見出した。マンハッタンでダンスを教えたり、新しい作品の振り付けをしたりしているときでなければ、リーダ・メレディスは冬でも夏でもよく公園を歩き、見つけた食料をバックパックに詰めていく。ガーリックマスタード（アリアリア）やコショウソウ、レモン風味のスイバ、アスパラガスに似たポークウィード〔洋種ヤマゴボウ〕の新芽、粘り気のあるゼニアオイの葉、香味の強いシロザ、風味豊かな銀杏――そう、毎年秋になると街の歩道に散乱している粘つく丸い粒で、靴底につくと悪臭が漂うあの銀杏だ。

「韓国人と銀杏の取り合いになるのよ」。ある九月の朝、公園に足を踏み入れながらリーダはそう言った。「出遅れると、ひと山漁ったあとの残りしか見つからない。実を拾ったら、ぐにゃぐにゃした黄色い部分をむいて、なかの種をあとで炒るの。おいしいのよ」。秋の初めの寒波のせいで、私は手ぶらで帰るはめになるだろうと思っていたが、一メートルも進まないうちにリーダは獲物を見つけていた。「シロザがある！」大喜びして、葉のついた茎の束を芝生からもいだ。そのなかから一本選び、粉に覆われた矢じり形の葉を指差した。

「ほこりっぽく見えるでしょう？　これが目印」

「芝刈りをするたびに見かけたな」と私は言った。「食べられるんだね？」

「ケールやフダンソウのようなものね」とリーダは言った。「〈パークスロープ・フードコープ〉では一ポンド〔約四五四グラム〕七ドル五〇セントで売っているけれど、じつは店の真ん前の道端に生えているのよ」。リーダはしゃがみこむと、今度もしょっちゅう目にする別の草をひとつかみ摘んだ。小さなピンクの花と、親指でつけたインクの染みを思わせる、垂れ下がった細い葉の黒い斑点を指し示した。「これはハルタデ（Lady's Thumb）。少し苦いけれど、刻んでスイバと一緒にサラダにするとおいしい。ソバ属だから、栄養も詰まってるわ」

リーダは子供のころに、ギリシャからサンフランシスコに移民した彼女の一族から食材を集める方法を学んだ。母親はロサンゼルスのバレエ団に所属するバレリーナだったので、日ごろ面倒を見てくれたのは祖母だった。「毎年春になると、曾祖母のヤヤ・ロピがメンソール煙草のクールをもみ消して、こう宣言するときが来るの。きょうが公園でホルタの材料集めをする日だよ、って」とリーダは説明する。「ちょうどいいタイミングじゃないとだめ。早すぎると葉がまだ小さいし、遅すぎると苦みが強くなる。ヤヤはそのタイミングを見計らう達人だったわ。ギリシャで食用の野草を摘んで育ったから」。キッチンに戻ると、女性たちは野草を蒸し、オリーブオイルとニンニクのみじん切りであえた。「みんなの目が輝いたものよ」とリーダは言う。「初物の野草はみんなにとって、チョコレートにまさるごちそうだったの」

リーダは母と同じ舞踊の道に進み、全額支給の奨学金を得てアメリカン・バレエ・シアター傘下のスクールに入学し、その後マンハッタン・バレエと契約した。それでも公園の野草摘みはつづけ、とげの多い枝のあいだに手を伸ばしてこしらえた腕の生傷を、ディナーパーティで隣り合ったプリマバレリーナのシンシア・グレゴリーに見られてぎょっとされたこともある。巡業の合間の休養期間には、何か月もギリシャの親戚のもとでオリーブの収穫を手伝ったり、季節労働者としてヨーロッパやカリフォルニアを旅して果物を収穫したりした。かぐわしい新鮮な果実に囲まれ、もぎ取ったりかじりついたりできるのが楽しかった。ニューヨーク植物園で民族植物学の講義を受けはじめ、偶然にも雑草《ウィード》という名前をもつ植物学者スーザン・ウィードに師事した。友人やダンサー仲間を誘って野草狩りに出かけることもあった。一日歩きまわって腹ぺこになった参加者たちを自宅のアパートメントに連れて帰り、摘んできた草の調理方法を教えるのだ。そしてバレリーナを引退し、新たな職業に転身したリーダは、その仕事に六歳のときから携わっていたことに気づいた。

「公園課の雑草処理費は限られていて、それがわたしにはありがたいの」。リーダは現在、野草摘みの体験ツアーを引率し、ブロンクスにあるニューヨーク植物園とブルックリン植物園の両方で講座をもっている。「ここに何があるのか、みんなわかってないのね」と彼女はつけ加える。アメリカ北東部一帯にある川や池には、クレソンが生い茂っている。ホウレンソウやフダンソウをも凌ぐ、あらゆる野菜のなかでいちばん栄養価が高い、緑葉の〝スーパーフード〟だ。ところが、野生のクレソンは往々にして邪魔なだけの雑草とまちがわれ、除草されたり放置されたりすることが多い。

「たとえば、これも――」とリーダはキャベツのような雑草を指差す。私としては見るだけで嫌な気分になる草だった。子供のころ、夏になると自宅の前の歩道の割れ目からこういう草を引き抜こうとして指をすりむき、手を血まみれにしていたのだ。「これはバードック」とリーダは説明する。「ほかに何も生えないような街中でも育つの。すごいでしょう」。バードックは長く太い根が生え、掘り出すのはひと苦労だが、持ち帰って薄切りにして炒めれば、日本の珍味、ゴボウ料理が一品できあがる。

初心者にとってむずかしいのは、自分が摘み取ろうとしているのが何なのかを知ることだ。クレタ島だけでも食用の野草は一〇〇種類以上ある。見た目の区別がつかないものも多いが、味や香りはちがうし、栄養価や薬効がまちまちなのはいうまでもない。「胃弱、肌荒れ、呼吸困難、それに情緒不安定だって、いわゆる雑草で治療できる」とリーダは説明する。「残念なのは、ただで手に入る天然のものは効くわけがないという意識が定着していることね」

たしかに、よく調べてみると、野草がたっぷり入ったクレタの軽食は、店で買える果物や野菜よりも栄養面で優れている。二〇〇六年にクレタの揚げパイを化学分析したオーストリアとギリシャの科学者たちは、ふたつのことに驚いた。パイの中身がじつに多種多様なことと、ビタミンと抗酸化物質、必須脂肪酸の値が非常に高いことだ。カリツニヤというひと口大の三日月形のパイによく入っている具は、フェンネル、野生ポロネギ、ノゲシ、カフカリスラ〔セリ科の一年草〕、ヒナゲシ、スイバ、ノラニンジンで、どれも野に育ち、カロリーが高い。「ほとんどの場合、野草は栽培された野菜よりも微量栄養素を多く含んでいる」と研究グループは判断を下した。

さらに興味をそそられるのは、野草のおかげでクレタ人が、二〇〇万年にわたって人類が保ってきた調和から逸脱せずにすんでいることだ。人類は太古の昔から、オメガ6脂肪酸（身体を保護する燃焼を大量にもたらす）と、オメガ3脂肪酸（燃焼を抑制する）の健康的なバランスをおおむね維持していた。オメガ6脂肪酸を摂りすぎると、心臓疾患や神経障害のリスクが高まる。狩猟採集時代の先祖たちは、オメガ6と3の割合が一対一だった。現代は一六対一といったところだ。加工食品に含まれる植物油や大豆油が増えたため、オメガ6脂肪酸の消費量が天井知らずに上昇してきたのだ。私たちは家を暖めようとして暖炉に火をつけるのではなく、家を焼き尽くすほどの大火をおこしている。

ただし、クレタは別だ。「野草を日ごろの食生活に採り入れることにより、クレタの住民は食事をビタミンと抗酸化物質で補うだけでなく、四五〇〇年前の住民であるミノア人と同じような比率で必須脂肪酸を摂取できた」と研究グループは報告し、さらにこうつけ加えた。「クレタの伝統的な食事は、人類が進化する過程で維持された比率に近い」

だが、初心者にとって野草狩りはわからないことだらけだ。本はたいして役に立たない。載っている野草はどれも似通って見えるし、たいがい花が咲いているときに撮影されるから、写真はすばらしくても、収穫に最適なシーズンはすでに過ぎている。さいわい、リーダは天才的な解決策を思いついた。それは嫌悪感を案内役にすることだ。

「家のまわりに、これは我慢できないというものはある?」と彼女は尋ねた。

「イラクサ」。私は即答した。「焼き払ってほしいね。抜いても抜いても生えてくる」

「抜こうなんてよして。あなたはラッキーよ。イラクサは無料で手に入るホウレンソウのようなものだもの」。調理するか乾燥させて刺毛を処理すれば、風味のある葉をラザニアやペストソース、スープ、ピザのトッピングにしたりできる。

「嫌いなものは、見分けがつくでしょう」とリーダは説明する。「しょっちゅう見かける二、三種類の野草、たとえばタンポポとかハルタデとかからはじめて、そこにイラクサのような嫌いなものを加える。それだけで手いっぱいになるわ。そのうち野草の見た目と名前が一致するようになるから」。そうすればサマリア峡谷の険しい岩場で食料をかき集めたクレタの〝逃亡者たち〟のように、生き延びる――そして力をつける――のに必要なものはすべて足元にあるのだとじきに気づくのだ。

サマリア峡谷の頂上から、クリス・ホワイトは高台にある村、ラキをめざした。地図で見るとほんの四、五キロ先だが、距離よりも難易度が地勢の判断基準である島では、この数字はなんの意味もなさない。あるかないかの小道を見つけたものの、岩がちな高地に入ったところで途絶えたため、われわれは無料のガイドを利用することにした。ヤギだ。ヤギたちは日が暮れてくると、囲いへと戻っていく。ラキ村まではほかに何もないから、ヤギがつけている銅のベルの音を追いかければ、村に行き着くというわけだ。

「待った待った、待ってくれ！」クリスが大きく腕を広げて、ストップをかけた。足元からほんの数インチ先の長い急斜面を見下ろし、誰もが忘れていた重大な問題を思い出したのだ。つまり、ヤギのリスク管理の方法は自分たちとはだいぶちがう。ガイド役の彼らは崖の縁を飛び越え、弾むように小さな段々を下りていったが、ひづめかロープがないかぎり、ついていくのはまず無理だ。われわれはしかたなく引き返し、藪こぎで新しいルートを切り開こうとしたが、うまくいかず、来た道を戻って、もう一度挑戦してみるも、また失敗に終わり……

崖を下りたころにはヤギのベルの音はとっくに消えていた。枯れた川床を見つけ、そこをたどることにして、堆積した流木や流された岩を越えて進み、日没の直前にラキ村まであとひとつ丘を登ればいいというところまで来た。やれやれだ。一四時間にわたるきつい道のりが、ようやく終わろうとしている。

一時間後、ラキ村は依然として遠かった。

村はすぐそこにある。目で確認できるし、夜になって火をつけた薪の煙のにおいだって漂ってくる。ところがだ。そこには、けっして、たどり着けない。キイチゴの茂みを無理やり通り、岩の壁を這って進んだりしても、どのルートも行き止まりか半円を描くかして、結局、川床に戻る。この忌々しい丘には魔法がかけられていた。

もううんざりだ。ピートが腹這いになり、まっすぐ上によじ登りはじめた。砂地獄から脱け出そうとするかのように膝をついて身体を引きあげていく。クリスと私は見守りながら、遠からず登攀不能な崖に行き当たってあきらめるのが関の山だと思っていた。だがやがて肩をすくめ、腹這いになり、あとにつづいた。ばかばかしい動きでも、まったく動かないよりはましに思えたのだ。ピートが出くわしたのは崖ではなく、古代の溶岩層だった。クライミング用の壁さながら、斜面にちょうどよく裂け目が入っていて、その向こう側には、ぽつんと建つ農家の裏にぬかるんだ動物の囲いがある。われわれは斜面を這いあがり、泥を跳ね散らして道を探しに出た。

あそこではどうあがいたってうまくいかない。宵のうちの月明かりのもと、私は小さな村へとぼとぼ歩きながら思った。行き当たりばったりはだめだ。われわれは泥で汚れ、疲れきり、身体はふるえていた。洞窟で二、三時間仮眠してまた出発しようなんてとても思えない――逆らうドイツ軍の将軍を引っ立ててあの斜面を駆け登り、無事に生き延びるなんてなおさら無理だ。

CHAPTER 22

［ザン・］フィールディングはドイツ軍司令官を拉致し……人質に取る計画を立てた。

――クレタのレジスタンスに関する英国の公式報告書、一九四一年－一九四五年

〈虐殺者〉を捕まえよう。

正気の沙汰ではなかったが、ひとたび頭に浮かぶや、パディはその考えを振り払うことができなかった。

〈虐殺者〉を……失踪させよう。

もし、〈道化者〉ヨルゴスの知恵を習得できたら、自分にもどうにかやれるかもしれない。それは路上で披露する奇術の傑作になるだろう。世界で一、二を争う極悪犯罪者をねらった完全犯罪――五個師団のドイツ兵に守られた男が跡形もなく消えるのだ。ヨルゴス・プシフンダキスはよく英国の秘密諜報員たちに、クレタ流の羊を盗む術を教えようかと話していた。戦争が終わったら実用的な技術を身につけて帰国できるぞ、と。そう、これは恰好のチャンスだ。羊飼いのルールを戦場に持ちこんでやれ。

だが、ロマンティックな詩人のわりにパディには現実的な一面もあった。長年にわたる旅のあ

いだ機転を利かせて世渡りしてきた彼は、あがくことと生き延びることとの違いを理解していた。〈虐殺者〉を捕まえるのが最大の難題ではない。最大の難題は逃げることだ。パディの知るかぎり、過去に将軍を誘拐しようと考えた者はひとりもいなかった。ＳＯＥ（特殊作戦執行部）の訓練責任者としてチャーチルから任命されたコリン・ガビンズは、「ゲリラ戦術（Art of Guerrilla Warfare）」という手引書をＳＯＥのエージェント向けに執筆したが、敵陣から将軍をひそかに連れ去り、要塞化した島から脱出する方法については何も書いていない。何も、つまり、ガビンズのモットー以外は。

敵に損傷を与え死をもたらし、なおかつ無事に逃亡することで、敵をいらだたせ士気を低下させる効果を生む……めざすべきは、激しく攻撃し、敵が反撃できないうちに姿を消すことだ。

奇妙な方法ながら、隻眼のジョン・ペンドルベリーがそれを立証していた。パディが六月に到着したころ、侵攻のあいだにペンドルベリーと行動をともにしていたというクレタ人たちから情報があがりはじめていた。それらをつなぎ合わせると、どうやらペンドルベリーはレフカ・オリ山地にたどり着けなかったようだった。それどころか、連合軍がまだ島から撤退していた最中に殺された可能性もあるらしい。断片的な情報が引きつづき寄せられていたが、もしそれが事実なら、ドイツ軍はすでに死亡した男を一年近く追跡していたことになる。死してなお、ペンドルベリーは戦いに加わっているわけだ。

パディとヨルゴスが望めるのはせいぜいそんなところだったのかもしれない。「どこかで読んだのだが、第一次世界大戦中、歩兵隊将校の平均余命は八週間だったそうだ。第二次世界大戦ではもっとましだろうと考える根拠はなかった」。パディは当時そう認識していた。破壊工作員であれば、リスクはさらに高い――山で鍛えられ、クレタに詳しく野外活動に慣れているペンドルベリーのような男でも逃げきれないとしたら、パディにどれだけの見込みがあるだろう？　同じくヨルゴスにしても、ねらわれていることを自覚していた。ドイツの突撃隊員たちはすでに一度、地元の村で彼を罠にかけようとした。突撃隊員はまたやってくるはずだ。包囲網は狭められている。

　だとすれば、追われる者として死ぬより追う者として死ぬほうがよくないだろうか？　ドイツ軍はアテネを占領した際、アクロポリスの年老いた旗守りにギリシャの旗を下ろして鉤十字の紋章が入った第三帝国軍旗《ライヒスクリークスフラゲ》を掲げるように命じた。コンスタンディノス・クキディスはそれに従い、ギリシャ国旗を下ろした――そして国旗にくるまり、屋根から身を投げた。ドイツ軍は亡骸《なきがら》の上に第三帝国軍旗を掲げたが、数日後の夜、ギリシャ人のティーンエイジャーふたりが見張りの目を盗み、旗を切り裂き、走って逃げた。ゲシュタポはその少年ふたりと彼らをかくまう者に死刑執行命令を出したが、数か月たってもふたりは捕まらなかった。ナチスに逆らえるほど強力な軍隊などどこにもないと思われていたころに、少年たちはひとりの老人の犠牲を犬死にに終わらせず、ヒトラーの旗をもぎ取りヨーロッパじゅうをあっと驚かせたのだ。ヒトラー配下の将軍をさらったらどうなるか、想像してみるといい。

　成功するチャンスがあるとしたら、方法はひとつだ、とパディは踏んだ――〈道化者〉に劣らず強く、狡猾にならないといけない。あの「容赦のない山々」でのサバイバル術を身につけ、なんであれ〈道化者〉と同じことができるようにならなければならない――その場の状況に応じて走る、登る、身をかわす、陰謀を企てる、食料を集める。ドイツ人が行けない場所へもたどり着き、想像を超える速さで敏捷に動かなければならないのだ。

見本とすべきはオデュッセウス、独創的で誰にも止められないもうひとりのギリシャ人だ——同じ船に乗った仲間のうち、オデュッセウスだけが生還したことを忘れてはいけない。

不思議なことに、ザンもパディと同じことを思いついていた。〈虐殺者〉を拉致する計画をパディから聞かされるまえに、ザンはドイツ軍の攻撃から村人を守るために将軍を捕らえられないか、可能性を検討していた。

あの卑劣漢を捕まえて、縛りあげ、ドイツ兵どもに聞かせてやるのだ、おまえたちがクレタ人にしていることを、やつにしてやると。検討の価値はある考えだったが、ザンはまず別の試練に耐えなければならなかった。ヨルゴスに連れられ、ザンはひと晩かけて山中の小さな村に行き着いた。そこでクリスマスを祝おうと待ち構えていたのは、パディ、そしてトム・ダンバビン——モンティ・ウッドハウスの後任として派遣されてきた、もうひとりのオックスフォード大学の考古学者だった。

ドイツ人もクリスマス休暇はのんびりするはずだと思った——いや、思いこんだ——三人は、浮かれ騒ぐクレタの住民たちのなかへ飛びこんでいった。「千鳥足で家から家を陽気にめぐり、クレタでドイツ人の話など聞いたこともないとばかりに、のんきに振る舞うあるじたちと飲み食いをともにした」とザンは振り返っている。「ゆっくりと三日かけて谷を下りたが、どこの村も同じ様子だった」

パディはドイツ兵がこんなふうに心から楽しめていないことを知っていた。彼らがそう話すのを耳にしていたからだ。ザンが帰ってくる少しまえ、〈ザ・ファーム〉からドイツの軍艦を磁気機雷で爆破する任務に送り出されたときのことだった。港に潜入したパディは、すぐに判断を下した。こんなのできるわけがない。ばかでかい金属の塊を背中にくくりつけ、サーチライトをかいくぐって港を泳げだって？　射殺されずにすむのは、すでに溺れ死んでいる場合だけだ。しかも、そこにもうひとつ戦術上の問題がある。この任務で組まされた相棒は泳げなかった。パディはあきらめて、さっさと街を出ることにした。隠れ家で日が暮れるのを待ったが、突然、ドイツ人の声が聞こえた。どうやら隣の家はドイツの軍曹二名の宿舎にあてがわれているらしい。会話に耳をそばだてると、興味をそそられる言葉が聞こえてきた。「ヴァイト・フォン・デア・ハイマート……」とひとりが言ったのだ。母国ドイツははるか彼方……

わかるだろ？　連中はホームシックにかかっている。これはザンの留守中にパディがつかんだ有益な情報だった。ドイツ兵が家族とクリスマスを祝えなくなって今年で四年目だ。彼らはわれわれのように仲間と出歩いて酒を飲んだり歌ったりするわけでもない。シラミをつぶし、まずい食事をとり、妻からの便りがないのはなぜだろうと思い悩む。孤独で、先が見えない。そこにつけ入る隙がある。

ザンはパディに脱帽するしかなかった。ザンがクレタで最初の冬をすごしたときは痩せこけてみすぼらしい放浪者といった有り様だったのに、この男ときたら——たいしたものだ！　洞窟で暮らし、山をよじ登る半年のあいだに、どういうわけかハリウッド映画の海賊そのものになっていた。「パディの口ひげはいつもぴんとひねりあげてあった」とザンは記している。「ブーツは月に一足のペースで履きつぶしていたが、ぼろぼろになるまで丁寧に手入れをしていたし、黒いターバンを最高に見栄えのする角度で結ぼうと努力を惜しまず、仕事着に欠かせないとばかりにロイヤルブルーの平織りのクレタ風ベストを注文して、緋色のシルクの裏地と黒い唐草模様の刺繍をあしらわせていた」。何かにつけて、パディはこの戦争で華麗に頭角を現しつつあった。

トム・ダンバビンも劣らずハンサムだったが、パディほどダンディではなかった。保護色になって周囲にまぎれるときは、見てくれが悪いほど本人としては気が楽だったのだ。ひどく背が高く、タスマニアの農場で育ったトムは恐ろしく頭脳明晰で、オックスフォード大学に進んでギリシャの古典の教授職にも就いていたから、素朴な山の農民になりすますにはかなりの脚色が欠かせなかった。その努力の成果にザンは感心しきりだった。「ぼろぼろのズボンに房飾りのついた黒いターバン。くるりとひねった口ひげは伸びすぎで、息をするたびに巻きあがったりほどけたり。まるで地元でうまいことやっている羊泥棒のようだった」とザンは述べている。「さらに、甲高い声にヒステリー特有の調子を加えることにも成功していた」

盗っ人たちを師と仰ぎ、トムは手当たりしだいに彼らを勧誘した。「丘陵地で行動をともにする最高の相棒は、心を入れ替えた羊泥棒だ」というのがトムの説明だった。「羊泥棒なら道という道も道なき道も、どこに潜んで土地を探ればいいかも知り尽くしている。昼であろうと夜であろうと、どんな地域でも移動に不自由しない」。そこに腕の立つ人殺しが加われば、しくじることはまずない。「国の法や被害者の血縁者から逃れ、おそらく何年も丘陵地ですごしてきたはずだ」とトムは見て取った。「だからどの断崖、どの洞窟のことも頭に入っている」。仲間の山賊たちから多くを学んだトムは、ある偵察任務中に昔の知人に出くわしたとき、ドイツ人考古学者だったその国防軍の将校に目をじっとのぞきこまれたが、羊飼いの変装を見破られることはなかった。

トムとパディは追跡をかわす方法を無法者たちから伝授される一方で、食料を確保して生き延びる方法を羊飼いたちから教わった。「羊飼いは山のことを知っていたし、山道や身を隠せる場所も知っていて、たいがいライフルを持っていた。必要に迫られれば、村や低地に住まなくてもやっていけるし、手持ちのミルクや肉で生きていけた」とトムは説明した。「彼らは当然のように身体の調子がよく、普通なら登るのもむずかしい斜面を駆けあがることができるし、すばらしく足取りが軽い」。トムとパディは見習い期間中、山登りに励んだあまり、まともなブーツはふたりで一足しか残らなかった。「ブーツのせいで足がうまく動かなかった」とトムは顔をしかめた。「サイズの小さいブーツで歩きまわったからだが、パディはいいブーツを借りていた」

だがそれだけ歩いても、本物らしさが問われる最終試験にふたりはまだ苦戦していた。それは〝クレタ走り〟だ。パディは自分にもできるところを見せようと石垣に跳び乗ったことがあったが、つんのめって転び、〈道化者〉を笑わせただけだった。「クレタ人は目ざとくて、たいてい歩き方で正体を見破られる」とトムも認めていた。「服装や顔つき、口ひげといった細かい部分は通用する。しかし、どれだけ練習しても、クレタの山男の走り方を身につけることはできなかった」

三人はすばらしいクリスマスをすごした。四日間、ザンに言わせると「ほろ酔い気分で、護衛もつけず」、高地に暮らす友人たちを訪ねてまわった。歌い、踊り、ごちそうを食べ、死と隣り合わせで生きていることをしばし忘れた。いくらギリシャ語が達者で、農夫のマントや女装がさまになっていても、このゲームはいつまでもやれるものではないとわかっていた。遅かれ早かれ、待ち伏せや裏切り、凍結した暗い崖に直面し、クレタは――ジョン・ペンドルベリーの場合と同じく――死神との待ち合わせ場所になるだろう。

なぜならパディの言うとおりだったからだ。低地の兵舎にいるドイツ兵は、楽しくすごしてなどいない。銃に弾丸をこめ、内通者を絞りあげ、山の天気に目を光らせている。ヒトラーは〈細長島〉のトラブルを予感し、すぐにでも始末をつけたいと考えていた。

防御はヒトラーの得意とするところではなかった。敵を打ちのめす方法は知っていても、その敵が立ちあがった場合の対策はなかった。奇襲や電撃作戦が好みで、その手の不意を衝く戦術は自軍が前進しているときならいいが、押しこまれて塹壕にうずくまっているときは役に立たない。だが一九四二年末、司令室で巨大な地図を見つめていた数週間には、だまし討ちを見抜くヒトラーの眼識が役に立った。チャーチルがつぎにどこで何をするのか、それは正確に告げていた。

クレタこそチャーチルのつぎなる標的にちがいない。クリスマスにはすでに、二正面作戦をとるヒトラーにとってクレタは要衝地になっていた。国防軍はアフリカとロシアの奥まで侵攻した結果、まさしくヒトラーが恐れていたとおりの悪夢に陥っていた。ドイツの誇る機甲師団がエジプトで苦戦にあえぎ、スターリングラードでは最大数の犠牲者を出して敗北する瀬戸際だったのだ。第三帝国第六軍に包囲されていたソ連軍は奇跡的に形勢をひっくり返し、ドイツ軍を逆に包囲して市内に封じこめ、総統に反撃能力が欠けることを露わにした。ソ連軍の猛攻に対し、ドイツ軍の混乱は増すばかりだった。ドイツの最高司令部が日に日に後悔を深め、うろたえているまに、スターリングラードに閉じこめられた二五万人近くのドイツ兵は、爆弾や銃撃、病気や飢えで命を落としていったのだ。

いまヒトラーが何より避けたいのは、ふと振り返るとクレタで火の手があがっているという状況だった。あのいかれた農民どもが古びた銃や手製の銃剣でどれだけやれるのかはもう目にしていたし、彼らが暴れだすには、助けが向かっているという大ブリテン島からのゴーサインがあればいい。ドイツの兵士たちはすでに、レフカ・オリ山地に入るときにはくれぐれも気をつけるようにと、お達しを受けていた。ニュージーランドの怪人がジョン・ペンドルベリーの後を継いで新たなる〈クレタの獅子〉の座についたからだ。

〈獅子〉はクレタの殺し屋たちを束ねて高地に出没しているとの噂が流れていたが、あたらずといえども遠からずだった。戦争が勃発したとき、ダドリー・パーキンズは大学生で、父親になって聖職者をめざしていた。クレタ陥落後まもなく、鉄条網が張りめぐらされたドイツ軍の捕虜収容所に入れられたが、レフカ・オリ山地に逃げこみ、長い冬のあいだにそこで生きていくすべを学んだ。クレタの森の住人たちに川岸でウナギやカタツムリ、サワガニを探せばいいと教えられ、オリーブの木に生えるキノコや野生のマッシュルームを茹でて、驚くほどおいしい栄養満点のシチューをつくる方法を伝授された。ザン・フィールディングと出会ったころには、この伝道師の卵ははるかに凄みのある男に生まれ変わっていた。〈獅子〉の見た目は「僕が想像するアラビアのロレンスの風貌に近かった」とザンは述べている。「性格も、あの有名なアラブのリーダーについて書かれていたことにほぼそっくりだ」。高地のある村がドイツの部隊に焼き打ちにかけられたあと、ダドリーは生き残った者たちで総勢二〇〇名の戦闘部隊を結成した。ほどなくドイツの偵察班が〈獅子〉の領地に入ったが、生きてそこを出られた者はひとりもいなかった。現地のドイツ守備隊が食料を奪うために送りこんだ一一人の兵士は、死体となって細い谷底で発見された。

これこそヒトラーが恐れた悪夢だった。クレタ全島を反乱に駆り立てる、姿の見えない扇動者たちというわけだ。そこでヒトラーはチャーチルの出鼻をくじくことにした。何があろうとソ連で必要とされるはずの兵士たちをクレタに送り、独伊合同の地上部隊を八万人以上に増強した。

掩蔽壕が掘られ、橋には爆発物がしかけられ、南部沿岸への道は防備を三倍にし、西部のハニアにある難攻不落のクレタ島要塞の壁の背後から威嚇射撃をした。「万一、侵略された場合」とドイツの司令部は通告した。「最後のひとり、最後の弾薬となるまでクレタを死守する」

あとは仕上げに、穴に隠れたネズミどもを根こそぎ始末するだけだ。

年が明けてまもなく、ヨルゴス・プシフンダキスはアロネス村に向かっている途中で銃声を耳にした。「岩陰に隠れて見下ろすと、村にはドイツ人があふれていた。すぐ下で、一〇人くらいがこちらからよく見える方向に斜面を登ってきていた」とヨルゴスは語っている。「僕はすばやく身を隠した」。木立に逃げこみ、アロネス村のまわりを歩いていると、やがて事情を知る人物が見つかった。耳にしたニュースにヨルゴスはぞっとした。

ドイツ軍はまっすぐ司祭の家に向かい、家をめちゃくちゃにしはじめた、と村人がヨルゴスに言った。やつらは知っていたんだ。

司祭宅の庭に埋めてあった英国軍の無線機のバッテリーがドイツ軍に見つかり、英国人通信士宛てのメモも司祭の息子のポケットから発見された。到着がもう少し早ければ、通信士本人も見つかっていただろう。幸いにも、ドイツ軍を手引きした密告者に知られることなく、英国人たちはクリスマスの直後にアロネス村から引きあげていた。だが、それほど遠くにいるはずはないとわかっているドイツ軍は、さっそく仕事に取りかかった。司祭の息子は殴られて血だらけになった顔で連行され、情報目当ての拷問にかけられる。ドイツ軍は谷を取り囲み、山頂へ向かって行軍し、包囲網を狭めていった。

通常それは、驚くほど多くの地元民が突然、家族を迎える事態を意味した。義理の親が訪ねてくるぞ、と彼らは大声で言う。家畜がらみの問題に言い換える者もいた。黒羊に気をつけろ！　また小麦畑に入ってきた、と彼らは訴える——声高に、繰り返し。

その警告が広まり、数キロ離れたパディのもとにも届いた。パディはヨルゴスのいとこ四人とチームを組み、かさばる無線機をひそかに持ち去ろうと、大型のバッテリーと充電器も一緒に背中にかついで運んでいた。「もはや基地の移転は我慢強さのなせる業になっていた」とザンは説明している。無理なく歩ける道は避けなければいけなかったからだ。パディと仲間たちは「扱いにくい機器をばらばらにして背負い、道なき斜面を真夜中に移動するはめになった」

ひと晩じゅう冷たい雨が降り、雪の残る山腹はぬかるんで荷物は倍の重さになった。一二時間かかったが、夜が明けるころには無線機を隠せるだけの高さまで登り、ザンと落ち合う場所に引き返してこられた。パディたちはすぐにも横になりたいところだったが、まずは近くの峰に登り、もう一度あたりを確認する——と、何十人もの黒っぽいヘルメットをかぶった兵士が雪のなかをまっすぐ向かってきていた。「まるでわれわれの動きを嗅ぎつけたかのように、ドイツ兵はアロネスに向けていた注意をこちらに移していた」とザンは当時の驚きを記している。誰であれ、ドイツ側に情報を流している者は、恐ろしく正確になってきていた。

朝靄に乗じてパディの一行は先に動き、かろうじて気づかれずに姿を消すことができた。陽射しで靄が晴れるまえに、クレタ人の大半は断崖の細い洞窟に逃げこんでいた。ザンは古い石造りの小屋に隠れ、パディは大きなイトスギによじ登り、枝のあいだに身を隠した。ほどなくブーツを踏みしめる音が近づき……止まり……遠ざかり……また近づく。それを何度も繰り返しながら、捜索隊は木立を縦横に動いていた。パディは濡れ鼠でふるえていた。食べ物をろくに口にしていないし、一睡もしていない。夜を徹した無線機の運搬でこわばった身体は節々が痛んだ。ドイツ兵が足の下を行ったり来たりするあいだ、パディはどうにかじっと動かずにいた。

日が沈み、ようやく木から下りても安全となったパディには、ひとつはっきりしたことがあった。半年前にやってきたこの道楽者はいまやクレタ人のように走り、這いまわり、考え、やり抜くことができるようになっていた。まだクレタ人で通らないかもしれない――でもパディとしては、いい線をいっているんじゃないか、と思っていた。

CHAPTER 23

突然、発砲がやんだ。終わりをもたらしたのは停戦命令ではなく、はるかに血も凍る音……

――ザン・フィールディング

「**黒羊だ！**」

無線機を抱えてドイツ軍とニアミスしてから数か月後、パディと仲間たちは寝床につこうとしていたところで見張りが叫ぶ警戒の隠語を耳にした。ドイツ兵が動きだした、三〇〇人かそれ以上、まだかなり離れているが、急速に近づきつつある。パディはライフルをつかんだが、とたんに銃が暴発して呆然とした。数フィート先で、ヤンニ・ツァンガラキス――パディのクレタ人の親友――が地面に倒れ、血を流していた。パディの弾はヤンニの腰を砕き、腹のなかを跳ねまわった。パディもほかの者も必死に傷口を手で押さえたが、無駄だった。ヤンニはか細い声で別れを告げ、息を引き取った。

パディはふるえあがった。やるべきことはわかっていた。ドイツ軍を片づけたらすぐにヤンニの家族を訪れ、彼らの気のすむようにしてもらおう。

とんでもない考えだ、とヤンニの友人は反対した。死体がふたつになってなんの役に立つ？

おまえがわざとやったと言うばか者も出てくるだろうし、それを真に受ける者もいるだろう。ヤンニはおまえを責めなかったが、家族は責める。ドイツ人に撃たれたと言うべきだ。ヤンニにとってもそれがいちばんいい。そうすれば彼は愛国者として記憶に残る。おまえだってそういう死に方がしたいだろう。

仲間とヤンニの遺体を安全なところに運び、二本のトキワガシの陰に埋葬するあいだも、パディの心はジレンマに揺れていた。仲間の言うことにも一理ある。島民のおしゃべりは有名だ。「新しい知らせはないのか？　じゃあ嘘でもいいから話してくれ」というのが、クレタ人お気に入りのジョークだった。わかった、そういうことなら――パディは嘘をつくことを承知し、ヤンニが銃撃戦で殺されたことにした。「言っておくが、責任を逃れたくてこの嫌な作り話に同意したわけじゃない。ヤンニと彼の家族、そしてクレタでの任務のためだった」と哀れなパディはのちに釈明する。とはいえ、ヤンニの一族が信じるかどうかはまた別の問題だった。彼らはきっと詳しいことを聞きたがる。ほかに誰がけがをしたのか、何度も生き延びてきたヤンニがなぜ窮地に追いこまれたのかと知りたがるだろう。もう一度教えてくれ、ヤンニが殺された今回の戦闘でドイツ人は何人死んだんだ？　何か不審なものを嗅ぎつけたら、すぐに答えを探しにやってくるだろう。

この不幸な出来事からまだ立ち直れずにいるときに、パディはちょっとした街頭でのマジックを演じるよう打診を受けた。連合国軍はシチリアに侵攻し、ムッソリーニにうんざりしていたイタリア人は彼を解任した。ヒトラーがじきにムッソリーニを復職させるが、そのあいだにドイツ軍の司令部はイタリア軍に屈辱的な二者択一を迫っていた。ドイツ軍の傘下に入るか、それともドイツの労働収容所送りになるか。

だが、イタリアの指揮官、アンジェロ・カルタ将軍には秘密裏に逃げ道が用意された。連合国軍に協力する用意があるなら、英国の工作員が彼を島から消す方法を見つけようという伝言がひそかに届けられた。カルタは同意し、そしてパディに仕事がまわってきたというわけだ。ところが、出発を目前に控えたパディは奇妙な警告を受け取る。クレタ島のコミュニストたちから、もしイタリア人とふざけた真似をしたら裏切ってやると脅されたのだ。コミュニストとしては英国人に支配権を握らせたくてドイツ人と戦っているわけではないから、パディにはイタリアの領分に立ち入ってもらいたくない。同じ敵と戦っているはずとはいえ、英国人と非共産主義のレジスタンス戦士たちが過大な権力を手にする疑いが生じたら、ささいな背信行為に躊躇するつもりはなかった。

そのころ、パディの仲間たちはライバルたちにも増して面倒を起こしていた。クレタでもっとも残忍なゲリラの首領、マノリ・バンドゥヴァスはイタリア人撤退の報に大喜びし、ドイツ人の喉に咬みつくならいまだと決意した。味方の援護が得られるか確かめることもなく、バンドゥヴァスと総勢三〇〇人の一団は大規模な反乱を呼びかけ、攻撃を開始する。そしてふたつの守備隊を一掃し、殺したドイツ人は三〇人以上、これはミュラー将軍を激高させるには充分だったが、本当に勝ち目があるとバンドゥヴァスが確信するには不充分だった。〈虐殺者〉は報復心に駆られて激しい攻撃をしかけ、民間人五〇〇人を殺害し、六つの村を完全に焼き払った。山に突入させた二〇〇〇人以上の兵士に下した命令はひとつ――バンドゥヴァスの首を持ってこい。ゲリラの隊長はどうにか難を逃れ、トム・ダンバビンの隠れ家に現れて助けを求めた。パディがイタリア人の将軍を島の外に連れ出すのなら、自分も連れていってもらえないか？　ほとぼりが冷めるまでだけでも？

すばらしい。パディの逃走ルートはいまや銃撃隊が群がっていた。移送させるお尋ね者はひとりではなくふたりとなり、血に飢えたひとつの敵どころか、三つの敵から逃げることになるかもしれない——ドイツ軍、コミュニスト、そして非業の死を遂げたヤンニの復讐を企てる一族だ。ともかくパディは前に進み、九月十六日、カルタ将軍との合流地点に暗がりから姿を現した。そこから出発する直前、パディはカルタの配下で諜報活動を束ねるフランコ・タヴァーナ中尉に人のいないところに呼ばれた。

これをなくさないでください、パディの手に小さな鞄を押しつけながらタヴァーナ中尉は小声で言った。持っていることを将軍に悟られないように。中尉はその鞄に機密文書を入れておいた。それから、ドイツの作戦についてわれわれが知っていることはすべて、そこに入っている。敵のあいだでは、タヴァーナ中尉は高潔で勇敢で、どうやらこっちの味方らしいという評判を得ていた。クレタ人に向けて引き金を引いたことは一度もなく、ゲリラを捕まえても、そのままドイツの支配地域に進むよう命じるだけだった。中尉はドイツ人に陥れられた状況を嫌悪し、身をもってそれを示そうとしていた——カルタ将軍とともに逃げるチャンスを与えられたにもかかわらず、ここに残ってレジスタンスに加わる決意をしたのだ。

それがどれほど危険なことか、タヴァーナはすぐに思い知った。〈虐殺者〉は洞察力があり、点と点を結ぶのに時間はかからなかった。バンドゥヴァスがいきなり独断で暴れだすとは思えない。むしろ、これを好機と見たのは、イタリア軍が何かを企んでいると知ったからにちがいない。〈虐殺者〉と武装した警備隊はカルタ将軍のいた基地に急いだが、数時間遅かった。パディと将軍はすでに雪を頂いたディクティ山地の松の迷路に姿を消し、タヴァーナ中尉はイタリア軍の武器を背負い、レジスタンスの洞窟をめざして山を登っていた。

情けは無用だ、と〈虐殺者〉はいきり立った。死んでいようが生きていようがカルタを捕まえろ。クレタ人をなびかせて味方につけようと、〈虐殺者〉はカルタ将軍の首に三〇〇〇万ドラクマの賞金を懸けた。腹を空かせた農民一家にとっては大金だ。山の上空を偵察機が飛び、行方不明の将軍を捜しながら賞金のビラをばらまいた。その一枚が、森のなかを進むカルタとパディの足元にも舞い落ちた。「銀貨三〇枚」と将軍は思いをめぐらせた。「ユダの契約か」。無事エジプトに着いたら、素敵な返信を〈虐殺者〉に送らなくては、と心に決めた。

バンドゥヴァスとトム・ダンバビンは海岸に着く直前にパディに追いつくと、隠れた洞窟に一緒にもぐりこんだ。一週間前だったら、カルタ将軍とこの反乱軍の首領はその場で撃ち合いをはじめたことだろう。それがいまではパディとトムが暗い地平線を見渡すあいだ、ともに浜辺に座り、カードを切って札を配っている。夜更け過ぎ、小型のゴムボートが海岸に向かってきた。トムはバンドゥヴァスとともにカイロに行き、のびのびになっていた長期休暇を取るつもりだったが、パディはまずカルタ将軍を船に乗せたかった。そうすれば、機密書類の入った鞄を直接、船長に手渡しできる。鞄を運ぶぐらい自分にだってできるとトムが言いださないうちに、パディは飛び出していた。

そこまでだ、パディとカルタが船にたどり着くと船長が言った。出発の時間だ。海は荒れ、このままでは岩場に乗りあげるおそれがある。トムとバンドゥヴァスが海岸から呆然と見つめるなか、パディ——四人のなかで唯一島を離れる予定のなかった者——を乗せたまま、救助船は夜の闇にまぎれてエジプトに向かった。カルタ将軍は船旅に慣れるとさっそくドイツ人への返信を書きはじめたのだろう、彼がカイロに上陸してまもなく、新しいビラがつぎつぎに空からクレタに舞い落ちた。

「私はエジプトにいる」とカルタは〈虐殺者〉に書いていた。「賞金がまったく懸かっていなくとも、大喜びで貴殿を殺そうというクレタ人が大勢いることを知るがいい！」

カイロに着くと、パディは別荘の〝タラ〟に戻った。古代アイルランドの王たちの砦にちなんで名づけられたその家を、ザンや数人の秘密諜報員とシェアしていたのだ。パディを迎えたのはゾフィア・〝ソフィー〟・タルノフスカ伯爵夫人、二十六歳のポーランド出身の遺産相続人だった。エジプトに亡命してきたとき、イブニングドレスと水着が一着ずつに、ペットのマングース二匹くらいしか手荷物がなかったソフィーは、タラの住みこみの女主人となったが、これは非凡な技術が求められる仕事だった。射撃の的にして吹き飛ばされたシャンデリアの交換、バスタブを使ったプルーンとウォッカのリキュール醸造、室内で闘牛をして壊れた家具の修理。エジプト人の将校クラブから盗んできたピアノの置き場所を見つけてくれと頼まれたこともあった。タラはこうして悪名高き人気スポットになり、王族までも引きつけた。ある晩、ソフィーがドアを開けると、国王ファールーク一世がシャンパンの入った箱を抱え、期待を宿した目で待っていた。

パディのタラでのあだ名は〝放蕩卿《レイクヘル》〟で、クレタから予想外の帰還をすると一刻も無駄にせずに評判どおりの行動に出た。気がつけばコールドストリーム近衛歩兵のビリー・モスとナイトクラブに繰り出していた。開戦当初、モスは入隊したくてもいてもたってもいられず、スウェーデンから英国まで乗せてくれる自家用ヨットを探し出し、Uボートが跳梁する荒れ模様の北海を横断したことがあった。

カルタ将軍をクレタから連れ出す作戦はうまくいった。パディが〈虐殺者〉の誘拐計画について話すとビリーはそう言った。だけど、移送を望んでいない将軍を相手にうまくやれるのかな？

パディにはふたつの答えがあった。「できるはずだ」と彼は答えたかった。「隠密に、タイミングよく動けば血を流さずにすむし、そうすれば報復も避けられるさ」

だが真相はこうだ。「どうやるかは漠然とした考えしかなかった」

それでもタラのバスルームで、ざっくりとした案が形になりはじめた。長い夜遊びのあとの気だるい朝、バスルームに行き着いたパディとビリーがのんびりしゃべっていると、タラの同居人ふたりがふらっと入ってきて、事のしだいを知ることになった。ビリー・マクリーンとデイヴィッド・スマイリーはアルバニアでの破壊工作を成功させたばかりで、パディが曇ったバスルームのタイルにクレタの地図を描くと、四人はまもなく待ち伏せ地点を図に記しはじめていた。

つぎは玩具の調達だ。パディとビリー・モスは戦争奇術師《ウォー・マジシャン》をカイロの秘密研究所に訪ねた。

「彼はジャスパー・マスケリン。有名な手品師で、私は子供のころ、リージェント街にある彼の劇場で繰り広げられる手品を夢中になって観ていた」とパディは語っている。ジャスパーは三代目のマジシャンで、父親はアラビアのロレンスのために奇術を操るスパイを養成し、祖父は伝説的な奇術師協会《マジック・サークル》の設立者だった。あるショーの最中、ジャスパーがグラスいっぱいのかみそりの刃をのみこんでいたとき、客席の通路を立ち去る陸軍大尉が目に入った。これは何かあるなと察し、赤い花を煙に変え、礼をして袖に下がると、大尉は舞台裏で質問を用意して待っていた。ジャスパー、戦場で奇術を披露して、敵の兵士を惑わせてもらえませんか?

まもなくジャスパーは〝マジック・ギャング〟の隊長になった。ボタンサイズのスパイ道具から大隊に匹敵するほどの威力をもつ目の錯覚まで、あらゆることを考案した工作隊だ。この隊のごく初期の成功例に、ジャスパーの祖父の十八番を応用して港を丸ごと消したものがある。「突如として煙が広がり、祖父はステージから天井の大きなシャンデリアまで飛びあがってみせ、そこに腰かけて観客からの質問に答えたものだった」。計画を初めて明かした際に、ジャスパーはそう説明した。祖父の秘密は替え玉だと――人形にまったく同じ服を着せ、煙幕にまぎれてワイヤで吊りあげたのだ。「あの原理を今回の状況に合わせて応用すればいいだろう」とジャスパーは提案した。

マジック・ギャングはカイロのアレクサンドリア港の模型を数キロ離れた用なしの入り江に造り、火薬でいっぱいの小屋や浮船を設置して本物の燃料貯蔵庫や貨物船のように爆発させた。強力なクリーグ灯で偽の月明かりと影を投じることで、爆撃機乗りの遠近感を狂わせ、軍艦の縮小模型を実物大に見せかけた。仕上げに、本物のアレクサンドリア港をつくり物の瓦礫と偽物の難破船で飾り、翌日にドイツの偵察機が来ても、港は本当に爆撃されたと信じるように仕向けたのだ。

ビリーとパディはジャスパーの研究所を物色し、爆発するヤギの糞や万年筆型の銃を残らず荷物に詰めた。「あの薄暗い小部屋のどの棚からも魔法の雰囲気が醸し出されている」とビリーは驚いていた。ジャスパーはこのとき陸軍少佐だったが、芸人らしく後ろになでつけた髪と女殺しの口ひげのせいで、いまだに軍人《ミリタリー》というより、怪人《ミステリー》といった風貌だった。「もっと玩具はいるかね?」と彼は言い、こうつづけた。「きみたちと一緒に行かなくていいのは、本当にありがたい」

「**行け!**」空挺部隊の指揮官が叫んだ。

パディが最初に飛行機から暗闇へ躍り出た。「月明かりを浴び、雪で覆われたクレタの山並みが眼下で輝いていた。遠く美しい、危険な風景だった」と彼は記している。とても正気の沙汰ではなかった。パディにとって初めて実地におこなうパラシュート降下で、(a)山頂と山頂のあいだを縫って、（b）夜遅く、（c）強風のなか、（d）ドイツの機関銃座のあいだを進もうとしているのだ。とはいえ、パディは少なくとも何度かレッスンを受けていた。ビリーはその手間さえとらず、練習中に負傷する危険を冒すよりもぶっつけでやったほうがいいと判断した。「夜が来ればどうにかなるさ」とビリーは肩をすくめていた。

パディはきりもみ状態で地面に向かっていた。「まるで宙返りで急流に飛びこむように」。どうにか足が身体の下に来ると、うまくいくようにと願いながらリップコードを引いた。と、奇跡的に突風が彼をのみこみ、崖のあいだをすり抜けて、羊の牧草地にある目標のたき火へとまっすぐ運んでいった。ゲリラたちが隠れ場所から出てくると、パラシュートをはずして埋めるのを手伝った。つづいてビリーの降下に備えた。彼らは空を見あげ……

ずっと見ていた。「飛行機が一回、二回と通り過ぎ、やがて山の上空で旋回すると姿を消した。怖気づいたか？　パディは疑わざるをえなかった。それとも天候のせいなのか？　すでにドイツの偵察隊が出動しているにちがいなく、パディとゲリラたちは逃げるように隠れ場所へ向かった。つぎの晩、そのつぎの晩も彼らは立入禁止区域に戻ってみたが、「飛行機は毎回うなりとともに飛んでくるものの、くすんだオリーブ色の布がキノコ状に開いて降りてくることはなかった。くそっ！　向こうで何が起きてるんだ？　これはビリーが飛び降りる最後のチャンスだ。いまや敵の偵察隊は山中にうようよいて、撃ち合いがはじまっている。ある晩、行く手で発砲音がし、ゲリラはすんでのところで難を逃れた。ドイツの分隊が友軍の待ち伏せ場所に足を踏み入れ、誤って撃たれてふたりが死亡したのだった。

ビリーがいなければ、誘拐もない。パディには代替案が見つからなかった。真の戦士がそばに必要だった。窮地に追いこまれたら人殺しも辞さず、モールス信号などの軍人らしい知識をもった者だ。パディは過去に脱出用ボートと落ち合う計画を台なしにしかけたことがある。海岸からどうやって合図を送ったらいいかわからなかったからだ。ドイツの軍服を着たビリーはたしかにどこか嘘くさく見える――いかにもドイツ人の振りをしているイギリス人にしか見えない、とパディは思った。それでも、ザンよりはずっとましだ。背が低く、痩せ型だが強靭で、日に灼けたザンは、ドレスか修道服、羊飼いのズボンを身につければ人目につかない。だがドイツ国防軍の灰色の軍服に身を包んだら、撃ってくれと言っているようなものだ。ザンはいまカイロのタラに戻り、破壊工作や七二時間にわたる徒歩での逃避行、ドイツ兵が六人死亡しザンの額に銃弾のかすり傷を残した銃撃戦といった過酷な数か月のあとで、ひと息ついているところだった。だが、たとえすぐに参加できるとしても、パディは彼を将軍の車のヘッドライトに近づけたくなかった。逃走の際はザンがいてくれると助かるが、将軍を確保するときは長身と金髪が欲しい。

それと……いや、こんなことは言いたくないが、否定もできない。ビリーは使い捨て要員だった。ザンとトムはいまや貴重な人材だ。山で何か月もすごすあいだにクレタの方言、扮装、密輸ルートに精通し、いまさら替えがきかない。頭がよくて度胸と想像力はあっても、ビリーはまだ銃を持ったありふれたタフガイでしかなかった。トム・ダンバビンは最近、快心のスパイ行為でロンメルの足をすくったばかりだ。飛行場に近い情報筋からドイツの輸送機隊がクレタ島を発つ時間を割り出し、隊が北アフリカに着くまえに英国の戦闘機が撃墜できるようにした。ロンメルが凄まじい勢いでエジプトを横断し、連合国の幕僚はあわててカイロから逃げる準備を進めていたが、燃料に食料、修理用の部品を補給できず、ロンメルの戦車部隊は砂漠で立ち往生する。その手際のよいスパイ活動で殊功勲章の受章候補となったトムを、島でもっとも危険な捕獲作戦の矢面に立たせるのは気が進まない。

ビリーでなくてはならなかった。それなのにビリーはいない。

パディはいく晩も空を眺めてすごし、オリオン座を見て「星が形づくる巨人の秘部」がわかるようになった。時間はどんどん尽きていく。ザンも以前、似たような状況を経験したことはパディも承知していた。それで作戦が取りやめになったのだ。ザンのもともとのねらいは〈虐殺者〉の前任の司令官アレクサンダー・アンドレーだったが、計画を仕上げるまえに配置転換された。新しい標的は新しい偵察の必要を意味する。ザンは一からやり直し、何週間もかけて新しい将軍の警護態勢を見極め、移動経路や日常業務を突き止めなくてはならなかった。ほかの破壊任務を保留にしてまで、そんなことをしている時間はないとカイロの本部は判断した。ザンの誘拐計画は中止になった。

ようやくカイロから連絡が入った。厚い雲と強風のせいでビリーは降下できずにいたが、あきらめたわけではなく、現在こちらに向かっているという。今回は船で。パディが降り立ってからほぼ三か月後、ゴムボートが空気漏れの音とともに海岸に到着した。ボートから出ると、ビリーは「毛むくじゃらの、海賊のような顔」に取り囲まれていることに気がついた。

「あんた、パディ、友だち？」ひげ面の海賊のひとりが尋ねた。

そうだ、とビリーは答えた。

「パディ、ドイツ人たちといっしょ」

ショックのあまりビリーの心臓は止まりそうになった。何週間も空と海で危険を冒してきたのに、やっと着いたと思ったら、パディが捕虜になっているのか？と、見まがいようのない、肩をいからせて歩く姿が遠くの浜辺から暗闇を近づいてきた。パディは捕虜になるどころか、四人のドイツ兵を捕らえていた。実際は脱走兵だったが、それでもパディの魔法の作戦行動にいくらかの風味が加わったのはまちがいない。パディはビリーが乗ってきた船で四人をカイロに送る手はずを整えたところだった。カルタ将軍につづいて、さらに四人が謎の失踪を遂げたことをドイツ軍は怪訝に思うことになる。

〈細長島〉に戻るなりパディに訪れた変化に、ビリーは以前のザンと同じぐらい驚いた。最後にカイロで見たとき、バスルームで下着姿のままぐったりしていたあの二日酔いの〝放蕩卿《レイクヘル》〟と同一人物なのか？　彼の隠れ家では、「ある種の公爵」を自称するパディが、ひげを生やした刺客の集団に命令を下し、「ワイン色の腰帯に象牙グリップのリヴォルヴァーと銀の短剣《ダガー》を挿して」大股で歩きまわっていた。暗がりで見ても、ビリーはパディの身体《ダイナモ》つきに感銘を受けた。クレタ島の洞窟で何を食べ、何をやってきたにせよ、それはパディを精力的な男に変えていた。「体調はすこぶるよさそうだ」とビリーは舌を巻いた。「顔はやや丸くなっていたが、輝くばかりに健康だった」

　そこまではいいニュースだった。やがてパディは悪いニュースを伝えた。

〈虐殺者〉が消えた。

CHAPTER 24

最初は忍耐強く、最後も忍耐強く、
はじめから終わりまで根気強くある者は、
途方もないことを思いつき、
すべて実現してみせる。

——ヨルゴス・プシフンダキス
パディに敬意を表してつくった即興詩《マンディナーダ》

ビリーの到着が遅れていたころ、ウェストヴァージニア出身の食料品店の息子が彼らの計略のただなかに迷いこんできた。
　四年ほどまえ、ニコラス・アレグザンダーは妻と三人の子供を連れてギリシャの親戚を訪ねた。ニコラスは一九一九年にアメリカに移民したあと、懸命に働き、節約を重ねてウェストヴァージニア州ホイーリングに自分の食料品店を構えたため、一度も里帰りしたことがなかった。一九四〇年六月はヨーロッパへ家族旅行をするのに最適な時期ではなかったが、ニコラスはこれが最後になるかもしれないとわかっていた。アメリカはまだ中立の立場で、ギリシャは戦争に巻きこまれないよう手を尽くしていて、イタリア軍の潜水艦が聖地ティノス島めがけて魚雷を三発発射し、静かに停泊していたギリシャの巡洋艦を沈められても、ぐっとこらえていた。だから世界が戦火に包まれないうちに、そして子供たちが独り立ちするまえに、ニコラスはこの機に親族で集まっておきたかった。こうしてアレグザンダー一家はクレタ島への航海に出発した。

旅に出たことがニコラスの最初の失敗だったとすれば、ふたつめはアテネのアメリカ大使館に登録しなかったことだった。そして極めつけが〈トルコ人〉ともめたことだった。

ドイツ軍が侵攻してきたせいで一家はクレタ島で足止めされ、ニコラスと家族はやむなく港町レシムノンにある両親の家に寝泊まりした。ニコラスは家の正面にアメリカ国旗を掲げると屋根にも一枚かけて、爆撃機やゲシュタポから守ってくれるように祈った。驚いたことに、それが功を奏したようだった。というより、あまりにもうまくいったので、ニコラスは撤退の際に取り残されたオーストラリア人の兵士ふたりをかくまうことを承知した。ある晩、ゲシュタポの一団が家に乱入し、秘密の部屋を隠す落とし戸にまっすぐ向かった。ニコラスは行く手を阻もうと、アメリカ市民の家を捜索する権利はないはずだと抗議した。〈トルコ人〉シューベルトは彼を撃ち殺し、オーストラリア人ふたりとニコラスの十七歳になる息子、ジョンを収容所に引きずっていった。

数か月前まで、ジョンはホイーリングでのんびりした夏をすごすのを楽しみにしているハイスクールの最上級生だった。それがいまでは地中海の島の、有刺鉄線に囲まれたドイツの捕虜収容所で恐怖と空腹に見舞われていた。捕虜となった連合国軍の兵士とちがい、ジョンは痩せっぽちの少年で、逃走のおそれがなかったので、死体処理の任務を命じられた。腐乱しかけた遺骸を手押し車にのせて収容所の外に運び、集団墓穴に埋める仕事だ。しかも、ジョンとふたりの若いクレタ人はひどくあどけない顔をしていたため、付き添い役にあてられた看守はたったひとりだった。彼らはシャベルで看守の後頭部を殴り、三人一緒に死にもの狂いでレフカ・オリ山地へ逃げこんだ。

ライフルで脇腹を小突かれて目が覚めたのは、ジョンが自由になってからまだ二回目の朝のことだった。銃を突きつけられ、三人の逃亡者は隠れ場所から這い出し——そしてヨルゴス・プシフンダキスに出会った。この〈道化師〉はレジスタンスにメッセージを届ける途中、近くの村の友人たちから三人のよそ者を付近で見かけたから気をつけるようにと忠告を受けていた。森をさまよう者はトラブルを意味する。ヨルゴスは自分のためにも三人を追跡し、いったい何をしているのか確かめなくてはならなかった。ドイツの偵察隊を引き寄せられてはまずいからだ。ヨルゴスは逃亡者たちに食料を分け与えると、自分の任務は後回しにして、三人を連れて山を越え、プレヴェリ修道院の勇敢な修道士たちに託した。ジョンは母とふたりの姉妹のためにレシムノンに戻りたかったが、顔を見せればかえって彼女たちの死を招くだけだと修道院長に説得された。かわりに十代のアメリカ人は八月二十日、浜辺に連れていかれ、エジプト行きの潜水艦に乗せられた。

粘り強く、流暢なギリシャ語を操り、クレタの山をじかに知っているジョンは、特殊部隊にうってつけの人材だった。彼は英国陸軍に入隊し、六か月の戦闘訓練をへて〈ザ・ファーム〉に加わることになる。ＳＯＥ（特殊作戦執行部）には彼にぴったりの任務があった。破壊工作部隊に同行してクレタに入り、イラクリオン飛行場でドイツ軍機を爆破する速攻奇襲作戦にふさわしい人物を求めていたのだ。このミッションは成功したが、ジョンは新しい任務のために英国に戻る代わりに、レジスタンスのもとに残った。ゲリラの情報網を通じて、母と姉妹は無事で山奥の親戚の家にいることがわかった。さらにジョンは別な情報も受け取った。ゲリラは〈トルコ人〉の私邸に侵入する方法を知っているというのだ。当のシューベルトも知らなかったが、トルコに占領されていた時代に海沿いに建てられた多くの家と同じく、彼が選んだ家には秘密の避難用トンネルがあった。ジョンは手描きの間取り図を渡され、裏庭の簾《すだれ》の奥にあるトンネルの入り口を教えられた。そしてクレタの掟を守って父の仇を討つために派遣された。

月のない夜が更けたころ、ジョンはひそかにレシムノンに入った。トンネルの隠された入り口を見つけると、身をくねらせて侵入した。陥没したり地下貯蔵庫に改造されたりした多くのトンネルとちがい、ここはまだ障害物がなかった。ジョンは暗がりを這うようにして進み、やがて落とし戸にたどり着いた。無理やり開けると、誰もいない寝室に出た。短い廊下の先に、机についてランプの明かりで仕事をしている者がいた。ジョンは拳銃を手に、足音を忍ばせて廊下を歩き……そしてまちがった男を追っていたことに気づく。顔にピストルを突きつけられ、驚いたゲシュタポ将校は、〈トルコ人〉は引っ越したところだと告げた。のちにジョンが語ったところでは、見知らぬ人間を冷酷に殺す気にはなれず、将校のこめかみをピストルで殴ると急いでトンネルを引き返したという。

あとでジョンが知ったことだが、ロンメルとちがって〈トルコ人〉には、身の危険を知らせる第六感《フィンガーシュピッツェンゲフュール》のうずきがあったわけではなかった。上官のひとりから最近、彼の残忍さのせいで火薬庫に火がつく寸前だと警告を受けていたのだ。残酷さを調整しろ。〈トルコ人〉と〈虐殺者〉がクレタ人を追いつめすぎれば、連鎖的な自爆攻撃で島全体が火に包まれるだろう。ただでさえレジスタンスは手に負えない――そのうえ生存本能がこれっぽっちもないレジスタンスを想像してみろ、と。〈トルコ人〉は反論したかったが、その衝動はじきに消えた。彼の率いる精鋭の襲撃部隊、ヤークトコマンド・シューベルトの兵士八人が、メスクラ村の近くで共産主義ゲリラに待ち伏せされ、殺されたためだ。シューベルトの兵士たちを憎むあまり、村じゅうの人間が隠しておいた武器を掘り出し、〈トルコ人〉が報復をしかけてきたら死ぬまで戦う覚悟でいた。

ところが〈トルコ人〉は復讐をあきらめた。指揮官たちがメスクラは放っておくと決めたときには、〈トルコ人〉は危険が迫っていると感づいていたにちがいない。「どうやらドイツ軍はあのならず者集団を支援する価値はないと判断したらしく、彼らの死に対して返報していない」と英国の情報機関は報告している。ヤークトコマンド・シューベルトは解散し、そのリーダー〈トルコ人〉はイラクリオンに逃亡すると、英情報機関によれば「中世の暴君」さながら身を隠し、「見張り塔のような高所の家に住み、護衛なしに行動することはけっしてなかった」。一月、ジョン・アレグザンダーによる暗殺未遂事件からまもなく、〈トルコ人〉はクレタ島を離れてアテネに向かった。

パディはつぎの展開を見越しておくべきだったのかもしれない。なんといっても、クレタ人が〈トルコ人〉以上に殺したがっている男はひとりだけだし、その男はほぼ毎日、見通しがきいて往来の少ない道路を運転手付きの車で私邸まで送迎させていたのだ。偶然にもその私邸とは、クレタ人にいわせれば、彼らが称揚し、養子にした人物、ジョン・ペンドルベリーのものだった。もし〈虐殺者〉のねらいがあらゆる敵を一気に激怒させる家を選ぶことだとしたら、このヴィラ・アリアドネとそのそばにあるクノッソス宮殿にまさるものはなかっただろう。クレタ人はクノッソスを世界の文化の発祥地として崇め、英国人はその発掘を輝かしい国家の偉業とみなしているのだ。だが、もっと心情のレベルにおいても、アリアドネを奪ったことはペンドルベリーの墓を荒らす行為に等しかった——クレタ人から〝黄金の男〟と呼ばれたペンドルベリーの最期の言葉は、まさしくギリシャ人の鬨《とき》の声だった。

ペンドルベリーの死を目撃した者がついに見つかったのだ。ペンドルベリーはイラクリオンからの逃走時に負傷し、ふたりの女性に彼女たちの自宅で看護されていた。だがドイツの空挺部隊に発見され、女たちは収容所に引きずっていかれた。近所の住人、カリオペ・カラタツァノスは、空挺部隊の兵士たちがペンドルベリーを外に連れ出し、気をつけの姿勢を取るよう命じるのを見た。三度、ドイツ人たちは大声で質問した。きっと英国軍の居場所について訊かれたのだろうと、カリオペは思った。三度、自分の生死を決める男たちを前に、ペンドルベリーは叫び返した。開戦以来、ギリシャ人が唱えてきた忠誠の歌を。

「ノー!」

銃弾が胸と腹に撃ちこまれた。空挺部隊はクレタの黄金の男を道路脇の穴に埋め、のちに頭蓋骨から義眼を取り出すために戻ってきた。

「クレタ人は、ギリシャの神々アレスやアポロンに迫る地位の同志にして友人を失った」とパディは振り返っている。「ジョン・ペンドルベリーはクレタで一二年をすごした。この間に、そのエネルギーと熱意、献身と不屈で名を馳せ、島で神話的な存在となったのである」

そのころ〈虐殺者〉はまだ自分のベッドで眠っていた。ところが、不意にねぐらを替える。

「三月下旬、ある知らせにショックを受けた」とパディは語っている。〈虐殺者〉が突然、孤高のヴィラ・アリアドネを捨てたのだ。SOEは〈虐殺者〉が〈トルコ人〉と同じく永遠に島を離れたのだと考えたが、やがてまだそこにいることが判明する。ハニアの安全な〝クレタ島要塞〟、つまりドイツ軍の海岸線の砦に拠点を移したのだった。

パディは動揺した。〈虐殺者〉を要塞から連れ去れるわけがないし、ハニアの狭く人通りの多い道で拉致するのも不可能だろう。パディは現実に向き合わなくてはならなかった。最後の最後に〈虐殺者〉は手中からすべり落ちたのだ。イラクリオンで彼の後を継いだのは、新参の指揮官、未知の軍人だった。いまのところ侮辱的な振る舞いは、首に鉄十字勲章をぶらさげてヴィラ・アリアドネに移ってきたことくらいだったが。

それがロシア戦線から着任したばかりの、ハインリヒ・クライペ少将だった。


それで、おれたちはどうするんだい？　とビリーが尋ねた。

クレタでの暮らしも長くなったパディには、ときにはチャンスの前髪をつかむしかないのだとわかっていた。この島の特別な神のひとりに、ゼウスの末っ子で、足の速い小柄な妖精のようなカイロスがいる。カイロスは若く、両足に翼のある永遠の美少年だったが、髪は額にかかるひと房しかない。カイロスは好機の神、無法者の守護神で、その前髪を素早くつかめば奇跡を起こしてくれる。だが、一度通り過ぎてしまうと永遠に戻ってこない。当然、機を見るに敏な神は、暴君たちが何代にもわたる無法者を世に送り出したこの島で愛されていた。カイロスはクレタのことわざ、「隙を与えると魔がさすもの」を思い起こさせる。大事なのはタイミングであって、ターゲットではない――チャンスをつかめ、たとえそれが計画になかったものでも。

パディはもっとあけすけな言い方をした。将軍だったら誰でもいい、と。それでも迅速に行動しなくてはならない。これ以上遅れて作戦が中止になったら、ザンの二の舞いだ。偵察を増やすだけでも、とてつもない危険にさらされる。パディはゲリラ仲間の先遣隊を四方に散らさなくてはならなかった。隠れ場所を出入りするところを地元民に見られ、武装したよそ者は何を企んでいるのかと噂になりはじめていたからだ。素早く簡単にできる計画、大勢の人手や微妙なタイミングに頼らなくていい計画が必要だった。パディはうってつけの方法を考えていた。まずヴィラ・アリアドネの塀を乗り越え、クライペを寝室で捕らえたら、本人の専用車に押しこみ、海岸まで突き進めばいい。そして潜水艦と落ち合ったら出発だ。

パディは仲間にざっと計画を説明した。クレタ人は代々、拉致について豊かな伝統を受け継いできた——羊やトルコ人、駆け落ちできるガールフレンドをさらうことは島の娯楽として長く尊ばれている。だから彼らは、パディの提案をあっさりこう評価した。自殺行為《アフトクトニア》だと。ヴィラ・アリアドネの中庭に入ったとたん、番犬に吠えられるか、くしゃみを抑えきれずに、けっきょく追いつめられるのが関の山だ。「鉄条網は三重で、うちひとつは電気が流れているといわれていたし、警備の規模や頻繁なパトロールを考えても、失敗する見込みは非常に高い」とパディは認めざるをえなかった。「それに、クレタ人に対する報復の言い訳や口実を与えないために、血を流すことなく作戦を遂行すべきだと決めていた」。パディはその点にこだわった。銃撃戦になる可能性のあるプランは、たとえ彼自身の案でも、検討の対象からはずされた。

警護隊の鼻先で将軍の姿を消す方法が見つかったとしても、彼を島から連れ出すには相当有利なスタートを切ることが求められる。港には軍艦が多すぎるし、イラクリオン近辺は岩が多すぎて、北側の海岸にはどんな脱出用の船も近づけない。それが意味するのは、七万人の兵士が必死に追跡してくるなか、南をめざし、南ヨーロッパでもっとも厳しい自然の障害物を、徒歩で越えるということだ。おまけにパディは当初あてにしていた強みを失っていた。〈虐殺者〉はこちらの手中に落ちるどころか、すぐ背後に追ってくるはずだ。

言い換えると、この作戦を成功させる方法はひとつしかない。それも困難な方法だけだ。

CHAPTER 25

これを書いているいま、われわれはまだ洞穴のなか、
人に見られるおそれがあるので動けずにいる。

――ビリー・モス
行動開始直前の日記の走り書き

一九四四年四月二十六日、真夜中まであと数時間、パディは道路脇の溝にうずくまり、暗闇に一条の光を探しはじめた。彼が着ているドイツ軍憲兵のフィールドグレーの制服は、ドイツ軍基地の近くに住むクレタの仕立屋にくすねてもらったものだった。傍らには、やはり盗品の制服を身につけたビリー・モスがいた。彼はこのあと、ひと言もドイツ語を話さずにドイツ兵になりすませるかどうかを試すことになる。

あそこだ！　遠くでパディの仲間が懐中電灯で暗号を点滅させはじめた。

点滅一回「将軍の車」

点滅二回「護衛なし」

点滅三回「開始！」

「行くぞ」パディは小声で言った。ビリーとともに溝から出ると、泥除けにドイツ国防軍の鷲の紋章のついたオペルの黒いセダンがカーブを曲がり、加速しながら暗い道路をやってきた。

パディは信号用の赤いランタンを灯し、ビリーは小さな一時停止の標識を掲げた。ふたりは大きく傾いた道の屈曲部に立っていた。ここなら将軍の車は、幹線道路に合流するために減速せざるをえない。変装は通用するだろうか？　短気な護衛たちが撃鉄を起こした機関銃を抱えて同乗していないだろうか？　パディには見当もつかなかった。

パディはランタンを高く上げ、迫りくるヘッドライトのまぶしい光のなかに踏み出した。

「停まれ《ハルト》！」パディは叫んだ。

うなりとともに近づいてきた黒塗りの車は、やがて減速した。ふたりは背後に隠し持った拳銃の撃鉄を起こし、左右に分かれて車の窓に近づいた。

「将軍の車ですか《イスト・ディース・ダス・ゲネラルス・ヴァーゲン》？」パディは助手席側の窓の暗がりに向かってどなった。

「ああ《ヤー》、そう《ヤー》だ」

パディには突き出したあご、金モール、黒の鉄十字勲章が見えた。クライペは助手席に座っている。

「通行証を見せてください《パピアー、ビッテ・シェーン》」とパディは迫った。

どきたまえ、と将軍がこのまぬけな兵士たちを叱りつけないうちに、パディは胸に拳銃を突きつけた。

「手を上げろ《ヘンデ・ホーホ》！」パディは叫んだ。将軍が息をのむ音がした。

運転手は怯えた目をしていたが、右手を自動拳銃に伸ばそうとしているのにビリーが気づき、すかさず頭を棍棒で殴りつけた。道端の茂みからクレタ人の一団が飛び出してきて、車のドアを開けた。後部座席は無人だった。護衛を連れて移動せずに、将軍は運転手とふたりきりだったのだ。呆然とする運転手はビリーとクレタ人たちが道路に引きずり降ろしたが、将軍は車から躍り出ると、強烈なキックと顔面へのパンチでパディをふらつかせた。クレタ人たちがそのふざけた真似をただちにやめさせた。ひとりがクライペのあごの下に短剣《ダガー》を押しつけ、もうひとりが両手首に手錠をかけた。

「クレタで何をしようっていうんだ《ヴァス・ヴォレン・ズィー・イン・クレタ》？」クレタ人のひとりがクライペの顔に向かってわめいた。

パディはそのクレタ人に静かにするよう頼んだ。ここでの怒りは命取りになる。

「ここが正念場だった」とビリーにはわかっていた。「もしほかの車がこの道に来ていたら捕まっていた」。パディはろくに運転できないので、ビリーが運転席に座った。不慣れなドイツ製セダンを動かし、うまく走らせることができるよう願っていたが、うれしいことに、「車のエンジンはかかったまま、ハンドブレーキが引かれていて、何もかも完璧だった」。ガソリンも満タンだった。三人のクレタ人が将軍を後部座席に押しこみ、その両隣に乗りこむと、パディは将軍の帽子をまっすぐかぶり、助手席におさまった。ふたりのクレタ人が、血まみれでぐったりしている運転手を茂みに引きずっていった。

行こう、とパディは言った。

ヘッドライトの光に目がくらんだ。「車隊が向かってきている」とパディは気づいた。「トラック二台。膝のあいだにライフルを挟んだ兵士を満載している。鉄兜の者もいれば、野戦帽の者もいる」。あと一分早くやってきていたら、ゲームオーバーだった。だが、トラック部隊は気にとめた様子もなく轟音とともに通過し、ビリーはアクセルを踏みこんだ。

「私の帽子は？」将軍がしきりに尋ねていた。帽子だ。帽子はどこにある？

静かにしろ、と後部座席のクレタ人が命じた。そしてパディに訊いた。なんて言ってるんだ？

無駄口だ！　パディは早急に話を切りあげる必要があった。車はどんどんヴィラ・アリアドネへ近づいていたのだ。すでにふたりの見張りが車を目にして気をつけの姿勢をとっていた。三人目がヴィラの入り口をふさぐ縞模様の横木を開けている。ここで騒ぎでも起こせば、見張りはタイヤを撃ってくるだろう。

帽子は私が預かっている、とパディはクライペ将軍に言った。じっと座ったままのパディは、車が当惑顔の見張りの前を通り過ぎると将軍を振り返った。将軍を含め、このなかの誰かが生き残るとしたら、率直に話しておかなくては。「将軍殿」とパディは言った。「私は英国軍の少佐です。隣にいるのは英国軍大尉。あなたの両脇にいるのはギリシャの愛国者たち。みな善良な人間です。私はこの部隊の指揮官で、あなたは名誉ある捕虜です。われわれはあなたをクレタからエジプトへ連行する。あなたの戦争は終わりました。荒っぽいことをして申し訳ない。私の言うとおりにしていれば、万事うまくいくはずです」

「本当に英国軍の少佐なのか?」クライペ将軍が言った。

「ええ、本当に。何も恐れることはありません」

では、帽子を返してもらえないか?

「前方に検問所」とビリーが警告した。ドイツ兵がふたり、路上で赤い信号灯を振っていた。

いまこそこの帽子が必要で、とパディは言った。のちほど返します。

ビリーは減速したが、そのまま兵士たちに向かって車を走らせた。「停まれ《ハルト》!」ひとりが叫んだ。と、急に引き下がって敬礼する、将軍の旗が目に入ったらしい。ビリーはスピードを上げて通過した。

「こいつはすばらしい」とビリーは言い、ぐっとアクセルを踏みこんだ。

「少佐殿」クライペ将軍が尋ねた。「私をどこへ連れいくつもりだ?」

おいおい。帽子のことをまた蒸し返す気か？　「カイロへ」とパディは繰り返した。
「そうじゃない。いまはどこへ？」
「イラクリオンへ」とパディは言った。
「**イラクリオン？**」

そう、じつはそれがパディの計画だった。将軍を安全な山岳地からドイツ人でひしめく市街地へ連れていくことが。

数週間前、パディは市場をめざす農夫を装い、バスでイラクリオンに出かけていた。誘拐の経路は、どちらかといえば困ったことに、将軍の公邸からイラクリオンの中心部を通ってその先の丘陵地帯へ抜けるのがいちばんよさそうだった。ところが実際に見てみると、このルートはひどく通行しにくいことがわかった。どの道も検問所だらけなのだ。出入りできる道は一本だけで、脇道はすべて有刺鉄線と対戦車ブロックで封鎖されるか、兵士に見張られている。正気の沙汰ではなかった。いかに巧妙に渡航文書を偽造し、将軍に薬を盛ろうと、気絶したドイツ人将校をトランクに隠した車でゲシュタポ本部の入り口の前を通り、武装した兵士が詰めている二二か所以上の監視所で検問を受けるのは、あまりに危険だった。

街を歩いたおり、パディは気づくと何度もそのゲシュタポの建物の前を歩いていた。病的なまでにあの拷問部屋に吸い寄せられていたのだ。「そこは多くの友人の悲運そのものだった」とパディは振り返っている。これこそが賭けの代償だった——誘拐にしくじれば、あの扉の奥に閉じこめられ、二度と出てこられない。パディはその場を離れ、ヴィラ・アリアドネへつづく道を五キロほど南下した。偶然にも、パディ配下のもっとも優秀なクレタ人スパイがヴィラのすぐ隣に住んでいた。ミッキー・アクミアナキスはヴィラ・アリアドネの元管理人の息子で、いまも父親の古い宿舎で暮らすことを許されていた。そこでパディとミッキーが、道端で群れを見張る羊飼いと話すふりをしながらヴィラの警護をチェックしていたとき、パディはクライペ将軍と初めて目を合わせることになったのだ。

将軍のセダンは不意に現れて、彼らのほうへ走ってきた。フロントガラス越しに将軍の青い目と胸いっぱいに縫いつけられた勲章が見えた。パディはなんとはなしに片手を挙げ、将軍に向かって親しげに振った。虚を突かれた将軍は手袋をつけた手を厳かに挙げたが、その相手こそが……彼の……

パディに名案がひらめいた。将軍の帽子！　見張りを退かせ、路上のバリケードをどかせるものがあるとすれば、あの帽子しかない。わざわざ帽子の下の顔を確かめる者がどこにいる？　それ以上に、将軍の顔を知っている者がどこにいるだろう？　クライペ将軍は二年間ロシア戦線にいて、五週間前にクレタに来たばかりだった。彼の顔を識別できる兵士はごくわずかだが、金モールで描いたオークの葉と翼を広げた鷲の紋章にはすぐに気づく——そして敬意を払う——だろう。

完璧だ。将軍を消すのではなく、ドイツ軍本部の中枢を突っ切る近道への通行証として使おう。「街で不運に見舞われたらどうなるかは悲惨すぎて考えられない」とパディは承知していた。「しかし、向こうもよもや拘束した司令官を連れて敵の砦に突っこんでくるとは思っていないはずだ」

マスケリン家の三世代は拍手で称えてくれるだろう。ジャスパーとマジック・ギャングが港全体を偽装できるなら、自分もひとりの男を偽装できるはずだ、とパディは確信した。それが夜ならなおさら。

ただし、土曜の夜でなければの話だ。

「このタイミングで街に着いたのは不運以外の何ものでもない」とビリーは思い知った。彼はクラクションを鳴らし、通りをふさぐ人々を押しのけて車を進めた。週末の映画が終わったところで、イラクリオンはアイドリングしている軍用バスやそぞろ歩きをする兵士たちでごった返していた。パディは助手席の背に深くもたれ、その後ろで三人のクレタ人が将軍を床に押さえつけていた。ひとりは将軍の口を手でふさいで喉にダガーをあてがい、あとのふたりはマーリンと呼ばれる短機関銃を窓の外に向けていた。

パディは重圧にさらされても冷静さを保てる面々を集め、最高のチームをつくりあげていた。マノリ・パテラキスは、過去一年の大半を通じてパディに教えを授けてきたヤギ飼いで高山の猟師だった。ヨルゴス・ティラキスはマノリを若くしたような男で、パディいわく「笑顔と身振り」以外に意思疎通の手立てがないにもかかわらず、あっというまにビリーと親しくなった。パディが最後にスカウトしたストラティス・サヴィオラキスは生まれも育ちもこの手の作戦にうってつけで、普段は南部の抵抗勢力が掌握するスファキアで警官をしているため、平和の保ち方ばかりか騒ぎの焚きつけ方にも通じていた。

まわりにひしめくドイツ人の顔が、窓からほんの数インチ先をつぎつぎ通り過ぎていった。ビリーはオーバーヒートやエンストが起きないよう祈りながらじりじりと車を進めた。「緊張は数段高まった」とパディは淡々と記している。何時間も過ぎたと思えたころ、中央市場の環状交差点をまわってハニア門へつづくまっすぐな下り坂に入った。厚みのあるその石のアーチ門を通り抜ければ道が開ける——だがそこで、すでに正体がばれていることをビリーが察知した。前方の道路の真ん中で、歩哨が赤いランタンを高く掲げていた。その背後に、追加の人員が集まっていた。「この検問所には、通常の歩哨や衛兵のほかに、たいへんな数の兵士がいる」とパディは気づいた。「赤い信号灯を振りかざす男は道を譲らない。どうやらわれわれをここで止めるつもりのようだ」。突破できるだろうか？　そうは思えない。道はセメントのブロックで狭められ、頑丈な木製のバリケードで遮断されていた。

パディはドアを蹴り開けて逃げられるように備えた。多勢に無勢で銃の数でも負けているのは確かだが、こちらはクレタの山で訓練を積んだ人間だ。「迷路のような路地、飛び越えられる塀、よじ登れる排水管、天窓、隣家とつながっている平屋根、地下室、排水溝、暗渠《あんきょ》」とパディは考えた。「そういうものをドイツ人は知らない」。ビリーが自動拳銃の撃鉄を起こして膝に置いた。パディはすでに銃を握っていた。背後で三挺のマーリンの遊底が引かれる音がした。ビリーがゆっくり車を進め、一気に加速する合図を待った。パディは助手席の窓を下ろした。

「将軍の車だ！」《ゲネラルス・ヴァーゲン》パディは大声で言った。そんなことを言う将軍はいないが、とにかく……「ゲネラルス・ヴァーゲン！」

ビリーはアクセルを踏んだ。歩哨が飛び退いた。兵士たちはかろうじてオペルのバンパーをかわして四散した。ビリーは銃撃を覚悟したが、聞こえてきたのはパディの声だった。「おやすみ《グーテ・ナハト》」とパディは叫んでいた。ビリーはさっと振り返らずにはいられなかった。兵士も歩哨もひとり残らず敬礼していた。

イラクリオンを脱出した一行は田園地帯に入り、暗い海沿いの丘陵を登り下りしながら進んでいった。ビリーは煙草に火をつけた。「これまでの人生で最高の一服だった」。彼は煙草の箱をパディとクレタ人たちにまわし――

待て、止まれ！　ストラティスが声をあげた。道がちがう。ビリーはレシムノンに通じる道をはずれてロディアへ向かっていた――途中にドイツ軍の駐屯地がある行き止まりだ。ビリーはオペルをUターンさせ、たったいま逃れてきた街のほうへ戻りはじめた。警報が発動されて追跡隊がこちらに向かっていないことを祈るばかりだった。緊張の数分が過ぎ、ストラティスが抜け道を見つけて車は正しい経路へ戻った。

人けのない道を突き進む彼らの頭上で、雪を頂くイディ山が月光に輝いていた。ビリーとパディが「ザ・パーティズ・オーヴァー」を歌いだした。三人のクレタ人も楽しげに、意味もわからないまま声を合わせた。将軍が床から身体を起こした。パディは将軍に帽子を返した。

イラクリオンを通過して三〇キロ余り、ビリーは車を路肩に停めて外へ出た。マノリとストラティスが後部座席からクライペ将軍を引きずり出した。パディとヨルゴスは車内に残り、パディが運転席に移った。パディはハンドブレーキと格闘し、エンジンをかけようとしてうっかりクラクションを鳴らしたが、やがてギアをローに入れる手順を突き止めた。パディとヨルゴスが危なっかしく車体を振りながら道を進みだすと、ビリーとクレタ人たちは将軍を連れて山に入っていった。

パディとヨルゴスは海岸線に着くと、砂浜に車を駐めた。そこに英国軍襲撃部隊のベレー帽と〈プレイヤーズ〉の吸い殻ひと山、アガサ・クリスティの小説一冊を散乱させると、さらにキャドバリーのミルクチョコレートの包み紙を地面に捨て、少々やりすぎではあったが、英国のひどくがさつなコマンド隊員による単独作戦を偽装した。

パディは時刻を確かめた。すでに午後十一時をまわっている。出発の時間だ。

もう行こう、とヨルゴスが言った。暗闇の男たち！《アンスロピ・トゥ・スコトゥス》　ドイツ人はプロパガンダの一環として、狡猾なクレタ人に汚名を着せようとそんな呼び方を考案したが、狡猾なクレタ人たちがそれをいたく気に入り、夜の任務へ出かけるまえの鬨の声として使いだしたとは知らずにいた。パディにはもうひとつやっておくことがあった。前夜、ビリーとともに手紙を書き、熱した蠟の上にそれぞれ指輪の印章を押して封をしておいたのだ。パディは手紙を取り出し、ダッシュボードにピンで留めた。

クレタ島ドイツ軍当局へ、一九四四年四月二十三日

各位

当地の師団長であるクライペ将軍は先刻、われわれが指揮する英国軍襲撃部隊によって捕捉された。貴兄らがこれを読むころには、将軍とわれわれはカイロに向かっている。この作戦がクレタ島民もしくはクレタのパルチザンの協力なしに実行されたこと、案内人として同伴したのは中東に展開するギリシャ王国軍の兵士だけであることを何より強調しておきたい。
将軍は名誉ある捕虜であり、その階級に充分に配慮した待遇を受ける。したがって、地元住民に対する報復は例外なく、不当にして不正な行為となるだろう。
ではまた近いうちに！《アウフ・バルディゲス・ヴィーダーゼーン》

P・M・リー・ファーマー

少佐、コマンド隊長

C・W・スタンリー・モス

大尉、副隊長

追伸、まことに残念ながら、この美しい自動車は置いていかざるをえない。

パディとヨルゴスは将軍の旗を記念品としてフードから引きはがすと――「どうにも我慢できなかった」とパディはのちに語っている――息の切れる坂を登りだし、仲間のあとを追った。もしかしたら〈虐殺者〉はだまされてくれるかもしれない。ここに潜水艦がやってきて、彼らをとっくに連れ去ったと思ってくれるかもしれない。

もしかしたら。そうでなければ、夜明けにはこの世の地獄が繰り広げられるだろうから。

CHAPTER 26

将軍を失った。

——ドイツ軍の無線交信、一九四四年五月、英国の情報機関が傍受したもの

クリス・ホワイトは言ったことは守る男だった。パディの逃走ルートを教えることを拒んでから数か月、私にパディの逃走ルートを教えると請け合ってくれたのだ。

「私にもなんとかなるかな?」私は尋ねた。

「きっとパディも同じことを考えただろうね」とクリスは答えた、というより、そのようなことを口にした。私は彼の言葉を書きとめていなかった。早くもそわそわとカレンダーをクリックし、どれくらい準備期間がとれるか確認していたからだ。一方で私はほっとしていた。これはつまり、三か月前に島を横断した最初の徒歩旅行《ハイク》で、ホワイト兄弟の選考試験をパスしたにちがいないことを意味したからだ。だがもう一方では、覚悟していた。それまで彼らに連れていかれたどこよりも険しい辺鄙な土地に踏み入るのだと。そもそも、それがパディの戦略だった。誘拐を成功させるには、無人地帯にまぎれて逃げきること、ドイツ兵はもちろん、山岳部隊でさえ追跡を考えないような場所を移動することに、望みをかけるしかなかったのだ。

クリスはもう一度パディの足跡をたどりたくてうずうずしていた。パディが向かった土地をパディ以上に知っていると思いはじめていたからだ。当然といえば当然の話だった。パディとビリーは暗闇のなか無法者に導かれ、無法者しか知らない場所を転々としながら逃走した。順調に逃げられたのなら巧妙な手口といえただろう。ところが将軍が車を降りた瞬間から、事態は暗転する。それからというもの、毎日が即興の練習だった。パディが考えていたルートはどれも使い物にならず、〈虐殺者〉の追跡をかわすためにその場であわただしく考え直すはめになった。一度など、あまりに方向転換を繰り返したせいで、そのあと洞窟から外を見ながら朝日に照らされた山を説明した際、山の名前をまちがえたりもした。驚くにはあたらない。七万人の軍勢や〈虐殺者〉の異名をとる戦争犯罪人に追われていたら、前方にあるものよりも後方にいる者が気になるはずだ。

クリスは並はずれた仕事ぶりで失われた点と点をつないでみせた。その際少なからず助けとなったのが、例の引退したオックスフォードの刑事、シャーロック・ホームズばりに戦争の歴史を研究しているティム・トッドと、ユニークな趣味をもつふたりの冒険家だった。そのふたり、ロンドンの弁護士クリストファー・ポールと元ウェールズ連隊少佐のアラン・デイヴィスは、戦時中の逃走ルートの追跡を専門にしている。ある冬、彼らは『私はまだ生きていた――ノルウェー秘密工作隊員の記録』（ディヴィッド・ハワース著）に描かれたノルウェーの特殊部隊隊員、ヤン・ボールスルードの足跡をたどって北海を渡った。ボールスルードは北極圏の海を泳ぎ、壊疽《えそ》にかかった足の指九本をみずから切断し、雪盲と凍傷と飢餓に苦しみながらも、ついにドイツ軍の追っ手を振り切り自由が待つスウェーデンに逃れている。二〇〇三年、クリストファーとアランはイランでの逃走ケースの再現に挑んだ際、山で雪崩に巻きこまれて数百メートル下まで流された。打ちのめされ、凍えきったふたりは小屋に避難して、その夜を切り抜けた。翌年、彼らはまたも雪崩に見舞われる。今度はトルコのアララト山だった。アランと登山のパートナーが大量の雪の下に消えた。チームメイトたちは死にもの狂いで雪を掘った。二〇分後、どうにかアランを見つけて引っ張り出すと、彼はまだ生きていた。だがスコットランド人の探検仲間、アラスデア・ロスにそこまでの運はなかった。

「今度ふたりでどこかへ行くとしたら、暖かいところと決めていたんだ」。アランが私にそう言ったのは、クリストファーと三人で会ったロンドンでのある晩のことだ。ふたりは私をパディが会員だったクラブ〈トラヴェラーズ〉へ連れていき、暖炉の上に飾られた地図を見せてくれた。パディがティーンエイジャーだったころのヨーロッパ逍遥の地図で、署名代わりにトレードマークの飛翔する鳥の群れが落書きされていた。クレタでパディの足跡をたどるのは想像以上のものだったと、ふたりは口をそろえた。「手に入る地図を見てみるといい。どれもまるで正確じゃないんだ」とクリストファーが言った。「それにどこへ行けばいいかわかっても、道を見つけるのは至難のわざだ。ある洞窟を探しにいったとき、すぐ目の前にあると言われた。どうにも見つけられなかったよ」

クレタ人のまわりでは慎重に行動することもふたりは学んだ。〈もてなし《クセニア》〉はいまも行き渡っているが、身内への忠誠心が問われるとなれば話は別だ。「われわれがアノギアに滞在していたとき、警察がある男を追ってきたんだが、町の境界まで来るとマシンガンの射撃で足止めされて、彼らは引き返すしかなかった」とクリストファー・ポールは言った。地元の若者が警察に捕まりそうになると、村人は一丸となって——聖職者までもが——戦う準備をする。「法衣の下にグロックの拳銃を隠し持ったギリシャ人の司祭に会ったよ」とクリストファーはつづけた。「靴下から引き抜いたんだ」

アランとクリストファーは過酷な旅を何度も乗り越えていたが、歩きはじめて六時間でチームメイトのひとりのブーツを裂くほどの岩を相手にしたのは初めてだった。彼らはぜい肉を落とし、身体を鍛え、充分な食料を用意していたが（食料を現地調達してしのいだパディやザンとはちがい）、それでも気づけば二週間で体重が一〇キロ近くも落ちていた。「この手の遠征ではかならず予期せぬ事態に見舞われる」とアラン・デイヴィスが忠告した。「それは私を引きつけてやまない疑問でもある。災難を乗り切るにはどこまで性格の強さが求められるのか？」

好都合にも、パディのルートでクリスと私が何を見出すか――あるいはクリスと私が何に見舞われるか――を確かめるにあたって、私には有利な点がふたつあった。半年前から始動できることと、私自身の英雄学校《ヒーロー・スクール》に行けることだ。


そのスクールが生まれたきっかけは、アラン・デイヴィスなら予期しただろうが、悪夢のような状況に対するある男の反応だった。一九〇二年五月の第一週、二十七歳のフランス海軍将校ジョルジュ・エベルは、〝カリブのパリ〟ことマルティニーク島の沖合に停泊する軍艦〈シュシエ〉に配属されていた。数日前からマルティニーク島のプレー山が火花をあげていたが、本気で不安がる者はいなかった。火山活動は一〇〇年以上休止状態にあったし、島の知事も第一の都市サンピエールの市長も心配いらないと言い張った。安心して無料の花火を楽しむように勧めるポスターがサンピエールじゅうに貼られた。火花に加えて黒煙が立ちのぼり、硫黄臭が漂うようになっても、マルティニーク島から避難する者はなく、人々はさほど気にしていなかった。

五月七日には、島じゅうに穏やかさが戻っていた。「太陽は明るく心地よく輝いていた」と蒸気船のエラリー・スコット船長が航海日誌に記している。「何もかもが快適で望ましい状態だった」。あまりに快適で、その日の最終便は空席が目立つほどだった。島を離れるフェリーの座席は三分の一しか埋まらなかったのだ。火花はもうおさまり、火山はまた眠りについていた……

ところが翌朝早く、閉じこめられていたガスが山頂を吹き飛ばした。爆発は二度起きた——最初は一〇キロ以上の上空までまっすぐ飛び、二度目は燃えさかるガスと炎に包まれた岩の砲弾がサンピエールを直撃した。煮えたぎる溶岩が斜面を下りはじめると、毒ヘビは群れをなして逃げ出し、動物は大騒ぎとなった。人々は家から走り出たが、赤く焼けた巨石が当たるか、灰と煙で息ができなくなるか、毒ヘビに咬まれるか、時速二〇〇キロに迫る風に叩きのめされるしかなかった。暗闇が垂れこめた。過熱した火山ガスが街をすっぽり包みこみ、黒雲を切り裂くのは炎と火山雷の炸裂のみ。雨が落ちてきた。焼けつくように熱い。悲鳴、爆発、大地を揺るがす轟音、奔出する苦しみとパニック……

そしてこの悪夢に突っこんでいったのがジョルジュ・エベルだった。〈シュシエ〉は救助活動のため港への接近を試みたが、猛烈な熱と激しい風で海が荒れ、岩に叩きつけられるおそれがあった。そこでエベルは大型ボートを下ろす作業を手伝い、数人の乗組員とともに出発した。サンピエールの誰もが恐怖から逃れようとするなか、エベルと乗組員は敢然と街に向かっていた。彼らはこの悪夢をありのままに見て、それを記憶にとどめるごく少ない人間になる。エベルと乗組員は数時間にわたってボートの上で奮闘し、焼け焦げた身体の生存者を水から引きあげては安全な〈シュシエ〉まで運んだ。三万人以上がサンピエールには暮らしていた。二万九〇〇〇人以上が命を落とした。

「わが国の隣人の島、マルティニーク島に史上最大級の災害が降りかかった」とセオドア・ローズヴェルト大統領は嘆いた。この悲劇は、死者の多さという点以上に、倒錯した興味をかき立てた。どう考えても回避できたように思えてならないのだ。いったいどれだけ警告したら、人は火山から逃げるのか？　なかでもジョルジュ・エベルの心に突き刺さったのはこんな疑問だった。どれだけの人が自分の身体に裏切られただろう？　彼らは殺されたのではない――死んだのだ。生きるために走ったり這ったり、跳んだり泳いだりできたはずなのに、身体がすくみ、ためらっていた。

数十年後、若い英国人作家がマルティニーク島の惨事を同じように考察する。プレー山の噴火に魅せられたパディ・リー・ファーマーは、それを最初で最後の小説『サンジャックのヴァイオリン（*The Violins of Saint-Jacques*）』の題材にした。パディが描いたマルティニーク島の生存者には、ふたつのタイプがいる。まぬけだが運のいい少数のヨーロッパ人と、みずからの強かさ《ストレングス》と技能《スキル》で身を守った賢い先住民たちだ。「彼らは白人や黒人が渡来するはるかまえから群島で暮らしていた食人種の末裔だった」とパディは書いている。「黒人や白人の侵入者たちは、待ち受ける惨事の気配を受け取ることはおろか、察することすらなかったが、先住民は無意識の、つまり先祖返りの知恵に逃げるよう駆り立てられた。イグアナやヘビやアルマジロがその知恵にせっつかれたのと同じである。こういう原始的な人間には、先祖が経験した問題を前にしたとき、生き延びるための生来の才覚が具わっていたが、ほかの人々にはそれが欠けていたのだ」

カリブ人の「生来の才覚」は、なにも特別なものではなかった。人類が誕生以来ずっと頼りにしてきた、自分の身体と自然界を、熟知していたというだけのことだ。カリブ人には海にたどり着く機敏さと、噴石の塊がぶつかって丸木舟が転覆しても溺れずにいるたくましさがあった。カリブ人は、ホメロスがオデュッセウスを創造したときに思い描いたものの化身だ。けっして沈まない究極の英雄。べつに怪力というわけではなく、どんな困難にも適応するだけの機転と強靭さがあるにすぎない。「うねる海に揺られて、いかだがばらばらになったら」とオデュッセウスは宣言する。「私は泳ぐ」

この生来の才覚は再生できるだろうか？　ジョルジュ・エベルはフランスへの帰途、その問題をじっくり考えた。彼はヒーローとして迎えられたが、真の救助活動はまだはじまってすらいない気がしていた。われわれは死を招く幻想を生きているのだ、とエベルは悟った。非常事態になったら、かならず誰かが助けにくると勝手に思いこんで安心している。すばらしく順応性のある肉体をもはや信頼しなくなっているのだ。われわれが、考える、登る、跳ぶ、走る、投げる、泳ぐ、戦うなど、地球上のどの生き物よりも多才なことを忘れている。いったい、パリに暮らす同胞の何人が、岩をよじ登ったり、一メートルの亀裂を飛び越えたり、子供を安全な場所に運んだりできるだろう？　自分はできるだろうか？　大人が地面を這うのを、木に登るのを、前転して受け身を取るのを、もっといえば全力で走るのを、最後に見たのがいつだったか、エベルには思い出せなかった。

おかしな話だ。つい最近まで、人を助けられないうちは大人とはみなされなかったのだから。ほとんどの文化において、通過儀礼とはもっぱら肉体の有用性を示すことが基本だった。人は頼りになるところを見せて初めて、一人前とみなされたのだ。スパルタ人やズールー族の戦士団《イムピ》のように、血で証明した例もある。ズールー族の戦士はとげだらけの茂みを裸足で踏みしめ、いかなる状況にもひるまず飛びこんでいく覚悟を示さなければならなかったし、スパルタのティーンエイジャーは短剣を渡されて田園地方に送りこまれた。そのあたりでいちばん豪胆な農夫に忍び寄り、トゥキュディデスによれば「当時もその後も、どんな死に方をしたかが語られることすらないような方法で」殺害するためだ。非情なスパルタ人の論法からいえば、〈クリュプテイア〉と呼ばれるこの制度は、市民権獲得への完璧な一石二鳥の道筋だった。反乱を未然に防ぐと同時に、スパルタの若者を忍びとサバイバルの達人に変貌させたのだ。

スピードと強かさ《ストレングス》を求められるのは若い男性だけではなかった。ナヴァホ族の〈キナルダ〉とアパッチ族の〈ナイイエス〉は、スピードと耐久力《エンデュランス》、それに生涯使える健康な筋肉に的を絞った女性の成人の儀式だ。少女たちはいつまでも強くしなやかでいられるよう、毎日、朝日に向かって走ったり、腕と背中のマッサージを受けたりする。どちらの部族も、女性が強くなれば、それだけコミュニティも強くなると信じていた。「ナイイエスのあいだ、少女の力はおおむね本人のために使われる」と、ある人類学者は記している。「しかし、儀式が終わったとたん、それは公共の財産となり、すべての人のために役立てられる」

ジョルジュ・エベルはこう思わざるをえなかった。どこでまちがえたんだろう？　なぜわれわれはこうした強さの伝統に背を向け、どうしようもなく無力なままに甘んじているのか？　だが彼がそんな疑問を感じていたころ、フィラデルフィアではひとりの機械工がすでに答えを見つけていた。

エドウィン・チェックリーは一八五五年、産業革命が急激なイノベーションから止めようのない怪物へと推移していく激動の英国に生まれた。それはアマチュアの時代、誰もがあらゆることに関わらざるをえない時代の終わりだった。それまで人々は隣人たちと協力して家を建て、火事を消し、食べるものを育て、屠り、保存していた。武器の手入れの仕方、歯の抜き方、蹄鉄の打ち方、分娩の方法を知っていた。だが産業化に伴って専門化が進んだ――それ自体はすばらしいことだった。訓練を積んだプロフェッショナルは独学のアマチュアより優れていたし、専門知識のある彼らはよりよい商売道具を求め、開発することもできた――ただし、その道具の使い方は専門家にしかわからない。時とともに、厄介な弊害が広がっていった。専門家が増えれば、そのぶん傍観者も増えるのだ。かつて自分で戦い、対処していたことはどれもプロフェッショナルに委ねられた。娯楽までプロのものになり、彼らのするスポーツを座って見るようになったのだ。

チェックリーはそんなふたつの世界にまたがって生きていた。機械工として工場に就職したものの、まもなく曲芸を身につけ旅に出た。アメリカに移住したのは一八七四年、十九歳のときで、その後の数年はさしずめ人間竜巻のめまぐるしさだった。ロングアイランド・カレッジ病院で医療を学び、ブルックリンのジムで訓練と指導をし、週末はフィラデルフィアの機械工場でアルバイトをした。そのどれもが彼を一冊の傑作へと向かわせる。一八九〇年、チェックリーは世間を騒然とさせる小さな本を上梓した。『身体トレーニングのナチュラル・メソッド――ダイエットも器具もいらない筋肉のつけ方とぜい肉の落とし方（*A Natural Method of Physical Training: Making Muscle and Reducing Flesh Without Dieting or Apparatus*）』だ。

批評家たちの反応は奇妙にも、どちらかといえば熱狂に近いものだった。内容がろくにわからなくても、万人が好感を抱いたのだ。科学雑誌に引用され、文芸誌、女性誌、フィットネス誌、さらには『レディーズ・ホーム・ジャーナル』のような写真ばかりのカフェ向き雑誌にまで紹介された。どうやらチェックリーの著書を嫌ったのは、本の題材にされた人々、ジムのオーナーや運動科学者だけだったらしい。フィットネス産業の何がまちがっているかといえば、それは何もかもだと、チェックリーは明言していた。

バーベル？　忘れてしまえ。

ウエイトマシン？　時間の無駄だ。

女性は愛《スウィート》らしい、男性は汗臭《スウェッティ》い？　ばかばかしい。

ダイエット、サーキットトレーニング、筋力《レジスタンス》トレーニング？　無益、役立たず、そもそも不自然だ。

地球上のほかの生物を見てみるといい、とチェックリーはけしかけた。彼らは大食も断食もしないし、重いものを持ちあげたり引っ張ったりして身体の一部分をふくらませようとはしない。ベンチに座って鼻の高さまでウェイトを繰り返し持ちあげたりしないのだ。やる理由がどこにある？　現実の世界ではけっしてやらないことを、なぜトレーニングでやるのか？　それで身につくのは、チェックリーいわく「硬い筋肉」と「硬直した強さ」だけ——真のフィットネスの対極にあるものだ。

「一日何度も押したり引いたりを繰り返していれば、小さなアマチュア怪力男《サムソン》にはなれる」とチェックリーは書いている。「筋肉が大きくなっていく感覚だってあるだろう。ふくらんだ上腕二頭筋はとくに注目を集める。まるで健康と強さの別名であるかのように……」。だが、「そのようなトレーニングをした男性の強さは、あてにならない。それはうわべだけ——いわば皮膚一枚だけ——で、〝定着する〟ことはない。男性の身体全体を鍛錬するのでなければ、適切なトレーニングなどありえない、というのが真相である」

待った——ここは人間の身体全体としておこう。女性は小さなかよわい花という考え方は、チェックリーが幕を引くことを望んだ茶番だった。「自然の法則に従うなら、俗に〝弱いほう〟とされる女性が、そのような相対的に弱い地位を占めることはないはずである」とチェックリーは主張した。「女性は身体的に男性の強さにおよばないはずだと言うのは自由だが、その差がしばしば見られるように大きいままである根拠はない。女性が活発に暮らす地域では、女性の強さや持久力は驚くほど男性のそれに近く、身体の制御については開発しだいであっさり男性を凌駕する可能性がある。つまり、自然よりも伝統が女性の〝弱さ〟に大きく関与しているということだ」

　エクササイズに関する従来のアドバイスはあまりにもひどく、何もしないほうがましだとチェックリーは考えていた。退屈や痛み、腫れを感じることが身体づくりだと誤解させられる代わりに、少なくとも自分が何もしていないということはわかるし、運がよければ、そのうちうんざりして正しいことをするようになるかもしれない。

　その正しいこととは？

　ナチュラルトレーニングだ。

　ナチュラルトレーニングは、チェックリーの弟子の証言によると、すべてを与えてくれる——「体型、スピード、強さ、しなやかさ、持久力、あふれんばかりの健康など、人間がもちうる身体上の強みをひとつ残らず」。チェックリーのメソッドでは、反復もウエイトも、細かい食事制限も必要なかった。それは楽しさや遊びをベースにしたもので、著しい効果があったようだ。フィラデルフィアのエドウィン・チェックリー・ジムネイジアムは大いに繁盛し、チェックリー自身、五十をとうに過ぎても大理石の彫像さながらだった。チェックリーのもとで学んだバーベル会社の創始者は、ウエイトについて自分はずっと思い違いをしていたと公言している。

　では、〝ナチュラルトレーニング〟とは具体的にどんなものだったのか？　といっても、チェックリーの著書に詳細な記述は見あたらない。それはマニュアルというよりマニフェストで、書いてあるのはごく基本的なことだけだ。チェックリーは実践者《パフォーマー》としてだけでなくビジネスマンとしての研鑽も積み、観衆の増やし方や企業秘密の管理の仕方を心得ていた。まず食欲を刺激して人々を宗旨変えさせ、そのあと時間をかけて忠実な支持者に新たな著書を提供していく。秀逸なマーケティングプランだったが、見落としがひとつだけあった。自宅のガス管の漏れだ。二冊目を書かないうちに、一九二一年、チェックリーはガス中毒で帰らぬ人となった。

ジョルジュ・エベルはフランス版ナチュラルトレーニングの創造に取りかかると、エドウィン・チェックリーの手が届かなかったところに着目した。人々を健康にするだけではない。人々をヒーローにするのだ。正しくやれば、そのふたつは同じことなのではないかとエベルは考えた。それこそ、『オデュッセイア』から旧約聖書、さらには女戦士『ジーナ』〔古代ギリシャを舞台としたテレビドラマ〕にいたる、あらゆる英雄物語の根底にある数式なのだ。

健康《ヘルス》＝英雄の資質《ヒロイズム》
英雄の資質＝健康

ヒーローは守護者であり、守護者であるとはふたりぶんの強さがあるということだ。自分の身を守る強さだけでは足りない。単独で行動する場合以上の強さがいついかなるときも求められる。古代ギリシャ人はあの入り組んだ小さな矛盾が大好きだった。人は他者への愛という弱みがあってこそ最大限に強くなれる、という考え方だ。彼らは健康と思いやりを、ヒーローの力を形づくるふたつの化学成分だと見ていた。一方だけならどうということもないが、化合すると畏敬の念さえ湧き起こす。

めざすはヒーローの三位一体だ。〈教養《パイデイア》〉、〈勇敢さ《アレテー》〉、〈思いやり《クセニア》〉――技能《スキル》、強さ《ストレングス》、願望《デザイア》。知性、身体、魂。三つのうちのひとつが重くなりすぎると、ほかのふたつとの均衡が崩れる。このうえなく気高い〈クセニア〉の意志があれば行動を起こすことはできるが、〈パイデイア〉のノウハウ、それに腕力や敏捷性、持久力といった生身の〈アレテー〉の武器がなければ、なんにもならない。それは、ぺてん師《トリックスター》で悪党めいたところもあったオデュッセウスを、ギリシャでもっとも偉大な英雄にしたものでもある。オデュッセウスは最高の戦士ではなかった。それどころか、トロイアへの出征を免れようと、精神に異常をきたして故郷を離れられる状態にないふりをした徴兵忌避者だ。だが、仲間の戦士にその計略は見抜かれた。オデュッセウスは勝ち目のない争いからは逃げるし、槍を使うのは狡猾な手を用いる余地がないときだけだと知られていたからだ。

　それでも、彼が比類のない英雄であることはアキレウスのようなスーパースター級の戦士も認めていた。トロイアからの帰途、冥府を訪ねたオデュッセウスは、アキレウスの亡霊から妬ましげにこう言われる。「死人の国で王のなかの王になるよりも、地上でつまらぬ男の家の使用人になるほうがましだ」。アキレウスは戦闘で倒れたが、オデュッセウスは生きて戦いつづけた。それはなぜか？　彼の〈パイデイア〉と〈アレテー〉が〈クセニア〉——彼の忠誠心——とつり合っていたからだ。妻子を守るため家に戻るオデュッセウスはどんなものにも止められない——嵐にも、虚栄心にも、単眼の巨人キュクロープスにも、さらには魅惑的な性の女神にも。知性、身体、魂。それがオデュッセウスを〝最高のアカイア人〔古代ギリシャ人〕〟にしたのだ。

　ジョルジュ・エベルはそのことを理解していた。だからエドウィン・チェックリーの「人間の身体全体」という概念に何が欠けているかわかった。チェックリーのナチュラルトレーニングは強さと技能に関しては抜群だが、その先はどこをめざしているのか？

「単に身体能力を向上させたり競争相手に勝ったりするためのエクササイズは、野蛮なエゴイズムのなせるわざだ」とエベルは信じていた。そして、野蛮なエゴイズムは人間らしいものではないと。私たちは自分を自身の運命の支配者と考えるのが好きだ。自分を食うか食われるか《ドッグ・イート・ドッグ》の世界を生きる一匹狼と考えがちだが、知っているだろうか。犬は犬を食わない。犬は協力しあう。大半の生物がそうだ。われわれもしかり。それどころか、集団で協同する群狼《ウォルフパック》戦術にかけては、オオカミより人間のほうが優れている。われわれはこれまでに存在したどんな生き物よりもコミュニケーション能力の高い、助けあう種だ。むしろ協力しすぎる。われわれはあらゆるアイデア、あらゆる道具、あらゆる信念をシェアする。戦うときでさえ、チームを組んでおこない、戦争では、途方もない数の人間が団結する。

野蛮なエゴイズムは忘れよう、とエベルは主張した。それはわれわれの本当の強さではない。エベル自身の人生で最高の瞬間は、マルティニーク島沖の煮えたぎる大鍋にボートを進め、やけどを負って怯える生存者たちを抱き寄せたときに訪れた。青年ジョルジュ・エベルがそこへ向かったのはエゴのためではない。それが自然《ナチュラル》だったからだ。地上で神になることは人間の自然な願望で、他者を救うのはその願いを叶えるのにいちばん近いことだからだ。ギリシャ神話とそこから生まれた主な宗教はすべて、あのひとつの前提にささげられている。先に立って導くヒーローは半神半人で、力《パワー》と同じくらい憐れみ《ピティ》に突き動かされている、というものだ。

こうしてジョルジュ・エベルは、身体を鍛えるためにこれまで考案されたなかで、いちばん変わった使命の宣言《ミッションステートメント》を作成する。彼が「メトッド・ナチュレル」――ナチュラル・メソッド――と名づけたその方法は、筋肉や痩せた身体を手に入れたり成功を追い求めたりすることとは無縁の五つの単語からなる信条に則ったものとなる。というより、それは何かを〝手に入れる〟ことにはまったく関係ない。エベルがめざしたのは正反対の方向だった。

〝Être fort pour être utile〟とエベルは宣言した。「役立つために身体をフィットさせる」。じつにすばらしい。エベルは最後の二語（etre utile「役立つ」）に完全な人生哲学を見出した。誰であろうと、何を求めていようと、後世に何を残したいのだろうと関係ない――ただ役に立つという以上に優れたアプローチがあるだろうか？　「それは自身に対する、家族、祖国に対する、そして人類に対する人としての偉大な務めだ」とエベルは書いた。「強い者だけが人生の難局で役に立つ」

目的が見つかると、エベルは方法を求めた。幸運にも、ケーススタディにぴったりの対象はごく身近なところにいた。自分の子供たちだ。子供が遊ぶのを見てエベルは気づいた。彼らはまさに災害発生のシナリオでごっこ遊び《ロールプレイング》をしていた。自由に遊ばせると、走り、取っ組み合いをし、隠れ、転げまわり、蹴り合いの喧嘩をし、手当たりしだいに登っては飛び降りる――まさしく現実の緊急時に命を守ってくれるスキルだった。ナチュラルトレーニングは自然に生まれるものでなければならない、とエベルは思いいたった。だったら子供たちの遊びを出発点にしたらいい。まもなく、子供たちの悪ふざけはたいてい三つの基本メニューから選ばれているのがわかった。

追う――歩く、走る、這う
逃げる――登る、バランスを取る、ジャンプする、泳ぐ
攻める――投げる、持ちあげる、戦う

この〝10の自然な実用技術《ナチュラル・ユーティリティ》〟リストを手に、エベルはモルモット探しをはじめた。フランス海軍が名乗りをあげ、新兵を対象に実験することを承知してくれた。エベルは手はじめに救助と逃走の基礎演習で若い水兵たちをテストした。木、ロープ、壁に立てかけた棒を登れるか？　抱え

にくい丸太、でこぼこのある人間の身体、重い石を持ちあげられるか？　左右どちらの手でも遠くへ正確に投げられるか？　息を止める、狭い岩棚を爪先で歩く、殴りかかってくるふたりの襲撃者をかわすことはできるか？

つぎにエベルが取り組んだのは、野外のトレーニング施設だった。屋内のジムなんてジョークでしかない、と彼は考えていた。汚れた空気と耳障りな音をたてる金属でいっぱいの部屋に閉じこめられて、元気が出るだろうか？　現実に即したスキルを人工の機器で練習することにどんな意味があるだろう？　ジムで得をする人間はただひとり、とエベルは信じていた。ジムのオーナーだ。だめだ、ナチュラル・メソッドはつねに戸外でおこなわれなければならない。「雨が降ろうが、暗かろうが、雪が叩きつけようが」

エベルは大人のための巨大な遊び場をつくり、クライミング用の塔、跳馬、砂場、池を設置した。ところどころに岩や丸太や長い棒を置き、投げる、跳躍する、バランスを取る、よじ登る、走りながら手渡しするなど、アスリートがその場で思いついたことに使えるようにした。あとは課題を組み合わせて障害物コースのようにつなぎ、実際にやってみればいい。「各基本メニューからエクササイズを二、三選んでもいいが、理想をいえば、時間が許すかぎりまんべんなくやることだ」とエベルは言っている。「エクササイズの合間に休憩はほとんど、もしくはまったくとらないのが望ましい」

エベルはひとつ揺るぎない規則を定めていた。競争はしない。断じて。つまり選手権も、世界記録も、レースもないということだ。ベルトやメダルをもらうことも、順位がつくこともなかった。実際のところ、エベルは競技スポーツなどほとんど歯牙にもかけず、つくりものの〝娯楽〟と切り捨てていた。

「エクササイズや娯楽としてのスポーツ——サッカーやテニス——を楽しむ反面、水泳や護身術を軽視し、高所を恐れる者は有用性という点では強いとはいえない」とエベルは述べている。「走ったり登ったりできない重量挙げやレスリングの選手、泳ぎ方を知らず、登れないランナーやボクサーも、完全に強いとはいえない」

競争は真のフィットネスを堕落させる、とエベルは思っていた。競争は、ずるをしろ、一部の才能を過剰に伸ばしてあとは無視しろ、みんなの役に立つ情報を独り占めにしろ、とそそのかしてくる。競争は手っ取り早い。相手を倒せばそれでおしまいだが、ナチュラル・メソッドは自己改善を目的とする終わりなきチャレンジだ。それに、競技スポーツは対抗意識と階級区分に重点を置いている。ナチュラル・メソッドは協働《コラボレーション》がすべてだった。どの教師も生徒で、どの生徒も教師であり、誰もが新鮮なアイデアと新たなチャレンジを提示した。バーを上げよ、ただし、つぎの者がそれを超えられるよう助けよ——パイデイアとアレテーだ。

エベルの理論が何より魅力的なのは、それがフィットネスにとどまらず、人生のあらゆる局面にまでおよぶものだからだ。ナチュラルトレーニングによって、人々はさらに気高くなり、知性、才覚、寛容さ、成功、そして幸福を手にする、とエベルは信じていた。なぜか? 毎日、極限状況で問題解決の練習をつづけ、大きな材木を抱えて沼地を裸足で進む方法を体得しておけば、本番で緊張することはないからだ。ナチュラルトレーニングをすると、人は闘争的ではなく内省的になる。対立を暴力《バイオレンス》やその兄弟にあたる恐怖によって解決するのではなく、力《フォース》と機敏さで解決するものだと考えるようになる。

一九一三年、エベルはメトッド・ナチュレルの訓練を受けた海軍新兵三五〇名の試験結果で国際体育会議に衝撃を与えた。強さ、スピード、敏捷性、持久力を採点する評価システムでは、フランスの水兵たちはワールドクラスの十種競技選手並みの成績を残していたのだ。フランス陸軍省は大佐たちをエベルのもとで学ばせ、まもなくナチュラル・メソッドの〝遊び場〟が国内八か所の軍事基地に設置された。

エドウィン・チェックリーとちがい、ジョルジュ・エベルは自分の発見をすべてオープンソース化することを望んだ。そして発表したのが不朽の大著、『体育、あるいはメトッド・ナチュレルによる完全なトレーニング（*L'Éducation Physique, ou, L'Entraînement Complet Par la Méthode Naturelle*）』だ。ここには五〇〇ページ以上にわたり、理論、実践法、写真、系統だったトレーニングメニュー、筋肉解剖学の知識が詰めこまれている。だが、この分厚い本はつぎの一文に要約できると、エベルは認めていた。「生徒たちには歩き方と走り方、跳び方、殴り方、泳ぎ方を教え、あの意味のない不自然な伸展運動には手を出すな！」

メトッド・ナチュレルを世界に紹介する機は熟した。エベルはみずから優秀なトレーナーを選抜し、ヨーロッパ、アジア、アメリカの全域へ派遣する手はずを整えた。そして彼らが各地へ旅立つ直前のひとときを、フィルムに収めた。写真のなかのエベルとナチュラル・メソッド・チームの面々は、褌さながらのきわどいパンツ一枚しか身に着けていないが、その姿がすばらしい。年齢も身長もさまざまでいて、みんな同じ体格をしている。ひとりの例外もなくすらりと引き締まり、見た目にしなやかで力強く、まるでライオンの群れだ。筋肉をふくらませている者はいない。その必要がないからだ。真の強さは筋肉の下、どんな難題が生じようと、準備はできているという自覚にあるのだと彼らにはわかっている。

写真が撮られたのは一九一三年後半のことだ。数か月後にはドイツ軍がベルギーとルクセンブルクを蹂躙してフランスに向かっていた。メトッド・ナチュレルで鍛えられた男たちも戦闘に参加し、その見事な運動能力と軍務への献身的な姿勢を買われて、多くが第一次大戦の前線に立つことになる。四年後、彼らはひとり残らず——九〇〇万人のほかの戦闘員とともに——この世を去っていた。

ジョルジュ・エベルは悲しみに暮れたが、驚きはしなかった。彼は現実的な人間で、いかに高い技能をもっていても、有用であることがときに死を招くのを理解していた。ナチュラル・メソッドは永遠に生きようとするためのものではない。そのゴールは生きているうちに状況を変えることにあった。エベル自身、負傷して一命は取りとめたものの、残りの人生は歩いたり話したりする能力を取り戻す努力に費やされた。レジオンドヌール勲章を授与されたが、それは沈みゆく船に花輪をささげるようなものだった。英雄にふさわしい健康というエベルの気高い夢は、もはや世界から顧みられることはなかった。人々は危険にうんざりし、もう二度とそんな事態はやってこないと思いたがったのだ。

ナチュラル・メソッドは忘れられたも同然だった。何年ものち、コルシカ島のビーチでケミカルライトのブレスレットを売る男が古いペーパーバックを見つけて読みはじめるまでは……

CHAPTER 27

州知事になったころ、レスリングの全米ミドル級チャンピオンがたまたまオールバニにいて、週に三、四日、午後に来てもらっていた……大統領在職中は、補佐官の何人かとボクシングを楽しんだものだ。

――セオドア・ローズヴェルト

冬のポトマック川を裸で泳ぎ、ホワイトハウスでのボクシングで片目の視力を失い、胸に銃弾を受けた直後にスピーチをし、アマゾンの地図にない川の測量で死にかけた唯一のアメリカ合衆国大統領

ナチュラル・メソッドの消滅から約一〇〇年、私は二階の窓から飛びこんできた半裸の男の姿にそれが甦るのを見た。

「ジャングルで遊ぶ覚悟はできたかい？」男は言う。「高いところは怖くないよな？」

「あまり好きじゃないんだが」

「それは登り方を知らないからだ。さあ、はじめよう」。男はまた窓から出ていく――ほんの一メートルのところに鍵のかかっていない、ちゃんと使えるドアがあるにもかかわらず。そろそろ四十になろうかという男だが、そのエネルギーとしなやかさは計り知れない。午前六時にもなっていないのに、エルワン・ル・コーは早くも出かける気満々だ。姓はフランス語の〝身体〟――*le corps*（ル・コール）――に音が似ていて、たしかに彼はその名に恥じない生き方をしている。長

身で、褐色に灼けた肌とピューマのような筋肉をもち、いつも裸足で、サーフパンツ以外のものはめったに身に着けない。

私はその前日に、ブラジルの熱帯雨林と大西洋に挟まれた小さな村、イタカレにあるエルワンの根城にやってきたところだった。普段のイタカレは漁師とさすらいのサーファーが暮らす静かな辺境の地だが、近年、第一次大戦を境に途絶えていたナチュラル・メソッドの復活に挑む奇特な冒険家たちのための、広大な野外トレーニングキャンプになってきている。

見た目はやんちゃなエルワンだが、ある件についてはひどく真剣だ。彼は確信している。数十億ドル規模のフィットネスクラブ産業全体が、まやかしの上に成り立っているのだと。生の数値データや調査結果から判断するかぎり、おそらく彼の言い分は正しい。フィットネスクラブは通ってこない会員をあてにするただひとつの商売だ。これは金儲けとして驚くべきサクセスストーリーだし、それを支えるのが欠陥商品なのだからなおさらだ。フィットネスクラブは、当の業界の基準から見ても機能していない——ジムに入会すればするほど、われわれは太っていくからだ。肥満の増加はフィットネスクラブの収益増と並行した軌道をたどり、どちらも約二パーセントの年率で着実に上昇しているのだ。

「ほとんどの人にとって、ジムは破綻しているのです」と認めるのはラジ・カプール、著名なハイテク起業家で、〈スナップフィッシュ〉の創業者のひとりだ。彼がいま注目しているのがアメリカ人の健康で、あるインタビューにその発言が紹介されていた。「世界全体で見ると、七五〇億ドルビジネスです。そして会員の六〇パーセント以上が、料金を払いながら足を運んでいない」。その仕組みはこうだ。毎年一月、ジムの入会申しこみは急増する。最大手のゴールドジムは通常、会員数が二倍になる程度だが、ほかのクラブでは最大三〇〇パーセントの増加が報告されている。最大の増加率の場合、同じ広さの空間にそれまでの四倍もの人間がひしめくということだ。壁がふくらみでもしないかぎり、そんなふうに殺到されたら対処できる施設はない。

エクササイズの教室のドアが開くと「まるで家畜の群れのように人がなだれこむ」と、ある会員は『ウォールストリート・ジャーナル』に不満を訴えている。でも心配いらない。ジムのオーナーたちはわざわざ施設を拡張しなくても金が入ってくると知っている。数週間としないうちに新たなサイクルがはじまり、春になるころには姿を見せる会員が半分を下まわるからだ。普通、リピーター頼みの事業ではこれは死活問題だが、羞恥心と非科学的な思考は強力なマーケティングツールで、つぎの年の一月までには脱落者の大半——ざっと六〇パーセント——がうしろめたさを感じ、もう一度財布を開いて身体を鍛えようと心に決める。ほかのビジネスが立ち行かなくなるなか、フィットネス産業が活況を呈しつづけるのも不思議ではない。景気後退の最たる時期にも、フィットネスクラブの会員は一〇パーセント増加した。

では、何がいけなかったのか？　最先端のマシンやカロリー消費を促すデジタル機器をそろえながら、現代のフィットネスクラブはどうして実際に健康を改善する効果が低いのか？　年間五〇〇億ドル超の収益をあげていることを思えば、健康全般に何かしら目に見える効果くらいはあってもよさそうなものだ。これは、明らかに機能しないアプローチにとてつもない額が投資されているということであって、人々が努力していないというわけではない。われわれはジムに行く——ただ長続きしないだけだ。自分を追いこまない人々を責めるのは勝手だが、それはレストランが料理の気に入らない客を責めるのに近い。結局のところ、メニューに何を載せるかは店の責任だ。

そもそも、フィットネスクラブのトレーニングメニューは一九八〇年までに根本的な見直しが図られていた。それまでアメリカのジムのスタンダードとなっていたのは、この国でもっとも壮健なアスリートたちだった——ボクサーだ。格闘《ファイティング》は永久運動の技術《アート》——総合格闘家に言わせれば〝動くか死ぬか〟——なので、昔のトレーナーは真に機能的な動き《ファンクショナル・ムーブメント》をひたすらやらせつづけた。たとえば、マンハッタンの東二十八丁目にあったウッドのジムに行ったら、少年時代のセオドア・〝テディ〟・ローズヴェルトと同じように、プロボクサーの指導を受けることになっただろう。ウッドのジムに入門したとき、喘息もちで近視のティーンエイジャーだったテディは、ほかの子供から手荒い扱いを受けてばかりだった。父親は彼を座らせ、アレテーがなければパイデイアを手にすることもないと説明した。「セオドア、おまえには心はあるが、身体がない」と父は言った。「身体の助けがなければ、心はあるべき働きができない。身体をつくりなさい」

こうしてテディはトレーニングをはじめた。〝師匠〟のジョン・ウッドはテディをパッドつきのシートに横たわらせてバーを一五回往復させるよう指示することも、固定《ステーショナリー》バイクに乗せてペダルをこがせることもなかった。ウッドはテディをプロボクサーのジョン・ロングと組ませ、自身が提唱する「美しく効果的な複合エクササイズ」をふたりにはじめさせた。縄跳び、平行棒でのスウィング、跳馬、メディシンボールを抱えての往復ラン、サンドバッグ打ち、体操用の棍棒《インディアンクラブ》を使ったシャドースパーリング。ウッドが得意としていたものに、いまはなきストレングス・リングの技があった。これはまずふたりひと組みになり、ふたつの鋼鉄の輪をあいだにしてその両端を握る。そして引っ張ったり抵抗したりして、リングから手を離すか足を動かすかしたら勝負ありだ。ストレングス・リングはフェンシングに勝るとも劣らない複雑な戦闘術で、ジョン・ウッドは、突き、押し、ひねりの組み合わせを三八通りは図解できた。

「おそらく、もっとも広く役立つ動きの部類にちがいない」とウッドの弟子のひとりは述べている。「全身の関節と筋肉を使い、なじみやすく勝負を気軽に楽しめるうえ、短時間でしっかりトレーニングできる」。技能と力――パイデイアとアレテーだ。

だが一九七〇年代末、格闘技式のトレーニングはいきなり幕引きとなった。普通、伝染病の患者第一号はなかなか特定されないが、このケースではまさにカメラの前でそれがはじまった。一九七七年、女たらしでマリファナを吸い、葉巻をふかしてステロイドを注入するゲイ雑誌のピンナップモデルが、にわかにアメリカのフィットネスの広告塔になったのだ。映画『鋼鉄の男』が公開されると、アーノルド・シュワルツェネッガーの堂々たるカリスマ性と薬物で増強した肉体が奏功し、ボディビルはアンダーグラウンドな娯楽から世界的な現象に変化した。アーノルドはやがてハリウッドきってのドル箱スターに成長し、ボディビル――敏捷さ、持久力、可動域、機能的《ファンクショナル》なスキルとは関係のない男性の審美的表現の一種――は、ジム・トレーニングの新たな究極のスタンダードとなる。世界でもっとも壮健なアスリートたちは、あっというまに、もっとも不健康な男たちに取って代わられていった。

フィットネスの観点からいえば一歩後退だが、経済的にはじつに巧妙な戦略だった。格闘技式のトレーニングは場所を取るが、ボディビルでは一か所からほとんど動かない。必要な床面積は驚くほど小さく、座ったり寝そべったりしなければ、あとは立ったりしゃがんだりするだけだ。ボディビルとは、一時にひとつの筋群だけに集中して、筋肉が裂けるほどに追いこむもので、そのために同じ動きを筋肉の限界寸前まで繰り返す。ほかの理由で損傷した組織と同じように、負荷がかかった箇所には腫れが生じる。それは緊急時の反応で、急遽、血液が送りこまれ、その部位を固定して治癒をはじめるのだ。おかしなことに、そんな苦痛の種が売りになった。ボディビルで大事なのはスキルではなく、見た目なので、腫れて痛む筋肉こそ強さの象徴とみなされるようになったのだ。

　ちょうどボディビルがフィットネスの新しい模範になりはじめたころ、工場の組み立てラインさながらに整然と効率よくトレーニングできる装置が登場した。一九七〇年、ミスター・アメリカの大会にフロリダから風変わりな人物がある製品の売りこみにきた。アーサー・ジョーンズは、高校中退のチェーンスモーカーから猛獣ハンターに転じた男で、体長四メートル超のワニに大量の餌を与えてギネス世界記録と認められる大きさにすることを趣味としていた。独学の機械工でもあった彼は、ブルー・モンスターと称するエクササイズマシンをつくった。ジョーンズが思いついたのは、腎臓の形をしたカムを使い、ウェイトを押しあげたときの負荷を均等に分散させるというものだった。ギアの部分が貝殻にも似ていたことから、彼はその発明品の名を〝ノーチラス（オウムガイ）〟と改めた。

　ついにジムのオーナーたちは、自宅の地下室のベンチプレスでは得られないものを提供できることになった。プロの気分が味わえる専用マシンだ。ノーチラスはコンパクトなうえに静かで安全なため、ジムは狭いスペースに多くの客を集められる。新年の混雑する時期でも、会員同士がメディシンボールを抱えてぶつかったり、ストレングス・リングやインディアンクラブを手に入り乱れ、ジムが物騒な押し競べ《モッシュピット》の場と化したりする心配はなかった。ダンベルをラックに並べることもテクニックの伝授も必要なく、ベンチプレス用の補助員《スポッター》もいらない。専門知識は不要だから、専門家のスタッフもいらない。こぎれいにして、金を受け取り、器具をしっかり拭くだけでよかった。

「ヘルスクラブの概念はがらりと変わった。一大産業になったのです。そのはじまりがアーサー・ジョーンズでした」と彼のもとで働いたデザイナーのひとりがのちに『ニューヨーク・タイムズ』に語っている。「ジョーンズ氏の発明が今日のヘルスクラブの一般的な〝マシン環境〟につながった」ともその記事には書かれている。「マシンはフリーウエイトと大男でいっぱいのじめじめしたジムを、余暇に運動を楽しむ人たちに人気の当世風フィットネスクラブに変える助けとなった」

だが、〝マシンの興隆〟〔映画『ターミネーター3』の副題でもある〕には代償もあった。できるだけ似た身体をつくることが目的化し、それを果たすために人はあくまで同じ動きを何度も正確に繰り返すようになった。使う言葉まで工場式の考え方に合わせて変化した。親の世代は運動《エクササイズ》をしたが、われわれは〝ワークアウト〟する。おまけにほかの工場と同じで、新しいスキルを習得したかどうかで進歩が評価されることはない。目標の数値――この場合はポンドやインチ――を達成したかどうかが基準になる。しなやかで均整のとれた、役に立つ肉体という古代ギリシャの理想は廃れた。ファストフードのようにお手軽で均一な巨体が旬になったのだ。

それはなぜか？　マシンの興隆とともに〝超雄《スーパーメイル》〟の夜明けが訪れたからだ。

「過去三、四〇年のあいだにアナボリックステロイドが到来し、男たちは自然な方法で鍛えるよりもはるかに筋肉をつけられるようになった」と述べるのはハリソン・ポープ医学博士、〝より大きい＝よりセクシー〟という危険な勘違いを表す〝神経性筋肉奇形症〟という用語をつくったハーヴァード大学の精神医学教授だ。ポープはフィットネスを熟知し、六十六歳になっても、スーツの上着を脱いで自室のドアにつかまり、片腕懸垂を五、六回やってみせる。雑誌の表紙や映画のトレイラーをひと目見て、誰が薬品を使っているかを言い当てることもできた。悲しいことに、身体に薬物を注入している有名人はあなたが考えているより多い。とはいえ、オーストラリアでシルヴェスター・スタローンの手荷物からヒト成長ホルモンの小瓶が五〇本近く見つかったとき、本気で驚いた人がいただろうか？

その影響は子供のおもちゃやコミックブックにもおよんでいる。アクションフィギュアはいつしか〝イタリアの種馬〟ことロッキーさながらの不自然に発達した筋肉をまとうようになった。たとえば、『スター・ウォーズ』。反乱同盟軍の戦士にキャタピラーのように割れた腹筋や静脈の浮いた上腕を見たおぼえがあるだろうか？　劇中、ルーク・スカイウォーカーやハン・ソロがシャツを脱ぐことはめったにないし、脱いでみると、びっくりするほど……普通だ。ふたりはただの痩せた男たちで、手ばしこさを頼りとし、ディアナボル〔ステロイド〕は服用しない。ところが、ここ三〇年のあいだに、ふたりのプラスチック製の分身《ドッペルゲンガー》はばかでかくなった。G・I・ジョーやバットマンも同じだ。彼らのフィギュアの上腕はほぼ三倍にふくれている。

「われわれの祖父たちは〝スーパーメイル〟のイメージにさらされることはめったになかった」とポープ博士は書いている。「ベンチプレスや腹筋運動を週三日することもなかった」。だが、孫の世代は果てしない自己イメージの暴力に遭っている。「若者は巷に氾濫するスーパーメイルのイメージにこれでもかというほどさらされる」と博士は訴える。「いずれのイメージも、その外見と成功とを結びつけたものだ――社会的、経済的、性的な成功に。しかし、そうしたイメージはますますぜい肉が落ちて筋骨たくましくなり、一般男性が実際になれる身体からはどんどん離れている」。人々がジム通いをつづけるのは、そうすればハリウッドスターのような身体が手に入ると思うからだ。だが、『ランボー』シリーズの第一作から第二作までの道のりに薬物が敷きつめられていると気づけば、プロのサイクリストたちがランス・アームストロングの秘密を嗅ぎつけたときと同じ、気の滅入る選択肢を突きつけられることになる。汚い手を使うか、帰宅するか。

「薬物なしでどこまで筋肉をつけられるかについては、かなりはっきりした限界がある」とポープは説明する。「その限界を超えていながら薬物は使っていないと言い張る少年や男性は、ほとんどが嘘をついている」。マシンの興隆とスーパーメイルの夜明けが訪れるまえは、人々がジムに通うのはアスリートになるためだった。テディ・ローズヴェルトがねらいとしたのも能力であって外見ではないし、だから彼は生涯のアスリートとなったのだ。自力で成功を勝ち取った人間の例にもれず、彼も後戻りすることを恐れ、大統領になってからもウッドのジムで学んだことを忘れなかった。兵士たちとボクシングをし、夜更けのポトマック川を裸で泳ぎ、友人の陸軍大将を相手に木の棍棒で激しい打ち合いを演じた。

夜にホワイトハウスを抜け出し、数キロ先の地点を選んでまっすぐそこをめざしたこともある。途中にどんな障害物があってもゴールにたどり着くというチャレンジだった。「それで分厚い氷が浮かぶ早春のロック・クリークを泳いだことが何度かある。ポトマック川を泳ぐ場合は、いつも服を脱いだ」とローズヴェルトは回想している。「この遠出で楽しみにしていたのはロック・クリークだった。崖沿いを存分に這って進んだり登ったりできたからである……むろん、こういうときは暗いうちにワシントンへ戻れるようにせざるをえなかった。姿を見られて人に騒がれることがないように」

数十年後、ローズヴェルトの深夜の散策に触発されてケネディ政権がじつに酔狂なブームを起こす。大統領に就任したジョン・F・ケネディは、徴兵された若者の半数が不適格《アンフィット》として除外されているのを知って愕然とした。アメリカ人は危険なまでに軟弱になりつつあり、それゆえケネディには、愚かになってきていると思えた。「知性と技能は、健全で強靭な身体があってはじめて最大限に活かすことができる」とケネディは宣言した。「その意味で、身体の健康《フィットネス》はわれわれの社会のあらゆる活動の根幹をなすものだ」。ベンチプレスでも浜辺の筋肉自慢《ビーチ・マッスル》でもなく、真のフィットネスに関心があったＪＦＫは、何より肝心なふたつの要素にねらいを定めた。持久力と弾性筋力だ。

　こうしてアメリカと超長距離《ウルトラディスタンス》との風変わりな束の間の恋がはじまった。ＪＦＫは、テディ・ローズヴェルトが米国海兵隊に発した古い指令を見つけた。徒歩で五〇マイル〔約八〇キロ〕、あるいは馬で一〇〇マイルを七二時間以内に移動するよう求めるものだ（テディは冬の嵐のなか、当然のように馬にまたがって先導した）。なかには五〇マイルを一日で歩ききった隊員もいたため、ＪＦＫはそれを課題《チャレンジ》に選んだ――いまの海兵隊員は大自然のなかの五〇マイルを二四時間で歩けるだろうか？　ところが、軍で号令がかかるまえに、文民――うちひとりはＪＦＫの実弟――が先まわりをした。凍てつくような二月の日曜の午前五時、ロバート・〝ボビー〟・ケネディは司法省の側近四人とともに、ワシントンＤＣからウエストヴァージニア州のハーパーズ・フェリーへつづくチェサピーク＆オハイオ運河の曳舟道を歩きだした。側近は四人とも脱落したが、真夜中を待たずにボビーは五〇マイルを一八時間足らずで踏破した。

　レースはつづいた。大学の友愛会、ボーイスカウトの分隊、高校のクラス、郵便配達人と警察官、「美人秘書」や「美少女」（『ＵＳニューズ＆ワールドレポート』の表現）が、こぞって〝ケネディ・チャレンジ〟に取り組んだ。議会の職員が群れをなして練り歩き、マサチューセッツ州のあるパブでは当地の五〇マイルレースの完歩者にビールがふるまわれた。「五〇マイルウォークはもはや正気の沙汰ではない」と全米レクリエーション協会は警告し、アメリカ医師会もその不吉な予測を支持した。「人々が戸外で身体をこわすことが懸念される」。報道カメラマンたちは大虐殺を撮るつもりで各地に散ったが、どこへ行っても目につくのは同じ表情、誇らしげな笑顔だった。一時間以上つづけて脚を動かしたことがなかった人たちは、ドアの外に出ればどんどん歩いていけるのだという発見に感動した。最速記録はつぎつぎ塗り替えられた。ボビー・ケネディを破ったカリフォルニア州の女子高生は、ニュージャージー州の五十八歳の郵便配達人に僅差でかわされ、その郵便配達人も一〇時間足らずで駆け抜けた海兵隊員に打ち負かされた。

ＪＦＫの暗殺は、大勢の〝チャレンジャー〟の足を止めさせることになった——ただしメリーランド州の小さな町は別で、一九六三年以来毎年、個人的発見の衝撃がいまもつづいている。最初の年のレースでゴールできたのはたった四人だった。つぎは七人。その翌年は一八人だ。だが、ほかのケネディ・チャレンジがすべて消えても、ブーンズボロのレースはしっかり根づいていった。タフなレースだ。ＪＦＫ50では岩だらけの険しいアパラチアン・トレイルを登り、つづら折りの長い坂道をチェサピーク＆オハイオ運河の曳舟道まで下ってボビー・ケネディの足跡をたどる。半世紀たってなお、ブーンズボロのレースはケネディの理想を忘れていない。いまや一〇〇〇人近くの参加者が感謝祭前の土曜日に出発し、ケネディが最初から感づいていたことを身をもって発見する。スタートする自信があるなら、ゴールするのに必要なものは見つかるのだと。

ＪＦＫ50はもうアメリカ最長のレースではなく、いちばんセクシーなレースだったためしもない。大都市のマラソンにはロックバンドや映画スターがやってくるし、〝タフ・マダー〟の障害物レースには氷水の入った北極浣腸器《アークティック・エネマ》への飛びこみや泥まみれの這い登り、電気ショックの危険がある。一方、ＪＦＫ50にあるのは……静けさだ。どこまでもつづく孤独な時間、そこにはあなたとあなたの問いかけしかない。応援はなく、パメラ・アンダーソンやウィル・フェレルを見かけることも、セントラル・パークでのビクトリーランもない。だが、新しい高層ビルに囲まれてこぢんまりと建つ家族経営の古いダイナーのように、ＪＦＫ50には生き残る理由がある。そこは陸軍兵士や海兵隊員がエリートとして称えられる場、ニューヨークシティマラソンにはまだ若すぎると言われた十三歳の少女が二倍の距離の山道を走れる場だ。船内のトレッドミルでトレーニングしている無名のクルーズ船乗組員、ザック・ミラーが二〇一二年にレース史上最高クラスの結果を出して自分で驚いてみせた場でもある。JFK50はテディ・ローズヴェルトやジョルジュ・エベルが立案したものだとしてもおかしくない。ナチュラルムーブメントの精神——技能と決意——の揺るぎない証しであり、いまやそれはめったにお目にかかれない。

もちろん、ブラジルにいるなら別だ。ここでは、卓越の境地にいたるもうひとつのルートに積もった古いほこりが払い落とされてきた。その方法は失われて久しく、いまとなっては奇抜で、やけに刺激的に響くほどだ。そしてその秘訣を、役立つために身体をフィットさせる方法を知る稀有な男がさっき二階の窓から飛び降り、私を連れてジャングルに行こうとじれったそうに待っている。

CHAPTER 28

記憶に残るアスリートは、美しい、踊るアスリートだ。

――エドワード・ヴィレラ
不敗のウェルター級ボクサーで
ニューヨーク・シティ・バレエ団のリードダンサー

エルワン・ル・コーと私は森のなかの簡素な宿《カバナ》に滞在している。ここを建てたのは、二〇年前にジャングル探検にきてそのままイタカレに居着いたフランス人のヒッピー夫婦だった。宿の裏手から、なだらかな土のトレイルが木々に覆われた丘陵を越え、約五キロ先の海辺へと延びている。身体のためにも心のためにも、エルワンはそこを裸足で走るのが好きだ。世界を知ることは足からはじまると、彼は信じている。

「三〇分パソコンを見つづけるとストレスを感じる理由を知ってるかい?」宿の外で合流した私にエルワンは尋ねる。「人間はつねに身のまわりの危険を察知できるよう進化したからさ。ストレスを感じはじめたら、それは立ちあがって周囲を見渡せ、という身体からの合図だ。足も同じ――足にちゃんと仕事をさせなければ、リラックスしていいときに背中や膝にそれを足から伝えることができず、身体は固まったままで、膝がおかしくなったり背中が痛んだりするんだ」。バランスよくしっかりした地面に立っているとき、人間の素足はそれを感知する。つまり、身体のほかの部位に安全だから少し力を抜いてもいいとシグナルを送ることができるのだ。

ふたりでゆっくり走りだし、木々のあいだを縫って進み、やがて穏やかな半月形のビーチに出ると、朝日の最初の光が斜めに波に切りつけている。エルワンと私、ふたりだけの景色——と、背後の木立から男たちの一団が現れる。

「マイシ・ウマ・ヴィーチマ！」と叫ぶのはタトゥーを入れた大男で、刑務所から脱走してきたばかりといった風貌だ。「新しい犠牲者か！」

エルワンはあたりに目をやる。すると砂の上にボウリング球サイズの岩がひとつ。さっとかがんで岩を持ちあげ、大男の胸もとへすばやく両手で投げる。大男は飛び退くと思いきや、岩をバスケットボールのようにキャッチしてわきに放ると、エルワンに突進する。拳を上げて唸る姿がまるで灰色熊《グリズリー》だ。ふたりは両腕をおたがいの首にがっしりとまわしたかと思うと、笑顔になって身体を離す。

「この人は犠牲者じゃない」とエルワンが私のほうへあごをしゃくって、ポルトガル語で言う。「修行中なんだ。おまえみたいにな」。エルワンは仲間であるその大男、セルジーニョを紹介する。いかつい身体つきのセルジーニョは柔術のインストラクターで、アルバイトで魚突き《スピアフィッシング》をしているらしい。ほかの七人もシャツやビーチサンダルをつぎつぎに脱ぎ、いつでも動きだせる体勢に入る。

一年余りまえ、パリ郊外の自宅を離れてここに流れ着いたエルワンは、すぐにイタカレがジョルジュ・エベル好みの天然のトレーニング用具の宝庫だと気づいた。おまけに、コラボレーションをする完璧な人材がそろっている。生計の足しにサーフィンのインストラクターやスピアフィッシングのガイドをしているブラジル人格闘家の小さなコミュニティだ。これは同盟関係として申し分ない。格闘家たちはエルワンの組み技や泳ぎの技術を鍛え、かたやエルワンは彼らの鼻っ柱をへし折る新たな方法を編み出す。

　ズケトがいい例だろう。ズケトは二度にわたる柔術の世界チャンピオンで、ダイバーズナイフと肺いっぱいの空気だけでサメを殺したことがあるフリーダイバーだ。だがきのうの午後、難敵に出会った。エルワンが木と木のあいだに竹の長い棒を渡し、長さ約二メートル半、高さは私の頭あたりのしなる平均台をつくったのだ。エルワンはするりとその棒に登り、ズケトを手招きした。

「何をぐずぐずしてるんだ?」エルワンはからかった。ズケトはぶ厚い両の手のひらで竹をつかみ、水泳選手がプールから上がるときのように力を入れて身体を持ちあげると……バランスをくずして地面に落ちた。ズケトは何度も棒に挑み、そのあいだエルワンは楽しそうに片足で交互に跳ねていた。ついにズケトが棒から離れ、くたくたになって悔しさに大きく胸を上下させると、エルワンは飛び降りた。そしてズケトの両肩をつかむなり、親しみをこめて揺さぶった。

「この男、すごく鍛えてるだろう」とエルワンは言った。「身体が強いし、持久力もすばらしい。なのにあのざまはなんだ? この棒の上に乗るだけなのに、それができなかった。おれはできる。ズケトのひいじいさんもできただろう。いま生きてる人間だって、昔はたいがいできたことだ。でもズケトはできない。それはなぜか? そこまで彼の身体が利口じゃないからだ」

「利口な身体《スマートボディ》」は、エルワンの説明によると、力とスピードを数限りない実用的な動きに変換するやり方を知っている。木の上に乗るなんてくだらないと思えるかもしれないが、洪水が起きたり猛犬に追いかけられたりしたら、自分の身体を地面から一・五メートル持ちあげられるかどうかで話がちがってくる。「四〇〇ポンドのベンチプレスができても、窓によじ登って燃えさかる建物から人を助け出せない人はごまんといる」とエルワンはつづけた。「マラソンを走れても、まず靴を履かないと誰かの救助に駆けつけられない人もいる。毎朝プールで何往復も泳いでいるのに、深く潜れなくて友人を助けられないとか、波にのまれないよう岩場へ運ぶ方法を知らない人も多い」

エルワンは竹の棒を背にして話していた。と、だしぬけに振り返って跳びあがった。宙で棒をつかみ、その下で身体をしならせて弾みをつけると、棒に乗るまえに一瞬ゆっくりになった動きを目で追うことができた。腰と膝を曲げながら、波に乗るサーファーのように立ち上がる。それから猫のごとく軽やかに飛び降り、また上がる。二回……三回……六回と、肘に足首、肩、首を使った新しい合わせ技をつくりながら棒に乗ってみせた。

「フィットするというのは、鋼鉄のバーを上げたりアイアンマンレースを完走できたりすることじゃない」とエルワンは言った。「生物としての自然な姿を再発見して、人間のなかに潜む野生動物を解き放つことだ」。エルワンは棒から離れ、ズケトにもう一度挑戦させると、ズケトがうまく登ってバランスを取り、三度目の世界チャンピオンになったかのように拳を突きあげるのを見て、満足そうに顔をほころばせた。

私が探しにきたのはこれだ。本来の自然な環境におけるナチュラル・メソッド。その可能性についてはジョルジュ・エベルも太鼓判を押していた。彼の言い分が正しいなら、パディらクレタの英国人たちが大半の不正工作員にできなかったことをやってのけた秘訣を説明できるかもしれない。つまり、彼らがつぎの誕生日を迎えられた秘訣を。

作戦の一年目だけで、ザンやパディと同じくヨーロッパに拠点を置いた特殊作戦執行部（SO

E）の仲間たちは、半数以上が殺されるか捕捉されるか、別の方法で消されていた。あるSOEエージェントはイタリアでリヴィエラのカジノへの潜入を指示されたが、賭けをするまもなく謎の失踪を遂げた――大量の現金が詰まったブリーフケースとともに。オランダでは、SOE通信士がゲシュタポに捕まって銃を突きつけられ、ほかのエージェントたちを死にいざなう通信文を送らされた。オーストリアでは、SOE上層部のひとり――〝同時代の英国における数学的知性〟の最高峰で、陸軍の伝説的狙撃兵の息子だったアルフガー・ヘスケス‐プリチャード――が山地に入って二度と出てこなかった。「紳士の住む土地はあらず」との通信を最後に消息を絶ったのだ。フランスでは、ガス・マーチ‐フィリップスが単独行動のドイツ兵に忍び寄り、捕虜として英国に連れ帰ることに見事な手腕を発揮していた。「海からときおり現れ、ドイツの哨兵を持ち場から引きはがす鋼の手は、ますます磨きがかかっている」と、チャーチルもラジオ放送で激賞した。だが、まもなくその〈鋼の手〉が機関銃の連射に倒れたときは何も言わなかった。

　ところがクレタでは、人捕り罠さながら潜水艦に監視され、敵軍と密告者がひしめくなかにあって、英国の諜報部隊はドイツ軍の侵攻時にジョン・ペンドルベリーを失って以来、ひとりの犠牲者も出していなかった。訓練の賜物とはいえない――まともに受けていなかったのだから。素質があったわけでもない。剣を仕込んだ杖や詩を好み、ドイツ軍の機雷を「シャンパンのジェロボアム瓶ぐらいの大きさ」などと表したがるこのクレタの隊員たちは、どうやら格闘よりはカクテルによほど精通していた。軍事史家のアントニー・ビーヴァーが書いているとおり、彼らにあったのは「威勢のよさと風変わりなところが売りのアマチュアリズム、それこそロマン派と考古学者の混成部隊に期待できるもの」がせいぜいだった。

　だが、いったん〈細長島〉にやってくると、彼らはただ学んだだけでなく、速やかに学んでいった。ジョルジュ・エベルはその理由を知っていた。ただし、現代的な言い回しではなかったかもしれない。おそらく彼らを支えていたのは、生命愛《ビオフィリア》、あるいは〝命《プシュケー》の再野生化〟だ。われわれはみな人間の身体が進化した過程を知っている。背中がまっすぐになって手足が伸びたのは、祖先が木から下りて長距離を移動する狩猟採集民として地上の生活に適応したときだ。しかも、自然淘汰の影響を受けたのは外見にかぎらない。考え方も決定づけられた。祖先たち――あのひ弱で毛皮も牙もない臆病者たち――が木々や大気、土を読む優れた能力を発達させてきたことの生きた証しこそがわれわれなのだ。不意をつかれることが生死の分かれ目となるため、祖先たちは危険を先まわりして察知し、獲物を追うためにごくかすかな臭跡や足跡、物音を読み解かないわけにいかなかった。

だからこそ、われわれはいまでも環境心理学者のいう自然界の〝やわらかな魅力〟――月明かりや秋の森、そよぐ草原――に心を引かれるし、とある首相や元大統領が山並みの風景や草をはむ馬の絵を繰り返し描きたい衝動に駆られると聞いても、さほど驚きはしない。ウィンストン・チャーチルは第一次世界大戦中に絵を描きはじめ、その後も抑鬱という「黒い犬」を遠ざけるために終生絵を頼りにしたし、ジョージ・W・ブッシュはふたつの戦争を経験した大統領の任期を終えるとすぐ絵筆を執り、以来、風景や子猫や子犬などの絵をつぎつぎに披露している。

自然は気持ちを落ち着かせてくれるから、だろうか？　リラックスできるから？　はずれ――自然は脳にとってのレッドブルだからだ。

少なくともそのようなことを、ミシガン大学の研究者たちが二〇〇八年に実施した一連の実験で発見した。それはさしずめ、〝森の脳とアスファルトの脳〟の対決だった。まず学生ボランティアがひとつづきの数字を与えられ、その数字を逆から暗唱するよう求められた。つづいて学生たちはふた組に分けられ、一時間程度の散歩に出かける。半数はアナーバー中心街のヒューロン・ストリートを歩き、あとの半数は植物園を散策した。そして研究室に戻り、同じテストをもう一度受ける。すると二回目は、植物園組のスコアが街歩き組を上まわったばかりか、自分たちの前回のスコアも上まわったのだ。「数字の羅列を逆行して暗唱する能力は、被験者が自然のなかを歩いたときに著しく向上した一方、街を歩いたときには向上しなかった」ことを研究者たちは発見した。「加えて、この結果は気分の変化によるものではなく、気象条件のちがいも影響しなかった」

では音が問題だったのでは？　街歩き組は通りの騒音にさらされて一時的に疲れていたのかもしれない。そこで研究者たちが新たな実験を考え出すと、事態はいよいよ興味深いものとなる。今度もボランティアたちは同じテストを受けたが、テスト後に散歩へ出かける代わりに、都会の絵と森林風景の絵のどちらかを見せられたのだ。そしてもう一度テストを受けた。またしても街は自然に負けた――それもただ自然というより、にせものの自然に。研究者たちはこう結論づけた――夕焼けや海岸をただのきれいな眺めだと思ったら、大きなまちがいだ。「自然と単純に短時間ふれあうだけで認知制御は大きく向上する」と、『サイコロジカル・サイエンス』誌に発表した論文「自然とのふれあいの認知的利益（The Cognitive Benefits of Interacting with Nature）」で研究者たちは説明している。オーシャンフロントのホテルの部屋を「単なる特典」と考えていては、「効果的な認知機能に果たす自然の決定的な重要性を見落とすことになる」のだと。

必要なのはそれだけだ。遠い祖先の記憶を呼び覚ますだけで脳のスイッチがはじかれ、注意を集中して、邪魔なものをシャットアウトする。そして、ひとたび人が狩猟採集民モードに戻れば、とてつもないことができるようになる。目を閉じて猟犬のように鼻でにおいを追跡できるし、目隠したままマウンテンバイクで山道を走っても、曲がるところをまちがえず木にもぶつからない。ジャーナリストのマイケル・フィンケルは全盲の冒険家ダニエル・キッシュと出会い、人間の反響定位《エコーロケーション》――コウモリのように音で〝見る〟能力――について知った。キッシュは一歳のときに変性疾患で両目の眼球を摘出したが、成長するにつれ、舌打ち音から生まれる音波の反響を頼りに自転車を乗りこなしたり山奥をひとりでハイクできるようになったのだ。

「エコーロケーションを見事に身につけたキッシュは、往来の激しい通りや絶壁沿いの山道でもマウンテンバイクを走らせることができる」とフィンケルは書いている。「木にも登る。ひとり原野でキャンプもする。いちばん近い道から二マイル離れた山小屋で何週間も暮らしたことがある。世界を旅してまわる。料理がうまく、水泳に熱心で、流れるように舞うダンスのパートナーだ」

キッシュは、べつに聴覚が優れているわけじゃなくて、じっと耳を澄ませるだけだと言う。それを証明しようと、キッシュは鍋のふたを手に取る。フィンケルが目を閉じて舌を打ち鳴らすと、驚いたことにキッシュがふたを近づけたときと遠ざけたときのちがいがすぐにわかる。じつは、もともと人間に具わるエコーロケーション能力はコウモリよりも高い。口は金属音を発するのに向いていないが、反響を読み解くことにかけては人間のほうが断然有利だ。「人間の脳の聴覚野はコウモリの脳全体の何倍も大きい」とフィンケルは指摘する。「つまり人間はおそらくコウモリよりずっと複雑な聴覚情報を処理できるということだ」

キッシュはもう何年も、目の見えない生徒たちに実生活で使える動き方を教えている。そのうちふたりをフィンケルと一緒にカリフォルニア州サンタアナ山脈へ送り出し、マウンテンバイクで走らせた。「どこにトレイルが向かい、どこに茂みや岩、フェンスの支柱や木があるかを判断する際、少年たちはエコーロケーションを使う」とフィンケルは記している。バイクに乗った少年たちは口の底を舌で打ち、その反響に耳を澄ませ、この先のトレイルのイメージを頭に描く――フルスピードで疾走しながらだ。ひとりが「流線形のフォームでブレーキから手を離し、全速力で目いっぱい舌打ちしながらダートを下っていく」姿にフィンケルは畏敬の念に打たれる。「片側が急斜面だったりサボテンが突き出していたり、道が重大な危険をはらんでいるときはさすがに警告する。しかし、たいていは伴走しているだけだ。まさに眼前で繰り広げられているというのに信じがたい。とてつもないことだ」。一度だけ衝突が起きたが、それもフィンケルがひとりの正面で急ブレーキをかけ、その場で木のように止まってしまったせいだ。

一兆種類以上ものにおいを嗅ぎ分けられるという人間の鼻も、耳と同じで祖先の能力をあまり開発できていない。カリフォルニア大学バークレー校の研究チームは、人間がブラッドハウンドを真似てにおいを追跡できるか興味をもった。そこで彼らは、三二人の学生ボランティアを目隠しし、耳栓と厚い手袋と膝当てをつけさせ、嗅覚以外の感覚入力を排除した。それから草の平地に一〇メートルほどチョコレートエッセンスの臭跡をつけ、そこでボランティアたちを自由に行動させた。「三分の二の被験者はにおいをたどることに成功し、キジを追う犬のようにジグザグに臭跡を行ったり来たりしていた」と、研究者たちは『ネイチャー・ニューロサイエンス』誌に報告した。何の訓練をしなくても大半の被験者がうまくやり、少し練習すると見事にやってみせた。数日後には追跡のスピードは二倍以上に上がったが、それも彼らの潜在能力の一端にすぎなかった。「もっと長く訓練すれば、追跡速度はさらに増すだろう」と研究者たちは書いている。

イェール大学の神経科学者ゴードン・シェパード博士が実験について知り、こんな金言を口にした。「もしわれわれがまた四足を地面につけば、思いもしなかったことができるかもしれない」。

暗闇でものを見て、鼻で獲物を追う――いまではまるで超能力だが、二〇〇万年前はそうやって生き延びていたのだ。人間を地球上でもっとも強い生物にしたその自然の力を、われわれは失っていない。そしてナチュラルムーブメントがあれば、その力を目覚めさせられるかもしれない。

イタカレのビーチでその朝、エルワン・ル・コーはスイカ大の石を持ちあげてセルジーニョにパスする。セルジーニョはくるりと反転し、私にその石を手渡す。私はそれを隣の男の手に向かって放るが、そのあいだもエルワンは、もうひとつ、もうひとつとセルジーニョに渡し、やがて計五個の石がパスまわしに加わる。私はつぎの石を受け止めるまえに目の前の石を手から離すので精いっぱいだ。均一な形でつかみやすいメディシンボールとちがって、大きさも重さも予測不可能な石は、本気で集中していないとしっかりつかんで身体のバランスを取ることができない。汗で石がすべり、腕は焼けるように痺れるが、最初に落とす者になるのだけはごめんだ。幸運にもつま先を叩きつぶす寸前に、エルワンが手を挙げてゲームを止める。私は石を落とし、ほっとする――つぎに何をするか知るまでは。

エルワンはわれわれをふたりひと組にし、エルワン流のウィンドスプリント走をさせる。ふたり組の片方がもう片方を、消防士がけが人を運ぶときの要領で脇に首を入れて両肩に担ぎあげ、その体勢で膝の深さの浅瀬を出たり入ったりするのだ。一〇〇キロのムエタイ闘士の下敷きにならないようにしながら渦巻く海水のなかを走ること以上に神経がすり減るワークアウトがあるとしても、私は知りたくもない。人間は重く、でこぼこがあってバランスの悪い物体だから、担ぐほうはせわしなく姿勢を変え、足場や手がかりや重心の位置を調整しなくてはならない。人の身体をうまく背中に乗せて運ぶのはとてつもない集中力を要するのだと、私はじきに学ぶ。

つぎにエルワンは一八〇センチ長の流木の山を用意する。ほかの男たちは何をするか察してビーチを走りだす。エルワンはそばを通り過ぎる何人かに棒を放り投げる。そして最後の一本を私に放ると、両手を広げて走りはじめる。私が放り返すとすぐまた投げてくるが、今度は少し先に放るからこっちはダッシュするしかない。こうしてわれわれはビーチの端から端まで横切り、投げる相手を替えながら、バスケットボールの速攻のような棒投げにすっかり熱中する。と、そこに岩場が現れてぶつかりそうになる。エルワンは急停止するかと思いきや、棒をぐるんとまわして砂に突き立て、棒高跳びの要領で岩の上に跳びあがる。

あとを追って私が登ったときには、エルワンは二〇メートルほど先で砂の上に張り出した巨大な岩の上に駆けあがっている。「いいジャンプをする秘訣は、二回目のジャンプの良し悪しにある。ばねを意識して――」と言いながら宙に躍り出る。そして三メートル下に膝を深く曲げて着地するが、転がりもしなければ膝をつくこともなく、すぐ跳びあがって走りだす。「動物は着地しても地面を転げまわったりしないだろう」と、岩のまわりを戻ってきながらエルワンは私に言う。「猫は着地と同時に走りだす。同じようにやれば、衝撃を減らしてつぎの動きに流れていけるんだ」

ズケトが岩の下に広がる空間を見て尻込みする。「カラーリョ！　エッシ・ガジョ・エ・フォルチ」とズケトはぶつくさ言う。まじか！　あいつ、すげえな、と。それからズケトは観念し、エルワンを信じて岩の向こうに身を躍らせる。

エルワンがイタカレを発見できたのは幸運だったが、偶然ではなかった。エルワンは北フランスの昔ながらの雰囲気が残る街エトレシーで育った。パリから四〇キロしか離れていないのに、いまでも谷川や古い森に囲まれた土地だ。エルワンの父親は平日は銀行で働き、週末は森に浸るのが好きで、休みになると息子を連れて長い散策に出かけた。「おれにはとても登れない大きな岩に親父は登っていた」とエルワンは当時を思い出す。「手を貸してほしいと言っても、親父は首を振ってこうするだけだった」――エルワンはすっと無表情になり、指を曲げて手招きしてみせる。

　これほど長身で勇敢で猫のように機敏な子供がいたら、どんなサッカーのコーチも涎を垂らして欲しがっただろう。だが、寡黙な父とのそうした週末の森のブートキャンプは、エルワンが抱いてもおかしくなかったチームスポーツへの興味を押しつぶした。代わりに、エルワンは孤独な道を進んだ。初めはマーシャルアーツで、十八歳のときにカラテの黒帯を取った。ついでオリンピックスタイルのウエイトリフティング、つづいてトライアスロン。だが不思議なことに、腕をあげればあげるほど気分は沈んでいった。練習不足の不安がつきまとい、試合に負けるたび激しい怒りに襲われる。まだ十代だったが、楽しいはずのことが早くも憂鬱の種になっていた。

　逃げ場を求めた彼は、パリの狼男にかすかな希望を見つける。しばらくまえからその噂は耳にしていた。夜な夜なビルの屋上を彷徨し、〈超人間《オル・ユマン》〉を自称する怪しげな都会の野蛮人がいると。エルワンはその男について訊きまわり、やがてドン・ジャン・アブレに行き当たる。ドン・ジャンは若い男を集めた秘密ギャングの親玉で、パリの街を勝手気ままな野生公園に変えていた。当時ドン・ジャンは四十歳になろうとしていたが、その戦闘仕様の肉体とカラテのセンセイ用ヘッドバンドで後ろに束ねた豊かな黒い長髪は、そんな様子をみじんも感じさせなかった。すぐにエルワンは彼らの仲間になり、ドン・ジャンが〈生命の戦闘《コンバ・ヴィタル》〉と呼ぶ、一種の都市ゲリラのトレーニングを習得する。

「いってみればナチュラルムーブメントの〝ファイト・クラブ〟だよ」とエルワンは説明した。「トレーニングは人目につかないようたいてい夜にしていた。橋によじ登ったり、建築現場の足場の上に立ったり、壁を蹴って素足を鍛えたり、四つ足で動きまわったり、冬の凍えるようなセーヌ川に橋から飛びこんだりしてね」。〈コンバ・ヴィタル〉は、ハードコアな身体訓練《コンディショニング》と綱渡りのパフォーマンスアートを掛け合わせたようなものだった。ただし、いずれにしても安全ネットはなしだ。ドン・ジャンのギャングは歩道橋から脚だけでぶら下がり、行き交う車を見下ろしながら逆さ腹筋をしたり、建物をよじ登って裸足で屋根から屋根へと跳び移ったりした。

「この手のことに〝試しに〟はない」とエルワンは言う。「しくじったら死ぬだけだ」

だが、ドン・ジャンはどうやら不死身だった。やがて彼は秘密の深夜の曲芸を卒業して極限の見世物に挑戦し、水泳パンツ一枚でヘリコプターから飛び降りてグリーンランド沖の氷山のまわりを泳いだり、六十歳でネス湖の怪獣に無伴奏のティンパニのソナタを聴かせてから氷点下の湖にダイビングして怪獣探しをしたりするようになる。エルワンは七年間、夜のパリをぶらつき、ドン・ジャンや〈コンバ・ヴィタル〉の連中とともに警察と鬼ごっこをした。夏にはコルシカ島のビーチで働き、日光浴客に玩具や安物のジュエリー、タトゥーシールなどを売ったが、そのうちみずから中間業者になる方法を思いついた。冷蔵庫のプラスチック製マグネットを自分でデザインし、上海の工場でつくらせたのだ。まもなくエルワンは、その年いっぱい食うに困らないだけの使用料収入を手にしていた。

ドン・ジャンが芸人業になびいていった一方、彼の教え子は学問に本腰を入れるようになった。セーヌ川沿いの古本屋でジョルジュ・エベルの『体育』を偶然見つけたエルワンは、〈コンバ・ヴィタル〉の起源に初めて目を見開かされた。エベルのことはなんとなく聞きおぼえがあった。

〈コンバ・ヴィタル〉の弟子のあいだで、ドン・ジャンのほかにパルクールの創始者集団ヤマカシもエベルから着想を得ているという話が交わされていたのだ。本を読みはじめたエルワンは衝撃を受けた。

「役立つために」――そうか！　これはただのモットーじゃない、とエルワンは気づいた。自然の法則、人類史においていかに人の身体がつくりあげられたかを説明する第一原則だ。にわかに合点がいった。人間が妙な見かけをしているのには理由があるのだ。裸になった人間は、動物よりむしろ虫に似ている。ひょろ長い手脚、異様に柔軟性のない背骨の上で回転する大きな丸い頭。のろまでひ弱で、命を守りたくてもろくに木に登れず、尻尾やひづめ、牙といった素敵なものはひとつもない。つぎの三つができなければ、人間はまったくの役立たずだ――狩猟、採集、シェア。

以上。これだ。この三つの仕事、これこそが時の黎明からつづく人類のキャリアパスで、われわれはいまもその道を歩んでいる。シェイクスピアのソネット、グーグル、スーパーボウル、NASA――あらゆる人間の達成も、本質のところは基本的に変わらない。探す、石で打ち取る、うまいものや情報を一族で分ける。ジャングル最凶のネコ類にはとうていおよばないが、かといってネコ類になる必要はない。その三つの仕事をこなすには、人間の身体はうってつけの道具なのだ。われわれは直立したまま向きを変えられ、そのおかげで恐るべき正確さでものを投げることができる。多関節の腕と優秀な親指は、ものをつかんだり運んだりするのに最適だ。言葉や文学を得たのは、首が長く、唇が速く動き、胸郭を抜群にコントロールできたからで、そのすべてが結びついて話す力になっている。われわれは母なる自然の問題児、じっと座っていることができない種族だが、それというのも、二足歩行の姿勢とゴムのような脚のおかげで、とてつもない距離を走れるからだ。われわれのすることがわれわれ自身を決めるのであり、われわれのすることとは動くことだ——山を登り、川を渡り、これ以上ないほど曲がりくねった岩肌の抜け道を通過する。この地球にとどまっていることさえできない。

これがエベル自身の発明でないのはエルワンにもわかった。マルティニーク島の噴火を目撃するずっとまえに、エベルは〝ガビエ〟と呼ばれる水夫たちが外洋で積む鍛錬——強風と荒波のなかで帆布や梯子つきマストや濡れた索具と格闘する——に惹かれていた。きっと堂々とした最高のアスリートだったんだろう、とエルワンは想像した。エベルはさらにフランスの植民地に赴き、ベトナムの山地民《モンタニャール》やアフリカの狩猟採集民に理想のアスリート像を見つけていた。「彼らの身体は申し分なかった。柔軟で、軽快で、巧みで、頑丈で、耐性があった。しかも彼らには体操の教師がいたわけではなく、自然のなかで生活しているだけだ」とエベルは観察している。

エベルは発明者ではなく観察者だった。女性の強靭さといったものを熱く語ったのも、その観察眼があったからだ。真実はみずからの目と心を喜んで開く者の鼻先にあると彼は知っていた。「アフリカの若い黒人女性には、ヴィーナスにも匹敵する見事に発達した胴体がある」とエベルは述べている。「フランスの母親たちのまたとなき理想だろう!」ルノワールの描く水浴する美女にエベルは我慢ならなかった——女性は生きたシュークリームにすぎないと言いたいのか? 男と女の身体はちがっても、運動スキルは変わらない。「自然の摂理は女子の教育にも男子と同じように当てはまる」とエベルは主張した。

待った、性別はしばしおいておこう。年齢はどうだろう? エルワンは思った。もしエベルの言うとおりなら、エベルは健康を促進しているだけではない——時さえも止めようとしている。エベルはどう言っていた? 彼らの身体には耐性がある。そうだ。原野ではしくじったらあとがないから、生きるか死ぬかは柔軟さと腱がどれだけ長持ちするかにかかっていた。火山が噴火したら、一族が助けを求めたら、動くべき瞬間が来たら、痛む膝をソファに座ってアイシングしたり、年寄りだの子供だの女の子だのと言い訳したりはしていられない。メトッド・ナチュレルは人に力をもたらすだけじゃない、年齢に抗うこともできるのだ、とエルワンは気づいた。強くなり、強くありつづける。老境に入ってもだ。

エルワンの心に火がついた。研究のためにランスまで巡礼に行った。エベルの最初のトレーニング用遊び場の跡地だ。訓練場は第一次世界大戦の前線の戦闘で破壊されていたが、シャンパンで有名なポメリー社のオーナー、メルキオール・ド・ポリニャック公爵がエベルの大ファンで、いずれ当初の設計どおりに復元すると確約していた。ランス滞在中にエルワンはポメリー本社を訪れ、ジョルジュ・エベルの遺品が社内に残っていないか尋ねてみた。ひょっとしたら、日記とか。写真などは？

彼らはもっといいものをもっていた。電話番号だ。

パリ郊外でエベルの息子がまだ生きていたのだ。レジス・エベルはこの熱心な若い弟子の訪問を受け入れた――その後も何度となく。エベル邸に出向くたびにエルワンの知識欲は高まるばかりだった。「長い質問リストをつくって持っていった――エベルの本に答えの見つからないことや、エベル自身のこと、私生活や、自身の子供の教育についても訊いたんだ」

レジスによれば、父ジョルジュはみずからの教えのままに生きたという。自分の妻をはじめとする女性たちをメトッド・ナチュレル（MN）の指導者に抜擢した英断もそのひとつだ。第一次世界大戦がはじまるころには、ジョルジュは真の健康をヒロイズムに結びつける寸前まできていることを実感していた。「MNの黄金期だった」とエルワンは言う。「エベルは、すべての人がM

Nの利他的精神をめざし、その道徳教育を助けにしてMNを実践すれば、戦争はなくなると信じていた。人が争う理由もなくなるはずだとね」

エベルは自分の夢の実現を見ることなくこの世を去ったが、エルワンは見ることができるかもしれない。メトッド・ナチュレルが示したものを、誰かがもう一度この世の中に知らせなければ。

エルワンはレジスの承認を得にいった——すると老人は烈火のごとく怒りだした。おまえごときにあの偉大な男の跡を継げると思っているのか？　もしそのつもりなら、ろくなことにならないぞ。エルワンは傷つき、当惑した。いったいなんなんだ？　二、三週間前に訪ねたときは、いたって上機嫌で協力的だったのに。それがいまや、口から泡を飛ばして脅し文句を吐いている。

何がまずかったのかさっぱりわからなかったエルワンだが、MNの古参メンバーを探し出したときに真相が明らかになった。「エベルの息子は、親父の仕事の墓掘り人なんだよ」と彼らはエルワンに教えてくれた。レジスはメトッド・ナチュレルを自分では復活させられず、ほかの者にされるのを恐れている。だから父親の遺産を自分の胸に抱えこみ、MNについて語られたり書かれたりしたものを、「検閲官か何かのように」監視しているのだと。

なるほど、あの老人はそもそもおれにあまり会いたくなかったわけか、とエルワンは悟った。おれが何をするつもりか探りたかっただけなんだ。いいだろう、とエルワンは肚を決めた。そういうことなら、こっちもそのつもりでやってやる。エルワンはジョルジュ・エベルがあちこちから情報を吸いあげていたことに気づいていた。島の原住民からだけでなく、思想家からもだ。ナチュラルトレーニングを提唱したエドウィン・チェックリー、先駆的なフランス人医師ポール・カルトン博士、スペイン人の体育教官フランシスコ・アモロース、スイスの教育革新家ヨハン・ハインリヒ・ペスタロッツィ。そうした人々の考えをもとに、みずからの思想を編み出したのだ。

「エベルはアモロースの描いた道をただ再現しただけなのか?」とエルワンは問う。「そうじゃない。同じ道はたどったが、そこから組み替え、改良し、設計しなおしたんだ」

レジスなんかどうでもいい。今度はエルワンの番だった。


セルジーニョと男たちは全力で疾走する。気づいてみれば、休みなしでワークアウトをつづけてもう二時間近い。私はくたくただったが、気分は爽快だ。エルワンの提案で、クールダウンを兼ねてもうひとつ技を練習することになる。オープンウォーターでのディープダイビングだ。ところが波打ち際に向かっていると、ココヤシの木の下でこちらをじっと見ていた若い女性が声をかけてくる。

あの、と彼女は尋ねる。さっきから岩からジャンプしたり棒を投げたりしてるけど、なんなんですか?

説明する代わりに、エルワンは流木の棒をつかむ。その一方の先を砂に差し、反対の先を肩にのせる。そしてそのままスクワットの体勢になる。「名前は?」と彼は訊く。

「サンドラ」

「サンドラ、この棒の上にあがれたら、サプライズのプレゼントをあげるよ」

サンドラは冗談でしょう、といいたげにエルワンの顔をまじまじと見る。それから走りだし、棒をまっすぐ駆け上がってエルワンの頭を跳び越す。着地したところで、自分が本当にやりとげたことにようやく気づく。

「ブラボー!」エルワンは歓声をあげる。棒を肩からはずして彼女の肩に置く。「サプライズ!」

抗うまもほとんど与えずエルワンは走りだし、綱渡り師さながらの軽やかな足取りで棒を駆け上がる。四秒間で四つの感情の波がサンドラの顔につぎつぎ押し寄せる。驚き、恐れ、覚悟、そして——エルワンが肩まで来て跳び越えたときの——歓喜。

「自分がこんなに強いって知ってたかい？」とエルワンが訊く。

サンドラは首を振る。

「もうわかったな。面倒にはくれぐれも巻きこまれないように！」

サンドラはにこりとし、もといた木に戻りかける。だが、エルワンはもうひとつ尋ねる。

「きみは……ヨガをやってる？」

おっと。

「ええ、インストラクターで——」

「教えてるのか？」とエルワンは言う。「ヨガで何か役に立ったことは？」

「とても役に——」

「いや、実生活で。非常時に。急げ！　危ない、太陽礼拝しろ！　なんて誰かに言われたことがあるか？　ないよな、もちろん。でも、これなら耳にするだろう。危ない、走れ！　登れ！　心配するな、ここから運び出してやる！　なんて、しょっちゅうだ。人間がヨガを生み出したのは気晴らしのためで、サバイバルのためじゃない。動物ならそんなことは絶対にしないだろう。同じ場所で頭を下にしてポーズを変える？　とんでもない！　野生じゃ自殺行為だ。ヨガをするには、危険のない環境というぜいたくが必要なんだ。何もかもコントロールされている——柔らかいマット、快適な温度、こうしろ、ああしろと指示する導師《グル》。そんなの本能的でも自然でもない。つくりごとだ」

ヨガと非常事態は関係ないでしょう、とサンドラは言い返す。ヨガというのは、バランスや心と身体のつながりを見つけることよ。

「身体はピンチのときほど心とつながるんだ」とエルワンは切り返す。「動きの価値はそこで測られる。その動きがもたらす結果しだいだ。木に登る、石を投げる、崖っぷちで落ちないようにバランスを取る――ほんの一瞬でも集中が切れたらおしまいだ。よっぽど豊かで甘やかされた文化じゃないと、妙なポーズでじっとしてるのがエクササイズだなんて納得させられないだろう」

たたみかけるように反論するエルワンだが、サンドラを言い負かしたいわけではなく、仲間に引き入れたいと思っているのは明らかだ。その甲斐あって、サンドラはもう一歩、虎穴に近づく。

柔軟性のことを忘れてるわ、とサンドラが言う。ヨガをすると、身体が柔らかくなるのよ。

「筋肉が動きに抵抗するとしたら、その動きが不自然だってことだ。だったら、なんで筋肉を変化させようとする？　動きのほうを変えればいいじゃないか！」エルワンは砂の上にどさりと腰を落とし、ハードル走者のように片脚を突き出す。「ハムストリングをこんなふうに伸ばせないなら」と前屈しながら頭を膝の上につける。「こんなふうに動けばいい」。さっと脚をジャックナイフのように尻の下に折り畳む。手がさっきよりも遠くに届くし、バランスもずっといい。

「さて、本当に心と身体がつながっているのはどっちだ？」


「彼はいい線いってると思うよ」と言うのはリー・サクスビー、人間の運動能力の進化モデルをもとにしたエクササイズプログラム、ロンドンを拠点とする〈ワイルドフィットネス〉のテクニカルダイレクターを務める理学療法士だ。彼は人類にとって真の健康とは、エクササイズマシンとは一切関係なく狩猟採集民の動きがすべてだと確信している。エルワンの驚異的な動画をたまたま目にして、サクスビーは生身のサンプル第一号を発見した。

宣戦布告としてはユニークな作品だ。「世界が忘れたワークアウト（The Workout the World Forgot）」と題された不思議な三分半の動画のなかで、エルワンは古来のフィットネスへの賛意をこれでもかと訴える――しかも黙々と。まずは丸太をかついだエルワンが渓流を渡り、つづいて荒涼とした風景のなかを走りながら、行く手を阻むあらゆるものの下をくぐり左右によけて即座に体勢を変えていく。彼の走る先には、突き立った石があり……砕ける波があり……息をのむほど高い岩棚があり……総合格闘技のファイターがどこからともなく姿を現し……それでもエルワンは足をゆるめず、身体をよじり、ダッシュし、泳ぎ、登り、戦い、すべてを跳び越える。きわめて穏やかで、すさまじく力強い。おのれの肉体とその向き合う相手を完全に掌握したヒューマン・アニマルだ。

「あの動画でいちばん印象的なのは、彼が身体の動きそのものを第一に考えているところだね」とサクスビーは言う。「腹立たしいことに、女は痩せているのがあるべき姿だと思い、男は大きいほうがいいと思っている。でも、最高のアスリートはモデルやボディビルダーとはちがう。引き締まっていて、敏捷で、よく動く。エルワンの動画もその点が気に入った。本物の機能的《ファンクショナル》フィットネスの見本だよ、スポーツジムで教えている筋肉礼賛的なものとは正反対だ」

たしかに、エルワンは人間の身体が本来何をするようにできているかを示す恰好の生き証人かもしれない。「多才さこそが生存のカギだったのです。初期の人間はいつ何時、何があっても対処できるように準備していなければなりませんでした」と説明するのは、E・ポール・ゼーア博士、ヴィクトリア大学の神経科学と運動学の教授だ。彼は著書『バットマンになる！ スーパーヒーローの運動生理学』で人類の生体力学的可能性に迫っている。「初期のホモ・サピエンスは朝出かけるとき、その日何に出くわすか知りませんでした。日常的に狩るか狩られるかの生活を送っていたら、とっさに駆けだし、ジョグし、槍を投げ、木に登り、うずくまり、穴を掘らなくてはならないでしょう。現代のわれわれが楽しんでいる専門技能、たとえばマラソンランナーやテニスプレイヤー、トライアスリートの技能でさえ、現代社会のぜいたくです。原野のホモ・サピエンスにとっては、生存のうえでたいした価値もないものです」

もっとも、エルワンの先祖返りが何より意義深いのは、目的と遊び、機能と楽しみを融合させたことだろう。ジャンプしたり転がったり、ものを投げたりするときの彼の姿は、まるで裏庭で戯れる子供のようだ。ゼーア博士も、それこそが先祖伝来のワークアウトだろうと考えている。「犬が同じ場所を一時間もぐるぐる走っているところを見たことがありますか」と博士は指摘する。「そんなことをしていたら、どこかおかしいと思うはずです。そうではなく、犬は何かを追いかけ、転げまわり、全速力で走り、休み、ものをぐちゃぐちゃに散らかします。動物の遊びには目的がありますが、人間の遊びも本来そうであるのは推測にかたくないのです」

「たいていの人は運動を太った罰だと考えている」と、〈ワイルドフィットネス〉のサクスビーも言う。「するとストレス解消どころか、かえって気が重くなるんだ。その点、エルワンのねらいは的を射ていると思う。運動は罰だという考えを覆せたら、すばらしいことだよ」

考えを覆す……たとえば、巨大な大人用の遊び場をつくるとか？　泥の槽や炎のあがる干し草の束、クラゲの触手みたいに電気がびりびり走る妙ちきりんな障害区間をこしらえて？　二〇一〇年、フィットネスとはもっとも縁遠そうな人物（ハーヴァード・ビジネス・スクールの学生）が、流行の発信とはもっとも縁遠そうな場所（ペンシルヴェニア州アレンタウン）に出かけ、寂れたスキーリゾートに大の大人が子供のように戯れるための遊具をつくりあげた。それから五年、〈タフ・マダー〉や、〈ウォリアー・ダッシュ〉、〈スパルタン・レース〉といった障害物チャレンジコースは空前のブームになっている。ジョギングでさえ、もっとも人気のある参加スポーツとしての王座を失いかねない。というのも、今年はハーフマラソンの参加者を超える人数が、凍りつくような池をかき分けて壁登りへ向かうと見込まれているのだ。たしかに、大人数が参加する泥んこマラソンは、技能《スキル》というより興奮《スリル》に満ちている。〈スパルタン・レース〉の出場者は、アスレチックネットを這い登ったり火のハードルを跳び越えたりするのに、フェイスペイントをして参加費を払う以上の準備はしない。それでもこうしたイベントには、ジョルジュ・エベルも喜びそうな要素がいろいろと詰まっている。〈タフ・マダー〉には勝者も完走タイムもなく、競争よりも仲間意識を重視している。それに、参加者の全員がファンクショナル・フィットネスの理念を支持していることだけは確かだ。ゴールするころには、自分は何ができないか、いろいろとわかるのだ。そしてファンクショナル・フィットネスをめざすとなったら、〝ザ・ボックス〟の出番だ。

二〇〇〇年代に入ってまもなく、カリフォルニア州の警官や地元の海軍特殊部隊《ネイヴィー・シールズ》のあいだで、現実の世界で通用するワークアウトをするならサンタクルーズの〈フェデックス〉裏の空き地に行くのがベスト、という噂が広がりはじめていた。そこでは、元体操選手のグレッグ・グラスマンが短距離走や重量挙げ《デッドリフト》、そして彼にとってのファンクショナル・フィットネスの三位一体、スクワット、懸垂、バーピー（腕立てからジャンプに移る連続動作）を支持者に教えていた。その三つの動き——腰を上げる、上体をもちあげる、地面から立ちあがる——は動物の生存の基本なのに、多くの人がうまくできていないとグラスマンは考えていた。それに、体重を制するだけがエクササイズなのだろうか？　グラスマンは自身のこの取り組みを〈クロスフィット〉と命名した。彼のトレーニングを受けた警官たちによると、〈クロスフィット〉は月並みなワークアウトとは少しちがい、むしろ「徒競走の顔をした闘い」のようだという。〈クロスフィット〉は単純でシンプルな動きに一貫してこだわっている。テディ・ローズヴェルトがもし生き返ったら、九六年後の世界でくつろげる唯一の場所は〈クロスフィット〉の〝ボックス〟にちがいない（〝ボックス〟の愛称は、初期のトレーニング施設がサンフランシスコの駐車場にあった箱型コンテナだったことに由来する）。

ただしクレタには、ボックスなどなかった。ザンとパディが生き抜くには、もっと性急で原初的な手段に頼らざるをえなかった。山岳地での逃亡生活に向けた訓練となるもの。たとえば、エルワンがいま向かっている頭上の枝のようなものに。

「準備オーケー？」と、地上六メートルの木の枝に乗ったエルワンが尋ねる。

「オーケーだよな」。こちらが口を開くまえにエルワンは自分で答える。「いくぞ！」

これは三日にわたって通常の倍のトレーニングをした私への餞別を兼ねた最終試験だ。エルワンはジャングル生活のスキルをテストする障害物コースを考え、ペンシルヴェニアの私の自宅でも再現できるモデルを示してくれた。彼にとっての金科玉条である集団力学の観点から、ズケともうひとりのブラジル人格闘家、ファビオも参加することになった。

「このコース二周を二〇分以内に終わらせるんだ」とエルワンが言う。そして手を振り下ろす

――ゴー！　追いつ追われつの激しいレースのはじまりだ。コースにはおよそ一二の関門があって、自然に森を流れるように進む順路になっている。われわれは木立へと跳びあがり、枝をすり抜け、四メートル半の棒をすべり下りる。ずっしりとした丸太の一端をもちあげ、立てては向こう側に倒しながら丘を登る。つづいて地面に立つ杭のまわりを這い、地面から数インチ浮かせた

横倒しの丸木舟の下を腹這いで進む。コース上には小屋まであって、一方の窓から飛びこみ、もう一方の窓から出る。

このコースが何より巧妙なのはその普遍性だ、と最初の一周を終えた私は気づく。ブラジルの熱帯雨林の真ん中で森を駆けずりまわるのが最高に楽しいのは確かだ。でもこのコースに郊外の裏庭で再現できないものはひとつもない。郊外の路上だっていけそうだ――近所のひんしゅくを買ってもエルワンのように平然としていられるのなら。その前日にイタカレの表通りを歩いていたエルワンは、私の目の前で通りを個人的なレクリエーション施設に変えてみせた。手足をついてサルのように階段を上がり、綱渡りよろしく手すりを歩き、塀の上を跳ねながら行ったり来たりした。五ブロックも歩くころには、たっぷり運動を終え、ピザを食べる準備は万端だった。

残り三分、あとは障害がふたつあるだけだ――ポーチから跳び、地面から木の高い枝にかけられた六メートルの棒を登ればいい。表に出すまいとしても、汗と汚れにまみれた顔に笑いがこぼれる。二日前はジャンプのたびに喉から心臓が出そうだった。七二時間がたとうといういまでは、永遠につづけられそうな気がする。あともう少しでファビオに追いつく。

悲劇に見舞われるのは、きまってこういうときだ。

ポーチから着地したとき、背筋に焼けたナイフが刺さったような激痛が走る。あまりの痛みに背中を動かせず、直立することもままならない。調子に乗りすぎていたと早く気づくべきだった――飛行機に一四時間も乗ったら、身体がきまってバンジョーの弦みたいにがちがちに張ることを。もうだめか、脱落だ。と、そこでエルワンのモットーを思い出す。

利口な身体《スマートボディ》だ、と私は自分に言い聞かせる。スマートボディを使うんだ。

四五度の角度で木に立てかけられた長い棒をつかむ。おそるおそる片足を棒にひっかけ、もう片足もかける。丸焼きの豚のように棒から逆さまにぶらさがった状態だ。棒を握る手に力をこめ、つぎにいったいどうすべきか悩む。

「何かアイデアはないかな?」と私はエルワンに尋ねる。

「もちろん《クラーロ》」とエルワンは答える。「たくさんあるよ」。願ってもない教育の瞬間、エルワンの脳内アーカイブに侵入し、彼が長年かけて積みあげた革新的な発想をいくつか引き出す絶好のチャンスだ。ノートの書きこみを見たことがある。棒状の人間の線画が何ページにもわたって描かれ、ジョルジュ・エベルの昔のフィールド実験のものまであった。エルワンには伝えるべき知恵がたくさんある——なのに腕組みをしたままその場を動かない。ヒントもくれず、にこりともしない。

ズケトやファビオにしても同じだ。ふたりともいまではエルワン哲学をその真髄まで熱心に信奉していた。そう、火山が噴火したら、自力で切り抜けようとしなければならない。バーを胸からはずしてくれるリフティングパートナーもいなければ、マラソンの三〇キロ地点でゲータレードを渡してくれるボランティアもいない。集団力学は人の自然な衝動だが、ピンチのときにはひとりになることを覚悟すべきだ。ここで頼れるのは、二〇〇万年にわたる希望と恐怖によって人体《システム》にあらかじめプログラムされた創意と生身の機動力だけなのだ。

手が汗ですべり、棒から離れはじめる。何か思いつくまでしっかり握っていようと、私はゆっくり身体を左右に揺らしはじめ、徐々にはずみをつけていく。振り子のように、揺れの頂点に達するたび、身体は一瞬だけ宙に止まる。そのとき手と足を棒のさらに上へと繰り出して握ると、なんの痛みも感じないまま登っていくことができる。

「おお、奥義を会得したな!」てっぺん付近まで登った私に、エルワンが下から呼びかける。

「いちばんの秘訣——それは、身体はいつだって奥の手を隠しもっているということさ」

CHAPTER 29

神よ、この者をギリシャ人の手に引き渡したまえ。
——パディが好んで引用したコルシカの呪いの言葉

パディには奥の手がいくつかあった。〈虐殺者〉がどう出るかはほぼ見当がついたので、それに沿って計画を立てていた。〈虐殺者〉は悪辣だが用心深く、反撃しないとわかっている相手を標的に選ぶ。クライペ将軍が失踪したと知っても、〈虐殺者〉が山岳地を急襲することはないだろう。むしろ、事態を把握してから動くはずだ。だからまずスパイを散らして沿岸の村々を捜索し、そこから将軍の車と車内の手紙、あたりに散乱する英国特殊部隊《コマンド》のまやかしの痕跡にたどり着くだろう。

だが、そのころには〈マジック・ギャング〉仕込みの奥の手がふたつ、実行に移されているはずだ。将軍捕捉の情報がＳＯＥ本部に入りしだい、ＢＢＣラジオが将軍は島を離れてカイロに移動中と速報を流すことになっている。同時に英国機もクレタの上空で、英国特殊部隊がエジプトに将軍を移送したというビラを大量に投下する予定だ。

〈虐殺者〉は怒り狂うだろうが、彼もばかじゃない。血痕ひとつなく、捜す相手もいないのに捜索ははじめないだろう。反逆者の巣を根絶やしにすべく三倍の勢力で攻撃をしかけるとしても、その攻撃は局地的で、一部のターゲットに集中させるはずだ。よほどの理由があれば別だが、山地に部下を放ってさらなる誘拐のリスクを冒す道理はない。それで少し圧力が弱まれば、こちらはその隙に外へ飛び出し、将軍を連れて岩だらけのイディ山を越え、本物の乗船地点がある島の南岸へ下りていける。

あらゆる点で悪くない計画だった。およそ六時間のあいだは。

パディは部隊を三つのチームに分けていた。ビリーが最前線で、将軍を最初の合流地に連れていく。パディは浜に車を乗り捨てたあと西からあとを追い、アンドニ・ゾイダキスとその仲間は将軍の運転手アルフレート・フェンスケを連れて東から合流する。フェンスケはゾイダキス組をひどく遅らせていた。ビリー・モスに一撃を食らった頭がいまだにぐらぐらし、ろくに歩けなかったのだ。日の出が近づくと、ゾイダキスはいったん隠れて日没までフェンスケを休ませることにした。捜索隊は昼ごろまで心配しなくてもいいだろう、ひょっとすると午後なかばま――

ゾイダキスはぴたりと凍りついた。頭を突き出してあたりをうかがい、すぐ引っこめた。ありえない。ドイツ軍がもう捜しにきたのか？　まだ夜だ。将軍が消えたことをどうしてもう知っている？　だがたしかに彼らはそこにいた。ほんの三〇〇メートルほど後ろで扇形に広がり、一帯を捜索している。ゾイダキスは即断を迫られた。千鳥足のフェンスケを連れたまま追っ手をまくことは果たして可能なのか。困惑が顔に出たのだろう、ドイツ人運転手が不思議に思い、どうしたのかと立ちあがった。ゾイダキスは彼が声をあげるまえに喉をかき切った。

そのそばからゾイダキスは後悔した。フェンスケはべつに悪いことはひとつもしてなかったのだ。それにきっと、パディが激しく動揺する……
それで思い出した。パディにすぐ知らせなければ。どういうわけか、捜索が早くもはじまっていることを。

〈目的地1〉は、アノギア村のはずれにある洞窟だった。そこに近づくほどに、ビリーと一行は将軍に手を焼くようになった。処刑されないと確信するやいなや、クライペ将軍は亀の歩みになったのだ。喉が渇いた、腹が減ってたまらない、とぶつぶつ文句をもらした。夕食のために帰宅する途中に捕まったのだ。おまけに脚もひどく痛い。何もあんなふうに車から引きずり出すことはなかっただろうに。それに私の騎士鉄十字章はどこだ？　誰か私の勲章を見なかったか？　そんな将軍をビリーはひたすら追い立て、やっとのことで断崖にあいた洞窟にたどり着いた。手を岩にかけてよじ登る将軍を押しあげていき、やがて洞窟にもぐりこむと入り口を裂いた木の枝で隠した。仲間のひとりが食料の調達と情報収集のためにひっそりアノギアに向かった。

パディとヨルゴス・ティラキスも近くまで来ていた。だが、合流地に直行する代わりに、パディはアノギアに忍びこんだ。トム・ダンバビンへ早急に伝言を届けてくれる者を探し出し、その返事が戻ってくるまで待つ必要があったのだ。トムはパディのマジック・ギャング計画に欠かせない最後の一手だった。彼の力を借りてカイロと無線で連絡をとり、ビラまきやBBC放送、脱出船の手配をしてもらうつもりでいた。

パディとヨルゴスがアノギアに入ると、周囲の家の扉や窓がつぎつぎに閉まった。「洗い場の会話や笑い声が消え、女たちは背を向けて聞こえよがしに荒々しく洗濯物を叩きつけた。マント姿の羊飼いたちは、あいさつを返す代わりに無言で見て見ぬふりをした」とパディは観察した。

全クレタ人に告ぐ

「一瞬ののち、女たちの嘆く声が丘に響いた。〝あの黒い牛が小麦畑に迷いこんだ！〟〝義理の親戚が来たのよ！〟と」

なるほど、ドイツ軍はこんなふうに思われているのだな、とパディは実感した。いいぞ！　クレタでもっとも実戦的な解放闘士〈アンダルテス〉の多くはアノギアの息子たちだった。ドイツ軍に対する村民の憎しみはあまりに深く、この村ではなじみの友人であるはずのパディでさえ、彼らの目に入るのは身につけている制服だけだった。親しい友人で抵抗派の司祭ハレティス神父宅のドアをノックしたときも、パディは入れてもらえなかった。

「おれだよ、司祭夫人《パパディア》！」とパディは司祭の妻にささやいた。暗号名も伝えた。「おれだよ、〝ミハリ〟だよ！」

「どちらのミハリさんですかね？」と司祭の妻はとぼけて答えた。「ミハリさんなんて、存じませんが」。そう言うと、顔を近づけてじっと見た。そしてパディの歯と歯のあいだの見おぼえのある隙間に気づくと、ようやくなかに通してくれた。ここへ何しにきたのかも、なぜドイツ軍伍長の恰好をしているのかもパディは説明しなかったが、みな訊かないほうがいいとわかっていた。ハレティス神父は黙ってパディの伝言を少年に持たせてトム・ダンバビンのもとへ向かわせ、それから食事を振る舞ってくれた。

パディがまだくつろぎながらトムの返事を待っていると、村一帯にビラが舞い落ちはじめた。でかしたぞ！　あの少年、記録的タイムでトムの隠れ家に着いたな。パディは一枚手に取って読んでみた。

昨夜、ドイツ軍のクライペ将軍が山賊により誘拐された。将軍は現在クレタの山中に拘束されている。市民ならその所在を知らないはずはないだろう……

ちょっと待て。われわれのビラはどうなったんだ？

将軍が三日以内に返されなかった場合、イラクリオン地区の村はすべて焼き払われる。このうえなく苛酷な手段による報復が一般市民に加えられることになる。

やられた。だが、どう考えても腑に落ちなかった。ドイツ軍が早くも車を発見したのなら、どうして将軍がいるのは船の上ではなく、山中だとわかったのか？　あるいはまだ車を発見していないなら、なぜ捜索などしているんだ？

パディの計算はつまるところ、大当たりでもあり大はずれでもあったのだ。パディが予想したとおり、〈虐殺者〉は怒りにまかせて急襲をかけたり村を焼いたりはしなかった。じっくり時間をかけ、いくつもの問いを立て、痕跡を調べていった。パディの計略にはまることなく、危険なほど真実に迫りつつあったのだ。

〈虐殺者〉が最初におかしいと思ったのは、歩哨のひとりが要塞に無線で将軍の居場所を問い合わせてきたときだった。クレタ人は畜生だ、英国人は害のない害虫だと日ごろから毒づいていた〈虐殺者〉だが、内心では、自分が知るよりずっと多くのことが山岳地で展開されているのだと感づいていた。飛行機隊がクレタを離れた直後に取り囲まれる、ドイツ人下士官たちが一時間自室を空けて戻ってくると部屋がめちゃくちゃに荒らされている、イタリアの将軍が〈虐殺者〉の鼻先で消え、カイロにひょっこり現れる……で、今度は司令官が夜のドライブだと？　ちがう、何かが起きたのだ。

そこで今回、〈虐殺者〉は地図に向かい、山賊のつもりで考えはじめた。かりにクライペ将軍が死んでいるとしたら、すでに情報が入っているはずだ。将軍の死体は奇襲作戦として充分すぎるほど価値があり、ドイツ軍の士気をくじくのはレジスタンスの戦術の肝だ。証拠こそなかったが、scheisse Hitler（〝ヒトラーはクソだ〟）や、Wir wollen nach haus!（〝家に帰らせろ！〟）などと壁にチョークで落書きしたのは、ドイツ兵でなく山賊ではないかと〈虐殺者〉は疑わずにはいられなかった。

とはいえ、ドイツ兵の群がるこの島のどこにドイツの将軍を隠すのか？　車がイラクリオンで目撃されたのは確かだが、ハニアには到着しなかった。島の北岸は見張りが目を光らせているし、海沿いの村々には密通者がうようよいる。だとしたら、残るは……

アノギアだ。丘陵の高地で、愛国熱に満ち、イディ山への入り口で、イラクリオンからの道をひと晩も歩けばたどり着く。ここでまちがいない。連中は将軍を誘拐し、アノギアへ逃げたのだ。〈虐殺者〉は指令を発した。明朝いちばんに出発できる三〇〇〇人の兵と緊急発進に備えた航空兵が欲しい。イラクリオン一帯の丘陵地をくまなく捜せ、と〈虐殺者〉は命じた。イラクリオンから延びる細道という細道の航空写真を撮れ。だが、真っ先に向かうのはアノギアだ。

夜が明けるころには〈虐殺者〉はふたたび優位に立っていた。朝までに将軍の失踪が確認されるとは、さすがの誘拐者たちも思っていまい。気づいたころには、彼らはすっかり包囲されているだろう。

ハレティス神父の家にいたパディは、自分のせいでどんな窮地に追いこまれているかをこの家の人々が知ったら、きっと烈しい反応が返ってくるだろうと予想していた。その予想は的中した。「部屋じゅうが信じられないという空気で、ついで興奮で、最後はあふれんばかりの勝利の歓喜で沸きに沸いた」とパディは述べている。「通りを走る足音や叫び声、笑い声も聞こえてきた」。村全体が壊滅の危機にあっても、人々は縮こまるどころか喜びを爆発させていた。

「よっしゃ！」と老人の声がした。「やつらは一日で村じゅう焼き尽くすだろう。だがそれがどうした？　私の家などトルコ人に四度も焼かれた。五度目はドイツ人にやらせるさ！　家族だってうんと殺された。うんとだぞ。それでもおれは生き残った！　いいか、これは戦争なんだ。戦争ってのはそういうものなんだよ。結婚の宴だって肉がなくちゃはじまらんだろう。さあ酒をついどくれ、パパディア」

彼らがパディの計略を気に入ったのは、それが単なる戦争行為にとどまらなかったからだ。それは彼らクレタ人への敬意の証しだった。まさかと思える詐欺をやってのけることほどクレタ人らしい——あるいはギリシャ人らしい——ことはない。古代ギリシャの英雄たちはつねに何かを盗んでいたし、それがより大きく、より奇怪で、より盗むのが困難なほどよしとされた。手癖の悪さはギリシャの神学に欠かせないもので、誰かに一杯食わせる筋立てのない神話を見つけるほうがむずかしい。たとえば、ヘラクレスの十二の功業の半分は窃盗で、アマゾーンの腰帯や人食い馬もその盗品の一部だ。プロメテウスは神の火をもち逃げした。イアソンは「金の羊毛」を奪い、テーセウスはことあるごとに目についた女性を、つまり戦士《アマゾーン》の女王とクレタの王女をわがものにしている。『イーリアス』と『オデュッセイア』の二作など、犯罪ドキュメンタリーの古典だ。どちらの物語でも、誰かが卑怯な真似をしないと話が終わらない。

そしてその誰かとは、たいていオデュッセウスで、その詐欺師の目が彼をギリシャ最高の英雄に仕立てあげた。空洞の木馬に隠れてトロイアへ突入するというのはオデュッセウスのアイデアだった。その準備運動として彼は敵陣に忍びこみ、敵の王の武具と見事な軍馬を奪っている。オデュッセウスは生まれながらの盗っ人で、先祖代々、物盗りの家系だ。父のラエルテスは羊毛獲得の旅に出たアルゴー船の乗組員のひとりで、また生物学上の実の父親は客人に強盗を働いたことで有名なシシュポス王だと噂されていた。祖父は〈盗みの名人〉アウトリュコス、そして曾祖父は〈泥棒の守り神〉ヘルメスだった。

とはいえ、これだけのペテン師ぞろいでも、英雄たちが略奪品の山を築くことはない。財宝が目当てではないからだ。選べるのなら、オデュッセウスは喜んで妻と故郷で畑を耕すだろう。盗みは彼の仕事ではない。むしろ天職、身についた技術《アート》であり、不可能を可能に、空想を現実にする技だった。鮮やかな手口で盗みをやってのけることは、心の眼に映るものをひょいと掌中に取り出せるという点で、マジックの技と紙一重だ。ほかの宗教では、泥棒は罪人やはみ出し者として非難されるが、古代ギリシャ人は肩をすくめて、まあ、どの神を信じるかはそれぞれだから、と言うだけだ。それもそうだろう、ものにはたいして意味がないと教えてくれるのは、ほかならぬ彼らではないか？　財産などいっときのはかない夢だと、自分のもので他人に奪われないものなどないと。人の記憶に残るのは、あなたの富や権力ではない、あなたの独創的な想像力――〈知恵《メーティス》〉だ。

盗っ人の豪胆な〈メーティス〉、それこそが古代ギリシャの活力あふれる精神で、それによって彼らは知の歴史上最高の創造性をあますところなく発揮できたのだ。オリンピック、アクロポリス、民主政、民衆裁判、喜劇と悲劇の劇作法、ピュタゴラスの定理とアルキメデスの幾何学、アリストテレスとプラトンの哲学、天文学における周期性や医学の人道原則――そのすべてがとても小さく人のまばらな島国から流れ出した。それはたとえれば、三〇〇〇年以上にわたって西洋思想を支配してきた勢力がアラバマ州だったようなことかもしれない。

そうしたすべての原動力となっているのが、いわば〝無法者《アウトロー》・の見方《アウトルック》〟だった。神や王から下達された法律に頼るのではなく、無法者のように考えること。自分の頭で考えること。〝無法者の見方〟は、追随するより創造することをすべての市民に求める。何が正しく何がまちがっているか判断し、それをもとに動き、ただメエメエと群れについていきはしないことを。無法者は落ち着きがあり、利口で、自立していなくてはならない。味方をつくり、リスクを見極め、アンテナをまわりのあらゆる人やものにしっかり張っていなくてはならない。無法者は何をすべきでないかより、何ができるかに目を向ける。アテナイでは〝無法者の見方〟がすばらしく機能し、市民の義務になったほどだ。もちろんアテナイにも法律はあったが、それを提案するのは一般市民で、帝国の為政者ではなかった。尊大な振る舞いが目につきはじめた者――市民にとって何が最善かわかっているのは自分だと思う者――は国境に追い立てられ、アテナイの鉄の掟「暴君お断り」の方針に従って追放の憂き目に遭った。

神々にすら最終決定権はなかった。ひとりの全能者をもつ代わりに、十二神が仕事を分担し、主導権争いをしていた。大物のゼウスでさえしょっちゅう出し抜かれては悔しがっていたぐらいだ。ゼウスが何より不安だったのは、彼の最初の妻――その名はもちろんメーティス――に一杯食わされることだった。魅惑的な巨神《ティーターン》メーティスは、「魔法のような狡猾さ」に加え、あの泥棒の達人プロメテウスと親交があることで知られていた。そこでゼウスはなけなしの悪知恵をかき集め、メーティスをだまして少しのあいだハエに変身させ、捕まえてぱくりとのみこんだ——それは永遠の一体化、機知なるものと不変なるものの同盟だと、古代ギリシャ人の目には映ったのだ。英知の精神はいま、不死の神のなかで羽音をたてていた。

ただし、誰もが同調していたわけではない。〃無法者の見方〃とは自由であることであり、〈暴力《ビアー》〉とは相容れない。〈ビアー〉は王や征服者、強者や腕力を志向する者に支持された。一方、〈メーティス〉の力は普通の人々、とりわけほかに手段をもたない弱者や貧者のものだ。〈ビアー〉がほとばしっていたアキレウスは、「ゼウスに並ぶ〈メーティス〉の使い手」オデュッセウスの作戦を鼻でばかにする。だが、いかに有能な戦士であっても、名案をもつ凡人に足をすくわれることもあると、アキレウスは身をもって知ることになる——たとえば、敵を挑発し、怒った敵に弱点の踵を隠すのを忘れさせるといったアイデアだ。アキレウスのいとこのアイアースも暴れ牛のように強かったが、同様の教訓を得る。オデュッセウスと組み合ったアイアースは、オデュッセウスにひねりまわされ、あっと思ったときにはあお向けに倒されていた。

「木こりが相手より優れているのは、〈メーティス〉があるからで、〈ビアー〉のせいではない」と古代の戦士ネストルは、『イーリアス』で息子に説く。「〈メーティス〉があれば、舵手は突風に襲われたときにも、ワイン色の暗い海で快速船を針路からはずれないよう操ることができる。それに〈メーティス〉をもつ二輪戦車の御者は、ほかの御者より優秀だ」

ザンとパディのような英国人青年が何より逃れようとしていたのも、暴力だった。〈ビアー〉は寄宿学校のむち打ちであり、ヴィクトリア朝時代の女性の堅い貞操であり、彼らの父や兄たちを第一次世界大戦の機関銃の火のなかに送りこんだあの教条、「言葉も返さず／わけも問わず／ただ汝らは死地へと向かう」〔アルフレッド・テニソンの物語詩『軽騎兵旅団の突撃』の一部〕への無批判な追従だった。宗教が〈ビアー〉

と大きな関わりがあるのも奇妙な話だ。キリスト教がギリシャ神話の代わりに入ってくると、オリュンピアのかしましい一族は唯一なる神に取って代わられた。そしてわれわれはみずから英雄になる代わりに、戒律のリストを渡され、ルールに従い、ひざまずいて、救いを待つよう告げられる。

ところが、クレタはそうならなかった。〝英雄たちの島〟はその後も古代の掟を守りつづけ、そこへやってきたザンとパディとビリー・モスは、まったく新しい次元の無法者の思考を見出すことになる。

「〝クレプシ-クレプシ〟(翻訳すれば〝くすねる〟か〝つまむ〟だが、盗むというほどではない)は、クレタ人にとってスポーツみたいなものだ」と、ある朝、無法者思考の冷水を浴びせられて目を覚ましたビリーは実感する。寝袋と防寒着を同行のゲリラにかすめ取られたのだ。「共感はつねに〝かすめ取った者〟のほうに集まり、かすめ取られた者が同情されることはない。人にものを盗まれても、それは盗られたほうがまぬけなのであって、賢いとされるのは盗んだほうだ」

長く侵略者の支配下にあったクレタでは、盗むことが愛国者の仕事になっていた。トルコ占領時代には羊さらいがレジスタンス闘士の唯一の生存手段で、英雄的な闘いは山賊行為と同義語になった。現実にも同じ言葉なのだ。クレタの方言では、反逆者も泥棒も〈山賊《クレフテス》〉と呼ばれる。「ギリシャ人から学べる最高の教訓のひとつがそれだ」とヨルゴス・プシフンダキスは新参のSOEエージェントに教え、ブドウを盗むよう促した。「教師としてその盗みを要求する!」クレタで生き延びるには、昔のヒーロー同様に考えて行動しなくてはならなかった。

パディはまさしくそのとおりのことをやってみせた。ミノタウロスの巣に入り、怪物を倒したばかりか、綱をつけて引きずり出したのだ。

トラックの轟音が響き、浮かれ騒ぎがぴたりとやんだ。ドイツ軍の車列が山道を砕きながら登り、アノギアの広場になだれこんできた。数分とたたないうちに、兵士がトラックからつぎつぎ飛び降り、小走りで隊列をつくっていた。

立て、立て、とクレタ人たちがパディに言った。ここから逃げろ。ドイツ軍がすぐに村を囲んで一軒一軒荒らしはじめるぞ。パディとヨルゴスは荷物をまとめて出口に急いだ。誰かビリーの隠れ家まで案内してくれないか？　将軍を乗せるロバは借りられないだろうか？

ああ、いいとも、と主人は答えた。何でも持っていけ。だが急ぐんだ。

「まあ見ててくれ！」とドアを抜けながらパディは請け合った。「三日もすれば、村も焼かれなくなるし銃撃もやむはずだ！」ただ内心では、口で言うほど勇ましい気分ではなかった。「切迫した事態が、伝令の踵に羽を貸してくれたらいいのだが〔伝令の神ヘルメスは翼のあるサンダルを履いていた〕」とパディは思っていた。「反撃のビラがまかれ、ＢＢＣのニュースが将軍は島を出たと放送してくれたら」

兵士でごった返す広場を横目に、パディとヨルゴスは慎重に通りを進んだ。〈虐殺者〉がなぜこれほど迅速に部下をアノギアに送りこめたのか、パディにはわからなかった。だがそれ以上に戸惑うのが、ドイツ兵たちがそこに突っ立ったままでいることだ。〈虐殺者〉はこちらの機先を制した、ならば、なぜそのまま仕留めない？　アノギアに着くなり包囲していたら、パディもビリーもいまごろ鎖につながれていただろうに。いったい彼らは何を待っているんだ？

〈虐殺者〉が固まっていたのは、ぞっとする考えが浮かんだからだった——もしこれが陽動作戦だったら？

山賊たちは賢い。賢すぎて、クレタに来てこのかた、〈虐殺者〉はただひとりの英国人も捕らえることができていなかった。近づいたと思うたび、彼らは一歩先に跳んでいる。なのに今回はこんなにやすやすと捕らえていいのか？　もしや彼らは追わせたがっているのでは？　山賊たちはわかっているのだ、ゲシュタポの目と鼻の先で将軍をかっさらうほど、ドイツ軍を激怒させることはないと。何千というドイツ軍歩兵が猛追を開始し、山岳地に突入して戦闘機部隊は奥地に引き寄せられる……するとクレタの要塞とイラクリオンはからっぽになる！

つまり、これが彼らのゲームなのだ、と〈虐殺者〉は考えた。クライペの誘拐は、おそらく連合軍の策略だろう。こちらの大軍を山側に向かわせ、その背後を〈アンダルテス〉と特殊部隊に攻撃させているあいだに上陸する魂胆なのだ。その手には乗るものか。〈虐殺者〉はアノギアに命令を送った。一個中隊をすぐにイラクリオンへ戻らせろ。偵察機は基地に引き返せ、ビラまきはつぎに指示するまで延期だ。山じゅうに兵を散開させるより先に、侵攻に備えなければ。

日が落ちるまでに、沿岸の警備が固められた。クライペ将軍の捜索を全力で再開する準備は整った――だがそのころ、パディと一行はすでに原野に身をくらませていた。

CHAPTER 30

危険あるところ、
救いもまた生じる。

――フリードリヒ・ヘルダーリン
「パトモス」

太陽が昇って地面が見えるようになるとすぐ、クリス・ホワイトと私はパディの足跡を探しはじめた。すでに夜明け前にイラクリオンをバスで発ち、クリスの計算によれば、パディが将軍の車を乗り捨てたという海岸沿いの場所まで来ていた。クリスが方角を確かめた。イディ山がまっすぐ前方にあり、背後は小さな岩浜になっている。ここだ、この草むらでまちがいない。だが、道らしき道はどこにもなかった。もつれたキイチゴの茂みが、とても登れそうにない断崖へとつづいているだけだ。

「すごいじゃないか?」とクリスは言った。「パディが通ったときも、こんなふうな荒れ地だったんだろう。きっとこれを見たドイツ人はこう考えたんじゃないかな。ふむ、まさかあんなところを通ったはずはない」

この二年間、クリスは弟のピートとともにクレタを歩きまわり、パディの足跡に興味をもつ探偵仲間のアラン・デイヴィスやクリストファー・ポール、ティム・トッドと手紙をやり取りしてきた。それでわかった逃走ルートの点と点とを、いまこそつなげられるという自信がクリスにはあった。ただし、最初の点を別として。ピートがいたら大きな助けになっただろう。ニューフォレスト国立公園で何年も働くピートが原野《バックカントリー》の地図読み《ナビゲーション》を身につけているのは、私も前回の遠征で目の当たりにしていたが、今回彼は参加できなかった。ここにいるのはクリスと私だけで、スタートするまえからすでに迷っていた。

クリスは動じなかった。とげだらけの茂みをゆっくり調べながら、キイチゴのなかをできるだけ奥まで歩き、歩けなければ這い、進んだり戻ったりしていたかと思うと、彼の手がさっと挙がり、われわれは道を見つけた。そして高い丘陵地へとかすかに延びるヤギ道をたどり、雨裂《ガリー》を出たり入ったりしながら登っていくと、正午少しまえに、風変わりなオアシスを見下ろす断崖の上に出た。ずっと下のほうに石造りの建物の小さな集落があり、そのまわりを整然とした菜園が囲んでいる。

われわれはトレイルに沿って慎重に下り、静まり返った石敷きの中庭に足を踏み入れた。クリスが玄関の上の呼び鈴ひもに手を伸ばしたが、それを引くより早く、ホビット用さながらの小さな扉がきしんで開いた。

「カロス・オリサテ」とうす暗がりから声がした。「ようこそ」

低い扉をくぐって入ると、なかはこぢんまりとした石の床のキッチンになっていた。黒いあごひげを胸まで垂らした修道士が片手を胸にあて、わずかに頭を下げる。ティモシー・スタヴロス神父、小さなヴォサク修道院の管理者だった。何かお役に立てることはありますか、と神父はたどたどしい英語で尋ねた。クリスが手紙を取り出した。私たちがクライペの誘拐に興味をもっていることを、ギリシャ語と英語で説明した手紙だ。

ティモシー神父はうなずいた。「はい。あの人たちなら来ました」

神父はわれわれの先に立ってキッチンを抜け、谷を見渡す外のポーチに出た。壁際の棚には素焼きの大皿がずらりと並び、摘み取った野草やほうれん草がこんもり入っている。頭上の梁から下がっているのは、カタツムリの詰まった網袋だ。調理するまえに二、三日吊るすと、内臓が空になるのだという。カタツムリは解放の闘士たちの食べ物だった。逃走中に捕獲できるし、安全な場所で料理するまで休眠して新鮮な状態を保ってくれる。ドイツ人は食べなかったから、大量に集めても奪われる心配はなく、ゲリラにこっそり渡しても自分たちの食料が減って怪しまれるおそれはなかった。コフリ・メ・スタリはいまや私の好物のクレタ料理になっている——カタツムリをニンニク、トマト、オリーブオイルで煮込み、お好みでタマネギやちぎったミントを散らし、挽き割り小麦をひとつかみ入れてもったりさせたパエリア風の粥《ポリッジ》だ。

われわれが腰を下ろすと、別の修道士が音もなく現れた。冷えた水のピッチャーと、胡麻をまぶした小さな固いビスケットの皿を手にしている。ヴォサク修道院は四〇〇年以上前に建てられましたが、何世代にもわたる侵略者によって繰り返し破壊されました、とティモシー神父は説明した。「二八人の修道士がトルコ人に殺されました。ふたりがそこで処刑されました」と庭の二、三メートル先を指差した。「ドイツ軍に。食べ物を求めてくる人々を助けていたのですが、ドイツ軍はそれが気に入らなかったのです」。当時、ティモシー神父はここにいなかった。まだ五十前後の彼は、もともとレシムノンの花屋だったという。八年前から、ほとんどひとりでヴォサクですごしている。年上の修道士たちはみな亡くなり、ティモシー神父が修道院の波乱に満ちた歴史の、最後の生ける管理人として残ったのだ。

「あの晩、将軍はここに一時間ほどいました」とティモシー神父が言い、その言葉に私は面食らったが、不意に合点がいった。ビリーと捕虜である将軍が車を降りたのはヴォサクの先であって、手前ではなかった。だから修道士たちが見たのは、ドイツ軍の制服を着たパディにちがいない。真夜中をとうに過ぎてからやってきたパディとヨルゴス・ティラキスは、水と食べ物に飢えていたのだろう。夕方から飲まず食わずのまま、戦ったり逃走したり大奮闘していたのだ。燃料補給できそうないちばんの場所がこの修道院で、それでパディは闇に隠れ、ヨルゴスがドアを叩いた。一時間は長居だったが、ふたりは賢く行動する必要があった。アノギアまでの長い山登りに力を蓄えておかなくてはならないし、捕捉されたときに修道士につながるような食料はもち歩きたくない。ふたりは時間をかけてビスケットと羊肉を食べ終えたのだろう。そして出発したのだ。

別れ際、ティモシー神父から手製の固いビスケットの袋を渡された。クリスと私は長い斜面を転がるように谷まで下り、なだらかな丘陵が両岸に広がった峡谷を切り進む小川に沿って歩いた。夕方近くになると、神父のビスケットはすべて腹に消え、私のウォーターパックは空になって不吉な摩擦音をたてていた。こちら岸の丘陵は鋭さを増し、切り立った崖に変わった。小川を越えたところで選択を迫られた。山の斜面に刻まれた段々畑の長い階段を上っていくか、思い切って土の道路をたどるか。その道路はアノギアまで螺旋状につづいているかもしれないし、牧草地で行き止まりになるかもしれない。太陽はすでに山の陰に沈みかけ、まともな明るさが残るのもせいぜいあと一時間だろう。だが、畑と土の道路はアノギアがすぐ上にあるといういいしるしだ。

クリスが背後にそびえる崖を指差した。そんなものを気に入るのは日本人の画家ぐらいかもしれない。尖った葉のオークがからみつき、あまりに鋭い勾配は、大鉈で山から切り出したかのようだ。「あの崖のどこかに最初の晩、ビリーは将軍を隠したんだ」とクリスは言った。前回の遠征時に彼がピートとひどい目に遭いながら洞窟を探索したものの、成果を得られなかったわけがこれでわかった。たとえどこを探すかがわかっていたとしても、あのとげといまにも崩れそうな岩肌にはきっと手を焼くにちがいない。ビリー・モスが言うには、洞窟はひどく狭く、たどり着くのは至難のわざで、せっぱつまって無理やり身体を押しこまなければならなかった。

「ドイツ軍が来るぞ!」とゲリラのひとりがそのまえに声をあげていた。「村にドイツ人がわんさといる!」パディからアノギアは安全だと聞かされていたビリーと一行は、そのとき開けた場所に出て、小川のほとりでひと息入れていた。「われわれは急いで荷物を背負い、川岸に沿って歩きはじめた」とビリーは振り返っている。「五分後、険しい崖の前面に来たのでよじ登った。将軍を一歩一歩足がかりに乗せて押しあげ、やがて小さな洞窟の入り口の前に出た」。ふたり入るのがやっとの空間に四人全員の身体をねじこみ、入り口を小枝でふさいだ。そこで身を寄せ合い、自分の息の音を聞いていると、ドイツ軍の捜索機が轟音とともに低空を通り過ぎ、ビリーが外をのぞくと、後部席の乗組員が双眼鏡で谷を捜索しているのが見えるほどだったという。

その晩、ビリーと一行は将軍を連れて小川に戻り、パディと合流した。そしてちょうどクリスと私の立っているこのあたりで、パディとビリーは誰よりあてにしていた男、トム・ダンバビンがすでに捕獲されたかもしれないと知る。

どうだ、調子は? とパディは訊いた。将軍は大騒ぎしてないか?

「まったく楽な獲物だよ」というのがビリーの評価だった。「凶暴なナチではないようだ」

トムから連絡は? とパディは尋ねた。

何も、とビリーは答えた。トムの隠れ家に行ったビリーの伝令は、愕然として戻ってきていた。「伝令が言うには、トムを捜してあたり一帯を調べまわったが、何の痕跡も見つからず、地区の者も誰ひとりトムの居場所を知らなかったらしい」。残念な知らせだった。トムの通信士は見つかったが、壊れた無線機を持っているだけで、上司に何があったかはほかの者と同じく見当がつかなかった。トム・ダンバビンは、単に外の世界とビリーたちとのつなぎ役ではない。この島で遂行される、あらゆる地下作戦の先鋒に立っているはずの人間だった。要するに、あとふたりいる無線通信士の潜伏地を知っているただひとりの男、それがトムだったのだ。

「トムだけが、ほかの二か所の基地に通じる〝開けゴマ〟だった」とパディは気づいた。トムがいなかったら、伝言を送るには一連の人間防火壁《ファイアウォール》を経由するしかない。ゲリラからゲリラへ、かろうじて身元を知っているつぎの相手へと鎖をつないでいくしかないのだ。ザン・フィールディングなら、〝オ・トム〟〔オはギリシャ語の男性主格単数につく定冠詞〕と呼ばれたダンバビンと同じくらいクレタでは信頼が篤いから、通信網を強化できるかもしれないが、あいにくまだエジプトから戻っていない。ドイツ軍が急に包囲網を狭めて、トムは身を隠さざるをえなかったのだろうか？　それとも、すでに向こうの手中に落ちているのか？　パディもビリーも予防措置として人間リレーを使い、ほかの無線通信士に誘拐の報を送っていたが、案の定、ひどく錯綜して伝わっていた。当時、ＢＢＣは、クライペ将軍が島を離れる予定だと報じていたのだ。島を離れたではなく。

ビラの投下はどうなった？　とパディは訊いた。

中止だ、とビリーは答えた。雲が厚すぎて飛行機が降下できなかったんだ。

こうしてビリーとパディが悪い知らせをのみこもうとしているところへ、さらなる悲報が届いた。将軍の運転手につき添っていたゲリラたちが現れたのだ――運転手を連れずに。ドイツ軍がそこらじゅうにいる、とゲリラは報告した。本格的な進撃だったと、アンドニ・ゾイダキスとクレタ人たちはパディに言った。四方八方に兵を向けていて、おれたちもすんでのところで逃げ出したんだ。

　そうか。で、運転手はどこにいる？

　アンドニが喉の上で指をさっと横に動かした。

　パディの心は暗く沈んだ。これで逃げ延びられる公算ががくんと減った。マジック・ギャング式の無血勝利の夢も絶たれた。運転手の遺体が発見されたとなったら、〈虐殺者〉は逆上するだろう。当然、クライペ将軍も死んでいると思うだろうし、そうなれば〈虐殺者〉はもはや、人質を生きたまま奪還することに腐心しなくていい。救出作戦あらため、総力戦がはじまるだろう。そのとき〈虐殺者〉の目的はただひとつ、殺害された同僚将校の仇討ちだ。

　先へ進まなければ。目前にはイディ山が控えていた。島の四分の一にまで裾野を広げ、標高は二四〇〇メートルを超える。相変わらず痛めた脚についてぶつぶつ言う将軍をロバに乗せ、一行は出発した。かすかに見えるだけのヤギ道をたどり、森へ分け入っていく。「友人たちのいる山岳地に向かうことこそ、われわれの生命線だ」とパディは判断した。「敵がはびこる平地を離れ、海から脱出するのに速く、間違いのない方角を取る」

　待ってくれ。海から？　ゲリラたちはいぶかった。なんで飛行機に乗せないんだ、〈狼〉のように？

　おいおい。ただでさえ前途に暗雲が立ちこめているのに、その名前を出すのか？　オットー・スコルツェニー、〈ヒトラーの狼《ヴォルフ》〉。頰に決闘の傷があり、誰でも、どこでも殺し、跡形もなく消え去る悪の天才。手強い仕事があると、かならず〈狼〉が呼ばれた。率いた特殊部隊は〈猟兵《ヤークトコマンドス》〉と呼ばれ、「行く先々で得るもので食いつなぎ、自律的に考えて行動し、どんなひどい状況に陥ろうともけっしてひるまない」と言われていた。一年前、スコルツェニーと配下の〈猟兵たち〉

はイタリアのある山頂に建つ重警備の城に侵入し、ベニート・ムッソリーニを幽閉から救出した。クーデターで失脚していたムッソリーニだが、ヒトラーは「イタリアのもっとも偉大な息子、われわれの親愛なる友、近しき同志」であるムッソリーニを救い出し、権力の座に返り咲かせることにしたのだ。スコルツェニーは少人数の攻撃部隊とともに夜間、グライダーで侵入し、二〇〇人の特別護衛隊を降伏させた。それからムッソリーニを急き立てて近くの平原の脱出機まで歩かせ、ほどなく統帥《イル・ドゥーチェ》は復活した。ハンガリーの指導者ミクローシュ・ホルティ提督がソ連に屈するのを阻止しようとしたときは、スコルツェニーはホルティの息子を誘拐し、絨毯で巻いて収容所にひそかに運び、終戦まで人質に取っていた。

　噂では、その二、三か月後、〈狼〉はチャーチル、スターリン、ローズヴェルトを一挙に暗殺する目的でイランに落下傘で降り立っている。〈狼〉と〈猟兵たち〉は、戦争戦略を議論するためにテヘランに集まった連合国の三巨頭《ビッグ・スリー》に忍び寄った。ところが、いよいよというときに、ロシア人のスパイがこの〝ロングジャンプ作戦〟を暴き、〈猟兵たち〉の多くが捕まった。だが、スコルツェニーは脱出し、アメリカ軍の制服にジープという装備で敵陣深くにふたたび姿を現すと、あちこちに出没しては連合国軍に対し破壊工作を続け、最高司令部へと迫ったため、ドワイト・アイゼンハワー将軍は防護された場所に何日も身を隠すはめになったという。スコルツェニーは「欧州でもっとも危険な男」だ、とアイゼンハワーはいらだった。「第一の民衆の敵《パブリック・エネミー・ナンバーワン》」だと。

「スコルツェニーのように捕虜を飛行機で脱出させることはできない」とパディは残念がるクレタ人たちに話した。「ドイツ軍が山の広い台地をことごとく使えなくしたからな。労働隊に積み石を置かせて、長距離機が着陸できないようにしたんだ」。だが、火急の問題は、こちらが〈狼〉の跡をたどれるかどうかではない。〈狼〉がこちらの跡を追ってくるかどうかだ。〈虐殺者〉がみずから誘拐者の追跡に奔走するより、スコルツェニーに応援を求め、〈猟兵たち〉に跡を追わせないとどうしていえる？　理屈は完璧に合っている。無法者のスコルツェニーは、同じ無法者のパディの計画を正確に見抜くだろう。誘拐者を追いかけるどころか、十手先を読んで待ち伏せしていてもおかしくない。

急げば急ぐほど、パディたちはかえって〈狼〉に近づいていたのかもしれなかった。

CHAPTER 31

個性と無法精神と反抗心の源として知られるこの土地が、必要とあればこれほど確固とした調和をもって一致団結することに人々は驚いて目をこする。だが、現実にそれは起きたのだ。

――パトリック・リー・ファーマー

日が暮れるころ、クリスと私は最後の畑を登ってアノギアにたどり着いた。ちょうどパディが村から抜け出したぐらいの時間だ。町の入り口には鉄製の案内標識があったが、あまりに不吉で歓迎というより警告のサインに見える。近づいてみて理由がわかった――やはりアノギアで正しかったのだと知ったとき、〈虐殺者〉はヒトラー顔負けに怒りを爆発させた。つぎに彼がしたことが、このぞっとする記念碑に刻まれている。

ドイツ軍クレタ島守備隊司令官の命令書

アノギア村はクレタ島における英国軍スパイ活動の拠点であるために、またアノギア住民はイエニ・ガヴェ駐留地の軍曹を殺害したために、またアノギア住民はダマスタにて妨害行為をおこなったために、さまざまなレジスタンスの集団〈アンダルテス〉がアノギアに逃げこみ庇護されたために、またクライペ将軍の誘拐者が将軍を移送する際にアノギアを中継地として利用し通過したために、われわれはアノギアの徹底的な**破壊**および村内とその周囲一キロ以内にいる全アノギア男子の処刑を命じる。

ハニア、四四年八月十三日

クレタ島守備隊司令官

H・ミュラー

〈虐殺者〉の部隊が村を囲み、全員を村に封じこめた。一〇〇人以上の村民が広場に引きずり出され、殺害された。生存者は山に逃げこみ、その背後では、家、食料、服、毛布などあらゆるものが炎に包まれていた。ある高齢の姉妹は恐怖のあまり家から出られず、家ごと焼き殺された。〈虐殺者〉は容赦しなかった。それから三週間、彼の部隊はその小さな村を激しく攻撃した。建物をダイナマイトで爆破し、捜査網から逃れたアノギアの男を追って丘陵地をくまなく捜しまわった。〈虐殺者〉の怒りが鎮まるころ、九〇〇〇年の歴史をもつその丘の村には、腐りかけた死体とくすぶる瓦礫しか残されていなかった。

クリスと私は広場のはずれの食堂《タベルナ》で、その名残をかいま見た。店の壁の片側が壁画になっていて、クリスと私が登ってきたばかりの谷が描かれていた。壁画では、ドイツ兵がふたり両手を上げていて、もうひとりが膝をついている。その三人をアノギアの解放の闘士が取り囲み、銃口を向けている。ラキのグラスとスパナコピタ（ほうれん草のパイ）の皿越しに見つめるには異様でおぞましい絵だが、それを見るとアノギアが今日また存在している理由がよくわかる。その後、終戦まで、そしてそれ以降もゲリラの狙撃が頻発したアノギア一帯は、〝魔の三角地帯〟と呼ばれるようになった。「ドイツ兵がおいおい泣いているのを見た」と、あるアノギア住民は振り返っている。「わたしらの待ち伏せ場所に羊みたいに迷いこんで、ひとつの勝ち目もないとわかったときにね」

戦略的にいっても、〈虐殺者〉が命じた殺戮は大きなまちがいだった。失うもののなくなったアノギアの人々は、死ぬまで戦い抜く覚悟を決めた。侵略者より長く耐え抜くと心に誓い、本当にやり遂げたのだ。やがてアノギアは誇りと魅力に満ちた町として再興し、いまではかつて町がなくなったことなどみじんも感じさせない。町の通りは細く急で、山腹へとつづく自然な上り坂になっている。日陰をつくる木々と家族経営のカフェに囲まれた気持ちのよい広場があり、そのまわりに真っ白な漆喰壁の小さな家が集まっている。頭上には昼の陽射しや月の光を受けて、力強いイディ山が、雪をかぶった荘厳な姿を現している――反逆の神ゼウスの象徴的な生誕地、山賊の国と自由なる海への玄関口だ。

だが、ひとたび玄関口を過ぎれば、その先は半端な生やさしさではない。徒歩でアノギアから出るもっとも早い経路は、ヤギがヤギのためにつくった獣道だ。それは急勾配の登りではじまり、あまりのきつさに何度も膝に手をつかされる。その先は、何エーカーもつづくナイフの刃のように尖った溶岩の岩場を延々と歩かされる。パディがクレタに着いたその日にブーツをだめにしたのとまさに同じ類いの溶岩だ。クライペ将軍はひと目見るなり、脚が痛むからずっとロバに乗っていくと言い張った。「シルエットだけ見ると、ラバの上の将軍はモスクワから撤退するナポレオンそのものだった」とビリーはその光景を語っている。「そしてわれわれは、敵と戦って疲れ果てた下々の衆といった風情で、その絵にぴたりとはまっていた」

午前二時の時点で、誘拐団は六時間以上歩きつづけていた。闇の先でからんからんと羊の鈴の音が響き、その音をたどっていくと、屋根の穴から薪の煙の香りが漂う小さな小屋が現れた。「その羊飼いは、白いほおひげを垂らした歯のほとんどない老人だったが、われわれを歓迎し、すぐに小屋へ入って暖炉で身体を暖めていくようにと言ってくれた」とビリーは振り返っている。寝ているところを叩き起こされたうえ、ドアを開けたら武装した賊とロバに乗ったドイツの将軍がいたにもかかわらず、老人はクレタのもてなしの作法〈クセニア〉に従ったのだ。食べ物をすすめる。休む場所をすすめる。何も訊かずに。

「羊飼いはチーズを少しと、石のように固いパンを振る舞ってくれた。パンは最初、石の水差しに浸しておいた」とビリーは記している。将軍の身体のこわばりが解け、空腹の誘拐者たちが羊飼いからの刑務所のような配給を分け合って食べたら、もう出発だった。「われわれは心から礼を言って別れ、ふたたび山道に戻った」。自分の島を恐怖に陥れた敵にわずかばかりの食事と火のそばの場所を与えたことは、その老人がおこなった最後の親切になった。それから少しして食料を探しにきたドイツ軍の哨戒兵が、老人の後頭部を撃って羊を盗んだことをビリーはのちに知る。

誘拐者たちは先を急いだ。夜明けが刻々と近づいているし、何より油断のならない障壁がまだこの先に控えていた。ニダ高原――半マイル近くにわたってアメリカンフットボールのフィールド並みになだらかで開けた牧草地が広がっている。ニダ高原はクレタの山岳地でもとくに息を呑む美しい場所だ。木がなく、ほとんど神業的に平坦で、まるでロイヤルカーペットのようにまっすぐイディ山麓へと延びている。危険な死の罠さえなければ、理想的な滑走路だろう。飛行機の着陸には申し分ない。ただ周囲を取りまく丘陵のせいで、そこは狙撃兵にとっての楽園となっている。ニダ高原を越えるなら夜しかない。昼間はドイツの捜索機がうなりをあげて一帯を旋回し、上空から監視しているから。

ところが、歩けば歩くほどニダ高原は遠のいていった。魔法をかけていたのは、アノギア南部のラシティ高地だ。人の目をあざむく地形の傑作といえるラシティ高地には、おそろしく険しい丘陵が密集しているせいで、遠くの丘は目に入っても手前の三つに気づかない。やっとのことで頂に登りつき、眼下にニダ高原が見えるのを期待しても、そこにはかならず別の登りが待ち受けている。下りだって、けっしてやさしくない。峡谷には山から転がり落ちてきた石がごろごろしている。誘拐者たちはつまずかないように、疲れた脚を下りでも登りと同じぐらい高くあげて歩くしかなかった。

ちょうど空がピンク色に染まるころ、一行は草の台地にたどり着き、将軍を急きたてて高原を渡った。灰色の朝の光のなか、周囲の丘の上一帯に、見張りに立つ反逆者たちの暗い輪郭が浮かびあがった。将軍は度肝を抜かれた――〈虐殺者〉のプロパガンダのせいで、反逆者の人員は気弱な英国人二、三人と片手で足りる数の山賊がせいぜいだと信じきっていたからだ。「クライペはずいぶん驚いていた」と語っているのは、反逆戦士のヨルゴス・フラングリタキス、別名〃小走りジョージ〃だ。「南の丘じゅうに配されたおれたちゲリラが、上からじっと監視していたからだ。きっと山じゅうゲリラだらけだと思ったはずさ」。誘拐団のひとりがドイツ軍哨兵のそばを通って町に入る必要が生じると、ゲリラの何人かがドイツ軍の通行証を差し出した。

「彼らはみんな、わが軍の身分証を持っているのか？」とクライペはパディに訊いた。

「まわりに見えるあの男たちから逃れようとしたって、そうはいかないのさ」とパディは答えた。怒りに満ちた小妖精《エルフ》の目がその言葉を裏づけていた。将軍が後ろを向くといつでも、背の低い老人が刺すような視線を向けていたのだ。その老人、マノリス・ツィクリツィスは、〈小走りジョージ〉に言わせると、「とても小柄で、教会の輔祭《ほさい》みたいな縁なし帽をかぶっていた。彼もまた将軍を好ましく思っていなかったから、逃走のあいだずっと憎々しげに睨みつけていた」

荒っぽい物言いはパディの性分ではなかったが、日中にイディ山麓のじめじめした洞窟に入りこんで身を潜めながら、将軍にもはや手詰《チェックメイト》まりだと観念させ、救出される最後のチャンスは去ったのだと信じこませるならいまだと考えていた。なぜなら夜が来たら、彼らはさえぎるものひとつない、荒涼とした月面のようなイディ山の頂をめざすからだ。たとえこの先に隠れる場所があったとしても、雪についた足跡がすべてを物語るだろう。まるで吸血鬼のミッションだ――日の出までに下山して姿を隠さなければ、死が待っている。

だから、彼らの行動が出たとこ勝負であることにもし将軍が気づけば、さりげなく妨害工作を小出しにすることで、あるいは一行を出し抜くことができるだろう。捜索隊が追跡できるように、暗闇にポケットの中身を落としていくだけでいい。もしくは、ドイツ軍の前哨地がこの先にあると偽って、逃走経路を遠まわりさせてもいい。いっそ胸をかきむしって倒れてもいいかもしれない。パディはそうさせるわけにはいかなかった。将軍を首尾よく丸めこみ、いかにも老獪な恐るべき知性の持ち主が時間刻みの作戦を操っているかのように思わせせなくてはならない。過去五年間さすらいのプレイボーイ詩人としてヨーロッパじゅうで居候生活をしていた陸軍士官学校不合格者が、徹夜のパーティ明けにバスルームででっちあげた、勘と経験だけが頼りの計略だとは、まちがっても悟られてはならない。そんなわけで、その朝、イディ山から昇る太陽を見て将軍がため息をつき、ソラクテ山を詠んだホラティウスの頌歌を諳《そら》んじたとき、パディはここぞとばかりに彼のお株《ルーク》を奪いにかかった。

「ウィデス・ウト・アルタ・ステト・ニウエ・カンディドゥム・ソラクテ」と将軍はつぶやいた。

見よ、白く雪深きソラクテ山のそびえ立つ姿を……

ネク・ヤム・ススティネアント・オヌス、とパディは思わず口走った。

シルウァエ・ラボランテス・ゲルクウエ、
フルミナ・コンスティテリント・アクト。

森は耐えがたき重荷を背負い、川は固く氷に覆われ動かない。

「ホラティウスの頌歌でそらでおぼえている二、三篇のうちのひとつだった」とパディは明かしている。「運がよかった」。彼は終わりまですらすらと暗唱してみせた。

将軍は黙りこんだ。

「よくおぼえてるな」。やがて将軍はぼそりと言った。


将軍が洞窟でうとうとしているあいだ、パディとビリーは外に座って朝日を浴びながら、その朝の悪い知らせを受け取った。トム・ダンバビンがまだ行方不明らしい。つまり、カイロとの通信はこの先ますますむずかしくなるということだ。遠くに逃げれば逃げるほど、残るふたりの通信士との距離が遠ざかる。「どちらと連絡を取るにも、いちばん俊足のランナーで最低二日はかかる」とビリーは気づいた。「カイロからの返事を待ってもう一日、そして戻ってくるまでさらに二日必要だ」

一件の通信につき往復五日。とすると、将軍を島から連れ出す脱出船を手配するのに、二、三日ではなく二、三週間もかかることになる。食料はすでにかなり乏しく、これからますます切り詰めなければならないだろう。この二日間、パンのかけらと水だけで毎晩一二時間も歩いた。この絶食すれすれの状態が、あと二週間つづくのだろうか。「仲間の助けは乞えなかった」と〈小走りジョージ〉が書いている。「おれらを援助してくれそうな村はことごとく包囲されていたからだ」

みな疲れきって空腹だったが、休息はほんの数時間しか取らなかった。同じ場所に一日でも長くとどまれば、それだけドイツ軍の捜査網にかかり、ヒトラーの〈狼〉に隠れ家を嗅ぎつけられるリスクが高まる。彼らの逃走経路を遮断しようと、イディ山の裏側には早くも部隊が結集しつつあった。「ドイツの大軍が山麓の周辺に集まっている。どう考えても総力戦は目前だ」とゲリラたちは口々にビリーに伝えた。

パディには道がひとつだけ見えていた。〝ソルウィトゥル・アンブランド〟。迷ったときは歩け、だ。ビリーも同意した。「最良の経路は、イディ山をひたすら登って頂上を越え、ドイツ軍が攻撃を開始するまえに山の南面を下りきることだと意見が一致した」。まずは日没を待ち、それから全力でイディ山を越え、夜明けまえには新しい隠れ家に入るのだ。移動しているところを見つからなければ捕まることはない。

パディとビリーは洞窟の入り口わきをぎざぎざに走る亀裂の下に背を預け、ふたたび潜伏するまえに、ひとときの朝日を一身に浴びた。極秘作戦中ではあったが、誰かがカメラを取り出し、写真を撮った。人生最後になるかもしれない一日をすごす、くたびれた男ふたりの見納めの一枚を。

「あれがその亀裂だよ」とクリス・ホワイトが言った。「そこに座って、見せてあげるから」

私は土の上に腰を下ろし、岩に寄りかかった。クリスがそれを写真に撮り、スキャンしておいた一九四四年の写真と並べて掲げた。細部はそっくりだった。私の頭は同じ亀裂の真下にある。イディ山を越えようとするまえのパディがいた、まさしくその場所だ。アノギアからのトレッキングを終えた私とクリスは、偶然にも彼らと似たような状況に置かれていた。夜明けまえに食料をもたないまま出発したわれわれは、山裾の民宿で食事をとるつもりだった。だが、民宿は閉まっていて、太陽は沈みかけ、雪をかぶった頂が二四〇〇メートル頭上から見おろしている。

切り抜ける方法はたったひとつ。おそらくパディと仲間たちは、古来のエネルギー源を活用してイディ山を登り切ったのだろう——つまり、体内の脂肪を高性能燃料にする方法に気づいたにちがいない。それは、人類の存在と同じくらい古いテクニック、耐久《エンデュランス》スポーツで最高の成績のいくつかを生み出した秘訣だ。そして、ある故障を抱えたアイアンマンレースの選手が驚きとともに発見したものでもある。

CHAPTER 32

私たちが今日病気になるさまざまな理由は、企業的な、ともすれば資本主義的な原因に基づくと主張したい。
私たちはまた、肉体は重要ではないのだという、かねてから抱いていたおかしな考えを現実のものにしてしまった。

――ダニエル・リーバーマン博士
ハーヴァード大学の生物学者、
『人体の物語（*The Story of the Human Body*）』著者

一九八三年、スチュー・ミトルマンは、どの専門家に診てもらってもお手上げのひどい足の瘤に悩まされていた。

その年は華々しい活躍がつづいていた。「世界的な持久力系《エンデュランス》アスリートたちのひとりに数えられるという、私のキャリアの新しい局面をいままさに迎えたところだった」と彼は振り返っている。ほんの数か月のうちに、自分が樹立した一〇〇マイルレース〔約一六〇キロ〕の全米記録を打ち破り、ウルトラマン世界選手権（アイアンマンの二倍）を二位で完走、六日間レースで一日平均一〇〇マイルという全国記録を打ち立てていた。過酷な長距離レースに挑戦する雄姿と女性を虜にする笑顔でメディアの寵児になり、ゲータレードは彼を全米に向けた最初のスポークスマンに任命し、六日間レースの期間中、テッド・コッペルはＡＢＣ『ナイトライン』で毎晩特集した。

スチューがいま乗っている波は、数年前までなら夢にも思わなかったものだ。究極の持久力系アスリートにとって八〇年代は奇妙ですばらしい時代だった。一世紀の冬眠を終え、超長距離イベントは急に流行りだし、テレビ局はそれを喜んで放送した。さかのぼること一八七〇年代には、数日間におよぶレースが大流行していた。なんといっても、そこには従来のスピード競争に加えて、少々のドラマと過酷さがあったからだ。スタートラインに立った競技者は、自分がどこまで走ることになるのかわからない。いつゴールに着くか、そこまでにどのくらい休みを——もし可能だとして——とるかを決めるのは自分なのだ。エドワード・ペイソン・ウェストンのようなスーパースターたちは、時間制限の一騎打ちという新しい勝負を考え出して観客を魅了した。一八七六年には、七万人ものファンが繰り出し、ウェストンがダニエル・オリアリーを相手に六日間レースで接戦を演じるのを見守った。結果、アイルランド人の本の訪問販売員オリアリーがチャンピオンを破り、五二〇マイル〔約八四〇キロ〕の世界最長記録を打ち立てている。だが、ふたりの男が同じ動作を一週間繰り返すのをただ見るためのチケットを売りつづけるのは簡単ではなく、長距離走はフットボールのようなもっと刺激的で、座って楽に観戦できるスポーツに取って代わられた——一九八二年、ジュリー・モスという大学生が疲労困憊の果てに地面に崩れ落ち、すべてを変えるまで。

　初出場のアイアンマンで勝利を目前にしていたジュリーは、ゴールテープの数メートル手前で倒れ伏した。ほかの選手に抜かされたが、ジュリーは這いつづけた。一瞬にして彼女を称える合言葉が生まれた——「完走することこそが勝利」と。〝不屈のジュリー〟はアメリカが彼女をもっとも必要としていたときに現れた。彼女が最後まで粘り抜く勇気を見せた当時、われわれの多くが、いったいどれだけのアメリカ人にそんな勇気があるだろうと思っていたのだ。七〇年代は国民の心に生傷を残したままだった。われわれはプリマス・ロック〔メイフラワー号のアメリカ到着記念史跡〕やヴァレー・フォージ〔独立戦争中、のちの初代大統領ワシントンが野営をした場所〕を裏切り、簡単にあきらめてしまう国に成り果てたのだろうか？　気の滅入る証拠ばかりだった。われわれはリチャード・ニクソンが安易な勝利を得ようと不正を犯し、そして潔く責任を取る代わりにあわてて逃げ出すのを立てつづけに目の当たりにした。ニクソンは逃走直前、「どれほどの個人的苦悩を伴おうと、最後までやり遂げたかった。私の家族もひとり残らずそう勧めてくれた」と言っていた。ベトコン〔南ベトナム解放民族戦線〕がジャングルで粘り強く戦っている最中に、われわれはベトナムから逃げ出すために屋上のヘリコプターへと急いだ。そしてジミー・カーターが、イランのアメリカ大使館人質事件でアーヤトッラー〔ホメニイ師〕の頑なな決意の前にぐらつき、さらに一〇キロのファンランで半分も行かないうちに倒れたのを知ってわれわれは縮みあがった。レースの前に報道官ジョディ・パウエルは大統領に忠告していた、「出るのなら、確実に完走しないと痛い目を見ますよ」。さて……ロッキー・バルボアの台詞を借りれば、「最終ラウンドまで」が七〇年代からのメッセージとなったのも不思議ではない。勝たなくてもいい、あの〝イタリアの種馬〟はそう宣言した。怖じ気づいてやめさえしなければいいのだ。それは一九七六年のこと、空一面にバットシグナル〔バットマンの助けを呼ぶときに点灯される信号〕が照らし出されたかのようだった。それから数年のうちに、ありとあらゆる奇妙な〝途中でやめない〟イベントが出現する。アラスカの一一二二マイル〔約一八〇〇キロ〕の犬ぞりレース「アイディタロッド」、カリフォルニアの一〇〇マイルトレイルレース「ウエスタン・ステイツ」、そしてハワイの「アイアンマン・トライアスロン」――発起人がベトナムから撤退してまだ三年目の海軍将校たちだったのは偶然ではない。こういったコンテストは、最初は奇人変人たちの戦い《バトル・オブ・ザ・フリークス》のように扱われたが、そこに現れたのがジュリー・モス、二十四歳で、まだ大学生の、われわれと同じ〝一般人〟だった。われわれの視線は勢い、先頭集団の勝者たちから後方にいる英雄たちに向けられるようになった。テレビは、そんな勇気あるごく普通の人たちや、ニューヨークシティマラソンをつくった名興行師フレッド・リーボウの新しいイベントに焦点を当てはじめた。一九八三年七月四日、リーボウは六日間レースを復活させ、クイーンズ・カレッジの一講師スチュー・ミトルマンをあっというまにスターにしたのだ。

その数年前、新年の休みでコロラド州ボールダーにいたスチューは、フラッグスタッフ山の頂上まで駆け登れるか試してみることにした。ほんの三キロほどの上りだったが、頂上にたどり着いた彼は興奮のあまり、きびすを返したその足で、街の中心部にあったフランク・ショーターのランニングショップまで走った。

「今年のボストンマラソンに参加するにはどうしたらいい?」と彼は訊いた。

無理だね、と彼は言われた。レースまで四か月もなかったし、そのまえに別のマラソンで三時間以内のタイムを出して参加資格を得なければならなかった。いいだろう――二週間後、スチューはサンディエゴのミッションベイマラソンを、驚きの一マイル六分二〇秒〔キロ三分五六秒〕の平均ペース、二時間四六分で完走した。スピードの素質があるのは確かだったが、長距離を試すうちに彼は自分の真の才能がスタミナであることを発見した。まもなく週七日、毎日欠かさずハーフマラソン以上の距離を走りはじめ、通常のアイアンマンを卒業してその倍の距離にチャレンジするようになった――水中を七・六キロ、自転車で三六〇キロ、足で八四キロと少しだ。

それなのに。この右足が! まさに全盛期に差しかかろうとしていたとき、痛みがあった足の小指の付け根が腫れつづけてピンポン玉大になり、脚全体が膿んだ歯のようにずきずき疼いた。数週間後には、また六日間レースに出るため、フランス行きの飛行機に乗ることになっていた。今度は国際的オールスター戦に招待された唯一のアメリカ人としてだ。ところが足を引きずりなから専門家をつぎつぎ訪ねても、症状はいっこうによくならない。イベント前の最後の調整は、ロングアイランドで開催されるトライアスロンだった。スチューは避けられないことをできるだけ先延ばしにし、受付にまで足を運んだが、とうとうレースディレクターのところへ行って欠場を申し出るしかなくなった。

どうか、そのまえにこれだけは聞いてくださいい、とレースディレクターは頼みこんだ。ロングアイランドのトライアスロンに参加してくれるテレビスターはあまりいない。まして『トゥデイ』や一週間にわたる『ナイトライン』の特集に出演したばかりの、モデル並みにハンサムなスーパーマンならなおさらだ。レースディレクターはこう勧めた。決断するまえに、ドクター・フィル・マフェトンに会ってください。

スチューはため息をついた。もう両手で数え切れないほどの医師、カイロプラクター、整体師に会って、いってしまえばこのけがはもう治らないとあきらめたんだ、と彼は思った。それでも、レースディレクターの頼みどおりドクター・フィルの意見を聞いてみることにした。そのほうが、少なくとも良心の呵責なくレースを欠場できるし、好奇心も満たされるからだ。最終兵器といわれるその治療師については、治せないものを治すだけでなく、スランプ中のランナーやトライアスリートたちから驚異的なパフォーマンスを引き出すのだという、本当にしてはできすぎな話をしばらくまえから耳にしていた。「フィルは、故障し、オーバーワークした、ワールドクラスのアスリートをふたたび立ちあがらせ、走らせるという評判だ」とスチューは振り返っている。

ラッキーなことに、ドクター・フィル・マフェトンはすぐそばにいた。彼が復活させた選手のひとりがレースに出るのを見にきていて、スチューをその場で、ＶＦＷ（海外戦争退役軍人会）ホールの外の芝生の上で診ることを承諾した。しゃべっているうちに、スチューはフィルが医師ですらないことを知った。高校をぎりぎりで卒業し、いまだに本を読むのも我慢できないほどの注意欠陥障害をもつカイロプラクターだった。たしかに元陸上選手ではあるとしても、それ以外に、ほかのドクターたちが知らない何かを知っている理由は見当たらなかった。もしかするとスチューの友人たちは、フィルが彼らを高機能精神障害者ではなく、本物の患者のように扱ってくれたから感動しただけなのかもしれない。フィルは、二時間走ると踵がずきずきすると訴える彼らに「そんなに衝撃を与えるのは身体に悪い」と説教することも、肩をすくめて「当たり前だろう?」と答えることもなかった。距離の長さに驚かなかったし、それに立ち向かう冒険者たちをせせら笑いもしなかった。フィルに言わせれば、きちんと燃料を補給しメンテナンスされた肉体は永遠に稼動できるのだ。彼は患者たちの痛み、そして可能性を、真剣に受け止めた。

フィルはスチューを芝の上に寝かせると、筋肉の張りを見ようと四肢を押しはじめた。「リラックスして」と彼は言った。スチューの足をつかみ、ぐいっと引っ張る。頭上に天使たちの歌声が聞こえた。

「すると突然」とスチューは言う。「しこりが消えるじゃないか!」信じられない。慎重にジョグをはじめると、ここ数か月で初めて痛みなしに走れるようになっている。彼は興奮のあまり、暴挙に出る。この奇跡がランチまでもつか様子を見る代わりに、思い切ってそのままトライアスロンに参加するのだ。そして勢いよくトップ二〇位入りを果たす。足の調子はすばらしい。

「これはただの応急処置だよ」とフィルが忠告する。スチューの足にはずれた骨を見つけ、なんとかそれをもとの場所に戻したが、スチューがいまのやり方を劇的に変えないかぎり、きっともっとひどい故障をすることになる。

スチューは全身を耳にした。わかりました。僕の問題点は何ですか——ランニングのテクニック？　土踏まずのアーチが弱いこと？

砂糖だ。

砂……本当に？

甘いものや炭酸飲料だけじゃない、とフィルは説明した。パスタ、エナジーバー、パンケーキ、ピザ、オレンジジュース、米、パン、シリアル、グラノーラ、オートミール――スチューがランナーの理想食だと聞いていた、精製された炭水化物すべてだ。どれも砂糖が姿を変えただけだ、というのがフィルの考えだった。人間はほかのどの動物よりも遠くまでこの地上をさすらってきた優秀な持久力系アスリートだ。しかもそれはゲータレードやベーグルのおかげではない。われわれはもっと豊富でクリーンな燃料に頼ってそれを成し遂げた。自分の体脂肪だ。

「トレーニングのポイントは、どれだけ速く足を動かせるようになるかじゃない」とフィルは言った。「ポイントは、身体がエネルギーを得るやり方を変えることなんだ。もっと脂肪を多く燃やし、糖を減らしたほうがいい」。このころのスチューの身体は「糖を燃やし、脂肪を蓄えるモンスター」だった。

スチューは途方にくれた。オーケー。でもどういうわけで食べ物が足を傷つけるのだろう？

自分の身体を炉だと考えるといい、とフィルは説明した。それをゆっくり燃える薪でいっぱいにすれば、何時間も順調に、力強く動く。しかし紙やガソリンの染みこんだぼろ布でいっぱいにすれば、熱く燃えあがってパイプをがたがた揺らすが、燃料をくべつづけないかぎり火は消える。きみがしたのはそういうことだよ、とフィルは言った。自分の炉にごみを詰めこみ、けがをするまで身体を揺らした。ずっと健康を保ち、なおかつベストなパフォーマンスを発揮したいなら、脂肪を燃料にすることを身体に教えるべきだ。いますぐ。

スチューは、フィルの計画には大きな問題が三つあると思った。ひとつめの問題は、もちろんフィル自身だった。この男は——ここで砂糖をまぶした言い方はできない——筋金入りのヒッピーなのだ。長髪でポニーテールをぶらぶらさせ、スチューが吐き気をおぼえるような言葉を使う。「全体論的《ホリスティック》」とか「ホルモン」とか「走るまえに歩け」とか。そう、文字どおりの、歩けだ。つぎのレースでは初めは歩くようにと、フィルはスチューに言った。あきれるしかない。フィルの計画の二番目の問題は、スチューだった。彼は大事な国際的頂上決戦を三週間後に控えていて、どんなスポーツでも第一の掟は〝試合直前に新しいことをはじめるな〟だ。フィルが提案しているのは総点検しろということですらない。食事、トレーニング、レース戦略をいままでと正反対にしろ、それも全部を二〇日弱でやれというのだ。

だが、いちばん大きな問題は〝世界じゅうの誰もが〟だった。世界じゅうの誰もが、この「マフェトン・メソッド」をくだらないと思っていた。炭水化物こそ戦士の食事だと、みんなが知っている。スチューは職業柄、学者肌だったし、はじめたときからこのスポーツを究めると決めていた。「仕事の時間を削り、修行僧のように暮らし、狂ったようにトレーニングし、『ランナーズ・ワールド』が勧めるものしか食べなかったし、レース直前の数日間は炭水化物の摂取制限のあとに炭水化物の大量摂取《カーボローディング》をしていた」とスチューは振り返る。さて、どうしよう？『ランナーズ・ワールド』はまるっきりまちがっていたのか？ レース前に食べたパスタは全部毒だったのか？ 炭水化物は役立たずで、むしろ疫病神だったのか？

しかもマフェトン・メソッドは、誰よりも影響力のある声の主に楯突くものだった。ティム・ノークス博士、『ランニング辞典』の著者で、世界的に名高いスポーツ科学の専門家だ。ノークス博士は医師であると同時にケープタウン大学の運動・スポーツ科学研究所のトップで、その権威の信頼度たるや、ルイス・ピューが北極海を泳いだときに医師として遠征に同行したほどだったし、彼が先陣を切って進めた改革のおかげで、南アフリカのラグビー選手のけがは激減していた。おまけに、ノークス本人もかなりの変わり者だった。六十四歳になるまでに南アフリカで開かれる八九キロのコムラッズ・ウルトラマラソンを七回走り、さらにマラソンを七〇回完走していた。四〇〇以上の論文を著し、レースで三〇〇〇キロ以上を走った彼は、現役のランナーのことも歴史上のランナーのことも、ランナーたち本人よりも知っていた。八〇〇ページにおよぶ『辞典』を書いただけでなく、それを書き換えつづけた。数年おきに、自身のバイブルを新しい科学データをもとに改訂したのだ。世界のトップたちがノークス博士の意見に耳を傾けていて、そのノークス博士は炭水化物一筋だった。

「日々のトレーニングとして長時間にわたる高強度運動に取り組んでいるアスリートたちは、高炭水化物食品を摂らねばならない」とノークスは明言していた。「運動前に貯蔵する炭水化物を増やすこと、とりわけ疲労時に適度な量の炭水化物を摂取し、炭水化物の利用率を高く保つことで……長時間の運動におけるパフォーマンスは向上する可能性がある」。以上はどれも第三章に書かれている。そして「エネルギーシステムとランニングのパフォーマンス」に関する五〇ページ強は、つぎの一文に簡単に要約することができた――炭水化物を詰めこんで、詰めこみつづけろ。

それに比べて――フィル・マフェトンがどうしたって？　彼はただのニューヨーク郊外に住むポニーテールの背骨の矯正屋だ。スチューの選択肢はそのふたつだった。バイブルを書いた男か、おそらくそれを読んだことのない男か。普段なら考えるまでもない二択だが、痛みが軽減することぐらい説得力のあるものはほかにない。スチューはマフェトン・メソッドを試してみることにした。

　オーケー、と彼はフィルに言った。どこからはじめます？

　簡単なことだ、とフィルは語りだした。脂肪を燃料として使うには、ふたつのことだけやればいい。糖を減らし、心拍数を下げることだ。「われわれの身体は、ほんの少量の炭水化物しか貯蔵できない」とフィルは説明した。「それに比べたら脂肪の供給は無限に近い」。炭水化物は水たまり、脂肪は太平洋だ。きみの身体にはどんなときでも活用できるエネルギーが約一六万キロカロリーある。約二〇〇〇が糖質から、二万五〇〇〇がタンパク質から、そして一四万――じつに八七パーセント――が脂肪からだ。「体脂肪率が六パーセントのアスリートでも、何時間もの運動を支えるだけの脂肪をもっている」とフィルは説明した。「脂肪をもっと使えば、もっとエネルギーをつくり出せるし、炭水化物の貯蔵は長持ちする。脂肪に頼ることを身体に教えれば、炭水化物の燃焼は減って、炭水化物を無性に欲しがることもなくなる」

　ただし、ここでごまかしはきかない。身体は脂肪が大好きだ。われわれの器官はその宝物を燃やすよりもそのままためこんでおきたいため、ほかに燃やせるものがあると感づいたら、そちらを先に使い、残りをさらなる脂肪に変える。糖を燃やすサイクルから解放されるには、スチューは糖への依存を即座にきっぱりやめるしかなかった。一日じゅういくらでも食べつづけていいが、それは肉、魚、卵、アボカド、野菜、ナッツ類にかぎられる。豆はだめ、果物もだめ、穀物類もだめ。大豆もだめ、ワインもだめ、ビールもだめ。サワークリームや本物のチーズといった全脂乳製品ならいい。低脂肪牛乳はなしだ。

　それがパート1だった。パート2はさらに基本的なことだった。ペースを落とせ。全力疾走すると心拍数が上がる、とフィルは説明した。速くなった鼓動を身体は、**緊急事態！**と解釈して例のガソリンの染みたぼろ布を探しにいく。欲しいのはいちばん速く燃える燃料、すなわち糖だ。しかし脂肪に頼ることを身体に一度おぼえさせれば、きみはいままでどおり速く、そしてもっとずっと速く走れるようになるだろう。フィルには、心拍数を脂肪燃焼ゾーンに保つための簡単な公式があった。一八〇から自分の年齢を引くだけだ。スチューは三十二歳だったから、フィルは彼に心拍計を与え、毎分一五三回にセットした（一四八回におまけの五回を加えたのは、スチューがよく鍛えられたアスリートだったからだ）。計測器が音を鳴らしたら、脈拍が落ちるまで歩いて減速しろということだ。

　三週間のあいだ、スチューは非の打ちどころのない弟子だった。だがフランスでの六日間レースがはじまるころには、うんざりしていた。一斉にトラックを走りだしたランナーたちの後ろを、歩いてついていくだけでも屈辱的だが（「まったく」とスチューは顔をしかめた）、自分にはアーモンドしかないのにエイドステーションで彼らがクッキーやキャンディを食べるのを見せられるのは……なんというか、それはもう人権侵害すれすれだ。残念ながらフィル・マフェトンはフランスまでついてきたので、スチューはエイドステーションのテーブルからこっそりクッキーをつかみ取ると、あとでフィルが見ていないときに食べられるようトラックのいちばん端に隠すしかなかった。

　だが秘密のクッキー保管庫に手を出すまえに、スチューはあることに気づいた。今回のレースでは、何が起こっているのか実際に見ることができたのだ。レースの最中、普段はあごを胸にくっつけるようにして息を切らしていたのに、今回は頭をまっすぐ上げ、楽に呼吸をしていた。思い返してみると、ここ三週間のランでは毎回そうだった。ほとんどのランナーにとって景色を楽しむというのはまれな感覚だ。疲れが出てくるとすぐに視線は路面に落ち、視界が狭くなる。あなたはもう、いまここにはいない。どのくらい走ってきたのか、あとどのくらいあるかに意識が固定される。スチューはそれまで痛みは成果の代償だと思っていたが、マフェトン・メソッドをはじめてからは、じつは走るのが楽しくなっていた。

「エネルギーをつくり出す状態にはすべて、具体的でリアルな感覚ベースの反応がある」と彼は学んでいた。「身体はその状態を、世界がどのように『見える』か、『聞こえる』か、『感じられる』かで知るのだ。脂肪を使う楽な状態に移ると、視覚情報はくっきりと広がって、立体的になる。周辺視野の広がりと拡張性は独特でまちがえようがない。まるで3Dサラウンドヴィジョンの映画館にいるかのようだ」

そのときあなたは狩る側《ハンター》の目で見ている。だが心拍数が上がると、狩られる側になるのだ。

「もっと高負荷の、糖を燃やす状態に移るとすぐ、視覚情報は内側に向かって崩れ、周囲は消えがちになり、意識はもっと狭い視野に集中させられる。視覚イメージは平坦に、二次元的になり、内壁に世界が描かれたトンネルのなかを走っているかのように思いはじめるのだ」

それはまさしく、狩猟採集民がアンテロープを死へと追いつめる方法だ。狩猟採集民は自分たちが仕留めようとしている動物と同じようには行動しない。むしろ、静かで優雅に、軽やかに動き、視覚は鋭く、呼吸はコントロールされ、体脂肪という無限のエネルギーはいつでも使える状態にある。まさにいまスチューはそうやって動き、スタートで彼を置き去りにしたランナーたちをひたひたと追いかけていた。三週間前はけがのせいで足をよろめかせ、競技にも出られなかった。だがいまは世界の一流ウルトラディスタンスランナーたちを追走していて、しかも日に日に速くなっていた。スチューは六日間好調を維持して、クッキー保管庫に一度も手をつけることはなかった。それまでの記録をハーフマラソン以上の距離で上まわる全米新記録、五七一マイル

〔約九一九キロ〕を打ち立て、二四時間走の世界記録保持者でまさに〝野獣〟と呼ばれたフランス人ジャン＝ジル・ブシケにつぐ二位で完走したのだ。

それで充分だった。スチューは「脂肪という燃料《ファット・アズ・フュエル》」を心から信じるようになった。それからの一〇年、彼は数々の記録を旋風のごとく塗り替えていく。兼ね備えたその強靱さと気品は、努力をしているというより芸術に見えた。あるジャーナリストから「事実上、完璧なレース運び」と評されたとおり、ある一〇〇〇マイルレースでは世界チャンピオンを破って過去の記録を一六時間更新しただけでなく、後半の五〇〇マイルを前半よりも速く走ってみせた。人生の折り返し地点を過ぎてもその流儀は変わらない。四十代に入って遅くなるどころか強さを増し、一日五〇マイル以上を走ってロサンゼルスからニューヨークまでの最速記録を樹立した。アメリカウルトラランニングの殿堂入りを果たした際には、「男女問わず、彼ほど幅広い距離のレースで、全米クラスの卓越した成績を残したアメリカ人ウルトラランナーはほかにいない」と宣言された。

だが、おもしろいことに、スチューはフィルのいちばん優秀な生徒というわけでもなかった。マーク・アレンと比べたら、スチューは……いや、マーク・アレンを誰かと比べるのは不可能だ。八〇年代後半にフィルのもとを訪れたとき、マークは二十代だったが、すでに老いぼれの気分だった。トライアスロンは彼を痛めつけるだけでなにも成果をもたらしてくれなかった。トレーニングではけがをしてばかり、レースでは失敗してばかりで、終盤に失速するか完全に脱落するかのどちらかだった。スチューがそうだったように、その壊れた身体がマークの心を開かせたのだ。

「彼の方法はきっとばかばかしく思えるだろうと忠告された」とマークは振り返っている。それに、恥ずかしかったのはいうまでもない。フィルはマークに、自転車《バイク》では集団のずっと後方にいさせたし、ランでは半分のスピードでとぼとぼ歩かせた。トレーニングパートナーたちは、マークはもうだめだと確信した……ところが四か月後、マークは飛ぶように彼らを抜き去るようになる。「おれは有酸素《エアロビック》マシンになったんだ！」

「いまや脂肪を効率的に燃やし、一年前は限界ぎりぎりだったペースを保てるようになった」とマークは語っている。「今度走ったら故障するという気分になることもなくなったし、トレーニングのあとは、へとへとになる代わりにすがすがしい気分になった」。やがてマークは常識はずれの連続記録を打ち立てる。二年にわたり、どこの、どんな距離のレースでも無敗だったのだ。アイアンマンでは三十七歳での驚くべき返り咲きを含めて六度優勝した。だが、さらに興味深いのは彼の引退後だ。バイクは軽くなり、ウェットスーツは滑らかになり、トレーニング法と栄養学はラボで実験が重ねられ、洗練されたものになった――ところが誰もマークの記録には届かなかった。彼に匹敵するアイアンマンが現れるまで、二〇年近くかかったのだ。

「マーク・アレンはわれわれ科学者のずっと先を行っていた」と英国バーミンガム大学の人体物質代謝学の専門家で、熟練のアイアンマン・アスリートでもあるアスケル・イエーケンドルップ博士は賛同する。イエーケンドルップは持久力の専門家としてはトップクラスだが、その彼でさえ寡黙なポニーテールの男の役割については少々おぼつかない。マイク・ピッグもそうだった。彼はマーク・アレンの強い勧めがあったからこそ、フィルを追いかけることにしたのだ。「フィル・マフェトンは頭がおかしいわけじゃない」とピッグは主張する。つまり、彼もかつてはそう疑っていたということだ。「あのタイミングで彼に会えて幸運だったよ」。マフェトン・メソッドに切り替えてから、ピッグは全米トライアスロン選手権で四度優勝し、二五年近く活躍しつづけるほどはつらつとしていた。心臓病専門医でベストセラー作家、「マラソン界の哲人王」であるジョージ・シーハン博士もドクター・フィルにその脚を委ねている。

だが奇妙なことに、フィルはやがてアイアンマンよりもロックスターを診るようになった。アスリートの場合、とびきり自信があるか、ほとんどやけくそにでもならないかぎり、いままで教わってきたこと全部をひっくり返し、集団の最後尾に——ことによるとシーズンを通じて——位置するのが確実な方法に切り替えるなどという博打は打たない。だがロックスターたちは疑い深いコーチや企業スポンサーの相手をしなくていい。何か月にもわたるステージ上の演奏というマラソンを耐え切るだけの強さがあればいいのだ。「ミュージシャンはみんな同じふたつのものを探し求めている」とマフェトンは学んだ。「どうしたらもっと活力が得られるだろう、どうしたらもっとクリエイティブになれるだろう?」

ジェイムズ・テイラーはいち早くマフェトンの方法を取り入れ(「とても調子がいい!」と絶賛している)、レッド・ホット・チリ・ペッパーズはフィルをツアー中のドクターとして迎え入れた(何年ものち、ベーシストのフリーは五十歳のとき、激しい暴風雨のなかでマラソンの四時間切《サブフォー》りを達成した)。あごひげをたくわえたサウンドスタジオの賢人リック・ルービンは二〇〇三年、ジョニー・キャッシュが死の床についているときにフィルを捜し出した。フィルの助けによってジョニーはふたたび立てるようになり、視力が回復し、四〇種類という驚くべき数の薬を少しずつ減らしていった。キャッシュは感謝のあまり、フィルにギターを一本プレゼントしたほどだ。だが結局、キャッシュは妻との死別と大量の薬の後遺症から立ち直ることはできなかった。ある日の午後、フィルがキャッシュの肩に手を置くと、キャッシュは振り返ってその目を見つめた。

「お別れだ」とキャッシュは言った。

その後、アイアンマンレースでドクター・フィルを見た者はいなかった。ほかの場所でも彼を見かけた人はほとんどなかったが、リック・ルービンは別だった。ルービンはマリブーにある人里離れたバンガロー、シャングリラを所有していた。かつてボブ・ディランとザ・バンドが泊まりがけでエリック・クラプトンやヴァン・モリソンとセッションした場所だ（一時期、テレビで活躍した馬、ミスター・エドの小屋もあった）。フィルはときおりシャングリラを訪れてはルービンに自分が書いた歌を披露した。そしてまた車に乗り、アリゾナ砂漠に消えていく。あまりにまわりと音信不通だったため、フィルが三〇年越しの議論に勝ち、改宗者を獲得したことを知ったのはしばらくあとのことだった。

〝カーボローディングの主唱者〟ティム・ノークス博士が懺悔したのだ。

CHAPTER 33

私はまるっきりまちがっていた。みなさんに謝罪します。
——ティモシー・ノークス博士

ノークス博士が宿泊しているワシントンＤＣのホテルのロビーで博士と会えたとき、私はすでに腹ぺこだったから、そのまま一緒に食べに出かけようと思っていた。もうすぐ午後一時、ノークスは午前中ずっと学会に缶詰め状態で、主に彼の専門家としての最大のミスについて話し合っていた。彼が南アフリカに帰るフライトまで、昼食を腹いっぱい詰めこむだけの時間はある。だがノークスには別の考えがあった。

「私は明日まで食べません」と彼は言った。「あるいは明後日まで」

「二日も食べ物を口にしないのですか？」

「あるいはもっとね。よく考えないと、最後の食事がいつだったか思い出せないこともある」

その見かけからは信じがたい話だ。六十四歳のノークスは長身で木こりのように壮健、手足の長い大学生ボート漕手だったころの面影があって、脳内のやることとリストが増えつづける男の抑えきれないエネルギーを感じさせる。彼の何もかもがつねにエネルギーの補充を求めているようだった。話を聞くときの研ぎ澄まされた集中力、おもしろがっているときのまるでクリスマスの朝みたいな笑い顔、年月にも櫛にもほとんど影響されていないボサボサの茶色の髪。話を聞けば納得がいくはずだ、とノークスは保証した。コーヒーを買ったらさっそくはじめよう。彼には吐き出したいことがたくさんあったのだ。

「偶然の出来事というのは、じつに愉快なものでね」とノークスは語りだす。二〇一〇年、ノークスはようやく苛酷な聖戦の終わりにたどり着こうとしていた。さかのぼること一九八一年、彼はジョガーたちが死ぬほど水分を摂るように仕向けられているのではないかと疑っていた。ゲータレードなどの企業が、脱水症状を避けるためランナーにはたくさん水分が必要なのだという考えを提唱していたし、スポンサーや広告に頼っているレースディレクターやランニング雑誌も声をそろえて同じことを言いはじめた。突如として、誰かにカップを渡されずにはレースで一マイルも走れなくなったのだ。ランナーたちは「目玉が浮くほど飲め」「喉の渇きだけを信用するな」と教えられた。

でも待ってくれ。いつから急に喉の渇きは信用できなくなったんだ？　何百万年ものあいだ、喉の渇きは目覚ましい効果を発揮してきた。人間の進化における、きわめて重要な要素だといってもいい。人間は暑い日に長く走れるかどうかで生死が決まった。そこでわれわれが生き延びたのは、いつ、どのくらい水を飲めばいいかを身体が教えてくれたからだ。脱水症状に耐性があるからこそ、人間はほかの動物を死に追いこむまで走ることができた。「ヒトはすばらしい長距離ランニングの名人に進化し、暑いなか運動するにあたって類のない体温調整の能力を備えている」とノークスは知っていた。「そしてわれわれの脳は、水分補給の欲求を後回しにする能力を発達させた――水が少ししかなく、狩りを中断して水を探す余裕もない暑い日中に獲物を追いかければ、きわめて重要な適応だ」

ノークスはゲータレード以前の時代のランナーたちの習慣を調べはじめ、古いスタイルのマラソンランナーたちは喉が渇いても平気だったことを突き止めた。「ガムを噛むだけだった。水分はまったく摂らなかった」と、一九〇八年にマラソンの世界記録をつくったマシュー・マローニーは言っていた。マイク・グラットンは一九八三年に、ひと口も水を飲まずにロンドンマラソンで優勝したし、伝説のウルトラランナーで、コムラッズで五回優勝したアーサー・ニュートンは「イギリスでいちばん暑い日でも、二六マイルを走るには一回か、多くても二回の水分補給で充分だろう」と信じていた。カラハリ砂漠のサン人はいまも、摂氏四二度の暑さのなか、ほんの数回喉を潤すだけで七時間走ってみせる。

それなのになぜ急に、最初のプラチナスポンサー、ゲータレードから多額の資金を受けている米国スポーツ医学会は、「喉の渇きは運動時に必要な水分の指標として信頼できない」と宣言するのか？　怪しいことはほかにもある。八九キロのコムラッズ・レースでは、エイドステーションの設置が当たり前になるまえに一度も脱水症状や熱中症といった問題は起きていない。「このパラドックスを忘れることはなかった」とノークスは指摘する。「『脱水症状や熱中症』がマラソンやウルトラランニングで深刻な問題になったのが、頻繁な水分摂取が常識となったあと、というのは、どういうことなのか？」

何もかも辻褄が合わない——その最たるものは死者の数だ。ノークスがレース後のランナーの体重を調べると、奇妙なことがわかった。エリートランナーたちは集団の真ん中をのろのろ走るランナーたちよりも多く汗を排出しているのだ。脱水が本当に危険なら、エリートたちはそもそもどうやってゴールにたどり着くのか？　論理上、速いランナーほど倒れるはずだ。だがむしろ、彼らは出場者の誰よりも強い。そこで、水分不足が原因で倒れたとされるマラソン選手をノークスが探すと、見つかったのは……

ゼロだった。

ただのひとりもいない。これまで一度もなしだ。「医学文献には、脱水状態がマラソンランナーの死に直結すると証明した報告はひとつもない」ことをノークスは発見した。

ところが、水分をたくさん摂取するランナーたちに目を向けると話は変わってくる。死者が出ているのはそこだった。アメリカでは特別暑くもない日にマラソンランナーが三人死亡していた。イギリスでは、体調も申し分なく、自分のクライアントに水分摂取のアドバイスをしていたフィットネスのインストラクターがロンドンマラソンの直後に亡くなった。同じレースで、持久力コンディショニングを専門とするスポーツ科学者が、担架の上に寝かされた状態のまま走りつづけるほど妄想と現実が判別できなくなった。パプアニューギニアにあるオーストラリア人に人気のルート、ココダ・トレイルでは、八人のトレッカーがハイキングの途中で昏睡状態に陥り、二度と回復しなかった。彼らは誰もが、単に水分を摂ることができただけでなく、摂らずにいられない状況だった。ちょうど、ドリンクが一マイルおきに渡されたにもかかわらず、数十人のランナーが医療テントに運ばれた二〇〇〇年のヒューストンマラソンのように。

彼らのなかに命懸けで逃げていた者はひとりもいない。食料を求めてサバンナを駆けていた者もいない。彼らが喉の渇きからゆっくりと死んでいったというのなら、いったいどうしてさっさとコップを手に取らなかったのだろう？　どうして自分の運命に目をつぶっていられたのか？

難破船から脱出した人は救命ボートで何週間も生き延びるのに、アスリートの彼らはどうして数時間で死んだのか？

ノークスは頭を悩ませた。そしてひらめいた。彼らは溺れていたのだ。水が足りなかったのではなく、多すぎて死んでいったのだ。水をがぶがぶ飲みすぎて、血中ナトリウム濃度を低下させ、脳の腫れを引き起こしたのだ。水中毒だ！　不意にすべてが腑に落ちた。スポーツドリンクの各巨大企業は人々を錯覚させることに大成功していた。地球上のほかの生物とちがい、人間はひどく愚かで、いつ水分を摂ればいいかわからないのだと。牛も子犬も赤ん坊もちゃんとわかっているのに、あなたはちがう。誰かに教えてもらわないとわからない……。巨大ドリンク企業が偽の健康不安をでっちあげて、本物の健康被害をつくるとは、恐るべき皮肉だ。人々を脅して水分が足りないと信じさせ、飲みすぎるように仕向ける――それはマーケティングによる死だ。

ノークスは、スポーツイベント中の死で水中毒が原因だと確定されたケースを一二件見つけ、瀕死に陥ったケースを何千件も見つけた。「〝水分補給の科学〟は、マーケティング担当者たちがどこの家の台所にもある化学物質を数十億ドル産業にしようという目論見から生み出した、プロパガンダだ」とノークスは言い切った。「彼らが成功したのは認めよう。しかし、彼らが守るふりをしていた人々の命を犠牲にしたことは、永遠に恥じるべきだ」

こんなとんでもない詐欺は、明るみに出れば木っ端微塵になるはずだと、ノークスは確信していた。ところが、気づいてみると、彼は名づけて「科学のマフィア」と闘っていた――企業の軍資金から援助を得ている医師や研究者たちだ。巨大ドリンク企業こそ死を招く脅威だとノークスが主張すればするほど、巨大企業とその雇われ医師たちは、ヒトは自分の身体も信用できないほどひ弱な生き物だ、というメッセージをますます打ち出した。「喉が渇くまえに飲まなければ、補給は追いつかない。運動の前、最中、そしてあとに飲むことだ」とゲータレード陣営は主張した。オランダのスポーツ栄養化学者アスケル・イエーケンドルップがスポーツドリンクは基本的に偽薬《プラシーボ》だ（口をゆすいで吐き出しても飲みこんだのと同じ効果が得られる）という研究結果を発表したとき、ゲータレードは何をすべきかちゃんとわかっていた。彼を雇ったのだ。ではノークスについてはどうかというと、科学のマフィアは、あれほどの尊敬を集める科学者が大言壮語を吐くただの変人に成り下がってしまったと残念がってみせた。たしかにノークスは長距離ランニングの生理学についてはおそらく世界でもトップの権威だが、彼の水分過剰摂取についての警告は「個人の見解」にすぎず、「運動時の水分補給に関する総合的な研究を代表するものではない」とゲータレード・スポーツサイエンス研究所の所長は鼻であしらったのだ。

ノークスはあきらめず、世界じゅうから証拠を集め、スポーツドリンク産業を告発した四〇〇ページ超の著書『水浸し（*Waterlogged*）』を執筆する。二〇一〇年十二月、最後の一文を書き終えた夜、彼はこう考えながら眠りについた。明日からまた走りはじめなければ。長いあいだ仕事に没頭しすぎた。マラソンは四年間一度も走っていない。体重は一五キロ近くも増えていた。さらに、彼はまもなく吐き気をもよおすような発見をすることになる。

彼の炭水化物についてのアドバイスが、自分自身を死にいたらしめようとしていたのだ。

まさにその最初のランで彼は目を醒ました。予定どおりに起床したノークスは、息を切らせながら数キロを一歩一歩、いやいや走った。まるでいままで一歩も走ったことがないかのように、自分が太ってのろまに感じられた。父親と兄はどちらも糖尿病で亡くなっていて、ノークスは太くなってきたウエストと日に日に増す気だるさから、自分も同じ道をたどっているのだと自覚していた。走ることで体重を管理できるといつも自分を納得させていたが、こうして惨めに最初からやりなおすはめになり、彼は現実を直視した。これはうまくいかない。いままでもず
っ
、
と
う
ま

くいっていなかったのだ。

「これまで走りつづけてきた四一年間でわかったことだが、運動は多くの利益をもたらすものの、そこに減量への持続効果は一切ない」とノークスは気づいた。七〇年代、一日三〇キロ以上走っていた全盛期でさえ、体重は数ポンドしか減らなかったし、ヨーヨーのようにすぐまたもとに戻った。医学の知識は運動とカロリー制限は効果的だと告げていたが、食事に気を使う勤勉なアスリートとして四〇年をすごしたいま、彼はその知識がまちがっていることの生きた証しになっていた。本はもう手を離れたし、遺伝の時限爆弾が秒読みをはじめている。ノークスはいったい何が起こっているのかを調べることにした。

まずは、ドリンクの真実を追い求めたのと同じ激しさで栄養学を徹底的に調べ、食事指針のもととなった一次資料を分析した。それで明らかになったことにノークスは怒り、そして胸を痛めた。彼はだまされていたのだ。いや、もっと悪い。巨大ドリンク企業を相手に独り善がりな聖戦に臨んでいるあいだずっと、自分はもっと致命的なものを広める手先となっていた。食品産業が巨大ドリンク企業と同じ手口を使っていたことに気づかなかっただけではない。それを支持していた。何十年にもわたって高炭水化物食を推奨してきた。ノークスの影響力は強く、カーボローディングの主唱者と称されるようになっていた。彼がようやく理解したのは、この精製炭水化物こそが毒だということだった。

「巧みなマーケティングのおかげで、アスリートたちは炭水化物の摂取を信仰するようになったのだ」とノークスは息巻く。「炭水化物以外にエネルギー源はないと思いこんでいるのだ」。アスリートを強く、速くしてくれるとノークスが保証してきたまさにその食品が、人々を太らせ、弱くし、心臓発作や脳卒中、糖尿病、認知症になりやすくする遅効性の毒だったのだ。

ノークスをひそかに苦しめていることがもうひとつあった。あまり知られていなかったが、ノークスの父親は煙草のブローカーとして富を築いた。医学生時代の死体解剖で、父親の職業が人体にどれほど恐ろしい影響をもたらすかをノークスはその目で見てきた。煙草産業が依存や未成年向けのマーケットをこっそりと拡大させようとしていることに心を痛めてきたし、父親が彼の学費を払うための小切手を切るたび、「父親が輸出した葉煙草入りの商品を吸った人たちの健康」を犠牲にした金であることに苛まれた。ノークスの父親は、最後には息子に償いをしてくれるように懇願した。「ティム、私は人生で充分に人を助けてこなかった」と父親は彼に言った。「おまえは助けなければいけない」

いまやノークスは、自分がもっと中毒性のある、もっと臆面なく買えるものを、とりわけ子供に押しつけてきたことに気づいた。もっと慎重だったら、精製炭水化物の大量生産とマーケティングにもっと懐疑的だったら、多くの人を救えたかもしれない――自分の兄と父親をはじめとして。つぎの四つの重要な証拠にさえ気づいていれば、とノークスは後悔した。

ヒトの歴史

それは不都合な真実だが、真実であることに変わりはない。動物性脂肪がわれわれをいまのわれわれにしたのだ。われわれの祖先が最初にアフリカのサバンナを出たとき、彼らは作物の収穫を追いかけていたわけではない。動物の群れを追いかけていたのだ。彼らは肉を探しにいき、肉があるところならどんなに過酷な環境でもそこに残った。二〇〇万年以上、人間は狩猟した肉と採集した堅い木の根で生き延びた。卵や脂身の多い肉やチーズは、エネルギーが豊富で、保存しやすく、数オンスで人ひとりが一日じゅうもちこたえられるほど安定して使える栄養素だったため、重宝された。古代ギリシャ人が神々にいちばん脂身の多い肉を捧げたとき、それは犠牲の上の供物であり、彼らは自分たちがいちばん欲しいものを差し出したのだ。われわれが農場で栽培された穀物に切り替えたのはごく最近のことで、それ以来人間の平均身長は低下し、肥満と栄養不足は急激に増加した。最悪の急増がはじまったのは一九八〇年代、アメリカが破滅的な実験に乗り出してからだ。一九六〇年から八〇年まで、肥満率は一定に保たれていた。しかし一九七七年、アメリカは肉を悪者にし、従来は家畜を太らせるために使われていた穀物を推奨することで、歴史上のすべての政府から一線を画した。まもなくアメリカの肥満率は急上昇し、いまもとどまることを知らない。

配管説

アメリカにおけるタンパク質から穀物への移行は、ミネソタ大学の生化学者、アンセル・キーズが火付け役となった。彼は第二次世界大戦中に〃Kレーション〃と呼ばれる戦闘部隊用の調理済み携帯食を発明して名を成した。その後、キーズは地元新聞の死亡者略歴を読んで、異常な数の裕福なミネソタ州民が心臓病で亡くなっていることに気づく。戦後、アメリカに豊富にあって他国になかったものといえば赤身肉だったので、キーズはもっともらしい仮説を立てた。ベーコンの脂を流しに注げばパイプの内側は厚くなり、やがて詰まる。動脈も同じ仕組みにちがいない、と推測したのだ。

「心臓病は多くの場合、食事で摂取する脂肪の量に直結した栄養障害である、とキーズは仮説を立てた」。あるジャーナリストはそう説明している。「高脂質の食品は血中のコレステロール値を上昇させ、それが今度は動脈の詰まりと心臓病のリスクを高めるのだと」。それはジョージ・マクガヴァン上院議員の耳にも、正しいように聞こえた。低脂肪を提唱するプリティキン・ダイエットを試したことがあったからだ。マクガヴァン本人はすぐに低脂肪ダイエットを断念したが、彼がそんな食生活をしたくなかったからといって、ほかの人がやらない理由はない。国際連合初の世界飢餓撲滅大使を務め、ボブ・ドール上院議員と組んで世界の学校給食プログラムをつくったマクガヴァンの発言は、栄養問題に驚くほどの影響力をもつようになった。

こうして〝脂肪は命を奪う〟説は一九七七年、つまるところひとりの有力議員の気まぐれからアメリカの保健機関にごり押しされ、『サイエンス』誌いわく「食べもの神話《フードファディズム》に飛びつき、国民を巻きこんだ」政治家たちによって推進された。生化学者のキーズは自身の「七か国研究」をもとに理論を唱えたが、自説を弱めるその三倍の国のデータを無視していたことをのちにジャーナリスト、ギャリー・トーブズが暴く。死者の数も問題だった。キーズが正しかったなら、アメリカの新しい栄養指針によって心臓病は激減したはずだ。逆に、心臓病は急増している。脂肪についての警告が実施されてから二〇年、心臓病への医療処置は年間一二〇万件から五倍の五四〇万件にふくれあがった。

インスリンはオズの魔法使い

あなたが太るか痩せるか、強くなるか弱くなるか、活発になるか無気力になるかは、体内で倉庫の管理責任者の働きをするホルモン、インスリンに大きく左右される。糖や炭水化物がグルコース（ブドウ糖）に変わって血液に入ると、膵臓はそれをどこに貯蔵するか決めるためにインスリンを出動させる。身体が求めているときならグルコースはすばらしい。脳と筋肉にエネルギーを供給し、将来使うための脂肪に変わる。また着火材としても働き、身体が脂肪をエネルギーとして燃やすのにも使われる。

だがここが落とし穴だ。インスリンは、人間がつくり出したシリアルやパンなどの単純糖質（単炭水化物）ではなく、自然がつくり出した葉物野菜のような複合糖質（複合炭水化物）を扱うために進化した。単純糖質は吸収されるのが速すぎる。細胞はすぐに腹いっぱいになり、残りはインスリンが散らす間もなく脂肪に変わる。そこで、放出されたままの血中インスリンはさらなる糖を探しにいき、その結果あなたは空腹を感じる。だからあなたはドーナツをもうひとつ食べ、また同じプロセスをはじめるのだ。この虐待が何年もつづけば、あなたの細胞はインスリンが効きにくくなる可能性がある。細胞は、グルコースをそんなにも吸収しろと命令されつづけることに疲れ、反応するのをやめるのだ。そうなるとグルコースはどうなるか？　脂肪へ直行だ。

ノークスの父親と兄弟を殺したのはそれだった。彼らの身体は手に入らないエネルギーを求め、必要のない脂肪を貯めていた。

脂肪という燃料

それでも脱け出す方法はある、とノークスは気づいた。炭水化物を摂取する習慣をやめれば、脂肪を燃やせる身体に戻すことができる。「われわれが脂肪に適応しているのなら、理論上、脂肪の代謝からすべてのエネルギーを調達できるはずだ。それほど激しくない、とても長い時間にわたる運動のあいだならなおさらで、炭水化物を燃やす必要はまったくないはずだ」とノークスは仮定した。

南アフリカの伝説的なウルトラマラソン王者、ブルース・フォーダイスがそれを確かめることにした。ノークスと同じく、フォーダイスは栄光の日々と比べて体重が増えていた。ところが穀物と糖を摂るのをやめ、高脂肪、低炭水化物の食事に切り替えたとたん、フォーダイスの走りはルネサンス期を迎える。五十六歳で、自身のコムラッズでのベストタイムを二時間更新し、五キロのタイムを五分縮めた。一マイル七分二〇秒のペースを五分四〇秒〔キロ三分三一秒〕に速めたのだ――どんな熟練アスリートにとってもすばらしい達成だが、六十近い選手ならなおのことだ。

だが、フォーダイスの自己実験は、イリノイ大学の科学者フレッド・クメロウ博士に数十年遅れで追いついたにすぎない。博士は一九五〇年代から、動脈硬化はＬＤＬ、つまり卵や赤身肉やチーズに含まれるいわゆる悪玉コレステロールが原因ではないとの立場をとっていた。クメロウはこう問いかける。もしＬＤＬが死を招くのなら、どうして心臓病患者の半数が正常な、あるいは低いＬＤＬ値を示すのか？　彼らの死にはほかに原因があるはずで、クメロウはそれはまさにアメリカ政府が強く推奨する食品だと考えている――大豆、トウモロコシ、ヒマワリなど、多価不飽和脂肪酸を含む植物油なのだと。

「コレステロールは、酸化していないかぎり、心臓病とはなんの関係もないのです」とクメロウ博士は『ニューヨーク・タイムズ』の紙面で語った。大豆オイルやコーンオイルはもともと不安定な性質で、調理の際の高熱や普通に消化される際でもすぐに酸化する。クメロウはみずから身体を火線にさらした。赤身肉、バターで炒めたスクランブルエッグ、全乳などのＬＤＬ食を毎日食べるのだ。現在一〇〇歳で、薬は飲まず、大学で自分の研究室を指揮している。そう、読みまちがいじゃない、一〇〇歳だ。

ワシントンDCで落ち合ったとき、ノークス博士は「糖尿病についての革新」という一日きりの学会のためにわざわざケープタウンから飛行機で来ていた。その日の朝、彼は卵、ソーセージ、ベーコンといった農場の働き手のような朝食をたっぷり食べた。そんな食事で一日じゅうもつ。もっと長いときも多い。「もう空腹にならないんだ」と彼は肩をすくめた。「ときどきエネルギーが低下しているのを感じて、そういえば四八時間食べていないと気づいたりする」

「それは要するに、パレオのことですか?」と私は訊いてみる。パレオダイエットは、人間は石器時代の祖先にならって草で育った動物の肉、天然の魚、野菜、木の実、種子を食べ、農耕時代に生まれた米、パン、パスタ、その他穀物ベースの食品を避けているときがいちばん健康だ、という前提に基づいた食事法だ。

「基本的にはそうです」とノークスは答えるが、正確を期して「パレオ」の代わりに「バンティング」という言葉を使う。初期のヒトが何を食べていたかについてノークスは科学的に知るすべはないが、ロンドンのウィリアム・バンティングという肥満の遺体整復師《エンバーマー》の食事メニューに何が載っていたかは正確に知っている。一八六〇年代、バンティングはイギリスの著名人御用達の葬儀屋で、引く手あまたの彼はイギリスでもっとも愛される英雄のひとり、ウェリントン公爵の棺桶をつくるという栄誉を授かった。だがその成功がバンティングを自身の墓へと追いやっていく。数々の葬式で豪華な食事を振る舞われ、六十六歳のときには「ほとんど真ん丸」になっていた。身長は一六五センチしかないのに、体重は九〇キロを超え、腹が重すぎて階段は後ろ向きでしか下りられず、自分の靴紐も結べない。食事制限、トルコ風蒸し風呂、激しい運動、湯治、はては定期的な自発的嘔吐にいたるまで、主治医たちはありとあらゆる肥満の治療法を処方したが、いくら体重を落としてもすぐまた戻ってくる。奇妙なことに、初めて大きな進歩があったのは耳が聞こえなくなりはじめたときだった。ウィリアム・ハーヴィという耳の専門医を訪ねると、問題は耳ではなく胴囲だと診断された。血行不良が耳管の異常を起こしているとのことで、バンティングは八月、ハーヴィ医師の指示どおりの食事をとりはじめた。

朝食：牛肉、羊肉《マトン》、腎臓《キドニー》料理、焼き魚、ベーコン、あるいは豚肉以外の冷肉を五、六オンス。小さなビスケット一枚、あるいは何も塗らないトースト一オンス。ミルク・砂糖抜きの茶を大きなカップで一杯。

昼食：サーモン以外の魚、豚肉以外の肉、じゃがいも以外の野菜を五、六オンス。家禽か狩猟鳥のどれでも。何も塗らないトースト一オンス。良質のクラレット〔ボルドー産赤ワイン〕、シェリー、あるいはマデイラをグラス二、三杯。

夕食：昼食に選べるのと同じ肉か魚を三、四オンス。クラレットをグラスに二、三杯。必要に応じて寝酒。

そんなわけで朝、昼、晩と、バンティングはロースト肉や脂っこいステーキにバターたっぷりのブロッコリーを副菜にしたごちそうを、おいしいワインで流しこみ、さらに就寝前にはジンをぐいっと飲んだ。彼はカロリーも詰めこんでいた。バンティングの食事は一日三〇〇〇キロカロリー近かった。多くの減量プログラムが許す三倍の量だ。だが、体重を減らすのがもっともむずかしい六十代半ばという年齢にもかかわらず、バンティングは最初の五か月で九キロ減量した。

一年もしないうちに体重は二〇キロ以上、胴まわりは三〇センチ減り、生涯その体型を維持した。「このバンティングの食事法が一九七〇年代のアトキンズ・ダイエットの土台になっている」とノークスは説明する。「われわれは同じ栄養学の基礎理論を再発見してはまた忘れ、最初からやり直しているんだ」

二〇一二年、NBAのロサンゼルス・レイカーズがバンティングの例にならいはじめた。古代ギリシャの美少年アドニスのような腹筋と砲丸さながらの上腕二頭筋からスーパーマンとあだ名されるスーパースター、センターのドワイト・ハワードのことをチームの栄養コンサルタントが心配するようになったからだ。ハワードはまだ二十七歳で、体脂肪率六パーセントの申し分ない健康状態に見えたが、両手について少し気にかかることがあった。「まるでオープンミットをはめているようだった」と栄養士は振り返っている。「彼の状態は、前糖尿病の患者や、糖に強い影響を受けて神経系に問題が生じている患者を思わせた」。血液検査で血糖値が「とんでもなく高い」ことが明らかになり、栄養評価では彼が基本的に砂糖で生きていることが判明した。キャンディや炭酸飲料、デンプン食品など、チョコレートバーにして二四個ぶんを毎日飲み食いしていたのだ。

看板選手《フランチャイズ・プレイヤー》のコービー・ブライアントやベテランのスティーヴ・ナッシュなど、レイカーズのチーム全員が一丸となってハワードのバンティング式食事改革に加わった。「レイカーズはヘルシーな脂質を恐れるどころか、ほとんど麻薬のように摂取する」と、あるジャーナリストは記している。「ゲーム前のお決まりの飲み物は、選手たちいわく『防弾コーヒー』——牧草育ちの牛からつくられるバター二杯とヘビークリームで味付けされたコーヒーだ」

「去年、糖の摂取量に気をつけてヘルシーな脂質を摂りはじめたときから、最高の結果が出ているんだ」とはコービー・ブライアントの弁だ。「このやり方でバランスがとれているはずなんだ。すごくうまくいってるからね」。レイカーズのフォワード、ショーン・ウィリアムズはトレーニングキャンプに一〇キロ近い体重超過で現れたが、脂質の摂取量を倍にして糖を断ち、一〇キロ以上減量した。いまやレイカーズのほとんどのプレイヤーの食事は、牧草飼育《グラスフェッド》の牛肉、人道的に育てられた豚の肉、生ナッツ、スクイズパック入りのヘーゼルナッツバター、ケールチップス、牧草飼育のビーフジャーキーを中心に組み立てられている。ドワイト・ハワードはチームを移籍しても食事法を忠実に守った。ヒューストンに着いたハワードは、バンティング式の食事を取り入れるようにロケッツの経営陣を説得したのだ。「チームに必要な変革だった」とロケッツのゼネラルマネージャー、ダリル・モーリーはある記者に語っている。「もっと早く推し進めるべきだったよ」

ノークス博士にとって、それは三年間におよぶ科学的な目覚めと自己変革の旅だった。体重は二十代のころと同じ八〇キロに戻り、いまはアスリートとして復活した気分だ。糖と精製炭水化物の摂取をやめてから八週間後、ノークスは学会のためにストックホルムにいた。到着したとき外は暗く、気温は摂氏マイナス四度だったが、それでも五マイルランに出かけた。数時間眠り、起きるとさらに一〇マイル走った。「数週間前は五キロ走るのもやっとだった」と彼は振り返る。「年齢のせいだと思っていたよ。しかし、実際は炭水化物不耐性だった。二か月後には体重は一一キロ減った。私はすべてをひっくり返したんだ」

われわれは脂肪という言葉に嫌悪感を抱くよう洗脳されてきた、とノークスは言う。しかし心臓にとって本当に危険なのは糖なのだ。糖は動脈壁を錆びつかせ、傷つけ、血小板が付着する溝をつくる。つまり、心臓病と世界にはびこる肥満への効果的な解決策は、完全な焦土作戦だけだ、というのがノークスの考えだ。「全世界の精製食品の八〇パーセントは一〇社によって生産されていて、彼らは人々に毒を盛ることで何十億ドルもの富を手にしているのだ」と彼は言う。「私だったら、彼らが根絶やしになるまで課税する。依存性のある食品を身のまわりから排除しないかぎり、依存症は治せない」

同業者のなかには、ノークスは行きすぎだと考える科学者もいる。心臓協会はさっそく注意を呼びかけた。ノークスが飽和脂肪を推奨しはじめたその日に、「ノークス式ダイエットは危険だ」と警告を発したのだ。じつに見事な仕事ぶりだ、とノークスは思った。これだけ短い文章に三つもまちがいを詰めこむなんて簡単なことじゃない、と。まず、これは「ノークス式」ではない、と彼は反論する。二〇〇万年ものあいだ、ヒトの栄養を支える土台だったのだから。「ダイエット」でもない。食事量やカロリーを制限しないからだ。そして、われわれは長い歴史のほとんどで、それを食べて繁栄してきたというのに、どうして「危険」なことがあるだろうか？　もし危険だったら、もう絶滅している。

行きすぎるどころか、はじめるのが遅すぎたと、ノークスは自分に怒りをおぼえていた。かつて炭水化物について自分はまちがっているのではと最初に疑念を抱いたとき、ノークスは伝説的なアイアンマン、マーク・アレンのデータを徹底的に調べていた。アレンの食習慣は詳しく記録されていた。ところが、そこにデンプンや精製された炭水化物はほとんど見つからなかった。それならアレンはいったいどうやって、マラソンを二時間四〇分という飛ぶような速さで走ることができたのか。それも三・八キロ泳ぎ、自転車で一八〇キロ走った直後に？　説明できる理屈はひとつしかない。「彼は筋肉に糖もグリコーゲンもない状態でレースをスタートしたはずだとわかっていました」とのちにノークスは言う。「つまり、脂肪を燃やしていたにちがいないんです」

「フィル・マフェトンは何年もまえからこのことを知っていたんだ」とノークスは結論づけた。「燃料《ファット・アズ・フュエル》としての脂肪。はるか昔、八〇年代にマフェトンがまさに言っていたことだ。その言葉に耳を傾けていたなら、どんなにちがっていたことだろう」

あるいは、彼の居場所がわかっていたなら。

CHAPTER 34

五叉《ごさ》の肉刺携ふる若き人々側に立ち、
股の肉よく焼けし時、臓腑を先に喫しつつ、
殘りの肉を悉く細かに割きて串に刺し……

――ホメーロス
『イーリアス』〈土井晩翠訳〉

何年ものあいだ、アスリートやロックスターたちのスピードダイアルに登録されていた男にしては、フィル・マフェトンは姿を隠すのがうまい。私が彼を捜しはじめたとき、インターネット上で見つかったその名前の人物の形跡は、どこかのシンガーソングライターがとりあえず間に合わせにつくってみたといった簡素なウェブサイトだけで、そこには連絡先も、医療やスポーツに携わったことがあるかどうかも書かれていなかった。だが、絶版になって久しい古いペーパーバックに糸口が見つかった。

八〇年代に、マフェトンは『フィットしているときも健やかなるときも（*In Fitness and in Health*）』という薄い手引書を出版した。この本のなかに、私は知っている名前を見つけた。ハル・ウォルター、ロバを使ったレースのプロ騎手だ。彼とはコロラド州で年に一度開催されるイベント、ランナーたちがロバの群れとともに山を駆け上ったり下りたりするウルトラマラソンの際に会ったことがあった。ロバレースの賞金は高額ではないので、オフシーズンのハルはフリーランスの編

集者兼アウトドアライターの仕事をしていた。それでフィル・マフェトンと出会ったわけだ。編集作業と引き換えに、ハルは脂肪をエネルギー源にするトレーニングを受けていた。フィルがどんなアドバイスをしたにせよ、それには黄金の価値があったにちがいない――ハルは五十三歳のとき、一五年間で七度目となる世界チャンピオンに輝き、標高約四〇〇〇メートルの場所で一マイル平均七分〔キロ四分二〇秒〕のペースで五〇キロ近く走ることができた。五時間以上かかるようなレースでも、水は少し飲むだけだ。

私はハルに連絡をとり、マフェトンへの伝言を引き受けてもらった。一週間ほどたって、「ｐｍ」なる人物からｅメールが届いた。名前はなく、小文字のアルファベットがふたつだけだ。私と話がしたいのなら、とｐｍは言っていた。アリゾナ州オラクルに来るといい。

　わが家は少々見つけにくい。近くまで来て電話をくれたら私が口頭で案内しよう。きみの携帯が通じればだ。あまり当てにしないほうがいい。

そんなわけで私はオラクルに出発した。ＵＦＯの目撃と、ときおり見つかる覚醒剤の地下製造所で何より有名な、寂しい辺境の砂漠だ。そう遠くないところに、バイオスフィア２がある。自給型の環境実験施設で、あえてその場所に建設されたのは、基本的に誰にも気づかれたくないからだ。あのエドワード・アビーも同じことを考えた。数十年前、このかんしゃく持ちの作家兼環境保全活動家は、誰にも居場所を知られないように、オラクルを郵便先として使いはじめた。地理的にも心理的にも、神託《オラクル》はなかなか見つからない。

ｐｍに指示されたとおり、古い線路を越え、ほこりっぽい赤土の道を進んでいくと、砂漠の植物に彩られた見事な庭園に囲まれた、感じのいい小さなコテージに着いた。ドアが開いて、真っ白なポニーテールの、すらっとしたハンサムな男が出てくると、わきの庭で土を蹴っていた鶏たちがサボテンの後ろに散っていった。

「私を見つけるのはそんなにむずかしかったかね？」とマフェトンは尋ねた。

「ここまでの運転のことですか？　それはあまり。でもほかは……」

マフェトンは肩をすくめ、私をなかに案内し、妻のコーラリー・トンプソン博士に紹介してくれた。彼女は医師で、一五年間フィラデルフィアの人間能力開発研究所でメディカルディレクターを務めていた。「みんな、私がランプの精のように消えたと思っているらしい」

マフェトンにしてみれば、ドクター・アイアンマンから〝透明人間《インヴィジフィル》〟への急な変貌は理にかなったステップだった。燃料としての脂肪という知の難問が、数学的証明のようにきれいに、効果的に、揺るぎなく解けたからこそ、つぎの活動に進んだのだ。「私の頭のなかには三つのときからオリジナルな音楽があるんだ」と彼は言う。「そろそろそれをなんとかしたくてね」。そこで彼は看板を下ろし、クライアントをほかに紹介し、ニューヨークの家を貸しに出し、あてもなく国を放浪して、やがてこの場所を見つけた。ここなら誰にも邪魔されず、耐久系《エンデュランス》スポーツに復帰する気にもさせられない。

マフェトンは遠慮して口にしないが、それこそまさに私がしていることだ。彼がコヨーテの遠吠えと、妻のコーラリーと、ジョニー・キャッシュにもらったギターとともにここに隠遁している理由は、私のような人間を避けたいからにほかならない。だが私のメッセージを見て、彼は興味をそそられた。マフェトンは私の取り組みを理解すると、私が見落としていたつながりに気づいたのだ。私はそれまで、パディとザン、彼らの仲間のクレタ人たちが山中での長い冒険を生き延びたのは、脂肪をエネルギー源にすることを学んだからではないかと思っていた。だが、マフエトンは別のことに気がついた。

「世界でいちばん健康的な食事法を知っているかい？」と彼は尋ねた。

「地中海式では？」

「そのとおり。どこが発祥地か知っているかな？」

「ギリシャ？」

「惜しい」と彼は言った。「クレタ島だ」

クレタ島は生化学者アンセル・キーズの「七か国研究」でもっとも奇妙な、かつ一貫した結果が出た土地だ。キーズの目的は、心臓病や脳卒中の原因となる生活習慣を突き止めることで、一九五八年から一九七〇年までの一三年間、彼のチームは、イタリア、日本、ユーゴスラビア、フィンランド、オランダ、アメリカ、そしてギリシャに住む四十歳から五十九歳の男性から生物学的マーカーのデータを集めた。それはまさしく崇高な試みだった。キーズは彼なりのやり方で、心臓病になるかどうかは天の定めではなく、自分でコントロールできるのだと示すことで、何百万もの命を救おうとしたのだ。キーズの集めたデータ自体を疑う者はいない。批判されているのは、〝飽和脂肪が死亡の原因〟という彼の説とかならずしも一致しない地域も考慮すべきだったことだ。

キーズは、ギリシャのデータのほとんどをクレタ島の被験者から集めている。それは時代をさかのぼる稀有な体験だった。クレタの山村の暮らしは三〇〇〇年のあいだ変わっていなかったからだ。クレタ島の農民たちはいまでも祖先と同じように暮らしていた。同じ粗末な農耕具を使い、同じ食べ物を食べ、同じ小屋で眠り、祖先が育てた羊の群れから受け継がれた羊を育てていた。

もしキーズが正しく、心臓発作が現代の退廃的な生活習慣の結果だとしたら、現代の中世人たるクレタ人はすばらしく健康なはずだ。たしかにそのとおりだった——ひとつ、奇妙で意外な点を除けば。クレタ島民は研究データ全体のなかで心臓病の罹患率がいちばん低かったが、血清コレステロール値は高く、脂肪の摂取量はほかのどの国と比べても断然多かったのだ。クレタ島民の喉を通るカロリーの半分近くが脂肪由来だった。キーズの説が正しければ、心臓病は山中にはびこっているはずだった。ところが逆に、クレタ島民たちは長生きで、強い身体を維持していた。

だとするとなぜ、クレタ島民の心臓はほかの誰よりも、彼らの四分の一の脂肪しか摂取しない日本人よりも、健康なのか？　秘密の一部は彼らが食べているもの、肉、バター、魚、オリーブオイル、山菜、クルミなどだったが、大部分は彼らが食べないものにあった——砂糖とデンプンだ。ほかの先進工業国とちがい、クレタ島は第二次世界大戦の影響で食生活が変わったりはしなかった。戦後のヨーロッパやアジアのほとんどは食料供給が逼迫し、畜産農場や酪農場は穀物を育てる畑に転換された。緊急時には、パンや粥《ポリッジ》のほうが大勢の腹を満たせるし、運搬する際に腐りにくい。キーズが研究チームを引き連れて現れる二〇年前、フィンランドではすでに牧草地が小麦畑やテンサイ畑に転換されはじめ、収穫物は異性化糖に類似した汎用添加物へと精製されていた。フィンランドの経済アナリストによれば、「一九三〇年代の大恐慌のとき」、政府は「農家に輸出用畜産物から主要穀物への移行を奨励し、この政策のおかげで農業収入は他国に比べて急激な低下をすることもなく、国内の安定した食物供給が可能になった」。そのひとつの結果がこれだ——「七か国研究」では、フィンランドはほかのどの国よりも心臓病による死亡率が高かった。

アメリカの場合、繁栄には危険がついてまわった。兵士を養うために建設された巨大工場が、今度は一般家庭に目を向け、戦時中の技術を使って缶詰スープ、手に取りやすいスナック、袋に入ったパンなどを量産した。戦前はめずらしいごちそうだったオレンジジュースが突如として、どこででも見られるようになった。軍事請負業者が冷凍濃縮ジュースの製造法を見つけ、オレンジ農家が作物を「健康」食品として売れることに気づいたとたん、オレンジジュース製造は年間わずか二五万ガロンから一億一五〇〇万ガロン以上に跳ねあがった。まもなくアメリカ人の四人に三人の冷凍庫にオレンジジュースが常備され、その隣にはもうひとつの新たなセンセーションが並ぶことになる。たっぷりの砂糖、塩、水素添加植物油〔不飽和脂肪酸の二重結合といわれる化学結合部分に水素原子を添加したもので、トランス脂肪酸となっている〕入りの、すぐに食べられるようパッケージされた冷凍TVディナーだ。一九五一年、ケロッグ社は二枚看板となる砂糖たっぷりのコーンフレーク「シュガー・フロステッド・フレーク」と「シュガー・ポップ」を生み出し、さらにそのまま食べられる「ポップターツ」を考案することで牛乳もお役ごめんにした。ベーコン・アンド・エッグという伝統的なアメリカの朝食は時代遅れとなり、手づくりのディナー、地元で焼いたパン、家庭菜園などとともに消えていった。白糖、果糖、コーンシロップ、そして精白小麦粉――ディナーとデザートの境界線は消えてなくなった。

だがクレタの山々では何も変わらなかった。ほとんどの村は自給自足で成り立っていて、車で行くのがむずかしかったため、ほかの国々をのみこんだデンプンと砂糖の氾濫に影響されずにすんだ。クレタ島民は変わらず山菜を採り、荒く挽いた雑穀を焼いてジャーキー並みに歯ごたえのあるパンをつくり、家庭で搾ったオリーブオイルで放し飼いの鶏の卵を焼き、羊は鳴き声以外全部食べた。じゃがいもは岩の多い山岳地ではめずらしく、米など聞いたこともなかったし、焼き菓子はたまにしか食べられないぜいたく品で、パンと変わらないくらい固かった。言い換えれば、クレタ島民は古代オリンピックの競技者だった祖先と同じ、高パフォーマンス食品を摂っていたのだ。

「こんなふうにね」とフィル・マフェトンは言い、われわれはコーラリーと一緒に昼食の席についた。彼らは薄くスライスした血の滴るようなステーキを用意してくれ、ちぎった葉物野菜や、トマト、キュウリ、ヤギの乳でつくった自家製フェタチーズを混ぜたサラダは、オリーブオイルで光り、その上に新鮮で香りのいいハーブがちりばめられていた。原材料にまで分解すれば、パディとザンを洞窟で生き長らえさせたのと同じ食べ物だ。どれも、ゆっくり時間をかけて燃焼される。「彼らレジスタンスの闘士たちがデンプンや砂糖からカロリーを摂取していたはずはない――欲しくても手に入らなかったからだ」とマフェトンは説明する。「逃げまわりながら食べるしかなかったとすると、一日じゅう安定してエネルギーを供給してくれる食べ物が必要だった」。ギリシャの戦場にゲータレードを配るエイドステーションはなかった。逃亡者たちはスナックを求めて回り道するわけにもいかなかった。生死はふたつのことにかかっていたのだ。ゆっくり燃焼できる食べ物を選ぶこと、そして、それを使えるように身体を適応させることだ。

だがマフェトンでさえ、少なくともピュタゴラスと比べたら、これを解明するのがひどく遅かったといわざるをえない。かの数学の先駆者は趣味でスポーツ科学にも興味を抱いていて、彼が紀元前六世紀にクロトンに移住すると、その街から突然チャンピオンが輩出しはじめた。ある年のオリンピックでは、クロトンはスタディオン走（一スタディオン〔約一八五メートル〕の直線レース）で上位七番までを独占し、ボクシングとレスリングでも勝利の冠を獲得した。ピュタゴラスの義理の息子であるクロトンのミロは、近接戦闘で無類の強さを誇り、シュバリス王国への殲滅戦を指揮したほどだったし、レスリングの腕もすばらしく、ほかのどの古代オリンピック競技者よりも勝ち星を積み重ねた。二四年のキャリアで合計三一勝だ。

彼らの成功の秘訣は何だったのか？

「ピュタゴラスは肉中心の特別な食事法を試した」と報告されている。それはじつに効果的で、歴史家たちは何世紀にもわたり、誰の功績なのかと議論を戦わせてきた。パウサニアスが言うには、ドロメウス（〝走者〟の意）が「肉を食べる食事法を思いつき」、「その名にたがわず」四つのオリンピックで長距離種目を制覇したらしい。だが対抗する学派の言い分では、ピュタゴラスが先で、彼の生徒ミロが「肉を摂取することで知られたのは、ドロメウスが一流競技者を育てる肉の効果を発見したとされる半世紀前だった」。古代ギリシャのトレーナーたちはゆっくり燃えるエネルギーの活用法について細かなニュアンスを体得し、「食したであろう海藻の種類に基づく、深海魚の沿岸魚に対する優位性」といったところにまでこだわるほどだった。豚肉については全員の意見が一致した。川岸のカニをあさる豚は避けて、ドングリやミズキの実を食べて育った豚だけにするべきだと誰もが口をそろえた。

だが、不可解なのはここからだ。ミロは引退し、ピュタゴラスは政治的苦境に立たされてクロトンを去り、あっというまにクロトンは地に落ちた。短距離走の月桂冠はなくなった。巨体の闘士はいなくなった。なんであれ、クロトンはそれまでうまくやってきたことをやめてしまったのだ。以来、クロトンが古代オリンピックでタイトルを勝ち取ったという記録はない。強く若い男子やドングリを食べて太った豚のハムが急にクロトンから消えたわけではないが、不思議な力はなくなった。

「食事は方程式のほんの半分だよ」とマフェトンは説明する。「世界一すばらしい燃料があっても、まともなエンジンがなかったら役に立たない。ふたつのシステムで成り立っているんだ。インプット、つまり何を食べるか、そしてアウトプット、どう転換されるかだ。ただ、ここがおもしろいところでね。それはじつに、じつに簡単なんだ」

「それは誰にとってもですか、それとも鍛えられたアスリートだけ?」

「誰にとってもだ」

「学ぶのにどれくらいかかります?」

「二週間。二週間あれば習得できる。二週間あればきみも、きみが調べているレジスタンスの闘士たちと同じように脂肪を使って走ることができる」

私は自分のノートを彼のほうへ押しやった。

マフェトンはそこに書きはじめた。彼に時間をあげようと、私は食器を下げる手伝いをするために席を立った。コーラリーと散歩でもして待とうか――

「さあどうぞ」。まだ一〇行そこらしか書いていないはずだが。私は座り直し、読みはじめた。本当に? こんなに簡単なのか?

フィルはギターを手に取り、自作の曲をいくつか弾いてくれた。やがて夜も深まりはじめ、コーラリーが脂肪をエネルギー源にする自家製スナックをみやげに持たせてくれた。そして私はマフェトン・メソッドの真価を問うべく家路についた。

ステップ1:二週間テスト

マフェトンは私がポイントをきちんと理解できるように、ノートの「テスト」の文字にアンダーラインを引いた。これは断じてダイエットではない。ダイエットなんて悪い冗談だ、と彼は思っている。ダイエットというのは、減量は意志の力と犠牲の問題だという、羞恥心をベースとしたばかばかしい考えの上に成り立っている。つまり、あなたが太っているのは痩せるまで食事を我慢することもできない怠け者だから、というわけだ。「いまだにそう信じている人がいるなんて困ったものだが、大勢いるんだよ」とマフェトンは私に言った。「明らかに、どう見ても不自然なのに」。人間は狩猟採集民だ。生まれつき、毎日、一日じゅう食料を探し、見つけしだい平らげるようにできている。空腹になることは、われわれが進化してきた方向とはあらゆる意味で正反対なのだ。

だから好きなだけ食べるといい、とマフェトンは勧める。ひとたび腹を再起動《リブート》すれば、われわれが依存するようになった偽物ではなく、ずっと狩猟し採集してきた食料を欲しがるようになる。デンプンのサイクルから脱出し《デトックス》、身体が自然な代謝に戻ったら、我慢できない空腹や午後の低血糖や真夜中の間食から解放されるのだ。たったひとつの大ざっぱなルールを守りさえすれば、一四日しかかからない——高血糖の食べ物は口にしないことだ。つまり、血糖を高くし、インスリンが脂肪を貯蔵しはじめるようなものは一切食べてはいけない。

二週間後には、血糖値の点からいってまっさらな状態になっていて、砂糖による急上昇からさらなる急上昇へとつづく悪循環は断たれているはずだ。そしてテストが終わったら、精製炭水化物を少しずつ食事に戻していって、どうなるか様子を見る。パンを一切れ食べて、もし変化がなければ、大丈夫。でも膨満感があったり、気だるくなったり、眠くなったりしたら、身体が効果的に代謝するにはデンプンが多すぎたということだ。それこそがこの二週間テストの意味だ。生まれつき具わっている診断パネルを再活性化させる設計になっているから、ダイエット本に何を食べるか教えてもらわなくても、自分の身体から瞬時に正確なフィードバックを得ることができる。「正常なインスリン値と最適な血糖値の状態がどんな感じか、実際に体験できる」とマフエトンは説明する。

帰宅した私は買い物に出かける。カートに詰めこむのは、ステーキ、魚、ブロッコリー、アボカド、イカの缶詰、ツナ、トマトジュース、ロメインレタス、サワークリーム、カシューナッツ。カシューナッツは誘惑に負けないための主戦力となるから山ほどだ。〝食べていいもの〟のリストには、卵、チーズ、生クリーム、辛口の白ワイン、スコッチ、サルサも載っている。

でも、果物、パン、米、じゃがいも、パスタ、はちみつはなしだ。豆、つまり豆腐やいかなる種類の大豆もだめ。チップス、ビール、牛乳、ヨーグルトもだめだ。調理済みのハムやローストビーフも、砂糖で保存処理されていることが多いからだめ。七面鳥は自分で調理するぶんには大丈夫だが、それでも気をつけないといけない。冷凍食品売り場に小ぶりの七面鳥が並んでいるのを見つけたとき、これは数食ぶんになる完璧な解決策だと思ったが、思い立ってラベルを調べたら、砂糖が注入されているのがわかった。

「ヒヨコマメの血糖値上昇スピードは、わりと緩やかなようです」と私は自分でちょっと調べたあとにマフエトンにメールした。「なので、フムスに関してはロビー活動をしたいですね」

「ステップ1のルールその一」と返信が来た。「ロビー活動はなし」

すぐにわかったことだが、コツは一食一食考えることだ。朝食は簡単だった。思いつきでメキシカンフード売り場にある一ドル九八セントのイカの缶詰をオムレツに入れてみたところ、これがじつにうまい。だからそれをつくり、たっぷりサルサをかけると、午前中は満ち足りた気分ですごすことができた。スナックとして、カシューと辛いスティック状の肉を一日じゅう手元に置き、コーヒーには牛乳とクリームのハーフ・アンド・ハーフの代わりに生クリームを少量入れることをおぼえた。昼食と夕食時に危機に直面しそうになるのは、うっかりしていて何を食べるか決めるまえに腹ぺこになったときだけだ。

二日目が終わるころには、万事順調と感じていた——そこで私は外へ出た。

ステップ2：一八〇の公式

軽く半マイルも走ってないのに——おっと！　どうして頭がくらくらするんだ？　私は歩いてやりすごし、ふたたび走りはじめたが、また半マイルも過ぎるとくたくたになり、息を切らしていた。正確には疲れとはまたちがう。走るのを中断するたび、調子はよくなり、身体も休まって、また走る元気が出るのだ。ただ、少しでも無理をすると、エネルギーが枯渇し、またあの忌々しいビープ音が鳴りはじめる。

ステップ2では、マフェトンは私にランナー用の心拍計を装着させた。胸に巻くベルトと腕時計型コンソールのベーシックなモデルだ。アラームは、私が脂肪燃焼の閾値《いきち》に達する直前で鳴るようにセットされていた。その閾値はマフェトンの手早く簡単な方程式を使って算出したものだ。脂肪燃焼ゾーンを計算するには、一八〇から自分の年齢を引き、つぎの基準を使って微調整すればいい。

（a）けがや病気でしばらく運動から遠ざかっていた場合、さらに五を引く。
（b）長期間（心臓発作からの回復などで）運動から遠ざかっていた場合、一〇引く。
（c）最低週四回のトレーニングを二年間つづけている場合、何も足さない。

（d）二年間ハードなトレーニングをつづけ、競技で結果を出しつづけている場合、五を足す。

私の場合はこうなる。


私は五十歳なので、一八〇－五〇＝一三〇だ。

ふだん走っていて、けがもしていないから、cのカテゴリーに入る。ポイントは足さない。

つまり、私の脂肪燃焼の閾値は一分間に一三〇回の心拍数だ。


これは、好きなだけ長く、速く、激しく運動してもいいが、心拍数が一三〇に達するたびに腕のアラームが鳴り、脈拍が閾値を下まわるまで強度を和らげなければならないということだ。マフェトンは、われわれの身体は酸素負債に陥らないかぎり、脂肪を燃やすことになんの不満も感じないと信じている。もっと空気が必要になると、心臓は早鐘を打つ。心臓が速く激しく鼓動すると、速く燃やせる燃料が必要になる。だから砂糖離れするには、需要と供給のどちらも変えなければならない。食事から砂糖を断ち、脈拍を脂肪燃焼ゾーン内にとどめるのだ。

マフェトンは幸運な偶然からこの公式を見つけた。心拍数は「すばらしい心肺機能の持ち主なら三〇や四〇と低く、全力を出しきる時の若いアスリートは二二〇以上にもなる」とマフェトンは説明した。彼は当初こうした数値範囲を使いながら、クライアントたちに大規模な生理学的検査を受けさせ、代謝がいつ脂肪から糖に切り替わるかを正確に測定した。そしていろいろな数値を試して数年、一八〇から年齢を引くだけで検査と同じ結果が出ることに気づいた。どうしてこの方程式なのかは、マフェトンにもわからない。ただそうなのだ。

「一八〇から年齢を引いた数字自体に意味はない」とマフェトンは説明する。「VO_2max（最大酸素摂取量）や乳酸性閾値など、従来の測定項目とも無関係だ」。それは最終的な数値、つまり最大有酸素心拍数への近道にすぎない。マフェトンはうれしかった。この魔法の方程式のおかげで、アスリートとその身体の仲介役を降りることができたからだ。自分の身体の内側からのサインを理解し、他人の意見に頼らなくなれば——たとえそれがマフェトンの意見でも——ますます人は健康になる、とマフェトンは考えている。これが一八〇の公式の優れたところだ。じつにシンプルで、心拍計に五〇ドル投資するつもりさえあれば、誰でも自分のスポーツ科学研究所になれる。

マフェトンはこの公式を、伝説的トライアスロン選手のマイク・ピッグやマーク・アレンなど、何百人ものアスリートで試したが、首尾一貫して同じ結果が出た。トレーニングからの回復が早くなり、競技での自己記録を更新し、慢性的な故障から解放されるのだ。けがをしにくくなるひとつの理由は、疲労を我慢せずにすむからだ。身体が酸素負債に陥ると、フォームが崩れる。頭の位置は下がり、足は重くなり、膝はゆがむ。フォームが雑になると、そのツケがまわってくる。

「さまざまな強度のトレーニングが姿勢と走りのどちらにも影響するのは明らかだった」とマフェトンは説明した。「無酸素に近づくほど、身体の力学《メカニクス》にゆがみが生じるんだ」

「でも、いつもゆっくり走っていたら」と私は尋ねた。「どうやって速くなるんです？」

「心拍数を少しずつ、徐々に上げていけばいい」

身体は順応する。脂肪燃焼ゾーンでの運動は、つづければつづけるほど楽になる。楽になればなるほど、速くなれる。マフェトンは、私のトレーニングが最初の数週間はばからしいほどゆっくり感じられるだろうと予言した。一マイル八分のペースで走ることに慣れているなら、一マイル一〇分にまで抑え、坂は歩くようにしないと心拍計のアラームが鳴る。だが、そのうち一〇分のペースで走るのがうまくなり、どんな坂でも心拍数一三〇の境界線を超えずに駆けあがれるようになるはずだ、と彼は保証した。そのうち、心拍数の閾値を超えることもエネルギー不足になることもなく、以前よりも速く、そして遠くまで走れるようになるはずだと。

「おっと、もうひとつある」とマフェトンはつづけた。「もし気分が少しばかり……その、最悪でも、驚かないように」。糖の供給を絶たれた身体は、虫の居所が悪くなることもある。

まったく。最初のランの最初の四分くらいで、私はその言葉の意味を理解した。疲労が波のように寄せては引いていった。軽やかに走っていたかと思えば、突然インフルエンザにかかったような気分になったりする。ふらふらになりながら数分歩けば治まるが、走りだせばまたすぐどっと押し寄せる。まったく不気味な感覚だった。まるで自分の消化器官が綱引きをしていて、前に後ろにぐいぐい引っ張られるような。

糖をくれ！

うるさいぞ、われわれは大丈夫だ。進め。

だがマフェトンがこうなることを忠告してくれていたので、私は重い足取りで家に帰り、この先のつらい数日間に備えた。

ところが、翌朝のランはうれしい誤算だった。頭がくらくらする代わりにアラームが鳴った。緩やかな坂道を数百メートル上ったところで心拍計が鳴り響き、私はまだめまいがしていないことに気がついた。嵐は過ぎ去った。まるで私の身体が降伏し、隠しておいた燃料貯蔵庫を明け渡したかのようだった。今度の課題は忌々しい腕のアラームを静かにさせておくことだった。調子が出てきて少し脚を速めるたび――**ピーッ、ピーッ、ピーッ。**坂道がいちばんひどかった。長くゆっくりとした腹式呼吸を心がけ、禅の心で少しでも脈拍を下げられないかと試したが、たいして役には立たなかった。その日一日——そしてつぎの日も、そのまたつぎの日も——ローギアでギコギコと進むサイクリストのように走った。

せめてもの救いは、オランダのスケート選手たちも同じ経験をしていたことだ。さかのぼること九〇年代前半、オランダのスピードスケート代表チームも低心拍トレーニングを試しはじめていた。勇気ある冒険だった。スケーティングを愛する国民性のもと、当時は威圧感を増していくアメリカやノルウェー、カナダといった強豪相手に鎬を削っているさなかだったからだ。だが厳しくなっていく競争とは裏腹に、オランダチームはゆったり構えることにした。ハードなトレーニングの代わりにもっと楽なメニューが取り入れられた。七〇年代にはトレーニングの八〇パーセントが高強度だった。それが一九九二年には五〇パーセントに、二〇一〇年にはわずか三〇パーセントにまで縮小した。べつに氷の上での時間を増やしたというわけでもない。「当初は合計トレーニング時間は年々増していくという仮説を立てた。しかし分析の結果、そうではないことが判明した」と、二〇一四年にオランダの三八年ぶんのトレーニング記録を分析した研究チームは結論づけた。「驚くべきことに、正味のトレーニング時間は増えていなかった」と研究者たちはつづけている。「それなのに、パフォーマンスは大幅に向上したのだ」

大幅に。穏やかな言い回しではないか。オランダは敵を粉砕したのに。二〇一四年の冬季オリンピックでオランダ人選手たちはアリーナを容赦なく制圧し、生放送中のコメンテーターがこれは競技のためによくないと文句を言ったほどだ。オランダは男女合わせて、三六個あったメダルのうち二三個を故郷に持ち帰った。オリンピック史上、あとにも先にも、ひとつの国がひとつの競技であれほど多くの金メダルを獲得したことはない。「オランダのスピードスケート選手たちが完全制覇を成し遂げ、因縁のライバル、アメリカ、カナダ、ノルウェーは屈辱を味わうばかりだった」とイギリスの『ガーディアン』紙はまとめた。

　オランダの秘密はオリンピックそのものと同じくらい古くからあるものだった。速くなるためのカギは、〝ゆっくり〟を長くつづけることだと、ギリシャ人は信じていた。彼らはそれを〝疲労訓練〟と呼び、古代ギリシャの競技者は二十歳になるまで、ほかにはほとんど何もしなかった。疲労訓練は『ロッキー4』並みに過酷だった——山中を歩く、重い石を抱えて丘を登り下りする、木の枝にかけられたロープをよじ登る、そして一プレトロン、つまり三〇〇メートルの幅を、毎回走る距離を一歩ずつ減らしながらゼロになるまで往復する〝エクプレトリスマ〟など。疲労訓練の先導者といえば、もちろんクロトンのミロだった。ミロは生まれたての子牛をかつぎ、毎日競技場のまわりを歩くという方法を思いついた。子牛が大きくなるにつれ、少しずつ力がつくというわけだ。

　二週間テストの最終日、私は自分でもクロトンのミロのような実験をしてみることにした。そろそろマフェトン式集中訓練の結果を判定するときだった。私にとってそれはひとつの質問に集約される。燃料源としての脂肪《ファット・アズ・フュエル》は本当なのか？　こんなに簡単で、持続可能で、効果的なのか？　いまこの時点で、もし少ない食料で多くのことができなかったら、そしてその食料を簡単に見つけて急いで食べることができなかったら、パディやザンや彼らのクレタ人の戦友たちが、状況が厳しさを増すにつれ、どうしてますます強くなっていったのか、マフェトンのやり方では説明がつかないことになる。

　マフェトンが三つのカテゴリーのうちふたつで高得点を挙げているのはもうわかっていた。私はその二週間で五キロ減量し、三〇年近くまえに大学のボート選手だったころの体重に戻っていた。また十代のアスリートになった気分も高まり、痩せただけでなく足取りが軽く、活力にあふれ、休養もとれている。ある日の午後、ランに出かけようとした私は、午前中にエルワン式のトレーニングを一時間したことをふと思い出した。その疲れはすっかり消え、気分も爽快で、もう一度そのトレーニングができそうだった。だからもう一度やった。だがもっと驚いたのは、食事に関する変化だ。ピザやチーズステーキサンドイッチ、ドーナツといった昔からのお気に入りはいまや魅力を失い、気持ち悪くさえあった。もうすぐそういったものを少しずつ食事に戻せるといっても、そうしたい理由はなかなか思いつかなかった。

だが、最終試験はあの丘に登らなくてはならない。初日にめまいが起こり、それから五日間、心拍計が鳴りつづけたあの場所だ。その後、あそこには近寄っていなかった。あまりにもしゃくに障ったからだ。頂上まですいすい走れるくらいに適応したと思っても、アラームは毎回うるさく鳴り響き、私は半分も行かないうちに歩くはめになった。だがこの最終日には体当たりするしかない。私は丘の入り口でウォームアップすると、少し後ろに下がり、ゆっくり登りはじめた。初日に限界を迎えた場所を通過したように思えても、振り返って確かめもしなかった。視線を前に向ける以外、身体の力を抜き、ゆっくりと波打つ脈を脂肪燃焼ゾーンにとどめたままこの丘を越えるのだ。頭のなかで何度も何度も、賢い旧友の言葉を繰り返した。「まずは〝楽に〟からだ」とマイカ・トゥルーは言っていた。「それだけできれば、まあなんとかなる」

アラームは一度も鳴らないまま半分が過ぎ、私はうまくいくことを確信した。だってそうだろう？　ミロが四五〇キロの雄牛をかついで登れたなら、私だって半マイルの丘くらい登れるはずだ。頂上まであと数歩だった。ただ忘れないことだ――

ピーッ、ピーッ、ピーッ。

息をすることを。息をするんだ、ばかやろう！　もう少しだったのに、私は待ちきれなくて息を止め、チャンスをふいにした。それでも、脂肪燃料方式に一四日間取り組んだだけでここまでできたのだ。数か月つづけたら、いったいどこまでできるのか予想もつかない。きっとクレタ島のいちばん高い山だって越えられるだろう。

CHAPTER 35

本気で火に立ち向かうなら、それは消せるだろう。しかし用心深く、恐るおそる立ち向かうなら、火傷をするだろう。

——ディオン・クリュソストモス
〝黄金の口〟と言われた古代ローマのギリシャ人哲学者

雪は想定していなかった。

五月上旬、ちょうどパディが逃走していたのと同じ季節にクリス・ホワイトと私はパディの脱出ルートをたどりはじめた。クレタ島の春はほかの地域の真夏に相当するので、最初の数日は焼けつく太陽の下で汗をかきっぱなしだった。ラシティ高地を横切ったときはあまりにも暑く、石造りの羊の餌入れに湧き水が流れこんでいるのを偶然見つけると、服を脱ぎ捨て裸で飛びこんだ。その日はずっと、片目でトレイルを確認しながら、もう片方の目では天の恵みたる滝壺《プール》がもっとないかと探しながら進んだ。

イディ山は話が別だ。明け方、その麓に立つと、はるか頭上では山頂につながる峡谷がまだ雪で埋まっているのがわかった。ほかに道はない。クリスと私がこの山を越えるには、あの谷に飛びこみ、ザクザクと頂をめざしているあいだ、雪塊がふたりぶんの体重を支えられるくらい固いことを願うしかなかった。やるならいましかない。日が高くなればなるほど、雪塊を踏み抜いたときに深く沈むことになる。

「あの上までどれくらいあるかな？」私はクリスに尋ねた。

「高いね」と彼は答えた。「三〇〇〇メートル近い」。クリスは背後の山々の頂から顔をのぞかせる太陽を肩越しに見た。スタート地点の海抜はほぼゼロメートル、これから日没までつづく長くきつい登りが待っている。「行こうか？」

バックパックを背負い、登りはじめた。長くて崩れやすいガレ場を迂回しながら、峡谷をめざして斜めに登る。まだ岩場にいるうちにいきなり勾配が急になり、その鋭い傾斜に荷物の重みで後ろにひっくり返らないよう、胸を岩に押しつけて両手で登るはめになった。足場は細くもろく、二時間後にあの長い雪塊の筋にやっとたどり着いたときにはほっとした。峡谷に入ったわれわれは歓喜した。凍っている！　楽に歩けるぞ！　だがその喜びは氷を踏み抜き、腰まで埋まったところでついえた。

ここから這い出るには胴からいくしかない。両手を雪に引っかけて、両脚がわずかに自由になるまで身体をもちあげた。それから雪の上に腹這いになり、脚を蹴って泳ぐようにして抜け出し、立ちあがってふたたび歩きだす――二、三歩進んでまた落ちるはめになるまで。タール坑にはまった太古の象マストドンのごとく沈みながら進んでいくと、ガラスのように凍りついた険しい斜面にたどり着いた。これはいままでよりさらに手強かった。もし足場を失えば、後ろ向きに滑走し、傾斜のいちばん下までロケットのように突進して、岩に衝突するまで止まらない。いざというときに頼れるエルワン式トレーニングをこの数か月間やっておいてよかったと私は思ったが、クリスは例によって、どうすべきかを本能的に知っていた。四つん這いになった彼を真似て、私はつま先で蹴りながら両手で精いっぱい地面をつかみ、じりじりと進んだ。

「さあ」とクリスは息を切らして言った。

「これを暗闇のなかでやってみようか」

パディとビリーが洞窟の入り口からイディ山を見たとき、心配だったのは雪よりも太陽だった。どうあがいても将軍を連れて一晩で山を越えるのは無理だった。何時に登りはじめようがどこかで夜は明け、白昼の山で立ち往生することになる。最悪なのは樹木限界線のはるか上で(ビリーに言わせれば「坊主頭」だ)、そこには飛行機から隠れる場所も追っ手から逃れる場所もない。

だから彼らは急いで取りかかることにした。昼下がり、偵察機が通り過ぎると、パディたち一行は洞窟をそっと抜け出し移動をはじめた。すぐに麓までの斜面を駆けあがり、夕暮れにまた飛行機が戻ってくるまえに身を潜めよう。エンジンの高い唸り声が遠ざかるのを待ってまた出発し、暗闇のなかで雪原を越え、最後の力を振りしぼり、夜明け前に山を下りたい。これは賭けだった。とりわけ、将軍も自分の足で歩かなくてはならないのだから。

「急な勾配と不規則な地形は、ラバにはきつすぎた」とパディは気づいていた。「放してやらざるをえなかったし、将軍は、本人にとってもわれわれにとっても絶望的なことに、すべりやすい崩れかけた階段状のぐらぐらした岩や頁岩《けつがん》、ガレ場をその足で登りつづけなければならなかった」。それでもタイミングさえまちがえなければ、それがいちばん生き残る可能性があった。

麓でパディを待っていたのは五人のヨルゴスだった。五人の羊飼いたちは全員、名をヨルゴスといい、地元のレジスタンスのリーダーからガイド兼ボディガードとして遣わされたのだった。ヨルゴスたちはすぐさま散開し、ある者は先頭に立ち、ある者は捕虜に目を光らせるためにしんがりについた。彼らはパディ一行を先導してクモの巣のようなヤギの道を進み、急な石の斜面をジグザグに登り、ちょうど日が暮れるまえに雪線にたどり着いた。「最後の矮小なマウンテンシーダーの木々が見えなくなり、もはや何も生えず、凍てつく風がわれわれを吹き飛ばそうとおびやかす、打ちひしがれた世界があるばかりだった。やがて深い雪のために一歩一歩が苦痛に変わった」とパディは語っている。「霧があたりを覆い、雨も落ちてきた。われわれは突風に向かい、身体をふたつに折り曲げるようにしてよろよろと進んだ。喚きたくても、息も力も残っていなかった」

凍えて濡れ鼠になりながら、標高二五〇〇メートルの雪のなかを必死で進んだ。暖かい太陽を待ち焦がれたが、日が昇ったらおしまいだ。パディの計画は失敗だとみんなわかっていた。夜明け前に山を下りるなんて、できるはずがない。そこで日の出の少しまえ、五人のヨルゴスは即興のプランBを決行した。

ヨルゴスたちは一行を古い羊飼い小屋に案内した。荒れ果てた石造りの廃墟で、屋根が崩れかけ、風は少ししのげるが、目立つほどの建物ではない。上空からは瓦礫の山にしか見えず、夜がふたたび訪れるのを待つあいだ、彼らを隠してくれるはずだった。パディとビリーは素早く食料を探そうとまた外に出て、凍りついた岩間を探索し、見慣れた灰色の葉の雑草を見つけた。「山タンポポだ」と、その「心地よい苦味」を楽しむようになったビリーが説明した。

イギリス人ふたりが朝食を小屋に持ち帰ると、五人のヨルゴスが何やらぼそぼそつぶやきながら将軍をにらんでいた。「彼は敵意を感じ取ったのだろう」とビリーは推察した。「ひどくおとなしく、ひとりで隅に座り、押し黙っていた」

ピストルを持っているんだろ、とヨルゴスたちがパディに言った。それを使えよ。

将軍はわざともたもた歩いているんだと彼らは疑っていた。彼らが山では隙だらけだとわかっていて、できるだけそこに足止めするために待機戦術で時間を引き延ばしているのではないかと。

ヨルゴスたちはパディがお人好しなせいで捕まるのはごめんだった。将軍の頭に銃を突きつけて選択を迫るときだ。動くか、死ぬか。

ああ、そのとおりだ、とパディは同意した。ただ、それが効くのは一度きりだ。最後の手段としてとっておくんだ。

結局、そのときは数時間先にやってきた。

夜になると、一行は小屋から静かに抜け出して下山をはじめた。すぐにビリーは下りが上りよりも恐ろしいことを思い知る。月は雲の後ろに隠れ、暗闇のなか手探りで道を捜さなければならなかった。ひとりでも転げ落ちれば、ボウリングのように残りの全員も長い坂をすべり落ち、牙を剝く岩場へと道連れになりかねない。「豪雪地帯を抜けるまで二時間かかった」とビリーは言っている。そして状況はますます悪くなった。

「山は傾いた梯子かと思うほど急勾配になった」とパディは振り返っている。「雨のせいで水路ができてすべりやすく、一歩踏み出すたびに石が動いて地すべりが起きた。われわれは両手をたぐるように下りていったが、暗闇と風のなかで、そこはまるでジャングルのように、邪魔な枝と、尖った葉、悪意のある小枝だらけだった」。一歩一歩が信じるという行為だった。もしヨルゴスたちが誤って死の淵へ先導することになっても、パディとビリーは空を切って落ちていくまでそうとはわからない。下ではレジスタンスたちが松明をたいて危険なしの合図を送ってくれるはずだった。パディと一行が点のような火が見えないかと遠くに目を凝らしているあいだ、ビリーはたったひとつの本当に重要な問いを自身に投げかけずにはいられなかった。

なぜだ?

なぜ、おれたちはまだ海岸をめざして突き進んでいるんだ？　そこへ向かっているのを知っているのはドイツ軍だけなのに。だいたいイギリス軍はこっちがまだ生きていることを知っているのか？　いや、そんなわけがない、逃走の手はずについて頼りにしていた唯一の男はいまだ行方知れずなんだ。トム・ダンバビンの謎の失踪についてはまだ何もわかっていない。そしてパディが間に合わせで試したカイロとの第二の通信手段は命取りになっていた。山の向こうの通信士のところに向かったクレタ人の伝令はドイツ軍に見つかって射殺され、あとのふたりはかろうじて逃げていた。「彼らは忌まわしい知らせをもってきた」とレジスタンスの闘士、〈小走りジョージ〉は振り返っている。「ドイツ軍は海岸沿いとすべての谷の上を捜索している。そこへ向かうのは絶望的だと。さらに、おれらが待っているイギリス軍の船も、岸に近づくのは無理だろうと」だとしたら、何の意味がある？　ボートと合流できるかどうかもわからないのに、なぜこの山を越えるんだ？

　だが、かりに五人のヨルゴスが迷いを抱いていたとしたも、それでペースを落とすことはなかった。両足ほどの幅しかない崩れやすい山道を危なげなく歩き、闇のなか、不意に現れる巨石をよけながら、彼らはイディ山の裏側を流れるように下りていった。パディとビリーの命を守れるかどうかが真の〝ヘーロース〟、つまり本物の守護者の試金石であり、それをやり遂げる方法はひとつしかなかった――クレタ流だ。彼らは、命をねらってくる者たちよりも遠くまで駆け、素早く適応し、少ない食料で生き延びるように育てられた。あとは将軍のためにロバを見つけさえすれば、移動をつづけて原野へふたたび消えることができる。

　だがそれにはまず山を下りなければならない。

イディ山の頂上から下を見ながら、クリス・ホワイトと私は選択肢を吟味した。トレイルからはずれたところに、細いヘビのようなルートがある。どういうわけか雪は積もっていなかったが、ところどころ勾配が急すぎて歩けそうにないし、残りは巨石やガレ場、それに岩が山肌から剝がれてできた小さな崖が唐突に現れたりする、とんでもない障害物コースだ。あるいは、あてどなくつづくこのつづら折りを進みつづけるか——ただ、この道は網目状に積雪が残っているから、すべりやすい氷の板の上を四五度の角度でしょっちゅう越えなければならない。

「考えがある」。私はクリスに呼びかけた。「でもあなたは嫌かもしれないな」

「嫌なのはこれだよ」と言ってクリスは氷を蹴った。「どんな考えだい？」

私はクリスにパルクールのこと、私がドラッグストアの駐車場やロンドンの公営住宅団地で教わったことを話した。シャーリーがどうやって壁を跳び越えるか、そして弾性反発力こそが新しい都会のジャングルで楽々と移動する秘訣だと、ヤマカシが信じていることを詳しく教えた。私はパルクールの名インストラクター、ダン・エドワーズにクレタ島について具体的に尋ねることまでしていた。ダンはザンやパディやビリー・モスのような新参者が山岳地帯で巧みに動けるようになったことに驚かなかった。「僕らが都会でやっていることを、彼らは山地でやるわけだ」とダンは言っていた。「さっき質問された『クレタ走り』だっけ？ それは精密さが生み出したものだ。岩のあいだを跳ねるように走れるのは、岩を真正面からとらえるからだ。ブレーキをかけても疑ってもいけない。自分の身体を信じてぶつかるんだ」

「そういうわけで」と私はクリス・ホワイトに尋ねた。「やってみるかい？」

「えっ、山を駆け下りるのか？」

「むしろ、跳ね下りるかな」

クリスは積雪をつま先で蹴り、バックパックをしっかりとつかんだ。「お先にどうぞ」

私はウェストベルトをぐいっと引いて、ブーツの紐を確かめようとちらりと下を見た。コンディショニングされた上辺の肉体を剝ぎ取り、生まれながらの、努力のいらない、全身を使った動きに帰るんだ、とあるパルクールの実践者が説くのを思い出した。外部から隔絶された〝流れ《フロー》の状態〟だ。私はガレ場に飛びこみ、いちばん急なところを横向きにすべりおりると、バランスを取り戻して走りだした。足は素早く細かいステップを踏みつづけ、脳の処理が追いつけない。小さな崖の縁からためらいなく飛び降り、尻が地面につくほどにしゃがんで着地すると、すぐまた起きあがって猛ダッシュに入った。

「**いいぞ！**」クリスが後ろで叫んだ。「**これは本当に――**」

足を取られた私は地面に衝突し、クリスがそのあとなんと言ったのかは聞こえなかった。

CHAPTER 36

〈虐殺者〉、誘拐八日目：
警戒せよ、クレタ人！　ドイツの剣刃はすべての罪なる男、すべての山賊、すべての英国人の子分と手先をかならずや討ち取るだろう。

クレタの羊飼いがパディに：
あいつこそ用心しないと、将軍みたいにおれたちに捕まっちまうぞ。

私はなすすべもなく岩の上を転がり、踵でブレーキをかけてどうにか止まることができた。何が起きたのか、どこをどれだけ打ったのかをまだ考えているうちに、足音が頭のそばをけたたましく通り過ぎた。

「**大丈夫か？**」とクリスが走りながら叫んだ。

「ああ」と私。

「**よし！　こっちは足が止まらん！**」

クリスは初めてスケートリンクに立つ怯えた子供みたいだった。背中はがちがちで、腕は広げてわずかに垂らし、来るとわかっている転倒に備えていた。力を抜け、と私は叫ぼうとしたが、黙っていることにした。彼の気を散らしたくなかったし、だいいち地面にのびている男にアドバイスをする資格はない。それに、いくら不恰好に見えようと、クリスはちゃんと走れていた。たぶんシュライプ博士の目には、なんの問題もなく映ったことだろう。筋膜研究の専門家であるシユライプ博士は、キーホルダーをばねに引っかけて弾ませることで、人体の弾性反発力を実証してみせた。あなたの身体も同じ動き方をしている。リズムよく動き、身体の中心が縦にそろい、頭が肩の、肩が腰の、腰が膝の上にあり、リング上のボクサーやホッピングに乗った女の子のように直立していれば、無限に跳ねていられる。だが、いったんテンポが乱れたり姿勢が崩れると、弾力のある腱と結合組織が生み出すあの自由エネルギーは途切れる。私に起きたのはそれだ。少しばかりパルクールをかじり、エルワンのジャングル訓練の経験もあるからと色気を出して、無駄に急いだり跳ねたりしはじめたのだ。私は強引にやっていたが、クリスは流れるように動いていた。

すごい人だな、と私は思い、そこで自分のまちがいに気づいた。クリスを見くびっていたのだ。クリスこそ、私の探していた生まれながらの英雄《ナチュラル・ボーン・ヒーロー》だ。ジョルジュ・エベルやテディ・ローズヴェルトや〈天の双子《ヘヴンリー・ツインズ》〉が、誰のなかにも潜んでいると確信していたヒーローだ。だからこそ、しくじる一方の私をよそにクリスは奥義を習得している。この三年間、私はそうしたすべてを身体《システム》にデータとしてダウンロードさせようとしてきたが、クリスは彼なりの本能的なやり方で、六〇年にわたって英雄の技芸《アート》を血肉にしていた。真の英雄の例にもれず、彼の出発点も思いやりと好奇心だった。彼は自分がパーシー・ジャクソン式の「ハーフ訓練所」になった。ロンドンの公営住宅や寂しいアリゾナの僻地までインストラクターを探しにいくのではなく、自分の足で歩き、航海し、さまよい、深みにはまり、道を見つけてそこから出てきた。裏庭のキャビンには地図や回想録があふれ、それを窓口に解明したい人々の心のなかへもぐりこんだ。心理学者の彼は人の話を聴くことを生業《なりわい》にしていたが、自分の冒険でも同じように、年老いた農夫が彼には理解できない言葉で語る話に熱心に耳を傾け、気づくと聞いたこともないおいしそうな料理を出してもらったり、ほかの歴史家が見つけられなかった洞窟へ案内してもらったりしていた。そして知らず知らずのうちに、エルワンとプルタルコスを、フィル・マフェトンとパディを、ノリーナ・ベンツエルと〈双子〉をつなぐ、接着剤の役目を果たしていたのだ。どこへ行こうと、クリスは人の役に立った。

私だってそうなろうと努力してきた。適切なステップをこれでもかと踏んできた。重いウェイトでばかみたいに筋トレするのはやめ、いまでは裏庭の木の枝に吊るした八メートルのロープによじ登っている。スティーヴ・マクスウェルがみずから考案した〝トラヴェリング・マクサシスト〟という、ありとあらゆる身体の動きに挑む三分間のファンクショナル・フィットネスの訓練もした。エルワンとシャーリー・ダーリントンの教えに従い、たびたび午後のランニングを難題探し《トラブル・クエスト》に変えた。スピードと距離よりチャレンジに目を向け、手と足をついて丘を這い登ったり、木から木へとダッシュしたり、柵の下を転がったり、ガードレールを跳び越えたりした。どれも役に立つ動きだ。

ただ、クリスがあのでたらめな姿勢で山を下って見せてくれたように、カギは山以外のすべてを忘れることにあった。正直に認めよう。私が転倒したのは、先に下に着きたい、クリスより先に立っていたいと考えていたせいだ。学ぼうとせず、勝とうとしていた。クリスはどう見られるかなど気にしていなかった。マーク・アレンがすべてのトレーニングを競争だと考えるのをやめ、フィル・マフェトンの苦痛なほどゆっくりした〝脂肪燃料《ファット・アズ・フュエル》〟メソッドに従うことで初めてアイアンマンを制したように、英雄の理想を存分に吸収したクリスには、成果はつかもうとするのをやめたときに訪れることがわかっていた。スキルを身につけ、やがて時が来れば準備は整う。

そしていま、急斜面を跳ぶように下っていく〝クレタ走り〟をその場で習得していくクリスを見ていると、まるで動くパディやザン・フィールディングやジョン・ペンドルベリーを見ている気分になった。クリスは信じがたいミッションにずぶの素人の立場で挑みながら、これまでのところ見事にやり遂げている。パディが到達した先まであともう一歩というところまでわれわれを導き、標高二四〇〇メートルから走りだしたのに、息を切らさないまま山を下り切ってしまいそうな勢いだ。

私はクリスを見失うまえに急いで立ちあがった。走りだしてまもなく、眼下に小さく屋根の集まる場所が見えてきた。ニヴァスリス村だ。

「おい、ここで何してるんだ?」ニヴァスリスにほど近いイディ山の麓まで下りてきたパディたちを見て、アンドニ・ゾイダキスは思わず声をあげた。「おまえらみんな死んだはずだぞ!」アンドニは額と腹に何度も指をつけて十字を切った。

それから、はたと考えこんだ。でもこいつら、なぜおれの警告を無視したんだ?

将軍の誘拐を手伝い、運転手を殺したあと、アンドニは逃走経路を探るために一行に先んじてイディ山を越えていた。そこで目にしたのは戦慄の光景だった。ドイツ軍が早くもがっしりと鎖のように連なって広がり、山腹を徹底的に捜索しながら前進している。増援部隊が土ぼこりの柱を上げながら四方八方からイディ山に向かい、かたや偵察機は懸賞金か血の復讐かの二択を示したビラを、南側の村々を埋め尽くさんばかりにばらまいていた。

アンドニはパディに緊急の伝言を走り書きすると、一行の隠れ家を知る走者の手に託した。細長い洞窟の暗がりで、パディは懐中電灯を一瞬だけ照らしてそれを読んだ。

「神の名に懸けて今夜来てくれ」

今夜？　なんでまたアンドニはそこらじゅうドイツ兵だらけのときに洞窟を離れろと言うんだ？　ここは理想的な隠れ家だ。深くて暗く、わずかに開いた入り口は密生するキイチゴで覆われている。たとえ数インチ横を通っても何も目に入らない――まさにいま〈虐殺者〉の部下たちがしているように。洞窟の外では、大声や軍靴の足音があちこちで響いていた。「たぶん、あの木のないあたりで偵察機に見つかったんじゃないか」と〈小走りジョージ〉は推測している。「捜索隊が谷間を探りながらじりじりと進み、照明を、そして銃弾も放ち、呼びかけていた。『**クライペ将軍！　声をあげてください！　大丈夫ですから！**』と」

　将軍は味方の軍勢が近づいてくるのを聞きつけ、徐々に得意げな顔になった。「どうやら」と将軍はパディに言った。「きみときみの仲間はまもなく私の捕虜になりそうだな」

〈小走りジョージ〉の見守る前で、パディは将軍をじっとにらみつけた。パディはゆっくりと、言葉を選んで将軍に話しかけた。そして〈小走りジョージ〉は、ずっと待ち望んでいたリーダーの姿をついに目の当たりにした。「あんたはこの男たちから絶対に逃げられない」とパディは将軍に言った。「こいつらはいまこの瞬間にも、あんたを殺せる準備はできている。どれだけあんたの部下が近づこうが、ゆめゆめ口を開こうとは思うなよ」

　将軍は黙りこんだ。日が落ちてかなりたったころ、パディは自分の疑問をのみこみ、アンドニの判断を信じることにした。洞窟を離れるのは愚かなことに思えたが、パディもマノリも、その伝言の〝差し迫った、はっきりした〟口調にただならぬものを感じていた。アンドニはいますぐ来いとは言っていない。ただ、来なければ死ぬと断言していた。一行が洞窟を這い出すころ、雨が降りだし、やがてみぞれになった。用心しながら、氷のように冷たい木々をかき分け、暗がりを手探りで進んだ。どうにかしてアンドニの指定した合流場所に行き着いた。オークの小さな木立の、倒木をくり貫いた家畜の水飲み桶があるところだった。だが、アンドニの姿はなかった。
暗闇でふるえるうちに二時間が過ぎ、空が白みはじめて不安は増す一方だった。だめだ、これ以上は待てない。クレタ人の先導でパディとビリーは山を下りてアンドニの故郷の村はずれまで行き、タイムとツルニチニチソウが地面を埋めている雨裂《ガリー》にもぐりこんだ。気の毒なアンドニ、とパディは思った。まずトム・ダンバビンが消え、つぎはおまえか。あのアンドニを阻むものは銃弾だけだと、パディにはわかっていた。銃弾か、あるいは……

パディは紙片を取り出した。頭からコートをかぶって懐中電灯の光が漏れないようにし、マノリと額を寄せてもう一度伝言を読んだ。

「神の名に懸けて今夜来てくれ」。そうだな、言われたとおりに来た——

ちょっと待て。「来てくれ」のあとで、紙がよれて少し濡れている。パディが紙を広げてしわをのばすと、新しい文字が現れた。ふう。どういうわけか、彼らは全文でいちばん大事な部分を見落としていたのだ。「神の名に懸けて今夜来てくれるな」

なんてことだ。アンドニは進撃する軍隊を見て、パディの洞窟に大挙して向かっているのだと思ったにちがいない。どうかドイツ軍が通過するまで身を潜めていてくれ、そう彼は訴えていたのだ。なのにパディたちは、その大軍に向かって衝突せんばかりに歩きだし——大軍の反対側へと通り抜けたのだ。「神はいた!」その朝、ヨルゴスのひとりが村にいたアンドニを一行の隠れ場に連れてくると、アンドニは驚嘆の声をあげた。「みんな、ぜひ教会を建ててくれ! どんな教会って——そりゃ大聖堂だ! いったいどうやってここまで来た? あたり一帯ドイツ兵だらけだったろう。何百人といたぞ、とくにあんたらの下りてきたあたりは」

パディは何が起こったのかを即座に理解した。「ドイツ軍はまず例外なく主要経路から離れなかった。離れたらたいてい迷ってしまうからだ」とパディは知っていた。「前方には山々の頂と深い谷の原野が広がるばかり、荒れ地では大部隊は隊形を保つどころか、連絡を取り合うこともかなわず、かろうじてゆっくり這い進んでも、何マイルも先から聞きつけられ、姿を見られる」。闇夜の凍った地面で、〈虐殺者〉の兵たちは無意識にトレイル付近に寄り集まり、暗がりの危険な敵のほうへひとりではぐれるのを避けていたのだろう。おかげで、パディたちがすり抜けられる細い通路ができたのだ。

ドイツ軍はいまどこにいる？　とパディは尋ねた。

「みんなイディ山に登ったよ。あんたと将軍を追って」。アンドニは意気揚々と答えた。

パディも喜んだが、それも長くはつづかなかった。アンドニがさらにこんなことを言ったからだ。逃走地点に使う予定だった例の二か所の洞窟をおぼえてるか？　どっちも破壊された。〈虐殺者〉が兵を置いて二四時間監視している。あんな島の最果てにあるプレヴェリ修道院も目をつけられて、修道士がゲシュタポに尋問されたそうだ。「こちらの計画していた島からの脱出経路は封じられた」とパディは気づいた。「最初から仕切り直しだ」。ひとまず〈虐殺者〉をまくことはできたが、このままでは島をくまなく捜される。

ひとつだけ望みが残っていた。パディのお気に入りの無法者、あの走りだしたら止まらない〈道化師〉ヨルゴス・プシフンダキスがこちらに向かっている。パディが助けを求めていると察したヨルゴスは、北側の山岳地帯を走って越え、隠れ家にやってきた。彼のかたわらには、パディの言葉を借りれば「屈強そのものの、海賊まがいの巨漢」が立ち、誰かが〈道化師〉に横目を向けただけでも喉をかき切りそうな気配を漂わせていた。パディは彼が誰だかわかっていた。この男は、ヨルゴスが背負って逃げて命を救った、あの娘たちの父親だ。ヤンニ・カツィアスは羊泥棒で、懸賞金をその首に懸けられた二〇人斬りの殺人犯だったが、ヨルゴスが幼い子供ふたりを連れてドイツ軍の攻撃から守ってくれたその日に、この小さな恩人に生涯の忠誠を誓ったのだ。ヨルゴスと彼の大犯罪者の兄弟分という助っ人を得て、パディは新たな計画を練りはじめた。ここから五時間ほど離れた村に、クレタ人の服を隠してある。ヨルゴスがそれを取ってくることはできるだろうか？

「お安い御用」とヨルゴスは答えた。

上等だ。では、それが来たら、本格的にスパイ活動に出ることにしよう。ヤギ飼いに変装して、〈道化師〉と海岸沿いを偵察に行く。密輸船におあつらえ向きのあの岩だらけの海岸線のどこかに、英国のボート一隻ぐらいはすべりこめる忘れられた入り江があるはずだ。ビリーは残って将軍を隠しておく。ビリーがギリシャ語もドイツ語も話せず、この土地をろくに知らないのはハンディだが、このあたりは小さな渓谷が迷路のように入り組んで身を隠すにはもってこいだし、近くのパツォスという村に親切な男がいて、ロバを連れてきて逃走の手助けをしてくれることになっている。イオルゴス・パタコスは素朴な田舎の若者だったが、ゲリラのあいだでは早くも〝大胆不敵で恐れを知らぬ勇者《パリカリ》〟——真のヒーローとして名が通っていた。

「ミスター・イオルゴス・パタコス？」とその声は言った。「イオルゴス・パタコスを捜しているのか？」

重い足取りでパツォスに入ったクリス・ホワイトと私は、汗でぐしょ濡れになったバックパックを下ろし、村のカフェの入り口のポーチに置いた。ここでいう〝村〟とは、わずかばかりの民家が洞穴の入り口近くにひしめき合っているということで、どうやらここの村民は外界に気づかれずにいることを何より切実に願っているらしい。霧もそれに協力する。パッォスに向かって、どこまでもつづくぬかるんだ荒れ地を歩いていて霧のなかで迷ってしまったとき、ゆるやかに流れる馬蹄形に屈曲した川から真っ白な濃い霧が立ちのぼっている光景に、まるでアンデスの高地にいるかのような錯覚に襲われた。われわれは同じところをぐるぐる歩かされ、もと来た道を引き返し、自分のブーツ跡を踏みながらさまよったあげく、ようやく日光が雲間から射しこみ、遠くで反射する窓ガラスの光をとらえたのだった。

村のカフェで、クリスはカウンターの奥の老婦人に例の紙を見せた。老婦人は指を一本立てた――待って、ということだ。それから壁かけ電話をダイヤルし、受話器をクリスに渡した。

「ミスター・イオルゴスに用があるのか?」とそのしゃがれ声は尋ねた。

「ええ、じつは――」

「私はいま、二時間離れたところにいる。九〇分でそっちに向かうよ」

クリスと私は座って食事を頼み、特大のギリシャ式サラダと皿いっぱいに盛られたチーズを腹に詰めこんだ。まだ食べ終わらないうちに、黒のSUVが細い坂をがらがらと下りてきて、ブレーキをきしませながらカフェの前に停まった。車から出てきたのは、いかつい大男だった。腕は太く胸板は厚く、あごはクルミの殻でも割れそうだ。男はサングラスをむしり取ると、目をすがめてカフェをにらみつけ、首を戦車の砲塔よろしくテーブルからテーブルへぐるりとまわし、やがてわれわれにねらいを定めた。いかつい顔が一気にほころんだ。

「クリィーストファァー!」

「会えてとてもうれしいよ、ヴァシリオス」

「約束を守ったな。戻ってきたのか。電話じゃ声がわからなかった」

クリスとヴァシリオスが出会ったのは昨年、クリスとピートが誘拐団の隠れ家のなかでもきわめつけに厄介な場所を探しにいった——そして突き止めた——ときのことだ。そこは断崖の下が浸食されてできた狭い裂け目だった。ビリー・モスの説明によると、そばにある隠れた滝の誘惑に逆らえず、将軍まで裸になって水浴びをしたという。羊飼いの案内でその滝に行ったあと、クリスとピートはパツォスまで歩き、そこでギリシャ軍特殊部隊の潜水工作員にして落下傘兵、そしてカフェの女主人の息子ヴァシリオスと知り合ったのだ。ヴァシリオスはホワイト兄弟をたちまち気に入り、彼の小さな村がいかにレジスタンスに貢献したか、知っていることを喜んで話してくれた。クリスは再訪を誓ったが、ヴァシリオスの反応を見るかぎり、パツォスを訪れてふたたび戻ってくる者はほとんどいないにちがいない。

「ミスター・イオルゴスは」とクリスは言った。「存命だろうか?」

「存命?」ヴァシリオスは戸惑った声で訊き返した。「そこにいるじゃないか」

われわれは振り返り、そこで初めてグレーのベレー帽をかぶった老紳士の存在に気づいた。壁を背にして座り、両手とあごをステッキに預けて、じっと丘陵地を見つめている。ヴァシリオスが彼の隣にしゃがんで静かに話しかけ、それからわれわれを手招きした。クリスと私が近くに椅子を引っ張っていくと、その類いまれな生存者は語りはじめた。あのとき彼が耐え抜いた悪夢と、家族か国かの選択を迫られたあの日のことを。

「村にはラバが一頭だけいた」とヴァシリオスが通訳した。「そのラバはクルクラス一家のものだった……」

〈狩人たち〉が初めてクレタの上空に現れたとき、イオルゴスはまだ十代の少年だった。たまたま彼とクルクラス家の家畜は、空襲にも焼き討ちにも集団処刑にも遭わず、労働部隊の強制労働者を探すドイツ軍の人さらいの襲撃からも逃れていた。パツォスのような山村では、ラバは一種の生命維持装置、唯一の救急車で、けがをした子供を医者のもとへ運んだり、身動きがとれなくなって飢えた者に山を越えて食料を届けたりできる。村全体がその一頭に頼っていたので、英国の軍人がけがをしてドイツ軍の捜索から逃げるのにラバを必要としているとの噂が丘陵地から届いたとき、彼らの賢い反応としては、ただ口をつぐんで下を向くことだった。

ところが、ラバの持ち主は引き具をつかみ、ラバをイオルゴスに引き渡した。「その軍人は英国人だと聞かされた」とイオルゴスは説明した。「わしらがラバをドイツ人に渡すことはないと、みな知っていたからだ」。イオルゴスは食べ物のかごを持った妹とともに隠れ家へ行った。そこにはゲリラが一〇人と、暗い色のロングコートを着た恰幅のいい中年の男がいた。「妹がラキの瓶を渡してまわし、全員にチーズを配った」とイオルゴスは言った。「ひとりがこう言った、『いとこの警官のことも忘れないでくれ』と。警官というのは将軍の仇名で、ロングコートがその由来だった。用足しに立った将軍がそのコートを脱いだとき、一緒に来ていた少年が胸の勲章に目をとめ、恐れをなして逃げていった。われわれもそれをこの目で見るまで、本当にドイツの将軍を捕まえたとは信じられなかった」

出発のときが来て、イオルゴスは将軍をラバに乗せるのを手伝った。「一行をこっちに連れてきた」とイオルゴスはカフェの正面の細道を指さした。「パツォスの全員が彼を見たが、パツォスの誰ひとり口を割らなかった」

「おれたちは絶対に秘密をもらさない！」とヴァシリオスが大声をあげ、テーブルをばしんと叩いた。

「絶対に」とイオルゴスも同意した。「だから、ドイツ軍はこの村を焼かなかった。裏切り者がいなければ、知りようがないのだから」

村を抜けた一行は、山に向かって岩の多い斜面を登りはじめた。「突然のことだった」とイオルゴスは言った。「ラバがジャンプし、将軍が振り落とされて肩を傷めた」。将軍はイオルゴスに手を借りてまたラバに乗ったが、またも振り落とされ、今度は手ひどくやられたので、腕を包帯で吊るすはめになった。「ラバはドイツ人が嫌いだったのさ」とイオルゴスは肩をすくめた。いまにいたるまで、パツォスのラバの深夜の報復は、クレタでは〝将軍も人の膝の上に落ちる《トゥ・ストラティガ・ト・ペラズマ》〟という言いまわしで記憶されている。〝大人物でも身のほどを思い知らされることがある〟という意味だ。

それから三日間、イオルゴスは将軍の個人的な世話係として、捜索隊の追っ手から逃れる一行と行動をともにした。彼らがパツォスを出たその晩に〈虐殺者〉の兵が村を囲んだ。「兵士たちは捜しまわったが何も見つからず、四〇名の村民を人質に取った」とイオルゴスのいとこ、ヨルゴス・ハロコポスが振り返っている。「幸い、人質は五週間後に全員釈放された。徹底した尋問がおこなわれたが、収穫がなかったようだ」。ドイツ軍は危険なほど肉迫し、さらにまずいことに、危険なほど利口になりつつあった。戦争がはじまって以来、クレタの男たちは夜になると森のなかで眠っていた。夜が明けたら村が包囲されていたという事態を避けるためだったが、これまではそうしていればほぼまちがいなかった――将軍捜しに躍起になったドイツ軍が、さらに狡猾になるまでは。

「奇襲部隊は新たな手を使った」とハロコポスは説明している。「彼らは林の陰やトウモロコシ畑のなかや木の上など、要所要所に身を隠した。何も知らない村人が家畜を連れて朝から畑や村で働いていても、わざと放っておいた。そうして怪しい男たちがやってきたところで跳びかかった」。イオルゴスたちがひと息つこうとするたびに、偵察が新たな危険を知らせにやってきた。そしてある晩、一行がちょうど太い木の洞に入りこもうとしていたときに、羊飼いが木立から飛び出してきた。

「みんな、早く立て！」と息を切らしながら羊飼いは言った。

一〇〇人以上の部隊がこちらに向かっていた。トラックに分乗し、山道を猛然と下ってくる。イオルゴスとヨルゴス・ハロコポスがビリー・モスと将軍をひっつかみ、渓谷のわきの細い洞窟へと急き立てた。ほかのゲリラたちも散り散りに木の陰に隠れた。数分もしないうちに、すぐ西側で機銃掃射と手榴弾の爆音が弾けはじめた。イオルゴスとハロコポスは武器を構えたが、銃撃は近づくかと思いきや、しだいに遠ざかっていった。地元のレジスタンス闘士たちがひそかに護衛しながら一行を追っていて、車両集団《コンボイ》が近づいたときに発砲して敵の目をそらし、ドイツ軍をお門違いの方向へ引きつけたのだ。

「さよなら《ヤスー》」。隠れ場所からそれぞれが姿を現して少したったころ、イオルゴスは言った。彼の知っている土地はそこまでだった。新しい乗り物とガイドに引き継ぐときだ。「イオルゴス・パタコスは東へ戻っていった。将軍にけがこそさせたけれど、われらの移動を飛躍的に早めてくれた、クルクラス家のすばらしいラバとともに」と、一行のもとに残ったいとこのハロコポスは語っている。イオルゴスはドイツ軍のパトロールを縫って、得意の忍び足でもと来た道を戻り、二、三日のうちに家へ帰り着いた。

「ひとつ質問してもいいですか」と私は口をはさんだ。「もしあのときに戻れたら、あなたはもう一度同じことをしますか？　九十一歳のいま、振り返って。ドイツ軍があちこちの村で村民をみな殺しにしていた。そんなときに、家族を危険にさらすのは賢明だったのでしょうか？」

ヴァシリオスが訳しはじめたが、途中で怒りだした。「この村の人間はみんな愛国者だ！」そう言っていきり立ち、私に撤回しろと激しい剣幕で迫った。だが、イオルゴスは静かに片手を挙げた。

「いい質問だ」とイオルゴスは言った。それから答えてくれた言葉は、私のなかに長いあいだとどまり、考えれば考えるほど、どんどん遠くへ広がりつづけた――四人で囲むテーブルから、この小さな村のはずれへ、そして戦禍にさらされたこの島を越え、遠く私の故郷と家族のもとまで。

「こういう土地で、小さな、自分たちだけが頼りの土地で暮らしていると、ごく当たり前に人を助けるようになる。助けを待つのではなくてね」とイオルゴスは話しはじめた。隣人が何かを必要とするとき、その隣人はきみを必要としている。自分の知る人物を。軍隊ではなく。警察でもなく。きみを。だからもしきみがそこにいなければ、いつの日か隣人と向き合い、理由をきちんと説明しなければならない。

ヴァシリオスは食い入るように聞いていた。クリスがしかたなく通訳をせっついた。「ドイツ軍はわれわれのことを知らなかった。そして、自分たちが負けるはずはないと信じていた」とイオルゴスはつづけた。「誰かと向き合って説明する必要などひとつもないと信じていた。自分たちのしたこととの報いを受ける必要などないと。だがわしは思うのだよ、だからこそ、われわれは彼らに勝てたのではないかと」。つまり、われわれはおたがいに応える必要があったけれど、彼らにはそれがなかったからだ。

ロシア戦線で九死に一生を得て今度は原野で捕虜となっているクライペでさえ、依然としてヒトラーはこの難局を勝者として乗り切ると信じて疑わずにいた。自分の誘拐者にそう語っていたのだ。イオルゴスのいとこのハロコポスが、将軍を誘拐するのはクライペが最後だろう、連合軍はもうすぐ勝利するから、と冗談めかして言ったとき、クライペは、ドイツが負けるわけがないと、大まじめに言い返した。「〝大西洋の壁〟は鉄壁だ」とクライペは言った。「連合軍がフランスや低地諸国に上陸しようとしても、わが軍に撃破されるだろう」。ドイツが劣勢に立つこともあるかもしれないが、いずれ連合軍は消耗し、和平交渉を求めるだろう――まさにいま、〈虐殺者〉がパディと誘拐団を消耗させつつあるように。

たしかに、パディとクレタの友人たちにも彼らなりの栄光――クライペにいわせれば「この不遜な悪戯《フザーレンシュテュック》」――の瞬間はあったが、遊びの時間はそろそろおしまいだった。〈虐殺者〉の追っ手は日に日に迫りつつあった。ドイツ兵は山岳地から押し寄せ、海岸線沿いでずらりと待ち構えている。この数日だけでも、あわやクライペ奪還という機会が二度もあった。クライペはパディの不調を見て取り、パディ自身もそれに気づいていた（「右腕の感覚がだんだんおかしくなっていた。痛みはなかったが、いつのまにか、まっすぐ伸ばすことも高く上げることもできなくなっていた」）。銃の数でも人の数でも負けていて、打つ手がなくなるのはもはや時間の問題だった。クライペは確信していた――このつまらぬ英雄ごっこも、いよいよ痛ましい終焉を余儀なくされるのだろうと。

ちょうどいまごろだった、とイオルゴスは言った――われわれがイオルゴスと話をした当日、正確には五月十日の前後だ。秘密工作の偵察任務に出ていたパディが、ふたたび村に現れた。居合わせたハロコポスは、ひと目見て何かあると悟った。「夜も更けたころ、リー・ファーマーその人がやってきた。三日間で一〇〇キロ以上の距離を移動してきたはずなのに、驚くほど元気だった」とハロコポスは振り返っている。いつでも登場の仕方を心得ていたパディだが、このときの彼には理由があった。
ただいま、兄弟《ヤスークンバリ》たち。ちょっとしたおみやげがあるんだ。

CHAPTER 37

もしロシアの人民が疲れた身体を奮い立たせ、モスクワの門の前でドイツ軍の激流を押し返せたのだとしたら、それはギリシャ人のおかげである……クレタのギガントマキアは、ギリシャ最大の貢献だった。

――ゲオルギー・ジューコフ
ソビエト連邦元帥

ギガントマキア――オリュンポスの神々と異界の魔物たちとの戦い

クリスと私はバックパックを金網の向こうに投げ、腹這いになってその下をくぐった。追跡の最終章のはじまりだ。

パディとビリーの一行は、数キロ先で鳴り響く砲撃音を聞きながらこのオリーブ畑に着いた。ある方角からは、数多くの村がダイナマイトで爆破される、「まるで海戦のような」音が轟いていた。また別の方角では、ゲシュタポの尋問者が一軒一軒家捜しをしていたが、いずれ彼らはかならず目当ての男を捜し出し、その男は言うつもりのないことまで吐かされた。ドイツ軍の要塞は、丘陵地を挟んで一時間も離れていない。パディは腕の嫌なしびれが右半身まで広がり、この先どこまで行けるだろうかと内心不安を感じていた。

隠密の偵察に出たパディにわかったのは、どの方角に進んでも厳しいということだった。〈虐殺者〉はチェス盤をじっくり研究し、誘拐者たちにはあと一手しか残されていないと気づいていた。南岸沿いを東から西へ、安全な浜を探して移動するしかないと。運悪く、英国軍本部も〈虐殺者〉のこの推理を裏づけるのにひと役買った。パディが待っているという根拠もないまま、カイロがある晩、以前英国人が使っていた上陸地付近に救助船を差し向けたのだ。船長が陸に向けて警戒信号を光らせると、応えたのは機銃掃射だった。その直後、付近のふたつの村が破壊された。「村は焼き払われて、ドイツ野郎が大勢まわりをうろついていた」とパディは報告を受けた。「海岸沿いはどこもドイツ軍が忙しく出入りしている。ひどく不気味だ」。山賊の向かう先を確信したいま、〈虐殺者〉にできるのはただ追うことにとどまらない。脱出を阻止すればいいのだ。ドイツ軍はしぶきをあげて浅瀬に入り、西側の海岸線を守りはじめた。「プレヴェリの守備隊が二倍に増強され、さらには強力なドイツ軍の部隊が上陸している」とパディは知った。

捜査網がひとつの輪になり、〈虐殺者〉がそれをじりじりと引き締めていた。パディとビリーは現実と向き合わざるをえなかった。ドイツ軍から逃げまわるのもそろそろ潮時だと。

そして、こちらからドイツ軍に向かって走りだすときだと。まさに狂気の沙汰だが、パディはそれまでのひやりとする経験から、こと〈虐殺者〉との戦いでは、最悪の戦略がきまって最善の成果をあげることに気づいていた。ハニアの市長室を訪れたザン・フィールディングは、ドイツ軍将校との鉢合わせを覚悟していたが、将校のほうはザンがいるなど夢にも思わず、一瞥もくれずにザンを自由に出入りさせた。辺鄙な山岳地帯で捕まりかけたパディも、〈虐殺者〉の裏庭で作戦をおこなうほうがたやすいと感じていた。曹長の寝室から書類を盗み出したり、イタリアの将軍を敵の拠点都市からさらったり、島でもっとも往来の多い通りで一級品の待ち伏せを演出し、誘拐した将軍を乗せたまま、パレード並みの速度でゲシュタポ本部の正面を通過したり。コツはぎりぎりまで接近すること、そうすれば敵の目はこちらを素通りする。

こうしてパディとビリーは、フォティヌ村の麓のこのオリーブ畑で悟ったのだ、最悪にして最大のチャンスはここにある――ドイツ軍の要塞の陰、致命的なまでに目につきやすい、この長い浜辺にあると。恐ろしく危険な賭けだったが、だからこそ完璧といえた。パディは無線通信士のもとへ伝令を走らせ、一行は最後の決戦に備えてフォティヌへの道を登りだした。

クリス・ホワイトと私は、手を膝に当てて身体を押し上げながら、オリーブ畑からフォティヌまでつづく曲がりくねったロバの通り道をやっとのことで登り切った。まえの年、クリスと弟のピートはこの村に着くと、最初に目についた人物、村の噴水のそばを通りがかった老婦人に例の紙を見せた。老婦人はそれを読み、自分を指さした。デスピナ・ペロスは新婚時代に誘拐者たちに会っていた。ずいぶん印象的な出会いだったようで、ビリーはその後も彼女のことをおぼえていた。

パディとビリーがオリーブ畑にもぐりこむまえから、当時のデスピナは人生でもっとも波乱に満ちた一週間のただなかにいた。彼女の一族は長きにわたって敵対する一族と血の抗争を繰り返していた。ここ八〇年はおさまっていたのだが、デスピナの父親がペロス家の一員に殺され、抗争が再燃していた。報復の応酬で七人が犠牲になったあと、誰かが流血を止める夢の方法を思いついた。子供どうしを結婚させればいい。それでデスピナが、ペロス家の末息子のアンドニと婚約した。デスピナは拾っておいたドイツ軍の落下傘の絹でみずからウェディングドレスを縫い、両家にはふたたび平和が訪れた。

「その婚約から結婚にいたるまでの期間は、クレタ史上最短だった」とビリー・モスがおもしろがって記している。「だが、見たところ、ふたりは婚約前の波乱の序章にもかかわらず、おたがいを好ましく思っている」。争っていないときの両一族は忠実なレジスタンス闘士だったので、パディの一団が近づいていると聞きつけると、すぐさまオリーブ畑に走った。ペロス家の息子たちが周辺の警備についているあいだ、デスピナはヒヨコ豆とレンズ豆を料理した。飢え死に寸前だったパディとビリーはすぐに食らいついたが、隙なく武装したペロス家の人々を見て、将軍は不審を抱いた。

「将軍は毒を盛られると思ったようで、それで父がゆで卵を持っていったのです」と、フォティヌにたどり着いたクリスと私に話してくれたのは、デスピナの甥のステファノス・ペロスだ。フォティヌはパツォス以上に小さな村で、民家は一〇戸足らず、カフェはない。ステファノスは、ホワイト兄弟がデスピナに出会った噴水からほんの数歩のところに住んでいる。今回デスピナは村にいなかった。「クライペは卵にも手をつけなかったので、父はこう言ったそうです。『何か食べたほうがいいですよ、将軍』と」

「元将軍だ」とクライペは答えた。「いまはただの虫けらだ」

ステファノスはわれわれを裏庭に案内し、そこで自家製のワインとナッツやオリーブの皿を前に、クレタで最後に目撃された生きた将軍の姿を語ってくれた。その話に耳を傾けながら、われわれはそのすべての舞台となった現場を見下ろした。緑の丘陵の斜面が、フォティヌからきらめく青い海へとまっすぐつづいている――ひどく近く、ひどく魅力的で、ひどく巧みに人を死へいざなう海へ。

パディにはわかっていた。このまま西へ逃げつづければ、船で上陸したドイツ軍の網にかかるだろう。かといって山に戻れば、下りてきた捜索隊と鉢合わせすることになる。それで彼はカイロにこの場所だと伝えた。ここから、いちかばちかの勝負に出る。きっと〈虐殺者〉は遠くの浜に気を取られるあまり、自分の目と鼻の先、ドイツの前哨基地からたった一マイルのこの場所を見逃すはずだ。

ただし、カイロが承諾するかどうか、パディには楽観できないだけの理由があった。おそらく、彼らがそんな綱渡りのような計画にゴーサインを出すことはないだろう。しかもそれを考えたのは、あの「扱いに注意を要する」陸軍士官学校の不合格者だ。それでもパディは早々と夢想していた。救助船にどんな酒が積まれるだろう、「ピンク・ジンか？　ウィスキーか？　ブランデーか？　それともシャンパンだろうか……？」と、そのとき、ビリーによれば「だしぬけに、甲高い悲鳴があがり」、どすんという鈍い音がつづいた。

六メートルほど下の地面に、誰かがぐったりと倒れていた。一行が新たな隠れ家に向けてフォティヌを発ったその直後に、将軍が足をすべらせて崖から岩場に転落したのだ。ビリーには信じられなかった。この半月以上のあいだ、戦い、飢え、這いずりまわっていたのは、ひとえに将軍を生かしておくためだったのに、いよいよ最後のサイを投げようといういま、将軍が図らずも命を絶っただと？　誘拐者たちはあわてて崖を下り、厚い腐葉土の層の上に落ちていた将軍を発見した。将軍はけがひとつなかったが、怒り狂って口汚くわめき散らした。「気の毒に、それまで一七日間、どうにか保っていた理性がふつりと切れたのだろう」とビリーは同情した。彼らは将軍をなだめ、また歩きだした。

安全な洞窟にたどり着いた一行は、そこでカイロからの返答を待った。驚いたことに、それはほとんどまを置かずに届いた。ようやく誘拐団との通信を確保したカイロが、その機を無駄にしまいとしたのだ。やがてクレタじゅうの英国の無線機が鳴りはじめ、多少の変化を交えながらつぎのような指示を伝えた。

了解。回収船は五月十四日二二〇〇時、当該地に接近。

符号信号はSB。

「明日の夜一〇時か！」通信文を受け取ったパディは息をのんだ。「ぎりぎり間に合うかどうかだな」。パディは急いで一行を二手に分けた。ビリーはおとり役として、〈道化師〉の無法者仲間たち——ビリーいわく「ヤンニ・カツィアスとふたりの野生児」——と出発させた。この四人がもっとも奇襲攻撃を突破できる可能性が高かったからだ。そしてパディとマノリは将軍をロバから下ろし、月明かりで行く先を探りながら、ブーツを切り刻むクリオネリティス山脈の、パディの言葉を借りれば「石灰岩の鎌と短剣《ダガー》」を徒歩ではるばる越えていった。

「それはクレタの最高峰ではないが、もっとも険しい部類で、まちがいなくもっとも道のりの困難な山脈だ」とパディは知っていた。長い夜が待ち受けていたが、充分長いとはいえなかった。どちらの班も日の出には身を隠さなくてはならないが、夕刻には船がやってくるから、浜にも近づいておかなくてはならない。ビリーの無法者の護衛たちは密輸品の受け渡しでこの手の問題は日常茶飯事だったので、どう動くべきかよく心得ていた。「ときおり駆け足に近くなり、ルートに沿って急勾配の斜面を登ったり下ったりと、気のふれた男のようにジグザグに歩かされる」とビリーは驚いていた。「あんなに速く歩いたのは、人生であのときだけだろう。それもほとんどは、あの羊泥棒ふたりの、猫さながらの誘導のおかげだった」

明け方には、ビリーたちは浜辺を見下ろす高台に着いた。ビリーが双眼鏡を取り出してのぞくと、灰緑色の制服があちこちに見えた。「真下に広がっているのはドイツ軍の海岸基地だ」と彼は記している。「さらに四〇人のドイツ兵が、西に一マイルも行かないところに配置されている。基地どうしは電話でつながっているから、われわれは岩陰に隠れて目立たないよう注意していた」。ただ、そのときのビリーの最大の懸念は相棒のことだった。「パディの歩き方はかなりぎこちなく、痛みがますます増しているようだ」とビリーは気づいていた。「パディ自身もどこが悪いのかわからず、こんなことは初めてだという」

ところが、まもなくビリーと山賊たちはうれしいことに、野営地にもぐりこんできたパディと将軍の姿を目にする。「彼らは一三時間足らずで到着した」とビリーは目を丸くした。「こちらの常識破りのスピード走から五時間遅れただけだ」。士官訓練を落第寸前で乗り切り、初めて敵陣内にもぐりこんだときは三週間しかもちそうになかったあのプレイボーイ詩人が、どういうわけかいまや、右腕の故障を抱えながらも、捕虜を連れて山越えし、夜を徹してかみそり刃の岩場を歩き通せるほど強くなり、適応していた。パディとビリーが最後にこの砂浜を渡り切れなかったとしても、それはクレタのレジスタンスが彼らに授けた英雄教育に不足があったからではないだろう。

最後に足を引っ張ったのは、むしろ、ふたりの受けた陸軍の訓練だった。

「SBって、トンツーでどうやるんだい?」その晩、ビリーは浜辺でぼそりと言った。

「さあ」とパディは小声で返した。「きみが知ってると思ったんだが」

「おれは知らない」

「ほんとか?」

「Ｓ、Ｏ、Ｓなら知ってる」

「冗談だろ！」

海上に立ちこめた深い霧の向こうから、くぐもったエンジン音が近づいてきた。とにかく一文字はわかるから、もう一文字はなんとかごまかせるかもしれない。ふたりはトン、トン、トンとＳを表す三度の短い光を送り、つづいて二、三度期待をこめてパチパチ光らせると、ふたたび三度のトンを繰り返した。船のエンジン音が近づき、速度を落とし――そして離れはじめた。パディとビリーが悲痛な思いでなすすべもなく霧に目を凝らしていると、岩場からふたりを呼ぶ声がした。デニス・シクリティラ、ザン・フィールディングの後任の英国人エージェントが、ドイツ軍の脱走兵一名と捕虜二名を将軍と同船させるべく山を越えてやってきたのだ。

「モールス信号を知ってるか？」とパディとビリーはひそひそ声で言った。

デニスが懐中電灯をつかんで光を送りはじめた。

Ｓ……Ｂ……

Ｓ……Ｂ……

Ｓ……Ｂ……

光が霧を抜けて届くことを祈りながら、デニスは点滅させつづけた。回収船は帰りかけているが、浜辺の先のドイツ軍にはまだ見えていない。三〇分が過ぎ、返ってくるのは波しぶきの音だけだった。船よ戻ってこい、とビリーは必死に念じた。だが、自分の鼓動しか聞こえない――と、波間から低い音が近づいてくるのに気づいた。ひとつの黒い影が闇から離れ、岸に向かって漂ってきた。

無法者たちはビリーをハグして離そうとせず、頬をすり合わせて別れを惜しんだ。お返しにビリーとパディはぼろぼろになったブーツを脱いで彼らにプレゼントした。羊泥棒と羊飼いたち、〈道化師〉と殺し屋たちは、島に残ってこれからも戦いつづける。ビリーとパディは将軍をボートに乗せ、自分たちも乗りこんだ。ほどなくボートは暗闇にすべり出した。パディはずっと浜辺から目を離さず、自分を変えてくれた男たちがゆっくりと姿を消す様子を見守った。

「クレタはいつだって去りがたい」とパディは深く息をついた。「今回はなおさらだ」

ヒーローたちのその後

いきなり叫び声と音楽と歓声が聞こえ、入場がはじまっていることに気づいた僕は、声のするほうへ全力で走っていった。

――ヨルゴス・プシフンダキス
クレタ島解放の日に

将軍の誘拐をことのほか楽しんだビリー・モスは、もうひとり誘拐しに戻った。クライペ将軍をカイロに送り届けた六週間後、ビリーはクレタに引き返してクライペの後任を誘拐することになった。今度は少しばかり厄介だった。いまやドイツ人将校はみな重装備の護衛を連れて移動し、沿道での拉致のチャンスはなくなっていた。そこでビリーは将軍の寝室に忍びこみ、力ずくで連れ去る作戦を立てた。彼とクレタ人の小部隊は、新しい将軍が警備を固めて拠点にしていたアノ・アルハネスという寒村のはずれに近づいたが、直前になって、八〇〇人の軍勢が急接近しているとの警告を受け取った。ギリシャでの英国の影響力を嫌った地元のコミュニストが、ビリーの計略を密告したのだ。

難を逃れたビリーは将軍を悩ますのをあきらめ、それからは目についたドイツ人をほぼ片っ端からねらうことにした。島全域で展開する奇襲作戦の首謀者になり、あるときは銃撃戦のなかを這い進んで、戦車のハッチに手榴弾を放りこみ爆破した。そして終戦のころエジプトに戻り、英雄にふさわしい報酬を手に入れる。カイロのパーティ別荘〝タラ〟の女主人で美しきポーランド難民、ソフィー・タルノフスカ伯爵夫人と結婚し、クレタでの冒険を題材に二作の有名な回想録を書きあげたのだ。だが、危険と冒険はその後も彼の心をとらえて放さず、やがてビリーは家族を捨てて放蕩し、太平洋を船で横断した。ジャマイカに行き着いた彼は、飲酒過多のため四十四歳の若さでこの世を去った。

トム・ダンバビン失踪の謎は、パディたちがクライペ将軍を連れてカイロに着いたあとに解明された。パディとビリーがドイツ軍の制服に身を包み、道路脇で配置につこうとしていたころ、トムは再発したひどいマラリアに苦しめられていた。まずい状況だった。ジョン・ペンドルベリーも殺されたとき同じような苦境に立たされていたが、トムの場合は島じゅうの英国人工作員の名前と潜伏地と支援ネットワークを知っていた。このまま全レジスタンスを道連れにするのを避けるには、姿を消すしかない。部下の無線通信士をパディの支援に送り出したあと、トムは身体を引きずって秘密の隠れ家に移動した。発見されるのを恐れて、居場所はもとよりマラリアのことさえ誰にも伝えなかった。

トムはやがて回復し、戦列に復帰している。そしてパディの忠勇な相棒、並はずれて勇敢なアンドニ・ゾイダキスと山岳地を越えているとき、ドイツ軍の哨戒隊との銃撃戦に巻きこまれた。トムは突破したが、アンドニが負傷して倒れた。ドイツ兵はまだ生きているアンドニの両足に鎖をかけ、トラックの後部につないでエンジンをふかすと、岩の多い道を何キロも引きずった。ずたずたになった死体は中世さながら、ほかの反逆者への見せしめとして村はずれに遺棄された。

「私はアンドニに一緒に来ないかと強く誘ったのだ。アンドニは一瞬ためらったが、結局断った」とパディはその死を深く悼んだ。「一緒に来てくれたらよかったのだが」

〈道化師〉ヨルゴス・プシフンダキスもクレタに残り、危険と自己犠牲に費やした歳月の代償に投獄された。

勇気ある行為が称えられて大英帝国功労勲章（ＢＥＭ）を授与されたヨルゴスだが、秘密部隊で活動していたため、皮肉にもギリシャでの従軍記録が空白になっていたのだ。ヨルゴスは脱走兵として逮捕され、「独房に閉じこめられた」とのちにパディに語っている。「山賊やコミュニストや本土のくずみたいな連中が一緒だった」。獄中でヨルゴスは戦争の回顧録を書きはじめ、出所してからも、昼間は道路工事作業員として働きながら、夜に洞窟のねぐらで蠟燭の光を頼りに執筆をつづけた。何年かたってパディがクレタに戻ったとき、ヨルゴスの手記は大学ノート五冊を埋め尽くしていた。パディはそれを読んで驚いた。小学校にも満足に通っていない貧しい山の羊飼いが、まれに見るレジスタンス記録の傑作を書きあげたのだ。パディはみずからそれを英語に翻訳し、なじみの出版社にかけあって、『クレタ人の走者（*The Cretan Runner*）』というタイトルで世に送り出した。

アシ・ゴニアの自宅で妻とブドウのつる棚の下に座っていたヨルゴスは、パディから手記が刊行されたと連絡を受けると、家に駆け戻って銃を取り、空に向けて祝砲を撃ちはじめた。それから本腰を入れてつぎの作品に取りかかった。『イーリアス』と『オデュッセイア』を、クレタに伝わる古い韻文の形式を借りて、クレタ方言の二行連詩に翻訳したのだ。「これはすばらしい、信じがたいまでの偉業だ」とパディは驚嘆した。

ヨルゴスは肩をすくめると、好きなのはもっぱらキュクロープスだけどね、と言った。「僕もポリュペーモス〔キュクロープスのひとり〕と同じ羊飼いだから、彼らのことはよくわかるんだ」

　ザン・フィールディングは誘拐チームに入れなかったのを悔しがっていたが、彼は彼で別のものを相手にすることになった――すなわち、銃殺隊を。

　クレタに戻らなかったザンは一九四四年、連合軍のノルマンディ上陸作戦に先駆けた破壊工作の任務でフランスに落下傘降下した。敵軍占領下の田舎道を初めて車で走っていると、彼とふたりの経験豊富なレジスタンス工作員は、路上封鎖しているゲシュタポに止められた。ザンはたいして心配していなかった。フランス語は流暢に話せるし、偽造身分証も完璧で、一緒にいるのはフランシス・カマルツ、不可能と思われた脱出劇を成功させたことで英国に名をはせた破壊行為の伝説的達人だ。気の利いたつくり話も用意してあった。ザンは年老いた両親に新しい家を探しているところで、通りがかったこの男性ふたりにヒッチハイクで拾ってもらったのだと。

「このふたりは赤の他人だと言うのか？」とゲシュタポ隊員が尋ねた。

「今日初めて会いました」とザンは答えた。

「では説明してみろ、貴様らがそれぞれ持っている紙幣はどうしてたまたま連番なのだ？」

　ザンもカマルツも幸運つづきで気がゆるんでいた。通し番号のついた札束をポケットマネーに分け合うという、初心者並みのミスを犯していたのだ。いくらもっともらしい言い訳を並べたところで、見ず知らずの三人の財布の中身が連番なのは偶然だなどと、ゲシュタポを納得させることはできなかった。ザンとふたりのスパイ仲間はディーニュの収容所に連行され、処刑されることになった。処刑当日、三人の男は収容所の中庭に連れ出され――そのまま外に出された。職員の車が待っていて、三人は言われるがまま乗りこんだ。ドアが閉まり、車がうなりをあげて走りだした。ポーランドの伯爵の娘で自由の闘士、クリスティーン・グランヴィルが予定された処刑の情報を得て、救出に駆けつけてくれたのだ。クリスティーンは涙ながらの嘆願とささやかな賄賂を巧みに組み合わせ、囚人を監視していたヴィシー政府の看守を、ゲシュタポはとんでもないまちがいを犯そうとしていると説き伏せた。そして銃殺まであと三時間というところでスパイ三人を塀の外に助け出したのだ。

「彼女らしい話だけれど、クリスティーンは具体的にどんな手を使って僕たちの解放を取りつけたのか、けっして話してくれなかった」とザンは戸惑いを引きずったまま語っている。ただ、ひとつ確かなことがあった。「彼女はみずから命の危険を冒し、僕たちを救おうとしてくれたのだ」。ザンはさらにカンボジアに潜伏して冒険をつづけたあと、本格的な執筆活動に入った。ベトナムの強制労働収容所から生還したフランス人秘密諜報員ピエール・ブールに共鳴し、ブールの二大代表作『戦場にかける橋』と『猿の惑星』を英語に翻訳している。ビリー・モスとともに、ザンも生涯にわたってパディと交流をつづけ、クレタでの日々について二冊の胸躍る手記を書き残した。一九九一年にザンが他界したとき、パディは彼のことを簡潔にこう表した。「彼は何においても非凡だった」

〈虐殺者〉の側にも語るべき物語があった。フリードリヒ＝ヴィルヘルム・ミュラー将軍は、戦争末期にロシア戦線へ異動し、ソ連軍の捕虜になった。そしてクレタ島での同僚司令官のひとり、ブルーノ・ブロイアーとともにギリシャに送られ、戦争中の残虐行為に対する裁判にかけられた。パディが獄中の〈虐殺者〉を訪ねると、思いがけず好意的に迎えられたという。自分がクライペを誘拐した張本人だとパディが明かすと、ミュラーは笑いだした。

「ミッヒ・ヘッテン・ズィー・ニヒト・ゾー・ライヒト・ゲシュナップト！」と〈虐殺者〉は言い返した。「私が相手なら、そう簡単には捕まえられなかっただろう！」。それからまもなく、〈虐殺者〉とブロイアーは銃殺された。

パディはずっと長いあいだ、クレタを自分の胸にだけしまっていた。

誘拐後にエジプトに着いた彼は高熱に冒され、右腕の動きを奪った麻痺は両脚に広がっていた。「一週間もしないうちに、私は厚板のように硬直して病院にいた」と彼は振り返っている。医師たちは途方にくれた。ポリオか？ リューマチ熱か？ それとも、医師のひとりがいぶかるように、心的外傷後ストレスとやらなのか？ 「人間は本人の自覚より不安を感じているものです」とその医師はパディに言った。「そしてどういうわけか、潜在意識の不安が少し緩むと、自然が猛威を振るいだします」。パディは三か月入院し、麻痺していない左腕でアイスバケツに入れたモエ・エ・シャンドンを少しずつ飲みながらすごしたが、やがて病気は現れたときと同じように理由もなく消えた。

回復したパディは終戦後、いくつか浮き名を流したり、友人の世話になったりしながら、作家として身を立てようとした。招待状をせしめてサマセット・モーム邸を訪れたが、すぐに叩き出され、モームには「上流の婦人をねらう中流のジゴロ」呼ばわりされもした。パディもビリーと同じく、奇妙なくらいまともに思える世界でどう生きていけばいいのか考えあぐねていた。だが、ビリーとちがい、パディは自分の経験したふたつの大冒険を書こうとはしなかった。将軍を誘拐し、しかもヒトラーの台頭をその目で見ながらオランダからコンスタンティノープルまで徒歩で旅をし、その道中で伯爵夫人に求愛したり、ジプシーと友人になったり、ブランデーの古酒を老大公たちと酌み交わしたりした者などほかにいない。パディはたしかに稀代のストーリーテラーだったが、彼が語ろうとしないふたつの物語こそ、人々の読みたいものだった。

　でも、どうして彼に語れただろう？　真の英雄とは何かをクレタから教えられたあとで、どうして自分を英雄に仕立てられる？　パディは守護者、真の仲間のはずだった。アレテーとパイデイア――強さ《ストレングス》と技術《スキル》――が、クセニアに、つまり謙遜《ヒューミリティ》と献身《ヒューマニティ》にまさることのない者だ。将軍が誘拐されたあと、村々が焼かれた。女性と子供たちが殺された。パディの盟友ヤンニ・ツァンガラキスは、パディの銃で命を落とした。事故だったのは確かだ――それでも、死んだ男の甥に仇討ちを誓われ、頭に銃弾をぶちこんでやると三〇年間つけねらわれたら、心の平安を感じるのはむずかしい。一度など、双眼鏡と猟銃をもって張りこまれたのだ。パディは本当にクレタの守護者だったのか、それとも、ただの冒険者だったのか？　そもそも英雄とは、みずから語るストーリーで測られるものではない――まわりでどう語られるかで決まるのだ。

　だからパディは印象の薄い小説を一作と二、三のまずまずの旅行記を書いた。そのあいだも、口からあふれる魔法をいかにページに定着させられるか、模索をつづけた。生涯の伴侶を見つけて結婚し、ギリシャ本土の静かな海沿いに家を建てた。そしてそこで、英雄たちの土地で、彼は最高の着想に打たれた。神業のような技芸《スキル》は、人とのつながりだけがもたらすのだ。つまり、英雄には、相棒《サイドキック》が欠かせない……

　パディはふたつの単語をタイプする――「Dear Xan（親愛なるザン）」。するど記憶がどっとよみがえった。ジプシーや船乗りたち。ひづめの音やヴァイオリン。忘れられた言葉で綴った詩の断片。ブダペストの舞踏会で出会った美しい娘。彼女が口ずさんでいた鳥の歌が耳について離れず、自分の署名にして生涯、使うことにした。それが自由と空想の翼の絵だ。パディはタイプライターには向かわず、クレタの洞窟に戻って自分の冒険をひとりの友人に語りかけた。そしてザンへとしたためたその手紙を、『贈物の時』と『遥かなるドナウ』という驚くべき文学に、冒険と歴史と学識の詰まった二冊の本にまとめあげた。

それでも四〇年のあいだ、クレタはパディの心の暗部にとどまっていた。そして六十歳になったとき、ヨルゴス・プシフンダキスから急ぎの電話がかかってくる。こっちへ来てくれ。早く！

ヨルゴスは何十年ものあいだ、ヨルゴ・ツァンガラキスに血の報復から手を引け、おじを殺したパディを赦してやれと訴えていた。そのヨルゴがついに最終回答を出してきたのだ。娘の名づけ親《ゴッドファーザー》を探しているんだ、とヨルゴはヨルゴスに話した。パディならおれのゴッドブラザーになって、娘に名前をつけてくれるだろう。パディは空港へ走り、まもなく赤ん坊を抱きあげていた——名前はイオアンナ（Ioanna）と、はるか昔に亡くなったヤンニ（Yanni）とパディの妻ジョーン（Joan）にちなんでつけられた。その晩、ダンスと抱擁でにぎわう宴のさなか、ヨルゴがパディをわきに引っ張ってクレタ式の和解を申し出た。

おれはいまでも双眼鏡と猟銃を持ってる、とヨルゴは言った。誰を殺してほしい？

「不幸な冒険譚はそこで結末を迎えた」。パディは胸が熱くなった。「戦時中のクレタの誰もが喜びに沸いていた」

二〇一一年、パディは英国に戻って九六年の生涯を閉じた。追悼式で、彼の最期の言葉が読みあげられた。「すべての方々に愛を、すべての友人たちに厚意を。そしてみなさんに感謝を。とても幸せな人生だった」

もちろん、クリス・ホワイトもそこにいた。

謝辞

私はふたつの本のアイデアのどちらを選ぶか決められずにいた。一冊はナチュラルムーブメントについての本、もう一冊はクレタ島での途方もない戦時中の冒険についての本だ。そんなとき娘たちとリック・ライアダンの壮大な「パーシー・ジャクソン」シリーズの話をしていて、ふと気づいた。ふたつの構想は同じものだ、英雄にふさわしい技芸とは、ナチュラルムーブメントの技芸なのだ、と。だからありがとう、ソフィーとマヤ。きみたちがいなかったら、この本の魅力は少なくとも半分に減っていただろう。リサーチをはじめたころには、ツキに恵まれた判断もあった。パトリック・リー・ファーマーに何度手紙を送ってもなしのつぶてだったため、私は家を訪ねて押しかけインタビューをするつもりでいた。だが、代わりにまずは彼の終生の友人たち、歴史家夫妻のアーテミス・クーパーとアントニー・ビーヴァーを訪ねることにしたのだ。パディはがんで死に瀕していたのだから、彼をわずらわせればとんでもない間違いを犯すところだったが、アーテミスとアントニーは温かく迎えてくれ、持ち前の見識と類のない専門知識をびっくりするくらい気前よく分け与えてくれた（ワインとパスタはいうまでもなく）。そう感じているのは私だけではない。私が出会ったパディの熱烈なファンはひとり残らず、夫妻の厚いもてなしに感激していた。私にとってパディへの案内役の筆頭といったら、もちろん、クリスとピートのホワイト兄弟だ。どうしてあのすばらしいホワイト兄弟が彼らの後ろをよろよろついていくのを許してくれたのかは、いまだにわからないが、とにかく私はうれしく思っている。アラン・デイヴイスとクリストファー・ポールは親切にも、パディに関する話を聞かせてくれただけでなく、パディがひいきにしていたロンドンのクラブで飲み物をごちそうしてくれ、暖炉の上のとっておきの場所に、パディ直筆の〝大漫遊《グレート・ウォーク》〟の地図が、飛ぶ鳥たちのいたずら描きという署名つきで飾られているのを見せてくれた。アランはさらに、私が両替を忘れたからとディナーの勘定書きを押しつけても文句ひとつ言わずにいてくれたので、四年後のいまも私は身がすくむ思いでいる。

この本に何かおかしなところがあるとしたら、それはたぶん、わが編集者エドワード・カステンマイヤーがどうにか私に変更させようとして果たせなかった箇所だろう。エドワードほど忍耐強い男がどうして私みたいに頑固な男の世話を任されているのかは謎だし、きっと彼も思いあぐねているにちがいない。ラッキーだったのは、彼を補佐していたのが同僚の編集者、エミリー・ジリエラーノだったことで、彼女は巧みな手際で文章のあちこちに磨きをかけてくれた。ふだんの私は、作品を組み立てているときは人の声がいっさい耳に入らないようにしている。だからこそ、ひとりだけ先に見てもらう人物から的を射た意見をもらえるのがありがたい。その人物とはデブ・ニューマイヤー、私の友人で映画製作会社アウトロー・プロダクションズの代表だ。この本が次代の『ナヴァロンの要塞』〔英作家アリステア・マクリーンによる戦争小説。同じくギリシャのケロス島が舞台〕になるとしたら、それはデブのおかげだろう。前回、『BORN TO RUN』の初稿をせっせと台なしにしていたころ、マリア・パナリティスが自宅に駆けつけ、進路をもとに戻す助けになってくれた。ギリシャが生んだあの二大万能薬、食事と自信をたっぷり処方してくれたのだ。これが効いた。なんてヒーローだろう。

訳者あとがき

『BORN TO RUN 走るために生まれた』から六年、クリストファー・マクドゥーガルが満を持して発表した本書『ナチュラル・ボーン・ヒーローズ』は、著者も「謝辞」で書いているように、ふたつの話が軸になっている。

ひとつは第二次世界大戦中のドイツ軍クライペ将軍誘拐作戦の顚末、もうひとつは人間にとっての〝自然な動き《ナチュラルムーブメント》〟を中心としたフィットネスをめぐる話だ。このふたつは一見無関係だが、じつは密接に結びつき、著者の語りは相互に行き来する。そしてそこから浮かびあがるのが、英雄《ヒーロー》にふさわしい技芸《アート》というテーマだ。

クレタ島の険しい山岳地を舞台に英国特殊作戦執行部（SOE）のパトリック・〝パディ〟・リー・ファーマーたちが活躍する誘拐作戦は、冒険小説さながらのサスペンスに満ち、とにかく痛快の一言に尽きる。プレイボーイ詩人のパディをはじめとして、隻眼の考古学者ジョン・ペンドルベリー、すかんぴんの画家ザン・フィールディング、そしてクレタ島民の伝令《ランナー》ヨルゴス・プシフンダキスなど、魅力的なキャラクターも目白押しだ。しかも、そのほとんどが正規の軍人ではなく、まだ二十代の若者だったのだから驚く。そんな素人集団がどうしてナチスの将軍誘拐という大胆な作戦を実行できたのか？　ソーシャルワーカーでアマチュア歴史研究家のクリス・ホワイトをガイドにクレタ島をめぐり、パディやヨルゴスの足跡をたどる著者は、クレタ島民の走り方や食生活に注目し、ギリシャ神話の英雄たちにその起源を求めるようになる。

一方、ナチュラルムーブメントについての話も、アクションとスリルの点で引けをとらない。著者はギリシャ発祥のパンクラティオンやブルース・リーも会得した詠春拳といった武術の秘密を探り、身体機能に関する科学的知見を紹介しつつ、弾力性のある筋膜を使ったエクササイズに挑戦し、ロンドンやブラジル北東部のイタカレに飛んで、〝役立つためのフィット〟を旨とするメトッド・ナチュレルやその流れを汲むパルクールの技を、元ビーチの行商人やシングルマザーのインストラクターから学ぶ。さらに食事の面にも目を向け、みずから実験台となってドクター・マフェトンの提唱する脂肪燃料《ファット・アズ・フュエル》方式や低炭水化物食の効果を確かめるのだ（スポーツ科学の権威ティム・ノークス博士に会い、近年推奨されてきた大量の水分摂取にはドリンクメーカーの思惑がからんでいて、じつはかえって健康を害しているのだと聞き出すのも見逃せない）。クレタ島の人々や古代ギリシャの英雄たちは、まさにそんな食生活や身体の動かし方を実践していた。こうしてふたつの物語は、古今の英雄たちを通じて結びつく。ギリシャ神話のオデュッセウスやテーセウス、ＳＯＥのパディやヨルゴス、そして現代の名もなきヒーローたち。彼らは特殊な人間ではない。狩猟採集民のような食生活をして身体をフィットさせ、ナチュラルムーブメントという、英雄にふさわしいアートを身につけたごく普通の人々だ。つまり、ヒーローは誰の内にも潜んでいる。

ここでキーワードとなるのが〝再野生化〟で、これについてはジョン・Ｊ・レティの『ＧＯ ＷＩＬＤ　野生の体を取り戻せ！』（ＮＨＫ出版）とリンクする部分が多い。ふたりの著者は刺激を受け合っているようなので、興味のある方はぜひ読んでみるといいだろう。もっとも、著者は現代の便利さを全部捨てろと言っているわけではなく、狩猟採集民の暮らしや食事には必然性があり、それによって人間が本来具えている身体の機能が活かされる、と言っているだけだ。その意味で裸足ランをフィーチャーした『BORN TO RUN』からマクドゥーガルのメッセージは一貫している。

そしてもうひとつ、今回はフィットネスの観点から、最近人気のスパルタン・レースやタフ・マダーといった過酷な障害物レースが取りあげられている。ウルトラマラソンに加え、こうした人間の限界を極めるようなエクストリームスポーツに挑む人たちは、マゾヒストと呼ばれたりする(気鋭のジャーナリスト、スコット・カーニーによれば、〝新禁欲主義者《ニュー・ストイック》〟だ)。でもここではむしろ、人間本来の能力を発揮して遊ぶこと、楽しむことに重点が置かれている。「走ることは楽しむことだ」と考える著者の本領発揮だ。

ヒーローとフィットネスをめぐるさまざまなトピック、そして時間と空間を縦横に行き来するこの本も、長い歴史に彩られた、山あり谷あり迷宮《ラビュリントス》ありのクレタ島をハイクするように楽しんでいただけたらうれしい。

二〇一五年七月

近藤隆文

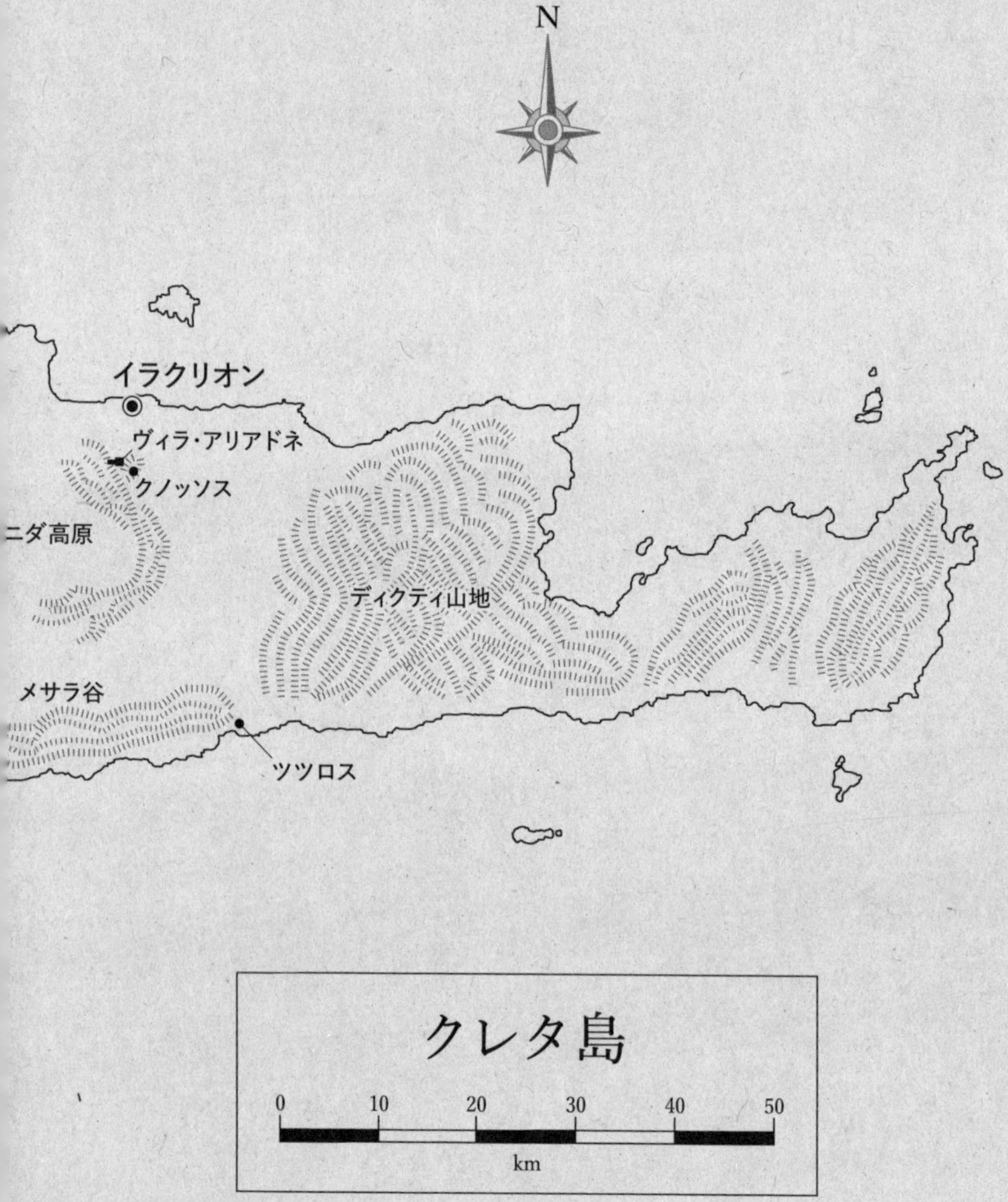
N
イラクリオン
ヴィラ・アリアドネ
クノッソス
ニダ高原
ディクティ山地
メサラ谷
ツツロス
クレタ島
0 10 20 30 40 50
km

ナチュラル・ボーン・ヒーローズ
人類が失った〝野生〟のスキルをめぐる冒険

2015(平成27)年8月30日　第1刷発行

著　者　クリストファー・マクドゥーガル
訳　者　近藤隆文
発行者　小泉公二
発行所　NHK出版
〒150-8081 東京都渋谷区宇田川町41-1
電話　0570-002-245(編集)
0570-000-321(注文)
ホームページ　http://www.nhk-book.co.jp
振替　00110-1-49701
印　刷　三秀舎／近代美術
製　本　藤田製本

ISBN978-4-14-081684-4 C0098

◎著者紹介

Christopher McDougall

クリストファー・マクドゥーガル

作家・ジャーナリスト。AP通信の外国特派員としてルワンダやアンゴラの戦争取材を行い、その後*Men's Health*誌のライター兼編集者として、全米雑誌賞の最終候補に残ること3回。主な寄稿先に、*Runners World, Esquire, The New York Times Magazine, Outside, Men's Journal, New York*など。アーミッシュの農家が広がるペンシルヴェニア州の郊外に暮らし、執筆(とランニング、水泳、山登り、ベアクロール)にいそしむ。トレイルランや裸足ランの一大ムーブメントを巻き起こした前著『BORN TO RUN 走るために生まれた ～ウルトラランナーVS人類最強の"走る民族"』(NHK出版)は世界的ベストセラーとなり、主演マシュー・マコノヒーで映画化の予定。

著者サイト:www.chrismcdougall.com

◎訳者紹介

近藤隆文(こんどう・たかふみ)

翻訳家。1963年静岡県生まれ。一橋大学社会学部卒。訳書にC.マクドゥーガル『BORN TO RUN 走るために生まれた』、J.S.フォア『ものすごくうるさくて、ありえないほど近い』、G.シュタインガート『スーパー・サッド・トゥルー・ラブ・ストーリー』(以上、NHK出版)、P.A.カーリン『ブルース・スプリングスティーン』(アスペクト)、M.ブランク『携帯電話と脳腫瘍の関係』(飛鳥新社)、D.シードマン『人として正しいことを』(海と月社)、C.クラウチ『ポスト・デモクラシー』(青灯社)など多数。

装幀:トサカデザイン(戸倉 巌、小酒保子)

校正:酒井清一
組版:畑中 亨

編集:松島倫明

出典について

驚異的な記憶力で知られた男にしては、パトリック・リー・ファーマーはまったく思いも寄らないところで妙に正確さを欠くことがある。その一部は故意の脚色で、たとえば、どこまでもとぼとぼ歩く話をしているのにスパイスを効かせようとして、馬に乗って疾駆したと言い張るのだが、単純なミスの場合もあり、降って湧いた冒険につられて細部を見失う。それも当然なのだろう。パディのような人生をおくっていたら、事実や予定、毎日の日記の奴隷ではいられない。パディのクレタ島時代を綴った手記のなかで、パディ自身の手になるものがいちばん詩的で錯綜しているのはそのためだ。パディは何十年たっても、クライペ誘拐の渦中でヨルゴス・プシフンダキスと隠れていた場所を正確に言ってみせたが（10日目 ――「ズルボバシリのヤギの囲い」）、一方で、島でいちばん高い山が自分の前にあるのか後ろにあるのか、あるいは〈虐殺者〉は背後に迫って追跡を指揮しているのか、それともすでに島から転任したのかはっきりわからなかった。ただ、そこがパディの天才たるゆえんで、現代史上で唯一、将軍の誘拐に成功した人物となった理由でもある。パディが興奮を生み出せたのは、いつも心を開いていたから、どんな予定があろうと、それより少しでも気を引くものを嗅ぎつけた瞬間、ただちに方向転換したからだ。おかげでけったいな計略を思いつき、ハイチのブードゥー教の一派に潜入を試みたり、運よく頓挫したものの、悪名高いドイツ軍の捕虜収容所に突入する計画を立てたりし、それで仲間の冒険家たちのあいだでも異彩を放つことになった。アーテミス・クーパーによると、山地でのある厳しい遠征中、「羊飼いがひとりでいる、といった見慣れた光景を誰もが恐れるようになった。パディがきまってその男を呼び止めて長々と話しこみ、あとの者は手持ちぶさたで、たっぷり20分間、石ころを蹴るはめになるからだ」。当時のパディはコンパスをもたずに突き進んだため、事実や日誌がどさくさに紛れて失われることもあった。ただ幸いなことに、信頼できる外部の人材がいるので、パディの記憶をあらためて方向づけることができる。なかでも真っ先に挙げられるのは、パディの伝記作者アーテミス・クーパーと、彼女の夫で軍事史家のアントニー・ビーヴァーだ。人生終盤の数十年間、彼らほどパディと親しかった者はいないし、たとえパディでも自身の話をこの夫妻以上にうまく語れたとはとうてい思えない。最初にアーテミスとアントニーに連絡をとったとき、彼らはすぐに私をカントリーハウスに招待し、あらゆる質問に答

え、私が思ってもみなかったことをいくつも示唆してくれた。彼らは住所録も同じように出し惜しみせず、パディの仲間の最後の生存者のひとり、ザン・フィールディングの妻だったマグーシュを紹介してくれた。夫妻が語った話はこの本に収まりきらなかったが、それがこの本に活気を吹きこんでくれたのはまちがいない。たとえば、パディは80代後半になってもシャンパンを26杯飲み、しかも呂律があやしくならなかったという話や、戦後何年もたってから、あるドイツ人将校と出くわしたザンが、あなたとはまえに会ったことがあると告げたときの様子など――そのドイツ人が占領下のクレタの酒場でダンスをした美しい娘が、じつは変装したザンだったのだ。

パディがずっと発表しなかった誘拐の手記にアーテミスが取り組んでいたとき、彼女を手伝ったのがクリス・ホワイトで、クリスの実地部隊式リサーチからは、パディ本人でさえ知らなかった要素が明らかになっている。クリスと弟のピートは、ひどくあいまいにふれられていた人たちまで捜し出した。ある晩、将軍と誘拐団に食事を運んだ若いクレタ人の花嫁もそのひとりだ。パディもビリー・モスも彼女の名前は明かさず、仇敵どうしのふたつの家族の血の抗争を終わらせるために結婚を強いられたとしか書いていない。だが、彼女を捜し出したクリスが、ビリー・モスの著書『月夜にとんだ鉢合わせ（*Ill Met By Moonlight*）』を見せると、「彼女は自分が出てくる段落にしるしをつけてちょうだい、その横に名前を、デスピナ・ペロスと書いてくれと言ってきかなかった」。クリスはあとでパディの手記にも鉛筆でこう書きこむことができた。「彼女ははっきりと心から夫を慕い、すでに故人となった夫を悼んでいた――仕組まれたものとはいえ、幸せな結婚だったにちがいない！」

ティム・トッドとクリス・ポール、アラン・デイヴィスもパディの足跡をたどって得た発見を話してくれ、とくにアランはドイツ軍の侵攻とその後のレジスタンスについて、軍人にしかわからない細かな点に私の目を開かせてくれた。彼らに操縦されるように、私は大量の参考文献を集めだし、裏庭の仕事場はついにクリス・ホワイトの小屋みたいになって、色あせた地図が壁にピンで留められ、何列もの絶版本がびっしり押しこまれて床一面を埋めている。そのなかでもとくに役に立つ資料を以下に紹介しておこう。

Chapter 1（逃走）

Ill Met By Moonlight, by W. Stanley Moss. London: George G. Harrap & Co., 1950. ビリー・モスが書いたこの叙事詩の最高の版は、2010年、フィラデルフィアのポール・ドライ・ブックス（Paul Dry Books）から出た限定版だ。パディによる短いあとがきが収録され、印刷媒体としては初となる、誘拐に関する彼のコメントもついている。

Abducting a General: The Kreipe Operation and SOE in Crete, by Patrick Leigh Fermor. London: John Murray, 2014. 私はクリス・ホワイトの注解が付された出版前の原稿しか入手できなかった。その後、この本は軍事史家でレジスタンスの専門家、ロデリック・ベイリーのすばらしい序文を添えて刊行されている。

The Abduction of General Kreipe, by George Harokopos. Heraklion, Crete: V. Kouvidis-V. Manouros, 1973. ヨルゴス・ハロコポスは、イディ山の南斜面を下ってきたパディとともにクライペ将軍を連れて海岸へと向かったクレタ島レジスタンス闘士のひとりだった。

Patrick Leigh Fermor: An Adventure, by Artemis Cooper. London: John Murray, 2012. パディの生涯を綴ったアーテミスの作品は、念入りで正確な細部と個人的な愛情が交錯する傑作だ。

Chapter 2（占領下のクレタ）

The Fortress Crete, 1941–1944, by George Harokopos. Athens: B. Giannikos & Co., 1971.

Inside Hitler's Greece: The Experience of Occupation, 1941–1944, by Mark Mazower. New Haven and London: Yale University Press, 1993. 保管されたドイツ軍の命令書に関するマザワーの研究書からは、クレタ島占領に対する占領者の側からの独特な視点が浮かびあがる。なかでも特筆したいのが、ギリシャのレジスタンスはどれも「祖国の正統な権威を認めようとしない人間以下の犯罪者」の仕業だとみなせ、というドイツ兵への指令だ。

Crete: The Battle and the Resistance, by Antony Beevor. London: John Murray, 1991.

On the Run: Anzac Escape and Evasion in Enemy-occupied Crete, by Seán Damer and Ian Frazer. New Zealand: Penguin Group (NZ), 2006.

Dare to be Free: One of greatest true stories of World War II, by W. B. “Sandy” Thomas. London: Allen Wingate, 1951.

Chapter 3（英雄の技芸）

Justice at Nuremberg, by Robert E. Conot. New York: HarperCollins, 1983.

The Nuremberg Trial, by Ann Tusa and John Tusa. New York: Scribner, 1984.

The Cretan Runner, by George Psychoundakis. Translated by Patrick Leigh Fermor. London: John Murray, 1955.

Escape to Live, by Wing Commander Edward Howell, OBE, DFC. London: Grosvenor Books, 1947.

Greek Gods, Human Lives: What We Can Learn from Myths, by Mary Lefkowitz. New Haven: Yale University Press, 2003.

The World of Odysseus, by M. I. Finley. New York: Viking Press, 1954.

Chapter 4（チャーチルの計画）

Franklin and Winston: An Intimate Portrait of an Epic Friendship, by Jon Meacham. New York: Random House, 2003.

Churchill: A Life, by Martin Gilbert. New York: Henry Holt and Co., 1991.

The Last Lion: Winston Spencer Churchill: Visions of Glory, 1874–1932, by William Manchester. New York: Bantam Doubleday, 1983.

Inferno: The World at War, 1939–1945, by Max Hastings. New York: Alfred A. Knopf, 2011.

Adolf Hitler, by John Toland. New York: Anchor Books, 1976.（ジョン・トーランド『アドルフ・ヒトラー』永井淳訳、集英社文庫、1990年）

Undercover: The Men and Women of the S.O.E., by Patrick Howarth. London: Arrow Books, 1980.

SOE: The Special Operations Executive 1940–46, by M. R. D. Foot. London: British Broadcasting Corporation, 1984.

A Prince of Our Disorder: The Life of T. E. Lawrence, by John E. Mack. Cambridge: Harvard University Press, 1976.

Chapter 5（ノリーナ・ベンツェルと英雄の謎）

事件とその後の裁判の報道とは別に、私はノリーナ・ベンツェルと、対応した警察官、ノリーナの学校の同僚たちに直接インタビューをおこなった。

Chapters 6–9（侵攻とレジスタンス）

Hide and Seek: The Story of a Wartime Agent, by Xan Fielding. London: Martin Secker & Warburg Ltd., 1954.

Ten Days to Destiny: The Battle for Crete, 1941, by G. C. Kiriakopoulos. New York: Avon Books, 1985.

Greece and Crete, 1941, by Christopher Buckley. Athens: Efstathiadis Group S.A., 1977.

Hunters from the Sky: The German Parachute Corps 1940–1945, by Charles Whiting. New York: Stein and Day, 1974.

Greek Women in Resistance: Journals, Oral Histories, by Eleni Fourtoni. New Haven: Thelphini Press, 1978. フルトニが収集したギリシャ人の女性レジスタンス闘士による一人称の証言は、ドイツ軍が遭遇したなかでも、きわめて勇敢で決然とした敵対者たちの生活が垣間見える貴重な資料だ。

Crete, 1941: Eyewitnesses, by Costas N. Hadjipateras and Maria S. Fafalios (with a foreword by the British special agent, C. M. Woodhouse). Athens: Efstathiadis Group S.A., 1989.

Chapters 10–12（揺らぎ力）

Forgotten Voices of the Secret War: An Inside History of Special Operations During the Second World War, by Roderick Bailey. London: Ebury Press, 2008.

S.O.E. Assignment: The Story of the Special Operations Executive by Its Second-in-Command, by Donald Hamilton-Hill. London: William Kimbler and Co. Ltd, 1973.

Secret War Heroes: Men of the Special Operations Executive, by Marcus Binney. London: Hodder & Stoughton, 2006.

How to Be a Spy: The World War II SOE Training Manual. Toronto: Dundurn Group, 2001. これは戦時中のＳＯＥエージェント向けに、フェアベアンとサイクスらの教官たちが開発した実際の訓練概要で、方法論のガイドラインだ。

"The Art of Guerrilla Warfare," a twenty-three-page training booklet by Colin Gubbins, architect of Churchill's special operations directive.

Shooting to Live with the One-Hand Gun, by W. E. Fairbairn and E. A. Sykes. Boulder, Colorado: Paladin Press reprint, 2008.

Get Tough! How to Win in Hand-to-Hand Fighting, as Taught to the British Commandos, and the U.S. Armed Forces, by W. E. Fairbairn. Boulder, Colorado: Paladin Press, 1974.

The Close-Combat Files of Colonel Rex Applegate, by Rex Applegate and Chuck Melson. Boulder, Colorado: Paladin Press, 1998.

Wing Chun Kung Fu: Traditional Chinese Kung Fu for Self-Defense and Health, by Grandmaster Ip Chun, with Michael Tse. New York: St. Martin's Griffin, 1998.

Chapter 13–17（ザン・フィールディングとジョン・ペンドルベリー）

Inside Hitler's Greece: The Experience of Occupation, 1941–1944, by Mark Mazower. New Haven and London: Yale University Press, 1993.

Auden and Isherwood: The Berlin Years, by Norman Page. Palgrave Macmillan, 1998. ペ

イジはザンにとって最初の、そしておそらくもっとも重要な師となった人物の数奇で悲劇的な生涯を掘り下げている。その師とはフランシス・ターヴィル - ピーター、通称“デア・フロニー”だ。

The Stronghold: An Account of Four Seasons in the White Mountains of Crete, by Xan Fielding. London: Secker & Warburg, 1953. ザンは戦後クレタに戻り、島全体を縦に横に歩いてまわった。その成果が、ザン自身やクレタ島、そして戦争に対する、深く、ときに辛辣な省察だ。

Something Ventured: The Autobiography of C. M. Woodhouse. London: Granada Publishing Ltd., 1982. モンティはその後国会議員となり、ふたりの首相のもとで次官を務めて名をあげた。クレタでの隠密任務に対する見方は、ザンやパディ以上にはっきりしている。外交官として、モンティは自分がどんな大胆不敵なことを成し遂げたかより、後世に残る結果にこそ関心があった。

Classical Spies: American Archeologists with the OSS in World War II Greece, by Susan Heuck Allen. Ann Arbor: University of Michigan Press, 2011.

The Bull of Minos, by Leonard Cottrell. London: Evans Brothers Ltd., 1953.（レオナード・コットレル『エーゲ文明への道』暮田愛訳、原書房、1992年。『迷宮の発掘』高津久美子訳、『ノンフィクション全集10』筑摩書房編、1974年）コットレルはアーサー・エヴァンズとハインリヒ・シュリーマンの小説より奇なる生涯を見事に描いている。ふたりとも終生追い求めたのは、“ホメロス問題”を解くことだった。つまり、『イーリアス』と『オデュッセイア』がただのつくり話だとしたら、どうしてこれほど詳細で、しかも現実的なのか？

The Will of Zeus: A History of Greece from the Origins of Hellenic Culture to the Death of Alexander, by Stringfellow Barr. New York: Barnes & Noble, Inc., 1961.

The Civilization of Ancient Crete, by R. F. Willets. New York: Barnes & Noble, Inc., 1976. ウィレッツがここで提示するのは、英雄の理想がいかにしてクレタに根づいたかについての不可欠な検証だ。その理想はミノア文明から発祥し、クレタ島民はみなドロメウス（走者）であり、強さとスキル、仲間の島民を気づかう思いやりがなければならない、という考えを生み出した。ウィレッツはまた、ジョン・ペンドルベリーによる島の探検についても詳しく書いている。

The Villa Ariadne, by Dilys Powell. London: RC&C, 1973. パウエルの夫は若きペンドルベリーの師だった人物で、この回顧録には、彼らとともにクレタの山岳地をさまよったときの様子がまざまざと描かれている。

The Archeology of Crete, by J. D. S. Pendlebury. London: Methuen, 1939. 考古学者ペンドルベリーの想像力と学識、大胆さがこれ以上によくわかる本はない。

The Rash Adventurer: A Life of John Pendlebury, by Imogen Grundon. With a foreword by Patrick Leigh Fermor. London: Libri Publications, 2007. グランドンは

スリリングで驚くほど徹底的な伝記を書きあげた（ペンドルベリーとT・E・ロレンスがどちらもあのひどい『リチャード・イェイとネイの生と死（*The Life and Death of Richard Yea-and-Nay*）』を愛読していたという、えりすぐりの情報まである）。また彼女のおかげで、パディ・リー・ファーマーは死の直前、初めてクレタに到着したときに感嘆させられた偉大な人物を振り返る機会を得た。

The Secret of Crete, Hans George Wunderlich. New York: Macmillan Publishing, 1974.

Chapters 18–22（ザンとパディ）

Hide and Seek: A Story of a Wartime Agent, by Xan Fielding. London: Martin Secker & Warburg Ltd., 1954.

The Nearest Way Home, by Daphne Fielding. London: Eyre & Spottiswoode, 1970.

Xenia: A Memoir. Greece 1919–1949, by Mary Henderson. London: Weidenfield and Nicholson, 1988. ドイツ軍による占領前と占領中のギリシャを振り返ったこの回顧録に、パディは颯爽と登場する。

A Time of Gifts, by Patrick Leigh Fermor. London: John Murray, 1977.（パトリック・リー・ファーマー『贈物の時　ヨーロッパ徒歩旅行1』田中昌太郎訳、図書出版社〈海外旅行選書〉、1994年）

Between the Woods and the Water, by Patrick Leigh Fermor. London: John Murray, 1986.（パトリック・リー・ファーマー『遙かなるドナウ　ヨーロッパ徒歩旅行2』田中昌太郎訳、図書出版社〈海外旅行選書〉、1995年）

A Time to Keep Silence, by Patrick Leigh Fermor. London: John Murray, 1957.

Roumeli: Travels in Northern Greece, by Patrick Leigh Fermor. London: John Murray, 1966.

Mani: Travels in the Southern Peloponnese, by Patrick Leigh Fermor. London: John Murray, 1958.

Vasili, the Lion of Crete: the Heroic Story of a New Zealand Special Agent Behind Enemy Lines During World War II, by Murray Elliott. Auckland: Century Hutchinson, 1987.

Botany, Ballet, & Dinner from Scratch: A Memoir with Recipes, by Leda Meredith. New York: Heliotrope Books LLC, 2008.

Jump Westminster: Parkour in Schools. A documentary film by Julie Angel. May 2007.

Ciné Parkour: a Cinematic and Theoretical Contribution to the Understanding of the Practice of Parkour, by Julie Angel, Ph.D. Self-published doctoral dissertation, 2011.

The Cretan Runner, by George Psychoundakis. Translated by Patrick Leigh Fermor. London: John Murray, 1955.

Chapters 23–31（ナチュラル・メソッドで脱出）

"Eagles of Mount Ida" an unpublished manuscript by George Phrangoulitakis, aka "Scuttle George." Translated by Patrick Leigh Fermor. Stored in the Sir Patrick Leigh Fermor archive in the National Library of Scotland.

The Nazi Occupation of Crete, 1941–1945, by G. C. Kiriakopoulos. Westport, Connecticut: Praeger, 1995.

The Cretan Resistance, 1941-1945. The official British report of 1945 together with comments by British officers who took part in the Resistance, compiled by N. A. Kokonas, M.D. Forewords by Jack Smith-Hughes, Patrick Leigh Fermor, and Ralph Stockbridge. Rethymnon, Crete: 1991.

Unpublished memoir by Tom Dunbabin, 1955. Manuscript saved by his son, John Dunbabin, after his father's death in 1955 and provided to Patrick Leigh Fermor.

The War Magician, by David Fisher. New York: Coward-McCann, 1983.（デヴィッド・フィッシャー『スエズ運河を消せ　トリックで戦った男たち』金原瑞人・杉田七重訳、柏書房、2011年）

The Last Days of St. Pierre: the Volcanic Disaster that Claimed Thirty Thousand Lives, by Ernest Zebrowski, Jr. New Brunswick: Rutgers University Press, 2002.

The Violins of Saint-Jacques: A Tale of the Antilles, by Patrick Leigh Fermor. London: John Murray, 1953.

Natural Method of Physical Culture, by Paul C. Bragg, Ph.D., and Patricia Bragg, Ph.D. Santa Barbara: Health Science, 1975.

A Natural Method of Physical Training: making muscle and reducing flesh without dieting or apparatus, by Edwin Checkley. New York: W.C. Bryant & Co., 1892.

Building Strength: Alan Calvert, the Milo Bar-Bell Company, and the Modernization of American Weight Training, by Kimberly Ayn Beckwith. Ann Arbor: Proquest, 2006.

L'éducation physique, ou l'entrainement complet par la méthode naturelle, by Georges Hébert. Paris: Librairie Vuilbert, 1912.

La Culture Virile et les Devoirs Physiques de L'Officier Combattant, by Georges Hébert. Paris: Librairie Vuilbert, 1913.

The Rise of Theodore Roosevelt, by Edmund Morris. New York: Coward, McCann & Geoghegan, 1979.

Ill Met By Moonlight, by W. Stanley Moss. London: George G. Harrap & Co., 1950.

Abducting a General: The Kreipe Operation and SOE in Crete, by Patrick Leigh Fermor. London: John Murray, 2014.

A War of Shadows, by W. Stanley Moss. New York: MacMillan, 1952.
The Abduction of General Kreipe, by George Harokopos. Heraklion, Crete: V. Kouvidis-V. Manouros, 1973.

Chapters 32–36（脂肪と筋膜を脱出の燃料に）

Slow Burn, by Stu Mittleman. New York: HarperCollins, 2000.
Training for Endurance, by Phil Maffetone. Stamford, New York: David Barmore Productions, 1996.
In Fitness and In Health, Phil Maffetone. Stamford, New York: David Barmore Productions, 1997.
Cheng Hsin: the Principles of Effortless Power, by Peter Ralston. Berkeley: Blue Snake Books, 1989.
Why We Get Fat: And What to Do About It, by Gary Taubes. New York: Anchor Books, 2010.（ゲーリー・トーベス『ヒトはなぜ太るのか？　そして、どうすればいいか』太田喜義訳、メディカルトリビューン、2013年）
The Lore of Running, by Tim Noakes, M.D. London: Oxford University Press, 1985.
Challenging Beliefs: Memoir of a Career, by Tim Noakes, M.D. Cape Town: Zebra Press, 2012.
The Real Meal Revolution, by Sally-Ann Creed, Tim Noakes, Jonno Proudfoot and David Grier. Cape Town: Quivertree Publications, 2014.
The Way They Ate: Origins of the Mediterranean Diet, by Dario Gugliano, Michael Sedge, and Joseph Sepe. Naples: Idelson-Gnocchi Publishers, 2001.
"Eagles of Mount Ida," an unpublished manuscript by George Phrangoulitakis, aka "Scuttle George." Translated by Patrick Leigh Fermor. Stored in the Sir Patrick Leigh Fermor archive in the National Library of Scotland.
Ill Met By Moonlight, by W. Stanley Moss. London: George G. Harrap & Co., 1950.
Abducting a General: The Kreipe Operation and SOE in Crete, by Patrick Leigh Fermor. London: John Murray, 2014.
A War of Shadows, by W. Stanley Moss. New York: MacMillan, 1952.
The Abduction of General Kreipe, by George Harokopos. Heraklion, Crete: V. Kouvidis-V. Manouros, 1973.